Un moment d'égarement

J'AI LU

BARBARA DELINSKY

Une femme trahie	*J'ai lu* 3396/**7**
La quête de Chelsea Kane	*J'ai lu* 3450/**6**
Empreintes	*J'ai lu* 3576/**6**
Un moment d'égarement	*J'ai lu* 3728/**7**

Barbara Delinsky

Un moment d'égarement

Traduit de l'américain par Marc-Antoine

Éditions J'ai lu

Je remercie infiniment tous les hommes de ma vie pour leurs encouragements, pour m'avoir si bien inspirée et pour m'avoir manifesté tant de patience et d'amour.

Précédemment paru sous le titre :
Amis pour la vie

Titre original :

MORE THAN FRIENDS
Published by arrangement with
Harper Collins Publishers Inc.

PROLOGUE

Appuyé sur la rambarde, Michael Maxwell leva le viseur de sa caméra vidéo à la hauteur de ses yeux et commença à filmer. Après un large panoramique sur l'océan, il focalisa son objectif sur le chemin escarpé qui conduisait à la maison.

Empruntant une voix plus grave que celle de ses treize ans, il commenta :

— Fête du Travail, 1992, Sutter's Island, Maine. Pour la dixième année consécutive, je me trouve en compagnie des Maxwell sous la véranda de la résidence d'été des Popewell à l'occasion du traditionnel dîner de clôture de saison.

— Dixième ? s'étonna en écho une voix féminine dans son dos. C'est à peine croyable !

— En effet, dit une autre, masculine cette fois.

— Je viens de jeter un coup d'œil aux devis pour la réfection de la toiture, le remplacement du chauffe-eau et de la fosse septique, et je n'en crois pas mes yeux, intervint une troisième avec un grognement de contrariété. On a l'impression que cette maison tombe en ruine.

— Oui, mais cela ne nous empêche pas de l'aimer, n'est-ce pas, Teke ? lança Annie Pope.

— En effet, admit cette dernière en adressant un clin d'œil à Michael qui venait de braquer sa caméra sur le groupe.

Il dévia ensuite l'objectif vers la grande balancelle de bois, et poursuivit de sa voix de journaliste professionnel :

— Et voici les parents Popewell avec, de gauche à

droite, J.D. Maxwell, dont la main est posée sur l'épaule de son meilleur ami, Sam Pope. Annie, assise sur les genoux de Sam, son mari, qui entoure ses jambes avec ses bras et dont les pieds nus sont cachés par sa meilleure amie, Teke. Ils sont tous en tee-shirt et en short et ressemblent à des étudiants ramollis.

— Dis donc ! protesta Teke.

— Il a raison, décréta J.D. — Puis, captant le regard de Sam : — Je ne te vois pas en train de tirer le « Whaler » au sec.

— Pourtant, Jon prétend l'avoir déjà fait, lui.

— C'est parce qu'il est jeune, alors que toi, ça fait longtemps que tu n'es plus dans le coup.

— Tu parles ! Et le stère de bois qu'on a coupé ce matin ?

— C'est vrai, mais il y a dix ans, elle ne nous aurait pas fait suer sang et eau comme aujourd'hui.

— Il y a dix ans, comme tu dis, on n'avait pas cinq enfants à élever.

— C'est qu'à l'époque, nous avions trente ans, fit Teke en soupirant. Regarde les choses en face, Sam, nous vieillissons.

— Peut-être vous, mais pas moi, s'obstina Sam en tiquant du coin de la moustache. (Il entoura Annie de ses bras.) Je ne suis qu'à l'aurore de ma vie, n'est-ce pas, mon rayon de soleil ?

Il lui mordilla l'oreille.

— Bien joué, Sam, observa Michael qui se demandait comment réagirait Kari Stevens s'il lui faisait le même truc. Elle le traiterait probablement de pervers, mais en réalité, qu'en savait-elle ?

— Décidément, il remarque vraiment tout, fit J.D. à l'adresse de Sam. Si, avec les femmes, il devient un deuxième Geraldo, ce sera ta faute.

— Geraldo ! s'exclama à l'autre extrémité de la véranda une voix que Michael reconnut immédiatement comme celle de sa sœur Jana, vers laquelle il s'empressa de diriger sa caméra. Aucune chance qu'il devienne un deuxième Geraldo.

— Et pourquoi pas? demanda Michael, vaguement vexé.

Zoe Pope, qui était appuyée contre Jana, intervint :

— Parce que tu es bien trop mignon!

— Oh! mais je peux être vache, aussi, rétorqua Michael en faisant un gros plan sur les deux filles. Par exemple, je pourrais dire au monde entier que Jana Maxwell a sauté sur trois types de dernière année après les avoir...

— Michael!

— Tu as vraiment fait une chose pareille, Jana? intervint Teke.

Michael décida d'en rajouter :

— Par exemple, je pourrais dire à Josh Vaccaro que si la ligne a été occupée toute la soirée, ce n'est pas parce que Jana parlait à Zoe mais parce qu'elle bavardait avec Dany Stocklan et Doug Smith.

— Tu n'oserais pas! s'indigna Jana.

— Bien sûr que non! renchérit Zoe.

Pour Jana, Zoe était l'élément apaisant, tout comme Annie l'était pour Teke. Elle n'était pas la fille de sa mère pour rien. D'ailleurs, elle avait hérité des mêmes cheveux blonds et ondulés qu'elles portaient courts, toutes les deux. Jana, elle, avait les cheveux bruns et le type exotique de Teke. Sam claqua des doigts.

— Viens donc par ici, Michael.

Ce dernier referma son zoom et fit lentement pivoter son objectif vers ses parents.

— Dénoncer sa sœur, c'est comme renier sa propre famille. Un homme ne fait pas ce genre de chose, tu comprends?

— Très bien, fit Michael.

Il trouvait Sam trop sympathique pour se mettre à renâcler. En plus d'être le meilleur ami de son père, il était aussi un athlète impressionnant. Michael n'aurait pas été aussi bon joueur de basket s'il ne l'avait pas eu comme entraîneur.

— Quand est-ce qu'on fait une partie de volley-ball ? demanda-t-il de derrière sa caméra.

— Quand j'aurai un peu récupéré.

J.D. regarda sa montre.

— A ce moment-là, ça risque d'être trop tard. J'ai pris des dispositions pour que le passeur vienne nous chercher à cinq heures. De plus, il faut préparer le repas et tout ranger...

— Le poulet! s'écria soudain Annie. Je l'avais complètement oublié ! Il est encore dans sa marinade et si je ne le mets pas à cuire tout de suite...

Elle voulut se lever mais Sam la serra un peu plus fort contre lui. Teke quitta la balancelle avec un geste rassurant.

— Reste avec Sam, je m'en occupe.

— Lâche-moi, Sam. Teke a passé presque toute la semaine à faire la cuisine. Elle a droit à des vacances, elle aussi.

Mais Sam ne semblait pas d'accord et Teke eut un sourire conciliant.

— C'est ce que je sais le mieux faire, dit-elle.

La porte-moustiquaire grinça sur ses gonds et claqua avec un bruit mat, mais Michael n'interrompit son tournage que lorsque Teke eut disparu de son viseur. Il aimait bien filmer sa mère. Son tee-shirt et son short étaient d'un vert fluorescent et un ruban violet, de la même couleur que ses boucles d'oreilles, retenait ses cheveux. De toutes les mères qu'il connaissait, c'était elle la mieux. Pas seulement parce qu'elle était toujours disponible ou qu'elle était bonne cuisinière, mais aussi parce qu'elle était sympa. Il reprit de sa voix de faux baryton :

— Et vous venez de voir Theodora Maxwell passant à l'action. Elle nourrit les affamés, elle soigne les malades et court la planète pour organiser des ventes aux enchères. Dis-moi, Annie, demanda-t-il, sachant que c'était une question à laquelle elle aimait répondre, qu'aurait-on fait sans elle pendant toutes ces années ?

Annie adressa à la caméra un sourire dénué de toute malice.

— Je ne serais jamais devenue professeur titulaire et toi, tu ne serais jamais né.

— Comment se sent-on devant un si vibrant hommage rendu à sa femme ? demanda Sam en se tournant vers J.D.

— Pas mal, merci.

Quittant la balancelle, ce dernier se dirigea vers la véranda.

— Eh, les enfants ! Vous pourriez venir donner un coup de main !

Michael dirigea son objectif vers Jonathan et Leigh, allongés tête-bêche à l'extrémité du ponton de bois, qui profitaient des derniers rayons du soleil, Jon, le dos tourné à la maison, avait collé sa hanche contre celle de Leigh. D'un petit coup de zoom, Michael capta le mouvement furtif de sa main. De sa voix de reporter, il commenta :

— C'est la journée des Pope, aujourd'hui. Après la langue de Sam dans l'oreille d'Annie, voici à présent la main de Jon dans le corsage de Leigh. Encore heureux qu'il n'y ait pas d'enfants dans les environs ! Quel coup terrible ce serait pour leur éducation !

— Nom d'un chien, Jon ! lança J.D. C'est ma fille que tu tripotes ! Un peu de discrétion, tout de même !

On entendit le rire de Jana, dans la véranda.

— Mais, qu'est-ce que tu crois ? Ils sont très discrets, en ce moment.

J.D. fusilla Sam du regard.

— Que fait donc ton fils, là-bas ?

— Relaxe, J.D., tout va bien.

— Est-ce que tu lui as parlé, récemment ?

— Il ne fait rien que nous ne faisions à son âge.

— A son âge, je ne faisais rien du tout.

Le visage de Michael émergea soudain de derrière la caméra.

— Comment ? Rien ? A dix-sept ans ?
— J'embrassais les filles, concéda J.D.
— Et c'est tout ?
— Oui, c'est tout.
— Eh ben...
— Ça veut dire quoi, ce « eh ben » ?

Cela signifiait que Michael se voyait mal passer quatre heures à embrasser une fille, sans rien faire de plus. Il commençait à se demander ce que cela faisait de caresser autre chose que la main d'une jeune personne.

— Alors ? Ça veut dire quoi, ce « eh ben » ? insista J.D.

— Rien du tout, répondit Michael en se réfugiant à nouveau derrière sa caméra et son commentaire. Ça y est : Jonathan Pope a renoncé. A présent, ses mains reposent bien en vue sur le ponton. (Il reprit subitement son timbre de voix naturel.) Oh ! Regarde un peu ce bateau, p'pa ! Ouah ! C'est un deux-mâts !

— Pas mal, en effet.
— Il est *superbe* !
— Ses passagers n'auraient pas si fière allure si la mer était mauvaise. On peut même dire que ce serait franchement désagréable. Alors que nous, nous sommes bien en sécurité, ici...
— Oui, mais on ne peut pas aller où on veut, comme eux.
— Si. Nous avons le « Whaler » pour faire des balades en mer, nous aussi.
— Oui, mais pas comme sur un schooner.
— Le « Whaler » est bien plus fiable.
— Le drame, expliqua Michael, c'est qu'avec le « Whaler », on ne peut aller nulle part et moi, ce que je veux, c'est voyager. Un cinéaste digne de ce nom ne peut pas se limiter à filmer Sutter's Island ou Constance-on-the-Rise, où les Popewell ont vécu, ou à Boston, où travaillent J.D. et Sam. Ce n'est pas en filmant des événements familiaux, des fêtes scolaires ou un documentaire sur « un jour de la vie d'une

pièce de dix cents» qu'il pourra se faire connaître, même s'il a déjà gagné des prix avec ça.

Ce que voulait Michael, c'était la grande aventure cinématographique et il s'était juré de parcourir le monde avant d'avoir vingt ans.

— Tu n'as qu'à te lancer dans des études de droit international, conseilla J.D. C'est un domaine en pleine expansion. Tu pourrais travailler et voyager à la fois.

— Je n'ai pas du tout l'intention de faire du droit, répliqua Michael.

— Et pourquoi pas?

Michael continua de filmer le schooner, qui était un des plus beaux qu'il ait jamais vus.

— Je m'ennuierais.

— Est-ce que je m'ennuie, moi?

— Toi tu n'es pas moi.

— Et est-ce que ça ennuie Sam?

— Sam n'est pas moi non plus, conclut Michael qui devait admettre, au demeurant, que le travail de Sam — spécialiste en droit civil — était bien plus intéressant que celui de J.D. — avocat cantonné dans l'immobilier et les successions.

Quoi qu'il en fût, il se voyait mal assis dans un bureau de huit heures du matin à huit heures du soir.

— Ton grand-père tient à voir une troisième génération de Maxwell travailler pour la société qu'il a bâtie.

— Très bien. Jana n'a qu'à devenir avocate. Elle est née pour ça.

J.D. resta silencieux un moment, durant lequel Michael sentit le regard de son père peser lourdement sur lui. C'est avec une sorte de crispation dans la voix qu'il demanda:

— Qu'est-ce que tu vois, en ce moment?

— Le ciel, la mer, un bateau. Des tas de choses à découvrir, des choses différentes. Je trouve que nos vies sont trop prévisibles.

— Ces propos sont de ton âge. Tu es bien trop jeune pour apprécier les avantages d'une vie stable.

Michael ne trouva rien à répondre. S'il y avait une chose dont il était sûr, c'est qu'il ne ferait jamais changer son père d'avis et que c'était très bien comme ça puisqu'en contrepartie, il avait Teke de son côté et qu'il pourrait toujours compter sur elle, quoi qu'il pût décider d'entreprendre. En fait, c'était une véritable copine, décontractée et tout. Quand il pensait au sort de certains de ses amis, il se disait qu'il avait bien de la chance.

1

Après avoir tourné la dernière page du compte rendu de procès qu'il venait de survoler, Sam se leva et soupira avec satisfaction. Incapable de contenir son excitation, il sortit rapidement de son bureau.

— Nous avons gagné, Joy, annonça-t-il.

Le regard de la secrétaire s'alluma.

— C'est ce que disent les médias.

Elle avait eu beau lui tendre la liasse de petits papiers roses où elle avait noté ses messages, il avait refusé d'en prendre connaissance durant tout le temps où il était resté plongé dans sa lecture. Le téléphone bourdonna à nouveau, mais Sam était déjà loin.

Il avait l'impression d'être assis sur un nuage. Il défila devant tous les bureaux, les uns après les autres, sans s'arrêter : c'était celui qui se trouvait à l'autre bout de l'étage qui l'intéressait. De tous ses associés, il voulait que J.D. fût le premier informé. John David Maxwell n'était-il pas aussi son meilleur ami ?

— Il est à Springfield, à la Continental Life, pour la journée, expliqua la secrétaire derrière son bureau.

Sam eut un instant de déception qui ne freina pas son enthousiasme pour autant.

— Quand il appellera, dites-lui que nous avons gagné dans l'affaire Dunn-Hanover.

— Il va être ravi, fit la secrétaire avec un large sourire. Quelle victoire !

A l'autre extrémité de l'étage, se trouvait un bureau aux dimensions généreuses dont la vue embrassait largement le palais de justice, le mail et le parc. C'était celui du président fondateur : Maxwell senior.

— John Stewart est-il présent ?

— Il est à New York, pour son conseil d'administration. Je crois qu'il va être très impressionné.

« Il peut l'être, en effet », pensa Sam.

Douze ans plus tôt, il n'était pas question de traiter des affaires de droit civil, avait décrété John Stewart. Néanmoins, il fallait développer le chiffre d'affaires et cette spécialité s'était avérée rentable. Personne ne songeait plus à remettre en cause une branche qui rapportait six millions de dollars.

Sam remit le cap vers le hall et frappa à la porte d'un bureau qui se trouvait à quelques pas du sien.

Vicki Cornell faisait partie de la firme depuis douze ans. C'était elle qui avait collaboré le plus étroitement avec Sam contribuant à faire casser le jugement de la Cour d'appel dans l'affaire Dunn-Hanover et à ce que le procès parvienne en Cour suprême. Un simple coup d'œil sur Sam lui suffit.

— Ça y est ?

Il se contenta de lui adresser un sourire accompagné d'un hochement de tête.

Radieuse, elle frappa doucement le bureau de son poing fermé. A peine eut-elle eu le temps de rassembler ses mots, qu'elle était debout devant lui, la main tendue. Mais Sam, faisant fi des conventions, préféra la serrer cordialement dans ses bras.

Ça n'eut pas l'air de la déranger. Déjà, elle reprenait ses distances, et dans ses yeux se lisait son enthousiasme.

— C'est fantastique ! Avez-vous une copie du jugement ?

— Sur mon bureau.

— Est-ce que Marilyn Dunn est au courant ?

— Oui, et les autres aussi. Ils doivent arriver à trois heures pour donner une conférence de presse. Auriez-vous la gentillesse d'appeler Sybil Howard ? La cinquième chaîne a magnifiquement couvert l'affaire depuis le début et je voudrais qu'elle soit la première informée des détails du procès. Appelez aussi chez Locke-Ober's pour louer une salle privée et invitez donc votre mari à se joindre à nous. Sans oublier Tom, Alex et tous ceux qui ont collaboré de manière significative à cette affaire. Nous avons bien mérité une petite fête, ce n'est pas tous les jours qu'on gagne une cause qui risque de créer un précédent dans les annales judiciaires.

Sam quitta le bureau de sa collaboratrice et, passant devant Joy, annonça :

— Je serai de retour dans deux heures.

— Où peut-on vous joindre ?

— Chez moi, ou au collège. Là où je trouverai ma femme.

Il n'était en effet pas question d'annoncer la nouvelle à Annie au téléphone. Pas dans l'état d'esprit dans lequel il se trouvait. C'était le plus beau coup de sa vie et il fallait qu'elle l'apprenne de vive voix.

Petite cité opulente et fermée, Constance-on-the-Rise se trouvait à environ trente kilomètres de Boston et ses riches résidents effectuaient quotidiennement ce trajet en quatorze minutes. Mais il était onze heures et, l'heure de pointe étant passée depuis déjà longtemps, dix minutes suffirent à Sam pour se rendre chez lui. Il était toujours sur son nuage.

Il avait rêvé toute sa vie de réussir un coup important, de se démarquer des avocats besogneux. Durant la période où il avait assumé les fonctions de district attorney adjoint, il avait eu l'occasion de se frotter à d'importantes affaires de meurtre et de trafic de drogue, mais aucune d'elles n'arrivait à la cheville de l'affaire Dunn-Hanover. Cela, Annie le savait depuis longtemps.

Il était aux anges, car il se trouvait que le mardi était son jour de travail à domicile et qu'elle serait seule à la maison, sans enfants ni amis. Probablement qu'à cet instant précis, elle était en train de lire les journaux, de corriger des copies ou de rédiger un rapport. Comme à son habitude, à partir du moment où elle apprendrait la bonne nouvelle, toute chavirée d'émotion, elle ne pourrait plus faire quoi que ce soit pour le restant de la journée.

Sam se mit alors à penser à tous les merveilleux moments qui avaient ponctué sa vie : celui où il avait appris son admission à la faculté de droit. (Il avait parcouru la bibliothèque de long en large à la recherche d'Annie pour finalement la dénicher entre deux rangées de livres. La poussant dans un cagibi proche, il lui avait alors fait l'amour, là, sur place, le dos appuyé contre la porte.) Le soir où il avait réussi son concours, c'est dans sa voiture que ça s'était passé. Et le jour où il avait obtenu son admission au barreau, ils avaient couru à l'auberge proche du collège d'Annie et, pendant deux heures, ils s'étaient cachés dans une petite chambre au charme discret. Neuf mois plus tard naissait Jonathan.

Tout au long du trajet, Sam avait conduit le sourire aux lèvres, mais aussi avec une excitation quasi douloureuse. Maintenant qu'il empruntait l'allée circulaire qui conduisait à la maison de briques de style Tudor, sourire et excitation grandirent. Débordant de passion, il bondit hors de sa voiture, parcourut en quelques rapides enjambées le petit chemin et, d'un geste brusque, ouvrit la porte d'entrée.

— Annie ! J'ai une grande nouvelle à t'annoncer, mon soleil !

Quatre à quatre, il grimpa l'escalier qui menait aux chambres et à son bureau.

— Annie ?

Elle n'était pas dans son bureau. Bien que sa mallette s'y trouvât, grande ouverte, et que sa table fût jonchée de papiers. Tout en l'appelant, il la chercha dans toute la maison. Il se rendit compte que sa voiture n'était pas au garage.

Nullement découragé, il décrocha le téléphone de la cuisine et composa le numéro de son bureau, à l'école. Il y serait en dix minutes, se dit-il. Ça valait bien le déplacement.

Mais elle n'était pas à l'école non plus.

En jetant un coup d'œil sur le grand calendrier accroché au mur, il vit qu'elle n'avait rien noté de particulier pour la journée. Sans doute était-elle allée faire son marché ou quelques achats pour les enfants ; auquel cas, attendu son intérêt très limité pour les courses... A moins qu'elle ne fût allée déjeuner avec une amie. Quoi qu'il en soit, elle ne tarderait pas à rentrer.

Déçu, il sortit par la porte de service et fit quelques pas sous les arbres. Ça sentait l'automne et les feuilles se teintaient doucement d'or et de rouille. D'une longue enjambée, il franchit le ruisseau, passa sous la cabane perchée dans les arbres que J.D. et lui avaient construite pour les enfants voilà déjà bien des années — et qu'Annie et lui avaient utilisée il n'y avait pas si longtemps pour des jeux plus adultes — et suivit le petit sentier qui serpentait dans les fourrés jusqu'à l'arrière-cour des Maxwell.

Traversant le patio dallé de pierre, il pénétra dans la cuisine. Agréable présage, ça sentait le café tout frais.

— Teke ?

La pensée qu'Annie pût se trouver en compagnie de Teke fit monter son excitation d'un cran supplémentaire. Teke comprendrait très bien qu'il lui enlevât Annie. Teke comprenait tout, presque aussi bien qu'Annie.

Connaissant la maison des Maxwell pratiquement aussi bien que la sienne, il se dirigea vers le petit salon mais n'y vit pas Teke. Pas plus qu'il ne vit la voiture d'Annie stationnée dans l'allée, quoiqu'elle pût tout aussi bien être garée sur le devant de la maison.

— Teke ? appela-t-il (puis, plus fort :) Teke ?

Au son de la voix de Sam, Teke s'agita. Elle était dans le living-room, blottie dans un coin de son canapé et serrait contre elle une tasse de café qui avait refroidi depuis longtemps. Elle portait la robe de chambre de soie que lui avait offerte J.D. au Noël précédent. Bien que trop classique par rapport à son style habituel, elle avait pensé que ce vêtement contribuerait à lui rappeler sa position sociale. Elle éprouvait soudain un sentiment d'exclusion auquel la lettre de Grady Piper n'était pas étrangère.

Durant toute son enfance, Grady avait été l'élu de son cœur, l'étincelle de sa passion, le phare dans les ténèbres de sa jeune existence et c'est dans ses bras qu'elle avait grandi. Dans tous les sens du terme. Vingt-deux ans s'étaient écoulés sans qu'elle l'eût vu ou n'eût entendu parler de lui. Ce n'était pas faute d'avoir essayé. Elle lui avait écrit, téléphoné, elle l'avait supplié, même. Il était resté sourd à ses appels, lui avait systématiquement renvoyé ses lettres sans les ouvrir et avait même refusé de lui parler au téléphone. Chacune de ses tentatives s'était soldée par un échec. Il avait fini par lui dire qu'il ne voulait plus jamais entendre parler d'elle.

C'est complètement défaite et le cœur brisé qu'elle avait fini par admettre qu'il était à tout jamais sorti de sa vie. Elle s'était alors inscrite au collège et avait fait la connaissance d'Annie et de Sam. Plus tard, elle avait aussi rencontré J.D. qu'elle avait épousé et à qui elle avait donné trois beaux enfants. Ainsi, au fil des événements, s'était-elle créé une nouvelle existence.

Aujourd'hui, Grady était de retour. Elle avait reçu une lettre de lui, précisément à un moment où son ménage s'enlisait. Oh, un enlisement imperceptible, certes, une sorte d'exaspération latente, une vague impatience qui stagnait là depuis longtemps mais dont elle n'était pas seule responsable puisque J.D. semblait éprouver les mêmes symptômes. Pour s'en assurer, il suffisait de voir la manière dont il lui parlait et dont il la regardait. Quelque chose dans leur relation s'était dissous. Non, vraiment, la lettre de Grady ne pouvait arriver à pire moment.

Après le premier choc, elle avait ouvert l'enveloppe, tout en sentant sourdre en elle comme un tremblement intérieur. L'écriture de Grady dansait devant ses yeux. Il pensait à elle. Il se posait des questions, s'inquiétait même à son sujet. Il avait envie de faire un saut, histoire de lui dire bonjour. En souvenir du bon vieux temps.

La désinvolture et l'imprévu du propos l'avaient piquée au vif. Vingt-deux années pouvaient bien s'être écoulées, elle le connaissait trop bien. Comme cela avait toujours été le cas, le simple fait de penser à lui faisait encore éclater en elle une foule de sensations intimes et intenses.

D'un côté, elle était furieuse qu'il lui eût écrit. Elle avait réussi à le chasser de son esprit et ne tenait pas à le voir débarquer à nouveau. De l'autre, elle était littéralement terrorisée. Grady avait été le grand amour de sa vie et rien de tout ce qu'elle avait pu vivre auprès de J.D. ne pouvait soutenir la comparaison. La réapparition de Grady n'apporterait rien de bon. Vraiment rien.

Elle rendit grâce au ciel en entendant arriver Sam.

— Je suis dans le salon ! lança-t-elle.

L'instant d'après il était devant elle, trépignant presque d'allégresse.

— Nous avons gagné l'affaire Dunn !

— L'affaire Dunn ? tenta-t-elle de se souvenir.

— C'est une affaire d'abus sexuel, expliqua-t-il sans se laisser démonter par l'indifférence de Teke. Jusqu'à présent, le délai légal pour déposer une plainte était de trois ans. Mais il arrive quelquefois que des femmes se rendent compte qu'elles ont été abusées sexuellement beaucoup plus tard. Dans le cas de Marilyn Dunn, il lui a fallu dix-sept ans pour réaliser quel enfer elle avait vécu. Et, dix-sept ans plus tard, elle a porté plainte contre son agresseur et a gagné son procès. Est-ce que tu réalises ce que ça représente pour toutes les femmes victimes de viol de cet État ?

En effet, Teke se souvenait vaguement de l'avoir entendu faire allusion à cette affaire. Très vaguement.

— Et tu as gagné ?

— Un coup de vingt millions de dollars ! fit-il avec un large sourire.

— Formidable, Sam, le congratula-t-elle en se levant pour le serrer dans ses bras.

Tout à sa joie, il la fit tournoyer.

— C'est un précédent. Une victoire — enfin — pour toutes les personnes concernées par ce genre de problème.

— C'est une bonne chose, dit-elle, compensant par son étreinte la froideur de son cœur.

Sam était son meilleur ami. Il était solide et sain. Ce n'était ni J.D., ni Grady, mais néanmoins une force en soi.

— Ah ! On se sent mieux après une telle nouvelle, Teke. Nous avons travaillé si durement pour ça...

Elle poussa un soupir de satisfaction et ses mains se glissèrent autour de la taille de Sam, sous la veste. Sam aimait les contacts physiques et elle ne les détestait pas. Lui ne s'en formalisa pas et elle en avait besoin. Elle avait besoin que sa plénitude à lui vînt combler ce vide qui l'aspirait peu à peu.

— Je rêvais depuis toujours de gagner une affaire comme celle-là, dit-il, les lèvres dans ses cheveux, la voix remplie de contentement. Ce genre de chose n'arrive qu'une fois.

Pour toute réponse, elle ferma les yeux. Oui, c'était une voix chaleureuse et forte, une voix d'homme.

— Tu en as bavé, murmura-t-elle. Tu méritais de gagner.

— C'est surtout ma cliente qui méritait de gagner.

— Tu le méritais aussi, souffla-t-elle.

Elle se sentait soudain anormalement bien, comme ça, son corps contre celui de Sam. Elle aurait dû faire un pas en arrière mais elle ne le fit pas. Etrangement, il lui rappelait Grady. Dans ce vide naissant, son étreinte était un soulagement, un plaisir où elle ne voyait aucun mal.

— As-tu annoncé la nouvelle à Annie ?

— Elle n'était pas à la maison, lâcha-t-il avec une sorte de gémissement en se pressant plus fort contre elle, alors qu'il aurait dû s'en éloigner. Je pensais la trouver ici.

Une braise qui couvait alluma brutalement une petite flamme dans son ventre. C'était Grady, elle en était sûre, qui, émergeant soudain du passé, entrait dans son présent.

— Non, s'arrangea-t-elle pour murmurer.

— Mon Dieu, Teke...

Elle murmura son nom, du moins le crut-elle, même si c'était à peine plus qu'un soupir. Les contours de son corps semblaient instinctivement se combiner à ceux de Sam qu'elle sentait grandir contre elle, comme pour éteindre ce feu qui lui brûlait à présent les entrailles.

— Mon Dieu...

Et elle sut très bien ce que cela signifiait. Elle pouvait sentir son sang qui battait — à moins que ce ne fût le sien à elle — et cette retenue avant l'abandon qui n'allait pas tarder à se répandre en chaleur irradiante. Sam n'était pas J.D. Pas plus qu'il n'était Grady. Elle se le répéta pour le repousser mais son corps se déroba à sa volonté. Elle n'était plus qu'une adolescente de retour à Gullen, mue par un besoin trop longtemps réprimé, et trop fort pour qu'elle pût y résister.

Voilà qu'il la touchait. L'esprit embrumé, son

corps était maintenant totalement embrasé. Davantage. A cet instant précis, il lui fallait davantage.

Sans trop savoir comment, son pantalon s'était ouvert et elle ne put s'empêcher d'y glisser les mains. Après qu'elle l'eut touché, plus rien ne pouvait plus les arrêter. Son érection exigeait l'apaisement, et son besoin de plénitude à elle fit qu'elle écarta un pan de sa robe.

Ils étaient perdus. Il la bascula, la bouscula sur le sofa et, alors qu'elle s'acharnait avec fougue sur les boutons de sa chemise et qu'elle ouvrait la bouche contre son torse nu, il la pénétra avec une ferveur grandissante, jusqu'à ce qu'il s'effondrât sur elle en poussant un long cri guttural. Elle était aux confins de son propre plaisir quand un bruit sourd vint briser son envol.

— Mon Dieu ! cria-t-elle.

Echappant en catastrophe au corps qui pesait sur elle, Teke tira fébrilement sur ses épaules le vêtement de soie et se rua vers la porte.

— C'était Michael ! C'était Michael ! Il nous a vus !

Elle venait d'atteindre les marches de l'entrée, lorsqu'un crissement de pneus se fit entendre en provenance de la rue.

— Michael ! hurla-t-elle encore, le cœur cognant douloureusement contre ses côtes, non plus de passion mais de détresse.

Elle descendit précipitamment les marches, trop effrayée pour réfléchir. Un bouquet de pins et de rhododendrons lui cachait la vue et c'est seulement après avoir atteint le trottoir qu'elle put voir la camionnette bleue arrêtée en travers de la chaussée. Elle la contourna hâtivement et tomba à genoux. Michael gisait sur le ventre, un bras et une jambe repliés dans une étrange position. Il avait les yeux fermés et sa tête saignait.

Elle n'était plus que palpitations. Les tempes battantes, elle tendit une main terrifiée vers le visage de l'enfant. Ses doigts suivirent le contour de la tête, puis du cou, mais sans oser les toucher.

— Michael ? hoqueta-t-elle. Est-ce que tu m'entends, Michael ?

Pas de réponse. Elle effleura les cheveux de son fils alors que Sam posait un genou à terre, de l'autre côté.

— Ne le déplace pas. Il faut que nous allions chercher du secours.

— Je ne l'ai absolument pas vu, dit une voix d'homme derrière eux. Il a brutalement émergé du bouquet d'arbres et je n'ai pas pu m'arrêter à temps.

Teke se sentit défaillir. Cette voix, elle la connaissait. Non, c'était sûrement son imagination qui lui jouait un tour. Dieu, dans sa toute-puissance, ne permettrait pas une chose pareille. Elle se sentait assez terrorisée et coupable comme cela.

— Il faut une ambulance, cria Sam en direction de la voix. Allez chez les Clinger...

— C'est déjà fait ! intervint Virginia Clinger, vêtue d'un jogging rose criard, en traversant rapidement sa pelouse. Ils arrivent. Que s'est-il passé ? — Elle pencha sa tête blonde vers l'enfant. — Est-il vivant ?

— Oui ! hurla Teke, en y croyant désespérément, alors que, la main posée sur le dos de son fils, elle sentait le faible mouvement de sa respiration. Que puis-je faire ? demanda-t-elle encore, agitée d'une frénétique impuissance. Que puis-je faire ?

— Prends sa main, souffla Sam qui caressait doucement les cheveux de l'enfant. Fais-lui savoir que tu es près de lui.

Elle se pencha plus près encore.

— Michael ? tenta-t-elle encore. Michael, est-ce que tu m'entends ? C'est maman, mon bébé, ouvre les yeux.

— Il est inconscient, annonça Virginia.

— Nous lui avions pourtant dit de ne pas quitter l'école, ajouta une nouvelle voix. Mais il était sûr d'être de retour avant la reprise des cours.

Teke leva les yeux et découvrit les visages blêmes des amis de Michael, les jumeaux Terry et Alex Baker.

— Nous avons appris qu'il restait des billets pour le spectacle de MTV, à Great Woods, bafouilla Terry. Le père de Josh a accepté de nous y emmener ce soir, à condition que tout le monde puisse payer sa place. Michael venait demander la permission et l'argent aussi.

— Oui, mais il *sortait* de la maison, remarqua Virginia.

Les yeux de Teke se levèrent sur sa voisine puis, suivant le regard de cette dernière, se posèrent sur Sam. Il avait la chemise ouverte et sa ceinture était défaite. Ses mains se posèrent sur la joue de l'enfant, non sans avoir préalablement bouclé sa ceinture.

— Mais que fait cette saleté d'ambulance ? grinça-t-il.

« Oh, Sam, Sam, qu'avons-nous fait ? » cria Teke en silence. Et dans sa tête, sa voix résonnait étrangement. Ce n'était plus une voix résolue, mais plutôt l'expression d'une détresse profonde, d'une horreur absolue. Depuis l'époque où elle était la petite Peasley et vivait dans une sordide cabane de pêcheur dans le fin fond du Maine, jamais elle n'avait ressenti pareil désespoir. C'est Grady qui l'avait sauvée alors. Cette fois-ci, par contre, personne ne pourrait rien pour elle.

— Tout ira bien, Mikey, s'entendit-elle dire. Le docteur va s'occuper de toi. Garde ton calme, garde ton calme, ajouta-t-elle pour elle-même, la voix tremblante.

— Mais pourquoi est-il sorti de la maison si précipitamment ? continuait Virginia. Pourquoi n'a-t-il pas pris le temps de regarder avant de traverser ?

— Il est juste entré et sorti, cria Terry. On l'attendait devant chez les Carter et on a tout vu. Il n'est même pas resté trente secondes à l'intérieur.

— Est-ce qu'il t'a parlé du concert ? demanda Virginia à Teke.

Mais celle-ci était incapable de répondre. Elle était incapable d'orienter ses pensées en deçà ou au-delà de l'instant présent et de son fils étendu sur la chaussée. Elle tenait sa main, caressait doucement son bras apparemment valide, alors qu'une grande lassitude, une faiblesse extrême, semblait soudain l'envahir.

Elle était près de défaillir et Sam s'approcha pour la soutenir.

— Ça va aller, Teke.

Elle eut un mouvement spasmodique du menton, priant le ciel qu'il eût raison.

— Les enfants sont solides. Ils se rétablissent très vite.

Le hululement de la sirène de l'ambulance emplit soudain l'espace. Il parut irréel à Teke, comme ces événements qui ne ressemblent à rien de tout ce que l'on a connu et auxquels on ne peut échapper. L'ambulance tourna au coin de la rue, suivie d'une voiture de police. Les deux véhicules s'approchèrent le plus près possible et leurs occupants en émergèrent précipitamment.

Quand Sam attira doucement Teke vers lui pour laisser la place aux infirmiers, elle résista.

— Laisse-les. Ils savent ce qu'il faut faire.

— C'est mon fils, Sam, murmura-t-elle en se débattant. S'il meurt, je meurs aussi.

— Tout ira bien.

— C'est ma faute.

— Non.

— Est-ce que quelqu'un a vu ce qui s'est passé ? demanda un des policiers.

Avant que quelqu'un dans l'attroupement ait eu le temps de répondre, le chauffeur de la camionnette intervint :

— Je suis le conducteur du camion. J'ai freiné, mais trop tard.

Sans s'en rendre compte, Teke regardait à présent le conducteur et le hurlement silencieux s'éleva à nouveau dans sa tête.

Grady! C'était Grady. « Oh, non! Seigneur! Pas lui! N'importe qui mais pas lui! »

Vingt-deux années avaient à peine changé les traits de son visage. Aurait-il porté un masque, qu'elle l'aurait reconnu à ses yeux. Des yeux noirs, profonds et insondables à s'y noyer. Des yeux toujours chargés de la même émotion à son égard. En rien différents de ceux qu'elle avait connus.

Elle se mit à trembler de manière inquiétante et Sam la retint toujours aussi fermement.

— Ça ira, Teke. Tout ira bien, tu verras. C'est un enfant fort, plein de santé...

Teke vit que le policier attirait Grady à l'écart des oreilles indiscrètes pendant que les infirmiers installaient précautionneusement son fils sur une civière.

— Elle devrait aller s'habiller, tu ne crois pas? demanda Virginia à Sam qui tentait vainement de ramener Teke vers la maison.

— Je ne peux pas le laisser, disait celle-ci, persuadée que son fils mourrait si elle l'abandonnait.

— Mets au moins un chandail et un pantalon, nous risquons de rester un bon moment à l'hôpital, tenta-t-il de lui expliquer.

— Je ne veux pas le laisser.

— Le mieux c'est que tu ailles lui chercher quelques vêtements, demanda Sam à Virginia. Elle se changera sur place.

Virginia partit en courant.

Penché sur la civière, un infirmier annonça:

— Il a de nombreuses fractures et peut-être une hémorragie interne. Mais c'est la blessure à la tête qui me cause le plus d'inquiétude. Est-ce que le Mass General vous convient?

Teke était incapable de décider vers quel hôpital il

fallait évacuer son fils. Elle ne savait rien, excepté que son enfant était en danger de mort.

— Ça ira, dit Sam à l'infirmier. On ne peut pas se tromper, c'est le meilleur, ajouta-t-il à l'intention de Teke.

Michael fut hissé dans l'ambulance. Pressée contre lui, Teke pouvait sentir le dur contact du brancard contre son ventre.

— Monte avec lui, acquiesça Sam, je vous suis en voiture. Je téléphonerai à Annie pour qu'elle s'occupe des enfants. On se retrouve à l'hôpital.

Une terrible pensée s'installa soudain dans l'esprit de Teke :

— J.D. Il faut le prévenir. Il faut que quelqu'un lui dise.

— Je m'en occupe, la rassura Sam alors que ses yeux reflétaient la même terreur que ceux de Teke.

— Voilà, dit Virginia en tendant à Teke un sac plein à craquer. J'y ai mis aussi des sous-vêtements.

Teke eut juste assez de temps pour entrevoir le regard que Virginia jetait à Sam pendant qu'il l'aidait à monter dans l'ambulance. Puis ses yeux se reposèrent sur Michael, sa main reprit la main de son fils et ne devait plus la quitter tout le long du parcours. Si seulement il pouvait ouvrir les yeux... S'il pouvait à nouveau lui faire son adorable sourire...

Mais les yeux de l'enfant restaient désespérément clos et sa bouche était reliée à un inhalateur. Elle ne quitta la petite cabine des urgences qu'après que les médecins eurent signifié fermement qu'ils avaient besoin de tout l'espace disponible. Elle en profita pour aller se changer et se résigna ensuite à attendre dans le hall, adossée au mur, les yeux rivés sur la porte de la pièce où se trouvaient Michael et les médecins qui le soignaient. Sam vint la rejoindre.

— Des nouvelles ?

Il lui était impossible de le regarder dans les yeux, à présent. Plus après ce qu'elle avait fait. Elle se contenta de secouer la tête.

— Teke…

Elle l'interrompit d'un geste. Elle ne voulait pas penser à ce qui s'était passé entre eux et encore moins en parler. Mais il insistait :

— C'est ma faute…

Elle enfouit son visage dans ses mains tremblantes. Elle ne voulait penser qu'à Michael et aux médecins qui s'affairaient autour de lui et prier pour qu'il reprenne connaissance.

— Michael a pu être traumatisé par ce qu'il a vu, dit Sam.

— S'il te plaît, supplia-t-elle. Pas maintenant ! Je ne le supporterais pas.

— Remettre les choses à plus tard, ce n'est pas ça qui les rendra plus faciles.

— Si Michael s'en sort, oui. Tout, pourvu qu'il s'en sorte.

— Il s'en sortira, affirma Sam avec conviction.

Au fond de ses yeux bruns et profonds, dans la courbe de son menton et le dessin ferme de sa bouche sous sa moustache bien taillée, elle put voir l'espoir et la confiance.

— Il s'en sortira, Teke.

Elle opina de la tête sans rien dire et, alors qu'elle ne voulait penser qu'à Michael, des images importunes s'insinuèrent dans son esprit. Devant les yeux, elle avait le large torse de Sam ; à nouveau, elle pouvait sentir la puissance de son désir. Et puis, il y avait eu le claquement de la porte, le crissement des pneus sur le bitume, le hululement de la sirène. Elle revit le gyrophare de l'ambulance, et le sang qui coulait lentement de la tête de Michael. Et cette camionnette bleu ciel crasseuse en travers de la rue. Et le visage abasourdi et douloureusement familier de son propriétaire.

Grady. Seigneur Dieu, Grady !

Un cri de désespoir s'échappa soudain de sa poitrine. Sam se précipita pour l'aider, mais elle se déroba.

— Ça va.

Elle prit une profonde inspiration et chassa Grady de son esprit. Michael. Lui seul comptait.

— Il ne va pas être content : il a la jambe cassée et la saison de basket-ball commence le mois prochain.

— Pas de problème, fit Sam. Il restera assis sur le banc de l'entraîneur et lui donnera un coup de main jusqu'à ce qu'il puisse jouer à nouveau.

— Ne pas participer aux matches, ça va lui briser le cœur.

— Ça sera pareil pour toute l'équipe : c'est lui la vedette.

— Et que se passera-t-il s'il rate toute la saison ?

— Eh bien, il s'entraînera deux fois plus pour la saison suivante.

— Et s'il ne peut plus jouer du tout ?

— Il rejouera.

— Mais s'il ne peut plus jouer pour le reste de ses jours ?

C'était tellement impensable qu'elle ne pouvait se résoudre à l'envisager.

Sam se tut pendant un court instant. Puis il émit un gémissement, comme si on lui arrachait les tripes. Incroyablement, Teke éprouva pour lui une bouffée de tendresse.

— Triste façon de célébrer ta victoire, n'est-ce pas ?

— Je me fous de ma victoire. J'ai tout annulé. La conférence de presse, le dîner, tout. Je n'ai pas envie d'y penser, et encore moins de la célébrer, lâcha-t-il en se passant nerveusement la main dans les cheveux. C'est quand même étrange, la vie. Un moment tu es le plus grand et l'instant d'après tu n'es plus qu'un fantoche.

— Est-ce que tu as parlé à Annie ? demanda Teke avec un nouveau pincement au ventre.

Encore une horreur à laquelle il allait falloir faire face.

— Uniquement de l'accident. Elle voulait venir te

rejoindre mais je lui ai conseillé de s'occuper des enfants.

Teke appuya sa joue contre la surface rugueuse de la cloison.

— Annie, c'est quelqu'un de bien. Elle n'aurait jamais fait ce que j'ai fait.

— Ce n'était pas ta faute.

— Je t'ai pratiquement sauté dessus — Cette pensée la consterna, puis la dérouta. — Je ne sais pas ce qui s'est passé. Je n'avais jamais pensé me comporter ainsi avec toi, auparavant. Mais quand je t'ai vu, j'avais l'esprit ailleurs et j'avais besoin, j'avais besoin de...

Elle avait besoin de Grady, c'était aussi simple que cela. Son ménage s'enlisait comme jamais sa liaison avec Grady ne s'était enlisée. Tout à coup, elle avait eu besoin de l'émotion qu'il avait toujours suscitée en elle, de la profondeur de ses sentiments, de son attente et de la satisfaction absolue d'être à ses côtés. Elle avait eu besoin de tout ce qu'elle s'était forcée d'ignorer depuis des années et qui avait si violemment ressurgi avec cette lettre qu'elle avait lue et relue, jusqu'à en avoir le feu au ventre.

Quand la porte s'ouvrit, elle se retourna d'un bloc. Un des médecins se détacha du groupe :

— Nous le mettons en soins intensifs. Nous allons faire des analyses, mais en attendant, il faut surveiller l'évolution de son état.

— A-t-il repris connaissance ? demanda Teke en avalant douloureusement sa salive.

— Pas encore.

— Va-t-il bientôt se réveiller ?

— Nous l'espérons.

— Quand ?

— Nous l'ignorons.

— Pouvez-vous faire un pronostic ?

— Pas encore, répondit le médecin avec un sourire triste. Pas maintenant, mais plus tard. Peut-être. Quand nous aurons une meilleure idée de sa blessure. Vous pouvez nous accompagner, si vous le désirez, nous avons une salle plus confortable dans ce pavillon.

Peu de temps après, Teke se retrouvait dans la salle d'attente du cinquième étage, essayant en vain de se détendre devant le thé que Sam venait de lui apporter. Elle pensait à Sam et à sa douleur, à J.D. et à sa colère certaine. Elle pensait surtout à Grady et au choc qu'elle avait ressenti en le reconnaissant.

Puis Annie arriva, accompagnée de Jana et de Zoe, toutes trois au bord des larmes et cherchant un réconfort que Teke était incapable de leur apporter. Quand Annie la prit dans ses bras, un terrible sentiment de culpabilité lui fouailla le cœur.

Douce Annie, compréhensive Annie, compatissante Annie qui ne comprenait soudain plus rien à rien à ce qui se passait.

Teke se souvint de ce jour de septembre 1970 où elles s'étaient connues. Elle cherchait timidement le dortoir, chargée de deux lourds sacs qui contenaient la totalité de ses biens. Et son inquiétude, alors qu'elle traversait les salles, n'avait fait que s'accroître. Elle ne s'était jamais sentie aussi peu à sa place que parmi ces filles accompagnées de leurs mères, toutes ces nouvelles si bien habillées qui déballaient leurs vêtements tout neufs de leurs valises toutes neuves. Elle était finalement arrivée à la chambre qu'on lui avait assignée pour y découvrir, assise près de la fenêtre, en train d'écrire dans le vieux cahier qui lui servait de journal, une fille qui semblait aussi désemparée qu'elle.

— Theodora ? avait-elle timidement demandé.

— Teke, avait corrigé simplement la jeune fille. Theodora, c'est trop long.

Annie en avait soupiré de soulagement.

— Grâce à Dieu ! Je mourais d'angoisse en me demandant ce que j'allais bien pouvoir dire à quelqu'un nommé Theodora. Teke, c'est parfait pour moi. J'aime beaucoup tes boucles d'oreilles, elle sont en quoi ?

Les boucles d'oreilles étaient faites de fil de pêche que Teke avait escamoté dans la cabane de pêcheur et qu'elle avait tressé en larges fleurs ivoire qui encadraient son cou. Annie les avaient trouvées merveilleuses. Tout comme les jeans dont Teke avait hérités du fils du pasteur et qu'elle avait généreusement brodés, sans oublier ses vestons trop grands qui avaient fait partie de la garde-robe de son père.

Très rapidement, elles s'étaient liées d'amitié. Annie étant la littéraire, Teke la « matheuse ». Annie la cérébrale, Teke la technicienne. Au cours de ces quatre années de collège, elles avaient toujours travaillé en équipe. Elles avaient épousé deux hommes qui étaient les meilleurs amis du monde. Elles avaient poursuivi leur travail d'équipe en préparant leur doctorat de philosophie, loué leur appartement dans le même immeuble puis acheté leur maison à proximité l'une de l'autre, faisaient d'innombrables dons à des fondations parascolaires, prenaient leurs vacances ensemble et avaient cinq beaux enfants.

Et maintenant, tout était bouleversé. Teke avait saboté cette merveilleuse amitié, même si Annie n'en savait encore rien.

— Il va s'en sortir, souffla doucement Annie.

Tel un serpent — ce fut son impression —, Teke échappa à son étreinte amicale.

— Prions Dieu.

— Les médecins de cet hôpital sont les meilleurs qui soient. Est-ce que J.D. est en route ?

Teke fit un signe du menton. Elle éprouva soudain le besoin de bouger et, traversant le hall, elle se dirigea vers la chambre de Michael mais n'y entra pas. Elle se contenta d'appuyer son front sur la baie vitrée pour regarder à l'intérieur. Annie et les filles vinrent la rejoindre.

— Qu'est-ce qu'ils font ? voulut savoir Zoe.

— Des tests, répondit Teke.

Jana s'appuya sur elle.
— Est-ce qu'il le sait ?
— Non. Il est toujours inconscient.
— Alors, il ne souffre pas ?
— Je ne crois pas, non.
— Quand pourrons-nous le voir ?
— Dès qu'ils auront fini.
— Est-ce qu'il va se rétablir ?
— Je l'espère.

Jana la regarda. Pas de haut : elles avaient à peu près la même taille. Mais à cet instant précis, Teke se sentait terriblement petite.

— Annie nous a dit que le conducteur avait été appréhendé, ajouta Jana.

Le souvenir de Grady revint pincer douloureusement le cœur de Teke.

— Ce n'était pas la peine, il n'a jamais cherché à s'enfuir.
— Est-ce qu'ils vont l'arrêter ?
— Je n'en sais rien.
— Est-ce qu'il roulait vite ?
— Je n'ai pas pu voir.
— Comment se fait-il que Michael ne l'ait pas entendu arriver ?

Teke n'en savait rien. Elle pouvait deviner, bien sûr, et cela n'avait rien de réconfortant. Pas plus que de penser que, si embarrassantes que pussent être les questions de Jana, elles étaient insignifiantes comparées à celles que J.D. allait lui poser.

2

De retour de Springfield, J.D. fut arrêté pour excès de vitesse. Le flic prétendait qu'il faisait du cent quarante et, en d'autres circonstances, J.D. aurait discuté. Il était avocat et connaissait la musique : ces pistolets radars, ça ne valait pas un pet de lapin. Il aurait pu le faire descendre à cent vingt. Il en aurait appelé de la contravention et le tour aurait été joué.

Mais cette fois-là, il se contenta de présenter son permis de conduire et les papiers du véhicule en annonçant :

— J'étais en pleines tractations quand j'ai reçu un appel me disant que mon fils avait été renversé par une voiture. On m'a dit qu'il était inconscient mais je ne sais rien de plus. Il a treize ans.

— Treize ans ? C'est un coup dur.

— Ma femme et mon meilleur ami sont à l'hôpital mais je suis incapable de les joindre, ils sont quelque part entre les urgences et les soins intensifs. Je n'arrive même pas à parler à un médecin : on refuse de transmettre mes appels.

— Remerciez le ciel qu'ils s'occupent de votre fils.

— Oui, mais je ne peux avoir aucune nouvelle. C'est terrible de ne pas savoir. J'imagine le pire. Excusez-moi, mais je ne me rendais pas compte de ma vitesse.

— Votre excuse est tout à fait valable, répondit l'officier de police en lui rendant ses papiers. Je ne verbalise pas mais soyez prudent, surtout si vous êtes en train de téléphoner. Vous fiche en l'air à un carrefour n'améliorera pas le sort de votre fils.

J.D. ne dépassa pas le cent vingt sur le reste du chemin.

Quand il ne harcelait pas l'hôpital pour qu'on le mette en contact avec quelqu'un qui pût le renseigner, il s'entretenait avec Vicki Cornell, à propos du procès que Sam venait de gagner. L'affaire Dunn-Hanover était un gros coup et les retombées pour le cabinet seraient considérables.

Son père allait en prendre pour son grade et, rien que pour ça, il en tirait une satisfaction intense. Depuis toujours, en effet, John Stewart s'était fortement opposé à ce que Sam fît partie de la société. Il pensait que ce dernier n'avait ni les relations, ni le standing nécessaire, à ce poste. Mais J.D. avait insisté pour qu'on lui donnât sa chance. C'était son meilleur ami. Avec Sam à ses côtés, il parvenait à rester humain, sociable et décontracté.

J.D. était reconnaissant à Sam d'avoir accompagné Teke à l'hôpital. Il avait confiance en son jugement et, s'il y avait des décisions à prendre, il serait de bon conseil. Teke en avait certainement besoin. Elle était loin d'avoir l'équilibre de J.D. : elle n'avait pas été éduquée pour cela. En fait, ce n'était qu'une petite provinciale. Elle manquait de sang-froid. Par exemple, il ne lui était pas venu à l'idée de l'appeler dans sa voiture, histoire d'apaiser un peu ses inquiétudes...

J.D. arriva à l'hôpital pour apprendre qu'on avait soigné les blessures externes de Michael, qu'il était branché à un inhalateur, que les médecins procédaient encore à différents tests et qu'ils ne pouvaient encore se prononcer. De fait, personne ne savait grand-chose, ce qui eut le don d'exaspérer J.D. au plus haut point.

— Aucun pronostic ? demanda-t-il à Teke complètement abattue et qui avait toujours les yeux fixés de l'autre côté de la baie vitrée.

— C'est trop tôt.

— Les médecins font toujours des pronostics, argua-t-il.

— Pas quand il y a blessure à la tête.

— Est-ce que le cerveau est touché ?

— Ils n'en savent encore rien.

— Et pourquoi ?

— Je n'en sais rien. Je ne fais que te répéter ce qu'ils m'ont dit.

Il savait qu'elle était bouleversée, mais lui aussi l'était, bon Dieu ! C'était son fils à lui aussi. Elle n'aurait pas dû lâcher les médecins. Mais Teke perdait pied dans ce genre de situations. D'accord, elle était bonne cuisinière, bonne femme d'intérieur, bonne gestionnaire des fonds du ménage. D'accord, elle avait de l'allure et faisait toujours excellente impression lors des dîners en ville. Elle concevait et cousait elle-même les costumes d'Halloween les plus originaux, s'occupait des enfants et même de leur entraînement sportif. Lors de ventes aux enchères, elle était capable, avec son énergie, de générer des milliers de dollars pour des projets artistiques. D'accord, elle était bien tout cela. Mais en période de crise, alors là, il n'y avait plus personne.

Par contre, dans les moments difficiles de ce genre, Annie excellait. Et J.D., qui souhaitait qu'elle vînt à sa rescousse, traversa le hall et se dirigea vers la salle d'attente. Mais comme elle était occupée avec Jonathan et Leigh, c'est à Sam qu'il fit signe.

— Qui est ce bonhomme qui a renversé mon fils ?

Sam était anéanti.

— Je viens juste de parler à la police. C'est un menuisier. Il n'est pas du Massachusetts et n'a pas d'emploi fixe. Mais ses papiers sont en règle. On ne pense pas retenir de charge contre lui.

— Mais il a renversé mon fils ! s'écria J.D., incrédule.

— En réalité, corrigea Sam, c'est Michael qui s'est jeté sous ses roues.

J.D. n'en crut pas un mot.

— Ce gars-là devait rouler trop vite.

— Quarante kilomètres à l'heure selon les experts qui ont relevé les traces de freinage.

— Alors il a dû avoir un problème de freins.

— Ce n'est pas ce qu'affirme la police.

— Voilà à quoi sert la police : à mettre des contraventions pour stationnement interdit ! Je vais faire appel à un enquêteur privé. Le tien, par exemple, Mundy. Il trouvera sûrement quelque chose pour faire inculper cette espèce de menuisier au chômage.

— Pas s'il est innocent, répliqua Sam, l'air navré. Ecoute, J.D., je sais que tu cherches un responsable, c'est tout à fait naturel. Mais ce gars n'y est pour rien. Il était en deçà de la vitesse autorisée. Michael a surgi devant lui et a heurté la calandre du véhicule. Il a fait une pirouette dans les airs avant de retomber sur le capot et, pendant tout ce temps-là, le type n'a pas cessé d'appuyer sur le frein. Il n'était ni saoul ni drogué. Il était simplement au mauvais endroit au mauvais moment.

— Serais-tu en train de me dire que c'est la faute de Michael, par hasard ?

Sam baissa piteusement la tête et passa une main embarrassée dans ses cheveux. Après un soupir, il se décida à regarder J.D. en face.

— Tout ce que j'essaie de te dire c'est que poursuivre le conducteur serait du temps perdu. Il s'agit d'un accident. Ça peut s'expliquer d'un tas de façons, mais ce n'est pas le plus important. Le plus important c'est que Michael ait les meilleurs soins possible. J'ai contacté Bill Gardner à cet effet. C'est le chef du service de neurochirurgie.

— Mais est-ce qu'il est auprès de Michael en ce moment ? En général, ce genre de personne passe plus de temps à s'occuper de ses séminaires ou de ses conférences que de ses malades.

Sam pointa son menton en direction de la chambre où se trouvait Michael. Un médecin en sortait justement.

— C'est lui.

J.D. se présenta lui-même et se lança dans une série de questions sans en apprendre davantage que ce que lui avait déjà annoncé Teke. Même si Bill Gardner était un homme plutôt sympathique, il n'avait rien de concret à offrir. Tirant un petit calepin de la poche intérieure de son veston, J.D. nota méticuleusement les propos du praticien et les noms des membres de son équipe. Puis il jeta un coup d'œil en direction de son fils.

— Quand serons-nous autorisés à le voir ?

— Quand vous voudrez. J'ai donné des instructions à cet effet. Je pense qu'entendre des voix familières pourrait lui être bénéfique.

— Donc, il peut nous entendre ?...

— C'est possible. Mais nous n'en sommes pas sûrs.

L'indécision de ces dernières paroles eut le don d'irriter J.D. Ce qu'il voulait, c'étaient des certitudes.

— Dans un cas comme celui-ci, quand reprend-on habituellement connaissance ?

— N'importe quand.

— Ou jamais. Est-il dans le coma ?

Bill Gardner répondit sans le moindre battement de paupières.

— Techniquement, oui. J'ai hésité à prononcer ce mot devant votre femme, elle est assez secouée comme cela.

C'était son problème à elle et J.D. n'avait ni le temps ni l'envie de lui tenir la main. Encore moins de manifester de la compassion. Pour cela, Annie faisait aussi bien l'affaire.

— Que peut-on faire pour Michael ?

— Rien pour le moment. Son état est stationnaire. Il respire et nous l'avons mis sous perfusion en faisant en sorte qu'il souffre le moins possible. Il ne reste plus qu'à attendre.

— Des complications ?

— Ou une amélioration.

— Quel genre de complications peut-il se produire ?

Une fois encore, le médecin ne cilla pas.

— Un transport au cerveau. Une hémorragie aux poumons. Un arrêt cardiaque par un caillot de sang. Si nous le suivons d'aussi près, c'est justement pour pallier ce genre d'accident.

— Avez-vous détecté une activité cérébrale ?

— Elle est absolument normale, si cela peut vous rassurer. Dans quelle mesure il en a le contrôle, nous ne le saurons pas avant un moment. — Il tendit le cou par-dessus l'épaule de J.D. — Voulez-vous m'excuser ? J'ai un appel.

Et avant que J.D. ait eu le temps de demander ce que ce « moment » voulait dire exactement, avant qu'il sache quand et comment le joindre s'il était absent de l'hôpital, Gardner avait disparu.

Les uns après les autres, les membres de l'équipe médicale quittèrent la chambre de Michael et J.D. ne put réprimer un frisson.

— Est-ce qu'il va bien ?

« Il tient le coup » fut la seule réponse qu'il obtint.

J.D. entra dans la pièce, hésitant, plus mal à l'aise que jamais. Le Michael qui était étendu sur ce lit d'hôpital ne ressemblait pas du tout à celui qu'il connaissait. Celui-ci était inerte, alors que le sien ne tenait pas deux minutes en place. Celui-ci avait un teint cadavérique, mis à part l'ecchymose qu'il avait sur la joue.

Teke contourna le lit et vint se placer en face de son mari. Appuyée sur le rebord chromé, elle se pencha vers son fils ce qui, sans qu'il sache pourquoi, fit monter une bouffée de colère en J.D. Teke était responsable des enfants. Son rôle était de faire en sorte qu'il ne leur arrive rien de fâcheux.

— Comment est-ce arrivé ? murmura-t-il avec une hargne évidente.

Elle leva une épaule lasse et secoua lentement la tête.

— Qu'est-ce qu'il faisait à la maison en plein milieu de la journée ?

Elle répondit d'une voix chancelante.

— Il voulait de l'argent pour le concert.

— Et tu le lui as donné pour qu'il aille se jeter sous une voiture ?

Elle eut un geste vague de la main que J.D. ne fut pas sûr d'avoir compris.

— Alors ? Tu le lui as donné ou pas ? Il est sorti de la maison en courant parce que tu lui avais dit non et qu'il était déçu ?

— Je n'ai pas eu l'occasion de lui parler.

— Et pourquoi ?

Elle caressa le bras de son fils.

— Il est entré dans la maison, Teke. Pourquoi ne lui as-tu pas parlé ?

— Il est reparti avant que j'aie eu le temps de le voir.

— Est-ce qu'il avait changé d'avis ?

Elle toucha le visage de Michael. Sa voix, d'une octave plus haute que la normale, était chargée de tremblements :

— Mon bébé, c'est maman ; est-ce que tu m'entends ? Est-ce que tu m'entends, Michael ?

J.D. était fou de rage : il fallait absolument que quelqu'un fût responsable de l'accident de son fils.

— Ils n'auraient pas dû lui permettre de quitter l'école.

— Ils n'en savaient rien, souffla Teke. Il s'était échappé en compagnie des jumeaux.

— On se demande à quoi peuvent bien servir nos impôts s'ils ne sont pas fichus de surveiller nos enfants !

— Ça s'est passé à l'heure du déjeuner.

— Et tu penses que c'est une excuse ?

— Les enfants sont dispersés pendant cette heure-là. Il est impossible d'avoir l'œil sur eux.

— Quelqu'un aurait dû le voir sortir.

— Ils ne sont pas en prison, J.D. Il n'y a pas de gardiens postés dans des miradors.

— Bien sûr que non, répondit-il aigrement, vexé par le ton sarcastique. Mais ceci est un cas patent de négligence. L'école est responsable de nos enfants, à partir du moment où nous les leur confions.

— Mais il a enfreint le règlement ! cria-t-elle soudain.

A l'inspiration suivante, sa voix s'était déjà radoucie et elle caressa la joue de son enfant.

— C'est un brave garçon. S'il a quitté l'école, c'est qu'il pensait que c'était important.

— Et maintenant, il est couché sur un lit d'hôpital avec un masque à oxygène.

— Chut !

— Et ça ne te met même pas en colère ? demanda J.D., furieux.

— Tout ce que je veux, c'est que Michael se rétablisse, murmura-t-elle, les yeux pleins de larmes.

J.D. étudia le visage de Michael. Lui aussi, il voulait que son fils aille mieux, mais il ne pouvait attendre passivement, comme Teke avec sa mièvre indulgence. Les accidents, ça n'arrive jamais sans raison. Il fallait que le conducteur fût châtié pour ce qu'il avait fait. Et l'école aussi.

— J.D. ? appela Teke sur un ton de défiance soudain.

Il leva les yeux pour constater qu'elle regardait par-dessus son épaule. Un mouvement de tête lui permit de voir ses parents, debout de l'autre côté de la baie vitrée.

A cette seule vision, J.D. sentit son estomac se nouer, comme d'habitude. Oubliant sa colère, il alla les rejoindre dans le hall.

— Je te croyais à New York, dit-il à son père.

— J'ai sauté dans le premier avion, expliqua John Stewart. Ma secrétaire a eu la bonne idée de m'appeler. Contrairement à toi.

— J'arrive à l'instant.

— Comment va-t-il ? demanda Lucy.

Sa mise était impeccable. D'un goût parfait. Vraiment. Compte tenu des circonstances... Et puis, à bien y penser, non. Pas du tout. Totalement malvenue, même.

Sept jours par semaine, l'activité matinale de Lucy consistait à se pomponner en vue de ses activités de l'après-midi et de la soirée. Que ce fût à l'occasion d'un déjeuner avec une amie, d'une apparition au Comité des Dames ou de l'accueil de son mari à l'aéroport pour le conduire à l'hôpital, à partir du moment où elle quittait la maison, Lucy était toujours d'une élégance irréprochable.

J.D. leur rapporta les propos du médecin.

— Bill Gardner ? demanda John Stewart. Ce n'est

pas le meilleur. Le meilleur c'est Henry Finch, de la clinique Mayo.

J.D. osa repousser l'objection. Encore qu'il le fît sur le ton de la simple conversation.

— Michael est ici, pas dans le Minnesota.

— Que Finch prenne le premier avion.

— Mais il évincerait Gardner...

— Il n'arrive pas à se prononcer. C'est toi-même qui viens de le dire.

— Il est trop tôt pour en savoir davantage.

— Appelle Henry Finch. — C'était un ordre — Parle-lui. Sa présence suffira à réveiller Gardner.

Renonçant à discutailler, J.D. sortit son calepin et nota les coordonnées du maître. A peine avait-il eu le temps de le remettre dans sa poche que son père demandait :

— Te portes-tu partie civile ?

— C'est trop tôt pour le dire, p'pa.

— Il n'est jamais trop tôt pour s'assurer qu'une preuve n'est pas détruite. Sam aurait dû le savoir. J'ai cru comprendre qu'il était sur place quand c'est arrivé. Comment se fait-il qu'il n'était pas au bureau ?

— Il était rentré chez lui pour annoncer à Annie qu'il avait gagné le procès Dunn. Tu es au courant ?

— Je suis au courant.

— Pas mal, n'est-ce pas ? demanda J.D. en osant un petit sourire.

— Pas mal.

J.D. aurait préféré un peu plus d'enthousiasme de la part de son père pour qui ses victoires se comptaient sur les doigts de la main. De plus, l'humilité n'était pas la qualité maîtresse de John Stewart. Il était plutôt du genre sévère, dominateur et efficace. Et c'était une autre raison pour laquelle J.D. avait tenu à ce que Sam fît partie de la firme. Il lui servait de tampon. Sam pouvait tenir tête à John Stewart, mais pas lui. Il était capable de se faire l'avocat du diable sans se soucier que John Stewart se sentît offusqué, dérouté ou, pire, embarrassé.

Le seigneur Maxwell jeta un coup d'œil à sa montre, puis en direction de Michael.

— Pourquoi Theodora est-elle seule auprès de lui ?

Theodora. C'est comme ça que lui et sa femme l'appelaient depuis toujours. Ça sonnait plus propre. Ça faisait plus classe. Plutôt drôle, se dit J.D., compte tenu de l'attitude qu'elle avait adoptée.

— Les autres sont dans la salle d'attente, dit-il.

— Où est l'infirmière de Michael ?

— Elle est au poste central. Tous les appareils sur lesquels est branché Michael sont reliés à ce poste.

— Il lui faut une infirmière privée.

— Pas aux soins intensifs, p'pa.

— Est-ce que c'est Theodora qui va le ressusciter s'il arrête de respirer ?

— Si ça devait arriver, une douzaine de personnes s'occuperaient de lui en une seconde.

Ceci dit, J.D. fut soudain pris d'une envie très nette de fuir. C'était un sentiment qu'il éprouvait dès que ses parents pointaient à l'horizon.

— Il faut que j'appelle le bureau. Entrez donc voir Michael, je reviens dans quelques instants.

Et il battit en retraite avant que son père ne lui ordonnât de se procurer un téléphone cellulaire portatif.

Grâce à Dieu, quand il revint, ils étaient — déjà — partis. Recouvrant instantanément son énergie, il se posta au pied du lit de Michael. Pour autant qu'il pût le constater, l'enfant n'avait pas bougé. Pas plus que Teke, d'ailleurs. Jon était là et Leigh parlait doucement à l'oreille de Michael.

— Je ne peux pas croire que tu vas rester endormi alors que tout le monde t'attend, Michael. Madame Baker est venue avec les jumeaux, Josh, Tommy et Nat, mais les infirmières veulent qu'ils restent dans la salle d'attente. La moitié de l'équipe de football est là aussi et tout le monde est venu pour t'encourager. Réveille-toi, nom d'un chien.

Jon lui prit la main.

— On va revenir, Mike, dit-il, l'air aussi penaud que Leigh. Veux-tu encore un peu de thé, Teke ?

Teke lui adressa un pauvre sourire et secoua la tête.

J.D. regarda Jon et Leigh partir. Puis, les poings enfoncés dans les poches de son pantalon, il examina la pièce. Tout était blanc et chromé, brillant comme un sou neuf, froid, aseptisé et, chose intéressante, J.D. détesta. La chambre de Michael était bariolée de couleurs tapageuses et éternellement en désordre et J.D. détestait cela aussi. Ou du moins l'avait-il toujours cru. Compte tenu de la situation actuelle, ce n'était pas si mal, après tout.

— Est-ce que mes parents t'ont dit quelque chose ?

— Oui. Bonjour et au revoir, répondit Teke posément.

— Ils ne supportent pas très bien la maladie, surtout celle des autres. Est-ce que Gardner est revenu ?

Elle fit un signe de dénégation.

— A la clinique Mayo il y a un médecin : le docteur Henry Finch. C'est, paraît-il, le meilleur des Etats-Unis pour ce genre de blessure.

— Tu n'as pas confiance en Bill Gardner ?

— La confiance n'a rien à voir dans cette affaire. Il s'agit de simple bon sens : deux têtes valent mieux qu'une. D'autre part, Gardner ne semble pas débordant d'idées.

Sam entra.

— Comment va-t-il ?

— Stationnaire. Au fait, je viens de parler avec les gens du bureau. Les journalistes te réclament.

— Qu'ils attendent.

— Si on attend trop, ils vont tiédir. C'est maintenant qu'il faut y aller.

— Aucune importance. Ça va, Teke ?

Elle hocha la tête et il sortit.

J.D. commençait à trouver la scène irréelle : l'allure détendue de Sam, l'amorphisme de Teke, l'inconscience de Michael. Tout le monde était sorti de son personnage. L'accident lui-même était hors temps. Les enfants Maxwell étaient tous en bonne santé parce qu'on faisait tout ce qu'il fallait pour ça. Ils n'étaient pas du genre à se faire renverser par un camion.

— Tout cela n'a aucun sens, murmura-t-il. Pourquoi est-il rentré puis sorti en courant de la maison ? Où étais-tu ?

— Dans le living-room, fit Teke, déglutissant péniblement.

— Comment a-t-il pu ne pas te voir ?

— Il m'a peut-être vue, je n'en sais rien, répondit-elle. Je ne sais pas ce qu'il a vu exactement.

« Tu devrais pourtant le savoir, pensait-il. C'est toi sa mère. »

J.D. avait sauté le repas de midi.

— Les enfants doivent avoir faim, dit-il.

— Emmène-les dîner. Je reste ici au cas où il y aurait du changement.

— Peut-être devrais-je en faire autant. Les enfants peuvent sortir et nous rapporter quelque chose.

— Non. Va avec eux. Ils se sentiront plus à l'aise en ta compagnie.

Il se trouvait que c'était ce dont il avait envie. Il n'était d'aucune utilité pour Michael et il fallait qu'il fasse quelque chose.

— Où pourrais-je bien les emmener ?

— Je n'en sais rien.

— Eh bien, moi non plus, figure-toi ! aboya-t-il.

C'est vrai, quoi ! Les repas, c'était son affaire à elle et pas la sienne. Qu'elle cuisine ou qu'ils aillent au restaurant… Elle savait pourtant bien qu'il avait horreur de prendre des décisions d'ordre domestique !

— Où peut-on dîner, dans les environs ?

Elle lui adressa un regard incendiaire.

— Tu devrais le savoir mieux que moi. Tu travailles dans le coin, il me semble.

— Je travaille à l'autre bout de la ville, figure-toi. Qu'est-ce que préfèrent les enfants ?

— Ce que tu voudras.

— Eh bien, je laisserai Sam et Annie en décider. Il faut qu'ils dînent, eux aussi. Nous reviendrons après.

— Pas pour longtemps, les enfants ont besoin de sommeil. Emmène-les à la maison avec toi. Moi, je reste ici.

— Je reste avec toi.

— Ils auront besoin de toi à la maison. Ils sont très fatigués.

J.D. n'avait pas l'impression d'y pouvoir grand-chose. Les filles épancheraient leur chagrin auprès de Teke, d'Annie ou même de Sam, bien avant de recourir à lui. Il ne brillait pas dans les discussions d'ordre sentimental. Ce qu'il savait faire, c'était négocier une fusion de sociétés, exécuter une succession, rédiger des contrats, mais sûrement pas tenir la main de quelqu'un, sortir son mouchoir et tenter de trouver une explication là où il n'y en avait pas.

Il eut la vision fugace d'un monceau de linge sale, de lits défaits et d'un évier vomissant un tas de vaisselle sale... pas du tout le style de Teke. Avant l'accident de Michael, l'ampleur de la tâche qu'elle pouvait accomplir quotidiennement l'avait toujours laissé de marbre.

— Qu'y a-t-il à faire à la maison ?

— Rien. Tout est fait.

Il se sentit vaguement soulagé jusqu'à ce qu'elle émît un petit bruit de gorge qui ressemblait à un sanglot.

— Tout a été fait ce matin, comme d'habitude. Ô mon Dieu, si seulement j'avais...

Elle laissa sa phrase en suspens.

— Si seulement tu avais quoi ?

Elle secoua la tête.

— Si seulement tu avais quoi ? insista-t-il.

Les cachotteries, il n'aimait pas beaucoup ça. Avec les médecins, il n'avait pas le choix, et c'était déjà assez pénible comme ça sans que sa femme vienne en rajouter.

— Si seulement j'avais pu le rattraper, lâcha-t-elle d'une voix cassée. Si seulement j'avais pu lui parler...

Elle était au bord de la crise de nerfs. Elle allait manifestement se mettre à hurler d'un instant à l'autre et il n'était pas certain de pouvoir le supporter. Dans un effort de volonté pour lui venir en aide, il lui dit :

— Ce n'était pas ta faute.

— J'aurais dû me trouver près de la porte d'entrée.

— Je ne vois pas où est la différence.

— Il y en a une.

Il n'allait pas argumenter plus avant. Les remords, c'était son affaire. Comme la préparation des repas. Elle s'était elle-même définie. Elle avait elle-même établi ses propres tâches — ce que peu de mères faisaient — et, d'une manière générale, elle s'y tenait.

Néanmoins, elle avait raison : elle aurait dû se tenir près de la porte d'entrée.

Tôt le matin suivant, Annie raccrocha son téléphone. Elle posa les pieds sur la descente de lit et emmitoufla ses mains dans les plis de sa chemise de nuit. A peine avait-elle rassemblé ses idées que Zoe et Jana faisaient leur apparition sur le seuil de la chambre. Leurs visages étaient encore bouffis de sommeil mais déjà elles posaient un regard plein d'anxiété sur leur mère.

— Rien de nouveau, annonça celle-ci avant qu'elles n'eussent le temps de poser la question.

Elle aurait pu se montrer plus nuancée, mais on ne trompe pas un enfant de quinze ans.

— Je viens juste de parler à l'infirmière, poursuivit-elle.

— Il est toujours inconscient ? demanda Jana.

— Oui.

— Est-ce que maman est toujours là-bas ?

— Et ton père aussi, acquiesça Annie. Il ne parvenait pas à s'endormir ; alors il s'est rhabillé pour aller la rejoindre. C'est une bonne chose que Leigh et toi ayez couché ici, il ne vous aurait jamais laissées toutes seules.

— Il nous considère encore comme des gamines.

— Non, il sait que vous êtes de grandes filles. Simplement, il ne sait pas toujours ce qu'il faut faire.

Comme père, J.D. était en effet d'une maladresse insigne. Son cœur était à la bonne place, mais ses comportements et ses gestes étaient toujours malhabiles.

— C'est pourquoi il a Teke, poursuivit Annie avec un petit sourire. Est-ce que Leigh est réveillée ?

— Je ne sais pas, fit Jana.

— Où est papa ? demanda Zoe.

Annie indiqua la salle de bains du menton.

— Il se rase.

— Est-ce que c'est lui qui a pris des douches toute la nuit ?

En fait, il n'en avait pris que deux. Mais le bruit de l'eau qui coule a toujours des résonances particulières dans le silence de la nuit.

— Il était très nerveux. Il s'inquiète beaucoup pour Michael.

— Est-ce qu'on retourne à l'hôpital après le petit déjeuner ? demanda Jana.

— Seulement après l'école, précisa Annie avec un sourire triste.

— Mais je n'ai pas de matières importantes, aujourd'hui. Je ne manquerais pas grand-chose…

— Ta mère veut que vous alliez en classe. Dans la mesure du possible, elle souhaite que vous ne changiez rien à vos habitudes.

— Ouais, intervint Jana. Et je suppose aussi qu'on va voir Michael arriver en courant d'une minute à l'autre...

Annie quitta son lit et alla vers les deux filles. Une main posée sur l'épaule de chacune d'elles, elle les entraîna gentiment vers le hall.

— Je sais que c'est difficile.

— C'est mon frère !

— Les médecins vont procéder à d'autres examens, aujourd'hui. Il ne sera donc pas possible que tu le voies.

— Je pourrais rester auprès de maman.

— Ton père y est déjà.

— Pour le moment. Mais il va bien falloir qu'il aille à son bureau...

— Pour la même raison qu'il faut que tu ailles à l'école. Laisse les médecins s'occuper de Michael, ce matin, mais continue à penser à lui. C'est ça le plus important. Cet après-midi, nous retournerons le voir.

Délaissant momentanément Jana et Zoe, Annie alla frapper de son index replié à la porte de la chambre de Jonathan, puis l'ouvrit.

— Leigh ? Est-ce que tu es réveillée ?

Les rideaux étaient toujours tirés. Une minute fut nécessaire avant que ses yeux ne fussent habitués à l'obscurité. Poussant un soupir, elle fit gentiment déguerpir les filles et se glissa prestement dans la chambre en prenant bien soin de refermer la porte derrière elles.

— Oh, Jon ! soupira-t-elle, déçue. Tu m'avais pourtant promis d'aller dormir dans le petit salon.

— Leigh n'était pas bien, répondit Jon, la voix pleine de sommeil. Elle s'inquiétait pour Michael.

— Eh bien à présent, il ne nous reste plus qu'à nous inquiéter pour elle.

— Il ne s'est rien passé.

— Leigh ?

— Il ne s'est rien passé, répéta Leigh qui, pour

étayer ses dires, exhibait une chemise de nuit boutonnée jusqu'au cou.

Jon, lui, était torse nu. Mais cela ne signifiait rien : il dormait en caleçon, comme son père.

Nouveau soupir d'Annie qui traversa la pièce pour aller résolument tirer les rideaux. Elle alla se placer ensuite au pied du lit double que Sam et elle avaient eu la présence d'esprit d'acheter en prévision de la croissance de Jon.

— Rien ne s'est passé cette fois-ci, les enfants. Mais laissez-moi vous dire que vous jouez avec le feu.

— J'aime Leigh et elle m'aime aussi. Nous avons l'intention de nous marier.

— Un peu de patience : vous n'avez que dix-sept ans.

— Comment va Michael ? demanda Leigh.

— Toujours pareil.

Leigh fit un mouvement vers Jon qui s'empressa de lui ouvrir les bras. C'était un geste gentil, protecteur. Mais c'était aussi un geste d'adulte qui laissa Annie presque aussi interdite que le fait de les avoir surpris au lit ensemble.

Elle se souvint alors de l'époque où ils étaient bébés, enfants, puis écoliers et pré-adolescents. Durant tout ce temps, ils avaient été inséparables et, même si les deux familles étaient persuadées qu'ils se sépareraient un jour ou l'autre pour suivre chacun son chemin, ce n'était pas encore arrivé. Comme deux jeunes arbres, leurs racines s'étaient nouées ensemble et ils avaient poussé, plus grands et plus beaux, les branches entremêlées. Annie était persuadée qu'il en serait toujours ainsi. Ce qui l'inquiétait, cependant, c'était de voir soudain apparaître un bourgeon ; aussi ajouta-t-elle :

— Tu sais très bien ce que ta mère pense à ce sujet, Leigh.

— Pas vraiment. Nous parlons très peu de sexualité, elle et moi. Je crois qu'elle n'aime pas beaucoup ça.

— Mais bien sûr qu'elle aime ça, objecta Annie. Teke ne m'en a jamais parlé en mal et je la connais depuis des années. Je pense au contraire qu'elle s'abstient d'en parler parce qu'elle craint que cela ne vous donne des idées.

Les deux alliés échangèrent un regard.

— Quoi donc ? voulut savoir Annie.

— Des idées, on en a déjà, répliqua Jon. Bon sang, m'man, la moitié de nos copains le font déjà et ces murs ne sont pas de pierre : on vous entend très bien, papa et toi !

— C'est faux, lança Annie le feu aux joues. Ton père et moi faisons toujours très attention.

Au moment où la conversation commençait à devenir embarrassante, le téléphone fit entendre sa sonnerie salvatrice. Plus rapide, Jon décrocha le combiné.

Après quelques secondes d'une infinie longueur durant lesquelles chacun craignit le pire pour Michael, Jon déclara :

— C'est pour p'pa. C'est le *Globe*.

— Ô Seigneur ! — Annie poussa un soupir de soulagement. — Pauvre papa, c'était un si grand moment dans sa carrière...

A cet instant, tout ce qu'elle souhaitait pour Sam, c'était qu'il pût jouir pleinement de ce succès tant mérité, et rien de plus. Elle retourna dans sa chambre.

Sam émergeait de sa énième douche. Il noua une serviette autour de sa taille et prit le récepteur. Se glissant contre la tête de lit, Annie se couvrit de la couette jusqu'au buste puis se mit à contempler son mari, spectacle dont elle tirait un plaisir évident ; cela faisait une vingtaine d'années qu'elle s'y adonnait, et elle n'en éprouvait aucune lassitude. Sam vieillissait bien, son corps était mieux défini : épaules plus larges, hanches plus fines, torse plus musclé.

Des années de sourires avaient creusé des rides rieuses autour de ses yeux et ses cheveux toujours aussi bruns et drus étaient bien coupés, tout comme sa moustache dont le dessin s'était, avec le temps, affiné.

Cependant, il faisait grise mine, à présent. Il avait l'air de beaucoup s'en faire pour Michael.

— Ils veulent que je fasse une déclaration, annonça-t-il en raccrochant.

Repoussant la couette, elle vint passer les bras autour de son cou. Sa peau était humide et il sentait le savon. Elle frotta la joue contre son menton.

— Je suis si fière de toi, Sam. Personne n'aurait pu croire que tu gagnerais une cause aussi difficile.

— Question d'opportunité, dit-il modestement.

— Pas d'opportunité. De talent. Aucun autre avocat n'aurait pu faire ce que tu as fait. Cette affaire aurait pu te démolir, dès le début. Et pourtant tu l'as prise en charge, sans la moindre promesse d'être payé en retour.

— Ouais, fit-il ironiquement. Et maintenant, je passe à la caisse.

Elle lui prit le visage entre les mains.

— Tu as travaillé très dur. Tu mérites ce pourcentage. Tu t'es porté volontaire pour défendre une cause et il fallait un homme sensible et dévoué pour ça. J'aurais simplement préféré que cela se passe en d'autres circonstances. J'aurais aimé te voir plus heureux.

— Ouais.

— Peut-être le pourrions-nous quand même. Je suis navrée de t'avoir manqué, hier. J'ai emmené ma classe déjeuner. J'ai pensé que cela me permettrait de mieux faire connaissance avec mes élèves. Nous avons dû nous rater d'une demi-heure environ.

Il regardait par la fenêtre, l'air malheureux.

— Michael va se rétablir, Sam.

Il émit un gémissement de douleur et se tourna

vers elle. Ses yeux, entre colère et tristesse, parcoururent le visage d'Annie. Il passa ses bras autour d'elle et la serra si fort qu'il en trembla de tous ses membres.

— Il va se rétablir, murmura-t-elle encore.

— Je t'aime.

— Oh, Sam !

Il lui donna un baiser profond, désespérément passionné... mais s'écarta brutalement d'elle dès qu'il sentit monter en lui la première vague de désir. Annie aurait préféré qu'il réagisse différemment mais elle comprenait. Il fallait qu'il finisse de se préparer et qu'il aille en ville. De son côté, elle devait faire déjeuner les enfants, se préparer et aller à l'école.

Par chance, les enfants déjeunèrent en un clin d'œil. Alors que Teke aurait commencé par presser une demi-douzaine d'oranges, pour ensuite préparer les œufs brouillés et les gaufres maison, Annie, elle, s'était simplifié la vie depuis longtemps. Elle prépara le café pendant que chacun pressait lui-même ses oranges, se servait lui-même de céréales et grillait lui-même son pain. Dans le cas des filles, le petit déjeuner se limitait à un yogourt maigre.

L'affaire de Sam faisait la une des quotidiens et cela occupa toute la famille pour un bon moment. Lorsque les journaux épars furent mis de côté, un silence s'établit et Annie sut que tout le monde pensait à Michael. Elle-même restait coite : elle était avec eux et c'était suffisant.

Ils se trouvaient sur le pas de la porte quand Sam apparut au bas des escaliers. Il portait un costume en fil-à-fil gris, une chemise bleue et une cravate rouge. C'était une de ses tenues les plus conventionnelles et elle convenait parfaitement à son état d'esprit du moment. Il se servit lui-même son café, qu'il sirota tout en feuilletant les journaux.

— Veux-tu manger quelque chose ?

— Non. J'ai l'estomac noué. (Il alla poser sa tasse

vide dans l'évier.) Je m'arrêterai à l'hôpital de route. Veux-tu que je t'appelle de là-bas ?

Elle sourit et lui tendit la joue.

Cinq minutes plus tard, elle était sous la douche et peu après, séchée, maquillée — légèrement — et habillée, elle était prête à partir. Elle appela de nouveau l'hôpital pour s'entendre répéter ce qu'elle avait appris un peu plus tôt. Elle aurait bien aimé parler à Teke, mais pour cela, il eût fallu que ce fût Teke qui l'appelât et Annie était surprise qu'elle ne l'eût pas fait. Habituellement, elle ne manquait jamais de l'appeler quand elle avait des ennuis.

Sam l'appela pour lui redire que l'état de Michael était stationnaire, que J.D. était parti pour le bureau et que Teke, bien qu'épuisée, tenait toujours le coup.

— Il faut que j'y aille, dit Annie. Je crois que je devrais annuler mes cours. Teke a besoin de quelqu'un auprès d'elle.

— Non. Va à tes cours. J.D. a dit qu'il serait de retour dans une heure. Je vais l'attendre.

— J.D. n'est pas l'homme de ce genre de situation. Teke a besoin de quelqu'un sur qui s'appuyer.

Mais Sam insista :

— Je lui ai posé la question. Elle te demande d'aller à tes cours. Si tu étais auprès d'elle, ce serait pire.

— Pire ?

— Elle se sentirait coupable d'avoir gâché ta journée de classe. Ecoute, Annie, essaie de venir après, peut-être qu'à ce moment-là, il y aura eu quelque amélioration...

Annie priait le ciel qu'il en fût ainsi. Il n'était pas nécessaire d'avoir un diplôme de médecine pour savoir que plus Michael resterait inconscient, plus ce serait de mauvais augure. Le cœur lourd, elle empila dans sa mallette les documents qu'elle avait dispersés la veille sur son bureau. Elle fourrageait parmi les trousseaux de clés accrochés au mur de la cuisine quand un tapotement se fit entendre sur la porte de service.

C'était Virginia Clinger. Elle était vêtue d'un survêtement de sport couleur lavande. Ses cheveux blond cendré savamment décoiffés étaient ceints d'un bandeau élastique couleur lavande. Un eye-liner, toujours couleur lavande, suivait parfaitement le contour de ses yeux, l'ensemble se déplaçant dans un nuage d'*Obsession*.

Annie Pope n'était pas du genre à minauder. Cependant, convaincue que les joies de la vie s'exprimaient par la diversité, elle recevait toute manifestation d'esthétisme avec grand plaisir et appréciait les gens et leurs contradictions. De fait, il existait peu de personnes qui lui déplaisaient vraiment.

Mais Virginia était de celles-là. Trois mariages difficiles, ponctués par trois enfants qui l'étaient encore plus, n'auraient fait que susciter la sympathie d'Annie, si Virginia s'était tant soit peu consacrée à ses enfants. Mais c'était loin d'être le cas, sa vocation initiale étant un perpétuel embellissement de soi. Annie se plaisait à dire que sa beauté plastique évoquait justement la matière plastique. Qui plus est, c'était une commère de première, une authentique mouche du coche.

Annie esquissa un sourire poli.

— Salut, Virginia. Tu tombes bien : j'allais justement partir.

— Je n'ai pas eu de réponse chez les Maxwell, commença Virginia en ignorant la remarque. Est-ce qu'ils sont tous à l'hôpital ?

— Teke et J.D. y sont. Les filles iront les rejoindre plus tard.

— Comment va Michael ?

— Toujours pareil.

Virginia fit claquer sa langue.

— Quelle tragédie…

— Pas encore, s'empressa de corriger Annie qui avait l'intention de parer à toute tentative de conversation négative. Avec un peu de chance, il se réveillera bientôt et tout rentrera doucement dans l'ordre.

Elle retourna vers la table pour prendre sa mallette mais Virginia fit un pas en avant dans la cuisine. Elle prit gracieusement la pose, la tête inclinée dans une sorte de curiosité qu'Annie soupçonna être le résultat d'une longue pratique.

— Que crois-tu qu'il soit arrivé ?

— Que veux-tu dire ?

— Selon toi, qu'est-ce qui a fait que Michael ait traversé la rue si précipitamment ?

— Il était pressé de retourner à l'école et la camionnette roulait lentement. Il ne l'aura pas entendue venir.

— Est-ce qu'il a parlé à Teke ou à Sam ?

— Pas à ma connaissance.

— C'est bizarre. Je pourrais jurer l'avoir vu sortir en courant de la maison. Qu'est-ce que Sam pouvait bien faire là-bas ?

Annie décrocha ses clés.

— Il me cherchait.

— A cause du procès qu'il a gagné ?

— Parfaitement.

— C'est une belle victoire, observa Virginia. Il devait être drôlement excité, dis donc. Je t'avoue que je n'ai pas trop su que penser au début. Quand ils sont sortis en courant dans la rue, Teke ne portait qu'une robe de chambre et Sam avait la chemise ouverte et la ceinture défaite. N'importe qui aurait pu croire qu'il s'était passé quelque chose entre eux. Mais je sais combien vos deux familles sont proches l'une de l'autre... Probablement qu'il était en train de se changer quand il a décidé d'aller annoncer la bonne nouvelle à Teke.

— C'est tout à fait cela, répliqua sèchement Annie. Tu sais très bien que nos deux familles sont très proches.

Ce que Virginia ignorait — et qu'elle n'était pas

près de lui révéler — c'était le goût de Sam pour l'étreinte impromptue. Annie pouvait en effet facilement l'imaginer en train de la chercher à travers la maison en se déshabillant alors qu'il grimpait quatre à quatre l'escalier qui menait à son bureau. Avoir été absente lui avait un peu brisé le cœur. Cette pensée, elle préférait la garder pour elle seule.

Elle posa deux doigts sur sa montre.

— Il faut que j'y aille.

Elle reconduisit doucement Virginia vers la porte en la guidant par le bras.

— Merci pour la visite. Je dirai à Teke que tu es passée la voir.

— Absolument, fit Virginia en lui faisant un geste d'adieu.

Quelques instants plus tard, Annie sortait du garage au volant de sa voiture.

C'est seulement au bout de la quatrième sonnerie que le répondeur automatique fit entendre son cliquetis et Sam raccrocha, déçu. Il aurait aimé parler encore à Annie, avant qu'elle ne parte. Il aurait voulu lui dire ce qu'il avait fait.

Quittant la cabine, il suivit le couloir de l'hôpital, plongé dans ses pensées. Il aurait dû tout lui dire d'emblée. Il aurait dû l'attirer à part dès le premier instant où elle était arrivée à l'hôpital, la veille. Mais seulement voilà : les filles étaient avec elle et tout le monde était horrifié. Il n'avait pas voulu empirer les choses.

Alors, il avait gardé le silence. Il pouvait conserver cette attitude et ainsi, du moins le supposait-il, épargner à Annie la déception et la douleur. Ce qui s'était passé avec Teke ne se reproduirait jamais, au grand jamais. Annie était la seule femme de ses pensées, il ne lui avait jamais été infidèle — et il n'avait nullement l'intention de le devenir. Mais il devait faire face à la vérité nue et crue. Le fait est — pourquoi mâcher ses mots — qu'il avait baisé Teke. Cela,

Michael le savait et Virginia le savait aussi. Et, même si le fait d'être démasqué et exposé à la vindicte familiale ne constituait pas une fin en soi, cela ne laisserait jamais sa conscience en paix. Depuis toujours, Annie et lui se disaient tout. Il existait entre eux quelque chose — Annie appelait ça le fil de l'âme — qui pérennisait la communication. C'était comme ça depuis le commencement et c'était aussi une des choses qui l'avaient accroché à elle quelque vingt années auparavant et qui avaient fait que, depuis, il ne s'était jamais senti aussi libre auprès d'une femme. Si l'un d'eux s'avisait de mentir à l'autre, même par simple omission, s'installerait alors un silence corrosif qui compromettrait immanquablement cette relation si particulière. De la même manière qu'à l'instant où il allait lui avouer toute la vérité.

Il parcourut à pied Cambridge Street en direction de son bureau. A mi-chemin, il changea d'idée et bifurqua du côté de Beacon Hill. Arrivé à la hauteur des cabines téléphoniques, sur le trottoir opposé de State House, il se dit qu'Annie devait être arrivée à l'école. Il essaya le numéro de son bureau, mais au secrétariat on lui répondit qu'elle n'avait fait que passer et qu'elle s'était directement rendue à sa salle de cours. Il raccrocha le téléphone et poursuivit sa marche, non pas vers son bureau, mais dans la direction opposée. C'était une de ces journées un peu floues, chaudes pour un mois d'octobre, bien que cette chaleur ne fût en rien responsable de la moiteur de sa peau. L'anxiété le mettait en nage. La peur aussi.

Traversant le mail, il entra dans le parc et suivit le chemin principal jusqu'au point le plus élevé du pont qui enjambait la mare. Arrivé là, il appuya son dos sur la rambarde. On avait retiré les grands pédalos en forme de cygne ainsi que la plupart des fleurs ; il ne restait que les arbres et leur luxuriant feuillage, quoique lui aussi allât bientôt changer de couleur, flétrir et mourir. Sam détestait l'automne. C'est en automne que tout meurt.

— Hé, Sam !

L'appel le fit sursauter. Deux secondes plus tard, Brian Hennessey, avec qui il avait travaillé au bureau du District Attorney bien des années auparavant, lui secouait vigoureusement le bras. Comme avocat, Brian était un véritable négrier. Néanmoins, c'était quand même un brave type.

— Joli coup, Sam ! Quel verdict !

Sam se souvenait à peine de ce qu'il avait lu. Il avait quitté le bureau peu de temps après, conduit sa voiture comme un fou et fait basculer la vie d'un tas de gens.

— On ne parle que de toi dans toute la ville. Tous les journaux relatent ta victoire et on en a même fait mention au journal télévisé. Tu es entré dans l'histoire, mon vieux !

— Je n'en suis pas si sûr. Les affaires, ça va, ça vient, tu sais...

— Pas celle-là. Ouvre ton propre bureau demain matin et tu auras le soutien de toutes les femmes du Commonwealth. Tu es devenu le sauveur des victimes d'abus de toutes sortes. Tu représentes l'homme de cœur et de courage... C'est comme ça qu'ils t'ont appelé sur la septième chaîne, tu sais ? Tu es un héros, mon vieux.

Sam esquissa un faible sourire, reçut une grande claque dans le dos et regarda distraitement s'éloigner Brian.

3

Teke se réveilla en sursaut, tremblante et désorientée. Une longue minute lui fut nécessaire pour se ressaisir mais, aussitôt, elle quitta la salle d'attente et se rua dans la chambre. Michael était toujours comme elle l'avait laissé, petit visage inerte et blafard émergeant de draps blancs bien tendus, entravé par une quantité de tubes reliés à une batterie d'appareils électroniques.

— Vous semblez exténuée, madame Maxwell. Avez-vous réussi à dormir ?

— Un peu, dit-elle à l'infirmière qui s'approchait d'elle. Y a-t-il eu un changement ?

La femme secoua tristement la tête.

Teke priait Dieu de sauver son fils, elle avait même rêvé que son état s'améliorait. Elle passa une main lasse sur son visage en poussant un soupir.

— Je suppose que je devrais m'estimer heureuse : cela pourrait être pire.

L'infirmière sortit et elle alla reprendre sa place auprès de son fils. Elle avait l'impression que le plancher allait se dérober sous ses pieds.

— Alors, mon chéri, comment ça va ce matin ? — Son doigt rabattit délicatement une mèche de cheveux pour cacher ses points de suture. — J'ai fait un petit somme…

Elle regardait intensément les paupières closes de Michael, tentant de déceler un battement, aussi infime fût-il. Mais en vain.

— Papa est parti mais il sera bientôt de retour. Et Leigh et Jana passeront te voir après l'école, avec Annie, Zoe et Jon. Et Sam, ajouta-t-elle pour faire bonne mesure, quoiqu'elle trébuchât subrepticement sur ce nom.

Difficile de savoir ce qu'il fallait dire et ce qu'il ne fallait pas dire. Elle ne savait même pas s'il était conscient de l'endroit où il se trouvait et, si oui, dans quelle mesure il se souvenait de ce qui s'était passé la veille. Qu'avait-il pu voir ?

— Je regrette, murmura-t-elle. Si tu savais comme je regrette. Je ne voulais pas que cela arrive, Michael. (Elle mit la main de l'enfant entre les siennes et la frotta doucement, comme pour la réchauffer.)

Ça s'est passé comme dans une crise de folie. J'étais là, assise et je me sentais si seule, quand il est arrivé, tout excité. Avant que je me rende compte de quoi que ce soit, tu étais sorti en claquant la porte.

Rien ne montrait que Michael pût l'entendre. Elle poursuivit néanmoins son murmure :

— Je n'ai pas réfléchi. J'étais à peine consciente de ce qui se passait. Cela ne voulait rien dire. Rien. Non seulement c'était stupide, mais en plus c'était une terrible erreur. Si seulement je pouvais revenir en arrière... Je ferais n'importe quoi pour tout effacer, mais c'est impossible. Tout ce que je peux faire, c'est espérer que tu me pardonnes.

Il lui fallait cependant obtenir le pardon de J.D., aussi. Et celui d'Annie. Tous, elle les avait trahis.

— C'est à cause de cette lettre, balbutia-t-elle encore. Il n'aurait jamais dû l'écrire. Il était parti, sorti de ma vie. Et je l'avais laissé partir, comme il me l'avait demandé. Et puis, il m'a envoyé cette lettre. Mais mon Dieu, pourquoi a-t-il fait une chose pareille ?

Sa question resta suspendue dans le vide, pendant que les appareils poursuivaient leurs bips-bips lancinants. Si Michael avait entendu, il ne le lui fit pas savoir.

— Le moment était mal choisi pour voir ce que tu as vu. Tu n'es plus un petit garçon, mais tu n'es pas encore un homme non plus. Tu n'as pas su réagir... Tu savais très bien ce qui se passait, mais tu ignorais pourquoi. Tu ignorais pourquoi Sam se trouvait là. Et tu ne savais pas non plus pourquoi ce n'était pas ton père. Mais je te jure que cela n'était jamais arrivé auparavant. Du jour où j'ai rencontré ton père, je n'ai plus jamais connu d'autre homme que lui. C'était la première fois, la toute première fois que je me rapprochais de quelqu'un d'autre.

Elle se demandait si Michael entendait ce qu'elle était en train de dire mais il fallait impérativement que cela fût. Pressant la petite main un peu plus contre elle, elle bégaya :

— Ne me rends pas folle, Michael, veux-tu ? Ne reste pas dans cet état à cause de moi. Que tu me haïsses, d'accord, je ne mérite que ça et je te dirai même que tu as bien raison. Je peux m'en aller, si tu veux. Tout ce que tu as à faire, c'est te réveiller et me le dire. Mais, pour l'amour du ciel, réveille-toi. Nous t'aimons tous. Reviens parmi nous. S'il te plaît, ne nous punis pas de cette façon. Si tu ne le fais pas pour moi, fais-le pour ton père. Ou pour Jana et Leigh. N'oublie pas que tu es leur petit frère et qu'elles t'adorent...

Près, toujours plus près, elle observait le visage de son fils, s'imaginant un instant avoir perçu un mouvement, pour décider, l'instant d'après, qu'elle s'était trompée.

— Allons, Mikey, allons...

L'infirmière arriva, porteuse d'un nouveau flacon de solution intraveineuse. Une minute avant que Teke ne retrouvât un semblant de maîtrise de soi. Elle s'enquit :

— Travaillez-vous dans ce service depuis longtemps ?

— Deux ans, répondit la femme d'un ton qui incita Teke à poursuivre :

— Trouvez-vous des constantes selon les cas ?

— Certains cas présentent souvent des similitudes, d'autres des développements imprévisibles.

— Diriez-vous à propos d'un patient que, s'il ne se réveille pas dans les quarante-huit heures, son coma risque de durer très longtemps ?

L'infirmière lui adressa un sourire plein de sympathie.

— On ne peut vraiment pas généraliser. J'ai vu des patients se réveiller trois jours, quatre jours, cinq, huit, douze jours après un accident. J'ai vu des patients se réveiller deux mois après en se sentant à peine abrutis.

« Ça serait bien », songea Teke.

L'infirmière en profita pour s'éclipser et Teke s'accrocha à ce nouvel espoir avant qu'il ne s'éclipsât, lui aussi. Elle se sentait si lasse, si effrayée.

Elle se demandait à quelle heure J.D. serait de retour, quand un mouvement derrière la fenêtre attira son regard. Elle crut d'abord que c'était lui, simplement à cause du fait que la personne ne portait pas la blouse blanche du personnel hospitalier. Puis elle s'aperçut qu'elle s'était trompée sur la taille, le teint, la stature, les traits, l'allure.

La silhouette lui était cependant familière. Le souffle court, elle posa la main sur sa poitrine et, en un éclair, défilèrent devant ses yeux les trente années et les centaines de kilomètres de son passé. La baie était devenue un vieux vitrail aux reflets ondoyants au-dessus duquel s'inscrivait le nom du médecin de son village. Elle avait dix ans et hurlait de douleur parce qu'un chien l'avait mordue. Elle était aussi morte de peur à cause de ce qui l'attendait lorsque son père apprendrait la chose. C'est qu'il avait un sacré caractère, Homer Peasley, il l'avait pourtant bien avertie de se tenir loin des chiens des Tucker. Mais elle aimait les animaux qui, en général, le lui rendaient bien. Elle n'aurait jamais pensé que celui-là allait la mordre.

Elle avait également appris qui était Grady Piper. Tout le monde en ville savait qui était Grady Piper. Il avait deux ans de plus et était presque aussi pauvre qu'elle. C'est la raison pour laquelle il travaillait déjà avec son père. Pour eux, c'était les docks et les bateaux en carène et, à douze ans, Grady possédait déjà le corps solide et le verbe rude des hommes qui avaient trois fois son âge.

Et pourtant, cela n'avait guère impressionné les autorités du comté. Il fallait absolument qu'il fréquentât l'école. Maintes fois, elles durent se rendre aux docks pour aller chercher Grady afin de l'y conduire *manu militari*, pour le retrouver au même endroit, une semaine plus tard. On menaça même de traîner son père en justice et d'envoyer Grady dans une maison de redressement. Mais cela n'arriva jamais.

Ce jour-là, il traînait dans la rue et, à travers ce carreau qui déformait tout, il posa les yeux sur elle pour la première fois. Finalement, il avait poussé la porte.

— Qu'est-ce qui se passe ? avait-il demandé à l'infirmière.

— Elle s'est fait mordre par un chien.

Il avait regardé le bandage sur la jambe.

— Et pourquoi reste-t-elle ici ?

— Elle attend son père.

— Homer Peasley? Et est-ce qu'il sait qu'elle l'attend ici ?

— Non, mais c'est son chemin pour se rendre à sa cabane.

A vrai dire, la cabane en question n'était plus sur le chemin d'Homer Peasley depuis que la petite ville de Gullen s'était offert un magasin général dont la façade miteuse était encombrée d'objets de toutes sortes. La pièce du milieu servait de bureau de poste et la partie arrière tenait lieu de bar. Homer Peasley n'avait que faire de provisions de bouche ou de lettres à poster mais il devenait un vrai ours après avoir sifflé son deuxième whisky et il s'en tenait rarement là.

Grady Piper savait tout cela. Sans ajouter un mot, il avait pris Teke par la main et l'avait fait sortir. Arrivés chez elle, il l'avait installée sur une chaise près du foyer débordant de cendres, avait fait du feu et dit :

— Repose-toi un moment. Fais ce que tu as l'habitude de faire pour lui et après, va te coucher. S'il ne voit pas le bandage avant demain matin, tu es sauvée.

— Mais il faut que je paie le docteur, avait-elle murmuré.

— Le docteur, il attendra.

Il avait dit ce qu'il avait à dire et il était parti.

Elle avait préparé le souper, comme d'habitude, et était allée se coucher. Homer était rentré assez saoul pour ne rien remarquer et, le matin venu, elle avait caché son bandage sous sa blouse. Homer ne sut jamais rien de la morsure, le médecin ne vint jamais réclamer son dû et Teke devint l'ombre de Grady Piper. Avec le temps, elle devint bien plus que cela. Et ses souvenirs se partageaient entre joie et peine, à parts égales.

Un battement de cils et elle était revenue au présent. D'abord, sa vision fut si brouillée qu'elle crut qu'il était parti. Puis elle vit qu'il était encore là, et quelque chose qui ressemblait affreusement à de la panique s'empara d'elle.

« Pars ! » cria-t-elle mentalement comme elle l'avait déjà fait de vive voix. Il ne pouvait pas rester. J.D. ne savait rien de rien. Il ne comprendrait pas et ne voudrait pas comprendre. Et elle... elle ne pourrait jamais recommencer avec Grady. Pas après tout ça, pas après toutes ces années.

Déjà, à cette époque, il n'avait pas écouté. Il était entré dans sa maison et avait bouleversé la vie de Teke et la sienne. Néanmoins, il devait avoir compris la leçon, car à présent il la regarda une minute encore avec des yeux de chien battu avant de lui tourner le dos et de se diriger vers la sortie.

Sam ne parvenait pas à joindre Annie, bien qu'il eût essayé une demi-douzaine de fois. Dans ses pires moments de culpabilité, il se demandait si elle savait la vérité tout en ne voulant pas l'entendre. Mais d'après le secrétariat de l'école elle courait de salle de cours en salle de réunions, ce qui était tout à fait plausible. Sans doute voulait-elle régler le plus de problèmes possible afin de pouvoir consacrer plus de temps à Teke.

Il éprouvait une certaine crainte quant au devenir

de cette amitié quand Annie saurait la vérité. A vrai dire, il redoutait que son mariage ne fût définitivement compromis.

Il se disait qu'il ne méritait pas son amour, mais que cet amour avait donné un sens à sa vie et qu'il ne pourrait jamais vivre sans elle, quand J.D. fit irruption dans son bureau, plus suffisant que jamais.

— Je savais bien qu'il y avait quelque chose de malpropre dans cette histoire, pavoisa-t-il.

Alors que Sam posait sur lui un regard vide, il claironna :

— Le conducteur de la camionnette n'est pas aussi innocent qu'il en a l'air. J'ai téléphoné à notre illustre chef de la police ce matin en lui disant qu'il existait sûrement un dossier sur ce type et qu'il ferait mieux de vérifier, s'il voulait que son mandat soit renouvelé. Bon Dieu, pourquoi personne ne s'est demandé ce qu'il faisait dans le secteur ? La police a dit qu'il n'allait pas vite. Elle a même certifié qu'il allait très lentement. Mais *pourquoi* allait-il si lentement ? Il ne cherchait certainement pas à acheter une maison. Pas dans notre quartier... Cherchait-il quelqu'un pour un emploi ? Ou bien est-ce qu'il rôdait dans les environs avec l'intention de faire un sale coup ?

— Et qu'ont-ils trouvé ? demanda Sam.

J.D. enfonça ses mains dans ses poches et se balança sur ses talons d'un air satisfait.

— C'est un ancien condamné nommé Grady Piper. Il a purgé une peine de huit ans après une condamnation à vingt ans et, tiens-toi bien, tu sais pour quoi ?... Pour meurtre.

Sam se pencha brusquement en avant.

— Meurtre ?

— Meurtre. Qu'est-ce que tu penses de ça ?

Sam se laissa de nouveau aller contre son dossier. Il sentait monter en lui de vieilles réminiscences du temps où il s'occupait d'affaires pénales.

— Ce n'est pas parce qu'un bonhomme a été

condamné pour meurtre qu'il est nécessairement coupable d'autre chose.

Le téléphone grésilla.

— Allons donc, Sam ! Un voyou reste un voyou, tu le sais mieux que moi. Tu as passé des années à fréquenter ce genre de personnes.

Sam pressa le bouton de l'interphone.

— Oui, Joy ?

— Un chroniqueur de *Lawyers Weekly* sur la ligne.

— Prenez le message, je le rappellerai.

Il lâcha son bouton et se tourna à nouveau vers J.D.

— Qu'est-ce que ce gars-là a fait d'autre ?

— Un meurtre, ça ne te suffit pas ?

— C'est tout ? Juste un meurtre ? Depuis combien de temps est-il libéré ?

— Un bon moment, mais…

— Depuis combien de temps ?

— Quatorze ans.

— Après avoir purgé huit années sur vingt. Est-ce qu'il est encore en liberté conditionnelle ?

— Non, mais…

— Ton argument ne vaut rien, J.D. Tu ne peux condamner un homme sous prétexte qu'il a commis un crime vingt-trois ans plus tôt. Il a fait son temps. Il a payé sa dette. A moins que tu ne puisses prouver qu'il a autre chose à se reprocher et qu'il a contrevenu à la loi au volant de son véhicule, laisse tomber.

— Je ne laisserai pas tomber, lança J.D., indigné. Si, de prime abord, on a découvert que ce gars a été convaincu de meurtre, imagine un peu ce qu'on va découvrir si on gratte un peu.

Gentiment — parce qu'il était conscient du nombre de fois où c'était déjà arrivé et qu'il savait à quel point cela irritait J.D. —, Sam demanda :

— Est-ce que c'est John Stewart qui est derrière tout ça ?

— Je n'ai pas besoin de John Stewart pour savoir ce que je dois faire au sujet de mon fils, répliqua J.D.

d'un ton cinglant. Je veux savoir ce que ce type faisait dans ma rue.

— Ta rue est à tout le monde.

— C'est un ancien condamné venu de nulle part.

— Peut-être était-il perdu ou voulait-il visiter les beaux quartiers...

— Il a renversé mon fils, nom de Dieu !

Sam aurait voulu lui rappeler que c'était son fils qui s'était jeté sous les roues du véhicule et pas le contraire. Mais il savait très bien que ce n'était pas ce que J.D. voulait entendre. D'une voix posée, il lui dit :

— Tu fais fausse route, J.D.

— Mais à quoi donc te sert ton imagination, Sam ? Tu es expert en affaires criminelles. Tu es un ténor du barreau. On peut trouver quelque chose.

Sam comprenait parfaitement que J.D. ne pût entendre ce qu'il tentait de lui expliquer. C'était le fils de J.D. qui était dans le coma, pas le sien. J.D. était bouleversé. Il n'avait qu'une idée en tête : venger Michael. Par n'importe quel moyen.

Sam tenta d'imaginer la réaction de J.D. quand il apprendrait ce que Michael avait vu. Car, un jour ou l'autre, il le saurait... mais pas par Sam. Parce que Sam avait fait assez de mal comme ça. Teke était la femme de J.D., et c'était à elle de le lui dire. A moins que Michael ne le fasse... quand il se réveillerait.

— As-tu réussi à joindre la clinique Mayo ? demanda-t-il.

J.D. regarda quelque part au loin, l'air dégoûté.

— Ouais, dit-il, les mains sur les hanches. Rien à attendre de ce côté-là. Henry Finch donne actuellement des conférences à Paris et il ne sera de retour que dans deux semaines. J'ai parlé de Michael à son adjoint qui m'a répondu que l'équipe de Gardner était ce qu'on pouvait trouver de mieux et, à partir de ce que je lui ai exposé, il n'a rien dit que je ne savais déjà. Autant dire rien, conclut-il aigrement.

Sam se leva, contourna le bureau et vint poser une main compatissante sur l'épaule de son ami.

— Je crois qu'ils font tout ce qui est en leur pouvoir.

— Ce qui veut dire pas grand-chose, répéta J.D. en se dirigeant vers la porte. J'ai décidé de poursuivre l'école pour négligence et je veux que tu t'occupes personnellement de cette affaire.

Sam avait de sérieux doutes quant à l'issue d'une telle procédure. Néanmoins, il pouvait entamer les démarches préliminaires, au même titre que n'importe quel autre avocat. Il le ferait par loyauté, parce qu'il avait une dette envers J.D., mais surtout parce qu'il se sentait coupable. Avec un peu de chance, Michael allait se réveiller sans trop de séquelles et probablement J.D. abandonnerait-il alors les poursuites.

— Et la police, ajouta J.D. Ne les lâche surtout pas. Il faut qu'ils t'écoutent. Tu es avocat et tu es moins impliqué sentimentalement que je ne le suis.

Il disparut, laissant Sam avec l'espoir qu'il en était réellement ainsi.

A la seconde où Annie arriva devant le lycée, les trois filles firent de grands signes en direction de la voiture. Les portières claquèrent et tout le monde se mit à jacasser bruyamment.

— Un peu de calme! cria Annie.

Se tournant sur le côté, elle dévisagea les trois filles et, d'une voix douce et apaisante, elle demanda:

— Puisque tu es la plus âgée, Leigh, explique-moi donc ce qui vous met dans un état pareil.

Les joues de Leigh étaient cramoisies, dérogation faite à la pâleur coutumière qu'elle tenait de son père.

— Il raconte partout...

— Qui raconte partout?

— Will Clinger. Quel pauvre type! Comme personne ne fait attention à lui, tellement il est menteur, il s'amuse à répandre des rumeurs.

— De quelles rumeurs s'agit-il? voulut savoir Annie.

— Des cochonneries! cria Jana.

— Quelles rumeurs? répéta Annie en se tournant face à Leigh.

— Il raconte partout que Sam et maman étaient très occupés au moment où Michael a eu son accident, avoua Leigh, les narines frémissantes.

Annie repoussa immédiatement l'image absurde de Sam aidant Teke à biner son jardin pour y planter des oignons de tulipes.

— Sexuellement, m'man, dit Zoe à son oreille.

Annie fit un demi-tour complet.

— Quoi?

— Mais il est tellement stupide!

— C'est sa mère qui lui a raconté ça, dit Jana en se croisant les bras. Elle ne nous aime pas: nous avons de l'argent et nous menons une vie normale. Nous sommes tout ce qu'elle n'est pas. C'est une vraie pute, cette femme.

— Je t'en prie, gronda Annie. Pas ce langage avec moi.

— Mais c'est ce qu'elle est, insista Jana. C'est d'elle qu'est partie la rumeur. Elle affirme avoir vu maman et Sam sortir ensemble de la maison en courant après Michael à peine vêtus. Elle raconte que Sam a refermé son pantalon là-bas, en plein milieu de la rue, tu t'imagines? Quelle sale pute!

Annie pinça les lèvres.

— Je n'aime toujours pas ce mot, même si Virginia a effectivement dit ça.

Mais cela cadrait parfaitement avec sa visite du matin.

— Et quelle menteuse! ajouta Leigh.

— Pourquoi est-ce qu'elle raconte ça? demanda Zoe.

— Je t'ai déjà dit pourquoi: elle est jalouse, répondit Jana. La fortune des Clinger ne représente plus rien. Cette année, elle n'a pas pu changer de voiture, alors que nous, si. C'est pour ça qu'elle se sent merdeuse.

— Ce mot ne me plaît pas davantage, grommela Annie.

Ce qui n'empêcha pas Jana de poursuivre.

— Elle cherche à se faire remarquer en colportant des ragots sur notre compte. C'est vraiment dégueulasse !

— C'est aussi très embêtant, dit Zoe avec une grimace.

— Mais ce n'est pas vrai ! protesta Jana avec véhémence. Ma mère ne tromperait jamais mon père.

— Pas plus que mon père ne tromperait ma mère !

— Jon était fou de rage, intervint Leigh. Si on ne l'avait pas retenu, il lui aurait cassé la gueule. Ç'aurait été terrible pour lui : il aurait été en retenue pour s'être battu à l'école et il aurait été exclu de l'entraînement et du match de samedi. Et Will aurait été bien content.

Elle fit mine de cracher et ajouta :

— Pauvre type !

Quand Annie fit démarrer son véhicule, Zoe se pencha par-dessus son épaule.

— Tu n'es pas fâchée ?

Annie sentit sur son cou le souffle tiède de sa fille et se pencha en arrière pour toucher sa joue. Zoe était du genre câlin. Annie prétendait qu'elle était déjà câline alors qu'elle était encore dans son ventre et que c'était la raison pour laquelle elle était née avec trois semaines de retard. C'était une petite fille douce et tranquille. Annie aimait cela en elle, même si cela rendait Zoe vulnérable dans des situations que d'autres enfants surmontaient facilement.

— Plutôt ennuyée, lui dit Annie. Virginia devrait avoir autre chose à faire que dire de telles insanités à ses enfants.

— C'est ce qu'elle fait tout le temps, ajouta Jana.

C'est la raison pour laquelle ses enfants sont détraqués.

Annie se laissa fléchir.

— Ils ne sont pas détraqués. Ils ont des parents difficiles. (Elle adressa un sourire furtif à Jana.) Ils n'ont pas la chance que tu as.

— Mais alors qu'est-ce qu'on doit faire ? A la fin de la journée, tout le monde en parlait.

— Demain, tout sera oublié : ils auront trouvé autre chose à se mettre sous la dent.

— Oh, non, intervint Leigh. Ça ressemble trop à un roman-feuilleton, ils voudront connaître la suite.

— Il n'y aura pas de suite parce que tout est faux.

— Ce n'est pas ce que pensent les autres, dit Zoe.

— Et ils croient Will ? demanda Annie, sceptique. Je pensais qu'il avait une réputation de menteur.

— C'est ce que j'ai dit, admit Leigh. Mais une fois que les commérages sont partis, on ne sait plus qui les a propagés. Tu ne peux pas savoir le nombre d'élèves qui sont venus me voir à midi en me demandant si mes parents allaient divorcer.

— Réponds-leur que non.

— C'est ce que j'ai fait. Ils m'ont alors demandé si Michael avait vu toute la scène.

— Réponds-leur que non.

— C'est ce que j'ai fait aussi et ils m'ont demandé comment je le savais et je n'ai pas su quoi répondre. Il n'y a que lui qui le sache et il ne peut pas parler.

Zoe se pencha plus près de sa mère.

— Est-ce qu'il a dit quelque chose ?

— Non, il est toujours sans connaissance.

— Je n'ai pas cessé d'appeler, dit Leigh. Les infirmières doivent connaître ma voix par cœur.

— Est-ce qu'ils peuvent faire quelque chose ? demanda Jana. Est-ce qu'ils peuvent lui donner un choc pour le réveiller ? Tout ce qu'on sait sur ce genre d'accident c'est que ça coûte très cher. Pourquoi est-ce qu'on les paie, exactement ?

Annie eut un sourire : Jana ressemblait tellement à J.D. ! Elle était péremptoire et exigeante.

— Ils sont payés pour surveiller de très près ton frère, de manière à intervenir dès qu'ils constateront une amélioration.

Les filles se calmèrent et Annie en fut ravie. Leurs priorités étaient bien définies : elles s'inquiétaient davantage de la santé de Michael que des racontars de Will Clinger.

Ces priorités, Annie les partageait totalement, quoiqu'elle se méfiât des grandes gueules, et ce n'était pas à celle de Will qu'elle pensait. Virginia était autrement redoutable. Virginia bavassait partout où elle allait : à l'institut de beauté, chez son coiffeur, à son club de culture physique... et les gens l'écoutaient. Ces gens, comme le souffle d'un enfant sur la fleur de pissenlit, allaient semer aux quatre vents la formidable nouvelle. Il fallait donc museler cette femme à tout prix.

Quoi de plus terrible que les ragots ? Ils ne sèment pas le doute : ils l'installent, ils l'enracinent. Si Annie n'avait pas eu une totale confiance en son mari, elle se serait demandé, à cet instant précis, s'il ne se trouvait pas une part de vérité dans les médisances de Virginia. Elle aurait pu, bien sûr, se demander ce que Sam pouvait bien faire à demi vêtu en plein milieu de la journée — et de la rue. Elle aurait pu s'interroger sur le bien-fondé du trouble de Sam et s'il n'était effectivement dû qu'à l'état présent de Michael. Elle aurait pu aussi être intriguée par ces trois longues douches successives.

Mais elle avait une confiance totale en son mari. Une confiance aveugle et sans faille.

Sam trouva Teke en train de somnoler sur sa chaise, près du lit de Michael. S'il parlait à haute voix à l'enfant, il allait la réveiller à coup sûr. Aussi se contenta-t-il de rester debout au pied du lit, les yeux fixés sur Michael.

Il se souvint de la naissance de ce dernier. La petite surprise de Teke, l'avait-il appelé. Quoique personne n'eût réussi à établir à propos de cette surprise si c'était le sort qui jouait un tour à Teke ou si c'était Teke qui jouait un tour à J.D. Ce dernier avait opté pour la première solution : il avait toujours voulu se limiter à deux enfants et la conception de Michael n'était due, selon lui, qu'à une faille dans le dispositif de contrôle des naissances. Il aurait volontiers poursuivi le gynécologue de Teke si Sam ne l'avait traité purement et simplement de trou-du-cul. Lorsque les échographies avaient révélé la présence d'un garçon, toutes ses réticences s'étaient miraculeusement dissipées.

Néanmoins, Sam soupçonnait fortement cette naissance d'avoir été longuement planifiée par Teke. Elle adorait s'occuper d'enfants et elle le faisait très bien. Travailler à l'extérieur comme Annie ne l'avait jamais intéressée et elle se trouvait parfaitement heureuse de recevoir son courrier en main propre, de courir à l'école au premier symptôme de grippe des enfants et d'arbitrer leurs jeux en distribuant indifféremment limonade, biscuits et pansements.

Il profita de son sommeil pour l'étudier longuement. A n'en point douter, c'était une femme captivante : il y avait en elle une telle truculence, que tous les hommes la trouvaient attirante. J.D. avait été littéralement subjugué par elle dès l'instant où Annie et Sam les avaient présentés l'un à l'autre, quoiqu'il faille préciser que, par ailleurs, Teke avait tout faux : elle venait de nulle part et avait pour toute fortune deux sacs de toile bourrés de vêtements, un millier de dollars en banque et quelques babioles. Epouser Teke avait été pour J.D. son premier acte de rébellion par rapport à ses parents.

Non. Erreur. Son premier acte de rébellion avait été de se lier d'amitié avec Sam, choix à peu près aussi inacceptable aux yeux des Maxwell que son mariage avec Teke. A présent, cette pensée le tourmentait. Il se demandait si les parents de J.D. n'avaient pas eu quelque vision prémonitoire, si, d'une certaine façon, ils n'avaient pas su d'avance ce qui risquait de se passer.

Il ne pouvait s'y résoudre : lui, avec Teke. En la regardant, maintenant, il ne ressentait pas l'ombre d'un soupçon de désir à son égard. Et puis quoi ? Le désir qu'il avait ressenti à cet instant-là ne lui avait jamais été destiné. En aucune façon. C'était *sa* femme qu'il aimait et qu'il désirait. Il avait beaucoup d'affection pour Teke, elle avait droit à toute sa considération. De ce côté-là, rien n'était changé.

Confiance totale. Totale confiance. Annie se répétait encore ces mots en suivant le corridor qui conduisait à la chambre de Michael. Elle aperçut Teke assoupie sur son siège et Sam, un peu plus loin.

— Comment est-il ?

— Est-ce qu'il est réveillé ?

— Est-ce qu'il a bougé ?

Dans un chœur de chuchotements, les filles se dispersèrent autour du lit. Annie alla glisser un bras sous la veste de Sam, autour de sa taille. Il en fit autant et, alors qu'il l'embrassait, elle sentit une étrange tension monter en lui. C'était tout à fait normal, avec tout le mauvais sang qu'il se faisait pour Michael... Ses yeux firent écho aux questions des filles.

— Rien de nouveau, dit-il.

Teke s'étira et ouvrit les yeux. Elle adressa aux filles un pâle sourire.

— Comment ça s'est passé, à l'école ?

— Ç'a été.

— Barbant, dirent successivement Zoe, Leigh et Jana.

— On aurait préféré rester ici, dit Zoe.

— Michael ? tenta Leigh en se penchant au-dessus de lui. Allons, Michael, c'est nous. Il est temps que tu te réveilles et que tu nous dises bonjour.

Jana leva son cartable et l'appuya sur le rebord métallique.

— J'ai des cartes pour toi, Mike — elle en brandissait une pleine poignée. Elles viennent des classes de huitième année. Ce sont les jumeaux qui les ont ramassées pendant l'heure du repas.

Leigh regardait sa mère.

— Ça va ?

Teke refit son petit sourire.

Annie aussi regardait Teke, mais celle-ci ne la regardait pas.

— Est-ce que tu as déjeuné, au moins ? demanda-t-elle, cherchant à accrocher son regard.

Teke lui lança un rapide coup d'œil avant de refermer les yeux et de laisser aller sa nuque contre le dossier de la chaise.

— Un peu. Les infirmières m'ont apporté quelque chose.

— Est-ce que tu veux autre chose ? Un sandwich ? Quelque chose à boire ?

— Ça va, merci.

Annie se crut obligée d'insister :

— Veux-tu que je te ramène chez toi, que tu puisses prendre une douche et te changer ?

Teke ouvrit les yeux sur la forme inerte de Michael comme pour expliquer qu'elle ne pourrait jamais s'absenter aussi longtemps.

— Annie et moi, nous allons faire un tour, dit Sam posément. Nous ne tarderons pas.

Mêlant ses doigts à ceux de sa femme, il l'entraîna vers la porte.

Le cœur d'Annie se mit à battre la chamade. Quelque chose en Sam lui semblait bizarre, inhabituel. « Il est fou d'inquiétude pour Michael », se répéta-t-elle pour la deuxième fois.

Alors qu'ils marchaient côte à côte, la main serrant fermement celle de son mari, elle commença :

— Pauvre Teke ! C'est le pire cauchemar qu'une mère puisse vivre. Comment va J.D. ?

— Il est bouleversé. Il se console en menaçant de faire des procès à tout le monde. C'est sa manière à lui de pallier son impuissance.

Annie tenta de se mettre à sa place.

— Les Maxwell n'aiment pas beaucoup se sentir impuissants.

— Personne n'aime ça, répondit Sam en appuyant sur le bouton d'appel de l'ascenseur.

En attendant qu'il arrive, Sam triturait la main de sa femme, suivant la ligne des doigts, frôlant du pouce son anneau de mariage. Il était étroit et serti de petits brillants. C'était en fait un cadeau qu'il lui avait offert pour leur dixième anniversaire de mariage et qui avait remplacé le jonc en or, tout bête, qu'à grand-peine il lui avait acheté pour leurs noces. Il n'empêchait qu'Annie avait beaucoup aimé ce premier anneau et qu'il lui arrivait encore de le porter.

Les portes de l'ascenseur s'ouvrirent. Deux employés de l'hôpital en sortirent, suivis par un homme en tenue plutôt négligée : des jeans, une chemise à carreaux et un blazer en velours avec des revers assez larges pour être passés de mode depuis longtemps. Il semblait néanmoins fraîchement douché et rasé. Annie se demanda à qui il pouvait bien rendre visite.

— Tu connais cet homme ? demanda Sam en l'entraînant dans la cabine.

Elle tenta de jeter un coup d'œil vers le hall mais les portes se refermaient.

— Je ne crois pas.

— Sa tête me dit quelque chose. Je suis sûr de l'avoir déjà vu ici.

Il se laissa aller contre la paroi et la serra tout contre lui. Elle leva les yeux.

— Ça va ?

Il haussa les épaules.

— Des soucis ?

— Oooh, oui !

— Est-ce que ça fait longtemps que tu es ici ?

Cela aurait pu expliquer son besoin de prendre l'air, mais hélas il dit :

— Non.

L'ascenseur s'arrêta à tous les étages. Quand ils arrivèrent au rez-de-chaussée, il était plein à craquer. Sam la conduisit à travers des couloirs jusqu'à une cour intérieure où l'on avait disposé trois ou quatre tables et quelques chaises autour. Comme il n'y en avait que très peu de libres, il dut aller en pêcher deux, à droite et à gauche, qu'il prit soin de placer bien à l'écart. Une fois Annie installée, il s'assit près d'elle pour se relever la seconde d'après : déplaçant la chaise sur le gazon afin d'être plus près, en tête à tête. Il se rassit, cala son dos contre le dossier et trouva sa position inconfortable. Il se pencha alors en avant, posa les coudes sur ses cuisses et se plongea dans l'examen minutieux de ses mains.

Elle lui toucha l'épaule, histoire de le mettre à l'aise.

— Je suis vraiment désolée d'avoir manqué tes appels. Après Teke et J.D., ce doit être très pénible pour toi aussi. Quand je pense à tout le temps que Michael et toi avez passé ensemble...

— Ce n'est pas une question de temps, fit-il. J'aime beaucoup cet enfant. — Il se renfrogna. — Quel drôle de truc, l'amour. Des fois ça vous joue de ces tours...

Un bien étrange constat de la part de Sam.

— Que veux-tu dire ? demanda-t-elle, mal à l'aise.

Ses pensées devenaient déplaisantes. Elle s'empressa de les refréner.

— Quelquefois, ça vous fait perdre la tête. — Il leva les yeux. — Tu veux connaître la dernière lubie de J.D. ?

Une vague de soulagement déferla sur Annie. Ainsi donc, c'était de J.D. qu'il s'agissait.

— Non... Qu'est-ce que c'est ?

— Il veut poursuivre le conducteur de la camionnette. Comme il a déjà purgé une peine, J.D. a décidé de le faire condamner à perpète. Bon Dieu, tout le monde peut commettre des erreurs ! On fait tellement de conneries sous l'emprise de la passion ! Quoi qu'il en soit, J.D. tient absolument à ce que je trouve un moyen de le coincer.

— Et tu crois pouvoir le faire ?

— Pas s'il n'a pas enfreint la loi, et cela semble être le cas. J'ai appelé le central de police avant de partir et ce type n'a eu, en tout et pour tout, qu'une seule condamnation. Ils peuvent toujours l'interroger, histoire de calmer J.D., mais ils ne peuvent tout de même pas inventer des charges contre lui uniquement pour lui faire plaisir. Je ne voudrais pas être à la place de ce gars-là : il était au mauvais endroit au mauvais moment, tout comme Mike.

Sam fixa un instant la pelouse, puis Annie, et puis encore ses mains. Le malaise refit surface.

— De quoi voulais-tu me parler exactement ?

Il secoua la tête tout en se laissant hypnotiser par ses mains.

« Qu'est-ce qui se passe, Sam ? Dis-moi, Sam. J'ai confiance en toi. Totalement confiance. »

— Virginia Clinger est passée ce matin juste avant que je parte... commença-t-elle.

Son coup d'œil fut bien trop vif pour qu'elle se sente rassurée.

— Virginia est une garce, poursuivit-elle, un nœud dans la gorge. Je ne l'ai jamais aimée. Elle adore asticoter les gens et les mettre mal à l'aise.

— Qu'est-ce qu'elle t'a dit ?

Annie roula des yeux embarrassés.

— Elle a dit... en insistant lourdement... que Teke ne portait qu'une robe de chambre et que ta chemise était ouverte et ta ceinture défaite quand vous avez couru après Michael. Elle aimerait bien pouvoir dire que vous aviez une aventure, tous les deux. Ce qui, bien sûr, est absolument faux. Mais c'est ce qu'elle a dit à son fils, qui s'est empressé de répandre la nouvelle dans toute l'école. Les filles sont folles de rage.

Sam ferma les yeux et une main glacée serra le cœur d'Annie. Elle poursuivit précipitamment :

— Bien sûr, elles se sont défendues. Jon a failli en venir aux mains avec Will. C'est dur quand les enfants doivent affronter des rumeurs. Ils étaient outrés et je ne suis pas sûre de ce que je dois faire, Sam. Je me demande si je ne dois pas aller voir Virginia, ce soir, et lui dire ses quatre vérités. Peut-être devrions-nous y aller ensemble. Ce qu'elle a fait est inqualifiable. Ce serait déjà grave en d'autres circonstances, mais avec Michael dans le coma, c'est vraiment abject. Ne se rend-elle donc pas compte du mal qu'elle fait ?

Sam ne soufflait mot et les doigts glacés serrèrent encore davantage le cœur d'Annie.

— Il y a une explication à toute chose, poursuivit-elle nerveusement en cherchant un signe de dénégation sur son visage. Teke était en robe de chambre parce qu'elle était en train de faire son ménage et tu es sorti tout débraillé parce que tu sortais des toilettes. Tout le monde sait que la maison des Maxwell n'est que le prolongement de la nôtre et inversement. Nous y entrons et en sortons comme d'un moulin. Nous avons un double de leurs clés et ils ont un double des nôtres. L'idée que Virginia veuille monter cette histoire en épingle à partir de rien est absolument odieuse. « Dis-moi que tu es d'accord, Sam. Réponds-moi quelque chose. »

Sa voix se cassa. Epouvantée, elle renonça.

Les coudes toujours posés sur les cuisses, Sam lui prit la main et la mit entre les siennes. Elle était froide, les siennes aussi. Celle qui serrait le cœur d'Annie était d'un froid polaire, au point qu'elle avait de la peine à respirer.

— La matinée d'hier a été inimaginable, lâcha-t-il, le front, les yeux, la tête bas. J'ai reçu un appel d'un huissier du tribunal disant que mon procès avait été entendu et je me suis précipité au palais pour avoir une copie du jugement. C'est à peine si j'ai pu le lire, tellement j'étais excité. Mais après l'avoir fait, je n'avais qu'une idée en tête.

« Regarde-moi », supplia-t-elle en silence. Mais il ne le fit pas.

— J'avais besoin de toi. J'ai toujours eu besoin de toi, dans des moments pareils et je me disais que c'était parfait puisqu'on était mardi et que tu serais à la maison. Je suis donc revenu. J'étais de plus en plus excité mais tu n'étais pas là. Je me suis dit que Teke devait savoir où te trouver et j'ai donc traversé le petit bois. Elle était assise dans le salon en train de boire du café. Quand je lui ai annoncé la nouvelle, elle a été très contente pour moi. On est tombé dans les bras l'un de l'autre — tu sais bien qu'on se tombe dans les bras pour un oui pour un non — et puis quelque chose est arrivé. C'est toi que je désirais mais c'était elle qui était là. C'est comme si j'avais oublié qui elle était et que c'était à toi que je faisais l'amour.

— Quoi ? demanda Annie dans un souffle.

— C'était irréel, bizarre...

Annie se mit à grelotter. Elle tenta de retirer sa main mais il la retint. A présent, c'était tout son corps qui tremblait. Elle avait soudain l'impression qu'elle allait voler en éclats. Il leva des yeux implorants.

— Je continue à me demander comment c'est arrivé, à quoi j'ai bien pu penser, ce que j'ai bien pu ressentir à ce moment-là et comment j'ai pu faire une chose aussi stupide. Mais Dieu m'est témoin que c'est toi que je désirais. C'est arrivé et ça s'est passé en un éclair. Et puis la porte a claqué. Michael devait être entré et il nous avait vus, c'est pour cela qu'il est sorti en courant. Ensuite, on a entendu un bruit de freins. Ce fut une erreur, Annie. C'est toi que j'aime, pas Teke. Ce qui est arrivé dans son living-room ne signifie strictement rien.

C'était ça, la vérité ? Ce n'était pas possible puisque Sam l'aimait et qu'elle avait une confiance totale en lui.

Etait-ce *vraiment* la vérité ? Elle en avait les yeux pleins de larmes.

— Dis quelque chose, murmura-t-il. Dis-moi que je suis un salaud. Dis-moi que je ne mérite pas ma famille. Dis-moi que je suis un pauvre type, mais dis-moi quelque chose.

Nauséeuse, elle éprouva soudain le besoin de fuir, d'évacuer tout ce qu'il venait de lui avouer. Elle tenta de récupérer sa main, mais il refusa de la lâcher. Elle la laissa donc aller, plus tremblante que jamais. Il continuait de parler.

— Je suis si dégoûté de moi-même que je suis incapable de me consacrer à mon travail plus de dix minutes. J'ai passé ma matinée à traîner dans les rues en m'arrêtant à toutes les cabines téléphoniques pour essayer de te joindre. — Il marqua un temps. — Je t'en prie, parle-moi, Annie, dis-moi quelque chose.

Elle sentit une larme tomber, puis une autre, chaude, irréelle, contre la froideur de sa peau.

— Tu as fait l'amour avec Teke ? demanda-t-elle avec un murmure incrédule. — Sam n'aurait jamais fait une chose pareille. Pas *son* Sam. — Teke est ma meilleure amie. C'est la meilleure amie de ta femme.

— C'est à toi que je faisais l'amour, mais en me servant de son corps.

Durant une fraction de seconde, Annie se débattit avec cette notion pour le moins absurde : cela n'avait aucun sens.

— Comment as-tu pu faire une chose pareille ? Aucune équivoque n'est possible : son corps est complètement différent du mien.

— Je n'ai même pas regardé son corps. Dieu m'est témoin que je n'ai rien vu du tout. Je pensais seulement à ma grande victoire et à partager mon excitation avec ma femme.

— Mais ce n'était pas ta femme, c'était Teke ! cria-t-elle.

Son menton frémissait. *Son* Sam n'aurait jamais fait une chose pareille.

— Je ne comprends pas. Je pensais que tout allait bien entre nous.

— Mais tout va très bien, plaida-t-il. Il n'est pas question de notre relation, il est question de moi, et de moi seul. C'est moi, moi qui ai tout gâché. C'est moi qui ai perdu la tête.

Elle devait faire face à cette monstruosité.

— Et il a fallu que ce soit Teke ?

— Je suis arrivé à la maison en te désirant et elle, elle semblait soudain désirer quelque chose. Et c'est arrivé…

— Mais *comment* cela a-t-il pu arriver ?

— Je… je n'en sais rien.

Elle soupira sans bruit. Quand elle voulut à nouveau retirer sa main, il la laissa faire. Elle essuya ses larmes et, les bras serrés autour de sa poitrine, elle se mit à fixer désespérément le vide. La détresse la submergeait.

— Je n'aurais jamais cru que cela pourrait arriver. Pas à moi.

— C'est ma faute. *Ma* faute.

— Et celle de Teke, ajouta-t-elle avec un haut-le-cœur. Comment a-t-elle pu ?

— Elle le paie très cher…

— C'était ma meilleure amie.

— Elle l'est toujours. Elle t'aime. Moi aussi, je t'aime.

Le regard d'Annie accrocha celui de Sam et il lui parut différent. Subitement, il lui était étranger. C'est vrai, le Sam qu'elle connaissait n'aurait jamais pu lui faire autant de mal. Prenant ostensiblement ses distances, elle demanda, soudain rationnelle :

— J.D. est-il au courant ?

— Non.

— Est-ce que tu vas le lui dire ?

— C'est l'affaire de Teke.

— Elle ferait mieux de le faire avant que ce ne soit Virginia qui le fasse.

Elle posa une main sur ses paupières fermées, l'autre toujours pressée contre sa poitrine, comme si elle craignait de rendre sur le sol.

— Ô Seigneur, murmura-t-elle. J'en suis malade.

— Pas autant que moi.

— Qu'est-ce que je dois faire ?

— Me laisser la possibilité d'arranger les choses.

Elle sentit subitement monter en elle une flambée de rage envers cet homme qui était Sam, mais sans l'être. Elle ôta la main de ses yeux et le fixa durement.

— Arranger les choses ? Tu nous as trahis, moi et ton meilleur ami, en t'envoyant en l'air avec ma meilleure amie. Et pendant que leur fils lutte contre la mort, tu me parles d'arranger les choses ?

Incapable de rester assise plus longtemps, elle traversa la pelouse à grandes enjambées rageuses.

— Où vas-tu ? cria Sam effrayé en se lançant à sa poursuite. Tu vas voir Michael ?

— Non. Je ne veux pas voir Teke.

Teke avec Sam. Sa meilleure amie avec son mari.

— Est-ce que tu rentres à la maison ?

— Je n'en sais rien.

Elle se tourna vers lui, des larmes toutes neuves au coin des yeux et une douleur infinie dans la voix.

— Il faut que je réfléchisse. Je n'ai pas... Non... Je n'avais jamais vécu ce genre d'expérience auparavant... Je ne sais pas quoi faire.

— Je viens avec toi.

— Non ! — Elle en avait assez entendu comme ça. — Je ne veux pas de toi !

— Tu n'es pas dans ton état normal, poursuivit-il. Je ne peux pas te laisser toute seule.

— Mais je *suis* toute seule ! cria-t-elle en se retournant vers lui une dernière fois — à nouveau, elle tremblait. Tout cela est tellement affreux ! Du jour où nous nous sommes rencontrés, j'ai eu l'impression qu'il existait enfin quelqu'un qui pouvait comprendre mes pensées et mes sentiments. Je t'ai donné le meilleur de moi-même, j'ai eu totalement confiance en toi. Totalement.

Elle recommença à pleurer.

— Annie...

Elle fit volte-face et partit en courant.

— Annie ! Je t'aime !

Elle courut plus vite, plus vite encore, sans se soucier des sanglots qui montaient dans sa gorge, ni des larmes qui ruisselaient sur ses joues, seulement consciente que, abstraction faite de ses excuses, il se pouvait très bien qu'il lui mentît, après tout.

Eperdu, Sam courut un instant après elle, puis renonça. Elle était menue, d'apparence fragile et vulnérable, quelquefois encline au drame, mais savait se contenir. Il se pouvait qu'une promenade à pied ou en voiture suffise à la calmer. Elle ne commettrait rien d'irréparable.

Désespéré, il aurait voulu rester auprès d'elle. Mais il était la dernière personne au monde dont elle souhaitât la présence et il devait respecter sa volonté.

Le cœur en déroute, il reprenait pesamment le chemin du bâtiment quand, à mi-chemin, il s'immobilisa. Garée dans un coin, invisible au moment de ses aveux, il y avait une voiture de police de Constance-on-the-Rise.

Sa première pensée fut pour Annie : il lui était arrivé quelque chose. Mais non... il pouvait encore la voir qui s'éloignait. La seconde fut que la police était ici pour lui : il se sentait tellement coupable. La troisième : Jon avait eu un accident.

Des images dramatiques de match de football et d'accident de voiture défilèrent devant ses yeux à une vitesse fulgurante. Il s'apprêtait à courir vers la voiture, pour savoir, quand deux policiers de Constance sortirent de l'hôpital encadrant l'individu qu'il avait croisé plus tôt devant l'ascenseur et dont le visage lui avait paru familier.

Il reconnut alors le conducteur de la camionnette qui avait renversé Michael.

4

La vie avait appris à Grady Piper à s'attendre au pire. Il n'avait pas connu de vrai foyer ni de douceur humaine, à part celle qu'il avait volée à Teke ou celle qu'il lui avait apportée. Cela faisait des années qu'il vivait au jour le jour, sans rêves ni projets d'avenir. A priori, plus rien ne le touchait.

Ou du moins le pensait-il. Car, endurci depuis sa prime enfance à vivre l'enfer sur terre, il pouvait supporter n'importe quoi.

Néanmoins, l'accident l'avait fortement ébranlé. La pensée de cet enfant sur son lit d'hôpital et la vision de Teke complètement effondrée le mettaient dans un total désarroi.

— Le problème, expliquait le policier à quelques pâtés de maisons de l'hôpital, c'est que Constance est une petite ville très huppée et qu'en général, lorsqu'un menuisier y passe, c'est qu'il a des travaux à effectuer dans le coin. Nous voulons savoir ce qui vous amenait dans cette ville.

Grady tentait de garder son calme, se répétant qu'il ne s'agissait que d'un interrogatoire de routine, que les flics ne faisaient que leur boulot, et qu'ils ne pouvaient retenir aucune charge contre lui. Pourtant, il sentait revenir des terreurs anciennes. Après l'expérience du pénitencier, une simple infraction de stationnement pouvait le mettre dans un état de panique incontrôlable.

— Je n'avais pas de destination particulière, répéta-t-il.

Avouer qu'il cherchait à voir Teke eût provoqué un nouveau déluge de questions, sans parler des ennuis que cela eût entraînés pour elle. Dieu savait qu'il lui en avait assez causé comme ça.

— Je ne faisais que passer.

— Pour chercher quoi ? insista l'officier.

— Du travail. Les gens riches ont toujours des réparations ou des rénovations à faire faire.

— Et pourquoi à Constance ? Nous ne sommes pas près de l'autoroute, en tout cas pas sur la route de quelqu'un en provenance du Maine. Mais vous avez raison, c'est une ville riche. Assez riche pour attirer les voleurs.

Grady regarda l'homme droit dans les yeux.

— Je ne cherchais pas à voler qui que ce soit. Je ne voulais que du travail et je conduisais très prudemment. L'enfant est arrivé sur la chaussée en courant et j'ai fait tout mon possible pour m'arrêter. Je vous ai déjà tout expliqué sur place et je vous l'ai redit au poste de police. Je vous ai dit que j'avais l'intention de me rendre à l'hôpital et c'est ce que j'ai fait : vous voyez bien que je ne vous ai pas menti.

— La question est de savoir si vous nous avez dit *toute* la vérité, dit le policier en se penchant vers Grady.

Grady se doutait qu'ils finiraient par savoir, aussi se sentit-il parcouru d'un nouveau frisson glacial.

— J'ai payé ma dette. Ça fait quatorze ans.

— Ça ne change rien à l'affaire, intervint le deuxième policier en se plantant devant lui les mains sur les hanches, l'une d'elles frôlant l'étui de son revolver. Ici, c'est une petite ville bien tranquille, monsieur Piper. Et nous n'avons pas de menuisiers chômeurs qui traînent dans les rues ou les bars ou qui dorment sur les bancs publics. A propos, où avez-vous dormi la nuit dernière ?

Nul doute qu'il le savait parfaitement.

— Au motel qui se trouve à la sortie de la ville.
— Pour quelle raison ?
— Je n'avais nulle part ailleurs où aller.
— Alors pourquoi ne pas être parti ?
— Je vous l'ai dit : à cause de l'enfant. Je ne voulais pas partir sans avoir pris de ses nouvelles.
— Et maintenant que vous savez, allez-vous partir ?
Grady secoua négativement la tête.
— Et pourquoi ?
Pour la première fois, Grady sentit la colère monter en lui.
— Parce que l'enfant est dans le coma et que je veux savoir s'il va s'en sortir.
— Il peut y demeurer un bon moment.
Grady haussa les épaules : il était décidé à rester aussi longtemps qu'il le faudrait.
— Et vous avez assez d'argent pour payer votre hôtel pendant tout ce temps ?
— J'ai de l'argent.
— D'où tenez-vous cet argent ?
Les narines de Grady palpitèrent.
— Est-ce que je suis en état d'arrestation ?
— D'où tenez-vous cet argent ?
Grady se tourna vers l'autre policier.
— Est-ce que je suis en état d'arrestation ?
— Non, répondit ce dernier en incitant son collègue au calme d'un bref coup d'œil. Vous n'avez contrevenu à aucune loi, pour autant que nous pouvons le constater. Néanmoins, vous devez comprendre notre position. Constance est une ville un peu particulière. Elle est réputée non pas pour ce qui s'y passe, mais pour ce qui ne s'y passe pas. Des revendeurs de drogue à la sortie des écoles, nous n'en avons pas, ici. Pas plus que des prostituées au coin des rues. Et nous n'avons pas de meurtres, ni de viols non plus.
Grady ne cilla pas. Cela ne voulait pas dire pour autant que les honorables citoyennes et citoyens de

Constance ne fraudaient pas le fisc ou ne trompaient pas leurs maris et leurs femmes. Il avait eu des clients aisés et il savait très bien comment ça se passait dans ces milieux-là.

— Ce qui est arrivé hier au fils Maxwell, continuait le policier, est traumatisant pour toute la ville. Ils veulent savoir comment l'accident est arrivé, de manière que cela ne se reproduise pas.

— Je vous ai déjà dit comment c'est arrivé.

— Ils veulent aussi tout savoir à propos du conducteur de la camionnette. A présent que nous savons qui vous êtes et d'où vous venez, nous voulons savoir quand vous avez l'intention de partir.

La colère de Grady avait remplacé sa peur depuis déjà un bon moment. « Allez vous faire foutre, les gars, avait-il envie de crier. Nous sommes dans un pays libre. Si j'ai envie de me balader dans les rues de votre ville, il n'y a rien qui puisse m'en empêcher ! » Mais il avait appris depuis longtemps et à ses dépens qu'il ne servait à rien de s'engueuler avec les gens, et tout particulièrement avec les flics.

De sa voix la plus calme, il déclara :

— Je comprends votre problème, monsieur l'officier, mais je ne peux pas partir sans savoir ce qui va arriver à cet enfant. Soyez sûr que je ne causerai aucun dérangement et que je ne veux ennuyer personne. S'il y a quelqu'un d'ennuyé à cause de ce qui est arrivé à cet enfant, c'est bien moi.

— Vous avez fait bien pire, intervint le deuxième policier.

Grady leva sur l'homme un regard glacial.

— J'ai été reconnu coupable d'homicide involontaire et j'ai payé ma dette. J'ai même bénéficié d'une libération conditionnelle et, depuis quatorze ans, je n'ai rien à me reprocher. Vous voulez savoir d'où je tiens mon argent ? J'ai commencé en travaillant dans le bâtiment. Du matin jusqu'au soir. Et pendant cinq ans, j'ai travaillé avec un menuisier qui m'avait à la bonne. Mis à part mon père, c'était le premier homme qui faisait attention à moi et c'est lui qui m'a appris le métier.

— Et vous lui avez volé ses clients ?

— Je lui ai payé des commissions, dit sèchement Grady. Même quand son cancer ne lui permettait plus de travailler et que j'aurais pu récupérer tous ses clients, j'ai quand même continué à lui verser sa commission. J'ai même payé pour son enterrement. A l'heure qu'il est, j'ai un peu d'argent en banque et je n'ai pas besoin de cambrioler les maisons pour vivre. Pas plus que je n'ai besoin de vendre de la drogue à la sortie des écoles. Et s'il faut que je reste dans ce motel pendant deux ans, je peux payer d'avance. Mais je ne le ferai pas parce que ça ne les vaut pas et j'en ai connu de meilleurs, croyez-moi. — Il se leva et se tourna vers le premier policier qui le regardait, l'air amusé. — Avez-vous d'autres questions à me poser ?

Le policier fit non de la tête.

— Je peux partir, alors ?

— Nous allons vous reconduire à l'hôpital, dit-il en se levant.

D'un geste de la main, Grady l'en dissuada.

— J'irai à pied.

Ignorant le deuxième policier, il quitta la pièce.

Il descendit les marches qui conduisaient au rez-de-chaussée, poussa la porte et se retrouva enfin à l'air libre. Puis, à toutes jambes — de ces mêmes jambes qu'il ne parvenait plus à contrôler depuis qu'elles avaient appuyé si fort sur les freins de sa camionnette —, il courut vers l'hôpital.

Alors qu'il croisait sur le trottoir les gens de Constance, il s'efforça de garder la tête haute et le regard droit. Ce n'est qu'après avoir mis une bonne distance entre le bâtiment de police et lui, entre ces tyrans au petit pied qui cherchaient à lire dans ses pensées et ses pensées véritables, qu'il s'avoua la vérité. La vérité c'était qu'il ne voulait pas rester à Constance à cause de l'enfant sur son lit d'hôpital uniquement. Il le voulait aussi à cause de Teke. Il était venu pour lui parler et il ne partirait pas sans l'avoir fait.

A la lueur diaphane du clair de lune, Annie se recroquevilla sur le siège à bascule près de la fenêtre et commença à se balancer doucement. Bouger lui faisait du bien. Elle pouvait ainsi combattre la douleur qu'elle ressentait au-dedans.

— M'man ? appela une petite voix près de la porte.

Elle sursauta. Habituellement, elle pouvait percevoir tous les bruits de la maison, même au dernier étage. Mais celui de la porte du garage lui avait totalement échappé.

Légère comme un zéphyr, Zoe traversa la pièce.

— Où étais-tu passée ? murmura-t-elle en serrant sa mère dans ses bras. On était tous inquiets.

— Il fallait que je parte, répondit Annie sur le même ton.

— Papa a dit que tu étais bouleversée.

— Ça m'arrive, en effet. Et c'est une chose contre laquelle je ne peux rien. — Elle prit sa fille dans ses bras. — Comment va Michael ?

— Toujours pareil.

Elle faillit demander comment allait Teke, mais un coup d'aiguillon dans la poitrine lui ôta les mots de la bouche.

— Comment vont les autres ?

— Ça va.

— Est-ce que tu as dîné ?

— Oui. Nous sommes allés dans un restaurant italien, près de l'hôpital. J.D. était dans tous ses états.

Annie se mit à penser à J.D. qui avait été trahi, tout comme elle. Dans tous ses états ? Doux euphémisme si jamais il apprenait la vérité. Elle était en fait incapable d'imaginer l'état de fureur dans lequel il se trouverait. Surtout contre Sam.

— Pourquoi J.D. était-il furieux ? voulut savoir Annie.

— Parce que la personne qui conduisait la camionnette est venue à l'hôpital pour voir Michael.

— C'est quand même gentil de sa part!

— C'est ce que je pense aussi, mais pas J.D. Ça l'a rendu fou de rage.

— Est-ce qu'il lui a dit quelque chose?

— Non. Le monsieur était déjà parti quand nous sommes revenus du restaurant. C'est une infirmière qui en a parlé... elle aussi pensait que c'était bien de sa part. Je crois que J.D. voulait lui courir après, mais l'autre était déjà trop loin. C'est à ce moment-là qu'il a commencé à poser des tas de questions à l'infirmière et quand elle lui a dit que ce n'était pas la première fois qu'il venait, il a sauté au plafond. Après, elle lui a expliqué qu'il était resté dans le couloir et qu'il s'était contenté de regarder Michael par la vitre. Elle a dit qu'il ne restait jamais longtemps et qu'il n'avait jamais cherché à entrer dans la chambre. Elle a expliqué aussi à J.D. que ça arrivait souvent dans des cas comme celui-là, et que ce monsieur devait probablement se sentir aussi malheureux que lui.

— Et qu'a répondu J.D. ?

— Il a dit que cet homme était une ordure et qu'il venait uniquement pour les narguer. Jana disait la même chose, elle aussi. Elle disait qu'il fallait le chasser.

— Mais ce n'est pas la faute de ce pauvre homme...

— C'est ce que j'ai dit à Jana. Mais elle a répondu que même s'il n'avait pas commis d'infraction au code de la route, il ne devait sûrement pas regarder où il allait quand il a renversé Michael.

— Ce n'est pas lui qui a renversé Michael, c'est Michael qui s'est jeté devant son véhicule, soupira Annie en retenant une grimace de douleur.

« Michael s'était jeté sous la voiture parce qu'il est sorti en courant de la maison sans regarder où il allait, parce qu'il avait vu Teke et Sam en train de... de... »

— C'est ce que je lui ai expliqué, poursuivit Zoe. Et Jana m'a traitée de folle, et a dit que j'étais déloyale envers Michael.

En train de quoi ? De faire l'amour ? De s'envoyer en l'air ? De copuler ? Comment devait-elle appeler ça ? Chaque mot était plus douloureux que le précédent. Sam et Teke ? Rien que d'y penser, ça faisait si mal...

— Est-ce que j'ai été déloyale ? demanda Zoe.

« Pas toi, ma chérie », pensa Annie en se penchant vers les yeux remplis d'inquiétude de l'enfant. La lumière pâle de la lune les rendait encore plus pathétiques et Annie se dit que son propre visage devait refléter la même détresse.

— Non, murmura-t-elle en l'attirant de nouveau vers elle.

Elle sentit qu'elle allait encore éclater en sanglots. Elle croyait bien, pourtant, avoir tari ses larmes...

— M'man ?

Annie la serrait fort.

— Nous vivons des moments difficiles, dit-elle enfin.

— Est-ce que ça va ? demanda Zoe, soudain effrayée.

— Juste un peu énervée.

— M'man ? demanda la voix plus grave de Jonathan qui surgissait dans la pénombre. Pourquoi est-ce que tu restes dans le noir, comme ça ?

Fébrilement, Annie essuya d'un revers de main les larmes de ses joues.

— J'avais besoin de réfléchir, c'est tout.

— Pourquoi es-tu partie si brusquement cet après-midi ?

— Je ne me suis pas sentie très bien, tout à coup.

— On était tous inquiets. Surtout Teke. P'pa a dit que tu devais être à la maison mais il n'en était pas sûr.

A ce moment-là, Annie n'avait pas été sûre de s'y rendre, elle non plus. Elle avait quitté l'hôpital et avait pleuré tout son soûl en conduisant sa voiture sans but, si ce n'était de vouloir fuir l'horrible vérité. Plus d'une fois, elle avait pensé rouler et rouler encore jusqu'à se retrouver dans un coin totalement inconnu. Complètement nouveau. Malgré elle, cependant, à son insu, même, ses mains avaient tourné le volant en direction des rues familières. Elle s'était retrouvée chez elle et elle avait bien fait. Quel qu'ait pu être le mal que lui avait fait Sam, il n'en demeurait pas moins qu'elle avait des enfants qui comptaient sur elle.

— Je suis très bien ici, expliqua-t-elle avec un sourire embué de larmes.

Elle tendit un bras vers Jon qu'elle glissa ensuite autour de sa taille, en remerciant le ciel d'avoir des enfants comme les siens.

Les larmes refirent surface en même temps que l'image de Sam et de Teke ensemble. Elle avait comme un fer à repasser sur l'estomac et, pendant un instant, elle crut qu'elle était vraiment malade. Elle renifla et se débrouilla pour dire :

— Je suis désolée. C'est très difficile pour moi en ce moment.

— Michael va se remettre, la rassura Jon.

— Je sais. Descendez, j'arrive dans une minute.

Jon quitta aussitôt le bureau mais Zoe traînait un peu les pieds.

— Tu es sûre que ça va ?

— Oui, mentit Annie.

— Tu paraissais bien dans la voiture, tu paraissais bien dans la chambre de Michael et ensuite tu es allée faire une promenade avec papa. C'est l'hôpital qui te rend comme ça ? C'est tous ces appareils ?

— Quelque chose comme ça, en effet.

— Est-ce que tu pourras nous y conduire encore demain ?

Annie tenta de s'imaginer le lendemain matin, reprenant comme d'habitude son train-train quotidien. Seulement voilà : rien ne serait plus comme d'habitude, désormais. Ce ne serait plus *jamais* comme d'habitude.

— Nous verrons, murmura-t-elle avant de se rendre compte qu'elle ajoutait ainsi à la détresse de sa fille. J'essaierai, d'accord ?

— Très bien. Dis, m'man, qu'est-ce que je dois dire à Jana ? Je sais que c'est dur pour elle de voir son frère dans le coma, Teke comme un zombie et J.D. fou de colère. Mais ce n'est pas très gentil, ce qu'elle m'a dit. Crois-tu pouvoir lui parler et lui expliquer que je n'ai pas voulu me montrer déloyale ?

Annie écarta les mèches blondes qui retombaient en boucles folles sur le front de sa fille.

— Je lui parlerai, promit-elle.

Zoe embrassa sa mère. A mi-chemin de l'escalier, elle se retourna et ajouta :

— J'espère que tu réussiras à lui faire comprendre.

Annie retourna à la fenêtre. Toutes lumières éteintes, elle pouvait clairement voir la nuit étoilée et froide. Froide comme les frissons qu'elle ne pouvait contenir, cruellement belle dans l'épouvantable chambardement de sa vie.

— Ça va ? demanda calmement Sam.

Elle se mordit la lèvre : elle ne voulait pas pleurer encore. Il attendit.

— Je m'inquiétais.

« Parfait, pensa Annie. C'est tout ce que tu mérites. »

— Est-ce que tu es rentrée directement ?

— Non.

— Tu es allée faire un tour ?

Elle posa la paume de sa main un peu plus haut sur sa joue et laissa ses doigts jouer avec les boucles de ses cheveux. Elle voulait qu'il la laisse seule. Avec ce qu'elle ressentait en ce moment, sa présence lui était insupportable.

— Est-ce que tu as dîné ?

— J'ai vomi mon déjeuner. Dîner aurait été un désastre.

— Je suis désolé, Annie. J'en crève, de me demander pourquoi j'ai fait ce que j'ai fait et d'essayer de trouver une solution pour réparer ma faute. Tu ne peux pas savoir comme je me sens mal dans ma peau.

La main d'Annie glissa pour cacher ses yeux. Ce qu'elle ressentait commençait à ressembler furieusement à une violente migraine.

— Teke sait que tu sais, annonça-t-il, et elle est aussi catastrophée que moi.

Teke. Comment avait-il pu faire ça avec Teke ? se demandait Annie pour la énième fois. Quant à la tromper, il aurait pu le faire avec une inconnue. N'était-ce pas là la façon de procéder de la plupart des hommes qui trompaient leur femme ? Se créer un petit monde secret bien à eux et loin de la famille ? C'eût été pour elle une chose plus facile à admettre... Mais non. Une trahison reste une trahison.

— Parle-moi, Annie, je t'en prie. Nous avons toujours parlé.

— En effet. Mais nous étions alors fidèles l'un à l'autre.

— C'est la seule et unique fois, Annie. La seule et unique. Ç'aura été un moment d'égarement, rien de plus.

— Tu sais être rapide, quand tu veux, grogna-t-elle.

— Annie...

Elle explosa soudain :

— Mais comment as-tu pu ? Tu m'avais juré d'être fidèle !

— C'est quelque chose qui m'est tombé dessus, comme ça, tout d'un coup.

— Et avec Teke. Ma meilleure amie !

Comment avait-il pu ? La pensée que Sam fût

amoureux de Teke lui était si insupportable qu'elle demanda :

— Est-ce que c'est à cause de sa beauté ?

— Bien sûr que non !

— Son parfum, alors ? Ou peut-être n'était-ce qu'une envie que tu refoulais depuis des années et qu'il fallait que tu satisfasses ?

— Pour l'amour du ciel, Annie, il n'existe aucune raison qui puisse expliquer ce que j'ai fait. Ç'a été un coup de folie, une insanité. Même si tu me demandais des détails, je serais incapable de te les fournir. Parce qu'il n'y avait pas de détails. Pas de conscience.

— Et est-ce que tu as joui ?

Ça, c'était justement le méchant petit détail qui la hantait et qui lui était nécessaire pour avoir une vision complète de la situation.

— Quoi ?

— Tu as bien entendu.

Si elle devait reposer la question, elle se bloquerait, constata-t-elle.

— Oui, renifla-t-il. Je jouis toujours quand je suis avec toi et c'est avec toi que je croyais être.

— Ne dis plus jamais ça ! hurla-t-elle. C'est une insulte à mon intelligence !

— Chut !

Elle baissa la voix.

— Tu aurais dû penser aux enfants et à ce qu'ils allaient penser s'ils apprenaient ce que tu allais faire.

— Ils penseront comme toi que je suis un salaud, et ils auront raison. Annie, nous devons en parler parce que je ne sais pas quoi faire : les enfants vont retourner demain à l'école en traitant le fils Clinger de menteur. Est-ce que je dois leur dire la vérité maintenant ? Est-ce que je dois attendre un peu ? Dis-moi ce que je dois faire !

Annie n'en savait trop rien. Elle luttait pour dissocier son angoisse personnelle de la réalité du problème. D'une voix fluette, elle dit :

— Ça va leur faire tellement de peine.

— Et ça va les dérouter et les mettre en colère, comme Michael, probablement. Si je pouvais leur éviter cela, je le ferais. Je pourrais demander à Teke et à J.D. de ne rien dire. Mais il y a Michael, il dira certainement quelque chose, quand il se réveillera.

« S'il se réveille... », pensa Annie avec effroi. Mais elle dit tout haut :

— S'il se rappelle...

— Et puis, il y a Virginia, c'est une vraie vipère.

Pour la première fois depuis qu'elle avait appris la vérité, Annie se mit à imaginer Virginia en train de raconter à toute la ville que Sam et Teke avaient eu une aventure. C'était déjà difficile à supporter quand elle pensait que c'était un mensonge ; à présent, c'était pire. Toute la ville allait savoir qu'Annie était incapable de satisfaire son mari. Elle en était mortifiée.

La tête entre les mains, elle se mit à gémir. Quand Sam vint pour la prendre dans ses bras, elle lui échappa en se renfonçant un peu plus dans son coin. Il fit un pas en arrière.

— Je vais aller lui parler.

— Ça ne fera qu'empirer les choses : elle pensera que tu cherches à cacher quelque chose de plus grave encore. Nous devons lui parler ensemble, je crois que ça vaudra mieux. Je n'aurais jamais pensé être obligée de mentir pour sauver les apparences mais je ne vois pas d'autre solution que d'aller dire à Virginia qu'il n'y a rien entre Teke et toi.

— Mais il n'y a *rien* entre elle et moi, protesta Sam.

Malgré l'obscurité, il perçut clairement qu'elle le fusillait du regard.

— N'ergotons pas sur des questions de sémantique, veux-tu ?

— Il n'en est pas question. Simplement, une aventure implique une notion de durée ; et il n'y a eu qu'une seule fois. De plus, il s'agit d'un acte non prémédité, totalement aberrant et qui ne se reproduira plus jamais. En fin de compte, je ne vois pas en quoi cette histoire peut être qualifiée d'« aventure ».

Annie eut un rapide haussement d'épaules.

— Appelle-la comme tu voudras, ça reste toujours aussi dégueulasse.

— Ça l'était. Au passé, s'il te plaît. C'est terminé, à présent. Si tu avais été à la maison, rien ne serait arrivé.

Elle en resta bouche bée.

— Est-ce que tu serais en train de dire que c'est *ma* faute ?

— C'est toi que je cherchais, mais tu n'étais pas là. Je t'ai cherchée dans toute la maison, j'ai téléphoné à l'école. Lorsque j'ai traversé l'arrière-cour, j'étais persuadé que tu étais chez Teke...

— Et tu n'as pas pu attendre... C'était si urgent ?

— J'aurais pu attendre. Mais c'est arrivé si vite... C'était fini avant même d'avoir commencé. Et puis il y a eu Michael...

Annie pressa son visage contre ses genoux. Dans le silence qui suivit, elle l'imagina en train de passer nerveusement sa main dans ses cheveux, toujours plus beaux quand ils étaient décoiffés. Ce n'était pas juste : elle aurait dû l'imaginer comme un monstre libidineux. Au moins un petit peu.

— Quel bordel ! murmura-t-il.

— Peut-être était-ce inévitable.

— Comment ça ?

— Il y avait peut-être quelque chose de malsain dans cette intimité entre nos familles.

Dans son besoin désespéré d'une explication rationnelle, cette idée avait soudain germé.

— Nous n'étions pas si proches que ça.

— Nous étions assez proches pour être copropriétaires d'une résidence d'été. Qu'allons-nous faire de tout ça ?

— Je ne sais pas. Je n'y avais jamais pensé. Tout

dépend de ce qui va arriver entre nous. Je t'aime, Annie, et je ne veux pas que notre union soit détruite.

Les accents de sa voix la touchèrent. Elle avait beau vouloir l'ignorer, son amour pour Sam la condamnait irrémédiablement à l'écouter. Néanmoins, il n'en demeurait pas moins qu'il l'avait trompée et que leurs relations ne seraient plus jamais les mêmes. Cette seule pensée suffit à provoquer une nouvelle crise de larmes.

— Annie... dit-il en voulant s'approcher d'elle.

Elle se rejeta en arrière.

— Non !

— Je voudrais te toucher.

— Comme tu as touché Teke, sanglota-t-elle.

— Comme je te touche, toi. Tu es différente des autres femmes, Annie. Ton allure est différente, tes réactions sont différentes, ton odeur est différente, ton goût...

Elle se boucha les oreilles. Il posa un genou à terre et écarta doucement ses mains.

— ... ton goût est différent.

— Comment le sais-tu ? cria-t-elle à travers ses larmes. Je croyais t'avoir entendu dire que tu n'avais rien vu ni rien senti avec Teke. Comment peux-tu savoir que je suis si différente ?

— Tu es la seule à me faire l'effet que tu me fais.

— C'est ce que je croyais, moi aussi, mais je me suis trompée : je pensais d'une façon pendant que toi tu agissais d'une autre.

— Pas du tout, insista-t-il en soupirant.

Il lui tint les poignets et, toujours un genou à terre, commença sa grande plaidoirie.

— Je ferai tout ce que tu voudras, Annie. Si tu refuses de dormir avec moi, j'irai coucher sur le sofa. Je te remettrai le double des clés de la maison des Maxwell afin que tu sois certaine que je n'y vais pas de mon propre chef. J'irai voir un psychanalyste, si tu veux.

— Ça ne servira à rien, répondit-elle en balayant

l'argument d'un revers de main. Tu es la personne la plus équilibrée que je connaisse. Et c'est ce qui rend les choses encore plus affreuses.

— Bon, et après ? Qu'est-ce que je dois faire ? Dis-le-moi et je le ferai.

— Donne-moi de l'air. Laisse-moi respirer.

Il libéra aussitôt ses poignets comme s'ils étaient soudain devenus brûlants et fit quelques pas en retrait.

— Et maintenant ?

Elle se sentait vidée, froide, désorientée.

— Je t'aime et tu m'aimes. Ne dis surtout pas le contraire parce que cet amour ne peut pas mourir en une minute. Pas un amour comme le nôtre.

— Je suis incapable de réfléchir, pleura-t-elle. J'ai besoin de temps.

— Combien de temps ?

— Je n'en sais rien !

Plus il la pressait et plus elle s'éloignait de lui, remarqua-t-il : c'était la première fois qu'il lui causait autant de peine et lui inspirait autant de colère.

— Qu'allons-nous dire aux enfants ?

Elle essuya ses larmes. Bien qu'ils fussent à présent dans deux mondes différents — ainsi le ressentait-elle —, il restait néanmoins des problèmes immédiats à régler, et celui des enfants n'était pas le moindre. Elle se leva à tâtons.

— Rien. Rien pour le moment.

Quoique au tréfonds d'elle-même, elle priât le ciel qu'ils n'en sachent jamais rien. Les bruits que faisait courir Will Clinger n'étaient rien comparés au désastre que provoquerait un aveu abrupt de la part de Sam. Elle était totalement incapable d'imaginer l'ampleur des dégâts que provoqueraient ces révélations auprès de ses enfants.

— Ce serait terrible. Avec l'état dans lequel se trouve Michael, en plus...

— Comment allons-nous nous comporter ?

— Concentrons nos inquiétudes sur Michael.

— Est-ce que je peux t'embrasser ?
— Non.
— Et Virginia ?
— Tu peux l'embrasser autant que tu voudras, dit-elle, soudain acerbe.
— Tu sais très bien ce que je veux dire.
Bien sûr qu'elle le savait. N'empêche qu'il pouvait toujours le faire, si ça lui faisait plaisir.
— Nous irons lui parler, poursuivit-il.
— C'est ça.
— Est-ce que tu veux que j'aille habiter ailleurs ?
Elle se tourna vers lui et, malgré l'obscurité, elle put deviner l'expression de son visage : il faisait l'âne pour avoir du son. Calmement, le ton sec juste ce qu'il faut, elle reprit :
— Tu ne crois pas que les enfants se poseraient quelques questions, non ?
— Oui. De la même manière que si je vais coucher dans le petit salon.
— Prends le lit. De toute façon, je ne dormirai pas beaucoup.
— Annie, tout cela est absurde...
— Qu'est-ce qui est absurde ? Tu sais très bien que je dors rarement une nuit complète. Donc, au lieu de rester couchée, j'irai faire une promenade ou je viendrai m'asseoir ici. Les enfants se diront que je suis bouleversée à cause de Michael.
— Je ne coucherai pas dans ce lit si tu n'y es pas. Prends-le, toi.
— Et qu'est-ce que tu as l'intention de dire aux enfants ?
— Que je suis bouleversé à cause de Michael.
— Et que se passera-t-il quand ils se réveilleront et qu'ils te trouveront endormi sur le canapé ?
— Je leur dirai que je n'arrivais pas à dormir, que je me suis levé et que je me suis endormi dans le salon.
— Toutes les nuits ? Et tu comptes leur faire avaler cette fable tous les matins ?
Comme il ne trouvait rien à répondre, elle comprit

qu'elle tenait le bon bout. A la fois en ce qui concernait l'attitude à adopter vis-à-vis des enfants et de son comportement vis-à-vis de Sam. « Toutes les nuits. » Elle se demandait quand ce « toutes les nuits » finirait ; à condition, bien sûr, qu'il finisse un jour. C'était comme si le petit nid net et douillet que Sam et elle avaient si amoureusement construit s'effilochait soudain dans un vent de tourmente.

Sam se détacha de la fenêtre. Comme elle paraissait lasse, il proposa :

— Nous pourrions partager le lit. Rassure-toi : je prendrais bien soin de ne pas venir de ton côté.

A mi-chemin de la porte, il se retourna :

— Annie ? — Elle resta coite. — Nous donnons une conférence de presse, demain matin, à propos de l'affaire Dunn. Je l'ai déjà remise hier et, pour ma part, je l'aurais définitivement annulée si notre service des relations publiques n'avait tant insisté.

— Alors que Michael se trouve dans le coma ? s'enquit-elle.

Victoire ou pas, une conférence de presse lui semblait extrêmement déplacée.

— C'est J.D. qui l'a décidé et J.S. aussi. Je n'allais pas me mettre d'autres ennuis sur le dos. Est-ce que tu viendras ?

Annie appuya sa tête contre le montant de la fenêtre. Autrefois, elle n'en ratait pas une. Pour elle, c'était une joie ineffable que de se trouver là, d'être présentée à des notoriétés, de se pendre fièrement au bras de son mari, rayonnante de bonheur. Mais à présent, c'était impossible : tous les gestes qu'elle avait eu tant de plaisir à faire se transformeraient en simagrées et s'adonner à ce genre de simulacres était strictement au-dessus de ses forces. De toute façon, elle avait l'impression qu'on lirait la vérité sur son visage et elle ne voulait susciter ni ironie, ni compassion.

— J'ai un cours, répondit-elle.

— Je le sais. Mais j'ai pensé que tu pourrais le retarder.

C'est ce qu'elle aurait fait par le passé. Elle lui répondit par un silence sans équivoque.

Il resta planté là encore une bonne minute pour finalement conclure :

— Très bien.

Et il descendit lentement l'escalier, d'un pas lourd.

Annie était une insomniaque chronique. Elle pouvait fonctionner à son maximum avec seulement cinq heures de sommeil derrière elle, ce qui aurait signifié — en théorie — qu'elle pouvait se coucher à minuit et se lever aux aurores au mieux de sa forme. En pratique, cependant, elle commençait à se sentir les paupières lourdes vers dix heures, dormait quelques heures d'une traite, puis somnolait un peu. Habituellement, elle consacrait ce temps dont elle disposait bien involontairement pour faire des choses pour elle-même, ou bien pour lire ou pour corriger les copies de ses élèves. Mais souvent aussi, elle se faisait plaisir en se blottissant contre le corps de Sam, dans sa chaleur.

Mais point de chaleur, cette nuit-là. En fait, elle ne se coucha pas du tout. Elle resta là, somnolant entre deux sursauts sur la chaise à bascule de son bureau, près de la fenêtre, dans la cacophonie de ses pensées. Une fois seulement, elle s'aventura dans la cuisine pour se faire un peu de thé et prendre une aspirine, mais voir cette cuisine si « normale » alors que rien ne l'était plus, la bouleversa plus encore. Alors, elle retourna sur son perchoir, s'emmitoufla dans une couverture et frissonna longuement. Cette nuit-là, si elle dormit trois heures, ce fut le bout du monde.

Le matin suivant, quand Zoe et Jon descendirent, cela ne l'empêcha cependant pas d'être fidèle au poste, dans sa cuisine, et de les accompagner dans leur petit déjeuner en promettant à Zoe de passer la prendre après la classe. Oui, elle la conduirait à l'hôpital car elle avait beaucoup trop d'affection pour Michael pour ne pas aller le voir. Qu'éventuellement elle adressât la parole à Teke était une chose parfaitement concevable, ce matin.

Sam fit son apparition, vêtu de pied en cap, au moment même où les enfants partaient. Ne sachant trop que lui dire, elle opta pour un repli en direction de la salle de bains. Le temps d'une douche, et la pièce fut saturée de vapeur d'eau. Elle tâtonnait vers sa serviette qui était accrochée derrière la porte quand elle entrevit sa silhouette vêtue de gris.

— Oui ? demanda-t-elle, alarmée, en se couvrant instinctivement de sa serviette.

— Est-ce que je peux te parler un instant ?

— Je ne suis pas habillée.

— Allons donc, Annie...

Elle fut immédiatement consciente du fait qu'il la considérait toujours comme *sa* femme, qu'il l'avait vue nue des milliers de fois et qu'il connaissait chaque centimètre de son corps. Néanmoins, c'était maintenant un étranger qui venait de se faufiler sournoisement dans sa salle de bains. Aussi, également consciente de son plein droit, ne fit-elle pas le moindre geste et ne dit-elle pas le moindre mot, jusqu'à ce qu'il reçût ce message implicite. Dès l'instant où il eut doucement refermé la porte derrière lui, elle laissa glisser sa serviette, enfila un peignoir de bain et sortit.

— Oui ?

Il était allé l'attendre sur le bord du lit, replié sur lui-même, les coudes sur les genoux. Son beau costume contrastait de manière saisissante et sensuelle avec le désordre des draps froissés — d'un côté seulement, puisque l'autre n'avait pas été défait. Elle le trouva très beau et cela lui fit très mal.

— Quels sont tes projets ? demanda-t-il avec humilité.

— Je n'en sais rien.

— Est-ce que tu vas être à tes cours ?
— Une partie de la journée.
— Comptes-tu aller à l'hôpital ?
— J'emmènerai Zoe et Jana après la classe. Jon et Leigh viendront nous rejoindre un peu plus tard en voiture.

Sam se mit à regarder ses mains.
— Peut-on se voir pour le café ?
— Je ne pourrai pas rester longtemps.
— On pourrait alors dîner tôt ensemble, en ville ou ici ?

Elle fit non de la tête. Quelle que fût la manière dont il cherchait à l'émouvoir, il lui faisait du mal.
— Impossible, Sam, dit-elle.
— C'est que tu ne veux pas.
— Je ne peux pas. Pas tant que cette histoire ne se sera pas un peu tassée.

Il pouvait le comprendre. Au bout d'une minute il se leva, à la fois raide et résigné, et Annie fut un instant tentée de se jeter à son cou en lui demandant pardon. Mais elle n'avait aucun pardon à demander parce qu'elle n'avait rien fait de mal, elle. Du moins, était-ce ce qu'elle ne cessait de se répéter.

Elle le regarda partir, se disant qu'elle aurait peut-être dû lui souhaiter bonne chance pour sa conférence de presse. L'avoir rabroué sans ménagement aurait dû lui apporter quelque consolation, mais loin s'en fallait. De peur d'éclater à nouveau en sanglots, elle se prépara fébrilement pour l'école et se rendit compte, une fois prête, qu'elle ne se voyait pas du tout, face à deux cents étudiants, en train de disserter sur D.H. Lawrence.

D.H. Lawrence. Tout un programme. *Amants et Fils* : un homme, deux femmes, l'une terrestre, l'autre éthérée. Impossible d'aborder un tel sujet.

Elle téléphona pour se faire remplacer et raconta qu'elle était malade. Troquant ensuite son ensemble contre un jean, des tennis et un chandail, elle s'empressa de sauter dans sa voiture. Une demi-heure plus tard, elle arrivait à Rockport, dans le petit cottage qu'elle avait appelé sa maison pendant les vingt et une premières années de sa vie.

Le chemin n'était plus qu'une ornière, bien plus par négligence qu'à cause des intempéries. Peter Huggins avait autre chose à faire que de combler les trous, tondre la pelouse ou réparer la clôture : c'était un artiste. Il faut que la nature suive son cours, disait-il timidement avec un petit sourire aimable.

Annie alla se garer derrière la vieille voiture toute rouillée et poussa la porte latérale. La cuisine était dans un état chaotique. Tant qu'il en restait dans les placards, Pete jugeait inutile de laver la vaisselle. Pas plus qu'il ne voyait la nécessité de débarrasser la table puisqu'il faudrait la dresser pour le repas suivant, ou de jeter son courrier, sous prétexte qu'il pourrait griffonner quelque chose dessus. Mais par contre, les dessins qu'il faisait...

« Pastel Pete » : c'est comme ça qu'on l'avait surnommé. A cause de sa technique préférée. Il vendait çà et là des aquarelles aux galeries des environs mais son vrai plaisir était de faire de grandes fresques sur le mur borgne de la banque, en plein centre-ville. C'était là qu'il pouvait vraiment donner libre cours à sa démesure et à son excentricité. Car les règles n'existaient pas pour lui. En général, les gens avaient tendance à le considérer comme d'une espèce en voie d'extinction qu'il fallait, par conséquent, préserver.

Annie quitta la cuisine. A l'origine, il y avait un séjour et deux chambres. Cependant, peu après le mariage d'Annie, un marteau-piqueur s'était rapidement chargé de les transformer en une seule et unique pièce où l'on pouvait voir encore des vestiges de cloisons que l'engin n'avait pu abattre. Le tout avait été recouvert d'une croûte épaisse de peinture blanche. Dix-huit ans plus tard, ces mêmes murs s'étaient changés en une fresque de portraits, de paysages champêtres et maritimes, créant un climat fantastique. Annie se surprit à penser au jour où disparaîtraient Pete et tous ces trésors.

— P'pa ? appela-t-elle, ne le voyant pas.

Quelques secondes plus tard, Pete et son éternel sourire apparurent derrière un pan de mur crénelé, lui faisant signe d'approcher. Assis à même le sol, il griffonnait sur un coin encore disponible. Annie était incapable de dire ce qu'il dessinait. Elle voyait des étincelles jaunes, vertes et roses sur fond bleu. Mais ce n'étaient pas celles d'un feu d'artifice, car chacune d'elles semblait avoir une vie propre.

— Ce sont des étoiles d'un autre monde, expliqua-t-il d'une voix qui devenait chaque année un peu plus douce, un peu plus grave aussi.

Elle fit un pas en arrière pour mieux apprécier.

— Elles ont un peu pâli pendant leur voyage en direction de la Terre. Mille trois cents années-lumière, c'est long. Mais elles reprennent vie, tout doucement.

— Pourquoi sont-elles là ?

— Elles sont en visite.

— C'est un long voyage pour une simple visite.

— Elles ont besoin d'être rassurées. Leur planète d'origine est en plein bouleversement. Elles cherchent à savoir s'il existe une autre vie ailleurs, au cas où.

Annie sourit. Elle se pencha vers son vieux père et le serra dans ses bras. Il n'était pas très grand : un mètre soixante-quinze, au maximum, mais d'une solide constitution, familière et rassurante.

— Quelque chose ne va pas ? demanda-t-il.

Elle émit un son qui voulait dire oui.

— Besoin d'un peu de réconfort ?

Même réponse.

— Un p'tit coup de brandy ?

Elle sourit. Le brandy, c'était le péché mignon de son père.

— Tu avais juré de ne pas en prendre avant l'heure du dîner.

— Nuance : j'ai juré de ne jamais boire seul, et seulement à l'heure du dîner quand je suis avec Pete Huggins. Mais maintenant, je suis avec toi. Alors, tu en veux ?

Elle frotta son front contre l'épaule de son père.

— Du thé ? Un cacao ?

Elle poussa un soupir. Le cacao était habituellement sa panacée. Mais dans l'état actuel des choses, ça ne servirait à rien.

— Je crois que je vais juste rester assise un petit moment, dit-elle, blottie contre son père.

— Jock-o-my-Jon va bien ? demanda-t-il précautionneusement.

Ce surnom qu'il avait donné à Jonathan dès l'âge de six ans la fit sourire. Elle opina de la tête.

— Et la jolie petite Zoe ?

Nouveau hochement de tête.

— Et le grand méchant Sam ?

Son sourire s'effaça. Comme elle ne disait rien, Pete fit :

— Oh ! oh ! Qu'est-ce qu'il a fait ?

— Quelque chose qui me rend malade rien que d'y penser.

— Ça ne lui est pas arrivé souvent.

— Non.

— Je l'aime bien, Sam.

— Moi aussi.

— Alors tout va s'arranger, dit-il avec douceur.

Annie prit pleinement la mesure de ces paroles mais ce fut éphémère. Une fois le charme dissipé, elle se dégagea lentement des bras de son père et se leva. Laissant Pete poursuivre ses considérations galactiques, elle se mit à faire le tour du propriétaire.

Si chaque famille possède son album de photos de famille ou, progrès oblige, des cassettes vidéo, c'étaient les murs de sa maison qui servaient d'album de souvenirs à Pastel Pete : des dessins sur fond de chaux blanche qui représentaient Annie enfant, Annie adolescente, Annie jeune femme... Il y avait des dessins d'elle mariée, avec Sam, les enfants. On y voyait aussi des dessins de la mère d'Annie, envolée quand elle avait deux ans. Ces dessins étaient tout ce qu'elle pouvait se rappeler de sa mère et, comme chaque fois qu'elle rendait visite à son père, elle les examina longuement.

Pete l'avait représentée comme une femme menue et fragile, avec de longs cheveux noirs et un sourire gracieux. N'eussent été ses yeux, elle aurait incarné l'innocence même. Seulement, les yeux, c'était le point fort de Pete. Il avait le don d'en capter l'expression, de traduire leurs sentiments.

Dans la scène montrant Annie obtenant son diplôme de fin d'études secondaires, il avait su exprimer à la fois la frayeur et la joie qui se lisaient dans son regard. Pour son diplôme universitaire, ç'avait été l'ivresse du moment et pour son mariage, le bonheur total.

Ceux de sa mère, eux, étaient vifs. Ils trahissaient un caractère indompté, perpétuellement à la recherche de changements et de nouveaux horizons. Peter Huggins ? Une simple étape — quoique pleine de couleurs — sur sa route. L'arrivée d'Annie n'avait fait que différer son départ, sans qu'il fût un seul instant question de la retenir.

Pourtant, Annie ne pouvait pas dire qu'elle avait eu une enfance malheureuse. Son père avait compensé cette absence et c'est seulement à l'éveil de sa propre féminité qu'elle avait clairement manifesté son amertume.

Si elle avait été plus jolie, si elle avait eu de longs cheveux noirs ondulés, de grands yeux verts et un visage en forme de cœur, si elle avait été différente, plus digne d'intérêt en somme, sa mère serait peut-être restée ? Peut-être.

S'étant toujours sentie inférieure à la plupart de ses

camarades, Annie avait pris goût à la lecture, à l'écriture et à la poésie. Et son père, grande âme généreuse avare de mots, était devenu son meilleur ami.

Puis était arrivée Teke. Puis Sam.

5

Stanley Wallace était un client de Maxwell, Roper and Dine depuis longtemps, du vivant de Roper, quand John Stewart était le seul Maxwell de la société. Stanley avait fait fortune dans les fermetures éclair et, bien que le Velcro ait porté un rude coup à son industrie, sa fortune restait assez considérable pour que la firme lui garde toute sa considération.

C'est pourquoi, bien qu'il eût envisagé de se rendre à l'hôpital une fois la conférence de presse terminée, J.D. choisit plutôt de déjeuner en compagnie de Stanley. Depuis des années, il veillait scrupuleusement à la cordialité de ses relations avec son client ; il avait en effet conscience des bénéfices qu'il apporterait à la société en tant que gestionnaire des biens immobiliers de Stanley. Des clients comme celui-là, on ne les laissait pas tomber à l'heure du déjeuner.

J.D. opta donc pour le Federal Club. Entre la bisque de crabe et le médaillon d'agneau, ils discutèrent de l'affaire de Sam et des biens immobiliers de Stanley, conversation durant laquelle ce dernier décela une relation de cause à effet immédiate. En bon misogyne qu'il était, Stanley craignait en effet que l'affaire Dunn-Hanover ne suscitât quelques velléités de contestation parmi son personnel féminin. Il en avait déjà tellement assez de ses propres filles et de leurs revendications intarissables que, s'il n'y prenait garde, il allait se retrouver ruiné en deux temps, trois mouvements.

J.D. se résigna à subir les longs monologues soporifiques que débitait inévitablement Stanley à chacune de leurs rencontres. Ce jour-là cependant, celui-ci avait l'esprit qui battait franchement la campagne. Ce n'était guère étonnant à quatre-vingt-six ans. Ses rhumatismes lui arrachaient un grognement de protestation à chacun de ses mouvements. Comme, de surcroît, Stanley détestait les taxis, le retour au bureau fut un véritable calvaire.

Malgré l'agacement que suscitait en lui la présence de Stanley, tout cela faisait bien l'affaire de J.D. qui pouvait ainsi justifier son absence de l'hôpital.

— Ça ne devrait pas arriver à un enfant, disait Stanley en s'arrêtant à chaque phrase comme si son corps ne lui permettait pas de cumuler les tâches. C'est aux gens de mon âge que devrait arriver ce genre d'accident, pas à un enfant. Y a-t-il une amélioration ?

— On a débranché son inhalateur ce matin.

— Ah, voilà qui est bon signe.

C'était une façon de voir les choses ; mais tout ce qu'avait remarqué J.D., c'était le teint cadavérique de son fils. Depuis l'instant où on lui avait ôté son tube, rien n'avait changé : il était toujours dans le coma.

— Et Theodora, comment va-t-elle ? demanda Stanley après un long silence.

J.D. eut un mouvement de contrariété.

— Elle n'a pas quitté l'hôpital depuis l'accident. Elle ne quitte pas le lit de Mike.

Il ne savait pas ce qu'il devait attendre d'elle, mais certainement pas cela. Cette inertie le perturbait, et pas seulement lui, Jana et Leigh également. La nuit dernière, elles n'avaient pas cessé de se chamailler et seule Teke aurait pu les calmer. Il avait été totalement impuissant.

— Pauvre Theodora… dit Stanley d'un air songeur avant de se concentrer à nouveau sur le trajet.

Ils arrivaient et il était grand temps. J.D. le guida

vers une salle de conférences déserte où un canapé providentiel permit au vieil homme de plonger, à peine allongé, dans un profond sommeil.

J.D. rejoignit son bureau avec l'intention d'appeler l'hôpital. Mais à peine avait-il décroché le combiné que Virginia Clinger fit son apparition. Il savait pertinemment qu'elle allait passer, puisque Stanley Wallace n'était autre que son père et que, moyennant un chèque mensuel — et quand aucune de ses sœurs n'était disponible —, elle lui servait de chauffeur.

— Salut ! dit-elle avec un sourire lumineux. Tu as une minute ?

Il était pressé et Virginia n'était pas précisément son interlocutrice préférée. Si, en tant que vieille « amie » de la famille, elle se révélait une nuisance, en tant que voisine, c'était une vraie chipie. Manque de chance, elle était aussi une des trois héritières des biens immobiliers des Wallace et, par conséquent, elle avait droit à certains égards. Il lui fit donc signe que oui et, raccrochant le téléphone d'un air résigné, il l'invita à s'asseoir.

Elle portait un ensemble avec une jupe courte, exactement le genre de celles qu'il aurait formellement interdit à Teke de porter. Mais Virginia n'avait pas de mari pour lui tenir les rênes. Décollant légèrement les fesses de son fauteuil, il lui tendit la main. Elle avait des jambes superbes.

Auréolée d'un nuage de parfum sucré, elle croisa celles-ci, joignit pudiquement les mains sur ses cuisses et posa de grands yeux pleins de gravité sur J.D.

— Je n'arrête pas de sonner à ta porte mais tu n'y es jamais. Comment va Michael ?

Quand J.D. lui parla du respirateur, elle poussa un long soupir.

— Ça ne signifie pas grand-chose…

— Au contraire, le reprit-elle. Ça veut dire qu'il peut respirer tout seul, ce qu'il ne pouvait pas faire auparavant. Est-ce qu'il bouge ?

— Vaguement. L'infirmière dit qu'il a des spasmes musculaires.

— Qu'est-ce qu'elles peuvent bien savoir, ces infirmières ? ironisa Virginia. Elles ne savent rien de ce qui se passe dans sa tête. Ce matin encore, pendant que je faisais mes exercices, au club de gym, un ami me disait que sa sœur d'Omaha avait vécu le même drame avec une de ses filles, il y a quelques années. Elle avait été renversée par une voiture qui ne s'était pas arrêtée pour la laisser traverser. Elle est restée dix-neuf jours dans le coma.

J.D. se demandait s'il fallait croire à l'histoire de Virginia : elle avait un don inné pour l'exagération. Néanmoins, son besoin d'espérer lui fit tendre l'oreille.

— Est-ce qu'elle s'est réveillée, finalement ?

— Oui, oui, répondit Virginia, satisfaite d'avance de ses révélations. Mais seulement après que la sœur de mon ami eut décidé d'adopter une forme de thérapie radicalement nouvelle. Elle reste convaincue que c'est cette thérapie-là qui a tiré sa fille du coma.

Dans quelque domaine que ce fût, J.D. était plutôt contre tout ce qui était radicalement nouveau. Cependant, il voulut en savoir davantage.

— Quelle sorte de thérapie ?

— On appelle ça la thérapie de l'éveil. Pendant des heures, on a cogné l'un contre l'autre deux blocs de bois aux oreilles de la petite fille, on lui a mis des lumières aveuglantes sous les yeux — ceux de Virginia brillaient d'excitation —, on lui a égratigné la peau. C'est un peu comme si l'esprit de cette enfant était perdu quelque part et que cette thérapie lui ait servi de balise, de point de repère. Tu devrais l'essayer sur ton fils, J.D. Je parie que les médecins ne te l'ont même pas proposé.

— L'accident s'est produit il y a seulement deux jours. Ils ont commencé par stabiliser son état.

— Ils sont trop conventionnels, lança Virginia en plissant le nez, avant de poursuivre, aguicheuse : de toute façon, ça ne peut pas faire de mal. Mon ami m'a dit aussi que sa sœur serait heureuse d'avoir un entretien avec toi. Ou avec Teke... Tiens ! Comment va-t-elle, au fait ? Je jette de temps en temps un coup d'œil à l'entrée de votre garage mais je ne vois jamais sa voiture.

L'image de la fenêtre de Virginia revint à l'esprit de J.D. C'était une grande baie située dans la cuisine, le coin de la maison où elle passait le plus clair de son temps. Il n'y avait pas de matin où il ne la vît soulever son rideau, lorsqu'il partait pour son bureau.

— Teke veille sur Michael à l'hôpital.

— Tout le temps ? s'exclama Virginia. Et qui s'occupe de la maison ?

— On se débrouille.

— Et c'est à *toi* qu'elle a laissé cette responsabilité ?

D'un côté, J.D. éprouvait une certaine satisfaction à entendre quelqu'un d'autre lui affirmer que Teke pourrait se forcer un peu plus. De l'autre, il préféra répondre :

— Notre fils est dans le coma et elle veut rester près de lui.

Virginia baissa les yeux. Elle regarda ses mains ouvertes, puis leva timidement les yeux.

— Je m'inquiète beaucoup pour elle, J.D.

— Ça ira.

— Non, pas seulement à cause de Michael. D'une manière générale. Je crois que Teke nous couve quelque chose.

J.D. leva les yeux au ciel, comme pour appeler à l'aide.

— Et quoi, selon toi ?

— Une crise personnelle...

— Allons, Virginia...

— Je suis très sérieuse et tu sais que je ne dis jamais quelque chose quand je ne le pense pas. A fortiori quand c'est gênant. Lorsque tu as épousé Teke, ça m'a fait beaucoup de peine et je ne m'en suis jamais cachée. Nos familles se connaissaient depuis des années et elles avaient toujours rêvé que nous nous mariions ensemble. Mais tu as préféré Teke. Bravo, très bien, n'en parlons plus. J'ai même essayé de devenir son amie.

Devant une impossibilité aussi patente, J.D. ne put que hausser les épaules.

— Vous êtes des femmes diamétralement opposées : c'est une femme d'intérieur, alors que tu es un papillon.

— Nous ne sommes pas si différentes.

— Elle adore les enfants et toi les adultes.

— J'aime bien les enfants, moi aussi.

— C'est la femme d'un seul homme alors que tu en es à ton quatrième divorce.

— En es-tu sûr ?

— Le cinquième, alors ?

— Je faisais allusion à Teke.

J.D. se démenait comme un perdu pour tenter de comprendre où Virginia voulait en venir. Il jeta un coup d'œil à sa montre : son prochain rendez-vous était à trois heures et demie et il aurait bien aimé faire un saut à l'hôpital, avant. Virginia décroisa les jambes et se pencha vers J.D.

— Je crois qu'elle a une aventure.

Il se mit à rire.

— Là, je crois que tu pousses un peu, Gin. Pourquoi tous ces ragots sur ma femme, tout à coup ?

— Non seulement je n'exagère rien mais, en plus, je m'inquiète pour toi. Cette femme te fait du mal, J.D.

— Une aventure, répéta-t-il comme si c'était l'idée la plus saugrenue qu'il eût jamais entendue. Teke n'a pas d'aventure. Pour la simple raison qu'elle n'oserait pas.

— Une aventure avec Sam.

— Tu plaisantes ou quoi ? — Sa patience avait des

limites. — Sam est mon meilleur ami, mon associé. Sois un peu réaliste, Gin.

Mais elle était bien décidée à ne pas le lâcher.

— Je les ai vus.

— Quand ?

— Mardi.

— Le jour de l'accident ?

— Parfaitement. Quand ils sont sortis en courant après Michael, ils étaient à peine habillés. Teke refermait sa robe de chambre et Sam ressemblait au péché personnifié.

J.D. se leva. Subitement, le parfum de Virginia l'écœurait et il estima en avoir assez entendu comme ça. Néanmoins, conscient du fait qu'il s'adressait à une future cliente, il prit son ton le plus poli.

— Je dois partir...

— Demande à Sam.

— Je ne demanderai rien du tout à Sam. Je ne lui ferai pas cette injure.

Malgré tout, elle restait collée à son siège, ce qui eut le don d'exaspérer J.D. au plus haut point.

— Tout se tient, insista-t-elle. Pourquoi crois-tu que Michael soit sorti en courant de la maison ? Penses-y, J.D., et tu verras que j'ai raison.

J.D. se dirigeait vers la porte quand une pensée soudaine le cloua sur place. Il pivota brusquement sur ses talons.

— A qui as-tu déjà raconté tout ça ?

Elle se leva lentement.

— Là n'est pas la question...

— Là est la question, justement ! cria-t-il.

En proie à une brusque fureur, il claqua violemment la porte et revint vers elle. Sa voix tremblait.

— Tu as raison : nos familles se connaissent depuis longtemps, ce qui signifie que je te connais très bien et que je sais ce dont tu es capable. Tu n'es qu'une vipère et une intrigante — il brandit son index sous le nez de Virginia. Je ne le dirai qu'une fois et une fois seulement : tu n'as *rien* vu. Si Michael est sorti en courant de la maison c'est parce qu'il avait une bonne raison de le faire, et *pas* parce que ma femme et mon meilleur ami faisaient quelque chose de répréhensible. — Il durcit le ton. — Je pourrais aussi en toucher deux mots à ton père, qui, soit dit en passant, commence à en avoir assez de payer tes notes de chirurgie esthétique, et le convaincre que tu reçois tous les mois suffisamment d'argent pour te passer de sa contribution. Je t'avertis : raconte ta petite histoire à qui que ce soit, et tu auras les pires ennuis.

— J'essayais de te rendre service, protesta faiblement Virginia.

— En ruinant mon ménage ? hurla-t-il. Pas étonnant que tu ne gardes pas tes maris. Espèce de cinglée, tu comptais me protéger en détruisant mon mariage, peut-être ? Eh bien tu as raté ton coup ! Surtout en ce moment, avec Michael dans le coma.

— Je pensais t'aider.

— Tu veux m'aider ? Parfait. Alors, va chez moi et fais le ménage et les repas, comme le ferait ma femme si notre fils n'était pas à l'hôpital. Mais ça ne t'intéresse pas, n'est-ce pas ? Tu préfères que quelqu'un d'autre le fasse à ta place et aller à ton club, histoire de suer un peu devant ton moniteur. Ah, ton moniteur ! Parlons-en de celui-là ! Ma pauvre Gin, il a dix ans de moins que toi et un cerveau de la taille d'un petit pois. Si c'est tout ce que tu es capable de te dénicher, je te plains...

— Je ne suis...

— Allons voir Stanley, il a assez ronflé comme ça.

Ouvrant brutalement la porte, J.D., fulminant de rage, se dirigea vers le hall.

Malheureusement, le départ de Virginia et de Stanley ne le calma pas. Une sirène d'alarme continuait de lui vriller les tympans et l'attirait irrésistiblement vers le bureau de Sam. Refermant sans ménagement la porte derrière lui, il alla poser ses deux mains bien à plat sur son pupitre et, ignorant le fait que ce dernier fût en pleine conversation téléphonique, il lança :

— Qu'est-ce que tu faisais chez moi, mardi dernier ?

L'index en suspens, Sam lui fit signe de patienter.

— Très bien, disait-il dans l'appareil. Six plaignants, très bien.

Il leva les yeux au ciel parce que la personne à l'autre bout du fil semblait s'éterniser puis ajouta :

— Non, je ne crois pas qu'il existe de cas de figure similaire dans un autre État que celui-ci. Ecoutez, Hank, ne pourrions-nous pas en parler plus tard ? Très bien.

— Et alors ? insista J.D.

Comme Sam ne répondait pas, il ajouta :

— Mardi, chez moi. Est-ce que tu étais là quand Michael est sorti en courant ?

Cela prit du temps, mais Sam finit par hocher la tête et, voyant la mine déconfite de son ami, J.D. eut un affreux, vraiment affreux, pressentiment.

— Qu'est-ce que tu faisais chez moi ?

« Je cherchais Annie » était la réponse la plus évidente. Et pourtant, Sam ne la fit pas.

— Je te repose la question, insista J.D. d'un ton dangereusement bas, auprès de celui qui était à la fois son meilleur ami et son associé : Qu'est-ce que tu faisais chez moi ?

Comme Sam ne répondait toujours pas, J.D. essaya de déchiffrer l'expression de son visage mais il n'y vit que du rouge.

— Tu veux savoir ce que Virginia vient de me raconter ? demanda-t-il alors que Sam s'apprêtait à répondre.

— Probablement la même chose qu'elle a racontée à ses enfants et qu'ils ont racontée aux nôtres, finit par dire ce dernier. Et probablement ce que la moitié de la ville sait déjà. Annie et moi avons l'intention d'aller lui parler dès ce soir…

— Inutile, coupa J.D. Je viens personnellement de

lui dire de la boucler. Je l'ai menacée de faire en sorte que son père lui coupe les vivres — ce qui est contre toute éthique professionnelle mais que je ferai sans hésiter — si elle fait encore une seule fois allusion au fait que Teke et toi avez une aventure. Mais ce n'est pas tout. — J.D. éprouvait un terrible besoin de crever l'abcès. — Tu sais ce qu'elle a ajouté ? Que Teke a couru après Michael en refermant sa robe de chambre et que tu étais derrière elle en train de te reboutonner. Elle prétend que Michael vous aurait surpris tous les deux — il s'interrompit, le souffle court. Dis-moi que c'est faux, Sam. J'ai besoin de savoir que tu nies tout. En bloc.

Sam regarda son ami pendant près d'une minute. Puis, quittant son bureau, alla regarder par la fenêtre.

— Il n'y a rien entre Teke et moi.

— Vas-y, insista J.D., maintenant certain qu'il y avait anguille sous roche.

— J'étais avec Teke au moment où Michael est sorti en courant. Il nous aura vus avant que nous l'ayons vu. Il aura sans doute mal interprété.

— Mal interprété quoi ? exigea de savoir J.D.

Sam se gratta la moustache, geste chez lui d'autant plus significatif qu'inhabituel. De fait, Sam Pope ne se grattait la moustache qu'en de très rares occasions. En fait, quand il se sentait particulièrement nerveux. Non pas mal à l'aise ou indécis, mais très, très nerveux. Comme quand il avait quelque chose à se reprocher.

J.D. serra les dents.

— Tu l'as fait, salaud.

— Ce n'est pas ce que tu crois.

— Pour l'amour du ciel, Sam ! Tu l'as fait ou pas ? A moins que tu n'essaies de me dire que vous jouiez à je ne sais trop quoi.

La main sur la nuque, comme si le ciel lui tombait sur la tête, il se détourna de Sam. Il n'arrivait pas à le croire : son meilleur ami avec sa femme ! Il pivota brusquement.

— Seigneur ! Pourquoi, Sam ? Ça ne me serait jamais venu à l'idée, c'est dire comme je suis naïf ; mais tout se tient. Ça expliquerait pourquoi Michael est sorti en courant de la maison sans parler à sa mère et pourquoi elle n'ose plus me regarder en face. Comment as-tu pu me faire une chose pareille ? Teke est ma femme. Après tout ce que j'ai fait pour toi, tout ce que j'ai dû affronter pour toi... C'est comme ça que tu me témoignes ta reconnaissance ?

— Tu tires des conclusions hâtives.

— Eh bien alors, corrige-moi. Est-ce que tu l'as baisée, oui ou non ?

— Il n'y avait rien de personnel.

— Est-ce que tu avais, oui ou non, des relations avec ma femme quand mon fils de treize ans vous a surpris ?

— Du calme, J.D.

— OUI OU NON ?

— Oui, mais...

— Seigneur !

J.D. fut saisi d'une telle fureur que tout se mit soudain à tourner autour de lui. Sa première réaction fut de frapper Sam. La seconde lui dicta de ne pas le faire. Il sortit donc.

Sam se lança derrière lui. A voix basse, afin que personne n'entende ses paroles, il lança :

— Ce n'était pas sa faute.

— Ça, elle pourra le dire toute seule, marmonna J.D. en se dirigeant à grands pas vers le hall.

— C'est faux. Elle se sent coupable.

— A juste titre, ce me semble.

— Non. — Sam l'agrippa par le bras. — Ce n'est pas la peine de la tourmenter avec ça maintenant. Elle a assez de soucis.

D'un mouvement brusque, J.D. se libéra et poursuivit son chemin.

— Et moi, alors ? Tu crois que je n'en ai pas ? C'est

moi qui paie les pots cassés et qui dois faire en sorte que la famille continue de fonctionner.

— Pas de cette façon.

J.D. stoppa brusquement et planta son regard dans celui de Sam.

— Et qu'est-ce que je suis supposé faire ? Fermer les yeux et tout oublier ? C'est ce que va faire Annie, peut-être ? Seigneur ! Pauvre Annie...

— Elle s'en sortira.

— C'est une fille trop bien pour toi, Sam.

J.D. reprit sa marche et Sam resta accroché à ses basques.

— Je ne laisserai pas ma vie se détruire sous prétexte que j'ai commis une faute stupide.

— Celle de Michael est bien détruite...

— Pas encore.

— Cet enfant t'aimait, murmura J.D. d'une voix rauque alors qu'ils traversaient la réception.

Sam retint la porte d'entrée et suivit J.D. dans le hall des ascenseurs.

— Et il m'aimera encore.

— Pas si je m'en charge, menaça J.D.

Il appuya frénétiquement sur le bouton d'appel de l'ascenseur jusqu'à ce que les portes s'ouvrent enfin.

— Ce serait dommage.

— Peut-être, mais c'est comme ça. Quand on me poignarde dans le dos, je n'ai pas l'habitude de me laisser faire.

Sam se passa nerveusement la main dans les cheveux. Il paraissait embarrassé, agité. Cela plut immensément à J.D. car, en ce qui le concernait, leur belle amitié s'arrêtait là. Il regardait fixement au-dessus de la porte les diodes qui s'éclairaient au passage de chaque étage, refusant de s'abaisser à prendre en considération les arguments de Sam. D'une voix calme, ce dernier poursuivit :

— Ça ne s'est passé qu'une seule fois, J.D. Mon esprit était partagé entre l'affaire Dunn-Hanover et Annie. Quant à Teke, c'est à toi qu'elle pensait, pas à moi. Avant même que nous ayons eu le temps de réaliser ce qu'il s'était passé, c'était déjà fini et à présent, nous payons le prix fort, crois-moi. C'est une erreur que je ne suis pas près de me pardonner.

Refusant de répondre, J.D. gardait les yeux en l'air.

— Annie et moi avons pensé qu'il vaudrait mieux ne pas en parler aux enfants.

— Je regrette. Il faut qu'ils sachent ce qui s'est passé.

— Ne dis rien, J.D., ça ne ferait qu'empirer les choses.

— Ils ont le droit de savoir.

— Ah bon ? Il faudra leur dire *toute* la vérité, alors, fit Sam, menaçant. Tu as vraiment l'intention de leur parler de tes petites escapades, aussi ?

J.D. lui lança un regard glacial.

— Espèce de salaud !

— Est-ce que Teke est au courant ?

— Tu sais bien que non.

Il avait fait de gros efforts dans ce sens, car il aimait bien prendre un peu de bon temps avec d'autres femmes. Cela brisait la monotonie qu'engendre la monogamie.

— Est-ce que tu serais en train de me menacer de tout lui raconter, par hasard ?

Furieux, Sam se contenta de hocher vigoureusement la tête. Sa détermination ne fit qu'amplifier la fureur de J.D. qui, de surcroît, comprenait mal les raisons de ce courroux ; c'était lui le cocu, non ? Pourtant, Sam semblait bien déterminé à rester sur ses positions.

— Je trouve que tu es très fort pour monter sur tes grands chevaux. Pendant qu'Annie et moi étions fidèles l'un à l'autre et que Teke t'était fidèle, toi, par contre, tu ne l'étais pas. Veux-tu me dire quelle sorte d'hypocrite tu es ?

— Je ne l'ai pas trompée avec la femme de mon

meilleur ami, conclut J.D., alors que l'ascenseur arrivait.

Il fit un pas en avant, hésitant imperceptiblement, un peu comme s'il attendait que Sam le suive pour continuer sa plaidoirie en présence des personnes qui se trouvaient dans l'ascenseur. Mais la porte se referma, le laissant seul avec trois inconnus et rempli de fureur.

Teke se sentait comme plongée dans un océan de malheur. Au cours de ces deux derniers jours, elle n'avait pu dormir que quelques heures. J.D. lui avait apporté des vêtements et elle avait pu ainsi se changer et se rafraîchir un peu, même si, en réalité, c'était d'une douche brûlante qu'elle aurait eu besoin. Elle se sentait insidieusement gagnée par le découragement : la suppression de l'inhalateur n'avait produit aucun changement significatif dans l'état de Michael.

Progressivement, au fil des heures passées à son chevet, à force de parler à un corps qui refusait de lui répondre, elle s'était mise à imaginer l'avenir dans l'hypothèse où son fils ne se réveillerait pas. Ou qu'il se réveillerait paraplégique. Ou avec le cerveau d'un enfant de trois ans. Elle avait alors été saisie de tremblements incontrôlables. Comme chaque fois qu'elle voyait Sam. Ou Grady.

Quoique, avec celui-là, ce fût pire. Grady ne cessait de venir et revenir, se tenant toujours derrière la baie vitrée comme pour lui rappeler sa vie passée. Il avait été un temps où elle avait puisé sa force en lui, mais c'était fini, à présent. La seule présence qui lui aurait fait du bien, c'était Annie. Mais Annie ne voulait pas la voir et elle ne pouvait l'en blâmer.

— Salut, Mikey, fit-elle faiblement. (Elle laissa errer ses doigts gourds sur le bras de son fils.) Comment ça va ?

Ces mots, ces mêmes questions, elle les avait dits des centaines de fois. Sa voix ressemblait à un disque rayé dont le son était chaque fois un peu moins audible.

— Tes lèvres sont un peu plus rouges, tenta-t-elle.

Et puis, comme elle ne savait plus que dire, elle se mit à réfléchir à haute voix.

— Je suis heureuse qu'on ait débranché ton inhalateur et que tu n'aies pas besoin de tube dans la gorge. Tu ne te sentiras pas effrayé quand tu te réveilleras. Il te restera juste les aiguilles de tes perfusions, mais on te les ôtera dès que tu pourras t'alimenter. Tu n'as pas faim ? Que dirais-tu d'un double Whopper ?

Elle prit une brève inspiration et se tut. Parler exigeait un effort qu'elle ne pouvait soutenir bien longtemps. Si par un signe, aussi imperceptible fût-il, Michael avait pu lui faire comprendre qu'il l'entendait, elle aurait alors été intarissable. Mais hélas, jusqu'à présent, il n'avait pas eu le moindre frémissement de paupières. Elle leva machinalement la tête : J.D. venait d'entrer dans la pièce.

— Je viens d'en apprendre une bien bonne au bureau.

Elle était épuisée, mais pas au point de ne pas saisir l'allusion. Comme il avait coutume de le faire, J.D. s'efforçait de masquer ses sentiments en affichant une impassibilité qui, néanmoins, trahissait une terrible menace. Il empoigna le rail chromé et se pencha vers Teke, par-dessus le corps inerte de Michael.

— J'ai eu d'abord la visite de Virginia, qui m'a annoncé que tu avais une aventure avec Sam. Ensuite, je suis allé voir Sam qui, figure-toi, n'a rien démenti. Une conclusion s'impose : tu n'es qu'une traînée.

Teke se sentit subitement envahie d'un calme étrange. La fatigue, peut-être. Ou la torpeur, qui sait ? Mais plus probablement le soulagement : il valait mieux qu'il sache.

— Comment as-tu pu *me* faire une chose pareille ?

cria-t-il, apparemment plus furieux que peiné. Est-ce que je ne t'ai pas toujours bien traitée ? Est-ce que je ne t'ai pas donné un toit, des vêtements, des enfants, de quoi te nourrir ? Est-ce que je ne t'ai pas donné du plaisir ?

Techniquement, il avait raison, si l'on s'en tenait à l'orgasme. Mais s'il fallait prendre en compte la délicatesse et les plaisirs préliminaires, le savoir-faire amoureux de J.D. avait perdu tout intérêt depuis déjà belle lurette...

— Combien de fois ? demanda-t-il abruptement. Combien de fois l'as-tu fait ?

— Une fois.

— Avec Sam... Mais avec les autres ? Est-ce qu'il n'y a pas eu de parties de jambes en l'air dans le bois, avec le paysagiste, ou dans les coulisses, avec le professeur d'art dramatique barbu ?

En quelques mots bien choisis, il avait brossé le portrait d'une traînée, ce qu'elle savait ne pas être. Elle accepta néanmoins ses insultes presque avec plaisir : c'était bien la moindre des punitions. Elle l'avait trompé avec Sam et il avait parfaitement le droit de manifester sa colère.

— Alors ? poursuivit-il. Est-ce que je me suis trompé de scénario ? Ça se passait peut-être dans les toilettes de la station-service pendant que tu faisais le plein, ou dans mon propre lit avec le jardinier ?

— Tu sais bien que non, murmura-t-elle.

— Non, je ne le sais pas. Je ne sais rien du tout ! Tu es à Constance toute la journée, à faire des choses que je crois parfaitement innocentes, pendant que je suis à Boston à gagner l'argent nécessaire pour te faire vivre. J'avais confiance en toi, Teke.

Le regard de Teke se posa sur Michael et l'incongruité de cet échange de propos lui sauta aux yeux. L'instant d'après, elle se dit que c'était absurde : jusqu'ici, Michael n'avait pas eu la moindre réaction et il n'y avait aucune raison pour que cela changeât subitement. Et quand bien même en serait-il autrement ? Si des paroles franches, crues, même, le tiraient subitement de son coma ? Elle n'avait rien contre.

— Alors ? demanda J.D. Qu'as-tu à dire pour ta défense ?

Elle haussa une épaule qu'elle laissa retomber mollement. C'était tout ce que ses forces pouvaient lui permettre.

— Rien, dit-elle. Ce que j'ai fait est mal. C'était mal mais c'était la seule fois.

— Ça l'était bougrement, en effet. Te rends-tu compte des conséquences ?

— Je ne pense qu'à ça depuis l'instant où c'est arrivé.

— C'est toi qui as mis mon fils dans cet état. Toi — et Sam.

J.D. se redressa et respira bruyamment, comme il le faisait chaque fois qu'il s'apprêtait à rendre une sentence. Aussi ne fut-elle pas le moins du monde surprise quand il déclara :

— Mes parents n'ont jamais manifesté un très grand enthousiasme à ton égard. Plutôt des doutes, en fait. Ils ont toujours affirmé que j'avais fait un mariage au-dessous de ma condition sociale et ils avaient raison : tu ne t'es jamais véritablement intégrée à mon milieu dans le sens où j'étais en droit de l'espérer. Ah, bien sûr, tu étais assez jolie pour être montrée en public et tu ne m'as jamais causé de tort. Mais, contrairement à certaines femmes de mon milieu, tu n'as jamais contribué à l'expansion de ma carrière. A vrai dire, tu n'as jamais rien apporté de vraiment positif dans ma vie. Jamais.

Parmi toutes les petites réflexions auxquelles elle était habituée, du genre : « Je crois que tu devrais changer de coiffure » ou : « Je crois que tu devrais acheter de nouvelles tennis aux enfants pour la garden-party du country club » ou encore : « N'as-tu donc rien de plus élégant à te mettre sur le dos ? », il faut dire que celle-là était tout à fait inédite.

— Et de quelle manière aurais-je dû t'aider ?

— En parlant aux gens. En essayant de leur faire bonne impression. C'est ce qu'on appelle avoir de l'entregent. Mais je suppose que tu ne connais même pas le sens de ce mot.

De l'entregent, Teke en avait à revendre. Comment croyait-il qu'elle s'y prenait pour organiser des ventes aux enchères si fructueuses ? Ce genre de chose exigeait que l'on s'impliquât au sein de sa communauté et l'entregent avait été un facteur déterminant de son succès.

— Je te concède que tu vieillis bien, poursuivait J.D. Et je peux comprendre que tu fasses encore tourner la tête de quelques hommes.

Jamais elle ne s'était vue sous cet angle-là.

— Je ne...

— Je peux même aller jusqu'à concevoir qu'avec les enfants à l'école, tu puisses quelquefois trouver le temps long. Je veux dire que, même si la compagnie d'autres femmes peut t'être agréable pour tes petits projets, il s'avère que, la majorité du temps, tu es toute seule à la maison. Si tu m'avais dit qu'il t'en fallait davantage, j'aurais pu prendre mes dispositions. (Le ton se voulait à présent cruel et méprisant.) Mais aller me tromper avec mon meilleur ami... Jusqu'où iras-tu, Teke ? A quelles bassesses vas-tu encore te prêter ? Est-ce que c'était bien, au moins ? Tu as aimé ?

Cette tirade commençait à donner la nausée à Teke.

— Je n'ai pas...

— Il est très athlétique, c'est ça ? Il est plus grand et mieux bâti que moi. Dis-moi donc : c'était quoi dans ta petite tête ? Un défi ? Une envie qui te démangeait depuis des années ? Est-ce à ça que tu pensais quand nous étions tous en maillot de bain, dans le Maine ? As-tu pris seulement une seule fois la peine de penser à Annie ?

« Je ne pensais à rien ! », aurait-elle voulu crier.

Mais il fulminait de rage et cela n'aurait servi à rien. Il n'y avait ni infirmières ni médecins à l'horizon, et rien d'autre à faire qu'à le laisser cracher son venin. Plus vite il aurait fini, mieux ce serait.

— Quand nous faisions l'amour, toi et moi, est-ce que tu pensais à lui ? Ou à quelqu'un d'autre, peut-être ? Parce que moi, Teke, c'est à toi que je pensais. (Sa voix se fit plus dure encore.) Mais, me diras-tu, ça n'arrivait pas souvent ces derniers temps, n'est-ce pas ? Si je ne prenais pas l'initiative, rien ne se faisait. Et pourquoi c'était toujours moi qui prenais l'initiative ? Mais parce que tu t'envoyais en l'air avec d'autres, voyons !

Elle lui avait déjà dit que la seule personne qu'elle avait connue en dehors de lui c'était Sam. Et encore... Mais elle n'avait ni la force, ni l'envie de le redire.

— Tu n'es qu'une salope, Teke. Une épouse et une mère indigne.

Ces dernières paroles l'ébranlèrent. Etre mère avait été son point fort. C'était ce qu'elle avait voulu depuis toujours.

— Jusqu'à ce jour, j'ai toujours fait de mon mieux, protesta-t-elle faiblement.

— Et tu as tout foutu en l'air ! Et rien ne compte plus. Regarde Michael, regarde ce que tu lui as fait. Tu l'as trompé, tout comme tu m'as trompé. Regarde les choses en face, Teke, tu es une mère indigne.

Il n'était pas question qu'elle accepte cette ignominie.

— Non. J'ai commis une faute, c'est tout.

— Tu n'es qu'une ratée.

— J'ai commis une faute que je suis prête à racheter. Même si je dois y consacrer le restant de mes jours.

— S'il meurt, tes jours sont comptés, fais-moi confiance.

Une douleur aiguë lui tarauda le cœur.

— Chut !

— Ça pourrait très bien lui arriver. Ou il pourrait vivre dans un état végétatif jusqu'à la fin de ses jours. Qu'est-ce que tu comptes faire dans ce cas ? Organiser une vente aux enchères au profit des enfants-légumes ?

— Ça n'arrivera pas ! cria-t-elle.

C'était déjà dur d'y penser, se l'entendre dire était intolérable.

— Comment le sais-tu ?

— Je ferai en sorte que ça n'arrive pas !

— Parce que tu te prends pour le bon Dieu, en plus ? Ne me fais pas rire, Teke. Tout ce que tu fais c'est roupiller sur ta chaise. Peux-tu me dire ce que ça change pour lui ?

— Il sait que je suis près de lui et que je l'aime, protesta-t-elle en luttant pour ne pas céder à la panique.

— Tout ce qu'il sait, c'est que tu es une traînée. Tu pourrais faire autre chose pour l'aider à se réveiller. Il existe des médecins qui se servent de bruits ou d'odeurs, tu pourrais peut-être en parler à celui qui traite Michael. Tu pourrais insister pour qu'ils en fassent un peu plus. Tu pourrais même essayer toi-même, ça ne peut pas lui faire de mal. Mais non. Tu préfères rester là, figée comme une momie.

Teke entendit à peine la fin. Ses yeux fixaient le drap, quelque part où devait se trouver la jambe valide de Michael. Son cœur s'accéléra.

— Est-ce que tu as vu ? murmura-t-elle, soudain tendue.

— Vu quoi ?

— Il a bougé la jambe.

J.D. eut beau regarder, il ne vit rien.

— Allons, mon fils, supplia Teke penchée au-dessus du petit visage. Recommence, je t'en prie. Tu peux le faire encore.

— Rien, dit J.D. après une minute.

Mais Teke ne l'écoutait plus. Elle contourna le lit et se précipita vers le poste d'infirmerie.

— Il a bougé! annonça-t-elle à l'infirmière de service. C'est sa jambe! Je suis sûre qu'elle a bougé! Qu'est-ce que ça signifie? Est-ce qu'on peut faire quelque chose?

L'infirmière la suivit dans la chambre et J.D. s'empressa de corriger:

— Il ne s'est rien passé. C'est simplement un effet de son imagination.

— Je n'ai rien imaginé du tout, s'insurgea Teke. Depuis le temps que je l'observe, je suis parfaitement capable de dire s'il a bougé ou pas. Mon mari et moi avions une dispute et il se peut que Michael ait entendu et que cela lui ait déplu. Croyez-vous que ce soit possible?

— C'est possible, en effet.

Mais le ton de sa voix était plutôt hésitant.

— C'est probablement un autre spasme musculaire, fit J.D.

— Non, insista Teke qui s'accrochait à cette lueur d'espoir. Des spasmes, j'en ai déjà vu, mais cette fois-ci c'était différent. On aurait dit un mouvement contrôlé. (Elle se pencha à nouveau vers Michael.) Allons, Michael, fais-le encore une fois. Je sais que tu le peux. Fais-le pour moi.

J.D. grogna. La seconde qui suivit le départ de l'infirmière, il lança:

— Tu es la dernière au monde pour qui il le ferait.

— Eh bien alors, essaie donc, toi! cria-t-elle, à nouveau découragée et sentant monter en elle un intense dégoût pour son mari. Tu m'accuses de ne rien faire mais toi, tu ne fais pas grand-chose non plus!

J.D. redressa tout à coup les épaules, le regard glacial.

— Je travaille, moi. Figure-toi que l'hôpital, ça coûte cher, et ne viens pas me parler d'assurances car tu sais très bien qu'il y a toujours des imprévus. Sans compter qu'il faut que je fasse ton travail à ta place puisque tu passes tes journées ici car, au cas où tu l'aurais oublié, je te rappelle que tu as aussi deux filles… Tu as vraiment tout gâché, Teke. C'est un vrai désastre.

Sur ce verdict sans appel, J.D. tourna les talons et sortit.

— Je n'ai pas… protesta-t-elle encore.

Ses mots sonnèrent creux, dans le vide. Elle baissa les yeux et vit son fils immobile. Elle était tellement, tellement certaine de l'avoir vu bouger… Et pourtant, rien ne semblait avoir changé. Il restait dans le coma. Exactement comme avant.

Les yeux pleins de larmes, elle se sentit soudain trop lasse pour les contenir. Elle se mit donc à pleurer doucement, sa main tenant celle de Michael, l'esprit habité par toutes sortes de visions de son fils en train de jouer au basket, de filmer avec sa caméra vidéo, d'appeler ses petites amies… Elle aurait tant aimé le savoir en train de faire le tour du monde à bord de ce schooner dont il était tombé amoureux durant le week-end de la fête du Travail. Elle lui aurait souhaité tout le bonheur du monde, parce qu'il était son fils, parce que c'était un enfant extraordinaire et qu'elle l'adorait.

Elle sanglotait toujours en silence, se disant que peut-être rien de tout cela n'arriverait jamais, quand elle entendit la porte s'ouvrir. A travers ses larmes, elle reconnut la silhouette mouvante et floue de Grady, un peu comme quand elle l'avait aperçu, voilà bien des années, à travers la vitre chez le médecin.

— Va-t'en, souffla-t-elle avec un petit geste avant d'essuyer ses larmes.

Les fois précédentes, il était parti sans insister. Cette fois-ci, non.

— Va-t'en, murmura-t-elle à nouveau.

Mais le ton n'y était pas et elle se mit à trembler, ce qui n'avait pas été le cas lorsque J.D. était entré. Un mariage à la dérive, un fils dans le coma et une vie qui partait en quenouille, c'était plus qu'elle ne pouvait en supporter. Elle cacha son visage entre ses mains et se laissa glisser lentement sur le sol en hoquetant de gros sanglots. Peu importait qu'on la vît, qu'on l'entendît ou que l'on s'apitoyât sur elle.

Les bras de Grady l'entourèrent. Elle ne l'avait pas entendu s'approcher, et cependant, elle sut immédiatement que c'était lui. Il avait un toucher particulier, une odeur particulière et vingt-deux années n'y avaient rien changé.

— Va-t'en, sanglota-t-elle.

— Je ne peux pas, murmura-t-il d'une voix rauque. Je n'ai jamais pu le faire chaque fois que je t'ai vue souffrir.

Elle voulut penser à toutes les raisons pour lesquelles elle devait le haïr et faire en sorte qu'il s'en aille. Mais elle était lasse, triste, amère, désemparée — ô combien ! — et il lui paraissait solide et rassurant. Dans l'enfer qui la submergeait, cette intervention était inespérée.

— Oh, Grady, j'ai tout gâché !

Il se contenta de la serrer un peu plus fort contre lui sans rien dire.

— Tu m'avais conseillé de prendre en main ma destinée. Tu m'avais quittée pour que je puisse commencer une nouvelle vie et je croyais l'avoir fait. Et voilà que je viens de la gâcher, et celle de mon propre fils.

— C'est moi qui l'ai renversé.

— Mais il a traversé la rue en courant parce qu'il venait de me surprendre avec Sam. J'étais avec Sam, Grady. Et Sam, c'est le mari de ma meilleure amie. Je suis un monstre, Grady. Tu n'as rien à faire avec quelqu'un comme moi.

Il lui caressa les cheveux, exactement comme il l'avait fait quand elle avait dix ans.

— J.D. me déteste, Michael me déteste et les filles vont aussi me détester quand elles apprendront la vérité. — Sa voix n'était plus qu'un gémissement. — Que faut-il que je fasse, Grady ?

— Il faut tout d'abord que tu te reposes, souffla-t-il dans ses cheveux. Tu es épuisée.

— Tout ce dont j'ai toujours rêvé, c'est d'avoir une famille, un mari, des enfants, un toit, la sécurité. Et voilà que je vais tout perdre.

Elle se sentait comme une coquille de noix au milieu de la tempête.

— On peut perdre des amis, expliqua-t-il calmement. On peut perdre un mari, mais pas ses enfants. Nos enfants, c'est aussi notre propre sang.

— Mon propre sang, répéta-t-elle, les yeux fermés alors que sa joue ruisselante de larmes allait se poser sur le torse de Grady.

Elle entendit le battement régulier de son cœur et se sentit un peu apaisée. Comme venue de très loin, elle entendit une voix demander :

— Est-ce que Mme Maxwell va bien ?

— Elle est très fatiguée, répondit Grady. Je vais la reconduire chez elle. Quelqu'un pourrait-il se charger de l'appeler s'il survenait un changement ?

— Naturellement.

Teke s'agita en protestant faiblement.

— Je ne peux pas m'en aller.

Cependant, Grady semblait savoir quoi faire. Il l'aida à se lever et, le bras passé autour de la taille de Teke, ils se dirigèrent vers la porte. Il s'arrêta un instant près du lit pour dire :

— C'est un joli nom, Michael. Et c'est vraiment un beau garçon.

Teke eut un pincement au cœur. Après tous ces instants qu'elle avait passés à penser secrètement à Grady, après tous ces instants où elle avait souhaité pouvoir lui montrer ses enfants et la vie qu'elle avait réussi à bâtir, elle n'aurait jamais cru que cela pût se faire en de telles circonstances.

— Je veux qu'il vive et qu'il soit en bonne santé, Grady.

— Dis-le-lui.

— Michael, est-ce que tu m'entends ?

Grady toucha encore la main de Michael.

— Ta maman a besoin d'un peu de repos, mais elle sera de retour très bientôt.

Teke ne trouva rien à ajouter. Elle se laissa docilement conduire hors de l'hôpital et asseoir dans la camionnette de Grady, bien trop lasse pour se rendre compte que cette camionnette était celle qui avait renversé son fils. Le temps que Grady quitte l'aire de stationnement, elle s'était profondément endormie.

Il ne la reconduisit pas jusqu'à sa porte et elle ne le lui demanda pas, non plus. Pas plus qu'elle ne se retourna pour le saluer ou le remercier. Lui parler eût signifié qu'il était de retour dans sa vie et qu'elle en admettait le fait. Or, c'était là une chose dont elle était absolument incapable.

Aussi ouvrit-elle la porte sans un seul coup d'œil en arrière, sans même entendre la camionnette qui démarrait. Elle monta pesamment les escaliers et fit couler la douche sous laquelle elle s'attarda longuement. Elle se savonna abondamment, se lava les cheveux, se sécha, enfila une chemise de nuit et se glissa dans son lit.

Il était quatre heures de l'après-midi et elle se réveilla à sept heures, le lendemain matin, pour découvrir que le côté où dormait J.D. n'était pas défait et que c'était très bien comme ça. Après tout ce qu'il pensait d'elle, dormir ensemble eût été odieux, pour elle comme pour lui. « Tu n'es qu'une traînée », avait-il dit et, compte tenu des circonstances, il avait probablement raison.

De même qu'il avait probablement raison quand il l'avait traitée de mère dénaturée, bien que ce dernier constat la bouleversât complètement. Elle prépara avec soin le petit déjeuner de Jana et Leigh, qu'elle envoya à l'école, passa une heure à mettre de l'ordre dans la maison, rassembla les quelques affaires dont elle avait besoin et prit la direction de l'hôpital.

Elle savait à présent que rester au chevet de

Michael ne lui servait à rien et il lui parut évident qu'il attendait qu'elle fît autre chose. Pleine d'une énergie nouvelle, elle allait essayer tout ce qui était en son pouvoir pour le tirer de son coma.

6

Sam n'arrivait pas à se décider à aller au bureau. Bien qu'il fût rasé, douché et habillé, que sa serviette se trouvât près de la porte d'entrée et ses clés tout à côté, sur la console, il traînaillait. Il savait que, dès son arrivée, il serait bombardé de coups de téléphone à propos de l'affaire Dunn-Hanover, que la presse voudrait un compte rendu, que des amis bien intentionnés voudraient le féliciter et que d'autres victimes voudraient faire appel à ses services. S'il n'avait pas été si perturbé, il se serait senti des ailes. Mais en pensant à la manière dont il avait trompé sa femme et son meilleur ami, il se sentait plutôt dans la peau d'un escroc.

Annie avait quitté la maison peu après que Zoe et Jon furent partis pour l'école, mais il percevait encore sa présence partout dans la grande maison déserte : une note griffonnée à la hâte et épinglée sur le panneau de liège de la cuisine, une écharpe oubliée sur le réfrigérateur, une paire de boucles d'oreilles posées sur l'appui de la fenêtre, juste à côté des petits pots dont les fleurs, soit dit en passant, commençaient à dépérir. Il alla prendre un verre dans le placard et les arrosa.

Le temps semblait avoir quelque peu calmé Annie. Chaque fois qu'il lui adressait la parole, elle faisait, sur un ton monocorde, la réponse la plus brève possible, et toujours des réponses, jamais de questions ni de remarques inutiles.

C'était sa punition, se disait-il, la rupture du fil qui

avait relié leurs âmes. Le plus dur, c'était qu'il n'avait plus d'Annie à prendre dans ses bras. Ne pas lui parler, d'accord, mais ne pas pouvoir la prendre dans ses bras... Non pas faire l'amour avec elle, non, simplement la prendre dans ses bras. Cette façon dont le corps d'Annie s'imbriquait au sien, cette manière dont sa chaleur et sa douceur étaient devenues partie intégrante de son existence... comment s'en passer, tout d'un coup ?

Il reposa le verre et commença à errer d'une pièce à l'autre. Saisi d'une impulsion soudaine, il alla dans le petit salon ouvrir le meuble qui contenait le magnétoscope, choisit une cassette et la glissa dans l'appareil. La télécommande à la main, il se laissa tomber sur le large accoudoir du divan.

Le film commençait par un jeu de questions du genre « Trivial Pursuit ». Il se souvint de cette partie, mais ç'aurait tout aussi bien pu être une partie parmi tant d'autres. Selon un principe quasiment établi, les Maxwell faisaient équipe contre les Pope. J.D. était le plus fort du groupe, Teke étant la plus faible pour la simple raison qu'elle était préposée aux sandwiches. Annie et Sam faisaient ce qu'ils pouvaient et les enfants se partageaient entre les deux équipes.

Sam observa Teke à l'écran. Elle semblait tout à fait à son aise de jouer les faire-valoir auprès de J.D., échangeant avec lui des regards, des rires, des soupirs pendant qu'il énonçait les bonnes réponses. Son regard alla aussi vers Annie, vers les enfants... et vers lui-même. Il se mit à scruter l'image attentivement, essayant de déceler en lui un éclair furtif, un désir caché, un soupçon de désir refoulé, et ne vit rien de tel. Il avait l'air complètement subjugué par Annie dont le bras était passé autour de sa taille et la joue ostensiblement posée sur son épaule. Quand elle venait ainsi se nicher contre lui, il adorait. Ça lui procurait une sensation de force et il se sentait aimé. Il soupira. Les Maxwell, eux, ne se comportaient pas du tout de la même façon, mais, en compensation, c'était toujours eux qui gagnaient.

Se demandant si, dans ce qu'il venait de visionner, il pouvait exister quelque enseignement pervers, il fit défiler la bande magnétique en vitesse accélérée. Cette fois, c'étaient les Popewell qui fêtaient le nouvel an dans leur maison. Ils s'étaient déguisés en clochards — Teke avait déniché une pleine malle de vieux costumes d'Halloween — et tout le monde mangeait des *nachos* et se lançait des serpentins. La télévision était réglée sur Times Square et chacun comptait à haute voix jusqu'à ce qu'on explosât de joie en sautant au cou de la personne la plus proche. Tout le monde s'embrassait. Sam rembobina la bande et voulut revoir la séquence. Il se revit en train d'embrasser Annie, puis vit Teke embrasser les enfants, puis les enfants embrasser Annie (là, il s'attarda un peu) et enfin Teke en train d'embrasser J.D. et se détourner de lui pour ne plus y revenir. Enfin il se mettait à danser autour de la pièce avec un lapin en peluche, puis avec Jana et Zoe.

Un nouveau passage accéléré de la bande lui remémora une séance de lavage de voitures, un dimanche après-midi. Il y avait du savon et de l'eau partout, et plus particulièrement sur les maîtresses de maison qui, dans cette bataille à coups de jets d'eau, n'étaient vraiment pas de taille. Annie et Teke étaient en proie à un accès de fou rire. Leurs shorts et leurs tee-shirts étaient trempés, dévoilant leur anatomie.

Sam se remit à étudier Teke. Elle avait des seins pleins et fermes et le mouvement de ses hanches pour échapper au jet ne faisait qu'accentuer ses courbes. Le corps d'Annie était plus menu et ses formes étaient plus douces et tellement excitantes aux yeux de Sam qu'il se demandait comment il avait pu toucher Teke et rester turgide.

Encore plus dégoûté de lui-même, il quitta la pièce et grimpa jusqu'au grenier, où Annie avait aménagé son bureau. Se laissant tomber sur le siège près de la fenêtre, il promena ses doigts dans la couverture qui gisait en tas près de lui. C'était là qu'Annie avait dormi, la couverture qui lui avait tenu chaud durant la nuit. Il la tira à lui : voilà qu'il frissonnait lui aussi, tout à coup.

Il avait commis un acte parfaitement stupide dont les conséquences semblaient devoir, avec le temps, prendre des proportions démesurées. Il eut un frémissement et se demanda quelle allait être la suite des événements.

J.D., lui, arpentait nerveusement son bureau. Ses dossiers étaient empilés chronologiquement sur le coin de sa table de travail et son agenda ouvert à la page de ses rendez-vous de la journée, mais il n'avait envie de se pencher ni sur les uns, ni sur l'autre.

— Comment va Michael ? demanda son père sur le pas de la porte.

J.D. sursauta et se figea sur place.

— Toujours pareil.

— Mary vient de me dire que tu as couché ici, la nuit dernière.

Eh, oui. Cela faisait vingt longues et bizarres années que Mary McGonigle travaillait avec John Stewart. En plus d'être sa secrétaire particulière, elle était au besoin son porte-parole, son agent de voyages, sa caissière et son coursier privé. J.D. se demandait quelquefois si son père n'entretenait pas des relations intimes avec elle. Il n'était pas sûr que John Stewart ressentît encore ce genre d'exigence : c'était un homme d'une froideur extrême.

Mary était fidèle au poste tous les matins, dès sept heures, ce qui lui avait permis de surprendre J.D. Au demeurant, il lui était facile d'expliquer cette nuit passée au bureau.

— Teke est allée à la maison pour prendre un peu de repos, dit-il. J'ai donc passé une grande partie de la nuit au chevet de Michael et je suis venu dormir ici une heure ou deux, histoire de récupérer un peu.

Il n'avait pas manqué de remercier Mary de sa mansuétude avant de retourner à l'hôpital, pour y rester jusqu'au moment où il avait eu la certitude que Teke avait quitté la maison. Il était ensuite allé à Constance, avait pris une douche, changé de vêtements et était revenu au bureau pour se rendre compte qu'aujourd'hui, il ne serait bon à rien.

— J'ai besoin de ton aide au sujet de Ben Meyer, annonça John Stewart.

« Attends un peu d'apprendre le coup tordu que Teke m'a fait. Attends un peu, tu vas rire. » Mais il opta pour la nonchalance. Il glissa les mains au fond des poches de son pantalon et dit d'une voix plate :

— Quel est le problème ?

— Cette histoire de subvention à l'université.

Multimillionnaire, Ben Meyer finançait en grande partie la construction d'un nouveau complexe sportif et John Stewart avait été chargé de la tractation.

« Tu sauterais au plafond si tu savais avec qui elle m'a trompé. »

— Je pensais que tout avait été réglé.

— En effet. Jusqu'au moment où Ben est allé jeter un coup d'œil aux autres complexes sportifs. A présent, il en veut un identique avec son nom écrit en toutes lettres sur la façade. Il prétend que « Centre sportif Meyer », ce n'est pas assez.

« Tu vas me dire que tu m'avais prévenu et que je ne peux m'en prendre qu'à moi-même. Je n'ai pas fini d'en entendre parler. »

— Je croyais pourtant qu'il était clairement entendu qu'il aurait son nom sur chaque côté du bâtiment, avec son portrait et une plaque de laiton dans le hall d'entrée, répondit J.D.

— Il veut son nom sur la façade, expliqua John Stewart. Et l'université refuse.

« Mais c'est la mère de mes enfants. Ils ont besoin d'elle. Je suis incapable — et d'ailleurs je refuse — de faire ce qu'elle fait. » J.D. leva une épaule qu'il voulait indifférente.

— C'est son argent, après tout.

Les yeux de John Stewart signifièrent clairement à son fils qu'il avait la vue basse et l'esprit étroit. Le ton de sa voix ne fit que renforcer cette impression.

— C'est *notre* argent qui sera perdu et qui ira à une autre firme si nous ne trouvons pas un arrangement qui satisfasse les deux parties. Je veux que tu lui parles.

— Pourquoi moi ? demanda J.D. « Et Sam, nom de Dieu, qu'est-ce que je dois faire au sujet de Sam ? Il rapporte un tas d'argent à la société et c'est lui qui se charge des coups difficiles à ma place. Je ne sais pas comment m'y prendre, moi ! »

— Tu as des enfants qui auront bientôt l'âge de fréquenter l'université, décréta John Stewart et tu pourras lui expliquer mieux que moi que mettre son nom en toutes lettres sur la façade d'un immeuble, ça manque vraiment de classe. Il te croira quand tu lui auras expliqué les calembours que les étudiants feront sur son nom.

Blown Meyer. Il fallait avouer que c'était un nom plutôt drôle… A moins que ce ne fût la situation qui lui parût soudain pitoyable. « Une seule fois ? Très bien. Mais que c'est lamentable ! Comme c'est mesquin ! Dire que c'est moi qui les ai mis là où ils sont aujourd'hui. C'est bien moi qui me suis crevé pour qu'ils aient une place dans mon monde à moi ! »

— Tout le monde l'appelle Ben, grommela J.D. Pourquoi tient-il tout à coup à son prénom ?

— Il veut son vrai prénom. Et il n'a pas d'initiale intermédiaire.

— C'est la raison pour laquelle il ne se sent qu'à moitié yankee. Pourquoi diable veut-il son nom au complet sur le mur ? Qu'est-ce qu'il va exiger après ça, une couronne, peut-être ?

— Occupe-t'en, J.D., ordonna John Stewart en

tournant les talons. Je veux que cette histoire soit vite réglée.

Annie était assise à son bureau, la tête appuyée sur la paume de la main. A force de refouler ses larmes, elle sentait que sa migraine allait, à coup sûr, refaire surface.

— Toc-toc, dit une voix à sa porte.

Elle leva les yeux et esquissa un sourire.

— Entrez, Jason.

Jason Faust était un de ses étudiants, qui préparait son diplôme sans trop se presser, luxe qu'il pouvait s'offrir grâce à une condition sociale privilégiée. Annie n'en avait cure : elle le trouvait brillant. C'était leur troisième année ensemble et il l'aidait auprès des nouveaux élèves.

— Vous n'avez pas l'air bien. Voulez-vous un cachet d'aspirine ?

— J'en ai déjà pris trois.

— Une tasse de café ?

Elle lui montra le léger tremblement de ses mains.

— Auriez-vous fumé de l'herbe de mauvaise qualité ?

Elle lui lança un regard réprobateur puis s'adossa à sa chaise en froissant quelques papiers épars.

— Je suis un peu crevée, c'est tout.

— J'ai appris ce qui était arrivé au fils de votre amie. Je suis navré, dit-il d'un ton égal.

Elle fronça les sourcils : elle ne parlait que très rarement de ses affaires personnelles pendant son travail et, en l'occurrence, personne n'était censé être au courant de l'accident.

— Qui vous a prévenu ?

— Susan, la secrétaire. Comme je n'arrivais pas à vous joindre, hier après-midi, je me suis renseigné. Ce doit être pénible, toutes ces allées et venues à l'hôpital. Si je peux vous être de quelque utilité...

— Je m'en souviendrai. J'espère que Michael sortira bientôt du coma. Sinon, s'il devait rester à l'hôpital jusqu'à la période des examens, les choses pourraient se compliquer pour moi.

— Je peux m'en occuper, moi.

— C'est normal, vous êtes bien plus jeune que moi. On a toujours bien plus de ressort et de ressources quand on est jeune.

— Vous n'êtes pas si vieille que ça.

— Je le suis, décréta-t-elle.

Non seulement elle se sentait vieille, mais laide, aussi. Si peu attirante, que Sam s'était tourné vers Teke. Même si sa meilleure amie était plus âgée qu'elle, un corps différent n'est-il pas aussi un corps neuf? Et si l'herbe est toujours plus verte ailleurs, pourquoi celui de Teke n'aurait-il pas offert certains attraits? Pourtant, les raisons pour lesquelles Sam s'était laissé fléchir restaient obscures. Elle en venait même à s'interroger sur sa part de responsabilité car, jusqu'à ces derniers jours, elle avait été sûre de son amour et de sa fidélité.

— C'est drôle, songea-t-elle à voix haute, on s'implique tellement dans certaines choses qu'on en arrive à perdre de vue l'essentiel. J'ai travaillé très dur pour me bâtir une carrière. J'ai pris des cours alors que j'avais des enfants à élever et j'en ai pris plus encore lorsqu'ils sont devenus grands. Ensuite, j'ai obtenu mon diplôme et j'ai commencé à enseigner et cela me semblait si important que, lorsque j'ai été titularisée, j'ai cru toucher le ciel du doigt. Et voilà qu'un accident de ce genre vous fait soudain prendre conscience que les objectifs qu'on s'était fixés ne méritaient pas autant d'efforts.

— Pensez-vous que ce gosse va s'en tirer?

Les réflexions d'Annie portaient surtout sur Sam et Teke, sur le mariage et l'amitié, et le pauvre Michael était en dehors de tout cela.

— Je crois. Enfin, je l'espère.

— Et comment réagit sa mère... votre amie?

Annie n'en savait rien. La veille, Teke avait quitté l'hôpital quelques instants avant qu'elle n'arrive et, à bien des égards, elle en avait éprouvé un certain soulagement. Elle n'ignorait certes pas que, tôt ou tard, elles se retrouveraient face à face, mais le plus tard serait le mieux.

— Elle a enfin couché chez elle pour la première fois hier soir et c'est une excellente chose. Pour elle et pour ses deux autres enfants. Je m'inquiète beaucoup pour eux.

— Sont-ils très proches de leur frère ?

— C'est le benjamin : il a treize ans et ses sœurs en ont respectivement quinze et dix-sept. En grandissant, les filles ont trouvé d'autres jeux mais elles sont quand même restées très proches de lui. Nous sommes tous très proches les uns des autres, d'ailleurs.

« Etions » corrigea-t-elle mentalement.

— Je peux vous remplacer, Annie.

— Pardon ?

— Vous avez l'air si fatiguée. Rentrez donc chez vous.

Elle prit un crayon.

— Ce serait pire.

— Dans ce cas, allez à l'hôpital, ça pourrait vous faire du bien. Je peux parfaitement assurer le cours de littérature anglaise.

Elle fronça le nez et commença à dodeliner de la tête.

— Appelez ensuite votre mari et demandez-lui de vous emmener dîner.

Cette dernière suggestion lui parut la pire de toutes. Elle se crispa sur son crayon et Jason s'approcha de son bureau.

— Faites quelque chose, Annie, je déteste vous voir dans ce état-là.

Elle tenta un sourire mais ce ne fut qu'une grimace.

— Ça ira.

— Y a-t-il quelque chose que je puisse faire ?

— Oui. Demandez au responsable de la papeterie

de changer de marque de crayons ; ceux-là ne valent rien.

— Je suis sérieux.

Elle leva les yeux. Jason Faust avait une réputation de séducteur parmi le personnel féminin. Blond, yeux gris, une réminiscence de J.D. en plus jeune. En plus décontracté, aussi.

— Vous êtes très gentil.

— Vous aussi. Alors ? Qu'est-ce que je peux faire pour vous ?

— Rien que vous n'ayez déjà fait, répliqua-t-elle en soupirant. C'est bien que vous soyez parmi nous. Vous êtes bien plus équilibré que bon nombre d'entre nous.

— Est-ce à dire que j'aurai le droit d'enseigner l'an prochain ?

— En octobre, seulement.

— Mais je pourrais essayer dès maintenant. Si je ne le fais pas, quelqu'un d'autre le fera à ma place.

— Ça n'empêchera pas pour autant cette personne de le faire, lui rappela-t-elle gentiment. Nous avons justement quelqu'un qui nous a adressé une demande et qui est déjà en possession de ce diplôme que vous traînez tant à obtenir.

— Ça ne m'empêche pas d'être compétent, argua-t-il avec un sourire qu'elle lui rendit volontiers.

— En effet. Mais la décision ne m'appartient pas.

— Et il est trop tôt pour en discuter, compléta-t-il d'un ton résigné en faisant mine de partir. Si je peux faire quelque chose pour vous, me le ferez-vous savoir ?

— Oui, oui.

— C'est promis ?

— Oui, oui.

Il lui fit un clin d'œil et sortit.

— Alors, Michael, qu'est-ce que tu dis de ça ? demanda Teke en faisant un pas en arrière pour mieux apprécier son œuvre.

Le mur blanc qui faisait face au lit de Michael était maintenant coloré par une multitude de cartes de vœux de rétablissement que Teke avait agrafées sur le mur, et d'une large banderole rouge vif où s'inscrivait en lettres d'or: «Prompt rétablissement, Michael.» Que cette banderole contrastât de façon saisissante avec le tee-shirt turquoise qu'elle lui avait apporté et dont le devant s'ornait de son nom en lettres orange correspondait exactement au résultat recherché. En effet, Teke voulait que tout le monde le remarquât. Elle voulait que chaque personne qui entrait dans la chambre connût le nom de son fils, qu'il était vivant et qu'il respirait normalement, comme tout être humain.

— C'est formidable, madame Maxwell, lança l'infirmière qui venait vérifier les perfusions de Michael.

Des mouvements imprévus, quelquefois brutaux, avaient en effet déplacé les aiguilles, la nuit précédente et, bien que Teke priât le ciel pour que ce soit le cas, personne encore ne se hasardait à affirmer qu'il s'agissait de signes avant-coureurs d'une reprise de connaissance. Au moins, elle était sûre d'une chose: Michael n'était pas paralysé. Son cerveau et son corps étaient connectés, même s'il réagissait encore de manière désordonnée.

Elle avait pris rendez-vous avec un spécialiste en rééducation pour savoir quels mouvements de bras et de jambes elle pourrait faire exécuter à Michael.

— Ces couleurs sont assez lumineuses pour réveiller un mort, poursuivit l'infirmière qu'un excès de délicatesse n'embarrassait pas. Et il n'y a pas que le mur, Michael. Tu devrais voir ta maman en chandail et en collants roses. Naturellement, elle peut se le permettre, elle. Moi, si je m'habillais comme ça, j'aurais l'air d'une barrique peinte en rose. Est-ce qu'elle s'habille toujours comme ça?

Michael ne répondit pas.

— Elle a fait des gâteaux, aussi. Ça sent les brownies. Ah, ça y est, je les vois! Ils sont dans le panier, juste à côté des friandises. Je parie que tu adores le chocolat!

— Michael? dit Teke. Il en est fou! — Elle tendit le petit panier à l'infirmière. — Allez-y, servez-vous.

— Ô Seigneur! gémit l'infirmière. Elle a même apporté de la musique. Et quelle musique! Guns'n' Roses, U 2, Aerosmith...

Teke sourit.

— Avez-vous des enfants adolescents?

— Oh que oui (puis s'adressant à Michael), et c'est une chance pour moi que je sois habituée au bruit! Mais ce genre de musique risque de faire partir les médecins en courant et tu ne les reverras plus jamais. — Elle lui tapota l'avant-bras. — A tout à l'heure.

Teke sortit une brosse à cheveux du grand fourre-tout qu'elle avait posé à ses pieds.

— Il y a bien quelqu'un qui doit savoir comment on lave les cheveux d'un enfant alité.

Prenant bien soin d'éviter les points de suture, elle commença à peigner les cheveux de son fils.

— C'est la première chose que nous ferons après le repas. Tu n'as pas faim, mon bébé? Je sais que tu n'aimes pas que j'insiste, mais il va bien falloir que tu te réveilles pour manger. — Elle caressa son cou. — Je te donnerai à manger à la cuillère et toi, tu n'auras qu'à ouvrir la bouche. Qu'est-ce que tu aimerais? Un *milk shake* au chocolat? Un pudding à la crème fouettée? Un *sundae* au chocolat?

— Il doit bien exister une façon de lui faire avaler quelque chose.

Le ton était tranquille et instantanément reconnaissable et Teke n'eut nul besoin de lever les yeux pour savoir que Grady venait d'entrer. En fait, elle se demanda même s'il avait effectivement parlé. Dotée en ce qui le concernait d'une sensibilité à fleur de peau, même aveugle, sourde et muette, elle aurait immédiatement décelé sa présence. D'un ton aussi calme que le sien, elle répondit:

— On peut lui glisser un tube d'alimentation dans la gorge.

— Et pourquoi ne le fait-on pas ?

— On préfère lui laisser un peu plus de temps. — Elle priait pour que ce ne fût pas nécessaire. — C'est affreux, ce tube, mais il a perdu du poids. Voilà trois jours qu'il n'a rien avalé.

Grady alla se placer de l'autre côté du lit sans rien dire et contempla Michael. Teke reposa sa brosse, étrangement calme malgré la gravité des présentations qu'elle allait faire.

— Michael, je te présente Grady Piper.

« La face cachée de mon passé, le grand amour de ma vie. »

— C'est le conducteur du véhicule qui t'a renversé.

Plus calmement encore et sans quitter son fils des yeux, elle ajouta :

— Tu n'aurais pas dû revenir, Grady.

Aussi reconnaissante qu'elle pût être de l'avoir reconduite chez elle la veille, elle devait songer à l'avenir, à sauver son foyer ou ce qui pouvait encore en rester dans le naufrage de sa vie. Après quelques instants de silence, Grady expliqua :

— Je ne peux me désintéresser de l'état de ton fils.

— Mon mari t'en veut terriblement. Ta présence ici lui serait intolérable. S'il te surprend, tu risques d'avoir de gros ennuis.

— J'en ai déjà. La police surveille chacun de mes mouvements.

— Eh bien, va-t'en, alors, murmura-t-elle avec une insistance qui la contraignit à lever les yeux.

Maintenant que la source de ses larmes était tarie, elle pouvait à nouveau regarder les gens droit dans les yeux. Pour la première fois depuis vingt-deux ans, elle contempla longuement Grady Piper.

C'était un homme de haute taille, sec et noueux, sempiternellement vêtu d'une chemise à col ouvert et d'un jean. Son visage était tanné et depuis longtemps marqué par la vie. Ses cheveux, auparavant de ce noir que l'on applique sur la coque des remorqueurs, avaient maintenant des reflets argentés qui lui allaient bien. Trop bien pour la laisser indifférente. Elle avait passé des années à vouloir le haïr et elle le voulait encore.

— Nom d'un chien, Grady ! s'insurgea-t-elle soudain. Qu'est-ce qui t'a pris de m'écrire ? Pourquoi être venu rôder autour de ma maison ?

— Je te l'ai expliqué dans ma lettre.

— Tu disais que tu voulais me voir. Pourquoi ?

— Simplement pour te voir.

— Tu n'en as aucun droit ! cria-t-elle, sincèrement indignée. C'est toi qui m'as obligée à quitter Gullen. Je voulais t'attendre mais tu as refusé en disant que tu ne voudrais plus de moi et que tu ne reviendrais pas si jamais je restais là.

— Je voulais que tu connaisses un sort meilleur que le mien.

Le ton se fit impatient.

— Tu m'as dit de faire de mon mieux et je l'ai fait. Je me suis donné une éducation, un mari, des enfants et une qualité de vie dont j'étais parfaitement satisfaite jusqu'ici. On ne joue pas avec la vie des gens comme tu le fais, Grady ! Ce n'est pas convenable !

— La vie n'a rien de convenable.

— Parfait ! fit-elle en détournant la tête.

— Pas du tout. En te sauvant, je t'ai perdue. Tu trouves peut-être que ça a un sens ?

Reposant les yeux sur son visage, elle put y déceler l'émotion qui l'agitait. Les muscles de la mâchoire étaient crispés et ses yeux reflétaient une profonde détresse. Elle demanda tristement :

— Est-ce que tu ne m'aurais pas perdue, même en me gardant près de toi ?

— Tu ne peux pas comprendre, grommela-t-il. Je suis un meurtrier et je le resterai jusqu'à la fin de mes jours. Je suis un ex-détenu. Les gens sentent ça à des kilomètres. Peux-tu imaginer ce que c'est de vivre avec ce genre d'étiquette collée sur le dos?

— Tu dramatises.

Il lui lança un coup d'œil hostile.

— J'ai beau être compétent, pour chaque emploi que je décroche, il y en a trois que je perds. Tu aurais peut-être voulu partager ce type d'existence?

— Cela n'aurait pas eu grande importance.

— Tu as une belle maison, une voiture élégante et un joli caillou au doigt. C'est le genre d'objets que je n'aurais jamais pu t'offrir.

— Si tu savais ce que je m'en moque...

— Mais pas moi. J'aurais voulu te donner ce qu'il y a de mieux. (Il baissa les yeux sur Michael.) Dire que je n'avais même pas prévu de te voir, ce jour-là... J'avais juste envie de savoir où tu vivais, si tu avais réussi ta vie. On dirait que j'ai tout gâché, une fois de plus.

Plein d'amertume, il conclut dans un murmure:

— Quel pauvre type je suis!

— Oh, Grady! Si c'est le cas, je suis cent fois pire.

— A cause de ce que tu m'as dit l'autre soir?

Elle acquiesça, espérant à moitié qu'il ne se souvînt pas de ses aveux. Mais c'était aussi bien comme ça. Grady avait été victime d'un concours de circonstances et il n'avait pas à se sentir coupable.

— Est-ce que Sam est un bon ami à toi?

— C'est le meilleur ami de mon mari.

— Et ça durait depuis combien de temps, entre lui et toi?

— Mardi dernier, ç'aura été la seule et unique fois.

— Alors, pourquoi l'avoir fait?

Elle se pencha en avant et caressa la poitrine de son fils.

— J'avais reçu ta lettre et j'étais bouleversée. Il est venu et c'est arrivé. Voilà, c'est tout.

— Est-ce que quelque chose ne va pas dans ton ménage?

— Mon ménage va très bien, enfin, *allait* très bien. Je ne crois pas que J.D. me pardonnera jamais cette faute. C'est une trahison.

Comme Grady ne trouvait rien à dire, elle leva les yeux sur lui.

— C'est vrai, Grady, je n'avais jamais fait quelque chose d'aussi affreux de ma vie.

— Là où j'étais, répondit-il d'un air embarrassé, on m'a dit quantité de choses sur la morale. Moi, je n'en avais aucune, du moins jusqu'à ce que je commette ce meurtre. Je n'avais rien fait de mal auparavant, et c'est la raison pour laquelle on m'a libéré au bout de huit ans. Mais ce meurtre, je ne l'ai pas commis sans raison. Le psychanalyste de la prison a prétendu que c'était la manifestation d'une colère que je refoulais depuis des années. Il a parlé, je crois, d'une charge émotionnelle assez forte pour me faire exploser comme un baril de poudre. (Il riva son regard à celui de Teke.) Moi, je sais très bien pourquoi j'ai explosé, mais toi ?

Teke se refusa tout net à le suivre sur ce terrain.

— Tu as trompé ton mari une fois, une seule fois. Il fallait que tu aies une sacrée bonne raison...

— Tout à fait, répliqua-t-elle, renonçant à toute prudence.

Contrairement à celles qu'entretenaient ses riches banlieusards de voisins, ses relations avec Grady n'avaient jamais rien eu d'aseptisé. Elles étaient simples et sans fioritures. Aussi poursuivit-elle :

— J'étais là, assise dans mon fauteuil, en train de penser à tout ce que nous avions vécu ensemble, à toutes ces choses que je m'étais efforcée de chasser de mon esprit pendant des années. J'ai vraiment voulu t'oublier mais sans jamais totalement y parvenir. Ta lettre disait la vérité : tout m'est revenu. Je me suis surprise en train d'espérer ton retour et j'en ai éprouvé de la colère. Il me fallait une diversion et Sam est arrivé. Je ne m'étais pas rendu compte à quel point j'avais envie de toi.

Grady ne cilla pas.

— Ce qui n'est pas le cas pour ton mari.

— Tu fais erreur.

— Pourquoi ne pas l'avoir appelé, dans ce cas ?

— Je n'y pensais même pas.

— Et pourquoi ? Il aurait pu faire un saut et venir te voir.

— Quand il travaille, il n'est pas question de le déranger. Mais là n'est pas le problème. La vérité, c'est qu'à ce moment-là, je ne pensais à rien du tout.

Grady sembla soudain concentrer son attention sur Michael. Au bout d'un moment, d'un ton dur, il décréta :

— Si ton ménage allait aussi bien que tu le prétends, tu lui aurais téléphoné.

— Il allait bien, protesta-t-elle désespérément en s'efforçant d'y croire, refusant de déprécier une situation pour laquelle elle s'était donné tant de mal.

— En tout cas, pas sexuellement. Sinon, tu n'aurais jamais trompé ton mari avec Sam.

— Si ce que tu dis est vrai, alors pourquoi Sam serait-il venu vers moi ? Il adore Annie et ils ont une vie sexuelle très active.

Grady leva les yeux sur Teke.

— Si tu avais été ma femme, je ne t'aurais pas trompée et tu ne m'aurais pas trompé non plus.

— Mais je ne suis *pas* ta femme ! cria-t-elle, éperdue.

— C'était quand même bien, toi et moi, Teke.

— Je sais, geignit-elle en posant la main sur sa poitrine pour apaiser les battements précipités de son cœur.

Encore maintenant, la plus brève évocation de leurs relations physiques la mettait dans tous ses états.

— C'était bien dès le départ, tu te rappelles ?

Elle ferma les yeux et hocha la tête. Sans qu'elle s'en rendît compte, sa respiration était devenue tout à coup haletante, exactement comme la nuit précédente. Elle avait à nouveau quinze ans et Grady dix-sept. Ils se voyaient à l'endroit et au moment où ils le pouvaient, dans l'obscurité ou dans les coins reculés de Gullen, innocemment, au début, ensuite beaucoup moins. Grady, dont le physique était celui d'un adulte depuis des années et dont les gens de la ville disaient que c'était un dur à cuire, avait cependant abordé Teke avec un sentiment tout neuf. Alors qu'il posait un premier baiser sur ses lèvres, ses mains, qui tenaient son visage d'adolescente, avaient tremblé. Tout comme lorsqu'elles avaient déboutonné son chemisier.

Teke s'était montrée timide, bien que son corps le désirât de toutes ses fibres. Grady avait fait preuve d'une étonnante délicatesse. Elle se souvint de la manière dont il avait, pour la première fois, posé ses mains sur sa poitrine et de l'étrangeté des sensations qu'il provoquait en elle. Elle avait compris qu'en la touchant là, il l'émouvait ailleurs, et il avait suffi de quelques petits mots et de quelques baisers pour apaiser ses dernières inquiétudes. Une pulsion quasi désespérée lui avait fait ôter elle-même son blue-jean.

La douleur l'avait surprise mais les baisers de Grady avaient très vite séché ses larmes. Sans cesser de la caresser tendrement, il était resté en elle, immobile, jusqu'à ce que la sensation de brûlure eût disparu. Après, il l'avait conduite vers les étoiles. Ils en avaient visité une, un soir, puis une autre, un autre soir, conscients du fait qu'il leur restait l'univers à explorer. Ils étaient bien décidés à le faire… jusqu'au moment où Homer Peasley s'était trouvé sur leur chemin.

Couvrant son visage de ses mains, Teke, secouée de sanglots, respira profondément. Elle avait tant aimé Grady. Elle serait allée en prison pour lui si on l'avait laissée faire, elle serait morte pour lui si leurs destins ne s'étaient séparés. Mais il lui avait bien dit de partir sans regarder en arrière. Il le lui avait *ordonné*. Lorsqu'elle avait voulu résister, il avait eu des mots très durs. C'est avec mépris qu'il avait repoussé ses visites et ses lettres, et elle en avait terriblement souffert. Jeune et naïve comme elle l'était, avait-elle d'autre choix que de lui obéir ?

— Ce n'était pas bien, murmura-t-elle. Pas bien.

— Mais qu'est-ce qu'il fout ici, celui-là ? vociféra J.D. en faisant irruption dans la chambre.

Teke se tourna brusquement vers son mari, puis vers son fils qu'elle venait de sentir bouger. N'importe quoi aurait pu lui échapper, mais pas cela.

— C'est papa, mon bébé. Je t'avais bien dit qu'il allait revenir. Bouge encore, mon bébé. Montre-lui comme tu peux bouger.

— Sortez, ordonna J.D. à Grady.

Grady eut un geste apaisant.

— Je pars.

— C'est vous qui êtes responsable de l'état de mon fils et je ne veux pas vous voir ici.

Teke se tassa sur son siège en voyant que Michael ne réagissait pas.

— Ce n'était pas sa faute, murmura-t-elle malgré les protestations de J.D.

— Il était dans un secteur où il n'avait strictement rien à faire. Il n'y a aucun travail pour lui, à Constance.

— Faux, corrigea Grady.

Bien que la voix de Grady fût très calme, Teke n'en discerna pas moins la tonalité sèche et tranchante qu'elle lui connaissait depuis toujours. L'éclat de son regard lui fit imperceptiblement rentrer la tête dans les épaules. Elle savait de quoi un tel regard était capable.

— Non, Grady, s'interposa-t-elle.

Mais les yeux aussi froids que la banquise fixaient toujours J.D. sans un battement de paupières.

— J'ai été engagé ce matin par une personne nommée Charles Hart. Sa mère habite Chadwell Street, dans une vieille maison victorienne avec une remise à l'arrière. Il veut que je transforme cette remise en appartement. C'est là que je séjournerai le temps de mon contrat.

J.D. fit une moue dédaigneuse.

— Apparemment, Charlie Hart ignore que vous êtes un meurtrier.

— Libre à vous de le lui dire, conclut Grady avant de sortir.

Teke ne pouvait croire qu'il opposât si peu de résistance.

— Grady...

— C'est ça, partez, lança J.D. Et ne revenez surtout pas. Personne ne veut de vous ici. Vous importunez ma famille. Même si la police n'a pas de raison de vous arrêter, dites-vous bien que si je vous revois traîner dans le coin, je déposerai plainte contre vous et, si vous m'y obligez, j'entamerai des poursuites.

Grady poursuivit son chemin sans répondre et disparut en direction du hall.

— Des poursuites ? Et pour quels motifs ? demanda Teke.

J.D. la regardait avec un tel mépris qu'elle en aurait rampé de honte si elle n'avait songé à se porter à la défense de Grady.

— Pour nuisance publique. Pour cruauté mentale. Bon Dieu ! Je pourrais le poursuivre pour atteinte à la vie privée, avec le prix que coûte cette chambre d'hôpital !

— Il a parfaitement le droit d'être ici.

— Tu plaisantes ou quoi ?

— C'est un ami.

J.D. opina vigoureusement de la tête.

— Ah, un ami. Mais dis-moi, que se passe-t-il, Teke ? A présent que tu sais que je ne te toucherai plus et que Sam n'osera jamais plus le faire, serais-tu à la recherche de quelqu'un d'autre ?

La gifle partit de manière si inattendue que, lorsque sa main atteignit le visage de J.D., ce fut elle qui chancela. Jamais elle n'avait frappé quelqu'un avec une telle violence et elle en fut désemparée. Instinctivement, elle glissa les mains sous ses aisselles.

— Bon sang, J.D., tu me fais sortir de mes gonds!

Il gardait la tête haute et Teke sut immédiatement qu'il ne lui donnerait pas la satisfaction de porter la main à sa joue, même si la douleur était aussi cuisante que l'affront qu'il venait de subir. Il était trop orgueilleux pour cela. Elle l'avait déjà vu rester ainsi imperturbable, mais jamais à cause d'elle: depuis qu'ils étaient mariés, ils s'étaient rarement heurtés.

— Mais c'est peut-être ta vraie personnalité, insista J.D. Je ne m'étais pas aperçu de cet insatiable appétit sexuel. Encore une pierre dans mon jardin...

De l'orgueil, oui. Ô combien! Mais quelle suffisance! Si elle pouvait admettre l'un, l'autre l'exaspérait au plus haut point. Voilà qu'il se donnait des airs de grand seigneur. Grady avait raison: il fallait que quelque chose ne tourne pas rond pour qu'elle ait pu ainsi tromper son mari. En aucun cas J.D. ne serait venu la voir si elle le lui avait demandé, le mardi précédent. Mais elle n'aurait jamais songé à le lui demander non plus.

— Oui, répliqua-t-elle par bravade. Il y a autre chose. Si Grady Piper a envie de venir ici, il viendra. Même si ce n'est pas sa faute, même si c'est Michael qui s'est jeté sous ses roues, il en est très affecté.

— Quelle chance! Il s'inquiète pour nous alors qu'il est capable de tuer froidement quelqu'un. Je te rappelle que c'est un assassin.

— C'est vrai qu'il a tué un homme, mais ce n'était pas intentionnel. Il a été jugé coupable d'homicide involontaire et non pas de meurtre au premier ou au second degré. S'il avait eu les moyens de se payer un bon avocat, il aurait probablement été acquitté. J'ai vu Sam faire acquitter des gens bien plus coupables que lui. Mais voilà, Grady était pauvre, tout comme je l'étais à l'époque, et il a dû purger sa peine. A présent, il a payé sa dette. C'est une personne qui pense et qui ressent, tout comme toi, moi, Annie ou Sam.

J.D. la regardait d'un air étrange.

— Comment sais-tu qu'il s'agissait d'un homicide involontaire ?

— Parce que j'y étais.

Garder plus longtemps le secret lui paraissait maintenant sans intérêt. Bien plus importante était à ses yeux la défense des droits de Grady. Il fut un temps où on ne le lui avait pas permis, mais aujourd'hui, elle était bien décidée à le faire.

— Je te l'ai dit : Grady était mon ami. Je le connais depuis toujours. Il vient de Gullen, lui aussi.

J.D. sentit sa mâchoire inférieure s'affaisser, mais très vite il se reprit.

— C'est donc toi qu'il venait voir, n'est-ce pas ? C'est pour cette seule raison qu'il rôdait dans les environs. C'est toi qu'il venait voir et ce qui est arrivé est doublement de ta faute. S'il n'était pas venu te voir, Michael aurait traversé la rue sans problème — si l'on ne tient pas compte du traumatisme que cela a dû provoquer en lui lorsqu'il t'a surprise avec Sam. (Il la toisa de la tête aux pieds.) Tu es vraiment dégueulasse.

— Peut-être bien, soupira-t-elle en retournant au chevet de Michael, mais je suis encore sensée. Ne menace pas Grady, J.D. Si sa présence t'importune, il partira aussitôt que tu arriveras. Mais surtout, pas de poursuites judiciaires, je te prie. Cela ne ferait que nous mettre tous dans l'embarras.

J.D. n'était pas du genre à baisser les bras, loin s'en fallait. Ce soir-là, après avoir déposé les filles à la maison, il décida d'aller faire une petite visite à Charlie Hart. Il leur arrivait de disputer ensemble une partie de tennis. Cependant, leurs relations n'avait jamais dépassé ce stade. Il faut dire que Charlie n'était qu'un petit médecin de banlieue et que, par conséquent, le cercle de ses relations n'offrait qu'un intérêt restreint aux yeux de J.D. Charlie était aussi une sorte de Don Quichotte, un défenseur de ces causes perdues d'avance et ennuyeuses à mourir, toujours selon J.D.

Cela ne l'empêchait cependant pas d'afficher le plus grand optimisme : il saurait ouvrir les yeux de Charlie. Il s'était dit qu'en prononçant le seul mot de « meurtrier », Charlie, voué comme il l'était à la préservation de la vie (n'était-il pas médecin ?), prendrait ses arguments en considération.

Hélas, son raisonnement était erroné sur deux points : *primo*, Charlie était au courant :

— Il m'en a parlé dès le début de notre entretien, expliqua-t-il, assis sous sa véranda par cette soirée d'octobre tout embaumée. Il a affirmé n'avoir rien à cacher. De plus, il a des références impressionnantes.

— Et de qui ?

— De ses anciens employeurs, du pasteur de son village, de son juge de libération conditionnelle...

— Il avait des lettres, je suppose. Mais des lettres de références peuvent facilement être falsifiées, n'importe quel avocat sait cela. Il est vrai que les médecins, généralement, ne soupçonnent pas ce genre de choses...

— Il avait des lettres, en effet. J'en ai vérifié l'exactitude grâce à quelques coups de téléphone. Je n'ai pas pu joindre George Wiley qui était en mission dans les Balkans. Au demeurant, sa lettre de références avait l'air tout à fait authentique. Piper lui a construit une grande salle familiale voilà plusieurs années, dont il m'a montré une photo ainsi que celles de quelques-unes de ses réalisations. Je trouve qu'il est particulièrement doué.

Que ses plans soient ainsi contrecarrés ne plaisait guère à J.D.

— C'est l'individu qui a renversé mon fils, Charlie.

— Je le sais. Et c'est la raison pour laquelle il désire rester dans le secteur. Il se sent terriblement coupable.

— Mais il *est* coupable.

Manifestement sceptique sur le sujet, Charlie se grattait la tête d'un air embarrassé.

— Ce n'est pas ce que m'a affirmé la police quand je l'ai appelée après avoir vérifié ses références. On m'a assuré qu'il roulait très lentement et qu'il a fait de son mieux pour s'arrêter. Ecoute, J.D., je paie les matériaux au prix coûtant et il m'offre sa main-d'œuvre et ses compétences en échange de la permission de s'installer provisoirement ici. J'ai eu beau lui dire que cet endroit n'était qu'une remise, il m'a affirmé qu'il avait connu pire.

— C'est un service personnel que je te demande, Charlie, bredouilla J.D. Chaque fois qu'un membre de ma famille l'aperçoit, c'est un nouveau déchirement. Plus vite il quittera la ville, et mieux ce sera. Je m'engage à t'aider à trouver quelqu'un d'autre, si tu veux, mais je préférerais que tu renonces à faire travailler ce gars-là.

— Et qu'est-ce que je suis supposé lui raconter ? demanda Charlie d'un air pensif.

— Que tu as reconsidéré la chose et que la présence d'un ancien détenu dans la maison de ta mère te met mal à l'aise.

Mais Charlie restait dubitatif.

— Je le pourrais, en effet, mais ce serait mentir. Je ne vois aucun problème à le savoir sous mon toit.

— Il pourrait agresser ta mère.

— Mais il pourrait tout autant la protéger contre des agresseurs éventuels. Je crois que je vais m'en tenir là, J.D. Ce gars-là m'a l'air tout à fait convenable et il me plaît. L'idée de lui donner sa chance ne me déplaît pas, non plus.

Ce fut, en substance, la seconde erreur de J.D. : minimiser l'inclinaison de Charlie à protéger les opprimés, quels qu'ils fussent.

7

Durant tout le week-end qui suivit, Grady prit soin de se tenir à l'écart de l'hôpital. Il respectait la volonté de la famille de se retrouver au chevet de Michael sans la présence d'un intrus et, à vrai dire, il ne souhaitait pas de nouvelle confrontation avec J.D. Oh, ce n'est pas qu'il refusât l'affrontement ! Ses droits, il les connaissait et il pouvait balayer les arguments d'avocaillon de J.D. en une minute, s'il le voulait. Seulement, au bout du compte, ce serait Teke qui en pâtirait et cela, il ne le voulait pas.

Il se contenta donc de prendre des nouvelles par le biais de l'infirmière de Michael et, entre-temps, emménagea dans la remise de Cornelia Hart. Il commença à élaborer des plans et alla jeter un coup d'œil chez les différents fournisseurs des environs.

Dans la matinée du lundi suivant, convaincu que J.D. devait être à son bureau, il décida de se rendre à l'hôpital. Michael était seul dans sa chambre, toujours inanimé. On entendait le bip-bip régulier des appareils mais aussi le son surprenant, incongru, même, d'une musique venant d'un lecteur de disques compacts.

« Voilà une autre excellente idée », se dit-il. Un moyen efficace de retremper Michael dans les sonorités qui lui étaient familières et qui, de surcroît, contribuaient à rendre les lieux un peu plus humains. En revanche, si la chambre était à présent plus chaleureuse et plus personnalisée, ces changements impliquaient aussi — hélas — la possibilité que Michael y séjournât un bon bout de temps.

— Salut, Michael, comment ça va ? lança-t-il en se demandant où pouvait bien se trouver Teke. J'aime beaucoup ton tee-shirt. — Celui-ci était blanc avec un cercle jaune fluorescent et un mot écrit en diagonale et en lettres pointues : « DEADHEAD » (Tête brûlée), imprimé au milieu de la poitrine. — ...Quoique je ne sois pas d'accord pour le « brûlée ». « Tête brûlée », ce n'est pas tellement ton genre, pas vrai ? Probablement que ça n'aurait pas été le mien non plus si on ne m'y avait pas contraint. Vois-tu, quand j'étais en prison, j'ai connu un gars qui était une vraie tête brûlée, lui. Tu sais que j'ai fait de la prison, n'est-ce pas ? De toute manière, c'est le genre de chose qu'il est impossible de garder secrète. Tôt ou tard, les gens finissent par le savoir. Alors, autant le dire franchement. C'est sûr que ça ne les empêche pas de te mettre dehors, seulement, c'est moins humiliant s'ils le font dès le début.

Grady se tut et examina les cartes qui tapissaient les murs de la chambre. A l'évidence, il y avait une foule de gens qui se préoccupaient du sort de Michael et il se prit à l'envier. Ses amis, lorsqu'il avait son âge, il pouvait les compter sur les doigts d'une main. Et encore. La plupart étaient bien plus vieux que lui et incapables de rédiger une carte de vœux.

Il posa de nouveau les yeux sur le visage de Michael, ne sachant trop que dire et se demandant si celui-ci l'entendait ou pas. Pensant que le son de la voix était probablement plus important que les mots eux-mêmes, il se mit à monologuer :

— Quand je raconte aux gens ce que je suis, ça les rend nerveux, en général. Ils s'imaginent que je vais sortir une arme de ma poche et que je vais leur faire sauter la cervelle. Bang ! Comme ça, pour le plaisir. Ça prouve leur ignorance. Quand on a été une fois en prison, on n'a pas envie d'y retourner, crois-moi. Plutôt mourir. — Le ton se fit plus grave et il espéra grandement que Michael entendrait ce qu'il allait dire. — Et c'est la raison pour laquelle je suis certain de n'avoir enfreint aucune loi quand je suis passé dans ta rue. J'ai appris à être prudent parce que je sais que les flics m'ont à l'œil. Quand je marche dans la rue, je garde mes mains bien en vue ; quand, au restaurant, la bouffe est mauvaise, je paie sans rechigner et quand les feux de signalisation passent à l'orange, j'arrête ma voiture.

Il toucha le bras de l'enfant. Le fils de Teke, qui aurait dû être aussi le sien. Après un soupir, il poursuivit :

— Mon gars, c'est ce que j'aurais fait si je t'avais vu à temps. Mais je suis vraiment désolé, Michael. Si j'avais pu deviner que tu allais sortir de ce bouquet d'arbres, je me serais arrêté à temps, crois-moi.

Il aurait aimé à ce moment-là que Michael ouvrît les yeux et qu'il lui répondît :

— Tout va bien. Je ne suis pas fâché, ce n'était qu'un accident.

Mais il ne le fit pas et Grady éprouva un épouvantable sentiment de dérision.

C'est alors qu'il aperçut la girafe à demi déchirée dans un coin de la pièce. Il supposa que c'était là sa peluche favorite, reliquat de sa prime enfance. Et les souvenirs affluèrent.

— Si j'en avais eu les moyens, c'est quelque chose comme ça que j'aurais offert à ta mère. Vois-tu, je la connais depuis qu'elle est petite fille, nous avons grandi ensemble, à Gullen. Elle était vraiment jolie. La première fois que je l'ai vue, elle venait de se faire mordre par un chien. Non… je l'avais remarquée bien avant ça, dans la cour de l'école, les quelques fois où on m'a obligé à y aller. Elle se tenait toujours à l'écart, avec ses cheveux noirs et sa peau transparente. Je me souviens qu'elle avait toujours un regard effrayé, mais c'est le jour où elle s'est fait mordre par ce chien que j'ai craqué pour elle : il y avait une telle détresse sur son visage… Son père, c'était un vrai salaud. Il la traitait comme une domestique et la battait chaque fois qu'elle faisait quelque chose de travers, alors qu'elle n'était qu'une petite gamine toute maigrichonne. Ça ne l'a pas empêchée de devenir une belle femme.

C'étaient de douloureux souvenirs; d'autant plus douloureux que ses rêves avaient été balayés en un instant.

— Je l'aimais et nous devions passer notre vie ensemble. Elle voulait des enfants. Oui, c'est ce qu'elle voulait le plus: avoir des enfants avec moi. Mais j'ai voulu qu'elle aille à l'école, d'abord, parce que moi, je n'y étais pas allé et qu'il fallait qu'au moins l'un de nous deux soit capable de donner une bonne éducation à nos enfants, si nous voulions qu'ils connaissent un sort meilleur que le nôtre. Nous voulions les meilleures choses pour nos enfants, nous en avons discuté souvent.

Il glissa sa main dans celle de Michael. C'était le fils de Teke, la chair de sa chair. Tenir la main de cet enfant, c'était un peu tenir celle de sa mère et cela l'aidait à combler ce sentiment de vide qui l'habitait tout entier.

— Et puis le jury a décrété que j'étais coupable et j'ai compris que j'allais partir pour très longtemps et que j'allais en être marqué à vie. J'ai compris que rien de tout ce dont nous avions parlé n'allait se réaliser et que je l'entraînerais dans ma chute si je ne l'éloignais pas de moi.

— Tu m'as renvoyé mes lettres.

Son regard s'envola en direction de la porte et il y vit Teke, appuyée au chambranle, qui buvait un café à petites gorgées. Il se demanda depuis combien de temps elle était là.

— Il était inutile de faire une chose pareille, Grady, ce n'étaient que des lettres. Tu aurais tout aussi bien pu les ignorer. Mais tu as préféré les renvoyer.

— Il n'était pas question que je les lise, elles ne m'auraient fait que du mal. Il m'a paru nécessaire de marquer la cassure.

— Pas pour moi. Cela a eu un effet désastreux.

— Peut-être, mais ça a marché.

Teke se plongea dans l'observation de son café

comme pour y découvrir de nouveaux arguments. Elle sirota une nouvelle gorgée puis demanda :

— C'était comment, en prison ?

— Dur, gris et froid, répondit-il.

— Est-ce que tu as eu peur, les premiers temps de ton incarcération ?

— Sur les quais, j'ai connu des gars très durs. Mais jamais comme ceux que j'ai rencontrés en prison.

Teke frissonna et réchauffa sa main libre à sa tasse de café. Elle avala une nouvelle gorgée.

— C'est mon petit déjeuner, dit-elle à brûle-pourpoint.

— Est-ce que tu as mangé quelque chose avant de venir ?

— J'ai passé la nuit ici. J'avais d'abord envisagé d'aller à la cafétéria mais je me voyais mal assise à table en compagnie de tous ces gens habillés en blanc. De plus, je ne tiens pas à quitter Michael trop longtemps.

Elle entra dans la chambre et alla toucher la joue de son fils.

— Bonjour, mon chéri, est-ce que Grady t'a tenu compagnie ?

— Je crois que je l'ai ennuyé, plutôt.

— Non. Michael est du genre curieux. C'est un passionné de vidéo et il est capable de se réveiller en voulant faire un documentaire sur la vie dans les prisons.

Grady eut un haussement d'épaules.

— Ça n'a rien d'exaltant. Les jours se succèdent, on fait toujours les mêmes choses affreuses et avec la même peur au ventre. Et puis un jour, on est libéré, mais la peur, elle, est toujours présente.

— Dans quel sens ? demanda-t-elle en se souvenant de toutes les questions qu'elle lui avait posées voilà bien des années.

Depuis toujours, Grady aimait quand elle lui posait des questions. Cela lui procurait un sentiment de plénitude. C'était bon de savoir que quelqu'un s'inquiétait de ce qu'il faisait ou pensait et c'est volontiers qu'il lui répondit.

— Tout à coup, on se sent livré à soi-même. Il n'y a plus personne pour dire où aller et quand y aller, et plus personne non plus pour apporter les repas ou laver son linge. On doit tout faire par soi-même et on ne sait plus comment s'y prendre. Et puis, il y a des tas de choses qu'on a perdues de vue. Les magasins vendent des trucs différents et les appareils ne fonctionnent plus de la même manière. Les vêtements que l'on porte nous semblent soudain ridicules et on a l'impression d'être observé par tout le monde. On se sent à l'écart, rejeté...

— Est-ce que tu es retourné à Gullen ?

— Pendant quelque temps, seulement. Au début, je ne savais pas trop où aller.

— J'ai été navrée au sujet de ton père, Grady. Les dames patronnesses m'ont écrit qu'il était décédé. J'ai eu du chagrin comme je n'en ai jamais éprouvé pour mon propre père. J'aurais aimé assister à ses funérailles mais c'était impossible : j'avais trop de peine.

Grady baissa les yeux. De la peine, il en avait eu, lui aussi. Bien que dur, son père n'en avait pas moins éprouvé de la tendresse pour lui. Pendant des années, les autorités du comté avaient été persuadées qu'il obligeait Grady à travailler sur les quais, mais il n'en était rien. En vérité, il aimait son fils et tout ce qu'il voulait, c'était l'avoir près de lui. Et ce sentiment, Grady l'avait partagé.

— Les deux premières années, il est venu me rendre visite tous les premiers dimanches du mois. C'était une épreuve difficile. Il avait l'impression que tout le monde le regardait et lui reprochait de n'avoir rien fait pour son fils. Et puis, un dimanche où je l'attendais, il n'est pas venu et j'en ai immédiatement compris la raison. Ils ont attendu trois jours avant de m'annoncer qu'il était mort.

— Oh, Grady !

— C'était tout aussi bien, répondit Grady, rationnel comme il avait tenté de l'être des douzaines de fois auparavant. Il était malade, son cœur s'affaiblissait de jour en jour. S'il avait été encore vivant à ma libération, il aurait été contraint de me regarder travailler sans pouvoir m'aider et il aurait détesté ça. Faire équipe ensemble, c'est ça qui lui plaisait. (Il observa le visage de Michael :) La vidéo, hein ? C'est que je n'y entends rien, moi, à la vidéo...

— Moi, si, dit l'infirmière en chef qui venait d'entrer suivie de quelques assistants qui poussaient une civière. Vous permettez ?

Grady put lire dans les yeux de Teke l'expression de frayeur qu'il lui connaissait depuis qu'ils étaient enfants et qui l'attendrissait tant. Elle fit néanmoins un pas de côté afin que l'on puisse installer son fils sur la civière.

— On va lui faire un scanner du cerveau, expliqua l'infirmière.

Grady vint à ses côtés.

— Et qu'est-on supposé y découvrir ?

— Les parties qui pourraient ne pas fonctionner normalement.

Il regarda les techniciens qui s'affairaient autour des moniteurs vidéo, des bouteilles et des tubes en se demandant combien de temps il lui faudrait attendre avant de connaître les résultats et si J.D. n'allait pas, entre-temps, venir rejoindre Teke. Comme si cette dernière lisait en lui, elle annonça :

— Mon mari a horreur d'attendre. Il est préférable qu'il s'entretienne avec les médecins après les résultats du scanner. Il a l'habitude de venir à l'heure du déjeuner, de même qu'avant et après les heures de bureau.

Le scanner révéla que Michael avait une activité cérébrale normale, ce qui eut le don de mettre Teke en fureur : cet état comateux n'avait aucune raison d'être. Son optimisme était au plus haut dès que son fils bougeait un bras ou une jambe, pour retomber au plus bas en constatant l'absence d'évolution de son état.

Les soins qu'elle lui prodiguait lui prenaient le plus clair de son temps. Elle faisait travailler tantôt son bras, tantôt sa jambe valides, frictionnant ses muscles, faisant sa toilette, le coiffant, toujours en lui parlant, de peur qu'il ne se réveille amnésique. Mais il y avait aussi les moments où J.D. lui lançait des regards furieux, ceux où Annie prenait grand soin d'éviter son regard, ceux où l'arrivée de Sam lui mettait les larmes aux yeux, et ceux où les enfants — ou, pire encore, John Stewart et Lucy — venaient et qu'il fallait faire comme si de rien n'était.

« Je m'inquiète pour Michael » était devenu le leitmotiv qui voulait excuser cette mauvaise humeur et cette incommunicabilité qui s'était instaurée, bien que Teke ne fût pas dupe, sachant pertinemment que l'argument ne pourrait tenir éternellement. A un moment donné, les filles allaient se demander pourquoi leurs parents se donnaient tant de mal pour s'éviter, pourquoi Annie n'adressait plus la parole à leur mère et pourquoi les deux couples étaient soudainement éclatés.

De tous, c'était Annie qui manquait le plus à Teke. Leurs conversations nocturnes sans fin, leurs escapades dans les boutiques, leurs déjeuners... Annie avait été depuis toujours le facteur apaisant dans les soubresauts de sa vie et Dieu savait si elle en vivait, des soubresauts, en ce moment.

Teke avait besoin de quelqu'un sur qui s'appuyer et c'est la raison pour laquelle elle passa une partie de la matinée du mardi à espérer l'arrivée de Grady. Vain espoir, puisqu'il n'y avait aucun avenir pour eux. Pourtant, elle sentait encore briller une petite lueur quand, après la visite de J.D. à l'heure du déjeuner, Grady entra dans la chambre, porteur d'un grand sac.

— Du pastrami avec du fromage et des poivrons, annonça Grady en lui tendant un sandwich. Cinq contre un que tu n'as rien mangé.

Gagné. Elle s'empara du sachet et resta quelques instants le geste en suspens, comme pour mieux apprécier la délicatesse de sa pensée et pour mieux se rendre compte combien elle avait justement envie de manger quelque chose. Lui lançant un rapide : « Merci, je mourais de faim », elle se laissa tomber sur son siège et entreprit de déballer son sandwich dans lequel elle mordit à belles dents. Grady alla au chevet de Michael.

— Comment ça va, mon vieux ? (Il se tordit le cou pour déchiffrer l'inscription sur son tee-shirt :) « Michael Maxwell's Gym. Super-Jocks seulement. » Est-ce qu'il en fait partie ?

— C'est un de ses coéquipiers de l'équipe de basket qui le lui a apporté. L'entraînement va bientôt commencer et ça va être dur pour lui s'il ne peut pas y participer, expliqua Teke en mordant à nouveau dans son sandwich qu'elle appréciait déjà beaucoup moins.

— J'ai aperçu ton mari qui partait. Il n'a pas l'air très heureux.

— Il n'est pas très content de moi, répondit-elle.

Ce qui était le moins qu'elle pût dire. En fait, il bouillait de rage. Contre les médecins et leur incompétence, contre Teke et ses initiatives ridicules, sa coiffure ridicule, ses vêtements tout aussi ridicules et les poches ridicules qu'elle avait sous les yeux.

— Les choses commencent à s'entasser à la maison et il ne comprend pas que je ne puisse pas répartir plus équitablement mon emploi du temps.

— Ne peux-tu pas embaucher une femme de ménage ?

— J'en ai déjà une mais elle ne vient qu'une fois par semaine et je ne crois pas qu'elle puisse nous consacrer plus de temps. De plus, les filles peuvent très bien faire la cuisine et le lavage. J.D. pourrait aussi leur donner un coup de main, mais il s'y refuse.

Elle avala une nouvelle bouchée de son sandwich et ressentit une nausée. La maison, c'était son domaine, et elle tirait une certaine fierté de ses prérogatives domestiques. Mais, vu les circonstances, elle aurait dû pouvoir compter sur la contribution de J.D. ou, tout au moins, sur sa compréhension.

— Et ce jeune homme ? Est-ce qu'il t'aide un peu à la maison ?

— Pas beaucoup, mais ce n'est pas sa faute, je le gâte trop. Comment lui dire : « Cesse de jouer et viens mettre le couvert » quand il a un père qui ne lève jamais le petit doigt à la maison.

— J'aurais aimé avoir du temps libre, moi aussi, quand j'étais enfant, annonça Grady d'un air songeur. Mais j'avais pris l'habitude de tout faire. Comme toi.

— Rien n'était facile, à cette époque. C'est peut-être la raison pour laquelle je gâte tant mes enfants. Je veux qu'ils connaissent l'insouciance.

Elle leva les yeux vers Grady et se remit à penser à tout ce qu'il avait dit la veille et à ce cauchemar qu'avaient été ses années de prison. Pendant ce temps-là, elle était allée au lycée, s'était mariée et avait fondé une famille. Tout ce dont elle avait rêvé.

— Parle-moi de ta vie à ta sortie de prison, demanda-t-elle. Tu es retourné à Gullen et tu t'y es senti comme un étranger. Est-ce que tu es retourné travailler aux docks ?

Il secoua la tête en signe de dénégation.

— Le responsable avait changé et on n'a plus voulu de moi.

Il resta un moment silencieux, fixant Michael sans le voir.

— Le juge de tutelle a trouvé cela positif. Il pensait que je pouvais mieux faire et il m'a inscrit dans une école de chantier naval.

Teke sourit. Ça lui ressemblait bien, ça. C'était quelque chose qu'elle pouvait l'imaginer en train de faire. Grady aimait les bateaux et il était très adroit de ses mains. Cette école, c'était sans aucun doute ce qu'il lui fallait.

— C'était bien, confirma-t-il. Des gens corrects mais un travail très difficile. J'ai fait mes études secondaires en prison et j'ai même suivi quelques cours universitaires. Mais les autres étaient bien plus avancés que moi.

Des études secondaires... Teke en éprouva une réelle fierté.

— Et que s'est-il passé, ensuite ?

— Mon professeur favori était un mordu de canoë et il avait décidé de se lancer dans la construction de canoës en bois et en toile. Ça m'a tenté. Il y avait à la fois de la simplicité et de la finesse dans ce travail et cela me séduisait beaucoup plus que d'apprendre les subtilités de l'aérodynamique et de la haute technologie marines. Chaque minute dont je disposais, je la consacrais à lui donner un coup de main.

Teke prenait un évident plaisir à l'entendre. Cela lui fit chaud au cœur.

— Continue.

— Il a décidé d'ouvrir sa propre école à Seattle.

La déception lui fit comme un coup d'aiguillon.

— Et alors ? Qu'est-ce que tu as fait ?

Mais Grady venait de se pencher sur Michael.

— Je jurerais avoir vu ses paupières bouger. Est-ce que ça lui est déjà arrivé ?

En une seconde, elle fut debout et se pencha à son tour sur son fils :

— Michael ? Est-ce que Grady vient de dire quelque chose qui t'intéresse ?

— Il est peut-être en train d'essayer d'ouvrir les yeux.

— Allons, mon bébé, fais-le encore.

Ils guettèrent ensemble, mais en vain. Elle le secoua un peu.

— Ça fait une semaine, maintenant, Mikey, une longue semaine. Je veux que tu me fasses un signe. Je le veux maintenant, tu m'entends ? Fais quelque chose !

Comme il ne faisait rien, elle se mit les doigts sur le front comme pour apaiser cette espèce d'hystérie qui avait failli s'emparer d'elle.

— C'est ce qui est le plus difficile à supporter : ces hauts et ces bas. Mais il bouge de plus en plus. D'abord un doigt, puis un pied, le menton... et maintenant les yeux.

— Peut-être que je me suis trompé...

— Pas du tout. On dirait qu'il nous taquine. Il nous donne de l'espoir pour nous l'ôter quelques instants plus tard. — Sa voix se fit suppliante. — Je sais que tu es avec nous, Michael. Fais-moi un clin d'œil, une grimace, un petit geste pour me faire savoir que tu m'entends.

Mais il ne fit rien du tout. Avec un soupir de découragement elle se redressa.

— Très bien, murmura-t-elle, avec quelque chose qui ressemblait à du fatalisme, j'attendrai le temps qu'il faut.

A pas et gestes mesurés, elle regagna son siège et prit une bouchée de son sandwich qu'elle trouva écœurante mais qu'elle avala néanmoins. Décidée à poursuivre, elle s'éclaircit la voix et s'adressa de nouveau à Grady :

— Alors, après que ton ami fut parti pour Seattle, qu'est-ce que tu as fait ?

— J'ai commencé à travailler dans le bâtiment dans le but de gagner assez d'argent pour pouvoir le rejoindre et lui proposer mes services.

Elle continuait de lutter pour retrouver son calme.

— Et est-ce que tu l'as fait ?

— Non. J'ai appris la menuiserie et, au moment où je disposais de la somme nécessaire, il s'est avéré que j'aimais trop ce travail pour le quitter. Il m'arrive encore de fabriquer des canoës, mais c'est seulement pour passer le temps.

Elle réussit enfin à prendre une longue inspiration.

— Je suis heureuse.

— De quoi ?

— Que les événements aient finalement pris une bonne tournure. Est-ce que tu vis vraiment à Gullen ?

— Non. Il m'arrive de m'y arrêter mais je suis plutôt du genre nomade. Je transporte la plupart de mes affaires dans ma camionnette.

— Mais la lettre que tu m'as envoyée a été postée à Gullen.

— J'y étais de passage. Je n'y reste jamais longtemps. A cause des souvenirs, tu comprends... Et cette fois-là, ç'a été pire que les autres. Je me sentais abattu et je pensais qu'il fallait que je te revoie. C'est la raison pour laquelle je t'ai écrit. J'aurais dû attendre une semaine de plus, les circonstances auraient été différentes et rien de tout cela ne serait arrivé.

Teke pensait qu'il avait parfaitement raison. Il fut un temps où il avait systématiquement renvoyé toutes les lettres qu'elle lui avait adressées. Ironie du sort, pour une fois que c'était *lui* qui lui écrivait, son existence à elle se trouvait complètement bouleversée. Mais il n'y avait pas à y revenir.

— Teke ?

— Ce n'est pas le plus important, sanglota-t-elle doucement. Si ce n'avait été ton camion, ç'aurait été celui d'un autre. Tout le problème vient de moi. C'est moi le venin.

— Ce n'est pas vrai.

— Dans ce cas, comment l'expliquer autrement ? Je représente le dénominateur commun de toutes ces vies gâchées.

Elle découvrit qu'il avait les mains posées de part et d'autre sur les accoudoirs de son siège, même si son visage restait éloigné du sien. Une impulsion soudaine lui donna envie de le toucher. Mais elle n'en avait aucun droit. Grady ne lui appartenait pas. Elle fit bruyamment claquer ses mains sur ses cuisses.

— Regarde, toi, par exemple : si tu ne m'avais pas connue, tu n'aurais jamais commis ce meurtre et tu ne serais jamais allé en prison. Tu aurais pu avoir un bon travail, une gentille épouse et une flopée de beaux enfants. Tu le méritais, Grady, et j'ai le cœur brisé de savoir que tu n'as rien eu de tout cela.

— Qu'est-ce qui te permet d'affirmer une chose pareille ?

Elle se tint soudain coite. Grady n'ayant fait aucune allusion à une femme ou à des enfants, elle avait supposé qu'il n'en avait pas.

Il se redressa, enfonça les mains dans les poches de son pantalon et alla jusqu'à la fenêtre.

— J'ai été marié et j'ai une petite fille. Ma femme a obtenu le divorce il y a trois ans.

Teke était littéralement assommée. Jamais elle n'aurait pu imaginer Grady avec une autre femme qu'elle. Stupidité ? Vanité ? Peu importe, c'était comme ça, c'est tout.

— Mais pourquoi ? demanda-t-elle, sachant que le Grady qu'elle connaissait aurait fait le mari et le père idéal.

— Nous en sommes arrivés à cette décision à cause d'un certain nombre de facteurs… des intérêts différents, des valeurs différentes, des styles de vie différents, aussi. Le fait est, poursuivit-il avec un regard glacial dans sa direction, qu'il m'arrivait un peu trop souvent de crier ton nom pendant mon sommeil. Si tu t'imaginais avoir le monopole de la trahison, détrompe-toi, tu n'es pas la seule.

Durant les heures qui suivirent, ces derniers propos firent longuement réfléchir Teke.

De son côté, Annie s'assura de n'être jamais seule lors de ses visites à Michael, ce qui ne lui posa pas de problèmes particuliers. Même les jours où Leigh et Jana arrivaient plus tard en compagnie de Jon, Zoe l'attendait — toujours aussi impatiemment — sur les marches du perron de l'école.

— Je sais que ce n'est pas gentil de dire ça, m'man, dit un jour sa fille dans la voiture, mais je suis heureuse de profiter de cette occasion pour te retrouver tous les soirs, même si voir Michael sur un lit d'hôpital est la chose que je déteste le plus au monde.

Annie pivota légèrement sur son siège pour prendre la main de sa fille.

— Est-ce que tu trouves ça méchant ? voulut savoir Zoe.

— Pas du tout, répondit Annie qui souhaitait justement entendre des propos semblables.

Car elle aussi éprouvait le besoin de savoir qu'elle faisait quelque chose de bien, même si elle n'était pas encline à exposer à Zoe les détails de la situation présente.

— Est-ce que ça t'ennuie que je travaille autant ?

Zoe prit le temps de considérer la question.

— Ce n'est pas que ça m'ennuie. Je suis fière de ce que tu fais et je sais que tu aimes ton travail. C'est juste que j'aimerais que tu sois un peu plus avec moi.

Elle glissa sur son siège pour venir s'asseoir un peu plus près de sa mère.

— C'est quand même bien qu'on soit ensemble, toutes les deux.

Annie sentit un pincement dans la poitrine.

— Peut-être que ç'aurait été différent si j'avais été fille unique, poursuivit Zoe. J'aurais pu t'avoir pour moi toute seule. Il aurait bien fallu que je te partage avec papa, mais ce n'est pas pareil.

Le pincement suivant survint alors qu'elle évoquait la distance qui s'était installée entre elle et Sam. Elle n'avait pas envie de lui parler. De plus, elle avait l'impression de deviner ce que Sam allait dire avant même qu'il ouvrît la bouche.

— Aurais-tu le sentiment que Jon prend trop de place ?

— Non, répondit Zoe sans la moindre hésitation. Ce seraient plutôt Jana et Leigh. Surtout Jana. J'aime beaucoup Jana, c'est ma meilleure amie, c'est sûr, mais elle te parle de choses dont j'aimerais que tu discutes avec moi.

— Oh, ma chérie ! Comme je suis désolée...

— Pourquoi Jana ne parle-t-elle pas de ses problèmes avec Teke ?

— Parce que c'est une habitude qu'elle a prise. Tout comme tu as pris l'habitude d'aller consulter Teke quand il s'agit de choisir un vêtement. Elle sait choisir les vêtements et moi, je sais régler les problèmes.

— Il y a des moments où je souhaiterais que nos deux familles ne soient pas si proches. C'est agréable d'être avec les Maxwell et Jon serait le premier à hurler si nous partions en vacances sans eux. Mais j'aimerais que ça arrive une fois, rien qu'une fois. Que nous partions en vacances rien que tous les quatre. — Elle marqua un temps d'arrêt avant de demander encore : — Tu trouves que je suis méchante ?

— Tu n'es pas méchante du tout, répondit Annie, envahie par un nouveau sentiment de tristesse.

Elle pensait en effet depuis toujours que partager leur vie avec celle des Maxwell était la meilleure chose qui pût leur arriver. Une grande et unique famille, plus on est de fous, plus on rit, un pour tous, tous pour un... A moins que ce ne fût par besoin, puisque aucun des quatre parents ne venait d'une famille nombreuse. Elle se demandait si les enfants des Maxwell éprouvaient les mêmes sentiments. En tous cas, la réflexion de Zoe arrivait tout à fait à propos : les vacances des Popewell allaient sans aucun doute être sujettes à quelques changements. Elle soupira :

— Je suis heureuse que tu m'en aies parlé.

— Est-ce que je peux ajouter autre chose ?

— Bien sûr.

— J'ai complètement coulé, en maths, ce trimestre.

Je ne sais pas ce qui s'est passé. J'ai dû mal comprendre quelque chose et je n'arrive pas à suivre. — Elle poursuivit d'un ton précipité : — Tu vas recevoir un formulaire orange pour te prévenir que j'aurai une note en dessous de la moyenne, mais je veux que tu saches que je ferai tout mon possible pour me rattraper, je te le promets. Je compte me faire aider, jeudi prochain, est-ce que tu es d'accord ?

— Bien sûr. Et, rassure-toi, je ne suis pas fâchée. — Elle était plutôt ennuyée que Zoe pût ainsi garder ses problèmes pour elle-même. — Devrais-je l'être ?

— C'est une très mauvaise note, m'man. C'est très embêtant.

— Les mathématiques ne sont pas mon fort non plus.

— Mais Jana est très forte, elle.

— Teke était très forte, elle aussi. Mais, par contre, elles ont beaucoup de mal en anglais, alors que, pour nous deux, c'est une matière très facile. Ne t'inquiète donc pas, ma chérie, contente-toi de faire de ton mieux. Quoi qu'il en soit, va à ton cours, jeudi.

Et c'est ainsi que, le jeudi suivant, en route pour l'hôpital, Annie se retrouva toute seule au volant de sa voiture. Elle aurait pu différer sa visite et se rendre à l'hôpital avec Zoe après son cours, mais Jon avait proposé de ramener sa sœur et il fallait qu'elle fasse un saut au supermarché. Aussi avait-elle décidé de rendre d'abord visite à Michael et de faire le reste ensuite. Sa vie était assez trépidante sans qu'il fût nécessaire que, de surcroît, elle se trouvât encore à Boston en pleine heure de pointe.

Cela faisait neuf jours que Michael était dans le coma. La tension commençait à se manifester chez tous par de brefs éclats et des figures d'enterrement, mais chez nul autant que chez Teke. Quand Annie arriva, elle était en train de frictionner son fils. Ses mouvements étaient las et elle poursuivait son incessant monologue d'une voix tendue.

Annie resta une minute dans le hall à la regarder.

Durant une fraction de seconde, elle l'imagina dans les bras de Sam et cette vision fut si pénible qu'à n'en pas douter, elle aurait immédiatement tourné les talons si Teke ne l'avait aperçue juste à ce moment-là. Adoptant une attitude dégagée, elle entra dans la chambre.

— Comment va-t-il ?

Plus concentrée soudain, Teke poursuivit ses frictions.

— Il bouge de plus en plus. A certains moments, les médecins disent que c'est signe qu'il va se réveiller d'un instant à l'autre. A d'autres, ils se contredisent et affirment que cela ne signifie rien.

Annie contemplait avec consternation la jambe de Michael. Il devait avoir perdu au moins cinq kilos. Teke devina probablement ses pensées puisqu'elle dit :

— La nuit dernière, j'ai réussi à le nourrir un peu : une cuillerée de crème glacée et une boisson protéinée. Eh bien, il a tout avalé. Mais ça ne change malheureusement rien. Il maigrit de plus en plus.

— Dans un jour ou deux, tu pourras constater la différence, dit Annie. Même si tu n'arrives qu'à maintenir son poids actuel, c'est un effort qui vaut la peine d'être fait.

Teke se contenta de hocher la tête et Annie se demanda ce qui avait bien pu attirer Sam en elle. Bien sûr, elle était charmante dans sa tunique et son fuseau verts, mais elle avait le visage amaigri et les traits tirés.

— Tu as maigri, toi aussi.

Teke laissa doucement retomber la jambe de Michael.

— J'ai perdu l'appétit, je suis trop préoccupée.

C'était bien Teke, ça, se dit Annie. La moindre contrariété lui coupait l'appétit, que ce fût à cause des examens de fin d'année, de ses noces ou de la varicelle que les enfants avaient tous eue en même temps. Annie eut une idée qui lui parut être la solution idéale pour toutes les deux.

— Pourquoi n'irais-tu pas faire une promenade ou te reposer chez toi... Je resterai auprès de Michael.

— Je vais bien.

— Vas-y, je resterai à son chevet.

— Je voudrais te parler, Annie. Je voudrais t'expliquer, m'excuser...

Annie secoua lentement la tête.

— Non...

— J'ai tant de choses à te dire... Tu es ma meilleure amie. Il faut que tu m'écoutes.

— C'est impossible, implora presque Annie. Pas pour le moment. Mais je pourrais parler à Michael. Je t'en prie, va-t'en.

— Je suis tellement désolée...

Annie se boucha les oreilles. Elle ne voulait pas entendre ces excuses qu'elle ne demandait qu'à croire.

Après un regard long et suppliant, Teke ramassa le sac qui se trouvait à ses pieds et partit. Seule au chevet de Michael, Annie se sentit plus mal à l'aise que jamais. Une erreur stupide, avait plaidé Sam; mais que de mal elle avait fait! Un mal que rien ne semblait pouvoir jamais effacer. Se tournant vers Michael, elle dit:

— Pourquoi faut-il que nous fassions du mal à ceux que nous aimons, peux-tu me le dire? (Elle soupira et caressa le bras de l'enfant du bout des doigts.) Excuse-moi. Les choses sont si difficiles, en ce moment. Par moment, je t'envie de pouvoir rester couché, comme ça, les yeux fermés, coupé du reste du monde. Pourquoi les choses sont-elles si compliquées?

Michael ne répondit pas, ne cilla pas, n'essaya pas d'échapper au frôlement de ses doigts.

— J'ai toujours rêvé de faire une carrière. J'aimais la littérature et la poésie. Quand j'étais petite fille, j'avais pris l'habitude de discuter avec le bibliothécaire de mon village, ensuite avec mes professeurs, puis avec mes camarades d'université. J'ai toujours voulu enseigner et cela impliquait de longues études. Mais Sam a toujours été d'accord et il m'a soutenue. Et c'est comme ça que j'y suis arrivée, Michael, tout doucement, grâce à des bourses, alors que vous étiez tout petits... mais j'ai eu ce que je voulais. J'ai fini par obtenir mon diplôme et j'ai commencé à enseigner. Plus vous grandissiez et plus je travaillais. Et j'ai finalement été titularisée. Tu ne sais pas ce que c'est, toi, pour une femme, de mener de front une vie de famille et une carrière. Je croyais avoir réussi et voilà que ma fille me dit tout à coup que je lui manque. Elle me raconte qu'elle a complètement raté son épreuve de mathématiques et je n'en savais absolument rien. Elle ne pouvait pas m'en parler parce que, semble-t-il, je ne lui consacre jamais plus d'une minute. C'est affreux, ne trouves-tu pas ? Et puis, il y a Jon qui n'est jamais à la maison et qui passe son temps avec Leigh ou au football. Est-ce parce que je suis moi-même tout le temps absente ? C'est en tout cas ce que prétend Sam. Il m'a dit que si mardi dernier j'avais été à la maison, rien de tout cela ne se serait passé. Ça fait mal. J'étais pourtant persuadée de faire tout ce qu'il fallait. Et puis, tout ce que je ne faisais pas, Teke le faisait ; ce que J.D. ne faisait pas, Sam pouvait le faire et vice versa. Les relations entre nos deux familles étaient vraiment exceptionnelles. C'était net, efficace et bien ficelé. J'étais persuadée que tout était pour le mieux dans le meilleur des mondes. Mais laisse-moi te dire une chose : cette belle entente est en train de se casser la figure. C'est la pagaille chez vous, chez nous, à mon bureau, et je ne suis même plus capable de me concentrer sur mon travail. C'est la pagaille totale, et partout.

Elle entrevit Sam qui arrivait et se tut. Il avait l'air aussi éprouvé que les autres, mais si cher, si familier et si soucieux, qu'elle se refusa, une fois de plus, à croire à sa trahison.

— Qu'est-ce que tu lui racontais de beau ? demanda-t-il avec une imperceptible hésitation dans la voix qui semblait rendre chaque mot plus difficile que le précédent.

Comme effrayé, il resta un instant planté sur le seuil, puis se décida enfin à entrer dans la chambre.

— Je geignais, répliqua-t-elle en détournant les yeux vers Michael.

Le visage sans expression de l'enfant lui était bien plus supportable que celui, complètement déconfit, de Sam.

— A quel propos ?

— Je me sens submergée. Je n'avais pas réalisé jusqu'à ce jour à quel point je dépendais de Teke. J'ai une liste de courses longue comme le bras. J'avais l'intention de les faire après avoir un peu tenu compagnie à Michael, mais puisque tu es là, autant y aller tout de suite.

— Non, intervint précipitamment Sam. Reste avec moi.

— Le monologue lui convient aussi bien que le dialogue.

— Non, parle-moi, Annie. Je t'en prie. Cesse de me fuir comme tu le fais.

Elle inspira avec une sorte de hoquet qui lui fit mal. Se trouver ainsi en compagnie de Sam représentait un véritable supplice, mais toute demi-mesure était au-dessus de ses forces. La plaie était encore béante.

— Tu t'es déjà excusé. Il n'y a rien d'autre à ajouter qui puisse faire changer les choses, pour le moment.

— Nous avons échangé nos pensées pendant des années.

— Aucune d'entre elles ne concerne ce que je ressens en ce moment.

— Elles le devraient, pourtant.

Elle releva la tête d'un air furieux.

— Et comment ? Il n'était alors question que d'attention et d'amour, et non d'amertume et de colère. Nous n'avons jamais cherché à nous faire du mal. On se disait que ça n'arriverait jamais.

Lorsqu'elle le vit se passer la main dans les cheveux d'un air embarrassé, elle pensait lui avoir rabattu le caquet ; mais voilà qu'il revenait à la charge de plus belle :

— Tout à fait. Et c'est la raison pour laquelle je n'étais pas du tout préparé à ce qui est arrivé. Ne comprends-tu donc pas, Annie, qu'il ne m'a jamais effleuré l'esprit que je puisse désirer une autre femme que toi ? Dans toute cette affaire, je suis aussi ébranlé que n'importe lequel d'entre vous.

— Après coup, bien sûr, lui rappela-t-elle. Sur le moment, ce que tu faisais n'a pas eu l'air de te choquer outre mesure.

— Mais c'est arrivé si vite... Je comprendrais que tu sois fâchée si j'avais prémédité la chose ou si j'avais passé des heures avec elle. Mais ce n'est pas du tout comme ça que ça s'est passé.

— C'est encore pire ! cria-t-elle. Cela prouve qu'il existait une complicité latente entre vous !

— Entre toi et moi, corrigea Sam avec fermeté. Dans mon esprit, c'est avec *toi* que j'étais et c'est justement la raison pour laquelle ça s'est passé de cette façon. Je n'aurais jamais pu faire l'amour avec Teke, elle ne m'a jamais attiré physiquement. Est-ce qu'une seule fois tu as relevé le moindre signe du contraire ?

— L'épouse est toujours la dernière personne à se rendre compte de ce genre de chose.

— Tu ne me crois pas, conclut-il avec un long soupir.

— Moi non plus ! lança J.D. qui arrivait derrière eux. Je dirais même qu'avec le recul, toutes ces embrassades et ces congratulations que vous échangiez depuis des années pour un oui pour un non prennent un sens nouveau à mes yeux.

— Ce n'étaient que des manifestations d'affection

envers une amie, déclara Sam, et tu aurais fait la même chose avec Annie si tu étais un peu plus démonstratif.

— C'est une question de retenue, décréta J.D. avant de se tourner vers Annie : Est-ce que tout va bien ?

Annie éprouva une très vive et très fugace sensation de frustration. Elle n'aimait pas la façon dont J.D. prenait les commandes. Il était évident que s'il avait été un peu plus démonstratif, Teke ne se serait jamais tournée vers Sam. Et elle ne se serait pas jetée ainsi à la tête de Sam s'il n'y avait pas eu quelque chose de bancal dans son mariage. Néanmoins, cela impliquait qu'il y avait aussi quelque chose de bancal dans son mariage à elle. Elle était prête à en assumer la responsabilité et J.D. aurait dû en faire autant.

— Tout va bien, répondit-elle en passant la courroie de son sac sur son épaule. J'allais justement partir, maintenant que vous êtes là, tous les deux. J'ai conseillé à Teke d'aller prendre un peu de repos. Arrangez-vous pour que l'un d'entre vous attende son retour.

— Je ne peux pas rester bien longtemps, objecta immédiatement J.D., j'ai un rendez-vous à quatre heures.

— Tu as toujours un rendez-vous à quatre heures, aboya Sam. Ou à trois, ou à deux heures. Tu as toujours un rendez-vous quand tu veux te défiler. Je te rappelle que c'est ton fils qui est couché sur ce lit d'hôpital. Est-ce que ça ne t'affecte pas plus que ça ?

J.D. recula.

— Bien sûr que ça m'affecte. Mais ça lui apporte quoi, que je reste à faire les cent pas autour de son lit pendant des heures ?

— Est-ce que tu as seulement pris la peine de lui parler comme nous le faisons tous ? A moins que, dans le cas où il ne t'entendrait pas, tu ne te sentes trop ridicule.

Les yeux de J.D. firent plusieurs aller-retour entre

Sam et Annie, avec une expression plus contrariée que jamais.

— Qu'est-ce qui t'arrive ? C'est *moi* qui suis floué dans toute cette histoire !

— Et tu te charges bien de me le rappeler à chaque instant. Tu refuses de me voir, de me croiser, de me parler. Quand vas-tu te décider à regarder les choses en face, pour l'amour du ciel ! Tous les deux, Annie et toi, vous fuyez le problème comme s'il allait se régler tout seul. Mais vous faites erreur ! Tôt ou tard, vous serez contraints d'y faire face.

— Facile à dire, ce n'est pas toi qui souffres, intervint Annie.

— C'est vrai, admit Sam. Mais je suis la cause de cette souffrance et je vous jure que c'est bien pire. Que puis-je faire ? Dites-le-moi. Je voudrais m'amender mais aucun d'entre vous ne semble vouloir me le permettre.

— T'amender ? ricana J.D. Le mal est fait, maintenant.

Sam fit claquer ses doigts.

— Alors, c'est comme ça ? Finie, l'amitié ? Finie, l'association ? Fini, le mariage ?

La dernière question s'adressait à Annie mais elle n'eut pas le temps d'y répondre car un faible gémissement se fit entendre en provenance du lit.

Michael avait les yeux à moitié ouverts. Il les referma puis les ouvrit à nouveau. Toujours à moitié, mais c'était bien plus qu'il n'avait fait durant ces neuf derniers jours.

Annie se pencha vers lui.

— Michael, appela-t-elle d'un ton pressant. Est-ce que tu m'entends ?

Ses yeux se dirigèrent d'abord au-dessus d'elle, puis rencontrèrent lentement ceux d'Annie.

— Est-ce que tu es réveillé ? murmura-t-elle.

Après un temps durant lequel elle eut la terrible sensation que l'enfant avait perdu l'esprit, il remua imperceptiblement la tête. Sam l'agrippa doucement par les épaules.

— Est-ce que tu nous reconnais? Sais-tu où tu te trouves?

Le regard de Michael se déplaça lentement. Il croisa celui de Sam, puis celui de J.D. qui se penchait vers lui, balaya lentement la pièce puis revint sur Annie.

— A l'hô-pi-tal, articula-t-il enfin.

Sam éclata de son rire de stentor.

— Génial!

— Je vais chercher le docteur, annonça J.D. tout excité.

Le visage inondé de larmes, Annie souriait. Elle caressa le visage puis les cheveux de l'enfant, contournant la cicatrice à présent rose et brillante, d'où l'on venait de retirer les points de suture.

— Merci, mon Dieu, merci! Oh, Michael, nous nous sommes tant inquiétés pour toi! Comment te sens-tu?

Ses yeux se refermaient lentement.

Annie eut un coup d'œil en direction de Sam qui avait l'air aussi terrifié qu'elle.

— Ne te rendors pas, supplia-t-elle. Ne te rendors pas.

Les yeux de Michael se rouvrirent. Il se passa la langue sur les lèvres.

— J'ai... soif, murmura-t-il.

Un médecin suivi d'une infirmière arrivaient en courant, mais l'unique préoccupation d'Annie était, à cet instant, de donner à Michael ce qu'il demandait.

— Il a soif, annonça-t-elle. Que peut-on lui donner?

Sans répondre, le médecin se pencha sur lui et examina les yeux de Michael à l'aide d'un ophtalmoscope qu'il éteignit quelques instants après, apparemment satisfait de ses observations.

— Sais-tu comment tu t'appelles?

Michael eut un faible hochement de tête.
— Dis-le-moi.
Ce fut lent, faible, mais distinct :
— Mich-ael Phil-lip Max-well.
C'est seulement après que le médecin s'octroya un sourire.
— On a de tout, ici. Je dirais que ça vaut bien... quoi ? un *milk shake* au chocolat ?
La proposition n'eut pas l'heur de satisfaire Michael.
— Je croyais pourtant que tu aimais le chocolat...
— Coca, murmura Michael en esquissant un sourire.
L'infirmière repartit en criant la bonne nouvelle à qui voulait bien l'entendre.
Annie se redressa. La main toujours posée sur le bras de Michael, elle prit une longue inspiration qui exprimait son immense soulagement et sa gratitude pour ce bienfait du ciel. Mais elle retint subitement son souffle.
— Il faut que quelqu'un aille prévenir Teke.
— Ne compte pas sur moi, décréta J.D.
Ce qui signifiait : « Si elle a jugé bon de quitter le chevet de son fils, elle peut aussi bien attendre d'être revenue pour constater qu'il s'est réveillé. Qui plus est, elle ne mérite pas de partager notre joie. C'est bien elle qui l'a envoyé sur ce lit d'hôpital, non ? »
Seulement, Annie n'était pas d'accord. Quelle que soit la souffrance que lui avait infligée Teke, celle-ci n'en demeurait pas moins la mère de Michael. Elle était restée auprès de lui durant neuf longs jours et neuf longues nuits, et personne n'avait déployé autant d'efforts pour tirer Michael du coma. Il fallait la prévenir.
Annie pensa un instant envoyer Sam, mais il n'était pas question qu'il partage une nouvelle euphorie avec Teke : elle avait pu constater vers quels débor-

dements cela pouvait les conduire et la confiance n'était plus à l'ordre du jour.

— J'y vais, décida-t-elle.

8

De toute sa vie, Sam n'avait éprouvé pareil sentiment de soulagement. Son triomphe dans l'affaire Dunn-Hanover lui semblait insignifiant en comparaison. Durant la période où Michael avait été dans le coma, il avait porté un fardeau écrasant de culpabilité et de remords. Sam percevait le réveil de son fils comme le commencement de la fin d'un long cauchemar. Nul ne savait ce que l'enfant se rappelait des circonstances de l'accident, et toute question eût été inappropriée. Le plus important, c'était qu'il fût en vie.

Michael oscillait au bord de l'inconscience. Entre sa faiblesse générale et le fait que sa jambe et son bras droits fussent fixés à une attelle, il était difficile de deviner les effets qu'auraient les lésions cérébrales sur son système moteur. Et cette inconnue irritait J.D. Après être resté aussi longtemps dans l'expectative, il voulait savoir exactement le pourquoi et le comment des choses. Son incessant harcèlement du personnel hospitalier était à la mesure de son exaspération.

Vers cinq heures, arrivèrent Jon et Leigh, suivis de Jana et Zoe. Leur allégresse emplit immédiatement la chambre et se répandit jusque dans les corridors, sans que personne se s'en trouvât importuné. Au contraire : au pavillon de neurologie, un tel événement redonnait espoir aux familles.

Annie arriva à six heures, talonnée de près par Teke dont le visage était ravagé par les larmes. Incapable de prononcer le moindre mot, elle resta debout près du lit, se contentant de sourire à travers ses larmes. Finalement elle s'assit, glissa tant bien que mal ses bras autour de son fils et éclata en lourds sanglots, le visage enfoui dans l'oreiller.

Sam en avait la gorge nouée. Teke pouvait être fautive sur bien des points, mais l'amour qu'elle vouait à ses enfants était incontestable. Il priait pour que Michael s'en souvînt quand il recouvrerait la mémoire — s'il la recouvrait, bien sûr.

Décidés à célébrer l'événement, Sam et Jon se rendirent à une pizzeria toute proche et revinrent, apportant quatre énormes pizzas et un plein sac de boissons gazeuses. Le parfum des épices imprégna instantanément la chambre, supplantant de manière étrange l'odeur aseptisée qui y régnait. Chacun se jeta sur ce festin improvisé comme s'il n'avait pas mangé depuis des jours, pendant que celui qui n'avait vraiment rien avalé somnolait plus ou moins. Les enfants ne semblaient pas gênés du fait que Michael gardât les yeux fermés. Il les ouvrait chaque fois qu'il le jugeait nécessaire et cela seul importait. C'était l'invité d'honneur et ils l'entouraient de leur babillage incessant.

— Comment tu t'es senti, pendant tout ce temps ? voulut savoir Jana.

— Je parie qu'il s'est senti flotter, supposa Zoe. Dans une grande lumière douce et blanche.

Jana secoua la tête.

— Pas douce et blanche. Sombre et lourde, plutôt. Comme s'il avait du plomb aux jambes et aux bras. Comme s'il avait un gros nuage noir au-dessus de la tête ou qu'il essayait de se lever sans y arriver.

— J'ai lu quelques trucs sur des expériences extrasensorielles, dit Jon à Michael. Des moments où tu es absent tout en étant là. Est-ce que c'était comme ça ? Est-ce que tu entendais ce qui se passait autour de toi ?

— Ou sentais-tu certaines choses ? ajouta Leigh.

Michael ouvrit les yeux et son regard se posa sur

Leigh, assise sur le lit. Il fronça les sourcils et Sam aima l'expression de ce visage qui était resté immobile pendant des jours.

— Je flottais, dit-il d'un ton mal assuré. Je... crois.

— Tu flottais, répéta Jana d'un air songeur. C'est incroyable. Est-ce que tu savais où tu te trouvais durant tout ce temps ?

Les yeux fermés, Michael fit oui de la tête.

— Est-ce que tu voulais parler en ayant l'impression que c'était impossible ?

Il fronça de nouveau les sourcils et se contenta de lever une épaule.

— Est-ce que tu pouvais sentir qu'on te touchait et qu'on faisait bouger ton bras et ta jambe ? insista Leigh.

Michael rouvrit les yeux mais son regard, empreint de désarroi, resta lointain.

— Quelquefois.

Jon vint rejoindre Leigh et appuya son corps contre elle.

— Je suis sûr que tu pensais à toutes les choses stupides qu'on était en train de te dire. Mais, tu sais, quand on n'a plus rien à dire, on finit par raconter n'importe quoi, surtout quand la personne à qui on s'adresse ne répond pas.

Sam se mit justement à repenser à tout ce qu'il avait raconté à Michael. Nul besoin que le jeune garçon se souvînt de l'accident pour comprendre ce qui s'était passé. Un bref coup d'œil en direction de Teke lui confirma cette impression. Elle était adossée contre le mur et, bien qu'elle eût à présent retrouvé un peu de couleur, son regard exprimait une indicible terreur.

Ses yeux accrochèrent ensuite ceux d'Annie. La façon dont celle-ci leva les siens sur Teke puis les baissa vers le sol était on ne peut plus éloquente. Tout autant que la manière dont elle courbait le dos. Il se demanda ce qu'elle avait bien pu raconter à Michael quand elle s'était trouvée seule avec lui. On voyait qu'elle se sentait mal à l'aise. En y regardant à deux fois, il eut même l'impression qu'elle était très inquiète.

J.D. revint après avoir passé une série de coups de téléphone.

— Comment va mon fils ?

— Bien, murmura Michael.

— Un morceau de pizza ?

L'enfant fit non de la tête. Ses yeux glissèrent en direction de Teke, à plusieurs pas de là, puis vers Annie, puis vers Sam. Et Sam n'apprécia pas du tout la perplexité qu'il put voir dans le regard de Michael qui, à l'évidence, rassemblait ses souvenirs.

— Eh bien, eh bien, lança John Stewart en faisant irruption dans la chambre à grandes enjambées, Lucy accrochée à ses basques. Le voilà donc. Tu nous a causé beaucoup de souci, jeune homme.

Avec des gestes calculés, Lucy déposa sur la table de chevet une petite boîte soigneusement emballée dans du papier argenté.

— Des truffes fraîches pour mon fou de chocolat, ronronna-t-elle en mettant deux doigts gantés sur ses lèvres qu'elle posa ensuite sur le front de son petit-fils qui, en retour, se débrouilla pour lui faire une ombre de sourire.

Zoe tapa dans ses mains.

— Il faut prévenir Terry et Alex. Ils sont venus te voir tous les jours. Ils ont eu tellement peur pour toi !

— Et Josh, Tommy et Nat, surenchérit Jana.

— Et Kari Stevens, compléta Zoe avec un soupir à fendre l'âme. Elle n'arrête pas de demander de tes nouvelles, Michael. J'ai l'impression que tu l'intéresses.

Leigh prit soudain un ton sévère.

— Qu'est-ce qui vous a pris de quitter l'école comme ça ?

— A cau-se de MTV, articula Michael.

— Et tu crois qu'un stupide concert rock vaut la

peine qu'on quitte l'école sans permission ? C'est ce que j'appelle une vraie bêtise.

— Tu aurais pu être renvoyé, ajouta Zoe.

— Au lieu de ça, gronda Jana, tu t'es fait renverser par une voiture ! Tu ne l'as pas vue arriver, ou quoi ?

— Comment voulais-tu qu'il la voie ? Les arbres bouchent toute la vue.

— Mais tu aurais pu l'entendre arriver ! insista Jana. Il y a tellement peu de circulation dans la rue qu'on entend très bien quand une voiture arrive... Mais à quoi pensais-tu ?

Sam commençait à se sentir vraiment gêné aux entournures. Il aurait bien aimé que Jana cessât son interrogatoire, mais la fillette était comme son père : quand elle se jetait sur un os, ce n'était pas facile de lui faire lâcher prise.

Zoe posa une main apaisante sur l'avant-bras de Jana et expliqua posément :

— Il pensait au concert rock.

— Mais maman lui a pourtant bien expliqué qu'il ne fallait pas traverser la rue en courant. C'est la règle numéro trois. La numéro un, c'est de ne pas mettre ses doigts dans les prises électriques et la seconde, c'est de rabattre le couvercle des toilettes après avoir fini de pisser.

— Jana Maxwell ! s'insurgea Lucy. Veux-tu, je te prie, surveiller ton langage.

— Ce n'est pas grave, murmura Zoe à Jana.

— Si, c'est grave. S'il avait regardé où il allait, cet accident ne serait pas arrivé.

— Il a fait ça sans réfléchir.

— Et pourquoi ?

— M'man et Sam, murmura Michael, faisant instantanément converger tous les regards sur lui.

Sam sentit ses tripes se nouer. Il pressura son cerveau pour arrêter l'ouragan qui déboulait à toute allure mais rien n'en sortit. Il chercha le regard d'Annie mais celle-ci gardait obstinément les yeux fixés sur le sol. Les bras serrés autour de la poitrine, si elle avait pu jouer les passe-murailles, elle n'aurait pas hésité un seul instant.

— *Quoi ?* s'exclama Leigh, en se penchant sur Michael qui semblait à nouveau dans une grande confusion d'esprit.

— J'ai vu, ajouta-t-il dans un murmure, les yeux fermés.

— M'man et Sam ? demanda Jana sans s'adresser à quelqu'un en particulier.

Zoe ajouta à l'extrême embarras de Sam.

— Mais qu'est-ce qu'il a vu ?

Mais avant même que Sam ait eu le temps d'élaborer un simulacre de réponse, Leigh haletait :

— Mon Dieu ! Will Clinger !

Jana ouvrit des yeux démesurés.

— *Virginia* Clinger ! — Elle se tourna vers Teke. — Elle disait la *VÉRITÉ* ! ! !

Zoe secoua la tête.

— Non.

— Mais Michael vient lui-même de le dire ! s'obstina Leigh.

— Seigneur Jésus !

C'était Jon qui regardait son père comme s'il s'agissait soudain d'un étranger.

Sam leva une main. « Ce n'est pas ce que vous croyez », aurait-il voulu dire. Mais il eut conscience de la dérision et de la banalité de ces mots. Il ne pensa pas non plus que dire : « J'avais envie d'Annie mais c'est Teke qui se trouvait là » le servirait beaucoup. Et rien d'autre ne lui vint à l'esprit.

— M'man ? demanda à présent Jana, le visage exsangue. Est-ce que c'est vrai ?

Le sourcil bas, John Stewart promenait de l'un à l'autre un regard désorienté, vaguement stupide.

— Mais de quoi parlent-ils ?

— D'une erreur, répondit J.D.

Il se sentait une mâchoire de plomb et sa langue lui faisait l'effet d'un morceau de cuir. Il regardait fixement Sam qui, à cet instant précis, eut le sentiment que l'avenir de chacune des personnes qui se trouvaient dans cette pièce se jouait sur les paroles qu'il allait prononcer. Même si, en tant qu'avocat d'assises, il avait l'habitude de réfléchir debout, son expérience n'incluait pas ce genre de plaidoiries.

— M'man ? Toi et Sam ? insistait Jana sans quitter le visage de cendre de sa mère.

— Dis quelque chose, m'man, implora Leigh.

— Ton père a raison, lâcha Teke d'une voix tremblante. C'était une erreur.

— Je n'aime pas beaucoup ce que je suis en train d'entendre, prévint John Stewart.

— Que s'est-il passé ? demanda Jon à Sam.

— Quelque chose, concéda ce dernier. Reste à déterminer quoi exactement.

Jana se tourna à son tour vers lui.

— Est-ce que tu as… couché… avec ma… mère ?

Le visage de John Stewart vira au violet, Lucy hoqueta, Zoe sursauta et Annie se mit à crier :

— Pour l'amour du ciel, Jana !

— Est-ce que tu l'as fait ? demanda Jon à Sam.

Il se passa une fraction de seconde durant laquelle Sam fut tenté de tout nier, en bloc. Cependant, c'est sa propre voix qui résonna dans sa tête et qui lui dit ce qu'il s'évertuait à répéter à ses clients : « Il faut que vous me disiez tout. Toute la vérité. Si vous me cachez une partie de la vérité et que je m'en aperçoive en cours de route, je vous laisse tomber. » Son instinct lui prédisait que s'il mentait maintenant, il en payerait dix fois le prix.

— Ah ! Nom de Dieu ! explosa enfin John Stewart. J'avais bien dit qu'on ne pouvait pas se fier à lui ! Ni à elle, d'ailleurs ! Beau travail, John David ! Très beau travail !

Sentant venir le grand déballage, la lessive monumentale, J.D. jugea bon de prendre ses parents par le bras et de les acheminer fermement vers la sortie.

— Je crois que vous feriez mieux de nous laisser,

nous avons à débattre d'un certain nombre de choses.

Mais John Stewart semblait cloué au plancher.

— Je t'avais prévenu...

— Pas maintenant, p'pa.

— Tu m'avais dit : « Fais-moi confiance, je sais ce que je fais. » Regarde où nous en sommes, maintenant.

— P'pa...

Sam n'attendit pas de savoir ce que J.D. allait ajouter. Traversant la pièce en deux enjambées, il dit à voix basse :

— Nous avons un problème difficile à régler. Michael est encore loin d'être tiré d'affaire, tout le monde est bouleversé et quant à moi, pour être franc, je ne sais trop que dire ni que faire.

— Tu aurais dû y penser...

— C'est assez, J.S. Vous direz le fond de votre pensée plus tard. Pour l'instant, nous avons besoin de nous retrouver seuls. Puis, s'adressant à Lucy : Voudriez-vous reconduire J.S. chez vous, je vous prie ? Soyez assez aimables de nous laisser un peu de temps. Il faut que nous trouvions une solution au problème qui nous préoccupe.

— Allons, John, insista Lucy, manifestement anxieuse, en glissant son bras sous celui de son mari. John David nous donnera des nouvelles plus tard. N'est-ce pas, John David ?

John David les poussa doucement vers la porte sans répondre.

— Téléphone-moi, ordonna J.S.

— D'accord, laissa tomber J.D.

Sam aurait dû éprouver un certain soulagement en voyant Maxwell senior s'éloigner, ce ne fut toutefois pas le cas : le plus dur restait à faire et il en était parfaitement conscient. La main dans les cheveux, il resta encore une minute face à la porte, avant de pivoter lentement sur ses talons.

Tous les yeux étaient posés sur lui. Ceux de Leigh

et Jon, postés près du lit, de Zoe et de Jana, debout en plein milieu de la chambre, d'Annie, appuyée contre la fenêtre, et de Teke, toujours adossée contre le mur. Sa position géographique lui démontrait de manière limpide l'isolement de sa situation.

La voix de Jana brisa le silence, tranchante :

— C'est pour cette raison que Michael est sorti de la maison en courant, n'est-ce pas ?

Sam se remit en mémoire le fait que Jana était à peine plus qu'une enfant. Ils étaient tous, d'ailleurs, à peine plus que des enfants. Des enfants bien traités, des enfants modernes habitués aux discussions franches, certes, mais néanmoins des enfants. Ils venaient d'apprendre que deux des adultes en qui ils avaient le plus confiance les avaient trompés. La seule manifestation à laquelle il devait s'attendre de leur part, c'était de l'hostilité. Aussi choisit-il ses mots avec le plus grand soin.

— Michael a vu quelque chose qu'il n'a pas très bien compris.

Jon se montra aussi hostile que Jana.

— Il n'a pas deux ans et ce n'est pas un idiot. Tu savais très bien ce qu'ils étaient en train de faire, pas vrai, Michael ?

Michael garda les yeux clos.

— Très bien, dit Sam. A présent, il faut que vous vous disiez que s'il avait pensé que je violais sa mère, il m'aurait sauté dessus, il aurait tenté quelque chose pour se porter à son secours. Or, il n'a rien fait de cela. Nous devons donc présumer que *lui* présumait que sa mère et moi avions une aventure. Ce qui est faux. Sa mère et moi n'avions *pas* une aventure.

— Et comment appelles-tu ça, alors ?

— Un moment d'égarement.

— Tu as toujours prôné la fidélité.

— Je la prône tou...

— Et que nous devions nous montrer loyaux envers les êtres qui nous sont chers. Et voilà que tu te mets à tromper tout le monde dès que t'en prend l'envie.

— Je n'ai jamais eu « envie » de Teke, argua Sam. Pas plus qu'elle n'a jamais eu « envie » de moi.

— Alors pourquoi l'avoir fait ? demanda Leigh en adressant à Teke un regard féroce.

Teke posa ses doigts sur ses lèvres comme pour contrôler un à un les mots qui allaient s'en échapper. Finalement, elle dit :

— C'est ça. Ce n'était qu'un moment d'égarement. Depuis le jour où nous nous sommes connus, je n'ai jamais été infidèle à votre père.

— Mais alors, pourquoi l'avoir été, à cet instant précis ? voulut savoir Leigh.

Avant que Teke pût répondre, Jana intervint :

— Je me doutais bien que quelque chose n'allait pas. Tu ne nous regardais plus. C'est à peine si tu nous adressais la parole. — Elle se tourna vers J.D. — Tu le savais, n'est-ce pas ?

J.D. fit oui de la tête. Il restait immobile, les jambes et les bras croisés.

Zoe, qui, imperceptiblement, s'était rapprochée de sa mère, murmura contre son épaule :

— Toi aussi ?

Annie, les yeux toujours baissés, hésita, puis fit un signe affirmatif de la tête.

— Comment a-t-il pu te faire une chose pareille ? *A toi ?* demanda Jon, horrifié.

Sam décela immédiatement le piège que cachait cette question. Il aurait voulu glisser un bras protecteur autour des épaules d'Annie mais il s'en garda bien, de peur qu'elle ne se dérobât. En présence des enfants, une telle réaction aurait rendu les choses encore plus difficiles.

Annie lança vers le ciel une supplique muette et noyée de larmes, accompagnée d'un soupir empreint de lassitude. Finalement, avec un sourire plein de dérision de soi, elle laissa tomber :

— J'en suis encore à me le demander.

Sam tenta d'établir un contact visuel avec Zoe, mais celle-ci, refusant de regarder dans sa direction, se colla davantage contre sa mère et glissa sa main dans la sienne. Et pourtant, ils avaient toujours été si proches l'un de l'autre… Zoe était sa petite fille chérie et resterait toujours sa petite fille chérie. Mais pour l'instant, elle ne semblait pas partager le point de vue d'Annie.

— Ecoutez, dit Sam d'un air sombre, ce qui est fait est fait. Ces neuf derniers jours ont été un enfer et Michael doit rester notre principal sujet de préoccupation.

Tous les regards convergèrent vers le lit où Michael gisait toujours les yeux fermés.

— Est-ce qu'il va bien ? murmura Zoe.

— Michael ? appela Leigh en le secouant doucement par l'épaule.

Michael ouvrit les yeux, juste assez longtemps pour qu'ils comprennent qu'il avait entendu, et replongea ensuite dans sa somnolence.

— Peut-être qu'il ne veut pas te voir, dit Jana à Sam avec un regard en direction de Teke, l'incluant de façon éloquente.

Sam n'eut pas le moindre battement de paupières.

— Peut-être. Mais je resterai malgré tout, en faisant de mon mieux pour l'aider à se remettre sur pied.

— Peut-être aussi que mon père n'est pas d'accord, insista Jana, fielleuse.

Sam se demanda si la gamine avait jamais éprouvé quelque sentiment à son égard ou s'il s'agissait d'un simple réflexe pour défendre son père. En d'autres circonstances, une telle insolence eût déclenché des représailles, mais il préféra ne pas réagir.

— Peut-être. Mais je me plais à croire qu'il place l'intérêt de Michael au-dessus de nos différends.

— Et à propos de Will Clinger ?

Cette dernière question permit à J.D. de prendre avantageusement la parole.

— Les Clinger, je m'en suis déjà occupé. Ils n'iront plus répandre de rumeurs nulle part.

Jon se mit les mains sur les hanches et marmonna entre ses dents :

— Merde.

— Ce qui veut dire ? voulut savoir Sam.

— Ce qui veut dire que la rumeur était vraie, que la moitié de l'école est déjà au courant et que c'est dégueulasse.

Sam se sentait près de craquer.

— Allons, oublie ça, Jon. Ça n'est dégueulasse que dans la mesure où tu as décidé de le voir sous cet angle. Tout le monde commet des fautes. L'essentiel c'est d'en tirer les leçons.

— Donc, tout ce qu'il nous reste à faire, c'est oublier ? Continuer comme si de rien n'était ?

— Non. Même si Michael n'était pas étendu dans ce lit, il nous resterait quand même à tirer les conclusions sur nos relations, entre ta mère et moi, et entre J.D. et Teke. Il y a également matière à réflexion sur la vision que vous tous avez de moi — ce qui a une très grande importance à mes yeux — et sur la perception que j'ai de moi-même. Car, croyez-moi, j'ai plutôt une piètre opinion de moi, actuellement.

Ce plaidoyer laissa Jon de glace. Se tournant vers Annie, il lança :

— Je rentre. Je ne peux plus supporter ce cirque !

— Jon, s'il te plaît, implora Annie.

— Mais toi, comment peux-tu encore le supporter ? Il t'a bafouée de la pire des manières !

Sam, déjà tendu, se raidit davantage.

— Ça suffit, Jon.

Mais ce n'était pas l'avis de l'intéressé.

— Et tu nous racontais de ne pas faire de bêtises ! Tu nous disais d'attendre, de ne pas satisfaire des envies passagères ! Quel hypocrite ! — Il attrapa Leigh par la main. — Allons-y !

— Jon ! cria Annie. Jon ! Attends !

Ils étaient arrivés près de la porte quand Leigh se figea.

— Quoi encore ?

— Emmène Zoe et Jana.

Jana, immédiatement, protesta :

— Je veux rester avec Michael.

Et Zoe regarda sa mère avec des yeux implorants :

— Je veux rester avec toi.

A Jana, Annie dit :

— Michael doit se reposer et toi, tu dois te calmer.

Puis, prenant le visage de sa fille entre ses mains, elle murmura :

— Il vaut mieux que tu rentres à la maison. Je ne tarderai pas.

— Et toi ? Ça ira ?

— Naturellement.

Sam se posait la même question, tellement elle était pâle. Il s'était inquiété de sa propre réaction face à ses enfants, mais celle de sa femme ne valait guère mieux. Elle avait les épaules affaissées et le menton tremblant. Il avait l'impression de voir un ectoplasme prêt à disparaître à la première clarté.

« Mais elle se trompe ! » lui criait son esprit. Il n'existait rien en elle dont elle dût avoir honte. Lui et lui seul était coupable. Et plus il la regardait, plus ce sentiment de culpabilité grandissait.

Raide comme la justice et sûr de son bon droit, Jon attendait dans le hall pendant que, tour à tour, Leigh, Jana et Zoe embrassaient Michael. Zoe lançait des regards languissants en direction de sa mère qui lui fit un petit signe de la main avant qu'elle ne rejoignît le groupe.

Le silence s'établit soudain dans la chambre. On n'entendait même plus les bips-bips des appareils, puisqu'on les avait arrêtés après la visite du médecin.

Sam regarda les trois visages qui lui faisaient face, puis celui de Michael. Ce dernier avait les yeux fermés, mais pas de la même manière que lorsqu'il était dans le coma. De plus, la lividité de son visage avait disparu. Il était probable qu'il sommeillait, bien que Sam le soupçonnât d'être parfaitement conscient de ce qui se déroulait autour de lui.

— J'ai essayé de vous expliquer ce qui s'était passé, commença-t-il d'un ton calme, mais aucun de mes arguments ne semble vous avoir convaincus. En fin de compte, je vous dirai simplement que je suis désolé. Désolé. Il regarda Annie qui s'obstinait à fixer le sol. Je n'ai jamais rien regretté comme je regrette ce qui est arrivé. Je voudrais faire quelque chose pour réparer mes torts, mais j'ai besoin qu'on me dise quoi.

— Tu n'as jamais eu besoin qu'on te dise ce qu'il fallait que tu fasses, auparavant, fit J.D.

— C'est faux. Tu m'as souvent indiqué la direction à suivre.

— Ne joue pas les idiots, renâcla J.D. Tu as toujours su trouver ton chemin tout seul en prenant ce qui te convenait et en laissant le reste. Ton programme était déjà fait depuis longtemps.

— Pourquoi me dis-tu une chose pareille ?

— Parce que c'est vrai. Tu as toujours vu en moi un moyen pour arriver à tes fins. J'avais les relations que tu aurais aimé avoir. Tu t'es servi de mes recommandations pour être admis au barreau...

— C'est toi qui me l'avais proposé.

— Tu t'es servi de mes connaissances pour réussir tes études de droit...

— Pour les cours théoriques, mais qui t'a appris à plaider ?

— C'est grâce à mes relations que tu as pu exercer au cabinet du District Attorney et c'est moi qui t'ai fait entrer chez Maxwell, Roper and Dine.

— Vous n'y avez rien perdu, que je sache, dit Sam sur la défensive.

— Ah ! Ce qui nous amène à Dunn-Hanover. C'est cette affaire qui t'aurait donné des ailes ? Plus on gagne d'argent et plus on a la grosse tête, pas vrai ?

Est-ce que c'est parce que tu rapportes de l'argent à la société que tu as jugé normal de t'arroger des droits sur la femme de ton associé ?

— J.D., tenta Teke.

Il lui adressa un regard meurtrier.

— Si j'étais toi, je la bouclerais. Tu ne vaux pas plus que lui.

— Mais il n'avait aucune intention de te faire du mal. Et moi non plus, d'ailleurs. Crois bien que je suis aussi désolée que lui. Elle regarda en direction d'Annie, qui gardait les yeux rivés au sol. Simplement désolée, avec tout ce que cela implique.

Annie se recula un peu plus contre le mur. Ne pouvant supporter de la voir ainsi, Sam s'approcha d'elle. Mais alors qu'il la touchait presque, elle s'éclipsa.

— Je pars, dit-elle abruptement.

— Annie ?

Elle sursauta. C'était un peu comme le coassement d'une petite grenouille verte et elle se précipita vers le lit.

— Qu'y a-t-il, mon chéri ?

Les yeux de Michael étaient à présent bien plus ouverts que n'avait pu le constater Sam quelques instants plus tôt. Cependant, l'élocution restait difficile et la voix éraillée.

— Je n'avais pas l'intention de le dire.

Elle ébouriffa gentiment ses cheveux.

— Oh, Mike, ce n'est pas ta faute. Tu n'as rien dit qu'il ne fallait que tout le monde sache.

— Tout le monde est en colère.

— Pas contre toi. Jamais. La seule chose à laquelle tu dois penser, c'est guérir.

Elle posa un baiser sur son front et il ferma les yeux. Apercevant une bouteille de soda vide sur une étagère, elle s'en empara.

— On va certainement le transférer dans une autre chambre, nous ferions mieux de mettre un peu d'ordre.

Sam eut soudain l'air de sortir de la torpeur qui s'était emparée de lui depuis quelques instants et lui prit la bouteille des mains.

— Je vais le faire.

— Inutile, répliqua-t-elle sans le regarder.

— Si, insista-t-il. — Tout à coup, il sentit qu'il avait un message à faire passer. — Je suis responsable de ce désastre et c'est à moi de réparer. — Il regarda tour à tour J.D., Teke, puis Annie à nouveau et se crut obligé de répéter avec plus de conviction: — Tout est ma faute, je dois réparer et je le ferai. Je le jure.

Annie se rendit directement chez elle et grimpa tout droit dans sa mansarde. Lovée dans son fauteuil préféré, elle se mit à ruminer de sombres pensées.

— Est-ce que ça va, m'man? demanda Jon.

Surprise, elle émit un grognement affirmatif.

Jon entra dans la pièce, se dirigea vers le bureau et dit sans détour:

— Je suis désolé d'avoir fait un esclandre mais je ne regrette pas mes paroles.

Ne sachant trop que répondre, Annie resta silencieuse.

— Je ne peux pas croire qu'il ait fait une chose pareille.

— Il n'est pas le seul responsable, il faut être deux pour ce genre de chose.

— Mais il aurait dû se montrer fort et garder le contrôle de la situation. Rien ne se serait passé, s'il l'avait vraiment voulu. — Il baissa la tête, poursuivit d'un ton bas. — Tu ne crois pas?

Cette question, Annie se l'était en fait posée tant de fois, qu'elle tournait à l'obsession.

— A vrai dire, je n'en sais rien.

— Et avec Teke, par-dessus le marché! C'est pire encore! Elle a toujours été un peu comme notre deuxième mère. Comment a-t-il pu faire ça avec *elle*?

— Il prétend que ce n'est arrivé qu'une seule fois.
— Et tu le crois ?
— Ce serait aussi douloureux, même si c'était vrai.
— Mais est-ce que tu le crois ?
— Je ne sais trop que croire, Jon. Je suis aussi abasourdie que toi.
Durant quelques instants, il garda le silence. Puis, quittant le bureau, il se dirigea vers le panneau de liège où Annie avait coutume d'épingler ses photos favorites et quelques notes personnelles, griffonnées à la hâte.
— Quand as-tu appris la vérité ? demanda-t-il.
Elle respira profondément.
— Le lendemain.
— Et tu ne t'en es pas encore remise ?
— Absolument pas.
— Quel salaud !
— Jon, je t'en prie...
Mais c'était comme si toute la retenue dont il s'efforçait de faire preuve par égard pour sa mère s'était subitement envolée.
— C'est ce qu'il est. Et un faux jeton, en plus ! Après tout le temps qu'il a passé à nous faire la leçon... L'avocat des bonnes causes, l'homme qui pense avec son cœur... Tu parles ! Te rends-tu compte du ridicule de la situation ? Quelle farce !
— Je t'en prie, Jon, ton père n'est pas si mauvais...
Jon se retourna et ses yeux reflétaient le même éclat passionné que ceux de son père lorsque celui-ci défendait âprement un point de vue.
— Comment peux-tu dire une chose pareille ? Il prétend t'aimer et, dès que tu as le dos tourné, il s'envoie en l'air avec une autre femme ! Si ça ne s'appelle pas une gifle en pleine figure, je me demande ce qu'il te faut ! D'accord, tu as quarante ans... mais Teke est encore plus âgée que toi. On aurait compris s'il s'était compromis avec une fille de vingt-cinq ans... Je veux dire, ç'aurait été tout

aussi grossier, mais on aurait pu mettre ça sur le compte du démon de midi ou quelque chose du genre. Mais Teke... Pourquoi ?

— Tu empires les choses, Jon.

Elle n'éprouvait nullement le besoin qu'on lui rappelât son âge, et encore moins toutes les jeunes et jolies femmes que Sam côtoyait à longueur d'année.

— Eh bien, si tu n'es pas fâchée, moi je le suis !

— Je le suis, moi aussi. Mais insulter ton père ne changera rien à la situation.

— Qu'est-ce qui la fera changer, dans ce cas ?

— Je n'en sais rien.

— M'man, demanda Zoe d'une voix tremblante, pourquoi cries-tu comme ça ?

— Je crie parce que Jon crie, lui aussi, tempêta Annie. Qu'est-ce que tu attends de moi, Jon ?

Jon amorça bruyamment un repli en direction de la porte.

— Je n'en sais rien. Peut-être devrais-tu demander le divorce. C'est tout ce qu'il mérite, après tout.

Avant même qu'Annie ait eu le temps de répondre, il avait déjà dévalé les escaliers.

— Est-ce que tu vas le faire, m'man ? demanda Zoe d'une voix ténue en venant aux côtés de sa mère.

Annie la serra contre elle. De toute évidence, le mot « divorce » les avait ébranlées.

— Tu vas divorcer ? insista Zoe dans un murmure.

Annie posa un baiser sur ses boucles blondes.

— Je n'y ai pas encore pensé.

— Parce que tu es trop bouleversée ou parce que tu ne le veux pas ?

— Je ne veux pas, répondit Annie, consciente de dire la vérité.

— Même après ce que papa t'a fait ?

— Ce que papa a fait était irréfléchi, inconvenant et pas gentil du tout. Ça m'a fait très mal et je suis très en colère. Je veux qu'il soit puni mais le divorce ne doit pas être un moyen de vengeance. Papa et moi, nous sommes mariés depuis dix-neuf ans et je ne suis pas sûre de vouloir tout gâcher par un divorce.

— Est-ce que tu pourrais lui pardonner ?

Le pardon était envisageable. Un regain de confiance semblait moins évident.

— Je n'en sais rien.

— Mais si tu ne le peux pas, comment feras-tu pour vivre sous le même toit que lui ?

— Je ne le pourrai pas, répondit le côté furieux de ses pensées.

— Alors, tu comptes demander le divorce ?

Annie se remémora les douzaines de fois où Jon ou Zoe étaient rentrés de l'école en annonçant que les parents d'un de leurs camarades venaient de se séparer. Ils avaient chaque fois décrit la situation en termes tragiques. Annie s'était identifiée à ces enfants et, à cause de cela, avait recommandé aux siens de se montrer d'autant plus compréhensifs et réconfortants envers eux. Après tout, les Pope ne s'étaient-ils pas toujours sentis étrangers à toute notion de divorce ou de séparation ? Quelle dérision !

La frayeur de Zoe était parfaitement compréhensible puisque cette éventualité consternait même Annie.

— Je ne souhaite pas divorcer, ma chérie. C'est un mot que je n'ai jamais pu associer à ton père et à moi.

— Est-ce que tu l'aimes encore ?

— Oui. Même si une vie d'amour peut être détruite en quelques minutes. — Les yeux pleins de larmes, sa voix se cassait. — C'est la raison pour laquelle ça fait si mal, conclut-elle dans un murmure.

— Et est-ce qu'il t'aime encore ?

Il se passa un moment avant que le nœud qui étreignait la poitrine d'Annie lui permît de parler à nouveau.

— C'est ce qu'il dit.

— Et tu le crois ?

En lui accordant le bénéfice du doute, l'explication de Sam sur ce qui s'était passé avec Teke lui paraissait plausible.

— Je m'y efforce.

— Comment vas-tu faire pour t'en assurer ?

— Je ne sais pas. Avec le temps, peut-être...

Zoe se tut. Elle prit sa mère dans ses bras et, malgré les larmes qui menaçaient, Annie eut un sourire. Lorsque Zoe était petite, elle avait l'habitude de la bercer pour l'apaiser, la réconforter, ou tout simplement pour le plaisir. Quand elle s'arrêtait, c'était Zoe elle-même qui réamorçait le balancement du fauteuil, exactement comme elle venait de le faire. Ainsi, Annie se laissa bercer, se demandant qui, à cet instant précis, apportait le plus de réconfort à l'autre.

— Qu'est-ce qui nous arrive, m'man ?

— Hmmm ?

— Crois-tu que nous soyons assez jolies ? Assez sexy ?

Annie sentit son cœur se serrer.

— Pour qui ?

— Pour les hommes. Regarde Jana, par exemple. J'ai toujours pensé être aussi jolie qu'elle mais c'est avec elle que tous les garçons veulent sortir.

— Qui t'a dit ça ?

— Je le vois.

— Mais elle n'a pas de petit ami, que je sache. — A moins que cela ne lui eût échappé. — Je pensais que vous vous retrouviez tous en groupe ?

— Oui, mais tous les garçons du groupe lui tournent autour. Comme papa tournait autour de Teke. Qu'est-ce qui ne va pas chez toi et moi ?

— Mais rien du tout, ma chérie, gémit Annie.

— Alors, pourquoi est-ce que ça se passe comme ça ?

— Peut-être parce que nous sommes plus discrètes que les autres.

— Ou peut-être parce que nous avons des seins trop petits.

— Allons, Zoe…

— Je suis sérieuse. Les garçons préfèrent les filles avec de gros seins.

Le temps s'évaporait. Annie eut soudain le même âge que Zoe et se revit près de son père, en train de tenir les mêmes propos.

— Sais-tu ce que Pete me disait quand je me plaignais de ça, à ton âge ?

— Quoi donc ?

— Il disait qu'avec le temps, les grosses poitrines s'affaissaient. Il affirmait qu'à long terme, il valait mieux être comme j'étais.

— C'est très bien, tout ça, surenchérit Zoe avec un aplomb qu'Annie était loin d'avoir à son âge. Mais à court terme ? Jana ne devrait pas être la seule à avoir des garçons qui lui tournent autour. Et papa devrait te désirer de la même façon qu'il a désiré Teke.

Annie partageait entièrement ce point de vue. Néanmoins, elle ajouta :

— Sais-tu ce que papa Pete disait encore ?

— Quoi ?

— Il disait : « Tout vient à point, qui sait attendre. »

— Ce qui veut dire que, si je me montre patiente, un garçon finira par s'intéresser à moi. Mais toi ? Tu étais censée avoir trouvé l'homme de ta vie. Est-ce que tu vas rester là, à attendre qu'il veuille de toi de nouveau ? Qu'est-ce que tu comptes faire, entretemps ? Vas-tu dormir dans le même lit que lui ? Est-ce que vous allez continuer à aller au restaurant ensemble ? Et que va-t-il se passer pour Thanksgiving ? On le fêtait toujours avec les Maxwell. Et à Noël ? Et au jour de l'an ? Et le ski ? Qu'est-ce qu'on va faire, m'man, dis ?

Annie n'en savait rien. Strictement rien.

« John Stewart vous attend », disait le message, rédigé le matin suivant sur un mémo à l'en-tête de Maxwell, Roper and Dine et posé bien en vue sur le bureau de J.D. par Mary McGonigle en personne.

J.D. le fixa un long moment en se demandant comment l'ignorer, tout en sachant que c'était impossible. L'exclusion de John Stewart, la veille, était un phénomène qui ne risquait pas de se reproduire de sitôt.

Après en avoir fait une boule bien serrée, il jeta le message au panier et quitta son bureau. Il traversa les locaux d'un pas qu'il voulait détendu et c'est la tête haute qu'il emprunta le corridor qui menait au bureau de son père.

— Il était temps, gronda John Stewart en lui faisant signe de refermer la porte.

J.D. fit du mieux qu'il put pour démontrer à son père que son ordre était inutile. La porte, il l'aurait refermée, de toute façon. Il n'avait pas du tout envie de faire l'objet de ragots de la part du personnel en général et de cette chère Mary McGonigle en particulier, toujours à l'affût de commérages. Bien qu'elle fût probablement déjà au courant.

John Stewart n'avait pas de temps à perdre. Aussi entra-t-il immédiatement dans le vif du sujet.

— Alors ? Quand comptes-tu divorcer ?

J.D. alla à la grande baie vitrée et caressa distraitement le grand télescope de laiton posé sur son trépied.

— Peux-tu me dire pourquoi je m'attendais à cette question ?

— Parce que, en l'occurrence, c'est la plus appropriée, ce me semble.

— En réalité, celle qui me paraît le plus appropriée, c'est celle qui concerne l'état de santé de Michael. — Il se mit à regarder à travers le télescope. — Avant que tu ne t'inquiètes trop, je voudrais te préciser qu'on l'a changé de chambre, ce matin. Il dort la plupart du temps mais il se réveille dès qu'on prononce son nom. Les médecins affirment que, dès qu'il commencera à s'alimenter à peu près normalement, il retrouvera des forces et pourra ainsi rester éveillé plus longtemps. Quant à son système moteur, poursuivit J.D., l'œil fixé sur l'hôtel Ritz-Carlton, il risque de présenter quelques séquelles mineures.

— Ce qui veut dire ? grommela John Stewart.

J.D. répéta les mêmes mots que venait de lui dire Bill Gardner, une demi-heure plus tôt.

— Ce qui veut dire qu'il ne disposera pas du plein contrôle de ses mouvements. Il n'aura plus les mêmes facilités ni les mêmes réflexes. — Il se demandait pourquoi le télescope était braqué sur le Ritz. — Mais les pronostics sont favorables. Il pourra éventuellement retrouver la plupart de ses facultés physiques, à condition qu'il y mette de la bonne volonté et qu'il fasse les exercices nécessaires. Le basket, c'est fichu pour cette année, et probablement le base-ball, aussi. La prochaine étape, c'est la physiothérapie. Dans une semaine environ, il sera transféré en rééducation.

— Le personnel des centres de rééducation est incompétent. En plus, ces endroits sont déprimants. Je ne veux pas que mon petit-fils se retrouve parmi des vieillards séniles.

L'œil toujours collé au télescope, J.D. vit une femme très légèrement vêtue qui ouvrait les rideaux de sa fenêtre. Se sentant voyeur, il se redressa brusquement et se détourna de l'objectif.

— Les personnes âgées ne fréquentent pas les centres de rééducation physique. Du moins, pas celui auquel je pense. — Il y en avait un que Gardner lui avait particulièrement recommandé. — C'est ce qu'on fait de mieux.

— Quand pourra-t-il rentrer à la maison ?

— Je ne suis pas équipé pour le genre de rééducation intensive dont il a besoin.

— Bien sûr que non, mais rien ne t'empêche de le faire.

— Je préfère qu'il aille au centre. Il aura à sa disposition un personnel qualifié.

— Et Theodora ? Est-ce qu'elle va l'accompagner ?

— Probablement. Michael est devenu son principal souci.

— C'est l'expression de sa culpabilité.

— Et de son instinct maternel, ajouta-t-il, ne supportant pas que son père cherche à la diminuer, même dans un moment comme celui-là.

— C'est de la culpabilité, crois-moi, uniquement de la culpabilité. Ce qui nous amène à parler de ce divorce. Elle va te dépouiller, si tu n'y prends pas garde.

J.D. enfonça les mains dans les poches.

— C'est impossible, c'est elle qui a commis l'adultère.

— Cependant, il te faut le meilleur avocat. Je crois que Hammond est mieux que Mittleman. J'ai entendu dire que Mittleman délègue presque tout son travail à ses collaborateurs. Hammond risque de coûter plus cher, mais, à terme, on y gagnera. Je ne veux pas que cette femme obtienne un sou de plus qu'il n'est nécessaire.

J.D. se dirigea vers la bibliothèque et, du bout de l'index, caressa le dos d'un vieux livre de droit relié de cuir. Il doutait que Teke se montrât exigeante. Elle ne l'avait jamais été et il fallait bien lui reconnaître cette qualité. Elle acceptait volontiers ce qu'on lui offrait, mais elle était dépourvue de la cupidité qui poussait certaines femmes de sa connaissance à accumuler fourrures et bijoux.

— Inutile d'appeler Hammond, dit-il.

— Et pourquoi ?

— Parce que je ne suis pas prêt.

— A quoi ? A divorcer ? Mais elle a elle-même tout avoué. Qu'est-ce qu'il te faut de plus ?

— Je ne veux pas voir d'avocat, pour le moment.

— Si ça t'embarrasse, je pourrais...

— Ce qui m'embarrasse, dit J.D., c'est que tu te

mêles de quelque chose qui ne te concerne pas. Il s'agit de mon ménage et c'est moi qui déciderai si je dois y mettre un terme et quand. — Plus calmement, il ajouta : — A ce moment-là, c'est moi, et moi seul, qui choisirai mon avocat.

— Bien sûr. — John Stewart s'éclaircit bruyamment la gorge. — On a déjà pu constater le bien-fondé et l'à-propos de tes décisions. Honnêtement, John David, ta vie aurait pu être différente de ce qu'elle est, si seulement tu avais voulu te donner la peine d'écouter les conseils de personnes plus avisées que toi. Ton mariage avec Theodora Peasley a été une erreur, dès le départ. Ce n'était pas une femme pour toi.

Durant un instant, J.D. eut l'air de se souvenir des bons moments qu'il avait passés en sa compagnie. Au début, persuadé que c'était une fille facile, il n'avait eu d'attirance que pour son physique. Mais la simplicité et la naïveté de la jeune fille qu'elle était alors l'avaient radicalement changé et définitivement écarté de ses fréquentations féminines habituelles. Une fois mariés, c'est le plus sérieusement du monde qu'elle avait appréhendé son rôle d'épouse. Elle se vêtait et se dévêtait selon le bon plaisir de J.D., s'occupait de sa maison et le dîner était prêt tous les soirs, quand il rentrait.

— Pas du tout pour toi, poursuivait John Stewart. Tu as reçu, grâce à Dieu, une tout autre éducation. Tu as vécu dans une belle maison, porté les vêtements les plus chers et fréquenté des jeunes gens de ton milieu. Je me rappelle que, dès que tu as été en âge de te tenir à table, ta mère et moi t'avons amené dans les meilleurs restaurants, et pas seulement ceux d'ici, mais aussi à New York et à Washington. Tu avais une certaine culture, tu aimais les beaux-arts, le théâtre... toutes ces choses dont Theodora ne soupçonnait même pas l'existence... Et cela, avant même que nous t'inscrivions à l'école privée. Te rappelles-tu tes camarades de classe ?

Oh, oui, il se les rappelait ! Parmi eux, il y avait un fils de sénateur qui vendait de la drogue, un fils de millionnaire qui ne cessait d'en prendre et le fils d'un Prix Nobel de la paix qui ne rêvait que de faire la paix avec son camarade de chambre en couchant avec lui.

— Il n'y a pas de quoi en faire un plat, répliqua J.D.

Mais quand son père était lancé, il était très difficile de l'arrêter.

— ... Tu as pris des leçons d'équitation, de patinage sur glace, de danse, même, et tout ça alors que nous étions loin d'avoir les moyens financiers dont nous disposons aujourd'hui. Mais ta mère et moi avons fait ces sacrifices pour que tu puisses fréquenter des gens qui avaient quelque chose à offrir. Theodora n'a jamais rien eu à offrir. Absolument rien.

Le diable souffla à l'oreille de J.D. :

— Oui, mais au lit, elle était fantastique.

Ce qui était assez vrai jusqu'à ce que l'usure des sens ne ternisse leurs rapports.

— Si c'est l'unique raison pour laquelle tu l'as épousée, ne t'en prends qu'à toi-même. Franchement, John David, crois-tu vraiment que la sexualité soit aussi importante que cela ?

Pas du tout. Il arrivait de plus en plus fréquemment que Teke et lui se réfugient à chaque extrémité du lit. Il ne savait pas si ce comportement émanait du fait qu'ils étaient las l'un de l'autre ou que ses goûts à lui avaient changé, mais il devait reconnaître qu'elle ne produisait plus le même effet sur lui. Cela faisait un bon moment qu'il n'était plus venu contre elle, en plein milieu de la nuit et, vu sous cet éclairage, Sam avait eu la partie belle.

— Tu sembles très à l'aise pour dénigrer la sexualité, lui fit observer J.D. Je parie que tu en vois de belles, dans ce télescope. Est-ce que des call-girls de grande classe louent la suite sur laquelle tu as braqué cet engin ?

Le cou de John Stewart devint écarlate et le col empesé de sa chemise sembla soudain deux pointures trop petit.

— Je ne comprends rien à ce que tu dis. Je ne me sers jamais de ce télescope.

J.D. n'en crut pas un traître mot, pas plus qu'il ne crut, à cet instant précis, que les relations entre son père et Mary McGonigle fussent strictement professionnelles. Il lui en aurait volontiers touché deux mots, si le bon sens n'eût prévalu.

— Il faut que tu divorces, ordonna John Stewart.

Mais J.D. n'était vraiment pas disposé à s'en laisser conter.

— Je déciderai seul et en temps et lieu de ce qui doit être fait ou pas.

— C'est une gêne pour toute la famille. Tout comme Sam Pope, d'ailleurs. Je veux qu'il quitte la société.

Cette nouvelle exigence ne surprit pas davantage J.D. John Stewart était à la fois un juge et un bourreau, J.D. était bien placé pour le savoir. Bien mieux placé que n'importe qui. Certes, il n'avait jamais reçu de correction : c'était pour les basses classes, selon John Stewart dont les punitions étaient infiniment plus subtiles mais non moins efficaces. J.D. se souvenait d'avoir passé des nuits entières à écrire « je ne dois pas dire de grossièretés » les huit cents fois qu'avait décrétées son père, puis de l'avoir écrit deux cents fois de plus pour mauvaise écriture. J.D. se souvenait d'avoir été privé d'argent de poche pendant tout un trimestre pour avoir omis de saluer et d'avoir été privé d'une sortie avec sa classe pour avoir tenu tête à son père.

Si Sam avait été sous son contrôle direct, il est probable que John Stewart se serait contenté d'une mise à l'écart en ne lui laissant que le menu fretin et les commissions en conséquence mais, comme c'était impossible, il exigeait que Sam fût mis à la porte.

— Ce n'est pas une bonne idée, J.S., Sam est un des associés qui rapportent le plus d'honoraires à la société.

— Nous pouvons très bien nous passer de ses services.

— Il a la réputation d'être un des meilleurs avocats de tout l'État.

— Très bien. Au prochain conseil d'administration, il n'y aura qu'à mettre son congédiement à l'ordre du jour. Et qu'il ne compte surtout pas sur moi pour voter en sa faveur. Je n'ai pas l'habitude de donner ma voix à des gens à la moralité douteuse.

J.D. pensait à Mary McGonigle. Il y pensait souvent, d'ailleurs, quand John Stewart sortait ses tirades sur la moralité et le bon droit.

— Et je ne me résoudrai jamais à admettre qu'un personnage à la moralité douteuse puisse être mon associé, poursuivait John Stewart. Peu importe le nombre de personnes qui l'apprécient ; ce qu'il a commis est la pire bassesse. Pour ma part, je ne vois pas comment tu pourrais accepter de voir son nom écrit à côté du tien. Je me demande même comment tu peux encore le regarder. Est-ce que tu voudrais qu'il reste, par hasard ?

J.D. retourna à la fenêtre. Bien sûr qu'il voulait que Sam prît la porte, de la même manière qu'il le voulait pour Teke. Ils l'avaient trahi de la pire façon. Mais il fallait qu'il réfléchisse d'abord sur ce que deviendrait sa vie sans eux. Jusqu'à présent, il s'était bien gardé de le faire et, ironiquement, il savait pourquoi. Sam ainsi que Teke palliaient efficacement ses innombrables carences et la perspective de ce que serait sa vie sans leur présence le remplissait d'épouvante.

— Je crois t'avoir posé une question, John David.

Le ton indigné de son père suffit à lui faire perdre toute prudence. Il se retourna brusquement vers son père :

— Est-ce que tu vas me lâcher, oui ?

— Je te demande pardon ?

— Ce qu'a dit Sam hier soir est vrai. Mon ménage traverse une crise et ton immixtion ne fait qu'empirer les choses. En ce qui concerne Teke, d'ailleurs, il y a des moments où je me demande si la principale raison qui m'a poussé à l'épouser n'est pas que tu y étais opposé. Intéressant sujet de réflexion, n'est-ce pas ?

J.D. sortit en claquant la porte. Un long moment plus tard, il savourait encore avec délectation l'expression hébétée de son père.

9

Annie passa une nouvelle nuit difficile. A vrai dire, certaine que Sam ne se serait jamais permis de poser la main sur elle, elle l'avait commencée dans son lit. Mais, entre le bruit de sa respiration, ses mouvements incessants et l'odeur de son corps, elle sentit que son malaise ne ferait qu'empirer. Elle avait donc préféré battre en retraite dans son bureau, ne s'endormant qu'aux petites heures du matin, pour se réveiller à sept heures avec Sam accroupi à ses pieds.

— Tu aurais dû revenir au lit, dit-il. Il faut que tu dormes davantage.

Elle se demanda depuis combien de temps il était là, à la regarder dormir.

— Tout va bien, dit-elle en se décollant de son fauteuil.

— Tu as les yeux très cernés et tu as beaucoup maigri.

Se drapant de son châle, elle se dirigea vers la porte.

— Je te remercie.

— Je m'inquiète pour toi, Annie, fit-il en la suivant dans l'escalier.

« Trop peu et trop tard », pensa-t-elle.

— Inutile.

— Si tu continues comme cela, tu vas t'évanouir au milieu d'un cours.

— Si cela devait arriver, il y aurait des gens pour me relever. Ne va pas t'imaginer que je suis totalement seule et abandonnée.

Elle lui referma la porte de la salle de bains au nez et poussa le loquet. Alors qu'elle ouvrait les robinets, elle se sentit soudain ridicule. Ridicule et souverainement laide.

En arrivant dans la cuisine, elle aperçut Jon et Zoe qui s'apprêtaient à partir.

— La cérémonie d'automne est dans deux semaines, lui rappela Jon. Tu avais l'intention de m'acheter un smoking, cette année. Est-ce qu'on va y aller bientôt ?

— Ce week-end, promit Annie en lui tendant la joue. Il faudra aussi s'occuper de l'inscription au collège. On y jettera un coup d'œil ensemble et après, tu pourras commencer ta dissertation.

Zoe entraîna son frère dehors tout en lançant :

— J'ai besoin d'une coupe de cheveux, m'man.

— Ne les as-tu pas fait couper, récemment ?

— Oui, mais ma coiffure ne ressemble plus à rien, maintenant. — Elle tira sur les mèches blondes qui ressemblaient tant à celles de sa mère. — Tu m'avais dit qu'on pourrait essayer un nouveau coiffeur mais je ne sais pas qui c'est. Est-ce que tu t'es renseignée auprès de Susan Duffy ?

Susan Duffy était une employée du secrétariat de la section de littérature qui possédait une chevelure spectaculaire.

— Je vais lui demander le nom de son coiffeur, promit Annie, tout en sachant que la beauté des cheveux de Susan n'avait rien à voir avec son coiffeur.

Elle regarda Jon effectuer sa marche arrière dans l'allée et lui fit un petit signe de la main pendant qu'il s'éloignait. Le smoking, la coupe de cheveux, l'inscription au collège, la visite à l'hôpital, deux heures de cours aujourd'hui, parmi lesquelles un exposé que devaient faire certains élèves, plus deux ou trois autres heures consacrées à la préparation des cours du lendemain et une réunion des professeurs à six heures, cela voulait dire que le dîner devait être prêt avant qu'elle parte pour sa réunion, à six heures moins le quart.

Quelques jours plus tôt, Teke aurait pris en charge l'achat du smoking de Jon, la coupe de cheveux de Zoe et même le dîner. Sans compter qu'elle n'aurait pas eu à se rendre à l'hôpital. Sans l'aide de Teke, la vie d'Annie n'était à présent qu'une course contre la montre. Bientôt, les enfants quitteraient la maison, la laissant seule avec Sam ou avec elle-même. Alternative peu exaltante, en vérité.

Son énergie descendit d'un cran supplémentaire lorsque, au volant de sa voiture, elle heurta stupidement une voiture arrêtée devant elle, à un feu rouge. C'était une BMW gris métallisé, semblable à celle de Sam. Il n'y avait pas de dégâts, mais elle n'en fut certaine qu'après que l'élégant et beau conducteur de la BMW — qui ne devait pas avoir plus de trente ans, se dit-elle — se fut penché sous son pare-chocs arrière pour s'en assurer.

— Vous avez de la chance, madame. Mais vous avez besoin de lunettes, si vous ne voyez pas les voitures devant vous...

Avant même qu'Annie ait pu trouver une réponse appropriée, il était remonté dans sa voiture et avait filé. Elle s'était toujours reproché d'avoir l'esprit de l'escalier et enviait les gens qui avaient réponse à tout. En particulier les femmes. Celles qui avaient de la repartie étaient fortes et obtenaient toujours ce qu'elles voulaient.

Elle se rendit au premier cours avec le sentiment d'en vouloir au monde entier. C'était un cours de niveau avancé sur Jane Austen et parmi la vingtaine d'étudiants qui y assistaient, la plupart étaient en fin d'études ou diplômés. Elle s'aperçut très vite que peu d'entre eux avaient effectué le travail de recherche qu'elle leur avait assigné, en l'occurrence, étudier l'impact de *Mansfield Park*.

— Me serais-je trompée de classe ? demanda Annie en promenant un regard interrogateur sur l'assistance. Y a-t-il eu une fête quelconque au campus qui vous aurait empêchés de jeter un coup d'œil sur l'œuvre de Jane Austen ? J'aurais pu vous faire un cours préliminaire sur le sujet, comme à des débutants, mais j'étais persuadée que vous aviez dépassé ce stade.

Elle voulut adresser à chacun d'eux un regard chagrin mais toutes ces paires d'yeux qui se dérobaient la privèrent de cette mince satisfaction.

— Très bien. Prenez note : je veux que vous me rédigiez pour demain matin cinq pages sur l'influence de *Mansfield Park* sur la vie et l'époque de Jane Austen.

Ignorant les murmures indignés, elle rassembla ses affaires et quitta la salle de cours.

Mais ceci n'était qu'un début. Vers midi, elle commença à regretter de ne pas être restée chez elle. Le premier élève qui devait faire son exposé était en retard, ce qui bouleversa entièrement le programme. Lorsqu'elle s'assit, enfin seule, à son bureau pour travailler, une alerte à la bombe contraignit personnel, étudiants et professeurs à évacuer le bâtiment. Elle attendit patiemment dehors, avec les autres, que la permission fût donnée de regagner les salles de cours.

Mais le temps passait, rien ne se faisait et elle se mit à penser à tout ce qu'il lui restait à faire tout en se demandant, au cas où la bombe aurait explosé, si Sam serait venu ramasser les morceaux. Elle se demanda également si Teke serait venue voir sa dépouille et, si ce n'avait été Teke, laquelle de ses collègues se serait chargée de consoler Sam. Natalie Holstrom ? Ou peut-être Monica Pepper, dont le dernier livre sur les jeunes auteurs américains avait été encensé par la critique. Toutes deux étaient brillantes, volontaires et attirantes. Toutes deux étaient plus jeunes qu'Annie.

Après une heure d'attente, Annie renonça et décida de prendre la route de Boston. Elle dut faire un détour, à cause de travaux sur la bretelle en direction de Storrow Dive, ce qui lui fit perdre une dizaine de minutes supplémentaires. Ensuite, ce fut le garage dans lequel elle avait l'habitude de stationner qui affichait complet. Elle alla donc au parking le plus proche, où il lui fallut grimper six étages avant de dénicher une place. En allant rendre visite à Michael, qui avait quitté le pavillon de neurologie, elle se perdit dans un dédale de couloirs pour découvrir enfin qu'il dormait profondément.

Selon l'infirmière, Teke était partie depuis quelques heures. Alors qu'elle attendait que l'enfant s'éveillât, J.D. arriva et sa présence ne fit qu'indisposer un peu plus Annie. Elle décida donc de laisser un petit mot bien en vue sur la table de chevet de Michael, avant de regagner sa voiture et de reprendre le chemin de l'école.

On n'avait trouvé aucune bombe. Mais, la nouvelle s'étant répandue à travers tout le campus, la conférence d'Annie sur la poésie romantique ne fit que peu d'adeptes et fut suivie d'une oreille distraite. Quoi de plus déprimant qu'un amphithéâtre aux trois quarts vide quand on a l'habitude de voir les étudiants se bousculer pour assister à ses conférences ?

Cela néanmoins fait, elle retourna en toute hâte vers sa voiture et courut au supermarché. Courut ensuite chez elle pour s'apercevoir qu'elle avait oublié les pâtes pour les lasagnes. Courut à nouveau au supermarché puis chez elle pour découvrir en cours de route qu'un train de marchandises bloquait le passage à niveau.

Il fallut attendre plus de vingt minutes avant que la voie fût dégagée. Vingt minutes durant lesquelles

Annie fut en nage. Elle parcourut à la hâte le reste du trajet, prépara une salade verte et ses fameuses lasagnes qu'elle eut à peine le temps de mettre au four, puis sauta dans sa voiture pour aller assister à sa réunion.

Malgré ses efforts, elle arriva en retard et, dès l'instant où elle entra dans la salle, quinze paires d'yeux convergèrent sur elle. Quinze paires d'yeux qui ne la lâchèrent pas alors qu'elle se dirigeait vers l'unique siège disponible qui, coup du sort, se trouvait juste à côté de Charles Honnemann, le directeur, personnage d'un âge respectable, plutôt gentil mais très formaliste. Sans les regards aussi pesamment accrochés à ses pas, la proximité de son vénérable supérieur n'aurait somme toute pas été pour lui déplaire.

Mais Annie se revoyait soudain avec ses yeux d'adolescente. A demi consciente, habitée par un sentiment inhabituel, elle avait la sensation de ressembler à une souillon. Son chemisier sortait à moitié de sa jupe et ses bas étaient tout vrillés à cause d'un malencontreux accrochage avec une pile de sacs de nourriture pour chiens au supermarché. Elle n'avait eu ni le temps de se coiffer ni même de retoucher son maquillage. Les mains tremblantes, elle sentit qu'une goutte de sueur était restée en suspension sur le bout de son nez. Elle était maigre, aussi. A preuve, son mari était si peu sensible à ses charmes qu'il avait jugé bon de séduire sa meilleure amie qui avait de longs cheveux bruns, une poitrine luxuriante et un rire enjôleur.

Elle écouta vaguement les sujets à l'ordre du jour et la réunion lui sembla durer une éternité. Une fois que ce fut fini, elle fila d'une traite à son bureau où, dans la pénombre protectrice, elle se laissa tomber sur une chaise.

Un bruit lui fit lever la tête, puis elle entendit un pas. N'ayant ni la force d'appeler, ni celle de se détacher de son siège pour aller fermer la porte, elle resta immobile. Après cette histoire rocambolesque d'alerte à la bombe, la sécurité avait sûrement été renforcée et elle pensa qu'il était peu probable qu'un voleur ou un violeur pût se glisser dans le bâtiment. Personne n'allait la prendre en otage, et elle le regretta presque. Si elle avait été séquestrée pendant trois jours sans nul autre dessein que survivre, peut-être se serait-elle découvert d'autres horizons.

— C'est moi, dit une voix rassurante.

C'était Jason Faust qui s'approchait d'elle en lui tendant un verre.

— C'est du vin. Buvez.

Comme elle hésitait, il la pressa gentiment du coude.

— Allez-y, ça ira mieux, après.

Elle en avala une gorgée et se laissa aller contre le dossier de sa chaise.

— J'ai eu une journée affreuse, mais affreuse...

— C'est ce que j'ai cru comprendre en vous voyant traverser le hall d'entrée en courant. Vous sembliez complètement défaite.

— Je le suis. Avez-vous déjà eu l'impression que tout se liguait contre vous ? Comme si le monde devenait subitement un immense cactus qui vous pique avant même que vous en approchiez.

— D'où vous vient cette belle métaphore ?

— D'un voyage en famille dans le désert de l'Arizona. De simples curiosités, les cactus sont devenus des objets de collection, chez les Popewell.

— Je vois ce que vous voulez dire.

— Tout est allé de travers, aujourd'hui.

— J'ai eu des échos du cours sur Jane Austen.

— Avec mon tempérament à l'emporte-pièce, c'est à moi que j'ai fait le plus de tort. Qui va devoir lire ces cinq pages de dissertation ? Moi... Comme si je n'avais pas déjà assez de travail...

— Je serais heureux de vous aider, Annie. Ce serait un honneur pour moi.

Elle soupira. Jason était un gentil garçon. Plus

qu'un garçon : un adulte. Et d'un grand secours, tout au moins moralement. Elle se demanda s'il avait une petite amie.

— Pour un fils à papa, vous êtes drôlement gentil.

— Nous y voilà : l'argent. Le sixième sens qui vous permet de jouir des cinq autres.

Cette paraphrase de William Somerset Maugham n'échappa pas à Annie.

— Etes-vous vraiment de cet avis ?

— Naturellement. Il me permet, par exemple, d'avoir une bouteille de vin dans le tiroir de mon bureau.

— Pas seulement du bon vin, je parie.

Elle faisait allusion au joint qu'il lui avait proposé.

— Est-ce que ça vous dérange ? demanda-t-il.

— Ce qui se trouve dans les tiroirs de votre bureau ne regarde que vous.

— Est-ce que ça vous dérange que j'aie de l'argent ? Je vous pose la question parce que j'ai l'impression que ça dérange beaucoup de gens, ici. Ça leur donne un prétexte pour ne pas prendre mes études au sérieux.

— S'ils ne vous prennent pas au sérieux, cela tient uniquement au fait qu'ils n'ont pas eu l'occasion de travailler avec vous. Vous valez autant que n'importe lequel d'entre nous.

— Pas encore, mais merci quand même. Votre opinion a beaucoup de valeur à mes yeux. Vous êtes la fine fleur des professeurs de littérature.

« La fine fleur des professeurs ». Voilà des mots bien agréables à entendre. Elle aurait bien aimé être une fleur, douce, soyeuse, parfumée… mais aujourd'hui, elle s'était plutôt sentie comme un rat dans sa cage.

— Je me le demande quelquefois, lâcha-t-elle tristement. J'ai essayé. Dieu sait que j'ai essayé. Mais j'ai souvent le sentiment de tout bâcler. Les féministes nous ont fait croire que nous pouvions tout faire. Mais c'est faux. Nous ne pouvons être à la fois des épouses, des mères et des professeurs de littérature. Ça ne marche pas.

— Et, dans votre cas, lequel de ces rôles se trouve défavorisé ?

— Celui de mère. Je ne suis jamais là quand mes enfants ont besoin de moi.

De fait, à cet instant, elle aurait dû se lever et aller les retrouver. Mais la force lui manquait et c'était la première fois de la journée qu'elle se détendait un peu. Toutes les conditions étaient réunies : la pénombre, le vin, Jason... Totalement inoffensif, Jason acceptait de rester en marge de sa vie et se servait de mots comme « respect », « honneur », « fleur »...

— Ainsi que celui d'épouse, ajouta-t-elle.

— Dans quel sens ?

— Mon mari voudrait m'avoir près de lui mais je suis très souvent absente.

— Est-ce qu'il vient vous voir ?

— De temps à autre. Mais il est très occupé, lui aussi.

— Si vous étiez ma femme, soupira Jason, je vous ferais la cour chaque matin et je vous aimerais chaque minute.

— Vous en seriez très vite lassé, lâcha-t-elle en portant à nouveau le verre à ses lèvres.

Le vin répandit ses effluves bienfaisants dans son corps et dans son cœur avant qu'elle ne réalisât qu'il venait de remplir à nouveau son verre. Cependant, elle ne s'en plaignit pas. Il vint plus près et s'assit sur ses talons.

— Pourquoi avez-vous une si piètre opinion de vous-même ?

— Parce que je suis réaliste.

— Modeste me semble plus juste. N'êtes-vous donc pas consciente de votre charme ?

— Je n'ai *aucun* charme ! cria-t-elle soudain. J'ai le teint pâle et je suis maigre. J'ai des rides au cou et aux mains. Mes yeux sont trop rapprochés et quand ils sont cernés c'est pire encore. Mes lèvres sont trop minces et je pourrais vous en dire comme ça jusqu'à demain. Il n'y a strictement rien d'excitant en moi. Si cela avait été le cas, Sam n'aurait jamais été attiré par Teke.

A bout de nerfs, elle se mit à pleurer. Jason l'attira vers lui. Elle tenta de se dégager mais il résista. Quelques secondes après, elle s'abandonnait dans les bras du jeune homme.

C'est aussi de cette façon-là que Sam se comportait. Ses bras étaient comme un havre, attendant qu'elle vînt s'y réfugier, dans la joie comme dans la tristesse. Elle pouvait s'y reposer pour rire, pour pleurer ou pour exister, tout simplement. Le réconfort était toujours là. Un baiser, une caresse... Personne ne connaissait le corps d'Annie comme Sam.

Les lèvres de Jason se posèrent sur son front.

— Vous êtes belle, murmura-t-il.

Appuyée contre sa poitrine, la tête d'Annie fit signe que non. Il n'avait pas la même odeur que Sam mais cette différence était sans importance. Seuls comptaient la chaleur qu'il lui prodiguait et ses mots : « Vous êtes belle... »

— La beauté ne se fabrique pas, elle est, cita-t-il. C'est d'Emily Dickinson, votre écrivain préféré. Elle a raison. La beauté se passe de tout artifice. Ce genre de beauté intérieure qui est la vôtre est éternel.

Annie eut un soupir exprimant tout et rien.

— Tu es si belle, poursuivit-il dans un murmure, tandis que ses lèvres effleuraient le cou d'Annie. De l'extérieur autant que de l'intérieur.

Il embrassa son menton, puis ses lèvres, et elle réalisa que c'était effectivement ce dont elle avait envie : être belle. Belle et attirante à un point tel que Sam ne désirerait jamais plus d'autre femme qu'elle.

— Je te désire, Annie, la pressa-t-il dans un murmure rauque qui ne lui déplut pas.

Toutes les femmes voulaient être désirées. Toutes les femmes avaient envie de sentir le souffle d'un homme frémissant de désir contre leur cou. Les mains de Jason contre ses seins trahissaient une passion mêlée d'une crainte respectueuse et elle réalisa que c'était précisément le sentiment qu'elle aurait aimé inspirer à Sam.

Chaque gorgée du vin qu'elle avait bu lui était montée à la tête. A présent, elle se sentait brûlante et s'arc-bouta un peu plus contre Jason.

Il eut un «oui!» triomphant contre son oreille avant de s'écarter légèrement d'elle pour déboutonner son chemisier. Une petite sonnette d'alarme retentit vaguement dans la tête d'Annie, mais c'est à peine si elle l'entendit. Elle avait l'impression d'exercer sur Jason la même fascination que celle qu'elle avait cru exercer sur Sam depuis toujours. Aussi aima-t-elle l'expression de son visage quand il écarta les pans de son chemisier. Alors qu'il s'évertuait à dégrafer son soutien-gorge, elle se sentit tellement jolie, qu'elle le défit elle-même. Les lèvres collées contre celles d'Annie, il commença à lui pétrir les seins avec une impatience avide, douloureuse, presque, qui mit Annie dans tous ses états.

— Je te désire depuis si longtemps, souffla-t-il alors que, soudainement suffoquée, elle sentait la main de Jason se glisser entre ses cuisses et commencer à la caresser.

La sonnette d'alarme résonna de nouveau dans sa tête, mais plus fort. Mais elle se sentait si belle, si féminine, si désirable qu'elle l'ignora. Il lui murmurait des mots tendres et elle percevait son souffle court, la tension à chaque instant un peu plus accrue de ses muscles...

Puis elle entendit le bruissement de sa fermeture à glissière, soudain trop réel dans l'euphorie de ses illusions. Elle se tendit.

— Touche-moi, la pressa-t-il.

— Non...

Mais, alors qu'il lui forçait la main, elle protesta:

— Je t'en prie, non...

— Je t'aime, Annie.

Elle voulut retirer sa main.

— Je ne...

— J'ai un préservatif, ce sera bien, tu verras...

— Mon Dieu, NON! cria-t-elle, réalisant brutalement que ce n'était pas Sam.

Elle battit en retraite avec tant de précipitation qu'il en resta un instant pantois.

— Mon Dieu! murmura-t-elle pour elle-même comme si l'énormité de ce qu'elle s'apprêtait à faire lui apparaissait subitement.

Elle serra contre elle les pans de son chemisier et bredouilla:

— Excusez-moi, Jason, mais ce n'est pas convenable. Je ne voulais pas qu'une telle chose arrive et je suis sûre que vous partagez ce point de vue.

— Au diable votre point de vue, dit Jason. C'est ce que nous voulions. Tous les deux.

— C'est que je suis mariée...

— Quelle importance?

— J'ai pris des engagements...

— Et c'est sans doute la raison pour laquelle vous vous êtes laissé embrasser? Et que vous avez délibérément défait votre soutien-gorge? (Elle pouvait deviner son regard glacial à travers la pénombre.) Pensiez-vous à votre mari, à ce moment-là? A moins que vous ne prétendiez que tout est la faute du vin?

Cette dernière éventualité n'offrant pas, aux yeux d'Annie, l'échappatoire la plus aisée, elle préféra admettre, tout en reboutonnant fébrilement son chemisier:

— Le problème réside dans le fait que c'est effectivement à mon mari que je pensais. Je me suis en quelque sorte servie de vous et je m'en excuse. Vous méritez bien mieux qu'un rôle de substitut.

Dédaigneux, il rétorqua:

— Voilà un sentiment des plus honorables venant d'une non moins honorable personne. Excusez-moi si je ne m'attarde pas plus longtemps.

Il sortit en claquant violemment la porte derrière lui.

Assise sur le sol, toujours dans la pénombre, Annie se demandait si cette porte, Jason n'avait pas pris bien soin de la refermer derrière lui en arrivant. En fait, si cette tentative de séduction n'avait pas été préméditée. Mais pouvait-on appeler cela de la séduction ? N'était-ce pas plutôt une tentative de Jason pour satisfaire ses désirs ? Il avait manifestement choisi l'instant où elle était le plus vulnérable et, de ce fait, la réponse s'imposa tout naturellement à son esprit. Loin d'éprouver la moindre fierté de s'être ainsi ressaisie à la dernière minute, elle éprouvait surtout le sentiment humiliant d'être responsable de ce qui venait d'arriver.

Plus hésitant que jamais, Grady s'approcha de la chambre de Michael. C'était une chambre nouvelle, dans un nouveau pavillon, et qui, malheureusement, ne permettait pas d'apercevoir du corridor les personnes qui se trouvaient dans la pièce. Il fallait choisir : entrer ou partir et, le plus calmement du monde, il choisit d'entrer. La tête sur la poitrine, Teke somnolait sur sa chaise et, bien que la télévision suspendue au plafond fût allumée, Michael avait également les yeux fermés.

Il dut attendre une bonne minute avant que Teke ne s'éveillât. Tandis qu'elle levait le regard sur lui, il crut y lire quelque chose, mais sans savoir quoi. Vêtue d'un chemisier de soie et d'un pantalon de bonne coupe, elle semblait à présent bien plus appartenir aux gens de Constance qu'à ceux de Gullen, et cela l'intimida un peu.

— Salut, dit-il. Comment ça va ?

Elle haussa vaguement une épaule avant de souffler un « bien » et de poser les yeux sur son fils.

— Et lui, comment va-t-il ?

— Pas trop mal. Il a commencé à s'alimenter. Il est dans un état de faiblesse extrême, mais ce n'est que provisoire. On est en train de mettre au point un programme de physiothérapie pour qu'il retrouve ses forces.

Grady réalisa que Michael venait d'ouvrir les yeux et qu'il les gardait braqués sur lui.

— Salut, fit-il avec un sourire qui, l'espérait-il, cachait sa nervosité. C'est agréable de voir que tu es enfin réveillé. Je me suis fait beaucoup de souci pour toi, poursuivit-il, ne sachant trop quel genre d'accueil allait lui réserver l'enfant.

— Grady ? demanda Michael après un temps qui sembla durer une éternité.

— Tu te souviens de moi ? demanda Grady qui, à son grand soulagement, ne vit aucune colère dans le regard de Michael.

— Un peu. J'ai heurté votre camion.

— Je crains que oui, en effet.

— Est-il cabossé ?

— Pas du tout, sois tranquille. Comment te sens-tu ?

— Ça va. J'aimerais bien rentrer à la maison mais personne n'est d'accord.

Prenant à dessein le parti de l'enfant, il demanda :

— Et pourquoi ?

— On veut d'abord m'envoyer dans un centre de rééducation. Il paraît que mes bras et mes jambes ne fonctionnent pas normalement. Mais qu'est-ce qu'ils en savent ? Je suis encore trop faible.

— Je crois que cette rééducation va te permettre de retrouver toutes tes forces.

— Je veux rentrer à la maison.

Ne sachant soudain trop que dire, Grady appela des yeux Teke à son secours. Mais elle avait l'air aussi déroutée que lui et, le temps qu'il se retourne vers Michael, ce dernier avait de nouveau fermé les yeux.

A la télé, on passait un feuilleton. Grady regarda un moment mais son esprit se mit à battre la campagne. C'était le genre de chose qu'il regardait, en prison. Tout comme les gardiens, d'ailleurs. Tout comme les dames de la bonne société, pendant que leurs menuisiers installent des armoires de cuisine ou de jolis placards dans leur maison. Ce genre de feuilleton qui dépeint les misères d'autrui et qui permet à chacun de se consoler de sa propre condition. Grady les trouvait ennuyeux au possible. Les misères d'autrui ne l'intéressaient pas et lui-même en avait eu son compte.

— Etes-vous vraiment allé en prison ? demanda Michael.

— Tu te souviens de cela aussi ?

— Alors c'est vrai ?

— Je le crains.

— Pour quelle raison ?

Il ne se rappelait pas tout.

— Pour meurtre.

— C'est impressionnant.

— Plutôt affreux. De l'avoir commis et d'en avoir subi la punition. C'est une chose que je ne conseille à personne.

— Est-ce que vous avez eu un procès ?

— Naturellement.

— Comment s'appelait votre avocat ?

— Il m'avait été commis d'office. Son nom ne te dirait rien.

— Sam s'est occupé d'affaires criminelles. C'est dommage que vous ne l'ayez pas eu pour vous défendre. Il est très impressionnant. — Il s'interrompit brusquement avant de reprendre : — Il *était* impressionnant.

Il regarda un instant la télévision avant de poursuivre :

— Pendant combien de temps êtes-vous resté en prison ?

— Huit ans.

— Ce n'est pas trop pour un meurtre.

— C'est assez.

— Est-ce qu'on vous a libéré pour bonne conduite ?

— On m'a laissé sortir parce que j'avais effectué le minimum requis et qu'on avait besoin de mon lit. Je ne sais pas si c'est aussi pour bonne conduite. J'ai passé mon temps en isolement.

— Pourquoi ? intervint Teke.

— Il y a eu des moments où il a fallu que je me batte pour me défendre.

— L'isolement, ce doit être affreux, dit Teke.

— Mais c'est sécurisant, même si, après quelque temps, j'ai souffert du manque d'espace.

— C'est exactement comme ça que je me sentais, moi aussi, lança Michael avec un enthousiasme qui ressemblait tellement à celui de Teke que Grady ressentit un élan d'affection pour l'enfant. Je pouvais comprendre ce qui se passait autour de moi mais sans pouvoir parler ni quitter la prison dans laquelle je me sentais enfermé. Et puis Sam a fait claquer ses doigts et c'est comme si quelqu'un avait tourné une clé dans ma tête.

Très vite, l'enthousiasme de Michael se dissipa et il apparut alors clairement à Grady que le jeune garçon éprouvait des griefs à l'égard de Sam, mais de Teke aussi. Depuis l'instant où Michael avait ouvert les yeux, Grady avait remarqué que pas une seule fois son regard ne s'était porté sur sa mère.

— Je t'ai dit que je connaissais ta mère depuis qu'elle est toute petite, est-ce que tu t'en souviens ?

— Peut-être, dit Michael, les yeux fermés.

— La seule chose dont elle a toujours rêvé, c'est d'avoir une famille. Elle t'aime beaucoup, tu sais ?

Comprenant qu'en pressant l'enfant, il risquait de perdre toute crédibilité, Grady se contenta de conclure :

— Il faut que je retourne travailler, maintenant. Est-ce que je pourrai encore te rendre visite ?

— Bien sûr.

— Est-ce que tu veux que je te rapporte quelque chose ? Des bonbons ? Des boissons gazeuses ?

Bien qu'il n'accordât pas le moindre regard à sa mère, le regard de Michael la défia délibérément.

— Je voudrais des chips, mais elle dit que ce n'est pas ce qu'il me faut.

— Ce sera donc des chips, acquiesça Grady avec un clin d'œil complice.

Sur ces mots, il quitta la chambre mais s'immobilisa dans le hall, espérant que Teke viendrait le rejoindre pour lui parler. Son attente fut vaine. Il se dirigea alors à pas lents vers l'ascenseur en jetant de temps à autre un coup d'œil par-dessus son épaule. Teke n'apparut pas.

Le besoin de parler à Annie se faisant de plus en plus pressant, Teke attendait avec impatience le moment où elles seraient seules, mais le sort semblait s'évertuer à contrecarrer ses plans. Quand ce n'était pas les enfants, c'était Sam, J.D. ou les amis de Michael qui se trouvaient là. C'est en désespoir de cause qu'au milieu de la semaine elle se résolut à prendre Annie par le bras et à l'entraîner sans grands ménagements à l'extérieur de la chambre de Michael.

— Je voudrais juste te dire deux mots, fit-elle d'un ton rassurant.

— Il n'y a rien à dire, protesta Annie.

— Des tonnes, au contraire. J'ai besoin de toi, lança-t-elle, tout en sachant pertinemment que l'urgence du propos retiendrait Annie, aussi lasse et meurtrie qu'elle pût être.

Annie était en effet sensible à la détresse d'autrui. Et même si elle avait l'impression de se rabaisser, Teke ne cessa pas pour autant de parler, jusqu'à ce qu'elles aient rejoint les toilettes qui se trouvaient à l'autre bout du corridor. Appuyée contre la porte dans une attitude qui semblait interdire à Annie toute possibilité de fuite, elle déclara :

— J'aimerais que tu m'écoutes.

Annie alla s'adosser contre le mur et regarda son

amie droit dans les yeux. Teke la trouva si fragile qu'elle faillit renoncer à lui parler, mais c'était impossible. Il fallait absolument qu'elle tente de réparer le mal qu'elle lui avait fait.

— Je suis vraiment, vraiment désolée, Annie. Je sais que je me répète mais peut-être n'es-tu pas encore convaincue. Tu ne peux pas savoir à quel point je regrette. Je suis à la fois épouvantée et consternée. J'éprouve du dégoût envers moi-même et je me sens responsable. C'est moi qui ai fait le premier pas.

— Et pour quelle raison ? demanda Annie, agressive.

Teke hésita, le temps de prendre une longue inspiration.

— A cause de Grady.

L'agressivité d'Annie se changea en désarroi :

— L'homme qui conduisait la camionnette ?

Il fallait tout d'abord qu'Annie comprenne dans quel état d'esprit elle se trouvait au moment où Sam était entré dans la maison.

— J'ai grandi avec Grady. C'est quelqu'un que j'ai adoré. Nous avons été amants alors que je n'avais que quinze ans et nous le sommes restés jusqu'au moment de son incarcération.

Annie en fut suffoquée à un point tel que son trouble fit place à de la compassion.

— Tu ne m'en as jamais parlé. Tu n'as jamais fait la moindre allusion à ton passé. J'en ai toujours conclu que c'était parce qu'il n'y avait rien à en dire.

— Je ne pouvais pas en parler, c'était trop difficile. Je me suis toujours efforcée de faire comme si je n'en avais pas. Jusqu'au moment où on l'a mis en prison, Grady a été toute ma vie. Je me réveillais en pensant à lui et je me couchais avec son odeur sur ma peau. Nous devions nous marier et avoir des enfants. Nous nous étions promis de ne jamais nous quitter et, tout à coup, notre rêve a été anéanti.

— Connaissais-tu la personne qu'il a tuée ?

— C'était mon père.

Annie sursauta à nouveau.

— Choquant, n'est-ce pas ? poursuivit Teke, au bord de la crise d'hystérie. Eh bien, figure-toi que ça l'est pour moi aussi. C'est la première fois que j'en parle à quelqu'un, mais à l'époque, ce fut infiniment plus que choquant. Ce fut un cauchemar aussi affreux que celui que nous vivons en ce moment.

— Que s'est-il passé ? demanda Annie.

Les yeux pleins de larmes, Teke se mit à fixer le plafond.

— Mon père me traitait comme sa domestique et ne cessait de me malmener. Grady l'a sommé de ne plus le faire. Un soir, il l'a surpris en train de me corriger et ils se sont battus. C'est tout. C'est comme ça que deux vies ont été gâchées. Trois, si on compte celle de mon père, mais elle ne valait pas un clou. C'était un ivrogne qui refusait de travailler et de subvenir aux besoins de sa famille.

En voyant l'expression horrifiée sur le visage d'Annie, elle poursuivit :

— Ça te semble dur, n'est-ce pas ? Voilà une chose difficile à accepter de la part de quelqu'un que l'on connaît depuis des années. Tu dois être horrifiée qu'on puisse se montrer aussi insensible et qu'on puisse tenir de tels propos sur son père. Mais savais-tu que ma mère et mes sœurs sont mortes parce que mon père a refusé d'appeler le médecin ? Elles étaient malades et il a refusé de dépenser le moindre sou pour les soigner. C'est lui le meurtrier, bien plus que Grady.

— Oh, Teke ! dit Annie d'une voix à peine audible, pourquoi ne m'en avoir pas parlé ?

— Comment t'en parler alors que je n'osais même pas y penser ? J'ai voulu me couper définitivement de mon passé et j'ai complètement oblitéré cette partie de ma vie. Pour moi, c'était la seule façon de m'en sortir. Ne crois surtout pas que je recherche ta sympathie ou ta compassion. Tout ce que je veux, c'est que tu comprennes ce que Grady a représenté pour moi et ce que je pouvais ressentir à l'idée de le revoir.

— Ainsi, tu savais qu'il allait venir te voir ?

— Il me l'avait écrit, mais je ne savais pas quand il allait le faire. J'ai lu et relu cette lettre des dizaines de fois en me disant que c'était uniquement parce que je voulais comprendre les raisons de cette visite. Mais en vérité, c'était pour partager à nouveau quelque chose avec lui, toucher une chose qu'il avait touchée... Je l'aimais tellement... Tu ne peux l'imaginer.

Annie regardait ses mains.

— A quoi penses-tu ? demanda Teke.

— Je crois que je peux l'imaginer, répondit Annie sans lever les yeux. J'aime Sam de la même façon. Ce qui te permet peut-être de comprendre combien je souffre aussi. Je me dis aussi que si tu aimais Grady autant que tu le dis, tu n'aurais jamais dû épouser J.D.

— Grady a été accusé de meurtre et jeté en prison. La dernière fois que je l'ai vu c'était juste avant son départ et nous avons eu une terrible dispute. Il m'a dit qu'il ne voulait plus jamais me voir. Plus jamais. Et ça m'a tuée. J'ai essayé de lui écrire mais il m'a renvoyé mes lettres sans les ouvrir. J'ai tenté de lui rendre visite mais il a refusé de me voir. Il a même refusé de me parler au téléphone. Il m'avait renvoyée, rayée de sa vie... Avais-je le choix ? Il m'avait dit de fonder une famille avec quelqu'un d'autre car il ne voulait plus de moi. Et c'est ce que j'ai fait. J'ai oublié Grady. Je vous ai connus, Sam et toi, j'ai épousé J.D. et j'ai eu Leigh, Jana et Michael. Ce furent de belles années.

— Mais peut-être pas assez belles pour toi ?

— De très belles années.

C'était en fait ce que Teke voulait savoir. Non pas qu'Annie eût réponse à tout, mais de pouvoir en parler lui permettait de faire le point.

— La lettre de Grady m'a complètement désarçonnée. Tout à coup, toutes les choses que j'avais enterrées depuis des années refaisaient surface. — Elle hésita un instant avant de poursuivre. — Mes relations avec Grady étaient très différentes de celles que j'ai eues avec J.D.

— Dans quel sens ?

— Nous étions pauvres, Grady et moi. Nous étions seuls dans un monde très dur et nous nous soutenions l'un l'autre en partageant le peu que nous possédions. De plus, sur le plan sexuel, nous avions des relations très passionnées. Alors qu'avec J.D., elles ont été plutôt tièdes.

— Même au début ?

— Au début, c'était bien. Le genre de vie qu'il m'offrait me plaisait et je m'accommodais du reste. Les années passant, mon enthousiasme s'est peu à peu dissipé. J'ai essayé de ne pas faire de comparaisons mais, au bout d'un certain temps, ce fut impossible. Cela n'a fait qu'empirer quand j'ai compris qu'avec J.D., les choses n'avaient jamais été comme je les avais espérées.

Annie émit un simple: «Je n'en savais rien» et Teke sourit tristement.

— Ce n'est pas une chose dont une femme se vante, même auprès de sa meilleure amie. Ça résonne comme une sorte de faillite, un manque de loyauté. Même à présent, j'ai l'impression de le trahir en te faisant ces révélations... quoique je l'aie déjà trahi de bien pire façon. Ainsi que toi, d'ailleurs.

On frappa à la porte.

— Un instant! lança Teke avant de poursuivre à voix basse: En dix-neuf ans de mariage, malgré mon absence de passion, je ne l'ai jamais trompé. J'avais une maison, une famille et je vous avais, vous. C'était bien plus que je n'en avais espéré et tous les soirs avant de m'endormir je remerciais le ciel de m'avoir apporté tant de joies. Et puis, il y a eu cette lettre de Grady, et je l'ai désiré. Je l'ai désiré tout à coup autant que quand j'étais adolescente. J'imaginais qu'il sonnait à ma porte et que je me jetais dans ses bras. J'avais soudain besoin de tout ce dont j'avait été sevrée depuis des années et cela me terrifiait. Cela me terrifiait d'autant plus que j'aimais la vie que je menais et que je ne voulais pas la compromettre. J'aurais pu mourir sans jamais revoir Grady et tout aurait été parfait.

L'air hagard, elle mit les mains sur son front et tira la masse de ses cheveux vers l'arrière pour s'en faire une sorte de chignon.

— Ça s'est passé comme pour le meurtre, expliqua-t-elle encore. Ce n'était pas prémédité et tout s'est fait à une telle vitesse qu'il était ensuite difficile de croire que quelque chose d'aussi bref pût bouleverser la vie de tant de personnes. Quand Sam est entré, j'étais à la fois distraite et effrayée ; j'avais l'impression que c'était Grady qui venait d'entrer dans la pièce. La pensée de Grady me submergeait. Me submergeait tellement que je ne me rappelle absolument rien de ce qui s'est passé avec Sam. C'était aussi intime que quand nous prenions un bain de minuit par une nuit sans lune à Sutter's Island.

L'évocation de ce souvenir fit vaguement sourire Teke. Les bains de minuit avaient toujours été l'idée de Sam, l'excitation résidant uniquement dans le fait qu'il fallait éviter que les enfants ne les surprennent. Elle se demanda si Annie se rappelait, elle aussi. Si c'était le cas, cela ne semblait pas l'amuser outre mesure. Le visage défait, elle restait immobile.

— Dis-moi le fond de ta pensée, je veux savoir, implora Teke.

Annie croisa les bras en regardant un peu partout mais en évitant les yeux de Teke.

— D'un côté, je me dis : « Au diable ! Pourquoi ne pas admettre les choses une bonne fois pour toutes et oublier en faisant comme si rien ne s'était passé ? » D'un autre, je me dis que c'est impossible. Chaque fois que j'y pense, je souffre terriblement et je ressens à ton sujet, au sujet de Sam et au mien, des choses que je n'avais jamais ressenties auparavant. C'est très dur pour moi.

— Toi et Sam avez tant de choses en commun. Tu ne peux pas jeter tout cela aux orties.

— Non. Mais ces choses peuvent changer. Il n'est plus question de la confiance aveugle qui régnait entre nous. C'est une chose définitivement révolue.

— Je suis vraiment désolée, dit Teke. C'est cette idée qui me hante le plus : ta relation avec Sam. Je comprendrais que toi et moi ne soyons plus aussi proches, je mérite largement ce châtiment. Mais si la situation devait se dégrader entre Sam et toi, je crois que je ne pourrais pas le supporter. Cela ne doit pas arriver, Annie. Il t'aime trop.

Annie leva les épaules d'un air désabusé.

— C'est vrai, insista Teke. Et toi aussi, tu l'aimes. Ne gâche pas tout à cause d'une erreur dont je suis la seule responsable.

— Tu ne l'as pas violé, que je sache, répliqua vertement Annie.

On frappa encore à la porte.

— Un instant ! répéta Teke. C'est tout ce que je voulais te dire. Cependant, il faut que tu m'aides. A la maison, tout s'en va à vau-l'eau et je ne fais pas allusion à l'aspect domestique de la situation. Jana refuse de m'adresser la parole et Leigh ne le fait qu'en cas d'absolue nécessité. Elles ne parlent pas davantage avec J.D., d'ailleurs. Ce qui signifie qu'elles sont affectivement seules. Je m'inquiète pour elles car, à part de la colère, j'ignore ce qu'elles peuvent ressentir. Tu es la seule à qui elles se confient et, dans la situation qui nous préoccupe, tu fais, comme elles, partie des victimes. Pourrais-tu leur parler, Annie ? Je t'en prie...

« Leur parler pour leur dire quoi ? » pensa Annie, mal à l'aise.

— Ça me met dans une situation délicate. Je n'ai pas l'intention de manifester mon animosité envers toi face à tes filles et je ne peux pas non plus dire du mal de Sam, bien qu'il m'arrive de le haïr. De plus, j'ignore comment sont les relations entre J.D. et toi. Que devrais-je leur dire, selon toi ?

— Je ne sais pas, répondit Teke avec un geste évasif en sentant monter en elle la même panique que celle qui s'était emparée d'elle quand Michael l'avait surprise avec Sam. Je n'en sais vraiment rien. Tout ce que je sais, c'est que je suis en train de les perdre et que tout part à la dérive ! Dis-moi ce que je dois faire !

Annie eut conscience de l'état qui était en train de gagner Teke.

— Très bien. Je vais leur parler. Mais cela ne fera sans doute que retarder la suite des événements.

— Il leur faut un soutien, quelqu'un à qui elles puissent s'adresser.

— C'est de toi qu'elles ont besoin.

— Mais c'est toujours vers toi qu'elles sont allées. Je sais que tu es furieuse contre moi, mais je t'en prie, au nom de notre ancienne amitié, aide mes enfants.

Annie fut soudain prise d'un accès de colère.

— Nom d'un chien, Teke, ce n'est pas au nom de notre ancienne amitié ! Je les connais depuis leur naissance et je les aime. Naturellement, j'irai leur parler. Tout ce que j'essayais de te dire, c'est qu'au bout du compte, il va bien falloir que tu leur parles ! Quand elles venaient me voir, ce n'était pas pour régler des problèmes aussi personnels et aussi traumatisants. La situation est à présent totalement différente. Toi seule peux les guérir.

Comme on frappait à nouveau à la porte, Annie alla la déverrouiller. Teke n'eut d'autre choix que de la suivre dans le couloir.

10

Le jeudi suivant, une semaine exactement après être sorti de son coma, Michael fut transféré dans le centre de physiothérapie que J.D. avait choisi. Bien qu'il se trouvât dans la banlieue de Boston, à quarante minutes de voiture de Constance, J.D. avait décrété que la qualité des soins qu'on y prodiguait compensait largement la distance à parcourir. Alors que Teke montait dans l'ambulance avec son fils, J.D. les suivit au volant de sa voiture.

Dès son arrivée, Michael fut emmené pour subir quelques examens. Cela prendrait au moins une heure, leur avait-on laissé entendre, et c'était tout ce dont J.D. avait besoin.

— Allons prendre un café, fit-il à Teke.

Ils allèrent à la cafétéria et J.D. trouva qu'il y avait un peu trop de monde à son goût. Néanmoins, les lieux lui semblèrent plus propices à ce qu'il avait à dire que la maison. Il dénicha une table dans un coin éloigné où ils pourraient avoir un semblant d'intimité.

— Quels sont tes projets, maintenant ? demanda-t-il après qu'ils se furent assis.

Teke paraissait mal à l'aise. Depuis que le ciel leur était tombé sur la tête, c'était la première fois qu'ils se retrouvaient seuls ensemble. Lui-même ne se sentait pas particulièrement bien dans sa peau, même s'il avait le droit de son côté.

— Mes projets ? répéta-t-elle.

— Tu as passé la plus grande partie de tes nuits à l'hôpital. A présent que Michael se trouve ici, as-tu l'intention de revenir coucher à la maison ?

Elle fit tourner sa tasse de café.

— Je ne sais pas. Jusqu'à présent, je ne m'étais

pas posé la question. Je peux continuer à m'occuper de Michael.

— Et Leigh ? Et Jana ?

— Elles ne semblent pas souhaiter ma présence, en ce moment.

— Et tu penses que c'est le cas pour Michael ? demanda-t-il fort à propos.

Pour autant qu'il avait pu le constater, ce n'était pas le cas pour Michael, non plus. L'enfant évitait de regarder sa mère et ne lui répondait que par bribes. S'il souriait aux autres, son sourire s'effaçait dès qu'elle entrait dans son champ de vision. Attitude et réactions similaires envers Sam, ce qui contribuait à procurer à J.D. un semblant de satisfaction.

Teke leva sa tasse pour avaler une gorgée de café puis se ravisa.

— Même s'il ne veut pas me voir, sa situation est différente de celle de Leigh ou de Jana. Il est plus jeune et il souffre. Les médecins affirment qu'il devra probablement passer plusieurs semaines ici. Il lui faudra également faire des exercices de rééducation pendant des mois et des mois à la maison avant de retrouver toutes ses facultés physiques.

— Mais au moins les retrouvera-t-il...

J.D. avait éprouvé un immense sentiment de soulagement quand Bill Gardner lui avait fait part de son diagnostic.

— Si j'étais toi, je ne me plaindrais pas trop. Ç'aurait pu être bien pire.

— Je ne me plains pas. Je ferai tout ce qu'il faudra, mais ce ne sera pas chose facile avec Michael. La rééducation exige beaucoup d'efforts. C'est douloureux et frustrant. Déjà, il se plaint de ne pas pouvoir jouer au basket et ce sera pire quand la saison va commencer. De plus, il n'a pas l'intention de suivre ses cours à la maison.

— Est-ce que tu as fait quelque chose dans ce sens, comme je te l'avais demandé ? interrogea J.D.

— J'ai trouvé quelqu'un qui va venir tous les après-midi pendant deux heures.

— Est-ce que deux heures suffiront ? demanda-t-il encore en affichant un scepticisme excessif.

— C'est ce que tout le monde m'a conseillé. Michael est encore faible et il n'a pas encore entièrement recouvré ses facultés de concentration. De plus, son bras dans le plâtre l'empêche d'écrire et, même débarrassé de son plâtre, il lui faudra suivre de nombreuses séances de physiothérapie avant de pouvoir tenir à nouveau un crayon.

— Et s'il avait un ordinateur portatif ?

— Ça pourrait l'aider.

J.D. sortit son agenda et inscrivit le nom de Dick White. Ce dernier était un de ses clients et propriétaire d'une chaîne de magasins d'électronique. Il saurait lui dire le genre d'appareil qui conviendrait à son fils — sans compter qu'il lui ferait sûrement un prix d'ami.

— Le précepteur est-il valable ?

— Il m'a été chaleureusement recommandé. Au téléphone, il m'a paru très sympathique.

J.D. imagina instantanément sa femme en train de recevoir ce fameux précepteur à l'entrée du centre de rééducation, le conduisant jusqu'à la chambre de Michael et prenant un café en sa compagnie après les cours.

— De quoi a-t-il l'air ?

— Je ne sais pas, répondit-elle le plus innocemment du monde avant de percevoir la perfidie de la question. Je t'en prie, J.D., cesse de m'insulter de cette manière.

— Et pourquoi ? Tu m'as bien insulté, toi ?

— Et je sais ce qu'il m'en coûte. Sois sûr que cela ne se reproduira jamais.

— Même pas avec Grady Piper ? demanda-t-il en constatant pour son plus grand plaisir qu'il avait touché la corde sensible. Tu ne l'as pas seulement

« connu » à Gullen, n'est-ce pas ? Vous avez encore été amants bien après cela.

— Tu savais bien que je n'étais pas vierge, quand tu m'as épousée, répondit-elle en soutenant son regard.

— En effet. Je me doutais que tu avais un passé obscur, mais c'était alors l'aspect excitant de la chose. Je croyais être celui qui te remettrait sur le droit chemin. Seulement, j'ai échoué. Hélas ! Que veux-tu... une traînée reste toujours une traînée.

Elle était d'une pâleur cadavérique. Lorsqu'elle leva sa tasse, sa main se mit à trembler. Aussi la reposa-t-elle très précautionneusement sur sa soucoupe.

— Tu ne réponds rien ? l'aiguillonna-t-il, content de lui.

— Si ça te soulage de me traiter de tous les noms, ne te gêne surtout pas. Tu t'y entends pour ce genre d'enfantillages, ne le savais-tu pas ?

— Tout ce que je sais, répliqua-t-il d'une voix vibrante d'une colère encore intacte, c'est que Virginia Clinger a fait d'énormes dégâts, avant que je ne lui cloue le bec. Tu ne peux pas savoir toutes les allusions qu'on ne s'est pas privé de me faire au sujet de Sam et toi. J'ai ma fierté, comme tout le monde, et à cause de toi je passe pour un idiot, ce qui est extrêmement embarrassant. En conséquence, permets-moi de te traiter de tous les noms, si ça me fait plaisir.

Teke n'eut pas le moindre tressaillement.

— Nous devrions parler de notre avenir à l'un et à l'autre.

Ce genre de remarque, c'est lui qui aurait dû la faire. Aussi en éprouva-t-il une certaine frustration. Néanmoins, puisqu'il en était ainsi, il allait lui donner une occasion de passer à son tour pour une imbécile.

— Vers quoi veux-tu que nous allions, toi ?

Pour son bonheur, elle ne se perdit pas en atermoiements. Elle préféra se comporter comme si elle avait à statuer sur une situation dont elle était d'ores et déjà exclue.

— Mon idée serait de voir si certaines choses peuvent être raccommodées. Pour les enfants, ce serait la meilleure solution.

— Oublie donc les enfants : dans cinq ans ils auront quitté la maison. C'est de nous qu'il est question. Crois-tu honnêtement que certaines choses puissent se raccommoder après ce qui s'est passé ?

— Ç'a été la seule fois, J.D., argua-t-elle. Seigneur ! A t'entendre parler, on pourrait croire que je passe mon temps à courir après les hommes. Une seule et unique fois. A moins que tu n'accordes une importance excessive à cet incident... ou que tu ne t'en serves de prétexte pour mettre un terme à une union dont tu es lassé depuis déjà un bon moment. Ne crois surtout pas que je sois dupe. Je sais pertinemment que notre ménage n'est pas un succès. Il aura été agréable, fonctionnel, mais je n'aurai pas eu avec toi le genre de relation qu'avait Annie avec Sam.

— Tu étais donc jalouse et c'est la raison qui t'a poussée à te jeter dans les bras de Sam...

— Je ne me suis jamais jetée dans ses bras. C'est arrivé comme ça et il n'a jamais été question de jalousie de ma part. Annie et Sam jouaient un rôle si important dans ma vie qu'il n'y avait rien dont je puisse être jalouse.

J.D. se pencha vers sa femme.

— Et la sexualité, Teke ? N'étais-tu pas jalouse de leur sexualité ?

— Comment l'aurais-je été ? Crois-tu que j'étais au courant de leurs histoires d'alcôve ?

— Annie et toi n'en avez jamais parlé ?

— Bien sûr que non.

Il aurait bien aimé la croire. L'idée que les deux femmes aient pu faire certaines comparaisons l'irritait. Sam et lui n'en parlaient jamais parce que, justement, chacun connaissait très bien la femme de l'autre. Mais les femmes n'ont pas cette pudeur, cette retenue qui est l'apanage des hommes.

— Vous vous racontiez tout. Pourquoi pas ça ?

— Parce qu'il s'agit d'un sujet personnel, intime et très embarrassant.

— Ce qui nous ramène à la case départ. Notre sexualité n'est pas satisfaisante. A vrai dire, elle ne l'a jamais été et raccommoder les choses ne changera rien à cet état de fait. C'est tout l'un ou tout l'autre et, en ce qui nous concerne, c'est tout l'autre. Nous aurons beau avoir essayé de nous leurrer l'un l'autre, l'alchimie n'aura pas fonctionné entre nous.

— Par contre le ménage a très bien fonctionné. Quand il s'est agi de principes de vie, nous avons toujours partagé les mêmes points de vue. Nous ne nous sommes jamais querellés à propos d'argent, de la maison, de voiture et même des enfants. Il existe un tas de points positifs à porter à notre crédit.

— Il y a encore un mois, j'aurais été entièrement de ton avis. Mais c'était avant que ta sexualité débordante ne prenne le dessus.

— Ç'a été la seule fois, J.D.

— Non, la première. Il y en aura d'autres, tu verras. C'est un peu comme quand on goûte à la drogue. Tu commences par résister en te répétant « pas touche » parce que tu te penses quelqu'un de convenable. Puis, pour je ne sais trop quelle raison, tu y goûtes. Une fois. Et tout à coup, tu ne te penses plus si convenable et tu ne vois pas d'objection à essayer une seconde fois, et ainsi de suite. C'est mon très cher ami Sam qui m'a expliqué ça, le savais-tu ? Ça se passait les soirs où nous restions après les heures de bureau à parler de la pluie et du beau temps avant de nous empresser de revenir à la maison de peur que nos petites femmes ne s'inquiètent.

Parmi ces soirées-là, il y en avait quelques-unes qu'il avait passées en compagnie d'autres femmes, mais il se garda bien d'en parler.

— Eh bien, vois-tu, poursuivit-il, à présent, des

soirées comme celles-là, il n'y en aura plus. En fait, si John Stewart persiste dans sa décision, il n'y aura plus de Sam au bureau du tout.

— Mais ce n'est pas raisonnable. Sam a été un élément très rentable pour la société.

J.D. leva un doigt modérateur.

— Rentable pour lui. C'est son nom qui est porté au pinacle, pas celui de la firme.

— Mais il engendre d'énormes bénéfices.

— C'est la raison pour laquelle John Stewart hésite encore à soumettre son congédiement au vote des associés. Il m'a cependant assuré que ce n'était que partie remise. Il veut la tête de Sam. D'ailleurs, il veut aussi la tienne et il m'exhorte à faire une demande de divorce.

Teke eut soudain du mal à respirer.

— Comment ? Tu ne vas pas me dire que tu n'avais pas pensé aux conséquences ? fit J.D., incrédule. Ne t'est-il pas venu à l'esprit qu'en me trompant tout serait définitivement compromis et qu'il n'y aurait plus de raisons pour que nous restions ensemble ? Ne me fais pas croire qu'au cours des semaines passées, tu n'as pas envisagé que nous pourrions divorcer...

— Je l'ai envisagé, en effet, répondit-elle. Mais ce n'est pas ce que je souhaite. Le mariage est une chose qui vaut la peine qu'on se batte.

J.D. commençait à perdre patience.

— Crois-tu ? Regarde donc les choses en face, Teke. Toi et moi, c'est le jour et la nuit. Nous partageons quelques valeurs mais pour le reste... Michael peut bien dire que je suis tatillon, mais j'aime l'ordre, moi. J'aime bien avoir mes crayons bleus d'un côté et les rouges de l'autre. J'aime bien que mes cravates rayées ne soient pas mélangées avec les unies. Alors que toi, tu peux aussi bien décider de peindre les murs du jardin d'hiver en bleu pervenche pour ensuite les repeindre en vert fluorescent uniquement par fantaisie. Je suis méthodique, alors que tu es impulsive. Nous ne venons pas du même monde et tu as une mentalité qui m'a très souvent fait sortir de mes gonds. Tiens, je te donne un exemple parmi tant d'autres, comme ça, au hasard : je t'offre des boucles d'oreilles en or massif et qu'est-ce que je te vois porter ? Des espèces de breloques en plastique dans le genre de celles que tu portes en ce moment.

Teke porta instinctivement la main à une de ses « breloques ».

— Elles sont peintes à la main.

— Tu portes un ensemble gris relativement conventionnel avec un chemisier mauve bon marché.

— J'ai acheté cette tenue dans une boutique de la Trump Tower, à New York, la dernière fois que nous y sommes allés ! cria-t-elle soudain. Tu n'as aucun sens de ce qui est à la mode !

— Et j'en suis fier, déclara J.D. Ce qui constitue une divergence supplémentaire dans nos styles de vie. Veux-tu savoir ce qui a fait que notre ménage a pu fonctionner ? C'est Annie et Sam ! Ce sont eux qui nous ont poussés l'un vers l'autre. Sans eux et les enfants, il y a longtemps que toi et moi aurions perdu nos dernières illusions. A présent que nous avons perdu nos meilleurs amis, qu'Annie ne fait pas plus confiance à Sam que je ne te fais confiance, et que les enfants ne vont plus tarder à quitter la maison, veux-tu me dire ce qu'il reste entre nous ? Crois-tu que nos relations sexuelles vont tout à coup s'améliorer ? Est-ce que tu t'imagines que je vais m'inquiéter de soutenir la comparaison avec tes autres amants ? Désolé, chère amie, mais ne compte pas sur moi pour jouer à ce jeu-là.

Elle baissa piteusement la tête et ses cheveux lui cachèrent fort à propos le visage.

— J'ai acheté un appartement à Boston, poursuivit-il, fier de prendre la décision finale, particulièrement en la voyant lever vers lui un regard affolé. Il a deux chambres à coucher ; de cette manière, les enfants pourront venir me rendre visite. De plus, il est entièrement meublé, ce qui me permet d'emménager à peu près quand je le déciderai. C'est la raison pour laquelle je veux connaître tes intentions. Si tu restes ici avec Michael, je resterai à la maison avec les filles. Si, par contre, tu décidais de dormir à la maison, j'emménagerais à Boston immédiatement.

Elle posa une main sur la poitrine.

— Pourquoi cet achat si précipité ?

— Le marché est favorable... fit-il avec un haussement d'épaules.

— Pourquoi ne pas en avoir parlé ? Pourquoi avoir pris cette décision sans consulter les enfants ?

— J'ai pensé aux enfants et ma décision me semble infiniment plus honnête que si je restais à la maison en faisant comme si nous éprouvions encore des sentiments l'un pour l'autre.

Teke cilla.

— Parce que, selon toi, il n'y a plus rien entre nous ? Nous sommes mariés et nous nous entendons bien sur les questions pratiques. Je respecte ton travail. Nous avons un passé, des enfants en commun.

— Mais nous ne nous aimons plus. Peut-être ne nous sommes-nous jamais aimés...

Un mois plus tôt, il n'aurait jamais dit une chose semblable car il était alors persuadé d'être encore amoureux de sa femme. Mais la vitesse à laquelle évoluaient les événements imposait, dans son esprit, un changement radical.

— Il existe différentes formes d'amour, argua-t-elle en sentant qu'elle perdait du terrain. Toutes ne sont pas nécessairement passionnelles.

Il ne put contenir un rire amer.

— Ma pauvre, n'employons pas de mots irritants, fit-il sentencieusement en pensant à tout ce dont il s'était vanté auprès de toutes les femmes qu'il avait connues depuis son mariage. Tu n'es pas la seule à te sentir lésée, Teke. J'étais en droit, moi aussi, de m'attendre à plus.

Ce dernier argument sembla juguler tous ceux qu'elle aurait pu soulever par la suite. Machinalement, elle repoussa ses longs cheveux et J.D. se dit que c'était un geste qu'il avait autrefois trouvé excitant et que d'autres hommes trouveraient probablement encore excitant.

— Tout est donc fini ? s'enquit-elle d'une voix tremblante. Vas-tu entamer une procédure de divorce ?

— Pas tout de suite. Je vais commencer par une séparation de corps.

Une petite lueur d'espoir éclaira le regard de Teke.

— Tu penses donc qu'il nous reste une chance ?

— A peine.

— Alors pourquoi une séparation ? Pourquoi ne pas divorcer tout de suite ?

Pourquoi ? Parce que J.D. n'était pas pressé et qu'il jubilait à l'idée de la laisser le bec dans l'eau. C'est tout ce qu'elle méritait, et encore... elle devait s'estimer heureuse. Il n'était pas le genre d'homme qu'on trahissait impunément.

— Peut-être parce que je veux d'abord connaître la décision d'Annie. Si je te rendais immédiatement ta liberté, tu pourrais tenter de mettre la main sur Sam.

Le regard qu'elle lui adressa lui fit clairement comprendre que son raisonnement était complètement stupide mais il n'en eut cure. C'est lui qui tenait les rênes. C'est lui qui tenait le fouet. Il divorcerait au moment où il le déciderait lui, et non pas John Stewart, Teke ou Sam. Pas avant.

Annie s'efforçait de préparer un dîner de dernière minute quand, le souffle court, bouleversée, même, Jana entra par la porte de derrière en demandant :

— Est-ce qu'ils vont divorcer ?

Annie leva les yeux de sa recette.

— Je te demande pardon ?

— Je crois que mes parents vont divorcer. Ce soir, maman va coucher à Boston et papa va venir dormir à la maison. J'ai pensé que c'était à cause de Michael mais j'ai vu dans le salon une pile de formulaires de changement d'adresse. Papa a écrit à toutes les sociétés de cartes de crédit et à tous les magazines qu'il reçoit et j'ai remarqué que la nouvelle adresse n'était pas celle de son bureau. Crois-tu vraiment qu'ils vont divorcer ?

En voyant la mine défaite de Jana, Annie se sentit découragée.

— Je ne sais pas, dit-elle doucement. Ça ne me regarde pas, je ne peux pas m'en mêler.

— Qui doit s'en mêler, alors ? Ne se rendent-ils pas compte que nous, les enfants, nous sommes aussi concernés, et que nous sommes très capables de voir tout ce qui ne va plus ? Nous savons très bien que papa est furieux de ce qu'elle a fait. Et nous savons très bien que c'est le genre de chose qui détruit un ménage.

Annie empoigna gentiment Jana par le revers de son blazer et l'attira doucement vers le téléphone accroché au mur. Elle décrocha le combiné et composa le numéro du bureau, mais ce fut le répondeur qu'elle entendit.

— Il doit être déjà parti. Est-ce qu'il a l'intention de dîner avec Leigh et toi ?

— C'est ce qui est prévu au programme. Il a dit que nous allions manger au restaurant. Je commence à en avoir assez de manger dehors. Au début, on ne s'en rend pas compte, mais on perd un temps fou à s'asseoir, à commander, à attendre... pour finalement manger des cochonneries. Pour terminer, papa s'énerve et engueule la serveuse. Hier soir, Leigh et moi, nous avons essayé de préparer le dîner mais ce fut un désastre.

— Le poulet n'était pas bon ? demanda Annie qui leur avait donné une recette pourtant toute simple.

— Le poulet était délicieux. Mais nous n'avons pas fait cuire le riz au bon moment et, le temps qu'il cuise, c'était le poulet qui était à moitié brûlé et les petits pois étaient en purée.

— J'aimerais bien vous garder à dîner, dit Annie

d'un air navré en pensant que J.D. n'accepterait jamais.

Par chance, elle n'eut pas à compléter sa pensée. Jana savait pourquoi et, qui plus est, ne souhaitait pas davantage partager le repas de Sam.

— Alors? Crois-tu que papa va déménager? demanda encore Jana.

— L'autre jour, quand je me suis entretenue avec ta mère, elle n'y a pas fait allusion.

Subitement prudente, Jana déclara:

— Je ne savais pas que vous vous adressiez la parole.

— Nous recommençons, progressivement, répondit-elle.

Ce qui était beaucoup dire, car elles ne s'étaient plus reparlé depuis leur conversation dans les toilettes de l'hôpital. Néanmoins, en exagérant ainsi, elle montrait à Jana qu'elle commettait une erreur en cherchant systématiquement à se détourner de sa mère.

— Tu peux peut-être lui pardonner, mais pas moi. Ce qu'elle a fait est égoïste et cruel.

— Elle n'avait l'intention de se montrer ni égoïste ni cruelle; elle n'a pas réfléchi, c'est tout, expliqua Annie qui en était sincèrement arrivée à cette conclusion.

— Ça revient à dire qu'elle est irresponsable...

— Oh, Jana, dit Annie en recommençant à triturer le revers du blazer de l'adolescente. Dans un moment d'égarement, certaines personnes font parfois des choses qu'elles regrettent amèrement par la suite. Ça ne signifie pas pour autant que ce sont des personnes irresponsables. Ça peut simplement dénoter une très grande confusion d'esprit.

— Tu lui as pardonné, décréta Jana comme une mise en accusation.

Annie revit ce qui s'était passé avec Jason Faust. Ce pénible incident la tourmentait au plus haut point. Elle pouvait à présent comprendre le sentiment qui avait animé Teke au moment où elle pensait à Grady Piper et où elle avait souhaité se sentir féminine et aimée. Si le comportement de Teke avait été hautement répréhensible, celui d'Annie n'avait été guère plus reluisant.

— Qui sommes-nous pour jouer les saintes nitouches ? demanda-t-elle à Jana. Nous faisons tous des erreurs dans la vie.

— Mais elle t'a fait du *mal* ! Elle t'a trompée de la même façon qu'elle a trompé mon père ! Comment peux-tu oublier une chose pareille ?

— Je ne te dis pas que je vais tout oublier, mais avec le temps la douleur se dissipera. Je ne prétends pas que les choses sont en train de revenir à la normale, Jana. Ce que je te dis, c'est qu'il faut essayer de garder l'esprit ouvert.

— A propos de Sam aussi ?

Ça, c'était plus difficile. Sam était son mari et, à ce titre, elle était en droit de s'attendre de sa part à un comportement différent de celui de Teke.

— J'essaie de garder l'esprit ouvert, répéta-t-elle d'un ton sec.

— Et c'est ce que je devrais faire ?

— Si possible.

Zoe fit soudain irruption dans la cuisine en criant :

— M'man, je n'arrive pas à faire ce problème de math ! Ah, Jana ! Dieu merci, tu es là ! Est-ce que tu veux bien m'aider un peu ?

La main levée, Jana refréna quelque peu l'enthousiasme de Zoe. A Annie, elle demanda :

— Comment savoir ce qui est possible ?

— A propos de quoi ? voulut savoir Zoe.

— De rien, répliqua Jana, le nez en l'air, sans quitter Annie des yeux.

— Si tu consens à aider Zoe, je t'en serai reconnaissante, dit Annie avant d'expédier les filles à l'étage, d'une petite poussée dans le dos.

Elle était à la recherche du numéro du téléphone de voiture de J.D. avec l'intention de l'entretenir des inquiétudes de Jana, quand Leigh entra à son tour, l'air un peu perdu, vêtue du blouson de Jon qui portait les insignes de son collège.

— Est-ce que Jana est ici ?

— Elle est en haut.

— Papa vient juste de rentrer et il la réclame. J'aurais bien téléphoné mais, le temps que je décroche, il avait déjà pris la ligne. De toute façon, j'allais sortir. Il a faim et a l'air d'être assez énervé. Je crois que c'est à cause d'un client qui lui cause des ennuis.

Contournant Annie, Leigh se précipita dans les bras de Jon qui venait d'apparaître dans la cuisine et Annie paria que son fils avait guetté la jeune fille par la fenêtre de sa chambre.

— Est-ce que Leigh peut rester dîner avec nous ? demanda-t-il.

— Pas ce soir. J.D. l'attend pour aller au restaurant.

— Il veut nous parler, précisa Leigh en regardant Jon. Jana est convaincue qu'il quitte la maison et qu'il a l'intention de demander le divorce.

— Pas nécessairement, intervint Annie en voulant calmer Leigh qui, à l'instar de sa mère, était encline à la panique dès qu'il s'agissait d'affaires de famille ou de cœur. Il arrive que deux personnes préfèrent prendre leurs distances pour mieux réfléchir sur un sujet qui les préoccupe. Et souvent, il suffit d'une brève séparation pour qu'ils se rendent compte que ni l'un ni l'autre n'a envie de divorcer.

— Si mes parents divorcent, poursuivit Leigh sans tenir compte des dénégations d'Annie, il ne sera plus question que nous nous mariions en grande pompe, Jon et moi, comme j'aurais voulu.

— C'est faux, corrigea Annie en s'approchant des deux tourtereaux. Vous aurez de très belles noces, faites-moi confiance.

Mais Leigh n'en crut pas un mot.

— Les « Sweet Sixteen », de Melissa Weber ont été

un vrai cauchemar. C'était son premier bal et pourtant ses parents se sont querellés à propos du choix du restaurant, des invités, des invitations et ils ont passé la soirée à se fusiller du regard. Même si m'man et p'pa ne divorcent pas, ce sera quand même la pagaille à notre mariage.

— Non, pas du tout...

— Nous nous enfuirons ensemble, dit Jon.

— Mais nous voulons tous assister à votre mariage, argua Annie. Et puis, il est encore trop tôt pour tirer des plans sur la comète. Finissez donc vos études d'abord.

— Nous n'avons pas l'intention d'attendre aussi longtemps, prévint Jon.

— Et je n'ai pas l'intention d'obtenir de diplôme, non plus, ajouta Leigh. Quand on n'a pas envie d'entreprendre une carrière — ce qui est mon cas —, c'est du temps et de l'argent gaspillés.

— Écoutez, dit Annie en respirant profondément. Donnons-nous au moins le temps d'en discuter. Jana! appela-t-elle. — Puis, à Leigh : — Cours vite chez toi pour dire à ton père qu'elle arrive tout de suite.

— Il faut d'abord que j'aie une conversation avec Jon.

— Jana! Si ton père est de mauvaise humeur, cette conversation ne va rien arranger.

— Veux-tu l'appeler, Annie, s'il te plaît, et lui dire que nous arrivons dans cinq minutes? demanda Leigh en poussant Jon vers les escaliers.

Pendant qu'ils disparaissaient, la porte du garage s'ouvrit pour livrer passage à Sam.

— Le dîner n'est pas prêt, dit-elle en lui lançant un regard glacial. Je suis en train de perdre le contrôle des opérations.

Sam posa calmement sa mallette et son trench-coat sur une chaise et s'approcha.

— Mauvaise journée?

— Très chargée, répondit-elle.

Annie consulta sa recette, prit du beurre et du lait dans le réfrigérateur, mesura les proportions, versa le tout dans une casserole et alluma une plaque électrique.

— Comment ça s'est passé, à l'école ?

— Comme ci, comme ça...

« Portez à ébullition... »

— Pour les trois classes ?

« ... et laissez frémir quatre minutes ou plus selon le degré de cuisson désiré. »

— Seulement en littérature anglaise, les autres ont remis des copies convenables.

— Est-ce que vos assistants ne vous aident pas un peu ?

Jason Faust ne demandait que cela. Depuis cette soirée si humiliante, il était à nouveau plein de prévenances. On aurait dit qu'il voulait effacer tout ce qui s'était passé et elle espérait ardemment pouvoir en faire autant.

— Les assistants doivent subir les mêmes épreuves, c'est à moi de les corriger.

— C'est beaucoup de travail.

Elle lui fit signe de s'écarter pour lui permettre d'accéder à un placard.

— Je suis payée pour ça.

Elle sortit les assiettes et les verres, puis ouvrit le tiroir qui contenait les couverts, tout en essayant d'ignorer la présence de Sam. Mais en vain. Abstraction faite de son imposante stature, subsistait encore l'alchimie de leurs deux présences. Depuis son dernier entretien avec Teke, Annie, plus souvent qu'à son tour, s'était demandé quel cupidon mystificateur avait ainsi pu créer cette attirance physique qui les unissait, comme elle avait cru — bien à tort — qu'elle unissait Teke et J.D. Voilà qu'à présent, elle avait le sentiment que cette alchimie opérait doublement entre elle et Sam. Plus que jamais, elle voyait en lui la quintessence du mâle.

— Tu n'es pas obligée de travailler, tu sais ?

Elle lui lança de nouveau son regard polaire.

— Si je ne travaillais pas, je ne serais bonne à rien.

— Mais c'est un travail qui t'épuise.

— Je ne suis pas épuisée.

— Tu viens de dire que tu perdais le contrôle de la situation…

— Je faisais allusion à une situation qui concerne Leigh, Jon, Jana et J.D.

Elle s'interrompit car le téléphone sonnait. Elle alla décrocher le combiné pour constater qu'un des enfants l'avait prise de vitesse.

— J.D. veut que les filles rentrent à la maison, dit-elle alors que résonnaient des bruits de pas précipités au-dessus de sa tête.

— Que se passe-t-il ?

— Jana est convaincue que J.D. déménage. Es-tu au courant ?

— Non.

— Leigh est persuadée que Teke et J.D. vont divorcer, dit encore Annie en interrogeant Sam du regard.

— Je suis la dernière personne au monde à qui J.D. se confierait.

— En as-tu parlé avec Teke ?

— Allons donc, Annie. Elle n'a rien à me dire. C'est toi son amie.

— Tu es son amant.

— Fus, corrigea-t-il. Dans le sens le plus passé et le plus bref du terme.

Jon entra dans la cuisine.

— M'man, J.D. m'invite… — Il s'interrompit en voyant Sam, puis se tourna plus ostensiblement vers sa mère : — Il m'a invité à dîner avec eux. Ça ne te dérange pas ?

— Bien sûr que non.

— Ça me dérange, moi, dit Sam. J'espérais que nous allions dîner tous les quatre ensemble.

Jon serra les mâchoires sans rien dire. Il fixa son père quelques instants avant de laisser à sa mère la décision finale.

— Alors, m'man ?

— Vas-y, souffla-t-elle. Ta présence contribuera peut-être à apaiser les esprits de Leigh et de Jana.

Jon s'empressa de rejoindre les filles sans demander son reste.

— Et nous ? demanda Sam.

Une part de son esprit voulait encore le punir et ignorer la détresse contenue dans sa voix.

— Sa présence auprès d'eux facilitera les choses dans cette maison aussi. Quand tu es là, on ne peut pas dire que c'est l'euphorie générale.

Elle allait dresser le couvert mais Sam lui ôta fermement les assiettes des mains. Elle croyait qu'il voulait mettre tout ça de côté et poursuivre la discussion, mais il alla simplement mettre la table sans dire un mot.

En le voyant faire, l'autre part de son esprit — celle qui l'aimait — s'assombrit, sachant combien il tenait à ses enfants et combien il souffrait quand Jon le regardait de la manière dont il venait de le faire.

— Laisse-lui un peu de temps, Sam.

Il hocha la tête sans rien ajouter et continua de mettre la table. Il plaçait les fourchettes du mauvais côté mais Annie n'avait pas le cœur à le reprendre. De plus, Jon, Leigh et Jana revenaient. Ils traversèrent la cuisine, embrassèrent Annie et sortirent. Sam retint la porte pour éviter qu'elle ne claque et lança :

— Ne rentre pas tard, Jon. Demain, c'est jour de classe.

Il avait l'air si malheureux en regardant s'éloigner les jeunes gens qu'Annie serait certainement allée vers lui si Zoe n'avait pas choisi ce moment pour faire son apparition, l'air dépité.

— Est-ce que Jana ne t'a pas aidée ? demanda Annie.

Zoe leva les épaules. Elle se laissa aller contre le mur, tout près du téléphone qu'elle ne décrocha cependant pas en l'entendant sonner.

Annie prit l'appareil.

— Allô ?

— Pourrais-je parler à Samuel Pope, je vous prie ? fit une voix féminine d'un ton affable.

Ne reconnaissant pas la voix, Annie demanda prudemment :

— De la part de qui ?

— Teresa Heskowicz.

Annie ne reconnut pas davantage le nom. Si Sam en avait parlé, elle s'en serait souvenue. Il était également possible qu'il ait décidé de ne pas en parler. Toujours glaciale, elle lui tendit le combiné.

— Oui ? Samuel Pope à l'appareil.

Alors qu'il écoutait, son expression devenait de plus en plus contrariée.

— Je pourrais vous aider mais je suis très occupé en ce moment. Peut-être pourriez-vous me rappeler demain. Avez-vous le numéro de téléphone de mon bureau ?

« Un client potentiel ou quelque chose de ce genre », se dit Annie. Sam ne semblait pas embarrassé, tout au plus ennuyé. Du moins, espérait-elle qu'il en fût ainsi. Il était un temps pas si lointain où elle n'avait pas la moindre arrière-pensée quand une femme appelait son mari au téléphone et elle se prit à regretter ce temps-là.

Mais on ne peut revenir en arrière et puis, il y avait Zoe qui gardait les yeux fixés au sol.

— Que se passe-t-il, mon bébé ? demanda-t-elle en touchant la joue de sa fille.

— Elle aurait pu m'inviter à dîner, moi aussi. J'aurais bien aimé les accompagner.

— J'ai le sentiment que Jon s'est un peu invité. De plus, nous voulions t'avoir avec nous.

Zoe leva les yeux juste assez pour voir que son

père venait de raccrocher. Elle se dirigea vers la table.

— Je vais finir de dresser le couvert.

— Papa était en train de le faire.

— Mais il ne sait pas, dit-elle en mettant les fourchettes à la bonne place.

— C'est de ce côté qu'il faut les mettre ? demanda Sam d'un air contrit.

Zoe hocha la tête.

Comme Annie sortait du réfrigérateur les ingrédients pour faire une salade, Zoe s'approcha d'elle et, à demi cachée par la porte du réfrigérateur, murmura :

— Jana voit Danny Stocklan.

— Comment ça, « voit » ?

— Elle a rendez-vous avec lui, samedi soir.

— Très bien, dit Annie. Tu n'auras qu'à rester avec tes autres camarades.

Zoe fit une moue qui signifiait qu'elle n'en avait pas l'intention.

— Et pourquoi ? demanda doucement Annie.

En guise de réponse, l'enfant eut un haussement d'épaules.

— Et pourquoi ? insista Annie.

— C'est Jana qu'ils veulent, pas moi. C'est elle qui attire tous les garçons. Ils ne m'acceptent que parce que je suis son amie.

— C'est faux, ma chérie, dit Annie en se retenant de crier. Ils t'aiment bien, toi aussi.

Zoe commença à se mordre l'intérieur de la joue.

— Pourquoi n'irions-nous pas au cinéma, tous les trois, samedi soir ?

Zoe leva la tête.

— Ensuite nous pourrions aller dîner... ou au bowling.

Comme Zoe semblait séduite, Sam poursuivit :

— Nous pourrions aussi aller sur la terrasse de l'aéroport et regarder les avions décoller.

Annie se souvint que Zoe adorait ça quand elle

était petite, mais voilà longtemps que ce genre de spectacle ne l'intéressait plus.

— Nous pourrions aller jouer avec les chiots au Paul's Puppy Palace.

Cette idée sembla enthousiasmer Zoe et Sam était lancé.

— Je pourrais aussi te cacher sous mon manteau et nous irions voir un film réservé aux adultes.

Ce genre de balourdise était si typique de Sam qu'Annie ne put s'empêcher de sourire. Mais comme Zoe ne cillait pas, il s'empressa d'ajouter :

— Je reste ouvert à toutes les suggestions.

— Je n'irai nulle part, dit-elle à Annie avant de quitter précipitamment la cuisine, pas assez vite cependant pour cacher ses larmes.

— Oh, ma chérie, murmura Annie en abandonnant sa préparation.

Voir sa fille dans cet état lui était insupportable. Zoe était une enfant gentille, fragile et vulnérable et Annie se reconnaissait beaucoup en elle. Sam arriva à la porte le premier mais Annie le contourna et se dirigea vers le hall d'entrée. Arrivée au pied de l'escalier, elle posa une main grande ouverte sur la poitrine de Sam, attaché à ses pas.

— Il vaut mieux que ce soit moi qui aille lui parler.

— Parce qu'elle est fâchée contre moi ?

— Parce que c'est d'une présence féminine qu'elle a besoin.

— J'ai pourtant l'habitude de ce genre de choses.

— Très bien, Sam. C'est parce qu'elle est fâchée contre toi. Il faut que tu leur laisses du temps, à tous les deux.

— Combien de temps ? Cela m'est insupportable, Annie. Je voudrais leur parler, te parler... Je voudrais commencer à réparer le tort que j'ai pu vous faire à tous, seulement personne ne me le permet. Quand cette rancœur prendra-t-elle fin ? Combien de temps faudra-t-il avant que les choses reviennent à la normale ?

Elle aurait voulu retirer sa main, qu'elle gardait toujours posée sur le torse de son mari, mais elle n'en avait pas envie. Aussi la laissa-t-elle là un peu plus longtemps que nécessaire, juste le temps que ses yeux lui fassent comprendre — le supplient — de se montrer patient.

— Je t'aime, souffla-t-il avec un regard si languissant qu'elle faillit oublier qui elle était, où elle était et même tout ce qui s'était passé au cours des dernières semaines.

Elle se reprit enfin, se détourna de Sam et monta dans la chambre de Zoe.

Grady arriva au centre de rééducation les bras chargés.

— C'est pour toi, annonça-t-il à Michael en tirant une boîte de métal de son grand sac.

— Des biscuits ? demanda ce dernier, un peu méfiant.

Grady ouvrit la boîte et en sortit un sac rempli de chocolats.

— Personne ne s'intéresse aux biscuits. J'ai pensé que tes chocolats seraient en sécurité dans cette boîte.

Michael lui fit un petit sourire complice.

— Qu'est-ce qu'il y a d'autre dans ce sac ?

Un peu moins sûr de lui, Grady exhiba une vieille casquette de base-ball toute déformée.

— C'était mon porte-bonheur, expliqua-t-il. Je l'ai trouvée accrochée à la clôture de la maison de mon père, à ma sortie de prison, et je ne sais pas du tout à qui elle a pu appartenir.

Il lui redonna un semblant de forme de manière que Michael pût distinguer le « A » brodé sur le devant.

— Pas mal, fit Michael. Donne.

Le cœur gonflé de tendresse, Grady s'exécuta. Il replongea la main dans le sac, mais plus furtivement, cette fois, pour en sortir une pleine poignée de paquets de chewing-gums qu'il glissa subrepticement dans le tiroir de la table de chevet.

— Je t'ai vu, dit Teke.

— C'est pour lui, expliqua-t-il. Et ceci, c'est pour toi.

Il sortit son dernier cadeau : un sac de plastique rempli de morceaux de métal, de bouts de ficelle et de tissus.

— C'est de la récupération de mes chantiers, expliqua-t-il. C'est un peu comme des souvenirs volés. Ta mère faisait des choses extraordinaires avec des riens comme ceux-là. Et j'ai pensé qu'elle aimerait te confectionner quelque chose pendant ta période de rééducation.

Michael ne semblait pas impressionné outre mesure et ce qui avait semblé être une idée lumineuse dans la remise perdait subitement tout son éclat. Grady réalisait que la Teke qui se trouvait dans cette chambre n'avait plus que de rares points communs avec celle qu'il avait connue. Elle avait fait un mariage d'argent et la vue d'un sac rempli de rebuts ne suscitait plus qu'un intérêt poli de sa part, quels que soient les symboles et les souvenirs qu'ils pouvaient évoquer. Aussi bredouilla-t-il d'un air gêné :

— Comme tu avais préparé des gâteaux pour les infirmières de l'hôpital, je me suis dit que cela t'amuserait de confectionner des boucles d'oreilles pour celles qui s'occupent actuellement de Michael. Mais en y repensant, je crois que c'était une idée plutôt saugrenue, conclut-il en voulant remettre le paquet dans son sac.

— Pas du tout. Donne-moi ce paquet, protesta-t-elle en souriant.

Grady eut l'impression que son cœur avait des ailes. Il lui tendit donc le sac, regrettant qu'il ne contienne pas des diamants. Après tant d'années de rêves, tant de temps à se demander à quoi elle ressemblerait vingt ans plus tard, il réalisait qu'elle aurait comblé toutes ses attentes. Comme elle l'avait toujours fait, d'ailleurs. Détachant à contrecœur son regard de Teke, il s'adressa à Michael :

— Est-ce qu'on s'occupe bien de toi, ici ?

— Je crois, répondit Michael, à présent moins enthousiaste.

— Ah, bon ?

— Les exercices qu'on me fait faire sont pénibles.

— L'important c'est qu'ils soient efficaces.

— Je voudrais rentrer à la maison.

D'un bref regard, Grady appela Teke à son secours. Mais cette dernière semblait aussi désarmée que lui.

— Quand ont-ils dit que tu le pourrais ?

— Ça dépend des progrès que j'accomplirai. Je fais tout ce que je peux, mais ça ne donne pas beaucoup de résultats.

Grady ressentit soudain le même découragement, rappel aigu de sa responsabilité dans l'accident. Néanmoins, il s'efforça d'adopter une attitude optimiste :

— Ça ne durera pas longtemps, tu verras.

— Il n'y a rien qui marche comme prévu.

— Ça signifie que tu dois redoubler d'efforts. Surtout si tu as l'intention de porter ma casquette.

— Mon père ne va certainement pas l'aimer.

Grady s'en doutait bien. Grâce aux bons soins de J.D., la police se faisait un plaisir de l'arrêter plusieurs fois par semaine pour se rappeler à son bon souvenir. Cette volonté de défier J.D. incita Grady à ne pas reprendre sa casquette.

— Tu n'auras qu'à lui dire que c'est ton porte-bonheur et qu'elle te permettra de faire des progrès. Et s'il ne te croit pas, efforce-toi de lui prouver le contraire.

— Quel âge a votre petite fille ? demanda abruptement Michael.

Grady eut un mouvement de recul. Il lança un regard en direction de Teke mais la question ne semblait pas l'avoir désarmée autant que lui.

— Six ans, répondit-il prudemment.
— Comment s'appelle-t-elle ?
— Shelley.
— Et où habite-t-elle ?
— Aux dernières nouvelles, en Californie, avec sa mère.
— Est-ce que vous êtes restés en contact ?
Grady regardait le bout de ses bottes.
— Sa mère ne veut pas et c'est elle qui en a la garde.
— Et pourquoi ?
— Parce que le juge a décidé qu'une petite fille avait davantage besoin de sa mère que de son père. Particulièrement quand son père a été condamné pour meurtre.
Michael cessa ses questions et, à son grand soulagement, Grady pensa que l'enfant avait épuisé le sujet. Mais un instant après il demanda encore :
— Est-ce que ça vous ennuie de ne pas la voir ?
— Bien sûr. Ça m'ennuie même énormément.
— Est-ce que c'est parce que vous vous ennuyez d'elle que vous venez me voir ?
— Non.
— Alors, est-ce que c'est parce que vous vous sentez responsable de ce qui est arrivé ?
— Bien sûr que je me sens responsable. Mais ce n'est pas seulement pour cette raison que je suis ici.
— Si vous êtes ici pour voir ma mère, je ne veux plus que vous veniez.
Teke se raidit sur sa chaise et Grady lui fit aussitôt un geste rassurant.
— Et pourquoi ? demanda-t-il calmement.
Il existait une chose que Grady avait apprise durant son séjour en prison : réprimer sa colère. Et, en tout état de cause, c'était le sentiment dominant de Michael. Si on ne parvenait pas à la comprendre et à la canaliser, probablement ne remettrait-il jamais les pieds sur un terrain de basket-ball.
— Parce qu'elle ne le mérite pas ! cria-t-il avec

la spontanéité de ses treize ans. Elle a trompé mon père !

— C'est ce qu'elle m'a dit, en effet, acquiesça Grady. Elle me l'a avoué en ta présence, en m'expliquant combien elle se sentait coupable et malheureuse. Est-ce que tu vas lui en vouloir éternellement ? Moi, je ne pourrais pas. J'ai besoin de savoir que les gens peuvent me pardonner. J'ai tué un homme. Il est mort parce que je l'ai frappé très violemment. A mon avis, c'est bien plus grave que de passer un après-midi en mauvaise compagnie.

Michael détourna la tête et ferma les yeux. Sa voix parut soudain fluette quand il demanda :

— Alors ? Est-ce que vous êtes ici pour elle, ou pour moi ?

— Pour toi, grommela Grady. Mais ne me demande pas pourquoi. Vois-tu, ta mère, c'est quelqu'un qui se bat. Son existence s'écroule mais elle essaie malgré tout de la sauver. Est-ce que tu serais capable de faire la même chose ?

— Mais je ne peux pas bouger mes jambes.

— Si, tu le peux. Tu ne peux pas le faire correctement mais tu le peux. Simplement, il faut que tu réapprennes.

— Et qu'est-ce qu'il se passera si je n'y arrive pas ? voulut savoir Michael, à présent au bord des larmes.

— Allons donc, dit gentiment Grady en le prenant dans ses bras. Tu peux réapprendre à marcher. — L'enfant sanglotait contre sa poitrine. — J'en suis absolument certain. Dieu sait s'il y a ici des gens qui ne demandent qu'à t'aider, et ça, c'est capital, mon garçon. Il y a bien des enfants qui n'ont pas cette chance. Tu peux marcher à nouveau, mets-toi bien ça dans la tête.

11

Ce matin-là, J.D. ne se réveilla pas. Ça ne lui était pas arrivé depuis le collège. Il possédait une horloge interne qui fonctionnait à la perfection trois cent soixante-cinq jours par an et elle aurait fonctionné tout aussi bien ce matin-là si, après avoir rangé l'épouvantable pagaille de sa cuisine, il n'avait décidé de mettre un semblant d'ordre dans ses affaires éparpillées aux quatre coins de l'appartement. Evidemment, il aurait pu dîner dehors. Mais préparer lui-même son repas la première soirée qu'il passait à son appartement lui était apparu comme une preuve manifeste de son indépendance.

Le résultat avait été désastreux : la sauce tomate avait brûlé et les spaghettis étaient trop cuits. Mais tout cela n'était pas bien grave. Ce qui l'avait été davantage, c'est qu'après avoir renversé une bouteille d'huile d'olive (pleine, bien sûr) sur le sol de la cuisine, il lui avait fallu le laver et le rincer cinq fois. Il faut ajouter qu'il aurait aimé dire à son fabricant tout le bien qu'il pensait du produit qu'il avait utilisé pour réparer les dégâts, et qui non seulement ne dégraissait pas du tout, mais en plus faisait une mousse épouvantable, dont il avait cru ne jamais pouvoir se dépêtrer.

Et voilà qu'à présent, non seulement son horloge interne lui faisait faux bond, mais également celle qui se trouvait sur sa table de chevet. Il était déjà huit heures trente et il parcourait cet étrange appartement dans tous les sens à la recherche de son costume de Harris tweed anthracite qu'il était pourtant certain d'avoir rapporté lors d'un de ses aller-retour de la veille. Même chose pour la moitié de ses cravates. Sans compter qu'avant d'en arriver à ce stade, sa lame de rasoir l'avait laissé tomber à mi-parcours, sans qu'il pût en trouver une de rechange. Cela lui avait valu quelques entailles au menton que, de toute manière, il se serait faites puisque, le miroir de la salle de bains étant couvert d'une buée qui s'obstinait à revenir quand on l'essuyait, il s'était rasé à l'aveuglette. C'est le visage constellé de morceaux de mouchoir en papier qu'il alla préparer son petit déjeuner.

Heureusement, le quotidien dont il avait exigé la livraison tous les matins, se trouvait sur son paillasson, comme promis. Sa satisfaction eût été à son comble s'il ne s'était rendu compte qu'il avait oublié d'acheter du lait. Il reversa donc les céréales dans leur trop étroite boîte en carton et balaya d'un revers de main ce qui était tombé à côté en direction de l'évier. La seconde partie du menu consistait en une tranche de pain qu'il mit dans le grille-pain avec l'intention de lire son journal en attendant sa réapparition. A peine avait-il parcouru les gros titres de la une que le grille-pain se mit à fumer. Il eut beau repousser le levier vers le haut, le pain, lui, restait en bas. La fumée continua de monter en volutes odorantes, jusqu'à déclencher le détecteur. En nage, il réussit à le faire taire à l'aide du balai qui lui avait été si utile la veille.

Cela fait, bien décidé à ce qu'aucune tranche de pain n'eût raison de lui, il entreprit, à l'aide d'une fourchette, de la récupérer, morceau par morceau, à l'intérieur du grille-pain. Cette malheureuse mais néanmoins véhémente initiative se solda par quelques débris à demi calcinés sur lesquels il était impossible de tartiner quoi que ce fût… ce qui n'était pas plus mal puisqu'il n'avait rien à tartiner.

C'est à cet instant précis que la portée de sa décision lui apparut, debout dans sa cuisine toute neuve, les semelles à demi collées au carrelage parmi les vestiges de son petit déjeuner.

Il avait quitté Teke. Il avait quitté sa maison et ses enfants. Ses dix-neuf ans de vie commune se dispersaient aux quatre vents et l'avenir s'ouvrait devant lui.

La part de sa personnalité qui dépendait de Teke, qui appréciait la compagnie des Popewell et la stabilité de la vie de banlieusard huppé était littéralement terrorisée et se demandait ce qui l'avait poussé à agir aussi hâtivement.

Cependant, il n'en était pas de même pour la part de lui-même qui fricotait avec d'autres femmes, qui trouvait son travail d'avocat triste à pleurer et qui éprouvait un sentiment de révolte chaque fois qu'il se trouvait en présence de John Stewart. Cette part de sa personnalité était bien décidée, dès le matin suivant, à déguster un bon petit déjeuner.

Sam était assis dans le fauteuil de cuir aux lignes épurées qu'on lui avait assigné. Ses jambes étaient confortablement croisées et ses avant-bras reposaient tout naturellement sur les accoudoirs. Même s'il donnait en public l'impression d'un homme détendu, à l'élocution aisée, en vérité, il souffrait le martyre.

Depuis l'affaire Dunn-Hanover, des interviews de ce genre, il en avait refusé une demi-douzaine. Mais quand ses associés, appuyés par la direction des relations publiques, avaient poussé les hauts cris, il n'avait eu d'autre choix que de s'exécuter. Une seule, avait-il concédé, et de préférence au milieu d'une matinée, à un moment où les gens qu'il connaissait ne pourraient pas la voir. Manque de chance, l'entrevue télévisée allait passer en tout début de matinée et il en détestait d'avance chaque seconde.

— Je pense que la décision de la cour est une erreur, disait une personne ayant admis avoir commis certains abus. Je ne crois pas qu'on puisse me tenir pour responsable de choses que j'ai commises il y a vingt ans. J'ai changé et ce sont des actes que je ne ferais plus, maintenant.

— Mais vous les avez quand même commis, argua

une victime. Ce qu'on m'a infligé s'est répercuté sur toute mon existence. Encore maintenant, je souffre de ce que mon père m'a infligé alors. Ne doit-il pas souffrir, à son tour ?

— Monsieur Pope, intervint l'animateur, n'est-ce pas là l'essentiel de votre argument ?

Sam luttait pour ne pas perdre le fil de la discussion.

— Pas exactement. Pas si le but recherché est la vengeance.

— Il ne s'agit pas de vengeance, rétorqua la victime. Mais de justice.

— C'est une perte de temps, rétorqua le coupable. J'ai une vie normale, maintenant. Je travaille, je paie mes impôts et je m'occupe de ma famille. Me faire un procès pour un événement si ancien est un gaspillage de temps et d'énergie pour tout le monde. A quoi cela aboutirait-il ? La vie continue et il faut savoir oublier le passé.

— Que pensez-vous de cet argument, monsieur Pope ? demanda l'animateur.

Sam se racla la gorge. Il s'évertuait à ne pas confondre la situation qu'il était en train de vivre avec celle qui faisait l'objet du débat. Bien que favorable à la victime, il avait l'impression que tout le monde pouvait lire « criminel » sur son front.

— Notre système judiciaire exclut la notion de vengeance. Cependant, celle de dédommagements matériels est tout à fait concevable.

En ce qui le concernait, c'est avec le plus grand plaisir qu'il en paierait, si cela pouvait améliorer ses relations avec Annie, J.D., Teke et les enfants. C'est avec joie qu'il paierait les frais d'hôpital de Michael, et ceux de son précepteur... Il était prêt à faire tout ce qu'on lui demanderait.

— Si la victime continue de souffrir physiquement ou mentalement, au point que sa vie quotidienne s'en trouve perturbée, il est normal qu'elle fasse un procès en dommages et intérêts.

— C'est de l'escroquerie, purement et simplement, décréta le coupable. En réalité, tout cela ne repose que sur l'appât du gain.

Sam aurait aimé que son problème pût se régler avec de l'argent. Son malaise grandit quand la victime s'écria :

— Aucune somme d'argent ne peut compenser le cauchemar que j'ai vécu !

Le débat se poursuivit comme les producteurs l'avaient souhaité, avec les crescendos d'émotion qui plaisaient tant au grand public, alors que Sam avait le sentiment de se livrer à une véritable escroquerie. C'est avec un immense soulagement qu'il accueillit la fin de cette émission.

Peu de temps après, alors qu'il regagnait son bureau, il aperçut J.D. dans le restaurant au rez-de-chaussée de l'immeuble. Il entrevit également d'autres membres du personnel de la firme en train de bavarder. Mais apparemment, J.D. était seul. Il lisait son journal devant un énorme petit déjeuner qu'il venait à peine de commencer et Sam se dit que c'était l'occasion rêvée, celle qu'il guettait depuis plusieurs jours. Sachant très bien que la situation ne permettrait pas à J.D. de se dérober, il se laissa tomber sur une chaise.

— Il faut que nous ayons une conversation, dit-il en guise d'introduction.

J.D. garda son journal grand ouvert.

— Je prends mon petit déjeuner. Est-ce que ça ne peut pas attendre ?

— Le bureau ne me semble pas propice à un entretien. Les murs ont des oreilles.

J.D. avala quelques bouchées puis une gorgée de jus d'oranges fraîchement pressées, pendant que Sam faisait signe à la serveuse de lui apporter un café.

— Comment ça se passe à l'appartement ?

— Très bien, mentit J.D. en attaquant son bacon.

— As-tu besoin d'un coup de main pour... je ne

sais pas… accrocher des gravures, installer des étagères ou brancher ton magnétoscope ?

— C'est déjà fait.

Sam hocha la tête, se disant que, connaissant J.D. comme il le connaissait, ce dernier avait dû faire appel aux services compétents.

— S'il y a quelque chose que je puisse faire, tu n'as qu'à me faire signe. Quand on emménage, il faut quelquefois pas mal de temps avant que tout soit en place et qu'on se sente à l'aise.

J.D. continua de feuilleter son journal.

— Cet appartement est entièrement meublé. Il n'y a pas grand-chose à y faire.

— Est-ce qu'il te plaît ?

— Si ce n'avait pas été le cas, je ne l'aurais pas acheté.

Sam remercia la serveuse d'un sourire avant de poursuivre :

— Cette vie tranquille doit te paraître drôle, après tant d'années passées dans une maison pleine d'enfants, dit-il en tentant d'imaginer son existence sans les siens.

Le seul aspect positif c'était qu'il aurait Annie pour lui tout seul et qu'ils pourraient faire l'amour où et quand ils voudraient. A condition qu'elle le veuille ; ce qui, depuis son « aventure » avec Teke, ne s'était pas encore produit.

J.D. poursuivait sa lecture tout en mastiquant et Sam ne put retenir un soupir d'exaspération.

— Même si tu es encore furieux ou inquiet, même si ton journal t'intéresse plus que moi, j'aimerais bien que tu vides ton sac et que tu m'adresses la parole, J.D.

Intrigué, J.D. replia calmement son journal, le posa sur la table et, le bras étendu sur le dossier du siège qui se trouvait près du sien, demanda :

— Inquiet ? Et de quoi ?

— Que je ne me mette à te dire certaines choses…

— Comme quoi, par exemple? demanda J.D. en trouvant soudain sa tartine un peu sèche.

— Du genre: était-il vraiment nécessaire que tu quittes la maison si vite? Est-ce que tu t'es soucié de la réaction des enfants? Est-ce que tout est vraiment fini entre Teke et toi?

— Les réponses sont: oui, oui et je ne sais pas, répondit J.D. sans broncher.

Sam évita le regard de J.D.

— Seigneur, J.D., est-ce que c'est tout ce qui reste de vingt et quelques années d'amitié?

— Puisqu'on en parle, je te rappelle que c'est toi qui as détruit cette belle amitié.

Les sentiments de culpabilité firent à nouveau surface avec autant de force que pendant le débat télévisé.

— Etait-il inévitable qu'elle soit entièrement détruite? N'y a-t-il pas un moyen d'en sauver quelque chose? Si tu dois encore me sortir un de tes sarcasmes, inutile de répondre. Ecoute bien ce que je vais te dire: ce malheureux incident est fini, et bien fini, et j'essaie de m'en excuser du mieux que je peux. A présent, je veux dépasser ce stade et envisager l'avenir, mais ça m'est très difficile parce que tu as décidé de t'exclure du jeu. Et c'est une chose que personne ne souhaite.

J.D. restait coi, méditant obscurément au-dessus de son assiette. Il n'avait plus faim. Sentant qu'il était sur la bonne voie, Sam poursuivit:

— Ton départ a profondément bouleversé nos deux familles. Michael est en rééducation mais il s'attend à retrouver sa maison comme il l'avait quittée. Ton départ signifie un changement définitif dans sa vie et dans la nôtre, à tous. Est-ce que c'est vraiment cela que tu veux? Oublie un peu ta colère; laisse tomber tes grands airs et parle-moi. Dis-moi honnêtement ce que tu ressens. Tu peux me dire que ça ne me regarde pas, mais il n'est pas seulement question de moi. Il s'agit aussi d'Annie et des enfants.

J.D. pinça les lèvres. Quand ses yeux se levèrent sur Sam, son regard lui indiqua qu'il avait vu juste.

— Honnêtement ? Je crois qu'il s'agit d'un changement définitif.

— Mais pourquoi ? s'insurgea Sam.

Il ne pouvait imaginer de vivre sans l'amitié de J.D. Dans tout ce qu'ils entreprenaient ensemble, J.D. apportait son caractère méthodique. Il était la force de retenue quand l'utopie tentait de prendre le pas sur le rationnel et, à cet instant, Sam eut l'impression que J.D. vivait lui-même en pleine utopie.

— Ainsi, le 6 octobre tu aimais encore Teke et le 8, tu ne l'aimais plus... Tout d'un coup, comme ça... Tu sais bien que ça n'a aucun sens.

— Ç'en a, argua J.D., dans la mesure où il ne s'agissait pas d'un véritable amour. Je commence à croire que mon mariage a été une erreur dès le commencement. Est-ce bien avec Teke que j'entretenais des relations privilégiées ou bien avec Annie et toi ? Penses-y, Sam. C'était un drôle d'arrangement.

— Mais il fonctionnait très bien.

— Un drôle d'arrangement, répéta J.D. Les relations que j'ai eues avec Teke n'étaient qu'une sorte de plagiat des vôtres, et ce, tout au long de notre séjour au collège. En l'espace de deux mois, nous étions tous les quatre mariés et nous avions loué notre premier appartement dans le même immeuble, nous avons acheté la première maison dans le même quartier et la seconde, dans le même périmètre. Bon Dieu, nous pouvons presque échanger nos enfants et les gens qui nous connaissent ont du mal à savoir lesquels sont les Pope et lesquels sont les Maxwell. La question reste donc à savoir si c'est de Teke que j'ai été amoureux ou du quatuor que nous formions.

— Il fallait bien que tu ressentes quelque chose pour Teke...

— En effet. Mais ça ne nous suffisait pas.

— Tu n'as même pas essayé.

— Voilà dix-neuf ans que j'essaie. Dans le passé, c'était Annie et toi qui combliez le vide qui existait entre elle et moi. A présent, ce n'est plus possible car tu fais partie du problème. Il ne reste donc que Teke et moi. Pendant toute la période traumatisante qu'aura été l'accident de Michael, nous n'avons été d'aucune utilité l'un pour l'autre, pourquoi cela devrait-il changer maintenant ?

— Et pourquoi le quatuor que nous formions, comme tu dis, devrait-il cesser d'exister ? N'est-il pas possible de passer outre à ce problème ?

— Seigneur, Sam, mets-toi à ma place ! Comment pourrions-nous faire encore tout ce que nous faisions ensemble ? Je serais toujours en train de me demander si tu n'es pas en train de reluquer ma femme, ou le contraire. Ou si les enfants ne vous soupçonnent pas, elle et toi. Annie doit bien comprendre ce que je ressens... Qu'en pense-t-elle ?

Sam n'en savait rien pour la bonne raison qu'elle ne lui faisait pas ce genre de confidences. Il se doutait bien qu'elle devait se sentir humiliée, elle aussi, mais d'une manière différente de celle de J.D.

— Elle n'est pas aussi orgueilleuse que toi.

— L'orgueil est un sentiment légitime, argua J.D.

— Pas quand il conduit à faire des choses absurdes.

— Tu fais allusion à mon déménagement ? A vrai dire, s'il y a une chose au monde que je trouve sensée, c'est bien celle-là, dit-il, les sourcils froncés. Ma relation avec Teke n'a plus de raison d'être, et quoi de plus ridicule que de s'accrocher à quelque chose qui n'existe plus ?

— Et les enfants ?

— Ils pourront venir me voir.

— Et le Thanksgiving ?

— Rien ne vous empêche de le passer avec Teke.

— Bien sûr, dit Sam, complètement déprimé. D'ailleurs, c'est toujours elle qui s'en est occupée. Ce qui veut dire que, pour la première fois, nous le fêterons chacun de notre côté. Ce qui veut dire aussi que Teke fera la dinde uniquement pour les enfants.

— Elle n'a qu'à inviter des amis... Tiens ! elle n'a qu'à inviter son ami Grady Piper, ils étaient amants, autrefois, ne le savais-tu pas ?

Sam le savait, Annie lui en avait touché deux mots.

— C'était il y a très longtemps.

— Mais il espère recommencer. C'est pour cela qu'il est venu et c'est pour cela qu'il traîne encore dans le coin. Attends un peu et tu verras qu'il ne va pas tarder à nous faire encore des ennuis.

— La police n'a même pas une infraction pour stationnement interdit à lui reprocher. De plus, on me dit qu'il fait un travail magnifique chez Cornelia Hart.

— Attends de voir le travail qu'il va faire sur Teke. Il va la sauter, c'est sûr.

— A qui la faute ? Si tu ne veux pas que ça arrive, retourne auprès d'elle. Ou elle est ta femme, ou elle ne l'est pas. Ou bien tu te sens encore des droits sur elle, ou bien tu restes dans ton appartement et tu la laisses faire ce qu'elle veut.

— Parce que, toi, tu te sens encore des droits sur Annie ?

— Elle sait très bien que je ne vais pas partir, répliqua Sam, répondant ainsi implicitement à la question.

— Est-ce qu'elle t'aurait pardonné ?

— Je m'y emploie.

« Suffisamment ? » se demanda-t-il. Il voulait laisser à Annie toute sa liberté de mouvement et être un peu plus souvent à la maison tout à la fois. Depuis l'affaire Dunn-Hanover, il avait été bombardé d'appels de victimes qui souhaitaient recourir à ses services. Chaque fois, il leur avait recommandé un de ses confrères. Il avait même négligé son travail en cours pour voir Annie plus souvent, bien qu'il eût été frappé par le peu d'éloquence dont il faisait preuve pour défendre sa propre cause.

— Dans mon cas, il n'y a pas d'autre homme, raisonna-t-il à haute voix, mais s'il y en avait un, je me battrais, crois-moi. Donc, ne te plains pas de la présence de Piper. Tu as abandonné la place et c'est une façon très claire de montrer que tu as renoncé à Teke.

— Même si nous sommes encore mariés, il peut la prendre, ça m'est égal. Mais, bon sang, ce qui m'est le plus insupportable, c'est de le voir tourner autour de mon fils.

— Michael a besoin de compagnie, expliqua Sam. Il ne veut plus entendre parler de moi, et toi, on ne peut pas dire que tu vas le voir très souvent...

— J'ai visité le centre avec lui.

— Est-il au courant de ton déménagement ?

— Je ne lui en ai pas parlé mais je présume qu'un des enfants se chargera de l'en informer. Jana affirme qu'elle veut venir habiter avec moi et Dieu seul sait ce qu'en pense Leigh : elle n'est jamais à la maison. En fait, elle et Jon ne se quittent plus.

— Ils sont inséparables.

— Cela n'a rien de nouveau.

— Mais les choses ont empiré, fit remarquer Sam. Les problèmes que nous vivons tendent à les amener à s'exclure plus ou moins volontairement du reste de la famille. Annie aimerait bien voir Jon un peu plus souvent. Ainsi que Zoe, d'ailleurs.

— Tu n'as qu'à lui parler, dit J.D.

— C'est ce que j'essaie de faire, mais lui non plus ne veut rien entendre de moi. Il pense que je suis un hypocrite et un menteur. Je crois que tu aurais plus de chances de les raisonner en parlant à Leigh.

— Leigh et moi, nous n'avons pas de relations très étroites.

Sam pensa à sa propre fille qui avait l'habitude de venir lui parler et dont il était devenu le confident. Jusqu'à ce qu'elle sût, elle aussi. A présent, c'est à peine si elle lui adressait la parole.

— Quel désastre, murmura-t-il.
— En effet.
— Très bien. N'y revenons pas. Parlons un peu du chalet. A la fin du mois, les pistes de ski seront rouvertes. Qu'est-ce que tu comptes faire ?
— Je n'en sais rien. Qu'est-ce que Teke compte faire ?
— Je ne le lui ai pas demandé. Elle se fie à toi. Ton départ l'a durement touchée.
J.D. se laissa aller contre le dossier de sa chaise.
— Et qu'est-ce qu'il se passera si elle est enceinte ?
Sam sursauta.
— De moi ?
— Est-ce que tu as pris des précautions ? Certainement pas. Pas plus qu'elle ne s'est précipitée là-haut pour mettre un diaphragme, à moins qu'elle ne l'ait déjà porté en t'attendant.
Sam empoigna brusquement l'avant-bras de J.D., les attirant, lui et son siège, avec un bruit sourd.
— Elle n'est pas enceinte.
— Qu'en sais-tu ? demanda J.D. avec une moue que Sam prit pour de l'amusement. Cette histoire pourrait prendre une tournure intéressante.
— Elle n'est pas enceinte, répéta Sam, soudain en nage.
Il n'avait pas envisagé cette possibilité. Il aurait dû, mais il ne l'avait pas fait.
— Elle a quarante ans ; et, à quarante ans, on ne tombe pas enceinte comme ça. Pas après... deux minutes.
— Et le SIDA ? surenchérit J.D. avec une évidente délectation. Est-ce que tu y as pensé, au SIDA ?
— Non, dit Sam, à présent furieux. Si cela devait s'avérer un problème, ce ne serait pas la faute de Teke, mais la tienne. De nous quatre, tu es le seul à batifoler, depuis que nous nous connaissons.
Cette pensée, avec toute l'hypocrisie qu'elle impliquait de la part de J.D., le rendait malade. Comme il commençait à en avoir assez, il se leva.

— Pendant que je réfléchis à tout ça, je te conseille de penser à ce que tu veux faire au sujet du chalet et de Sutter's Island. Si tu nous quittes, tu ferais mieux de trouver un compromis qui nous satisfasse tous. Mais je te préviens : je suis prêt à me battre pour avoir la part qui me revient. Je suis prêt à assumer la responsabilité de ce qui s'est passé avec Teke et ses conséquences pour ce qui a trait à Michael, mais c'est tout. Les choses sont déjà allées trop loin. Tu veux déménager ? Très bien. Tu veux divorcer ? Parfait. Tu veux te persuader que tu es trop bien pour nous et ne plus être souillé par notre présence ? D'accord. Mais c'est avec nous que tu as passé les meilleures années de ta vie. Laisse-nous, et ta vie perdra tout son sens.

— Permets-moi d'en douter.

— Doute autant que tu voudras. Sans nous, en deux temps, trois mouvements, tu vas devenir un second John Stewart. C'est bien ce que tu veux ?

Sam quitta brusquement la salle, dégoûté de lui-même, de J.D. et de cette épouvantable situation.

Teke se trouvait au centre en compagnie d'un kinésithérapeute en train de faire faire des exercices à Michael, quand une infirmière lui fit signe de s'interrompre quelques instants.

— On vous demande au téléphone, madame Maxwell, on me dit que c'est urgent.

— Ce doit être papa, dit Teke, subitement nerveuse. Je reviens tout de suite.

L'infirmière attendit qu'elle eût gagné le couloir pour préciser :

— Ce n'est pas votre mari, c'est Sam Pope. Je lui ai expliqué que vous étiez occupée mais il n'a rien voulu entendre.

En une fraction de seconde, Teke énuméra dans sa tête toutes les nouvelles dont Sam pouvait être porteur et aucune n'était de bon augure. Le cœur battant, elle s'empara du téléphone.

— Que se passe-t-il, Sam ? Est-ce qu'il est arrivé quelque chose à Jana ou à Leigh ?

— Non, non... elles vont très bien.

— A Annie ?

— Elle va très bien aussi... Teke, est-ce que tu es enceinte ?

Teke eut brusquement comme un trou de mémoire.

— Je te demande pardon ?

— Des tas de femmes tombent enceintes à quarante ans. Si c'était le cas, tu t'en serais déjà rendu compte.

Enceinte ? A cause de ce furtif moment d'égarement qu'ils avaient eu ensemble ? Elle eut un cri si bref et sur une octave si aiguë qu'il fut à peine audible, priant le ciel que rien qui ressemblât à quelque chose d'aussi terrible ne survînt jamais.

— Tout va bien. Je ne suis pas enceinte.

A l'autre bout du fil, Sam fit entendre un profond soupir de soulagement.

— Merci, mon Dieu. Je sais qu'il peut nous arriver bien pire mais, en l'occurrence, je ne vois pas quoi. Excuse-moi, Teke, je n'avais pas l'intention de te faire peur. Seulement, vois-tu, J.D. m'a mis depuis ce matin cette idée dans la tête et ça commençait à virer à l'obsession.

— C'est la question qu'a dû également se poser Annie, dit-elle avec un sourire piteux.

Annie lui manquait affreusement et elle ne pouvait concevoir quelle aurait été sa réaction si elle avait été enceinte de Sam. Un vrai cauchemar, probablement.

— Comment va Mike ? demanda Sam plus calmement.

— Grincheux. Plus envers moi qu'envers les autres. Je me demande s'il me pardonnera un jour.

— Je lui parlerai.

— Ce ne sera pas facile. Tu es inscrit tout en haut de sa liste noire, toi aussi.

Grâce à Dieu, elle n'était pas enceinte ! C'eût été un nouveau désastre pour Michael.

— J'essaierai quand même. Je pense qu'il faut continuer à t'occuper de lui comme tu le fais ; tôt ou tard, il se rendra compte combien tu l'aimes.

Elle y comptait bien. A certains moments, elle devait s'accrocher à cette idée pour ne pas perdre courage.

— Cramponne-toi, Teke. Si tu as besoin de quoi que ce soit, appelle-moi.

Elle fut reconnaissante à Sam de la gentillesse qu'il lui manifestait.

— Annie pourrait ne pas apprécier.

— Annie est aussi déçue que nous tous que J.D. soit parti en te laissant te débrouiller toute seule. Elle m'a demandé de rester en ville assez tard, de manière à pouvoir inviter les filles à dîner sans que je sois là pour jouer les trouble-fêtes.

— Oh, Sam… Remercie Annie pour moi.

— Tu peux y compter. A bientôt, Teke.

Annie venait juste de finir une entrevue avec un élève et commençait à ranger ses livres sur son étagère quand le bruit de la porte la fit sursauter. Sa première réaction fut une joie qu'elle contint aussitôt qu'elle vit Sam entrer dans son bureau.

— Je ne t'attendais pas, Sam. Ne m'avais-tu pas dit que tu avais rendez-vous pour le déjeuner ?

Tout récemment, il avait commencé à la tenir au courant de son emploi du temps. « Au cas où tu chercherais à me joindre », avait-il allégué, bien qu'elle soupçonnât que c'était une façon de lui dire qu'il n'avait rien à cacher.

— Je l'ai annulé, j'ai pensé que ça faisait un bon moment que je n'étais pas passé te voir et que, dans quelques semaines, tu allais être en pleine période d'examens. Je me suis donc dit que, comme j'allais être absent ce soir pour le dîner, je pourrais peut-être t'inviter à déjeuner. Qu'en dis-tu ?

Elle regarda de nouveau sa montre, puis le petit sac en papier qu'elle avait posé sur une étagère.

— Je pensais avaler un sandwich tout en travaillant. J'ai un cours à une heure et demie.

— Juste à la cafétéria. Tu seras de retour à temps.

L'autre Sam, elle l'aurait suivi sans hésiter, mais celui-ci avait couché avec sa meilleure amie et elle en souffrait encore.

— S'il te plaît, Annie, ne penses-tu pas qu'il est temps de... ?

Il avait raison. Du moins le supposait-elle. Même si elle le voulait, elle ne pourrait pas l'éviter éternellement. Et comme elle ne le voulait pas...

Sans le regarder, elle s'empara de son sac à main qui se trouvait dans un tiroir de son bureau. Quand elle se redressa, il lui tendit galamment son manteau.

La cafétéria était le lieu le plus intime du campus. C'était un endroit miteux, que tous les étudiants adoraient, et, par conséquent, surpeuplé, où sévissait un épouvantable brouhaha. Après deux minutes d'attente pour se faire servir, Sam commença à bougonner :

— Cet endroit est épouvantable. On devrait peut-être aller ailleurs.

Mais elle était sur son terrain et s'y trouvait bien.

— Un peu de patience, ça avance.

— J'avais l'intention de t'emmener dans un endroit un peu plus sympathique ; qu'est-ce qui m'a pris de t'inviter ici ?

— C'est parce que je t'ai dit que je n'avais pas beaucoup de temps. Ça ira, le rassura-t-elle.

— J'aurais aimé un endroit avec des murs peints en blanc, des fleurs fraîches sur les tables, des serveurs avec des gants blancs et beaucoup de tables libres autour de nous, de manière que personne n'entende les mots doux que je t'aurais murmurés à l'oreille.

Elle le regarda d'un air agacé pour lui faire comprendre que ses mots doux ne l'intéressaient pas.

— La prochaine fois, dit-il d'un air fataliste.

— Que désirez-vous, docteur Pope* ? demanda le jeune homme derrière son comptoir.

Annie commanda une salade de thon et un thé et Sam, un double cheeseburger bacon avec frites et un Coca-Cola.

— Voilà qui me secoue un peu, dit-il en se penchant à l'oreille d'Annie tout en attendant leur commande.

— Quoi donc ?

— Qu'on t'appelle « docteur ». J'ai rarement entendu quelqu'un t'appeler par ton titre et je t'avoue que ça m'impressionne. Ma première réaction a été de me demander qui était le Dr Pope. En réalisant que c'était toi, je me suis senti très fier.

Elle rougit mais ne dit rien, se contentant de regarder le jeune homme qui préparait sa salade.

— Je suis vraiment fier de toi, insista-t-il, toujours à son oreille. De toutes les personnes ici présentes, tu es celle qui me semble le plus équilibrée.

C'était le genre de réflexion qu'elle aurait pu lui retourner, en ajoutant qu'il était aussi le plus beau et le plus séduisant.

— Parmi ces gens qui ne te semblent pas si « équilibrés », il se trouve peut-être des génies.

— Un de ces jours, il faudra que je révise mes critères sur le génie, grommela-t-il. Il faudrait d'ailleurs que je révise mes critères sur pas mal de choses, dès maintenant. J'ai parlé à J.D., ce matin, et il est convaincu que c'en est fini de son mariage.

Annie sentit son cœur chavirer.

— Déjà ? Si vite ? Sans éprouver de doutes ? Sans demander conseil ?

— As-tu déjà vu J.D. demander conseil à qui que ce soit ?

— Tu as raison, répondit Annie d'un air pensif.

* Aux Etats-Unis et contrairement à certains pays, le titre de docteur est utilisé quelle que soit la matière étudiée.

C'est une chose qu'il n'a jamais faite. Et pourtant, je crois que, dès son enfance, il avait déjà besoin d'un psychologue. Abstraction faite de ses relations avec Teke et nous, celles qu'il entretient avec son père justifieraient cinq années de traitement.

— Je crois qu'il en est conscient, dit Sam en lui tendant sa salade.

Une fois servis, ils se dirigèrent vers la seule table disponible. Elle était en plein milieu de la salle et Annie en fut ravie. Etre ainsi le point de mire empêcherait Sam de prendre certaines initiatives auxquelles elle avait trop peur de ne pouvoir résister.

Sam ne toucha pas à son plateau. Les coudes appuyés sur la table, il se mit à observer Annie qui, intimidée, lui demanda de cesser.

— Je ne peux pas m'en empêcher, expliqua-t-il. Non seulement tu es la personne la plus équilibrée, mais tu es aussi la plus jolie. Je t'aime, Annie.

Elle lui fit des yeux ronds.

— C'est vrai.

— J'en suis sûre.

— Que veux-tu dire ?

— Que je te crois.

— Mais ?

— Mais que tu as une drôle de façon de le prouver, quelquefois.

— Une seule et malheureuse fois que je considère comme morte et enterrée.

— Si c'était vrai ! Les répercussions n'en sont qu'à leur début. Pauvre Teke !

— Tu n'es plus fâchée contre elle ?

— Bien sûr que je le suis. Mais notre vieille amitié m'incite à compatir. C'est une femme que son mari a abandonnée et qui doit se sentir délaissée, dit Annie en n'osant imaginer le désastre que produirait le départ de Sam.

— Crois-tu que Grady Piper saura lui apporter un quelconque réconfort ?

— Peut-être.

— J.D. est convaincu qu'avant longtemps, ils auront couché ensemble ? Qu'en penses-tu ?

Annie eut une moue dubitative.

— Cela lui ferait bien trop peur.

— Peur ?

Elle le regarda droit dans les yeux.

— Regarde dans quel état elle se trouve après avoir couché avec toi. Prends en compte ses remords et sa douleur et tu comprendras que l'idée de succomber à Grady Piper doit la terrifier.

Sam s'efforça de soutenir le regard d'Annie sans sourciller mais le sien se troubla et Annie en comprit la raison. Bien que flatteuse, l'idée ne la séduisit pas pour autant.

— Je t'en prie, Sam, murmura-t-elle.

Il mordit dans son cheeseburger d'un air vengeur.

— Qui plus est, poursuivit-elle, Teke et moi, nous avons des positions diamétralement opposées dans notre vie de famille. Même si se marier et avoir des enfants était pour nous deux une priorité, Teke n'a jamais envisagé de faire autre chose, alors que moi, en plus, je voulais enseigner. A tort ou à raison, elle avait trouvé en J.D. un moyen de combler ses aspirations, et elle s'y accrochera jusqu'au bout, je crois.

— J'espère que non.

— Et pourquoi ?

— Elle mérite mieux.

Un instant partagé, il avoua enfin :

— J.D. ne lui a jamais été fidèle. Il n'a jamais été question de liaisons durables et je l'ai toujours appris après coup.

Annie était sidérée.

— Vraiment ? Mais tu ne m'en as jamais parlé !

— Qu'est-ce que cela aurait apporté de plus ?

— Pas grand-chose.

La nouvelle l'avait assommée.

— Et que lui disais-tu quand il te faisait ses confidences ?

— Qu'il avait tort. Que c'était déloyal vis-à-vis de

Teke. Qu'aurais-je pu faire d'autre? Il n'était pas question que j'en parle à Teke et, si tu l'avais su, tu aurais regardé J.D. d'un autre œil. Je désapprouvais son attitude, mais c'était quand même mon meilleur ami. C'est drôle quand on voit le mépris que suscite chez lui le moindre faux pas. — Il leva la main. — Je sais, je sais, c'est de sa femme qu'il s'agit. Seulement, si on considère les événements d'un œil objectif, son attitude n'est pas plus acceptable que la mienne. Non pas que je cherche à l'excuser. Mais je crois que si J.D. renonce à son ménage comme il le fait, Teke a parfaitement le droit de trouver du réconfort auprès de qui elle veut.

— Est-ce que tu ferais une chose pareille?

— Quoi donc?

— Si je te disais que je veux divorcer, irais-tu la consoler?

Cela lui serait si facile. Il la connaissait si bien. Si bien. Le visage de Sam devint exsangue.

— Tu as l'intention de divorcer?

— Ce n'était qu'une hypothèse. C'est de Teke qu'il est question.

Sam ne parut pas entendre la réponse.

— Je ne veux pas divorcer, Annie. Je te l'ai déjà dit maintes fois. Je t'aime et je veux que tout s'arrange entre nous.

— Mais *si* je te laissais, irais-tu vers Teke?

— Teke a beau être une excellente amie, elle ne m'attire pas du tout. Sois certaine que si tu me laissais, ce n'est pas auprès d'elle que j'irais me consoler.

L'expression de son visage suffit à la convaincre et Annie se sentit soulagée.

— Docteur Pope?

— Bonjour, Georgia. Bonjour, Jason. Sam, je t'ai présenté Jason à la fête de Noël, l'an dernier. Tu te rappelles? Jason Faust. Et voici Georgia Nichols, c'est une stagiaire de première année.

Aux deux jeunes gens, et avec une grande satisfaction muette en ce qui concernait Jason, elle annonça :

— Je vous présente Sam, mon mari.

Sam se leva et serra la main de Georgia et de Jason.

— Excusez-moi de vous déranger, dit Georgia en s'adressant à Annie, je devais vous voir à trois heures mais je crains que ce ne soit pas possible. Peut-on remettre ça à demain matin ?

Annie sortit son agenda.

— Demain matin, c'est impossible. Pas avant midi.

— Midi me convient très bien.

Annie en prit note puis leva les yeux vers Jason :

— Vous semblez fatigué. Est-ce que tout va bien ?

— Très bien. Je vous remercie. Tu viens, Georgia ? demanda Jason à la jeune fille en la prenant par la main.

Annie les regarda s'éloigner. Jason avait prétendu être en pleine forme, cependant...

— Que se passe-t-il ? demanda Sam.

— Jason n'a pas l'air très en forme.

— Parce que, d'habitude, il a l'air en meilleure forme que ça ? Qu'il ait l'air fatigué ou pas, c'est vraiment un très beau garçon. Est-il homosexuel ?

— Non. Pas du tout.

— Qu'en sais-tu ?

— La rumeur prétend que non, dit-elle, sur la défensive. Et la rumeur ne ment jamais.

Consultant sa montre, elle vit que le temps passait et qu'elle avait à peine touché à sa salade.

— Si j'étais du genre soupçonneux, dit Sam, je crois que je serais jaloux. Non seulement ton Jason est beau garçon, mais il est jeune, en plus. Il y a des femmes que la jeunesse attire.

— Des hommes aussi, répliqua Annie.

— Est-ce que l'expérience t'aurait tentée ?

Elle lutta contre l'envie de se tortiller sur son siège.

— Je suis mariée.

— Ça ne signifie pas pour autant que tu n'aies jamais été tentée.

Elle resta quelques instants sans rien dire, se concentrant sur sa salade de thon. Puis elle reposa sa fourchette.

— Avant le 6 octobre dernier, j'avais un mari qui me satisfaisait en tout point, y compris sur le plan sexuel. J'en étais tellement satisfaite que je n'envisageais pas d'avoir une aventure avec qui que ce fût. Jusqu'au jour où je ne lui ai plus suffi, avec tout ce qui en découle. Pour l'instant, je suis en phase de guérison.

— Accorde-moi trois heures dans l'hôtel le plus proche, murmura Sam, et tu verras que ta guérison aura fait de grands progrès.

Un frisson parcourut la moelle épinière d'Annie mais elle s'efforça de se calmer.

— Je ne parle pas de sexualité. Je parle de confiance. Qui plus est, j'ai encore devant les yeux l'image de Teke dans tes bras. Qu'elle puisse se trouver entre toi et moi est un fait difficilement supportable.

— Elle n'y serait pas, la pressa-t-il dans un murmure. Je ferais en sorte que tu ne penses qu'à nous.

— Impossible, objecta-t-elle en secouant la tête. Ces images sont encore trop ancrées dans mon esprit.

— Que dirais-tu si nous partions quelque part, toi et moi ? Quelque part où nous ne sommes jamais allés ? Ne crois-tu pas que ces images pourraient disparaître ?

— Je n'en sais rien.

— Essayons, alors.

— Avec toutes les conséquences que cela entraînerait ? demanda-t-elle en sentant la fatigue l'envahir. C'est impossible, Sam. Les enfants et moi, nous passons d'affreux moments à essayer de surmonter cette nouvelle situation. Il y a des nuits où je me réveille tremblante de frayeur en pensant à toutes les choses à faire dans la maison. Des tâches que la plupart des femmes accompliraient les yeux fermés.

Sam semblait désemparé.

— Pourquoi n'en avoir rien dit ?

— Parce que c'est une situation humiliante. Jusqu'à présent, ma famille, mon titre et ma profession me faisaient éprouver une certaine satisfaction. Je dirais même un sentiment de supériorité. Je peux t'avouer qu'à présent, j'éprouve infiniment plus de respect pour les femmes qui s'occupent de leur foyer. J'aimerais bien tout faire, mais je ne sais pas comment m'y prendre, c'est trop. J'ai cuisiné plus de repas durant le mois qu'au cours de ces trois dernières années. Je ne m'en plains pas, puisque c'est un choix que j'ai fait. Simplement, ajouté au reste, cela représente une somme de travail considérable.

— Tu aurais dû te plaindre, objecta Sam. Nous aurions dîné dehors plus souvent.

— Non, ce n'est pas possible. Nous arrivons tous à la maison à une heure différente et les enfants ont leurs devoirs à faire. Il y a Zoe qui passe des heures au téléphone avec ses amies et Jon qui n'a qu'une hâte : rejoindre Leigh. Essayer de coordonner tout cela pour aller tous ensemble au restaurant relève du cauchemar. Je n'ai d'autre choix que de préparer moi-même le dîner. Et ce sera la même chose pour le Thanksgiving. Il est évident qu'on peut faire des réservations dans un restaurant mais ce ne serait pas pareil. Je veux que nous passions cette fête à la maison. C'est très important pour les enfants, j'en suis persuadée. Mais te rends-tu compte du travail que cela représente ? Les choses doivent être faites comme d'habitude, ce qui implique une longue préparation. Et je ne te parle pas des fleurs, des bougies, de la décoration…

— Je t'aiderai.

La proposition arracha un petit sourire à Annie.

— Nous sommes aussi nuls l'un que l'autre.

— Et alors ? Je suis prêt à essayer.

— Sam, tu ne sais pas cuisiner.

— Peut-être est-il temps que j'apprenne.

— Quand ? Tu n'as pas plus de temps que moi pour consulter des livres de cuisine.

— Je le trouverai.

— John Stewart risque de ne pas apprécier.

— Je me moque de John Stewart. Dans cette société, je suis un associé à part entière et je travaille quand je veux.

Annie ne put s'empêcher de regarder son mari avec amusement, étonnement et affection, aussi. Jusqu'au moment où elle vit l'heure qui filait.

— Tu peux peut-être le faire, mais moi, pas. Il faut que j'y aille, sinon je risque d'arriver en retard à mon cours. Finis tranquillement ton repas.

Mais Sam se leva à son tour. S'emparant de son manteau d'une main, il prit une poignée de serviettes en papier et son cheeseburger de l'autre. Puis, comme il l'avait si souvent fait quand ils étaient jeunes, innocents et rêveurs, il la raccompagna jusqu'à sa classe. En dépit de la situation présente et des années passées, elle en fut toute chavirée.

12

Immergée jusqu'à la taille, Teke soutenait Michael pendant que le kinésithérapeute, tout en le maintenant à la surface, lui faisait travailler tantôt la jambe, tantôt le bras. Il fallait que Michael recouvrât sa flexibilité articulaire et sa force musculaire.

On l'avait débarrassé de ses plâtres depuis quelques jours et, en dépit des avertissements des médecins, il avait espéré que ses membres seraient en état de fonctionner. De son côté, Teke l'espérait aussi, sachant très bien par ailleurs que c'eût été un miracle. La déception de Michael avait ajouté à la sienne.

— Comment te sens-tu ? demanda l'homme.

— Stupide, fit Michael. Si mes amis me voyaient, ils se moqueraient sûrement de moi. J'ai l'impression d'être un bébé.

— Si c'était le cas, ce serait plus facile pour moi, lui fit observer le kinésithérapeute.

C'était un gentil géant dont les traits d'humour avaient plus d'une fois remonté le moral de Teke.

— Les bébés apprennent plus facilement, expliqua-t-il. Ils essaient jusqu'à ce qu'ils y arrivent. Quand ils tombent, ils se relèvent et recommencent. Ils n'éprouvent pas les complexes des grands, toujours préoccupés par leur propre image. Comment leur faire comprendre qu'en ayant une attitude positive, leurs progrès sont deux fois plus rapides ? — Il marqua une pause. — Alors qu'est-ce qu'on fait, mon grand ? On se sèche et on passe aux appareils ?

Les appareils demandaient encore plus d'efforts que la piscine. Michael émit un grognement que le kinésithérapeute interpréta comme une réponse affirmative puisqu'il le prit dans ses bras pour le déposer dans son fauteuil roulant.

— A tout à l'heure, dit Teke en se dirigeant vers le vestiaire des dames.

Vingt minutes plus tard, douchée et vêtue, elle entrait dans la chambre de Michael. A peine était-elle installée dans son fauteuil que Grady faisait son apparition, portant un grand sachet de chez McDonald's.

— Le déjeuner, annonça-t-il. Michael n'est pas encore de retour ?

— Dans un moment, dit Teke sans bouger.

Elle s'était levée à cinq heures du matin et avait préparé deux plaques des biscuits que Michael aimait tant. Rien de surprenant qu'à midi elle se sentît déjà exténuée.

— Il travaille aux appareils. Comme je ne lui suis d'aucune utilité, je suis venue me reposer un peu ici.

Grady plongea la main dans le sac en papier et en sortit un gobelet en carton rempli de café qu'il tendit à Teke.

— Merci, dit-elle avec un petit sourire, j'en avais besoin.

— Est-ce que tu n'as pas faim, aussi ?

— Plus tard.

Elle s'enfonça un peu plus profondément dans son fauteuil, suffisamment lasse pour se rendre compte que le café, le déjeuner et Grady étaient les bienvenus. Grady était un ami. Bien plus que cela, s'il fallait prendre en compte tout ce qu'ils avaient partagé par le passé. Mais elle s'y refusait. Même si Grady se montrait aimable et prévenant, elle n'en était pas moins la femme de J.D. Elle gardait toujours à l'esprit l'espoir d'une réconciliation, ne fût-ce que pour le bien des enfants.

Cependant, la présence de Grady dût-elle compromettre ses espérances, il n'était pas pour autant question de le renvoyer.

— A quoi penses-tu ? demanda-t-il.

— Egoïstement, soupira-t-elle, je me disais que ta présence me faisait beaucoup de bien. Maintenant que Michael a quitté l'hôpital, les gens sont retournés à leurs occupations et les visites se font de plus en plus rares.

— Tu dois avoir des tas d'amies.

Elle leva sa tasse pour savourer pleinement l'arôme du café.

— J'ai beaucoup d'activités et je connais beaucoup de monde. A Constance, il y a des gens très ouverts et d'autres très conservateurs. J'avais la réputation d'être une personne très popote mais je serais curieuse de savoir ce qu'on pense de moi, à présent.

— Madame Hart t'apprécie beaucoup.

Cornelia Hart ne faisant pas partie du club des

commères de la ville, elle n'avait probablement pas entendu parler des « frasques » de Teke.

— Elle est très gentille. Est-ce qu'elle se montre aimable avec toi ?

— Très. Comme elle trouvait qu'il faisait trop froid dans la remise, elle m'a invité à m'installer au sous-sol.

— Je la reconnais bien là, dit Teke, soulagée de savoir que Grady était convenablement logé.

De fait, il n'en était qu'à la réparation de la toiture et la remise était en effet une vraie glacière. Il sourit.

— J'ai fait peur aux policiers qui, me voyant entrer et sortir, ont cru que j'étais en train de cambrioler la maison. En réalité, je t'avoue que c'est plutôt gratifiant pour moi. Si tu avais vu leur tête, après ! L'un des deux policiers est correct mais l'autre essaie de me faire le coup de l'intimidation. Il semble très déçu de n'avoir pas réussi à me mettre la main au collet.

— Ce doit être Connors. Son fils jouait au football avec Michael. Si ce Connors te pose des problèmes, parle-m'en. Je demanderai à Sam de lui rappeler les limites de son pouvoir. Il excelle dans ce genre de chose.

— Sam me semble être un type très bien.

— C'en est un, en effet.

— Est-ce qu'il prendrait ma défense alors que son associé cherche à me causer des ennuis ?

— Sam ne te reproche rien de ce qui est arrivé. Il sait pertinemment que si Michael ne nous avait pas vus ensemble, il ne serait jamais sorti en courant de la maison comme il l'a fait.

Elle leva sa tasse, plus pour dissimuler son visage que pour boire son café. Quoi qu'il en fût, se cacher ne servait à rien. Comme toute la ville, Grady était parfaitement au courant de son aventure.

— Est-ce que tu l'aimes ?

— Sam ? Bien sûr que je l'aime. De la même manière que j'aime Annie. Ce sont des amis très chers qui me manquent beaucoup. Ils sont souvent venus rendre visite à Michael, mais nos relations se sont malheureusement dégradées. Pauvre Sam ! Un moment, il a craint que je ne sois enceinte…

— Est-ce que tu l'es ?

— Grâce à Dieu, non. Avoir un enfant de Sam aurait traumatisé tout le monde. Non pas que je n'aime pas les enfants ; j'adore m'occuper des bébés.

Le souvenir de ses enfants en bas âge et des problèmes posés — si faciles à résoudre, alors — lui revint en mémoire. La vue des cheveux qui retombaient en mèches éparses sur le front de Grady lui fit remonter plus loin dans le temps. Elle se rappelait à présent leur adolescence, peuplée des rêves qu'ils avaient partagés et des enfants qu'ils voulaient avoir. A l'expression grave de son visage, elle comprit qu'il se souvenait, lui aussi.

— Est-ce que tu as une photo de ta fille ? demanda-t-elle.

Il mit quelques secondes à réagir. Puis il tira son portefeuille de la poche de son veston et en sortit une photo cornée.

— Elle avait trois ans.

— Elle est jolie, dit Teke qui ne parvenait pas à détacher les yeux de la photo. Elle te ressemble beaucoup.

— Physiquement, peut-être, mais pas de caractère. Elle est bavarde et exubérante, toujours en mouvement et en train de sourire aux gens. Du moins, c'est comme ça qu'elle était la dernière fois que je l'ai vue.

— Est-ce que tu aimerais la revoir ?

— Non. Elle a grandi, et plus elle grandira, plus elle se rendra compte de ce que je suis.

— Tu as sans doute raison.

— Sa mère ne partage pas ce point de vue.

— Alors, pourquoi t'a-t-elle épousé ?

— Je me suis souvent posé la question sans jamais trouver de réponse.

Teke tenta d'imaginer cette femme à qui Grady

n'avait probablement rien caché mais qui avait dû se complaire parmi les fantômes du passé. Les traits de l'enfant étaient ceux de Grady et ils ne lui apprirent rien sur sa mère.

— De quoi a-t-elle l'air ? voulut-elle savoir.

— Sharon ? Elle mesure environ un mètre soixante-douze, elle pèse cinquante-six kilos et a la peau claire, les yeux bruns et de longs cheveux châtains.

— Un peu mon genre, conclut calmement Teke.

— Je le crains, soupira-t-il.

— Est-ce que tu l'as sciemment voulu ?

— Comme aurait dit l'éducateur de la prison, à un certain niveau de conscience, j'ai dû le vouloir mais sans l'admettre vraiment.

— Etait-elle gentille, au moins ?

— Très gentille.

— Est-ce que votre maison était bien tenue ?

— Je le crois. Mais elle me répétait que nous vivions dans un bouge. En fait, c'était une maison que j'avais achetée à ma sortie de prison et qui ne lui a jamais plu. Elle disait que je pouvais avoir mieux et c'est sans doute la raison qui l'a poussée à m'épouser. Elle disait que je devais me faire de bonnes relations de manière qu'un jour, je puisse posséder ma propre usine de meubles. Au lieu de cela, je me suis contenté de faire de petits travaux, par-ci, par-là, sans trop d'ambition. Pendant mes moments libres, je fabriquais des canoës ou j'allais faire un tour sur la rivière. Il m'arrivait de disparaître pendant trois jours. Ça la rendait folle. Ça, et m'entendre prononcer ton nom.

— Oh, Grady !

— Son départ ne m'a pas beaucoup dérangé, mais Shelley me manque beaucoup.

Teke lui rendit sa photo, tout en pensant au merveilleux père qu'aurait été Grady.

— Je peux te prêter mes enfants, si le cœur t'en dit, fit-elle en souriant. N'importe lequel des trois. Bien sûr, tu auras d'énormes difficultés à séparer

Leigh de Jon, tu risques d'avoir des discussions à n'en plus finir avec Jana, et Michael ne te laissera pas une minute de repos.

— Je te remercie, dit-il en lui rendant son sourire. Pour l'instant, je me contenterai de Michael.

Ils se souriaient encore quand une idée aussi absurde que fulgurante traversa l'esprit de Teke : « Des quantités de femmes ont des enfants à quarante ans », avait dit Sam. Elle pouvait donc avoir un enfant de Grady. Physiquement parlant, c'était tout à fait possible.

Sur un plan purement pratique, les choses étaient différentes. Elle était encore la femme de J.D., aussi déglingué que fût son ménage.

Grady prit à peine le temps de déjeuner en compagnie de Teke et de Michael et malgré cela, ce fut encore trop. A peine sa vieille camionnette bleue avait-elle quitté l'aire de stationnement, que J.D. arrivait. En cours de route, Grady pensa à Teke et aux brimades qu'elle devait encore essuyer, en se disant que ce n'était pas là le but qu'il recherchait. Tout ce qu'il voulait, c'était apporter quelque encouragement à Michael et, si possible, un peu de réconfort à Teke. Il venait pour essayer de lui faciliter la vie, d'une manière ou d'une autre, car personne ne semblait vouloir l'aider. Evidemment, que ses visites déplaisent au plus haut point à J.D. n'arrangeait pas les affaires de Teke. Mais qu'y pouvait-il ? Il ne quitterait pas la ville avant d'avoir eu la certitude que Michael et Teke repartaient tous deux du bon pied.

De retour à Constance, il passa sa colère sur les planches de cèdre qui devaient lui servir à recouvrir la façade de la remise. Perché sur le toit, il s'affairait depuis deux heures, quand les deux policiers — qui commençaient à faire partie de sa vie quotidienne — vinrent se planter au bas de son échelle.

Il les regarda une première fois, planta deux clous,

puis les regarda à nouveau. Ils n'avaient pas bougé. Il s'efforça de garder son calme, chose d'autant plus difficile qu'il avait envie de hurler. Il y avait peu de chances que ce ne fût qu'une coïncidence. C'était à coup sûr J.D. qui les avait envoyés.

— Oui ? dit-il en s'adressant au plus aimable des deux hommes, dont le nom était Dodd.

— Nous devons vous parler, monsieur Piper, dit Dodd.

Parce qu'il n'avait rien à se reprocher et qu'il n'avait pas l'intention que ça change, après avoir déposé son marteau dans sa caisse à outils, Grady obtempéra très respectueusement et descendit de son perchoir.

— A propos de quoi ?

— Du manoir Molson.

— Connais pas.

— Ne nous prenez pas pour des idiots, avertit Connors.

Grady garda les yeux fixés sur Dodd, qui dit :

— C'est un peu plus bas, sur le bord de la route. La maison a été cambriolée ce matin, entre dix et onze heures. Où étiez-vous à cette heure-là ?

Grady se raidit mais n'en montra rien. Il se contenta de pointer du menton le pan de mur qu'il était en train de restaurer.

— Tout le temps ? demanda Dodd.

— Jusqu'à dix heures et demie.

— Et après ?

— Je suis allé chez McDonald's.

— Combien de temps y êtes-vous resté ?

— Cinq minutes.

— C'est rapide, grommela Connors.

— Je n'ai pas mangé sur place. J'ai pris une commande pour emporter.

— Etes-vous revenu prendre votre repas ici ?

— Non, je suis allé voir Michael Maxwell.

— Que diable allez-vous faire, là-bas ? aboya Connors. Vous cherchez des ennuis ou quoi ?

— Ecoutez, monsieur Piper, expliqua calmement

Dodd, nous devons vérifier votre alibi. Madame Hart a beau nous assurer que vous n'êtes pas le genre d'individu à voler quoi que ce soit et que, dans le cas contraire, vous auriez eu mille occasions de dévaliser la maison, la dernière fois qu'elle vous a aperçu, c'était à sept heures et demie, ce matin. Est-ce qu'il y a quelqu'un d'autre que vous qui travaille ici ?

« Bien sûr que non, ce serait trop simple... », pensa Grady.

— Quelqu'un a peut-être vu mon camion stationné à l'avant de la maison. Mais pour me voir en personne, il aurait fallu que cette personne vienne derrière la remise.

— Et chez McDonald's ? demanda Dodd. Quelqu'un vous aurait-il aperçu ?

— Je ne suis pas descendu de mon camion.

— Je suppose que Mme Maxwell confirmera votre présence au centre de rééducation ?

— Ainsi que son fils, ajouta Grady. Il déteste la nourriture du centre mais il adore celle du McDonald's.

— Jetons un coup d'œil à l'intérieur, suggéra Connors à Dodd.

— Avez-vous un mandat ? demanda Grady.

Il connaissait ses droits et, n'en déplaise aux policiers, il avait l'intention de les faire respecter.

— Cette remise appartient à Mme Hart, avança Connors et elle nous a donné la permission de la fouiller.

— Pendant la durée des réparations, je suis le possesseur de cette grange. Pour être plus précis, j'en suis le locataire.

— Est-ce que vous payez un loyer ?

— Parfaitement. Par mon travail. Ceci est ma demeure et, sans mandat, votre démarche est illégale.

Connors regarda Dodd.

— Il nous cache quelque chose.

— Peut-être, mais il a raison, dit Dodd.

— Si nous partons pour aller chercher un mandat, il aura le temps de tout cacher ailleurs.

— Pas si nous l'emmenons avec nous, corrigea Dodd. Je suis désolé, monsieur Piper, mais je crains que vous ne deviez nous suivre au poste. Nous voudrions vous poser d'autres questions.

Grady sentit une terreur familière renaître en lui.

— Y a-t-il pour cela une autre raison que le fait que je possède un casier judiciaire ?

— C'est une raison amplement suffisante, dit Connors en lui prenant le bras. A moins que vous ne préfériez les menottes ?

Grady se raidit et se tourna vers Dodd.

— Je veux téléphoner. De manière que mon avocat soit au poste dès notre arrivée.

— Je disais bien qu'il avait quelque chose à cacher.

— Vous n'avez pas besoin d'un avocat, dit Dodd qui se voulait rassurant. Personne ne vous accuse de quoi que ce soit.

— Je veux un avocat, répéta Grady qui en avait assez d'être épié, suivi et interrogé. Est-ce que j'appelle d'ici ou du poste ?

Dodd le laissa entrer dans la cuisine de Mme Hart. Quarante-cinq minutes plus tard, Sam entrait dans la salle d'interrogatoires du poste de police de Constance, où les policiers le laissèrent seul avec son client.

— Teke m'a dit de vous appeler, en cas de besoin, expliqua Grady. Ils veulent m'interroger à propos de je ne sais quel vol. Je craignais que vous ne veniez pas.

— Avez-vous commis ce vol ? demanda Sam.

— Non. Je n'ai jamais rien volé de ma vie. Ma spécialité, c'est le meurtre, on ne vous l'a pas dit ?

— Si.

— Le problème, c'est qu'il y a quelqu'un que ma présence dérange, dans cette ville.

— J.D.

Grady apprécia l'attitude sans détour de Sam. Elle rendait les choses plus faciles.

— Ils voulaient fouiller l'endroit où j'habite ainsi que ma camionnette, je crois. Quand je leur ai demandé de me montrer leur mandat, ils ont décidé de m'embarquer. Ils peuvent tout aussi bien cacher quelque chose dans mon camion pour pouvoir ensuite m'accuser. Comment me protéger ?

— Je m'en charge, dit Sam en sortant précipitamment.

Quand il revint, il fit signe à Grady de quitter sa chaise.

— Nous allons les voir sur place.

— Mais ils ont dit qu'ils avaient d'autres questions à me poser...

Le regard que lui adressa Sam lui fit éloquemment comprendre que des questions, ils en avaient assez posé comme ça.

— Ils ne vous retiennent ici que parce que J.D. ne cesse de les harceler. S'ils parviennent à convaincre un juge de leur délivrer un mandat de perquisition, très bien. Mais nous serons présents pendant la fouille.

Les mains enfoncées dans les poches dans une attitude de pleine confiance en soi, Sam fit signe à Grady de sortir.

Il n'était pas loin de cinq heures quand il regagna son bureau. A peine avait-il franchi le hall que J.D. s'accrochait à ses pas.

— Qu'est-ce que tu fais, Sam ?

Celui-ci ne retint pas un geste d'ennui.

— Quoi ?

— En défendant Piper.

— Je ne le défends pas. Parce qu'il n'a pas besoin d'être défendu. Cet homme n'a enfreint aucune loi.

Il prit la liasse de messages que Joy lui tendait et se dirigea tranquillement vers son bureau.

— Cet homme n'est pas notre ami, décréta posément J.D. comme s'il parlait à un enfant. Sa présence n'est bénéfique pour personne, ni pour Teke, ni pour Michael, ni pour moi. Plus tôt il quittera la ville, mieux ce sera.

Sam épluchait calmement les messages.

— C'est un homme libre, J.D., et il a le droit de vivre où bon lui semble.

— En effet. Tant que ce n'est pas dans ma ville.

— Tu vis à Boston. Constance n'est plus ta ville.

— J'y suis propriétaire d'une maison pour laquelle je paie des taxes. J'ai mon mot à dire sur ce qui s'y passe.

— Pas quand on outrepasse ses droits, au détriment de ceux d'autrui. Cesse tes manigances, J.D. Arrête de harceler la police pour qu'elle harcèle à son tour Grady. Ça ne te mènera nulle part. C'est un homme honnête qui ne fait que son travail. Pourquoi ne le laisses-tu pas tranquille ?

— Et lui, pourquoi ne laisse-t-il pas mon fils tranquille ?

— Il se sent responsable de l'accident. Il veut l'aider à s'en sortir et, nom d'un chien, c'est une bonne chose qu'il aille le voir. Michael est un enfant qui a besoin d'une présence masculine à ses côtés, et qui lui reste-t-il ? Tu es trop furieux contre Teke pour aller le voir, il est trop furieux contre moi pour que j'aille le voir... il ne lui reste que Grady. Tu devrais lui être reconnaissant d'avoir un tel comportement vis-à-vis de ton fils.

— Il courtise ma femme.

— Que t'importe ? Tu l'as quittée.

— Elle est toujours ma femme.

Après avoir retenu un message et posé les autres sur un coin du bureau, Sam décrocha son téléphone.

— Il faut choisir, J.D., c'est soit le beurre, soit l'argent du beurre, fit-il en composant un numéro.

C'était celui de Bill Kneeland. Sam s'était chargé

d'aller en appel pour une histoire de correspondance frauduleuse dans laquelle son client aurait trempé.

— Et toi, alors ? demanda J.D. Est-ce que tu ne joues pas sur les deux tableaux ? Tu te précipites à Constance pour défendre mon ennemi.

— Grady Piper n'est pas ton ennemi, dit Sam avant de parler dans l'appareil. Bonjour, Bill. On vient juste de me faire part de votre message.

— Il est question de ta loyauté envers moi, poursuivit J.D. Et je trouve qu'elle a été mise à rude épreuve, ces derniers temps. Est-ce qu'il ne peut pas se débrouiller pour prendre un autre avocat ?

Couvrant le micro de sa main, Sam murmura :

— Il ne connaît aucun avocat, excepté moi. A moins que tu ne veuilles lui proposer tes services... Nous allons déposer notre requête dès lundi matin, poursuivit-il à l'intention de son client. J'ai le dossier sous les yeux.

— Est-ce qu'il va te payer tes services ?

— Il n'a rien à payer pour l'instant, murmura à nouveau Sam en écartant le combiné de sa bouche... Très bien. Je crois que nos chances sont bonnes. Le juge ne s'y opposera pas.

— Et le temps que tu as perdu ? s'entêta J.D. Tu as quitté ton bureau, tu t'es rendu au poste de police de Constance pour le représenter et tu as fait des démarches pour sa libération.

— Ça prendra un peu de temps, Bill. Peut-être deux ou trois mois. — Il se retourna et fouilla parmi les dossiers de son classeur. — Nous devons nous dépêcher de déposer cette requête avant les fêtes, mais inutile de vous inquiéter. Détendez-vous, au contraire. Dès que la requête sera déposée, nous ne pourrons plus faire grand-chose. Je vous donnerai plus de détails la semaine prochaine.

— Ton temps représente des honoraires pour la société, insistait J.D.

— Bien sûr, à bientôt, conclut Sam en raccrochant. Je n'ai fait aucune démarche. Tout ce que j'ai eu à faire, c'est d'avertir les policiers que nous les poursuivrons s'ils persistent dans leur attitude, et laisse-moi te rappeler que si cela devait arriver, tu serais cité à comparaître. Je te conseille donc de faire machine arrière. Mais où est donc passé ce satané dossier ? Joy ?

Joy arriva et J.D. n'eut d'autre choix que de s'éclipser.

— Où se trouve la demande d'appel de l'affaire Kneeland ? Vicki était censée s'en occuper. Elle devait être prête, à l'heure qu'il est.

— Vicki est à Providence, expliqua Joy d'un air confus.

« Première nouvelle », se dit Sam en reconnaissant *in petto* qu'il avait été souvent absent du bureau, ces derniers temps.

— Depuis quand ?

— Depuis deux jours. Elle a quitté le bureau mercredi matin.

— Qu'est-elle allée y faire ? demanda Sam avec la certitude que Vicki n'avait fait aucune allusion à des vacances.

Le lundi précédent, il s'était en effet longuement entretenu sur ce dossier avec sa collaboratrice en lui exposant clairement ses directives, à quoi elle avait répondu qu'elle y consacrerait sa semaine.

— Je crois que J.S. l'a chargée d'un travail particulier.

— Mais Vicki est ma collaboratrice, pas celle de J.S...

Au sein de la société, il avait été, en effet, tacitement établi depuis toujours que les associés ne devaient pas se « voler » leurs collaborateurs. Sam regarda le tas de dossiers qui étaient répandus sur son bureau.

— Auriez-vous la gentillesse de mettre un peu d'ordre dans tout ça, Joy ? Peut-être pourrez-vous mettre la main sur ce fichu dossier. Je dois aller parler à J.S.

Il parcourut le corridor d'un pas rapide, bien décidé à dire ses quatre vérités à J.S. De tous ses collaborateurs, Vicki était la plus compétente. Quand il lui confiait une tâche, il savait qu'il pouvait compter sur elle, qu'elle faisait toujours du bon travail, et dans les temps impartis.

John Stewart était adossé à son grand fauteuil, les mains croisées sur le ventre avec un air de satisfaction, comme s'il attendait la venue de Sam.

— Que se passe-t-il à propos de Vicki ? demanda ce dernier sans s'embarrasser de préliminaires qui n'auraient été qu'une perte de temps puisque, depuis le réveil de Michael, J.S. ne lui avait plus adressé la parole.

Sans esquisser le moindre geste, ce dernier répondit :

— J'avais besoin d'elle.

— Et vous lui avez ordonné d'abandonner le travail que je lui avais demandé de faire ? s'exclama Sam d'un air incrédule. Vous a-t-elle expliqué de quoi il s'agissait ?

— Oui. Je lui ai dit de transmettre le dossier à Tom.

— Tom ne connaît rien de cette affaire. Et vous n'aviez aucunement le droit de faire une chose pareille.

— J'ai tous les droits, au contraire. C'est moi qui dirige cette société et la décision finale m'appartient.

— Vous n'aviez *pas* le droit.

Au bord de la panique, Sam se passa nerveusement la main dans les cheveux. Tom Mackie n'entendait rien à la rédaction de ce genre de documents.

— Réalisez-vous ce que représente l'affaire Kneeland, J.S. ? Bill appartient à l'une des plus grandes sociétés des Etats-Unis. Si nous engageons un nouveau procès, ce sont des honoraires considérables que le cabinet récoltera.

— Ah, bon ? Vous vous inquiétez d'honoraires, à

présent ? Voilà qui est nouveau. Votre facturation est plutôt pitoyable.

— De quoi parlez-vous, au juste ?

En voyant John Stewart compulser ses papiers, Sam eut la confirmation que sa visite était bel et bien attendue. J.S. saisit un petit tas de feuilles qu'il laissa retomber sur son bureau :

— De vos heures facturables. Je constate que vous n'en avez guère, pour le mois dernier.

— L'affaire Dunn-Hanover a rapporté six millions de dollars. C'est énorme, ce me semble.

— Dois-je vous rappeler que cette somme n'est pas un bénéfice net et que, au cours des années que vous avez consacrées à cette affaire, vous n'avez pas facturé un cent à votre client ? Sans oublier que ces six millions, nous n'en avons pas encore vu la couleur.

— C'est vrai. C'est la compagnie d'assurances du condamné qui doit payer la note et cela prend toujours un certain temps. Mais cela ne saurait tarder. Et vous osez me dire que mes heures facturables sont en baisse ? Qu'est-ce que c'est que cette histoire ?

— C'est écrit ici, noir sur blanc, répondit John Stewart, faussement candide.

— Ces feuilles de temps se rapportent à une période de crise. Dois-je vous le rappeler ?

— Inutile. Durant cette période, dans le meilleur des cas, votre présence au bureau s'est limitée à quatre heures par jour.

— Et où étais-je quand je n'étais pas au bureau ? Auprès de votre petit-fils, vous le savez bien.

— Ou au collège, en train de déjeuner avec votre femme… Est-ce tout ce que vous faites des émoluments que vous recevez tous les mois ?

Il n'était pas un sous-fifre, et encore moins un enfant à qui on devait faire la leçon. C'était un avocat expérimenté et un associé à part entière dans la société. Il avait le droit de faire ce qu'il voulait, quand il voulait, et avec qui il voulait. Mais il y avait autre chose. Il pouvait le sentir dans l'atmosphère de ce bureau, et l'odeur de la carte ancienne de Boston, accrochée au mur dans son cadre doré à la feuille d'or, n'y était pour rien.

— Videz votre sac, J.S. Dites-moi ce qui vous inquiète.

— Ce qui m'inquiète, c'est votre rôle dans notre société. J'ai permis que l'on vote votre partenariat parmi nous parce que J.D. m'a convaincu qu'un spécialiste en droit pénal serait profitable à la société, bien que j'en aie toujours douté. A présent, me voilà tout à fait convaincu du contraire. Rapporteriez-vous dix millions de dollars d'honoraires, que vous ne correspondriez toujours pas à l'image de notre firme.

— Vous m'en voulez à cause de Teke.

John Stewart leva le menton.

— Je pense que ce qu'elle et vous avez fait ensemble est parfaitement ignoble. Ignoble mais prévisible. Les criminologues sont une race différente d'individus. Ils travaillent dans la fange, ils vivent de et dans la fange.

— Mes clients ne font pas nécessairement partie de la fange. Croyez-en mon expérience de district attorney adjoint.

— Dois-je vous rappeler que, le printemps dernier, vous avez défendu une prostituée qui avait assassiné son client ?

— Il s'agissait d'un cas de légitime défense et elle a été acquittée.

— Voilà qui confirme mes dires.

— J'avais été désigné d'office par la cour. Et cela ne m'a demandé que trois jours de travail. Mais que faites-vous donc de votre conscience civique ?

J.S. lança un regard las vers le plafond.

— Il y a eu aussi cette histoire de distribution illégale de produits pharmaceutiques.

— Il s'agissait de seringues, précisa Sam qui trépignait d'impatience. Cette personne voulait éviter à quelques drogués d'attraper le SIDA. Bon Dieu, J.S., je vous croyais d'une autre trempe!

J.S. haussa si imperceptiblement les épaules que les épaulettes de sa veste bougèrent à peine.

— Le fait est que je suis le seul associé fondateur encore en vie et, en tant que directeur de Maxwell, Roper and Dine, je vous demande de me remettre votre démission.

Sam tombait des nues.

— Quoi?

— J'exige votre démission.

— Vous plaisantez!

J.S. dodelina de la tête.

— J'ai donné douze années de ma vie à cette société, argua Sam.

— Cela reste discutable. Ce qui ne l'est pas, ce sont nos points de vue, que je considère inconciliables. Notre vision du monde et la manière de l'aborder sont diamétralement opposées.

— Et alors? La plupart des associations sont bâties sur des différences.

— Je veux votre démission.

— Eh bien, vous ne l'aurez pas. J'ai investi douze années de ma vie dans cette société, qui est aussi la mienne. Je suis prêt à me battre.

— Battez-vous autant qu'il vous plaira, répliqua J.S. avec un calme démentiel. Ma décision au sujet de Vicki n'est qu'un début. J'ai l'intention de vous rendre la vie très difficile. Et si, malgré cela, vous persistez dans votre attitude, je soumettrai votre partenariat à un vote.

— Vous ne gagnerez pas.

— Nous verrons.

— Vous ne gagnerez pas, insista Sam qui semblait voir J.S. pour la première fois de sa vie.

Il se leva et se dirigea vers la grande baie vitrée. Il n'y vit rien d'extraordinaire, seulement le fait que l'on portait un rude coup à un avenir qu'il croyait mirifique quelques semaines plus tôt. Il ne pouvait s'y résoudre. J.S. voulait le mettre à la porte comme un propre à rien, alors qu'il était au sommet de sa carrière. Bien sûr, il y avait des divergences de points de vue. Néanmoins, Maxwell, Roper and Dine lui procurait une assise respectable dans le cadre de ses activités, et la pensée de devoir changer cette assise à un moment où toute sa vie était en plein bouleversement le déroutait complètement.

— Une chose à la fois, fit-il en tournant les talons. J'ai une requête à présenter pour lundi matin. Nous discuterons du reste une autre fois.

Sur le chemin du retour, Annie s'arrêta au supermarché et en sortit avec pas moins de neuf sacs de provisions. Un record mais aussi un précédent, dans la mesure où elle pourrait respecter sa décision de ne faire qu'un seul marché par semaine. A peine était-elle sortie de sa voiture que Sam venait se garer près d'elle, dans le garage. Un simple coup d'œil sur le visage de son mari suffit à lui faire comprendre que quelque chose ne tournait pas rond.

Sam se mit à parler de ses problèmes et ne cessa qu'après avoir transporté chacun des neuf sacs à l'intérieur, sans oublier ses propres affaires, qui consistaient en une pile de livres de droit et deux gros dossiers contenant la retranscription du procès de Kneeland, les notes qu'il avait adressées à Vicki au début de la semaine et le brouillon de la requête qu'il avait trouvé sur son bureau. Durant tout ce temps, Annie le regarda les bras ballants, incapable d'en croire ses oreilles.

— J.S. veut que tu quittes la société ?

— Ça, c'est l'objectif à long terme. A court terme, il veut m'empoisonner la vie en sabotant mon travail. Et laisse-moi te dire qu'il y réussit presque. Si je veux que cette requête soit déposée lundi matin, il faudra que je travaille tout le week-end, mais je n'ai pas du tout l'intention de passer mes week-ends à travailler.

Je voulais que nous allions dîner tous ensemble, demain soir. J'avais aussi prévu que nous partions tous les deux pour la journée de dimanche, peut-être à Rockport, rendre visite à Pete, ou faire un tour à Ogunquit. Mais c'est hors de question, à présent. En outre, je me demande si ça ne fait pas l'affaire de Jon.

Quand Sam avait un procès en préparation, Annie avait l'habitude de le voir travailler seize heures par jour et sept jours sur sept. Elle n'ignorait pas non plus que, sans le soutien du personnel de son bureau, tous ses week-ends, sans exception, seraient à l'image de celui qui se préparait. A cet effet, Vicki avait été une envoyée des dieux. Elle soulageait Sam d'un bon tiers de son travail, permettant à ce dernier de se consacrer à des affaires plus importantes. Elle le soulageait également de la forte tension nerveuse qui s'exerçait sur lui et dont Annie pouvait à présent voir tous les signes sur son visage. En pensant à Vicki Cornell, une pensée désagréable lui traversa l'esprit. Jeune et brillante comme elle l'était, elle se demanda si, à un moment ou à un autre, Sam n'avait pas été tenté de savoir jusqu'où allaient les talents de son assistante.

— Quel salaud, grommelait Sam. Il aurait pu m'en parler mercredi ou me laisser une note de manière que je puisse prendre mes dispositions. J'aurais pu mettre Tom sur l'affaire un peu plus tôt. Il aurait dégrossi le travail.

— Pourquoi Vicki ne t'en a-t-elle pas parlé ?

— Parce que J.S. lui a probablement fait part de ses directives pendant que j'étais absent et qu'elle a dû être obligée de partir immédiatement.

— Elle aurait pu laisser un message sur ton bureau ou te téléphoner...

— Ouais, dit Sam l'air écœuré. En procédant de cette manière, elle se serait mise entre J.S. et moi et elle a certainement dû y penser. C'est une ambitieuse et, en dépit des avantages que cela comporte, cela implique aussi qu'elle n'ira jamais à l'encontre des décisions de J.S. C'est un personnage qui a un poids énorme parmi les gens de notre corporation. Infiniment plus que moi.

— Tu te sous-estimes.

Annie le pensait sincèrement et le dire lui procura une sorte de soulagement. En vérité, que Vicki ait laissé choir Sam n'était pas pour lui déplaire : elle voulait Sam pour elle toute seule et ce constat lui causa un vague sentiment de culpabilité.

— Voilà pas mal de temps que la réputation de J.S. est faite dans le milieu, insistait Sam. Il dispose d'excellentes relations. On a raison de dire qu'un malheur n'arrive jamais seul...

De tout ce que lui avait rapporté Sam, ce qui révoltait le plus Annie, c'était l'idée que la situation de Sam puisse être remise en question.

— Est-ce que tu penses qu'il va inscrire ton renvoi à l'ordre du jour du prochain conseil d'administration ?

— Non seulement il compte sérieusement le faire, mais en plus, il y prendra un plaisir ineffable. Il ne veut plus de moi et prétend que je ne cadre pas avec l'image qu'il a de lui-même et de la société.

— Ce n'est qu'un snob prétentieux.

— Tout à fait.

— Crois-tu que J.D. va tenter de le faire changer d'avis ?

— Qui sait ? J.D. n'est qu'une girouette. A certains moments, il ne fait que rapporter les décisions de son père ; à d'autres, il ne veut en faire qu'à sa tête. Ironie du sort, si vote il y a, c'est lui qui infléchira la décision. Des cinq associés, J.S. et Martin Cox sont contre moi alors que Will Henry est de mon côté. Tout repose donc sur J.D.

Annie imagina Sam en train de plaider laborieusement sa cause et cette pensée lui serra le cœur.

— Nom d'un chien ! Après tous les efforts que tu as faits pour cette société ! Après tout l'argent que tu lui as rapporté durant ces douze années! Ce vote est une véritable insulte. Je crois que tu devrais démissionner.

— J'y ai pensé. J'ai failli faire demi-tour et lui ficher ma démission à la figure.

— Démissionne, Sam, répéta Annie avec plus de conviction. Dans une situation aussi intenable, c'est la seule solution.

— C'est plus facile à dire qu'à faire.

— Je serais de ton avis si tu étais un avocat d'affaires. Les entreprises recherchent des sociétés d'avocats fournissant des services complets. Quand elles font affaire avec une société comme la vôtre, c'est un peu comme un mariage. Mais c'est totalement différent pour un avocat d'assises. Ses clients ne sont jamais les mêmes et quand un procès s'achève, il y en a toujours un autre qui commence. Tu as une grande expérience et tu es mobile. Tu peux accrocher ta plaque n'importe où et commencer immédiatement à travailler.

— Dans le contexte économique que nous connaissons? demanda Sam d'un air dubitatif. J'ai une famille, ne l'oublie pas.

— L'exercice de tes fonctions n'a rien à voir avec la conjoncture économique. Pense à cette année qui s'achève; et je suis certaine que ton agenda est plein pour les six prochains mois. Est-ce que je me trompe?

— Quatre mois, rectifia Sam avec un haussement d'épaules.

— Six mois. Je suis bien placée pour le savoir. Tu es trop modeste, Sam. Tu t'es forgé une solide réputation et ce, bien avant l'affaire Dunn-Hanover. Depuis, tu reçois des demandes à ne plus savoir qu'en faire. De plus, je suis sûre que si tu laissais courir des rumeurs sur ton départ, tu serais tellement bombardé de propositions que tu pourrais imposer ton salaire. On se battrait pour t'avoir et la société qui t'embaucherait serait certaine de faire une bonne affaire.

Soudain apaisé, Sam la regarda amoureusement.

— Merci, dit-il. Après ce que je t'ai infligé, cette manifestation de confiance me va droit au cœur.

Chaque fois que Sam la regardait de cette manière, Annie sentait son cœur fondre et cette fois-là ne fit pas exception. Trahie ou pas, elle adorait son honnêteté, sa vulnérabilité, son humilité. Chez un individu d'une forte personnalité comme Sam, ce trait de caractère était totalement désarmant.

— Je n'ai jamais remis en question ta conscience professionnelle, murmura-t-elle.

— Juste ma crédibilité. La remets-tu toujours en question ? Craindrais-tu une récidive de ma part ?

Annie sortit le casier à œufs du réfrigérateur et commença à y placer ceux qu'elle venait d'acheter.

— Pas avec Teke.

— Avec une autre femme ?

Elle transféra précautionneusement ses œufs un à un.

— Il m'arrive de me poser la question. Tu es séduisant et il t'arrive souvent de te retrouver en compagnie de jolies femmes.

— Pas plus maintenant qu'autrefois.

— Autrefois, je n'y pensais pas. L'idée que tu puisses t'intéresser à d'autres femmes ne m'avait jamais effleurée.

— Je ne m'y intéresse pas davantage.

Il posa sa main sur la nuque d'Annie et, avec son pouce, se mit à lui caresser la joue.

— Tu me manques, Annie.

Elle continua de ranger ses œufs comme si de rien n'était mais son trouble ne fit que s'accroître. A chaque frôlement du pouce, il gagnait en chaleur et en ampleur. Elle lutta. Quelque chose en elle lui commandait de ne pas céder, mais le désordre de son esprit et la langueur de son corps l'empêchaient d'en connaître la nature. Etait-ce de l'orgueil ? De la défiance ? De la colère ? Il ne s'agissait de rien de ce genre et pourtant, elle luttait violemment contre le besoin impérieux de se réfugier dans les bras de Sam.

— Annie... murmura-t-il en se rapprochant d'elle.

— Non, Sam, bredouilla-t-elle d'une voix tendue.

— Je t'aime. Laisse-moi te le prouver.

Toujours plus chaud, toujours plus près... Elle se défendait encore, cependant.

— Ce n'est que physique...

— C'est l'amour.

C'est ce qu'elle avait toujours cru, depuis le tout début, alors qu'elle n'avait que dix-neuf ans et lui vingt, et que tomber ensemble dans un lit signifiait aussi tomber amoureux, alors qu'elle avait appris à connaître le corps de Sam bien avant de connaître ses pensées. Mais à présent, tout était changé. Annie avait appris à connaître son corps à elle et elle avait la conscience aiguë que ce n'était plus celui d'autrefois. Que ce ne serait *plus jamais* celui d'autrefois. Qu'il existait d'autres femmes capables d'attirer le regard de Sam. Et pourtant, paradoxalement, elle voulait plus que jamais qu'il lui appartînt corps et âme, peu importe l'instant.

— Je ne peux pas, Sam ! cria-t-elle.

— Je t'aime.

— Vraiment ?

L'œuf qu'elle tenait dans sa main se brisa. Le front moite, elle se tourna vers l'évier pour se rincer les doigts, alors qu'au même instant se faisaient entendre les pas de Zoe et de Jon qui rentraient de leur visite au centre de rééducation.

Zoe entra la première. La vision d'Annie dans les bras de Sam la désarçonna quelque peu et elle s'éclipsa rapidement après un vague « bonsoir ». Annie l'aurait rappelée si Jon n'était entré à ce moment-là.

— Comment va Michael ? demanda Sam en se rapprochant un peu plus d'Annie.

Celle-ci comprit qu'il voulait tacitement attester d'un progrès dans l'évolution de leurs rapports et elle craignit un éclat, qu'elle se sentait incapable de juguler.

— Il va rentrer chez lui, annonça Jon.

— Quand ?

— Vendredi prochain. A condition qu'il puisse se déplacer sur des béquilles.

— Des béquilles...

Après les terribles instants qu'ils avaient vécus en se demandant si Michael allait sortir du coma ; après s'être demandé s'il allait pouvoir remarcher, le mot « béquilles » avait des résonances miraculeuses. Elle se tourna vers Sam :

— Tu te rends compte ! C'est formidable !

— Il déteste cet endroit, poursuivit Jon. Les médecins pensent qu'il ferait davantage de progrès en étant chez lui mais je me le demande. Une fois chez lui, il ne dépendra plus que de Teke et on ne peut pas dire qu'il la porte dans son cœur.

— Ça pourrait leur être profitable à tous les deux, au contraire, fit observer Sam. Ça les obligerait à crever l'abcès et, par la suite, à communiquer un peu plus.

— Si tu t'imagines que ça va arranger les choses entre eux, laisse-moi te dire que tu rêves.

— Jon... commença Annie, immédiatement interrompue par un geste de Sam.

— Peut-être le temps est-il venu d'en faire autant, dit-il. Vas-y, Jon, vide-toi le cœur. Dis-moi ce que tu penses.

Mais Jon se dirigea vers la porte.

— Tu sais très bien ce que je pense.

Sam le retint par le bras.

— Un instant. Je te donne la possibilité de vider ton sac. Sans retenue. Ce n'est pas tous les jours qu'un fils peut le faire avec son père.

— Pas plus qu'il n'est donné à un fils de voir son père, qu'il vénère depuis sa naissance, tromper sa mère avec une femme qui est pratiquement sa seconde mère. C'est quasiment de l'inceste.

— Bien, fit Sam, le terme est tout à fait pertinent. Allez, continue.

— Sam... tenta Annie qui sentait grandir ses craintes.

— Tu n'es qu'un faux jeton. Tu as bafoué tout ce en quoi tu t'es efforcé de nous faire croire.

— Vas-y. Continue.

— Tu as perdu toute crédibilité. C'est fini. Ta parole ne vaut plus un clou.

— Jon...

— Et il n'y a aucun espoir de rachat ? demanda Sam. Te souviens-tu quand tu avais six ans et que tu as cassé la vitre de la fenêtre du salon alors que tu avais promis de ne plus lancer ton ballon sur le mur de la maison ? Ou quand tu as démoli la boîte aux lettres avec la voiture alors que tu avais promis de conduire prudemment ?

— C'étaient des accidents.

— Précisément. Il arrive *toujours* des accidents. Et c'est pour cette raison, parce que tu te sentais malheureux et que je t'aimais, que je t'ai toujours pardonné. Et moi, à présent ? Est-ce que je ne mérite pas d'être pardonné à mon tour ?

— Tu es mon père. A ce titre, tu es censé donner l'exemple.

— Mais je suis aussi un être humain. A quelle heure est ton match, demain ?

— Je ne veux pas que tu viennes, répliqua Jon du hall.

— A quelle heure ?

— Tu vas me porter malchance !

— *A quelle heure ?*

Annie entendit les pas précipités dans l'escalier, une porte qui claquait, puis plus rien. Sam laissa retomber son menton sur sa poitrine et resta ainsi un long moment, durant lequel Annie sentit fondre son cœur. Quand il leva la tête, il y avait des larmes dans ses yeux. Profondément touchée, elle alla vers lui et prit sa main.

— Le temps guérit toutes les blessures, Sam.

Il hocha la tête. Puis, la respiration lourde, la mine défaite, il rassembla ses affaires et quitta la pièce.

13

Dès l'aube, le retour de Michael avait mis Teke dans un état d'excitation incroyable. Ayant passé la nuit précédente à briquer la maison du sol au plafond, elle était à présent en train de lui préparer un ragoût de bœuf, son plat favori, une salade de fruits avec des fraises et des framboises et un gâteau au chocolat. Dès l'ouverture des magasins, elle avait envoyé Leigh et Jana acheter des fleurs et un énorme bouquet de ballons multicolores qu'elles avaient accrochés aux piliers qui encadraient le porche. Pendant qu'elles suspendaient des guirlandes au rez-de-chaussée, Teke en profita pour prendre une douche et se vêtir. Elle choisit sa tunique et ses collants les plus colorés. Pour la première fois depuis plusieurs semaines, son visage avait repris des couleurs, aussi ne jugea-t-elle pas nécessaire de se maquiller. Dans l'exaltation des préparatifs du retour de Michael, le ressentiment qu'éprouvaient ses filles à son égard semblait momentanément oublié.

J.D. avait tenu à ramener lui-même son fils à la maison, ce qui ne fut pas pour déplaire à Teke qui tenait à ce que Michael eût le sentiment que son père faisait encore partie de sa vie, même s'ils n'habitaient plus sous le même toit.

J.D. avait programmé son arrivée au centre pour dix heures. Le temps de récupérer Michael et le rééducateur qui devait l'assister pendant cette première journée, il serait de retour vers onze heures.

Les jours précédents, Teke avait pris soin de ramener tous les effets de Michael à la maison afin qu'aujourd'hui J.D. ne fût encombré que d'un petit sac.

Leigh et Jana se postèrent à la fenêtre dès dix heures trente. A dix heures quarante-cinq, Teke vint les rejoindre, ce qui ne fit qu'attiser leur impatience.

— Les voilà ! s'écria soudain Leigh.

Quittant précipitamment la fenêtre, elle se rua à l'extérieur, ne battant Jana que d'une petite encolure.

Teke les suivit. Une sorte de fièvre faisait battre son cœur très fort. C'était un moment d'émotion intense.

Les filles taquinèrent gentiment Michael parce qu'il prenait un temps fou pour se hisser sur ses béquilles. Elles finirent par s'écarter de lui pour le regarder d'un air grave, pendant qu'il progressait, lentement, un peu tendu, encadré de son père et de son rééducateur. Chaque pas semblait lui coûter un terrible effort. Le positionnement des béquilles, l'une après l'autre, la légère poussée pour y glisser les aisselles, le balancement désordonné de ses jambes... A cette vision, Teke sentit ses entrailles se nouer. Cependant, elle put distinctement lire sur le visage de son fils l'expression d'un sentiment qu'il n'avait jamais, jusqu'à ce jour, exprimé avec autant de force : la détermination.

Elle en fut très fière, à la fois nerveuse et exaltée. Elle sentait sourdre en elle un immense espoir, un amour intense et neuf, bien plus forts que le pauvre regret de ne pas voir son fils gambader autour de la maison. Grâce au ciel, il était revenu, elle en avait la gorge serrée et les yeux humides de bonheur. Les lèvres tremblantes, elle lutta pour refouler ses larmes et, d'un geste furtif, s'essuya les yeux. Mais quand Michael lui sourit, elle capitula. Riant à travers des flots de larmes, elle le serra très fort dans ses bras.

— Tu es magnifique, Mikey, lui dit-elle.

Durant ce long moment de bonheur et de fierté, tout était pour le mieux dans le meilleur des mondes. Demain, il pourrait, s'il le voulait, la juger, la haïr à nouveau. Mais aujourd'hui, c'était son fils, qu'elle avait eu si peur de perdre, qui rentrait à la maison.

« Trahison, douleur, regrets ». Annie regardait ces mots qu'elle avait gribouillés sur la couverture de son bloc-notes et se disait que si certaines femmes pouvaient avoir la force de surmonter ces obstacles, elle n'était pas sûre d'en faire partie.

Elle pouvait concevoir toutes les raisons pour lesquelles Jon devait pardonner à Sam et pourquoi Michael — et même J.D. — devaient pardonner à Teke. Mais dès qu'il s'agissait d'admettre celles pour lesquelles *elle* devrait pardonner à Sam, ses pensées devenaient confuses. La douleur qu'il avait causée en elle était aussi profonde que ses sentiments pour lui et, de ce fait, elle annihilait toute objectivité. Elle était mal à l'aise et se sentait tiraillée par des émotions contradictoires. Elle imaginait le retour au bonheur et aux rires, jusqu'à ce qu'apparaisse l'image de Teke, celle de Vicki Cornell, ou celle sans visage de la femme qui attirerait Sam dans ses filets.

D'un geste las, elle reposa son crayon, rassembla ses livres et prit le chemin de sa salle de cours. Tout en montant les escaliers, elle se mit à penser à son cours sur *Emma*, de Jane Austen.

Elle enviait Jane Austen. Elle aurait donné n'importe quoi pour changer les événements des deux derniers mois en une œuvre de pure fiction. Elle se serait empressée de la jeter au feu pour qu'il n'en reste aucune trace.

Son pas hésita un instant. Devant elle, Jason Faust bavardait avec un groupe d'étudiants qui attendaient le début du cours. Chaque fois qu'elle le voyait, et en dépit de la persistance de son sentiment de culpabilité, elle se sentait un peu moins gauche que la fois précédente. Cependant, le comportement cyclothymique du jeune homme l'inquiétait un peu.

Les étudiants la saluèrent et entrèrent dans la classe.

— Une question, Jason, l'apostropha-t-elle en le tirant à l'écart. Voilà quelque temps que vous semblez exténué, est-ce que tout va bien ?

— Nous sommes en novembre, grimaça Jason, et je me rends compte que j'ai perdu tout mon bronzage.

— Sérieusement. Est-ce que tout va bien ?

— Je me meurs d'amour.

Elle resta de marbre.

— Pas du tout. Je ne suis pas votre genre et vous le savez très bien. Etes-vous sûr de ne pas être malade ?

— Certain, répondit-il, le regard trouble. Nous pourrions peut-être continuer cette discussion après le cours...

Après le cours, Annie avait des tas de choses à faire. Cependant, après ce qui s'était passé entre eux, elle lui devait bien ça.

— Bien sûr. Pourquoi ne pas nous voir au restaurant du campus ?

Il acquiesça, ouvrit la porte de la salle et lui céda le passage. Installé au fond de la classe, Jason eut l'air absent durant tout le temps que dura le cours.

A la fin, après avoir répondu aux questions des élèves, elle le rejoignit et, ensemble, ils se rendirent jusqu'au restaurant, situé dans le bâtiment voisin.

— Joli endroit, commença Jason après qu'ils se furent installés, elle devant un potage et lui devant un verre de lait.

— Quels sont vos projets ? demanda-t-elle en remuant son potage fumant.

— Je voulais justement vous en parler. Je me pose

des questions à propos de l'année prochaine. Il me faut absolument ce poste d'enseignant, j'ai besoin d'argent.

Elle lui adressa un coup d'œil sceptique.

— Je pensais que l'argent ne vous intéressait pas ?

— Pas jusqu'à aujourd'hui. Mais mon père vient de faire faillite.

— Ah !

— Je ne vous le fais pas dire. Mais il ne s'agit pas seulement d'un dépôt de bilan. Il a également de sérieux problèmes fiscaux. Je crois qu'il risque aussi d'être poursuivi pour fraude. J'ai l'impression que le ciel nous tombe sur la tête, à ma famille et à moi.

Abasourdie, elle bredouilla :

— Mais je croyais que...

— Que nous étions multimillionnaires ? Beaucoup de gens le croient. C'est une image qui a été entretenue pendant des générations mais, au fil des années, nos biens ont été dilapidés. Mon père en a eu sa part, qu'il s'est empressé d'investir dans l'immobilier pendant le grand boum. Puis les affaires ont périclité... Il a commis des imprudences. Actuellement, en attendant la décision des tribunaux, tous ses biens sont gelés ou saisis.

Annie imaginait le traumatisme que pouvait engendrer une telle situation.

— J'en suis vraiment navrée, Jason. J'imagine que ce doit être extrêmement pénible pour votre famille. Depuis combien de temps êtes-vous au courant ?

— Depuis quelques semaines seulement. Je suppose que mon père essayait de sauver les apparences...

— Ça m'attriste énormément.

— Et moi donc, dit Jason avec un petit sourire hautain. Il affirme à présent avoir assez payé pour mes études.

— Un poste de suppléant ne pose pas de problème, le rassura-t-elle. Vous êtes maître-assistant et, à ce titre, vous avez droit à un traitement.

— Ce n'est pas assez. Il me faut un poste d'enseignant permanent. Quelles sont mes chances de l'obtenir ?

— Les mêmes que la dernière fois que nous en avons parlé, répondit-elle en regrettant de ne pouvoir manifester plus d'optimisme. Si vous obtenez votre maîtrise en juin prochain, il est évident que vous augmenterez considérablement vos chances. Honnemann recherche quelqu'un qui possède ce diplôme.

— Me croyez-vous capable de l'obtenir ?

— En juin prochain ? Certainement, à condition que vous le vouliez vraiment. Après tout, que vous faut-il, hormis de la confiance et de la persévérance ?

— Emerson ?

— Aldous Huxley.

Jason grommela, puis vida son verre de lait d'une traite.

— Me croyez-vous capable d'enseigner ?

— Vous êtes mon meilleur assistant.

Son regard se fit plus direct et le son de sa voix plus discret.

— Voilà qui me console.

— Jason... soupira-t-elle.

— Excusez-moi, je n'ai pas pu m'en empêcher. Ç'a été un rude coup pour mon orgueil.

Adoptant le même ton que lui, elle rétorqua :

— A vrai dire, ç'aura été un rude coup pour moi aussi.

— Et pourquoi ? Vous aviez trop bu, c'est tout.

Elle rosit.

— Pas seulement. J'ai quarante ans, je suis mariée et je me croyais au-dessus de ce genre d'erreur.

— Quelle erreur ? Vous n'avez rien fait du tout.

— Aucune importance. Cela m'a ouvert les yeux sur ma faiblesse.

— Vous étiez malheureuse. Est-ce que tout s'est arrangé, depuis ?

Comme il était hors de question qu'elle fît part à Jason de ses états d'âme, elle répondit aimablement :

— Bien mieux que chez vous, hélas. Je suis vraiment désolée de ce qui vous arrive. Je comprends à présent pourquoi vous faisiez si grise mine.

Il se racla la gorge.

— Voilà un autre sujet que je voulais aborder avec vous. Vous aviez raison, je ne me sens pas dans mon assiette et je me demandais si vous ne connaissiez pas un bon médecin.

— Que se passe-t-il ? demanda-t-elle, se sentant soudain vis-à-vis de Jason plus proche du rôle de mère que de celui de maîtresse.

— Je me sens fatigué, faible...

— Peut-être est-ce une mononucléose ?

— Je ne le crois pas.

— Etes-vous allé voir le médecin du campus ?

— Monsieur Diagnostic ? Non merci.

Si elle ne s'était pas inquiétée, l'allusion l'aurait fait sourire. Que ce fût par instinct maternel, par sentiment de culpabilité ou, plus simplement, par intérêt pour un brillant jeune homme, peu lui importait. Elle voulait l'aider de son mieux.

— Je connais un interne, à Boston. C'est notre médecin de famille. Je suis sûre qu'il acceptera de vous voir.

Elle prit un crayon et une feuille de papier dans son sac et y inscrivit les coordonnées du médecin.

— Allez-y de ma part en disant que vous êtes mon cousin. Si vous avez le moindre problème, n'hésitez surtout pas à m'appeler. Quant à votre poste, voyez ce que vous pouvez faire pour terminer votre cours ce printemps.

— Accepteriez-vous d'être mon directeur de thèse ?

— Vous connaissez ma réponse.

— Je n'en étais pas sûr. Compte tenu de nos relations...

— Nos relations sont strictement professionnelles, précisa-t-elle en rosissant encore.

— Très bien.
— Et elles le resteront, Jason.
— Compris.

« Reste sur un plan strictement professionnel », se disait aussi Sam, bien qu'il y eût loin de la coupe aux lèvres. Depuis qu'il était tombé en disgrâce auprès de J.S., les réunions hebdomadaires des associés de Maxwell, Roper and Dine étaient devenues une véritable épreuve pour ses nerfs. Chaque séance se tenait dans un climat d'hostilité. Tous avaient l'impression de marcher sur des œufs, quel que fût le sujet abordé.

Celui du jour était justement — à la demande de Sam — l'assignation des différents collaborateurs auprès des cinq associés. Après avoir patiemment attendu que se fussent achevés l'analyse des nouveaux clients, l'établissement des nouvelles directives, la compilation de la facturation, il fut enfin autorisé à prendre la parole. Adossé à son siège, il regarda les uns après les autres les quatre hommes autour de la grande table oblongue.

— Récemment, commença-t-il sans ambages, je me suis heurté à un nombre important de problèmes. Certains associés ont délibérément dévoyé certains collaborateurs d'une tâche qu'ils effectuaient sous mon égide, des livres qui m'étaient nécessaires ont mystérieusement disparu de la bibliothèque, des messages m'ont été, pour une raison inconnue, délivrés en retard et ma propre secrétaire m'a été « empruntée » au moment où j'avais le plus besoin d'elle. Je me crois donc en droit de soumettre ce problème à l'arbitrage de cette assemblée.

— J.S. dirige cette société depuis vingt ans et je n'ai jamais eu le moindre problème, dit Martin Cox, servile.

— En effet. Mais cela n'exclut pas que d'autres puissent en avoir, lui fit remarquer Sam. Il se trouve que la direction actuelle ne travaille ni dans mon intérêt, ni dans celui de la société. Peut-être faudrait-il envisager une forme de rotation, un remplacement et l'embauche de secrétaires et d'un archiviste...

— Il n'en est pas question, regimba Martin Cox. C'est une dépense que nous ne pouvons nous permettre.

— Et pourtant, nous devons prendre certaines mesures, insista Sam. Je ne dispose pas du soutien que je suis en droit d'attendre et cela produit un effet déplorable sur notre clientèle. Si j'étais paranoïaque, je dirais que quelqu'un tente sournoisement de saboter mon travail.

— Est-ce une accusation ? demanda J.S. avec humeur.

« Strictement professionnel », se rappela Sam, malgré son effervescence.

— Se sent concerné qui veut.

Ce n'était pas ce qu'il avait prévu de répondre mais le sourire hautain de John Stewart le poussait dans ses derniers retranchements. Se tournant vers les autres, il poursuivit :

— J.S. m'a clairement laissé entendre que ce genre d'incident pourrait m'arriver souvent si je refusais de remettre ma démission à cette assemblée.

J.D. fusilla son père du regard.

— Est-ce vrai, J.S. ? demanda Will Henry.

J.S. fit une moue vaguement méprisante.

— A la lumière des récents événements, je doute que Sam puisse rester parmi nous.

— Ce n'est qu'une opinion, hasarda J.D.

— Ce n'est pas *qu'une* opinion. C'est également celle de la majorité des membres du barreau bostonien. Une constatation que l'on colporte de bouche à oreille.

— Mensonges ! s'écria Sam. Je jouis au contraire d'une excellente réputation au sein de la corporation. Si certains ragots courent sur ma vie privée, c'est uniquement parce que vous vous chargez de les répandre parmi votre clique de lèche-bottes qui partagent vos soi-disant vertueux préceptes.

— Ah, nous y voilà ! dit J.S. On met enfin à bas les masques. Je me demandais quand cela arriverait, tant il est vrai que le naturel et la vulgarité reviennent toujours au galop.

— En effet, bas les masques ! vociféra Sam en se levant. Vous voulez un vote ? Eh bien votons ! Voyons un peu si vous obtiendrez la majorité nécessaire pour m'exclure de cette société.

Avant que J.S. n'ait eu le temps de répondre, J.D. s'était déjà levé.

— Excusez-moi, dit-il en regardant sa montre, mais nous ne voterons pas aujourd'hui. J'ai un rendez-vous et je suis déjà en retard.

— Assieds-toi, John David ! ordonna J.S.

Mais John David était déjà sorti sans se retourner.

— La voilà, votre réponse, lança Sam. Il refuse de voter. Et contre vous, et contre moi.

— Oh, il votera, promit J.S. Faites-moi confiance, il votera.

— Très bien, dit Sam en se dirigeant à son tour vers la porte. Mais en attendant, tenez-vous loin de moi, J.S. Si vous persistez à me mettre des bâtons dans les roues, je vous poursuivrai. Imaginez alors ce que deviendra la belle image de votre firme qui semble vous tenir tellement à cœur...

Sur ces mots, Sam quitta la salle de conférences et alla directement dans son bureau. Se laissant tomber dans son fauteuil, il se mit à ruminer de sombres pensées.

Savoir que J.D. refusait de voter contre lui lui procurait une forme de consolation, quoique aléatoire. Ce vote, il ne le voulait en fait qu'à moitié. Il avait le sentiment de sombrer dans l'indifférence et de ne plus savoir à quoi s'en tenir. Et ce, dans tous les domaines.

Son regard tomba sur le journal plié, sur le coin de son bureau. Il s'en empara et relut l'article qu'il avait déjà lu plus tôt et qui relatait le décès d'un juge de la Cour d'appel, éminemment connu et respecté. Sa mort laissait un vide difficile à combler, même si les postulants au titre devaient être légion. Sam se dit qu'en ce moment même, il existait bien des hommes et des femmes qui évaluaient leurs chances et qui n'allaient pas manquer de soumettre leur candidature.

Eût-il eu dix ans de plus qu'il s'y serait hasardé, lui aussi. Que de fois Annie et lui avaient discuté de son éventuelle accession à un poste de juge, quand il atteindrait la cinquantaine ! Cette position le mettrait définitivement à l'abri des tribulations de la profession d'avocat. Mais Sam n'avait que quarante et un ans et sa carrière n'en était qu'à sa floraison. Il ne possédait pas encore l'étoffe d'un juge.

Ah ! S'il avait eu dix ans de plus, il l'aurait posée, sa candidature ! Et ce poste de juge, il l'aurait obtenu. S'il avait eu dix ans de plus, il n'aurait sûrement pas mâché ses mots et aurait tout bonnement dit à John Stewart Maxwell d'aller se faire voir.

Dommage. C'eût été parfait. La prochaine fois, qui sait ?

Grady pestait contre la couche de neige glissante qui recouvrait la chaussée. En effet, au cours de la nuit, une dizaine de centimètres de neige étaient tombés et c'est à peine si les chasse-neige étaient passés dans les rues. Conduire était une prouesse.

Si, la dernière fois qu'il était venu dans la rue où habitait Teke, il roulait très lentement, cette fois-ci, il avait le sentiment de s'y rendre en rampant. La neige crissa sous ses roues quand il alla se garer dans l'allée. Il resta un moment sur place à regarder la blancheur immaculée du décor.

Gullen aussi était belle, les rares fois où il neigeait. Mais c'était une beauté différente, plus sauvage. Celle-ci semblait aussi riche et privilégiée que les habitants de Constance. La neige recouvrait les branches des sapins comme une fourrure de vison blanc, c'était du moins le sentiment de Grady, qui se sentit aussitôt malvenu, incongru, même... Ainsi donc, c'était la maison de Teke. C'était l'endroit où elle avait posé ses valises et où elle élevait ses enfants. C'était là aussi qu'elle dormait avec son mari. Mais, puisque ce dernier était parti, tout cela était à elle, à présent. Et c'était très bien comme ça. Sans rentrer dans les détails, en un simple coup d'œil, il pouvait se rendre compte que c'était bien plus qu'il n'aurait jamais pu lui offrir. Chacune des images qui frappaient son regard lui faisait prendre conscience du fossé qui le séparait de Teke.

Mais il était venu pour rendre visite à Michael et, fossé ou pas, il avait envie de voir Teke.

Un bruit de pelletage à l'arrière de la maison attira son attention et, presque instinctivement, il se dirigea par-là.

Teke était devant la porte arrière et commençait à déblayer les marches de l'escalier.

L'apparition de Grady n'eut pas l'air de la surprendre. Cela faisait cinq jours qu'il ne s'était pas montré et la dernière fois, c'était au centre de rééducation. Elle se doutait bien qu'il allait venir. Contre toute prudence, elle l'attendait. Depuis quelques jours, le conflit intérieur qu'elle vivait avait redoublé de violence.

Pour le malheur et le plaisir de Teke, Grady, terriblement séduisant dans sa rusticité d'homme des bois — veste de flanelle à carreaux et gros godillots —, lui prit la pelle des mains.

— Cette neige fondante est terriblement lourde.

— Ça m'est égal, il fait très beau et j'avais besoin de prendre l'air, dit-elle en regardant autour d'elle, pour éviter son regard.

— Tu as l'air en pleine forme, Teke. Comment va ton fils ?

Elle pointa le menton en direction du jardin d'hiver où Michael effectuait ses exercices en compagnie de son rééducateur. Grady lui fit bonjour de la main, puis lui suggéra par gestes de venir lui donner un coup de main, à quoi Michael acquiesça vigoureusement. Le rééducateur lui dit quelque chose et Michael fit alors à Grady une mimique d'impuissance.

— Gentil garçon, remarqua doucement Grady en commençant à pelleter.

— Rester à la maison est une chose tout à fait nouvelle pour lui, dit Teke. Ses amis passent le voir tous les après-midi. Il aime ça jusqu'au moment où ils se mettent à lui parler de basket-ball.

— Comment marche la rééducation ?

— Couci-couça. Il progresse de façon irrégulière : deux pas en avant, un pas en arrière.

De la main, elle déblaya un petit coin du banc de bois et s'assit, le visage levé en direction du soleil. Sa lumière était pure. Bien plus pure qu'elle-même ne se sentait. Près d'elle, le bruit de la pelle cessa.

— Tu as l'air si jolie qu'on te donnerait dix-neuf ans, avec tes joues et ton bout du nez roses. C'est vrai, Teke, aussi jolie qu'il y a vingt-deux ans.

Si le soleil était chaud, les paroles de Grady la réchauffèrent bien plus encore.

— Est-ce que tu as souvent pensé à moi ?

— Tout le temps.

— Est-ce que tu as souvent eu envie de m'écrire ?

— Je t'écrivais, mais sans envoyer les lettres. Ce n'aurait pas été correct.

— Ça ne l'est pas davantage maintenant.

Comme il détournait la tête d'un air embarrassé, elle poursuivit :

— C'est gentil d'être venu nous voir, Michael et moi. Mais ce n'est pas correct, non plus. Et ça ne mène nulle part.

Voilà. Qu'il se le tienne pour dit.

— Personne ne prétend le contraire.

— En effet, mais c'est toujours le contraire qui

s'est passé, entre toi et moi. Et ç'a été une erreur. Depuis le début.

— Et maintenant ?

— Ça me fait penser à ce que cela aurait pu être entre nous, mais on ne peut être et avoir été. A présent, j'ai des enfants et un foyer dont j'ai la charge. Sans parler de Michael, qu'il faut que je remette sur pied, de mes filles dont je dois regagner la confiance, de J.D. avec qui je dois trouver un compromis, sans oublier Sam, Annie et les relations futures entre nos deux familles. Il y a eu tant de choses de changées en si peu de temps, il y a tant d'incertitudes et de questions sans réponses qu'il m'est impossible d'aborder un problème aussi important que celui de notre relation.

Il resta un moment à la regarder en silence, puis il se remit à pelleter. Elle voulait être sûre de s'être bien fait comprendre.

— Je continue à penser à ce que Sam et moi avons fait, à me demander comment cela a bien pu arriver et pourquoi ta lettre m'a autant troublée. Cela faisait plus de vingt ans que nous avions perdu tout contact et, durant tout ce temps, j'ai eu une vie très agréable. Pourquoi me suis-je sentie tout à coup si menacée ?

Grady continuait de pelleter.

— Je me sentais menacée, continua Teke, parce que, au fond de moi, je savais que mon mariage n'avait rien d'exceptionnel et que je n'avais jamais voulu l'admettre. Mais ce n'était pas aussi affreux qu'on serait tenté de le croire. J.D. est gentil, beau garçon, brillant et il m'a donné trois merveilleux enfants… Mais j'étais plus mère que femme. Je comblais ses besoins comme je le faisais pour les enfants. Je préparais les repas, faisais la lessive et les lits… des choses que je ne détestais pas. Jusqu'à ce que cette humiliante vérité s'impose à moi : étais-je l'amour de sa vie ? Non. Certainement pas.

Teke eut soudain l'impression que le raclement régulier de la pelle lui procurait une forme d'apaisement et de douce somnolence qui l'incitaient à vider son cœur.

— Je l'ai senti depuis le commencement et lui aussi, probablement. Peut-être avait-il les mêmes priorités que moi. Peut-être appréciait-il tout ce que je lui apportais sans que nous ne nous soyons jamais rencontrés sur le plan de l'âme. Il se trouve que, quant à moi, je ne me suis aperçue que très récemment que quelque chose de très profond me manquait. Quelque chose que toi seul pouvais m'apporter, et c'est en cela que ta lettre constituait une menace... Est-ce que tu m'écoutes, Grady? Est-ce que tu as entendu ce que je viens de dire?

Grady souleva une dernière pelletée de neige, qui alla rejoindre le tas bien net qu'il venait de faire, et se redressa. Il inhala deux ou trois fois à pleins poumons, puis posa les yeux sur Teke.

— Je te raconte tout ça, dit-elle, assez décontenancée par son regard pour que le ton de sa voix grimpât d'une octave, parce que je me sens désemparée.

Ses mains gantées étaient accrochées au banc comme celles d'un naufragé, comme si ces quelques planches devaient concrétiser ses devoirs de mère et d'épouse et lui éviter de s'enfoncer dans ses désirs si longtemps refoulés.

— Lorsque j'ai appris que Michael pouvait rentrer à la maison, je me suis dit que tu allais reprendre tes distances et j'en ai été soulagée parce que je commençais à m'habituer à ta présence. Ça faisait cinq jours, Grady, et je me languissais déjà de toi. Te voir me fait le plus grand bien. Tu es la lumière de mes jours et ta seule présence m'aide à supporter l'épreuve que je vis en ce moment. Je sais que tu es à mes côtés. Je sais que je peux compter sur ton soutien. Mon Dieu... avant que tu n'arrives, j'avais l'impression que c'était toi qui allais déblayer ces escaliers.

— Pourtant, rien ne disait que j'allais venir.

— Je sais. Mais j'ai toujours senti ta venue. Tu peux rire, je ressens comme des vibrations. Peut-être est-ce un phénomène biologique à l'intérieur de moi... Avant ces derniers jours, je ne m'étais jamais réveillée en plein milieu de la nuit avec un besoin si désespéré de...

Plantant la pelle sur le tas de neige, Grady commença à s'éloigner, traversant la cour.

— Grady!

Elle s'élança à sa poursuite, suivant la trace profonde de ses pas qui se dirigeaient vers le bosquet. Sous ses pieds, la neige, tombée des branches des arbres était plus légère. Grady s'était arrêté. Le dos tourné, le front bas, il avait une main appuyée contre l'écorce d'un grand arbre.

Elle marqua une pause, sachant très bien qu'il l'avait entendue venir. Il la désirait. Elle le sentait de toutes les fibres de son corps. Parcourant le peu de distance qui les séparait, elle murmura:

— Dis-moi quelque chose, Grady.

Il se retourna, la prit par le bras et l'attira contre lui. Avant qu'elle ne pût dire le moindre mot, il avait posé ses lèvres sur celles de Teke et elle comprit que le temps n'était plus aux discours. C'est cela que voulait Grady. Cette partie d'elle qui avait faim de lui et qui faisait qu'elle s'éveillait en plein milieu de la nuit.

Il l'embrassait avec passion et, pour la première fois depuis vingt-deux ans, Teke reconnut le goût de tout ce qui lui avait manqué. Une sensation qui lui coupait le souffle et faisait fondre ses pensées comme neige au soleil.

Grady semblait éprouver le même état d'ivresse. Elle sentait son corps trembler contre le sien, se presser toujours plus fort contre elle.

Enfouissant son visage dans le col en peau de mouton, elle s'imprégna longuement de son odeur, et, quand il ouvrit sa veste, elle pressa son visage contre son torse. Ces gestes, à la fois familiers et nouveaux, lui procurèrent un choc délicieux. Aussi ne protesta-t-elle pas quand, repoussant son bonnet de laine, il enfouit son visage dans sa longue chevelure, comme il aimait le faire quand ils gisaient, jadis, parmi les joncs.

— Epais et doux, fit-il d'une voix enrouée. J'aimais bien m'endormir comme ça.

Prenant le visage de Teke entre ses mains, il déposa un baiser sur ses yeux et sur l'arête de son nez. Il laissa courir ses lèvres sur sa joue, puis embrassa sa lèvre supérieure, puis sa lèvre inférieure, puis les deux, comme s'il n'en avait jamais assez.

Teke non plus. Sa respiration devenait de plus en plus haletante quand, brusquement effrayée, elle détourna la tête. Le conflit intérieur reprenait le dessus.

— Te souviens-tu de notre premier baiser ?

Comment aurait-elle pu l'oublier ? Ce baiser avait marqué un tournant dans sa vie, un engagement vers sa destinée.

— Nous étions sur le bateau de Hiller Malloy et je t'aidais à le réparer.

— Je n'avais pas l'intention de t'embrasser.

— Tu semblais vouloir te rapprocher et t'éloigner de moi à la fois.

— J'ai l'impression d'avoir fait cela pendant des années, et pendant ce temps tu grandissais sans que je sois sûr de te vouloir. Mais quand tu as eu quatorze ans, je me suis dit que si je ne t'embrassais pas, j'en mourrais. Je savais très bien que tu n'avais jamais embrassé personne avant moi et je voulais être le premier ; un peu comme si je voulais laisser ma marque sur toi, afin que personne ne te touche jamais. Et pourtant j'étais mort de peur, parce que je craignais de ne pouvoir m'arrêter. Tout en toi n'était que naturel et pureté. Tu étais une personne à la fois malléable et forte.

Teke était tellement sous le charme, qu'elle avait du mal à réfléchir.

— Tu ne trouves pas ces deux termes contradictoires ?

— Non. Le bois de cèdre est comme ça. Quand je

fabriquais des canoës, je pouvais lui donner la forme que je voulais tout en sachant qu'il allait résister aux écueils. — Il l'attira un peu plus contre lui. — Je n'ai jamais pu construire de canoë sans penser à toi.

Elle enfouit le visage dans l'échancrure de sa chemise, cherchant à se cacher de lui en lui. Encore une contradiction qui ne la dérangeait guère. Par contre, ses préoccupations revinrent au galop.

— Je ne veux pas de ça. Ce n'est pas convenable. La dernière fois que c'est arrivé, Michael m'a surprise, avec toutes les conséquences que l'on connaît. Que se passerait-il si quelqu'un me surprenait à nouveau ?

— Personne ne peut nous voir, la rassura Grady en jetant un coup d'œil circulaire. On ne voit aucune maison, d'ici.

— Et si une de mes filles arrivait de l'école ? Et si J.D. arrivait et que Michael l'envoyait à ma recherche ?

— Serait-ce si terrible ?

— Pire que cela ! C'est encore mon mari. S'il me voyait avec toi, non seulement il entreprendrait des poursuites judiciaires, mais en plus, il te rendrait la vie impossible !

— Ça ne te fait pas bouger pour autant.

Affreux dilemme, en effet.

— Je n'y parviens pas, gémit-elle contre sa chemise déboutonnée.

Son souffle frais se perdait dans la toison dont elle pouvait humer l'odeur. Elle n'ignorait pas que son excitation était aussi intense que la sienne.

— Lâche-moi, Grady, supplia-t-elle.

— Inutile. Je surveille. Personne ne vient.

— Je ne dois pas faire une chose pareille, il n'en sortira rien de bon. Aide-moi, je t'en prie. Je n'y arriverai pas toute seule. — Contradictoirement, elle passa les mains autour de ses hanches. — Lâche-moi.

Il sourit, la bouche dans les cheveux de Teke.

— Je ne te lâcherai pas. Pas après avoir attendu si longtemps.

Elle leva les yeux vers lui, songeant à cette attente qui semblait avoir duré une éternité. Ses yeux suivirent les contours de son visage pendant que, sans qu'elle s'en rendît compte, elle ôtait ses gants.

— Ça n'arrangera rien. Aide-moi à m'en sortir, supplia-t-elle encore en effleurant ses lèvres. Tu as ce pouvoir, Grady. Tu pourrais avoir ce que tu désires, mais ce ne serait pas convenable. Ma vie a été bouleversée. Aide-moi à garder mon sang-froid, Grady. Si tu veux vraiment m'aider, c'est ce que tu dois faire. Fais en sorte que les choses ne se compliquent pas davantage.

— Je ne veux que t'aider.

— C'est faire l'amour que tu veux.

— Oui, c'est ce que je veux, en effet, admit-il en prenant à nouveau fiévreusement ses lèvres.

Ce fut lui qui s'écarta le premier.

— Très bien, fit-il, le souffle court. Très bien, j'arrête. Après avoir attendu tout ce temps, je peux bien attendre quelques jours de plus.

— Justement, n'attends pas ! Ecoute-moi ! Nous ne devons pas !

— J'attendrai.

— Je t'en prie, Grady !

Il la fit taire avec un dernier baiser, moins passionné, plus doux, cette fois. Elle avait encore la bouche entrouverte. Il déposa un baiser sur sa joue et la repoussa doucement en l'accompagnant du geste en direction de la maison.

Plus désorientée que jamais, elle se demandait quelle part d'elle-même avait gagné la bataille.

14

Le temps que la fête du Thanksgiving arrive, la neige avait fondu, laissant derrière elle un tableau morne et froid dans lequel la gaieté des vacances serait la bienvenue. Annie tenait, cette année autant et même davantage que les précédentes, à réussir la fête, comme pour se prémunir contre les aléas et la précarité de la vie. Après leur rupture avec les Maxwell, avec les incertitudes professionnelles de Sam et les hésitations qu'elle éprouvait à son égard, les temps s'annonçaient difficiles.

Sam fut exemplaire. Le vendredi soir, il arriva les bras chargés d'un bouquet de roses rouges, d'une pléthore de films en vidéocassettes et d'une demi-douzaine de homards fraîchement pêchés cuits à point, prêts à être dégustés. Annie aima les roses et les homards. La soirée cinéma fut un succès, mais pas dans le sens où Sam l'avait espéré : Zoe et Jon emportèrent les films pour aller les regarder chez les Maxwell. D'un côté, Annie en fut navrée pour Sam qui faisait des efforts désespérés pour se réconcilier avec ses enfants, d'un autre, une séance de cinéma était hors de question pour elle, qui avait bien trop à faire avec la préparation de son dîner de fête. Une fois qu'elle eut annoncé ses intentions, Sam se départit de sa mise désenchantée et ne la lâcha plus d'une semelle. Il avait promis de l'aider et il tint parole.

Le lendemain, il sauta du lit en même temps qu'elle. Annie savait très bien qu'il aurait aimé traîner un peu. Elle n'ignorait pas davantage que les samedis matin étaient favorables à bien des élans, mais elle n'y était pas encore prête. Même si la nuit, sciemment ou pas, elle se lovait contre lui, le jour était encore rempli de doutes et de frustrations.

De fait, Sam lui apporta une assistance précieuse. Il transféra la dinde de vingt livres du réfrigérateur à l'évier et la nettoya soigneusement pendant qu'Annie préparait la farce. Pendant qu'elle découpait le fromage, il fit du café. Il ajouta deux rallonges à la table qu'il recouvrit d'une nappe de coton. Après qu'elle eut installé un couvert à titre de modèle, il se chargea de dresser les dix autres.

Appuyée au battant de la porte, Annie, qui sirotait un café, se sentait assaillie de nouveaux doutes, non pas envers Sam, mais envers elle-même.

— Ne penses-tu pas que nous avons été présomptueux en invitant tout ce monde ?

Le nouveau collaborateur de Sam et sa femme, ainsi que deux autres couples, relations de travail d'Annie, faisaient en effet partie des convives.

— Teke aurait mené ça tambour battant avec vingt convives, poursuivit-elle, alors que je n'arrive même pas à m'occuper correctement de quatre personnes.

Sam lui adressa un regard apaisant.

— Tu t'en tires très bien, je t'assure.

— Oui, à coup de boîtes de conserve et de surgelés.

— Qui s'en plaint ?

— De toute façon, tu n'oserais pas, fit-elle, désabusée. Estime-toi heureux que je ne t'aie pas mis à la porte. J.D. ne doit pas rire tous les jours.

Sam resta le geste en suspens.

— Vraiment ? Je n'en savais rien. Je dois être la dernière personne au monde, avec Teke, à qui il veuille faire part de ses états d'âme.

— Teke le sait. Jana et Leigh ont rendu visite à leur père, le week-end dernier. Elles ont laissé entendre qu'il était un peu perdu. Il semblerait qu'il ait même essayé de leur préparer un brunch.

— Pourquoi ne pas les avoir emmenées au restaurant ?

— Sans doute avait-il quelque chose à prouver...

Elle était d'autant mieux placée pour le savoir qu'elle se trouvait dans le même état d'esprit.

— Il n'est pas du tout habitué à ce genre de chose. Pour cette seule raison, je suis heureuse qu'il soit auprès de Teke et des enfants, aujourd'hui. C'est dommage que J.S. et Lucy soient partis en Floride rejoindre des amis.

— Crois-tu que leur présence aurait changé quelque chose ?

Comme l'un et l'autre connaissaient la réponse, elle préféra ajouter :

— Ç'aurait été bien que Michael voie ses grands-parents.

Sam disposa soigneusement deux cuillères à droite du couteau.

— Seulement voilà : ils en veulent terriblement à Teke. Ajoute cette rancœur à celle de J.D. et cette réunion de famille aurait tourné au désastre pour les enfants.

— Crois-tu que tout va bien se passer ?

Il haussa les épaules d'un air résigné.

— J.D. a adopté une attitude rigide au-delà de toute raison. D'accord, Teke a commis une faute. Mais est-ce une raison pour compromettre toute une vie ? Je le croyais rationnel, mais je n'en suis plus si sûr.

— Il *est* rationnel, corrigea Annie. Il est furieux, tout simplement.

— Mais en punissant Teke, il punit aussi les enfants. Crois-tu que ce soit rationnel, ça ?

— Il a accepté de venir passer la soirée en famille, c'est une concession. Crois-tu qu'il soit venu tâter le terrain en vue d'une réconciliation ?

J.D. restait son ami et il s'efforçait de penser le plus grand bien de lui.

— Je l'espère. C'est bien dommage que nos relations d'antan soient ainsi gâchées. Seigneur ! comme j'ai pu y penser ! J.D. était toujours un peu à la traîne mais c'était bien quand même. Nous nous sommes tellement amusés. Tout cela me manque. Les enfants aussi, me manquent. Cette journée va être aussi pénible pour eux que pour nous. C'est une bonne chose que nous ayons des invités, nous souffrirons moins de l'absence des Maxwell. Tout ira bien, Annie, tu verras. Que J.D. et Teke se réconcilient ou pas, tout s'arrangera pour nous, j'en suis sûr.

Elle fit une tentative pour sourire et, pendant quelques instants, elle n'eut d'autre désir que de fondre dans ses bras et d'écouter battre son cœur, comme elle aimait tant le faire. Mais elle battit en retraite dans la cuisine en se disant que, tant qu'elle ne réapprendrait pas à lui faire confiance, sa vie serait un véritable tourment.

Ayant fini de dresser le couvert, Sam monta se doucher et s'habiller pour aller chercher le père d'Annie, à Rockport. Arrivé sur les lieux, il alla se garer derrière la grosse voiture familiale rouillée qui semblait avoir pris racine dans l'allée creusée d'ornières, en se demandant si elle roulait encore. Il espérait que non. Pete était un conducteur distrait, un véritable danger public, même, et c'est la raison pour laquelle, à chacune de ses visites, Sam préférait venir le chercher et le raccompagner. Ce jour-là cependant, il voulait aussi en profiter pour avoir un entretien seul à seul avec son beau-père.

— Pop ? appela-t-il de la cuisine.

Il ne regarda pas la table, encombrée de restes de nourriture, ni le poêle sur lequel un percolateur avait répandu son café, ni l'évier, débordant de vaisselle sale, car il s'évertuait à éviter les chiffons souillés qui jonchaient le sol, ainsi que les boîtes de peinture vides qui risquaient de le faire s'étaler de tout son long.

— Pop ?

Surpris, Pete leva les yeux. Assis sur une caisse à oranges retournée, il faisait des croquis sur un grand carnet, seulement vêtu d'une chemise jaune à manches courtes, d'un short aux couleurs délavées et de chaussettes brunes.

— C'est déjà l'heure ? demanda-t-il de sa voix douce et feutrée.

— Il est neuf heures, lui dit cordialement Sam.

Il aurait voulu arriver plus tôt, mais avec Pete, il fallait savoir se montrer patient. Avec sa barbe et ses cheveux blancs, ses joues roses et son regard vif et enfantin, il était une œuvre d'art à lui tout seul.

Il posa son carnet et se dirigea vers le coin qui constituait, avec un matelas posé à même le sol et quelques étagères disparates, sa chambre à coucher.

— Tu veux un café ? demanda-t-il en nouant une cravate autour de son cou.

— Non, merci. J'en ai pris deux avant de partir.

Il glissa ses mains dans ses poches et fit un rapide tour d'horizon. Comparé à la cuisine, le studio était clair et propre.

— Un cacao ?

Sam secoua la tête. Il regarda les peintures sur le mur principal et qui étaient différentes de celles qu'il avait vues la fois précédente. Le fond était jaune pâle, presque de la même couleur que la chemise de Pete, cette couleur qui maculait aussi les chiffons qui traînaient dans la cuisine, et Sam en conclut que le jaune pâle devait être sa couleur du moment.

— Que dirais-tu d'un brandy ? proposa Pete.

— Pas encore, fit Sam en riant. Je dois aller à Constance prendre Annie et Zoe. Mais soyez sûr que j'en prendrai un avant le match, ça nous tiendra chaud.

Ils se rendaient au match annuel du Thanksgiving qui se disputait entre l'équipe de Jon et son éternelle rivale. Le coup d'envoi était prévu pour dix heures.

— Est-ce que Jock-o-my-Jon est prêt ?

— Comme il ne l'a jamais été, dit Sam en se dirigeant vers le mur où se trouvaient les portraits de famille. Mais c'est le dernier match de la saison et ça l'émeut toujours un peu.

Tour à tour, il contempla le portrait d'Annie enfant, qui ressemblait à Zoe, puis d'Annie adulte.

— Contrairement à Zoe, Annie ne ressemble en rien à sa mère. Ni par l'allure, ni par la personnalité. Sa mère était de caractère instable, tandis qu'elle est plutôt sédentaire et conservatrice, dit-il d'une voix détachée en remontant les bretelles de son bleu de travail.

Sam regarda un nouveau portrait d'Annie que Pete avait fait récemment. Elle était debout face à ce qui pouvait être une plage, les bras croisés, les cheveux au vent laissant apparaître la fragilité et la vulnérabilité de son être. Chose plutôt rare, Pete l'avait dessinée de profil. Sans détacher les yeux du dessin, Sam demanda :

— Etes-vous au courant de ce qui s'est passé ?

— Tout ce que je sais c'est qu'elle est malheureuse. Je pense que Teke y est pour quelque chose puisqu'elle ne fête pas le Thanksgiving avec nous.

— Le jour de son accident, Michael nous avait surpris, Teke et moi, dans une situation très compromettante. Une suite d'erreurs ridicules qui ont tourné au tragique. Le ménage de Teke est en train de sombrer, et moi-même je lutte pour sauver le mien. Pensez-vous que je puisse m'en sortir ?

Le silence de Pete en disait long sur ses sentiments d'où, de toute évidence, la colère n'était pas exclue. Pourtant, quand Sam osa un coup d'œil, il faillit éclater de rire. Perdu dans ses pensées, le vieil homme, ajustait sa cravate blanche parsemée de cœurs orange dans la bavette de velours bleu de sa salopette.

— Elle t'aime, dit Pete.

— Mais elle ne me fait plus confiance, ajouta Sam.

— C'est en elle-même qu'elle n'a pas confiance. Elle a une piètre opinion de sa personne et se sent indirectement responsable de ce qui est arrivé.

— Mais je lui ai répété maintes et maintes fois qu'elle n'y était pour rien !

Pete tapota le portrait de la mère d'Annie, où l'on voyait cette dernière à quatre pattes, perdue au fond du décor.

— Tout vient de là. Peut-être n'aurais-je pas dû la dessiner de cette manière mais je voulais qu'Annie sache. J'étais furieux alors, car j'avais été rejeté, moi aussi.

— Ce n'est pas moi qui rejette Annie, insista Sam. C'est elle qui me rejette.

— Parce qu'elle a le sentiment de ne pas être digne de toi. Aide-la, Sam. Tu en es capable. C'est la raison pour laquelle je l'ai dessinée de profil. Sans toi, elle n'est que la moitié d'elle-même. Aide-la à s'épanouir. Tu l'as déjà fait une fois et tu peux le faire encore.

Alors que les Pope avaient prévu de manger à quatre heures, le repas de famille des Maxwell devait commencer à deux heures. Sur les instances de J.D., Teke avait tout prévu en conséquence, attendu que ce dernier devait se rendre à un cocktail en fin d'après-midi. Elle se demandait qui pouvait bien donner un cocktail le jour du Thanksgiving mais elle ne jugea pas utile de l'interroger. Elle lui était déjà reconnaissante d'être venu, puisque ça faisait tellement plaisir aux filles et à Michael.

Mais elle, appréciait-elle sa venue ? Elle n'en était pas si sûre, après les élans passionnés qu'elle avait éprouvés pour Grady, dans le petit bois, et même si elle s'accrochait encore à l'espoir de sauver son ménage. Elle aimait bien J.D. Elle l'aimait sincèrement. Ne lui avait-il pas apporté la sécurité et la vie paisible dont elle avait toujours rêvé ? En ce sens, elle lui était grandement redevable. D'autant plus redevable après l'humiliation qu'elle lui avait infligée. Ne serait-ce que pour les enfants, elle devait tenter de sauver son ménage.

Mais l'angoisse la tenaillait. Pour les enfants, il fallait que ce repas se déroulât dans les meilleures conditions. Eux seuls comptaient.

Immédiatement après le match de Jon, Jana et Leigh rentrèrent à la maison, juste à temps pour aider leur mère. Elles n'étaient que rires et effervescence, car Jon avait très bien joué et son équipe avait remporté la victoire. Mais leur euphorie se dissipa très vite, en même temps que les couleurs sur leurs joues.

— C'est bizarre, dit Jana en regardant les cinq couverts. Nous sommes seuls. Comme des parias.

Au demeurant, Teke avait fait de son mieux pour donner un air de fête à la salle à manger. Elle avait fabriqué elle-même des guirlandes orange et brun qu'elle avait suspendues aux points stratégiques de la pièce, noué les serviettes à l'aide de rubans scintillants et parsemé la nappe d'étoiles dorées. Le centre de table était constitué par un énorme potiron habilement sculpté du meilleur effet.

— Tu dis des bêtises. Trop de monde aurait fatigué ton frère. Ce qu'il lui faut, c'est du calme et de la tranquillité.

— Mais Michael adore le bruit.

— Evidemment. Et si tout le monde était ici, je suppose qu'il voudrait aussi gambader et tout filmer avec sa caméra vidéo. Il faut que tu comprennes que, de cette manière, il sera moins excité, moins tenté et aussi moins déçu.

— Ça, c'est l'aspect rationnel de la situation. En réalité, nous ne fêtons pas le Thanksgiving avec les Pope parce que papa ne veut pas voir Sam. Ce qui signifie par conséquent que Jana ne sera pas avec Zoe et que je ne serai pas avec Jon. C'est merveilleux !

Teke tendit à sa fille un presse-purée et un saladier de pommes de terre bouillies.

— Tu passes ta vie avec Jon. Au fait, où étais-tu, hier soir ?

— A une fête.

— Où ça ?

— Chez une fille. Tu ne la connais pas.

Teke enfila ses gants de cuisine et sortit la dinde du four. Ses relations avec Leigh étaient plutôt tendues et elle renonça à argumenter davantage.

— Aucune importance, dit-elle gentiment. Tu es rentrée tard et je me suis inquiétée, c'est tout.

— Tu sais bien que Jon doit rentrer chez lui à une heure, au plus tard.

— Je sais, en effet, qu'il n'a pas le droit de conduire après cette heure-là. Mais je pensais qu'il se coucherait de bonne heure à cause de son match, le lendemain.

— Il a dormi pendant la soirée.

— Oh ! Ça a dû être une soirée follement excitante ! Il n'a pas bu, au moins ?

— Jon ne boit pas.

Teke lança un rapide coup d'œil en direction de Leigh qui, manifestement, avait décidé de passer ses nerfs sur les pommes de terre. Teke s'apprêtait à démouler un cake aux fruits confits qui refroidissait depuis quelques minutes sur un coin du comptoir quand Jana entra dans la cuisine.

— J'ai rempli les coupes de friandises. Est-ce que tu veux que je fasse autre chose ?

— Va aider ton père à remonter le moral de Michael. Ton frère fait la tête parce que l'entraînement de basket commence lundi et qu'il tient absolument à y aller.

Teke attendit que Jana eût quitté la pièce pour s'adresser à Leigh d'un ton calme.

— Je ne suis pas dupe, Leigh. Je sais très bien ce qui se passe au cours de ces soirées.

— Les parents de mon amie étaient présents.

— Probablement, mais cela ne signifie pas grand-chose. De nombreux parents achètent eux-mêmes de la bière pour leurs enfants parce qu'ils préfèrent qu'ils se saoulent à la maison. C'est un point de vue, mais qui n'est pas sans me donner des inquiétudes.

Leigh continuait à écraser ses pommes de terre.

— Je ne te poserais pas toutes ces questions au sujet de Jon si je n'avais pas retrouvé une boîte de bière vide dans ta corbeille à papier, la semaine dernière.

— C'était pour mes cheveux.

— S'il boit, il ne conduit pas, c'est toi qui conduis. Et si tu ne peux pas conduire, toi non plus, je veux que tu téléphones pour qu'on vienne vous chercher.

— Nous ne buvons pas.

— Très bien, fit Teke en retournant son moule. Me voilà rassurée.

— Seulement, il faut que je prenne la pilule.

Le moule retomba sur le plat avec un bruit mat et un coup violent — qu'elle n'attendait pas si tôt — vint frapper Teke au creux de l'estomac. Immédiatement, elle eut envie d'en parler à Grady. Mais, repoussant très vite cette pensée absurde, elle reposa doucement le moule et s'appuya contre le mur.

— Quoi ? Tu ne pensais pas que j'en aurais besoin, un jour ?

— Je pensais que tu attendrais !

— Ça fait des années que j'attends. J'aime Jon ! Et ne viens pas me dire que nous n'avons que dix-sept ans, parce que nous en aurons dix-huit le printemps prochain. A dix-huit ans, j'en connais qui ont déjà des enfants !

Teke ne le savait que trop. Elle avait été une des rares filles de Gullen à avoir terminé ses études secondaires, la majorité de ses camarades ayant abandonné pour cause de maternité. Si Grady n'avait pas été aussi déterminé, elle-même n'aurait pas fait exception à la règle. Elle qui, à l'époque s'était montrée si réticente à se laisser convaincre, voilà qu'à présent, elle se rangeait au point de vue de Grady. Elle voulait que ses filles obtiennent un diplôme et qu'elles profitent un peu des joies de la vie. La maternité était une lourde responsabilité qui, par la suite, ne laissait guère de possibilités de choix.

— Ce n'est pas ce que je veux pour toi, Leigh.

— Alors, laisse-moi prendre la pilule.

— Parce que tu as l'intention de continuer malgré tout? Est-ce que tu ne pourrais pas plutôt faire preuve de plus de retenue?

— Comme tu l'as fait avec Sam?

Teke en eut le souffle coupé. Leigh, qui continuait à écraser ses pommes de terre, poursuivit:

— De toute façon, il n'est plus question de parler de retenue. C'est fait.

« C'est fait... C'est fait... Comment, c'est fait? » Teke se mit la main sur la poitrine comme pour contenir la panique qui montait en elle. « Ils l'ont fait! Tu entends ça, Annie? Ils l'ont fait! »

Elle aurait dû le savoir, avec tout le temps qu'ils passaient ensemble. Ce n'était pas tragique, se disait-elle en tentant de se ressaisir. Ces deux enfants s'aimaient et, un jour, ils allaient se marier. Après tout, elle-même n'était plus vierge, à dix-sept ans...

Mais c'était différent. Leigh n'était qu'une enfant. Et l'amour était une affaire d'adultes. Voilà donc qu'elle était femme, à présent. Quelle étrange sensation que de voir sa fille aînée changer à son insu! Il allait bien falloir qu'elle s'y fasse, pourtant...

— Alors? demanda Leigh, passablement anxieuse.

Teke mit la main sur l'épaule de sa fille et la serra un instant contre elle. Elle avait la gorge nouée et elle laissa les arguments en faveur de Leigh défiler dans son esprit jusqu'à ce qu'elle eût retrouvé son calme.

— Je prendrai rendez-vous avec le médecin la semaine prochaine.

Leigh lui adressa un coup d'œil circonspect.

— C'est vrai?

Teke fit oui de la tête.

— Est-ce que tu as l'intention de me convaincre de ne plus recommencer?

— Non, dit Teke en pensant qu'un peu de réalisme était de mise. J'ai plutôt l'intention de parer à toute éventualité. Si Jon et toi l'avez fait, il est évident que vous allez recommencer. Je veux donc prendre toutes les dispositions nécessaires à cet égard.

Leigh poussa un petit soupir de soulagement.

— J'ai failli en parler à Annie, d'abord. Je pensais que tu allais être furieuse.

— Je suis heureuse que tu ne l'aies pas fait. C'est moi, ta mère. Je peux écouter. Je ne suis pas un monstre, que je sache.

— Tu t'es comportée si étrangement, ces derniers temps.

— C'est plutôt toi, lui retourna Teke en repoussant une mèche « blond Maxwell » du front de sa fille. Tu es furieuse contre moi à cause de ce que j'ai fait avec Sam. Mais nous commettons tous des fautes, Leigh.

— Ce que j'ai fait avec Jon n'était pas une faute. C'est au contraire ce que j'ai fait de mieux jusqu'à présent. J'en suis sûre.

Teke laissa tomber son front sur l'épaule de sa fille. Ce qu'elle voulait par-dessus tout, c'était que Leigh connût la même exaltation, le même enthousiasme qu'elle avait découverts auprès de Grady. S'ils connaissaient cela, ils formeraient, par-delà tous les obstacles, un couple véritable et heureux pour le restant de leurs jours. Elle leva la tête.

— Je veux tout le bonheur possible pour toi et Jon et, plutôt que de prétendre que votre comportement a été une erreur, je me limiterai à dire qu'il était prématuré. Argumenter sur ce chapitre serait ridicule et inutile, puisque ce qui est fait est fait. Au même titre qu'en ce qui concerne Sam et moi. Ce qu'il faut à présent, c'est en assumer les conséquences.

— Est-ce que tu penses devoir le dire à papa ?

Dans un éclair d'indépendance, il apparut à Teke que non, puisque J.D. avait quitté la maison.

— Je n'ai pas à le dire à qui que ce soit.

— Je crois qu'il se mettrait à crier que Jon prend exemple sur son père, mais je sais que c'est faux.

— Non, c'est vrai, trancha Teke. Que tu l'admettes ou pas, Sam est un homme merveilleux, un mari exemplaire et un père formidable et j'espère que Jon lui ressemblera. Dans d'autres circonstances, ton père m'approuverait, mais il se trouve qu'il n'est pas dans son état normal, et je n'irais pas tenter le diable en lui rapportant un état de fait contre lequel il ne peut rien. Seulement, il faut que tu me promettes de ne pas recommencer avant d'avoir rendu visite au médecin. Ton secret ne tiendrait pas bien longtemps si tu tombais enceinte.

Jana refit brusquement son apparition.

— Ils ont faim. P'pa voudrait savoir quand nous allons passer à table.

Elle dévisagea sa sœur et sa mère, tour à tour.

— Mais qu'est-ce qu'il se passe, ici ?

Teke se détacha de Leigh. Après avoir remis ses gants protecteurs, elle sortit les hors-d'œuvre chauds du four et les fit glisser sur un plat de service.

— Apporte-leur ce plat et dis-leur que nous passerons à table dans dix minutes. Leigh, ajoute du beurre et du lait dans ta purée et mets-la au four pendant qu'il est encore chaud. Ensuite, commence à tourner la salade pendant que je m'attaque à la dinde.

Après des années de pratique, vider la dinde de sa farce tout en la laissant d'un seul bloc était devenu un art dans lequel Teke excellait. Elle était également passée maîtresse dans celui du découpage et de la présentation. Cette année, ce qui lui manquait durant cet exercice, c'était la présence d'Annie.

— Qui dit les grâces ? voulut savoir Jana, au moment de passer à table.

— D'habitude, c'est Sam qui les disait. Mais aujourd'hui...

Michael regarda son père.

— Dis-les toi, p'pa.

J.D. regarda Teke.

— On pourrait s'en passer.

Mais Teke, qui n'était pourtant pas superstitieuse, eut la crainte irraisonnée que, si quelqu'un ne disait pas les grâces, la famille entière ne soit damnée pour l'éternité. Baissant la tête, elle murmura donc :

— Seigneur Dieu, nous avons eu une année difficile. Mais tu nous as donné la force de surmonter nos difficultés. Fais qu'il en soit toujours ainsi. Nous te rendons grâce pour ton amour, ton pardon et pour toutes tes largesses. *Amen*.

J.D. s'éclaircit la voix.

— Je suppose que cette prière ne manquait pas d'humilité.

— Je le crois, répondit Teke en prenant l'assiette de Michael pour la remplir à ras bord.

Elle entreprit de couper les aliments de son fils de manière qu'il n'eût à se servir que de sa fourchette. Pendant ce temps, seul se fit entendre le cliquetis des fourchettes et des couteaux et Teke en ressentit une profonde tristesse. En regagnant sa place, elle éprouva l'urgent besoin de briser ce silence, sinon, elle allait éclater en sanglots. Le goût de la dinde évoquait soudain celui doux-amer de la défaite.

— Parle-nous du match, Leigh, lança-t-elle.

Leigh se lança et Jana émailla la description de commentaires. J.D. posa même quelques questions.

Teke surveillait Michael du coin de l'œil. Bien qu'il fût capable de tenir sa fourchette, ses gestes restaient indécis et maladroits. Il lui fallait bien des efforts avant de réussir à piquer ses aliments et cela faisait peine à voir. Teke l'aurait volontiers aidé mais le rééducateur avait été formel. Il fallait qu'il se nourrisse seul : cela faisait partie de son traitement. Chaque geste accompli avec succès contribuait à améliorer la coordination de ses mouvements.

Le silence retomba. Teke révisa mentalement la liste de sujets de conversation qu'elle s'était préparée, le cas échéant.

— Jana a été choisie pour représenter sa classe dans le débat interscolaire qui doit se dérouler au mois de janvier. Est-ce que tu l'as dit à ton père, Jana ?

— Oui. Le week-end dernier.

— Mais je connais à peine le thème de ce débat.

Jana en parla un peu, pour conclure :

— Tu peux me passer les olives noires, p'pa ?

Il obéit sans faire de commentaire.

— Est-ce que tu as assez de sauce, Mike ? demanda Teke.

Michael acquiesça.

— P'pa dit qu'ils vont me laisser jouer dans l'équipe, l'an prochain, même si je ne joue pas de toute la saison. Mais je n'en suis pas sûr. Tout le monde aura fait des progrès, sauf moi. Je ne pourrai jamais rattraper le temps perdu.

— Mais si, protesta Teke. Tu es le meilleur joueur de l'équipe.

— Pas en ce moment, en tout cas. Et peut-être même plus jamais. Qu'est-ce qui va se passer si je ne peux plus courir ?

— Si tu le veux, tu courras. C'est ce que disent les médecins.

— Est-ce qu'il fait chaud ici ou c'est moi qui ai un problème ? marmonna J.D. en se levant brusquement de table pour se diriger vers le hall. Ce thermostat est réglé à vingt ! Pas surprenant qu'on se croie dans un four ! Pourquoi est-il réglé à vingt degrés ?

Teke reposa sa fourchette. Le peu de nourriture qu'elle avait avalé lui restait sur l'estomac.

— Pour que le jardin d'hiver reste chaud. C'est là que Michael passe le plus clair de son temps.

— Parlant de chaleur, commença Leigh, puisque que vous êtes là, tous les deux, j'ai quelque chose à vous annoncer : nous sommes tout un groupe à avoir décidé de passer nos vacances de printemps au soleil.

— Tu n'as qu'à prendre la verrière. D'ici là, Michael en sera sorti.

— Je suis sérieuse. On pensait aller aux Bahamas.

— Non, fit J.D. avant d'enfourner un morceau de dinde.

— Et pourquoi ? demanda Leigh.

Il mâcha, déglutit puis demanda :

— Est-ce qu'il y a un adulte pour vous chaperonner ?

— Non.

— Voilà pourquoi.

Le regard de Leigh appela Teke à son secours mais celle-ci ne savait trop que dire. « Ne t'inquiète pas, d'ici là Leigh prendra la pilule » ne lui parut pas pertinent ; pas plus que : « La virginité n'est pas une fin en soi » et : « Inutile d'avoir des vapeurs, elle ne boit que de la bière *light* », pas davantage. Elle eût aimé que Leigh lui en parle plus tôt : à deux, elles auraient plus facilement élaboré une approche stratégique.

Car cette démarche était malheureusement inévitable. C'était lui qui tenait les cordons de la bourse. Mis à part quelques bijoux, un manteau de fourrure, une police d'assurance sur la vie et un compte-chèques conjoint, Teke ne possédait rien. Et c'est seulement à cet instant que cette situation lui parut injuste, inélégante et quelque peu menaçante.

— Ce sont les vacances de printemps de ma dernière année d'études secondaires, plaida encore Leigh en voyant que sa mère ne lui était d'aucun secours. Tous les étudiants prennent des vacances d'hiver quelque part quand ils sont en dernière année.

— Tu en prendras aussi. Mais lors de ta dernière année d'université, pas de tes études secondaires.

— Et si je me les payais moi-même ?

— Avec quel argent ?

— Celui de mes économies.

— Cet argent restera à la banque jusqu'à tes vingt et un ans.

Michael jugea bon d'intervenir :
— Je croyais que tu m'avais dit que je pourrais retirer une partie des miennes pour m'acheter un ordinateur ?
— Pourquoi lui et pas moi ? insista Leigh.
— Des vacances, ce n'est pas ce que j'appellerais un investissement pour l'avenir.
— Ce n'est pas juste, p'pa.
J.D. haussa les épaules. Comme le téléphone sonnait, il lança un regard suspicieux à Teke.
— Qui peut bien appeler en plein milieu d'un repas de Thanksgiving ?
Mais déjà, Jana se précipitait. Teke en profita pour demander à Michael :
— Où les jumeaux passent-ils les fêtes ?
— Chez leurs grands-parents, à Springfield, ils y vont tous les ans.
— Et Nat ?
Michael reprit son air maussade.
— Il est chez lui. Après le repas, son père doit l'emmener au gymnase pour qu'il s'entraîne à faire des paniers.
Il piqua une feuille de salade, laissa tomber sa fourchette, la reprit et réussit enfin à la porter à sa bouche. Jana en profita pour regagner discrètement sa place.
— Qui était-ce ? demanda Teke pour dire quelque chose.
— C'était pour moi.
— Est-ce que c'était Zoe ?
— Non.
Le silence retomba. Teke se concentra sur son assiette, se disant que ses tentatives pour créer un semblant de répit étaient aussi maladroites que les gestes de Michael. Tout comme lui, la famille entière avait subi un rude coup et cherchait désespérément à redresser la situation. L'expression tendue de J.D. lui ôta tout espoir de le voir entamer une conversation. Au contraire, il observait intensément les efforts de

son fils et Teke pria le ciel pour qu'il ne fît aucun commentaire. Dans une tentative désespérée pour le sortir de sa rogne, elle demanda :

— Avec qui tes parents passent-ils les fêtes ?

J.D. replongea le nez dans son assiette sans se départir de son expression maussade.

— Avec Sid et Beverly Wyatt. J'étais invité aussi et J.S. n'a pas compris pourquoi j'ai refusé.

— Il n'y a rien à comprendre, intervint Jana. C'est nous qui sommes ta famille et c'est normal que tu sois avec nous.

— Dans les circonstances présentes, répliqua J.D. d'un ton dans lequel Teke décela une certaine arrogance, il y a bien des pères qui auraient passé les fêtes avec d'autres personnes. Ton grand-père a très bien compris que je veuille les passer avec mes enfants, mais il n'a pas admis que ce soit en compagnie de ta mère.

Teke adressa un regard incrédule à son mari, consternée de l'entendre tenir de tels propos en présence de ses enfants.

— Est-ce que grand-père déteste maman ?

— Il s'inquiète pour moi, répondit J.D. Il se rend compte qu'on m'a fait du mal et il en est furieux.

— Il s'inquiète pour toi *et* pour lui, ne put s'empêcher de répondre Teke qui ne supportait pas l'idée que l'on prêtât à J.S. des sentiments dont il était incapable. La vérité, c'est qu'à ses yeux je suis une gêne.

— Et cela te surprend ? Mon père a des principes très rigoureux.

— Pour tout le monde, sauf pour lui-même, rétorqua Teke.

— Ce qui veut dire ?

« Ce qui veut dire que je suis au courant au sujet de Mary McGonigle. Alors, inutile de me parler de morale, J.D. Maxwell ! A moins que tu ne préfères que nous en parlions devant les enfants ? Ce qui veut dire aussi que je commence à en avoir assez et qu'il ne vaut pas mieux que moi ! »

Mais comme elle n'osait rien dire à haute voix, J.D. se tourna vers sa fille aînée pour lui expliquer :

— Elle est jalouse...

— Pas du tout !

— ... de leur situation sociale. Parce que ce sont des personnes influentes parmi les gens de la haute société.

— Je ne suis pas jalouse ! insista Teke. Je n'ai jamais aspiré à ressembler à tes parents. Jamais.

— Ah, non ? fit J.D. en se retournant vers elle. Il m'avait pourtant bien semblé t'entendre demander des conseils à ma mère.

— Parce que je pensais que ça lui faisait plaisir. Parce qu'elle aime se sentir admirée et respectée. Et je respecte tes parents. Mais cela ne signifie pas pour autant que je souhaite leur ressembler.

— C'est uniquement parce que tu en es incapable !

— Ça suffit ! s'écria soudain Michael en faisant voler sa fourchette par-dessus la table. Vous n'êtes pas drôles ! Vous vous haïssez ! Je veux que tout redevienne comme avant ! J'aurais aimé ne rien voir ! Ne rien dire !

En une seconde, Teke s'était levée et se penchait au-dessus de son fils.

— Mon pauvre chéri ! Ce n'est pas ta faute !

— Si ! dit Michael, les yeux embués de larmes. Personne ne l'aurait su, si je n'en avais pas parlé ! Grand-père et grand-mère seraient ici, avec nous ! Avec Annie, Sam, Jon, Zoe et papa Pete ! Je veux... que tout... redevienne comme avant ! acheva-t-il en éclatant en sanglots.

Teke l'entoura de ses bras et, enfouissant son visage dans les cheveux de son fils, se mit à pleurer avec lui. Le chagrin de Michael lui brisait le cœur. Elle sentait soudain au tréfonds d'elle-même que son foyer était définitivement détruit. Elle aurait bien voulu lutter encore mais elle réalisait que les dégâts étaient irréparables, et la démarche au-dessus de ses forces.

Pour une femme qui avait toujours mis la famille et le foyer sur un piédestal, cette prise de conscience l'atteignait comme une gifle en plein visage.

Au cours de la même journée, alors qu'elle finissait de laver les derniers plats, Annie éprouva un terrible sentiment de culpabilité. Le repas du Thanksgiving s'était parfaitement déroulé. Même si l'atmosphère en général et la dinde en particulier avaient manqué de ce petit quelque chose dont Teke avait le secret, personne n'avait émis le moindre commentaire. Au contraire de ce qui s'était passé chez les Maxwell, l'ambiance avait été plutôt cordiale.

Sam entra par la porte de derrière. Après s'être débarrassé de son parka, il s'empara d'un torchon.

— Comment est-il ? demanda Annie.

— Plutôt maussade. J'ai l'impression que Jana et Leigh n'ont pas exagéré. Les choses ont mal commencé et n'ont fait qu'empirer par la suite. Pauvre enfant. Il a l'impression que le monde s'écroule autour de lui.

— Est-ce qu'il a accepté de t'adresser la parole ? demanda encore Annie, bien qu'elle pût lire la réponse dans le regard éploré de Sam.

— Il lui faut un responsable et, à ses yeux, c'est moi. Je ne m'en inquiéterais pas tant si tout allait bien par ailleurs. Mais l'atmosphère autour de lui est si affreuse. L'ami que j'étais pour lui doit certainement lui manquer et j'espère sincèrement que Grady comble tant soit peu ce vide. Mais Michael semble détester tout le monde, en ce moment. Je me demande si toute la famille ne devrait pas consulter un psychanalyste.

— J.D. n'acceptera jamais.

— Laissons J.D. Teke et les enfants se sentent abandonnés et je me sens terriblement coupable... Mais ce fut une magnifique journée, Annie. Tout était parfaitement bien organisé.

— Je n'étais pas seule, lui rappela-t-elle.

— C'est toi qui as fait l'essentiel, dit Sam en glissant un bras autour de la taille d'Annie pour lui déposer un baiser sur la tempe.

Elle s'abandonna quelques instants contre lui.

— Nous avons tant de choses en commun, murmura-t-il à son oreille. Tout n'est pas encore comme avant mais je m'y emploie. Auprès de Jon et de Zoe aussi, je ne désespère pas. Je n'ai malheureusement pas le même sentiment en ce qui concerne Teke et J.D., et cela m'attriste beaucoup.

Annie fit glisser son front vers le menton de Sam. Si, durant toutes ces années, ce dernier avait accordé la plus grande part de son attention à son travail, à présent, c'était sa famille qui faisait l'objet de prévenances quelquefois excessives. Et elle se demandait s'il ne s'agissait pas d'une démarche délibérée dans le seul but de la reconquérir, quoique, au fond, cela n'eût guère d'importance puisque c'était bien là tout ce qu'elle voulait.

Zoe entra à son tour et, sous le regard perplexe de Sam et d'Annie, elle se dirigea sans dire un mot dans la salle à manger attenante et se laissa tomber sur une chaise avec un soupir de découragement.

— Que se passe-t-il ? demanda Annie en s'approchant d'elle.

Les yeux perdus dans le vague, Zoe lui répondit par un geste évasif qui voulait dire tout et rien.

— Jana et moi, nous nous sommes encore disputées, répondit-elle enfin en grattant nerveusement le bord de la table de son pouce. Elle continue de dire que papa est responsable de tout ce qui est arrivé alors que Teke est aussi responsable que lui.

— Jana est très troublée. Elle a eu une journée très difficile.

— Est-ce que ça lui donne le droit de dire que c'est papa qui a brisé le mariage de ses parents ? Ou que Leigh aura les pires ennuis si elle épouse Jon ? Est-ce qu'elle doit me traiter de gamine sous prétexte que je veux garder mon père près de moi ?

Sam, qui s'était doucement approché, posa une main apaisante sur les boucles blondes de sa fille.

— Jana n'est plus elle-même, depuis quelque temps, expliqua Annie.

— A moins qu'elle soit vraiment elle-même, objecta Zoe. Elle se comporte exactement comme J.D. Elle cherche tout le temps à rejeter la faute sur les autres. Peux-tu me dire ce que ça lui apporte, si ce n'est de me mettre mal à l'aise ?

Annie secoua tristement la tête. Tout cela sentait la petitesse et l'abandon. Exactement comme elle-même s'était sentie tout récemment.

— Ce n'est pas bien, compléta Zoe.

Annie l'attira vers elle.

— Je le sais, ma chérie.

— Elle monte tous mes amis contre moi.

— Non, je ne crois pas.

— Si. Elle sort avec eux sans moi. Et il faut bien qu'elle leur dise pourquoi. Et je sais qu'elle ne dit rien de gentil. Qu'est-ce qu'il me reste comme amie, maintenant ?

— Tu as bien d'autres amies. Lisa, Amy, Leslie...

— C'est Jana qui a toujours été ma meilleure amie.

— Et elle le redeviendra. Vous vous connaissez depuis trop longtemps pour ne pas surmonter cette situation passagère.

— Comme Teke avec toi ?

« La vérité sort de la bouche des enfants », constata Annie qui, regardant furtivement Sam, eut la nette impression que son cœur saignait.

— Exactement.

— Et toi avec papa ?

Sam jugea bon de prendre la parole :

— Tout à fait. J'aime trop ta mère pour laisser ce genre de climat s'installer entre nous. Mais il y a une grande différence entre nos relations, celle qui existe entre ta mère et moi, et celle qui existe entre Teke et J.D. Et c'est pourquoi Jana a tort de me reprocher d'être la cause de la dispute de ses parents.

Hésitante, Zoe tourna son regard vers Annie.

— Teke et J.D. ne s'étaient jamais disputés, avant.

— Ça ne veut pas dire pour autant que leur couple allait bien, expliqua Annie.

— Si je racontais ça à Jana, annonça Zoe après quelques instants de réflexion, elle ne me parlerait plus jamais, c'est sûr.

— Eh bien alors, ne lui dis rien. Il se peut très bien qu'elle en soit consciente et que son animosité envers toi ne soit que de l'envie.

— Peut-être. Est-ce que tu sais ce qu'elle a dit, ce soir ?

— Quoi donc ?

— Elle a dit que cette année, elle aimerait que nous allions au chalet à une période différente de la leur. De cette façon, elle aurait suffisamment de place pour inviter des amis.

— Elle est fâchée, Zoe. Ne fais pas attention à ce qu'elle dit.

— Facile à dire ! Ce n'est pas vous qui perdez tous vos amis.

Glissant d'entre les bras de sa mère, elle courut vers sa chambre. Sam fit quelques pas pour la rattraper mais se ravisa.

— Je ne ferais que la perturber davantage. Vas-y, toi.

Annie alla s'asseoir près de Zoe et lui répéta calmement tout ce qu'on venait de lui expliquer. Elle aurait aimé apporter un remède mais, s'étant elle-même, dans sa jeunesse, heurtée à l'ostracisme de ses camarades, elle savait que seul le temps pourrait arranger les choses. Lui dire que ses parents et son frère l'aimaient lui sembla la formule la plus appropriée, aussi le lui répéta-t-elle encore et encore... mais la famille ne remplace pas les amis.

Annie resta près de Zoe jusqu'à ce qu'elle la sentît

près de s'endormir et, après l'avoir embrassée, elle se retira sur la pointe des pieds. La cuisine était sombre, le petit salon, désert. Assis sur le bord du lit dans la chambre à coucher, Sam, toujours habillé, semblait méditer profondément.

— Quand tout cela prendra-t-il fin ? demanda-t-il d'un air implorant. Quand cette descente aux enfers cessera-t-elle ?

C'était la question qu'elle se posait chaque fois qu'elle apercevait Teke ou qu'elle entrevoyait Michael, chaque fois qu'elle voyait Jon ou Zoe se détourner de leur père, chaque fois aussi qu'elle croisait Jason Faust et son regard réprobateur. Mais aussi, chaque fois qu'elle posait les yeux sur Sam, elle se demandait surtout *quand* elle allait enfin le considérer comme l'homme dont elle était amoureuse et renoncer à le traiter comme l'époux à qui elle avait quelque chose à pardonner.

En vérité, la seule chose dont elle était sûre, c'était qu'il souffrait et que cette souffrance lui était de plus en plus intolérable. Elle parcourut à pas feutrés la distance qui la séparait de lui et, se glissant entre ses jambes, vint poser la tête de Sam au creux de sa poitrine. Et là, blottie contre son souffle tiède et ses odeurs intimes, elle prit conscience d'un fait irréfutable : le désir qu'elle éprouvait pour lui était infiniment plus grand que sa colère, sa douleur ou sa honte.

Les battements de son cœur la trahirent. A moins que ce ne fût son pressant besoin de lui, car les bras de Sam se refermèrent naturellement autour de sa taille. Immobile, elle garda sa joue appuyée sur la tête de Sam pendant qu'il s'affairait à déboutonner son chemisier, puis à dégrafer son soutien-gorge. Le souvenir de Jason lui effleura un instant l'esprit mais son embarras se dissipa en quelques secondes, alors qu'elle sentait affluer en elle des ondes de désir longuement refoulé.

Elle le laissa faire, avec, à fleur de peau, la perception aiguë de leur envie réciproque, mais aussi le besoin de savoir qu'il la trouvait attirante, le besoin de sentir le contact de ses lèvres et de sa langue, le besoin des mots doux et sensuels qu'il murmurait contre sa chair, tant et tant que chacun d'eux l'émouvait au plus profond d'elle-même.

Il détacha ses lèvres de celles d'Annie, juste le temps de se dévêtir à son tour.

Tremblante, elle se laissa doucement allonger sur leur lit, à la fois émerveillée et effrayée par tant d'amour retrouvé.

Il la pénétra lentement, doucement, si divinement qu'un immense soupir de soulagement s'échappa de sa poitrine. Soulagement de courte durée puisque Sam se mit à l'aimer avec une exquise douceur qui la porta aux nues. On eût dit qu'il voulait lui démontrer la force et l'étendue de son amour, la mesure de sa passion d'homme et de mari. Si l'aube ne s'était levée, Annie serait restée ainsi dans ses bras pour l'éternité.

Mais l'aube se leva, ramenant avec elle les tourments qu'aucune nuit de passion, aussi longue fût-elle, ne saurait effacer.

15

Sachant que ses parents étaient rentrés de Floride la veille au soir, le message «John Stewart vous attend» ne surprit pas J.D. outre mesure, le mardi suivant. Il était conscient aussi que son père devait s'interroger sur la manière dont s'étaient déroulées les fêtes du Thanksgiving, et que ses inquiétudes concernaient davantage l'avenir de sa bru que l'état de santé de son petit-fils.

J.D. se surprit à souhaiter que, pour une fois, une seule fois dans sa vie, il en soit autrement ; que les observations de son père soient positives plutôt que négatives et que sa première question porte sur Michael.

Maugréant contre l'angoisse qui l'étreignait, il froissa nerveusement le message et, après l'avoir jeté dans sa corbeille à papier, prit le chemin du bureau directorial. John Stewart lisait le *Wall Street Journal*. En voyant entrer son fils, il referma le journal et le mit de côté.

— Tu sembles reposé, dit celui-ci en se laissant tomber sur un fauteuil. Et bronzé, aussi. Tu as joué au golf, je suppose ?

— Un peu, répliqua John Stewart, vaguement irrité. J'ai plutôt passé mon temps à expliquer ton absence à nos amis.

— Ah ! Eh bien, je pense que tu n'as pas dû avoir de mal à leur faire comprendre que j'étais avec ma famille. A moins que ça n'ait été trop te demander de ne pas claironner dans tout Palm Beach que je suis séparé de ma femme ?

— Pourquoi ne le saurait-on pas ? Mes amis connaissent Theodora et ne se font pas d'illusions sur elle. Ils ont été très heureux d'apprendre que tu fais enfin preuve de lucidité.

— Elle reste néanmoins ma femme, rappela J.D. Le fait que tu médises d'elle devant des étrangers me contrarie beaucoup.

— Ces gens-là ne sont pas des étrangers. Tu as collaboré avec la plupart d'entre eux et ils ont beaucoup d'estime pour toi. Tu n'as qu'un mot à dire et ils te présenteront toutes les femmes que tu voudras. Qui plus est, ils apprécient énormément tes talents d'avocat. Si tu décidais d'ouvrir un cabinet à Palm Beach, tu pourrais compter sur leur appui.

Qu'on lui présentât « toutes les femmes qu'il voudrait » n'intéressait pas J.D. Pas plus qu'il n'avait envie d'ouvrir un cabinet à Palm Beach. Et quand bien même, il n'aurait certainement pas l'inconséquence de le faire sous la houlette de son père.

— Et si je décidais de me réconcilier avec Teke ?

Curiosité ou rébellion, il l'ignorait, mais les soubresauts de son estomac redoublèrent de violence.

— Tu ne te réconcilieras pas avec elle, annonça J.S. d'un ton sentencieux. Tu me ressembles trop pour ça.

— Ne t'en vante pas trop, car ce n'est pas une référence. En fait, si je refuse de me réconcilier avec Teke, c'est uniquement parce que je suis trop formaliste.

— Voilà qui n'est pas très aimable, John David.

John David haussa les épaules.

— Il n'y a que la vérité qui blesse. Non seulement je suis formaliste, mais je suis arrogant aussi.

Les lèvres pincées, John Stewart crut bon d'opter pour un changement de cap.

— Allons, tu es de mauvaise humeur... Es-tu bien installé dans ton appartement ?

Son appartement. Ah, parlons-en de son appartement ! Toute une histoire en soi, son appartement ! Il avait commencé par embaucher une femme de ménage qui n'avait rien trouvé de mieux à faire que d'égarer sa brosse à dents et une de ses chaussures de tennis. La blanchisserie de l'immeuble lavait convenablement ses chemises mais ses caleçons en ressortaient toujours comme amidonnés. Sans parler de la machine à laver la vaisselle qui était toujours pleine, de vaisselle propre ou de vaisselle sale.

— Je m'y plais énormément, dit-il d'un ton désabusé.

— Aurais-tu quelque difficulté avec un client ?

— Le devrais-je ? demanda J.D., sur ses gardes.

— Il doit bien exister une raison à ta mauvaise humeur...

J.D. regarda son père avec l'air de tomber des nues.

— Une des raisons de ma mauvaise humeur, c'est mon fils. Il a traversé une rude épreuve. Il traverse *encore* une rude épreuve. Mais cela n'a pas l'air de t'inquiéter beaucoup.

— Comme tu ne m'en parlais pas, j'ai présumé que tout allait bien.

— Il ne va *pas* bien, justement. Il passe, au contraire, des moments très difficiles en voulant s'adapter à sa nouvelle situation. Nous avons eu une scène de ménage affreuse durant le repas du Thanksgiving. J'étais assis à table, attendant que chacun s'efforce de me plaire, exactement comme tu le fais. Et, comme rien ne se passait, j'ai manifesté ma mauvaise humeur, comme tu sais si bien le faire, toi aussi. Bon Dieu ! Quel triste exemple tu auras été pour moi ! conclut-il, surpris par son audace.

— Ne rejette donc pas sur moi les fautes qui t'incombent, John David. Ce n'est pas moi qui ai choisi la femme que tu as.

— Non. Mais c'est ton influence sur moi qui est responsable de la situation présente. Je n'arrive pas à satisfaire ma femme, sexuellement ou autrement, parce que je suis, tout comme toi, froid, égocentrique et enclin à la morosité. Sans Sam et Annie, il est probable que Teke aurait demandé le divorce depuis longtemps.

— Sam ? renâcla J.S. Sam ne vaut pas un sou.

Voilà le genre de réflexion que J.D. avait souvent entendue. Trop souvent. Avec une force tout à fait inusitée face à son père, il déclara :

— Sam est la seule personne qui m'ait permis de garder un peu de bon sens, dans ce bureau. Sans lui, voilà des années que j'aurais quitté cette société... ou que je me serais jeté par la fenêtre. Sam a été mon sauveur. Il n'y avait que lui pour m'apporter le calme dont j'ai besoin. C'était le seul à me rappeler qu'il existe autre chose que le tout-puissant dollar et qui m'a permis d'acquérir le peu de sens de l'humour dont je suis capable. La meilleure part de moi-même ne me vient pas de toi, mais de lui.

Le regard de John Stewart était aussi coupant qu'une lame de rasoir.

— Ainsi donc, tu te mets de son côté. Je ne pouvais m'attendre à pire : tu n'es qu'un traître.

— Je suis réaliste.

— Tu es un froussard. Pendant deux réunions, tu t'es éclipsé avant que je puisse faire procéder au vote du congédiement de Sam. Tu refuses de voter pour moi, mais tu n'as pas davantage le courage de voter *contre* moi.

— J'y viens, prévint J.D. qui tourna brusquement la tête en entendant la porte s'ouvrir derrière lui sans qu'on ait frappé.

Il se préparait à tancer vertement Mary McGonigle pour tant d'impudence, mais ce fut Virginia Clinger qui apparut dans l'embrasure de la porte, nimbée de son obsédant parfum.

— Oh, pardon ! lança-t-elle en apercevant père et fils face à face. Je constate que je tombe mal. Je reviendrai plus tard.

Elle disparut aussi vite qu'elle était arrivée, laissant J.D. sceptique et méfiant.

— Que vient-elle faire ici ?

Stanley Clinger ayant pris ses quartiers d'hiver dans le Sud et Virginia n'ayant aucune affaire en cours avec Maxwell, Roper and Dine, cette brusque apparition-disparition ne laissait pas de l'intriguer.

— Elle passait sans doute pour dire bonjour, fit John Stewart.

— Comme ça ? Pour rien ? Cela ne lui ressemble pas du tout. A moins qu'elle n'ait une idée derrière la tête...

Qu'elle fût entrée sans frapper et sans que cela eût l'air de surprendre J.S. l'irritait terriblement.

— Est-ce que tu la vois souvent ?

— Elle passe de temps à autre.

— Et pour te parler de quoi ? De Sam ?

— Que veux-tu qu'elle me raconte au sujet de Sam ?

— Virginia est capable de te raconter exactement ce que tu as envie d'entendre, dans la mesure où cela sert ses intérêts, en l'occurrence soutirer le plus d'argent possible à son père. C'est moi qui gère les biens de Stanley mais il est ton ami depuis longtemps. Qu'est-ce qu'elle te raconte ? Qu'elle a vu Sam et Teke ensemble ? Qu'elle a la preuve qu'ils ont eu une liaison ?

— C'est une chose admise depuis longtemps et par toutes les parties concernées.

— Il a admis qu'ils se sont vus une seule et unique fois, ce qui ne constitue pas à proprement parler une liaison. Ce qui s'est passé entre eux ne vous concerne ni l'un ni l'autre.

— Bien sûr, que cela me concerne. Sam salit la réputation de ma société.

— Salit ? Depuis l'affaire Dunn-Hanover, on parle de notre société comme on ne l'a jamais fait auparavant. Je n'appelle pas cela salir, j'appelle cela établir des relations publiques à très haut niveau.

— Tu as mordu à cet appât, et en avalant l'hameçon, par-dessus le marché. Sam t'a fait subir un véritable lavage de cerveau...

— Il a été un sacré bon ami. Un *sacré* bon ami !

— Comment peux-tu encore dire une chose pareille après ce qu'il a fait, avec ta propre femme ?

Mais J.D. n'avait pas l'intention de s'y laisser reprendre. Sa colère contre son père semblait lui donner un sentiment de puissance méconnu jusqu'à ce jour. Il se sentait de taille à aborder avec cet homme tous les sujets qu'il s'était efforcé d'éviter jusqu'à présent.

— Il m'arrive de faire un cauchemar : je rêve que je vote pour le départ de Sam et que chaque jour, chaque semaine, chaque mois que je passe sans lui me fait ressembler de plus en plus à toi. Je rêve que je deviens de plus en plus froid, de plus en plus snob, de plus en plus pontifiant et sûr de mon bon droit, à un point tel que je me retrouve assis tout seul au sommet d'une pyramide, car personne au monde ne veut plus de ma compagnie. Assez sinistre, ne trouves-tu pas ?

John Stewart quitta lentement son siège pour se déployer de toute sa hauteur. De cette même voix impérieuse qui en avait découragé plus d'un, il annonça :

— Pas sinistre. Infantile. Je t'ai donné la vie, John David, je ne mérite pas un tel manque de respect.

Mais cela ne découragea pas J.D. Il se contenta de regarder son père d'un air incrédule.

— Tu ne comprends pas. Tu n'y es pas du tout. Tu n'entends même pas ce que je dis, n'est-ce pas ?

— Je n'entends que ce que j'ai besoin d'entendre. Mais si j'étais toi, je ne répéterais pas ce que tu viens de dire. Je peux très bien te congédier en même temps que ton cher ami Sam Pope. Penses-y, la prochaine fois que tu auras envie de m'insulter. Cette société est la mienne, John David, la *mienne*.

J.D. aurait pu arguer qu'il avait son mot à dire, qu'il avait fait largement sa part dans la société, que, Sam et lui partis, la firme aurait fort à faire pour s'en sortir... Mais peu lui importait. Il lui apparut soudain qu'il avait des choses bien plus importantes à faire que se chamailler avec John Stewart. L'étau qui enserrait ses tempes avait disparu, le nœud qui étreignait ses tripes s'était dénoué et il sentait dans l'air le parfum tout neuf de l'indépendance. Restait à savoir où cela le conduirait.

A l'autre extrémité des bureaux de Maxwell, Roper and Dine, Sam rentrait après un verdict défavorable à l'un de ses clients. Il en éprouvait un certain découragement. En effet, son client n'était ni jeune ni en bonne santé et Sam doutait fort qu'il survécût à un séjour en prison. Il restait persuadé que la seule faute commise par ce dernier résidait dans la grande naïveté dont il avait fait preuve en choisissant ses associés. Cependant, pour le malheur du pauvre homme, les jurés en avaient décidé autrement. Bien sûr, il pourrait toujours faire appel mais, en toute sincérité, Sam doutait que cela servît à grand-chose, le procès s'étant déroulé de manière on ne peut plus équitable.

Il aurait pu en espérer autant du côté de Maxwell, Roper and Dine. Pourtant, malgré les nombreuses doléances présentées au cours des réunions hebdomadaires, la situation était toujours à son désavantage. J.S. avait si profondément impliqué Vicki Cornell dans ses affaires, qu'elle pouvait laisser tomber Sam d'un instant à l'autre, sur un simple appel. Tom Mackie assimilait ce que Sam attendait de lui avec une lenteur exaspérante. Epuisé, irrité, il éprouvait les plus grandes inquiétudes quant à son avenir professionnel.

A peine avait-il posé son attaché-case sur son bureau que l'interphone bourdonnait.

— Adam Holt, annonça Joy. Voulez-vous que je prenne le message ?

Adam Holt dirigeait l'une des plus importantes agences de recrutement d'avocats de Boston. Sam avait déjà eu l'occasion de lui parler au cours des dernières années, sans jamais cependant établir de véritable contact. Bien qu'il n'ait jamais fait la moindre allusion à son éventuelle démission de chez Maxwell, Roper and Dine, il eut envie d'écouter ce qu'Adam avait à lui dire. Déjà, la semaine précédente, ils avaient eu un entretien et, n'eût été son découragement, il aurait demandé à Joy de prendre le message.

— Je le prends, décida-t-il. Comment allez-vous, Adam ?

— Très bien, Sam. Non, à vrai dire, pas très bien. J'ai de plus en plus d'appels vous concernant.

— Et de qui ?

— Malek, Hill and French. Ils veulent vous avoir, Sam. Ils ont besoin d'un avocat de votre trempe et ils sont prêts à payer le prix fort.

Sam ferma les yeux et massa les muscles douloureux de sa nuque.

— Ce n'est pas une question d'argent, Adam, soupira-t-il. Je croyais déjà m'être expliqué à ce sujet. Ce cabinet est bien trop gros pour moi. Ça me tuerait, de travailler dans ce genre de boîte.

— Mais vous disposeriez de votre propre service au sein même de la société.

Sam connaissait parfaitement le principe de fonctionnement de ce genre de cabinets. Il suffisait qu'un avocat veuille faire cavalier seul pour qu'il se retrouve isolé, et parfois même en butte à l'ostracisme général. Pour lui, ce serait en quelque sorte tomber de Charybde en Scylla. Qui plus est, il connaissait bon nombre d'associés de chez Malek, Hill and French et tous, d'une manière ou d'une autre, appartenaient à la même catégorie d'individus que J.S. ; il aurait donc fort à faire avant que s'établisse un climat de confiance entre eux et lui.

— Je regrette, Adam. Ce poste n'est pas pour moi.

— Il y a aussi Waterson and Bailey. Y avez-vous pensé ?

— Pas vraiment. Je n'éprouve pas un besoin réel de quitter mon poste, actuellement.

— Mais chez Maxwell, Roper and Dine, le domaine d'exercice de vos compétences est extrêmement limité. Pensez à tous les clients que vous avez dû envoyer à des confrères, faute de personnel qualifié.

Néanmoins, Sam se disait que c'est de cette manière qu'il voulait continuer à exercer sa profession et qu'un plus gros cabinet ne l'intéressait pas du tout. Ce qu'il n'aimait pas, ici, c'était cette atmosphère malsaine qui traînait dans les couloirs et qui menaçait son partenariat au conseil d'administration de la société.

Ses yeux tombèrent sur une grande enveloppe bistre sur le dessus de sa pile de courrier. Elle provenait de Joe Amarino, un vieux camarade d'université, actuellement au service du bureau de conseil du gouverneur. Leur dernière conversation remontait seulement à la matinée précédente.

Concluant rapidement avec Adam, il décacheta vivement l'enveloppe. Celle-ci contenait une série de formulaires accompagnés d'un petit mot.

« Voici le formulaire de demande de candidature dont je t'ai parlé, disait-il. J'espère sincèrement que tu la prendras en considération. Non seulement parce que je suis persuadé que tu ferais un bon juge, mais aussi parce que je crois fermement que tu as de grandes chances d'obtenir ce poste. Je n'en ai pas encore discuté avec le gouverneur. Néanmoins, je sens qu'il serait ravi d'avoir dans son équipe quelqu'un d'aussi jeune et idéaliste que toi. Ne perds pas de temps. Il a l'intention de pourvoir ce poste dans les plus brefs délais. »

Sam jeta un coup d'œil sur le formulaire, le mit de côté, l'observa de nouveau puis se mit à regarder au loin. Le sentiment d'être considéré comme un intrus chez Maxwell, Roper and Dine se faisait de plus en plus aigu. Si sa loyauté envers J.D. lui dictait de rester, l'attitude de J.S. à son égard l'incitait à lever le camp au plus tôt. Il en était à se demander jusqu'à quel point la sécurité que lui procurait son chèque de fin de mois lui permettrait de supporter les conditions de travail de plus en plus pénibles qu'on lui infligeait depuis plusieurs semaines.

« Parles-en à Annie », se répétait-il. Mais il hésitait. Il ne voulait pas la tourmenter avec ce problème, surtout à un moment où leurs relations commençaient à s'améliorer. Aux yeux de sa femme, il voulait garder une image d'homme fort, possédant le parfait contrôle de sa vie.

A présent que Michael était rentré à la maison, Grady pouvait constater tous les changements qui, au fil des années, s'étaient opérés en Teke. Comme l'enfant passait ses journées soit avec son rééducateur, soit avec son précepteur, il était à présent tout à fait loisible à Teke de se rendre à la pharmacie, au supermarché ou à la bibliothèque. Il n'était plus question de déjeuners chez McDonald's et de cafés servis dans des tasses de polyuréthane. Elle s'était remise à cuisiner de bons petits plats, à mettre des fleurs partout dans la maison, ce qui amenait Grady à se sentir un peu inutile.

C'est pour cette raison qu'il fut très heureux quand Teke lui annonça, hésitante :

— Tu me sauves la vie, Grady. Le lycée vient juste de m'appeler au sujet de Leigh. Voilà deux fois qu'elle s'absente d'un cours et je dois aller m'entretenir avec le conseiller pédagogique. Aurais-tu la gentillesse de rester près de Michael quelques minutes ?

— Prends tout ton temps, répondit Grady.

Elle mit son manteau, rafla ses clés et se dirigea vers la porte. Elle prit néanmoins le temps de faire demi-tour pour aller passer ses bras autour du cou de Grady et lui murmurer :

— Merci.

Avec pour tout cadeau l'odeur florale du parfum de Teke dans les narines, Grady s'approcha de Michael qui regardait la télévision au salon.

— Salut, Grady.

— Salut, Mike, répondit-il pendant que Michael frappait sa main contre la main levée de Grady. Tu regardes un feuilleton ?

— Ouais. Ça se passe comme chez nous. Quand on a résolu un problème, un autre surgit. C'est au tour de Leigh, maintenant. Elle aime mieux étudier Jon que le français ou l'anglais. Et quand maman s'en mêle, c'est pire. Leigh ne lui rend pas la vie facile depuis qu'elle a eu une aventure avec Sam.

— Elle n'a pas eu d'aventure avec Sam, dit Grady pendant que Michael zappait sur une autre chaîne.

— Tu vois ce type ? Sa voiture est tombée du haut d'une falaise et il est resté dans le coma pendant deux mois. Quand il s'est réveillé, il ne se souvenait de rien. Mais au moins, il pouvait marcher, lui. C'est ce qui aurait dû m'arriver, à moi aussi.

— Mais tu peux marcher.

— Comme un canard boiteux.

— Pas quand tu auras terminé ta rééducation.

Michael ne répondit pas. Les yeux fixés sur l'écran, il faisait machinalement défiler les différents programmes.

— Est-ce que tu as eu une matinée difficile ? demanda Grady.

— Je déteste ces exercices. Ça ne vaut rien. Si c'était m'man qui devait les faire, je suis sûr qu'elle refuserait. Elle a horreur de faire de l'exercice. Attends encore quelques années et tu verras à quoi elle ressemblera.

— Je la trouve plutôt jolie, moi.

— Attends de voir quand elle aura les jambes, les bras et le menton tout flasques, elle ressemblera à une vieille, insista-t-il comme s'il affirmait une vérité inéluctable.

— Je vois, fit Grady. C'est aujourd'hui qu'on cloue les mères au pilori.

Michael continuait de fixer son écran de télévision.

— Elle me tape sur les nerfs.

— Elle t'aime.

— Ah oui ? Alors, pourquoi est-ce que je suis ici ?

— Tu es ici, répondit Grady dont la patience commençait à s'émousser, parce que tu as traversé la rue sans regarder.

Michael consentit enfin à le regarder dans les yeux.

— C'est une chose que je n'aurais jamais faite si elle n'avait pas été dans la situation que tu sais. C'est elle, l'adulte. Elle aurait dû savoir.

— Eh bien, elle ne savait pas et elle le regrette. Sois sûr qu'elle en souffre au moins autant que toi. Pendant que tu étais dans le coma, elle était dans un état épouvantable.

— En attendant, ce n'est pas elle qui ne peut plus jouer au basket.

— Mais c'est elle qui s'occupe de toi. Si tu crois que ce n'est rien, c'est que tu n'es pas aussi futé que je le croyais. Quand tu souffres, elle souffre autant que toi.

Michael retourna à son programme en bougonnant :

— Bien fait pour elle.

— Non, pas du tout. Elle n'a jamais voulu te faire de mal. Elle n'a jamais voulu faire de mal à *qui que ce soit*. Après ce qu'elle a connu avec son père, c'est un miracle qu'elle soit comme ça. Est-ce qu'elle t'en a jamais parlé ? Est-ce qu'elle t'a raconté la façon dont son père la battait ? Elle n'avait pas ton âge que, déjà, elle lui faisait la cuisine et lavait ses affaires. Et qu'est-ce qu'elle recevait, en retour ? De grandes baffes en pleine figure, quand la cuisine n'était pas bonne. Si elle s'avisait de dormir trop longtemps, il la jetait à bas de son lit. Ça, c'était quand il était à jeun, parce que, quand il avait bu, il n'avait besoin d'aucun prétexte pour la battre. Est-ce qu'elle t'a déjà fait subir ce genre de traitement, à toi ?

Michael le regardait sans mot dire.

— Est-ce qu'elle l'a déjà fait ? répéta Grady.

— Non.

— Je le savais bien. Elle a passé ces vingt dernières années à essayer de donner le meilleur à ses enfants. Alors, repense un peu à ce que tu viens de dire d'elle. Avec de la chance, avec beaucoup de chance, tu pourras devenir quelqu'un d'aussi bien qu'elle. En vérité, le problème, c'est que tu es cloué dans cette pièce. Est-ce que tu as déjeuné ?

— Elle m'a préparé un *grill-cheese*.

— Est-ce que tu l'as mangé ?

— Pas entièrement.

— Eh bien, je n'ai rien apporté et ton *grill-cheese* froid ne me tente vraiment pas. J'aurais plutôt envie de quelque chose d'épicé. Ça te dirait, du mexicain ?

Le visage de Michael s'éclaira.

— Dehors ?

— Je t'ai déjà ramené de la piscine. Tout ce que tu as à faire c'est t'installer dans la voiture.

— Je n'ai pas mangé une seule fois à l'extérieur, depuis l'accident.

— Je ne vois pas le moindre problème à ce que nous allions au restaurant. A moins que tu ne craignes que quelqu'un se moque de toi parce que tu te déplaces avec des béquilles. Mais dis-toi bien que cette personne aura affaire à moi. Ou peut-être te sens-tu gêné de te promener en compagnie d'un meurtrier...

Mais Michael avait déjà attrapé ses béquilles et Grady l'aida à les placer. Il l'aida également à enfiler un pantalon de jogging mais attendit patiemment que Michael eût fini de mettre son chandail ainsi que la casquette qu'il lui avait offerte. Après avoir laissé un message bien en évidence à l'intention de Teke, ils grimpèrent dans la camionnette et prirent le chemin de la ville. Pendant le trajet, Grady put sentir les regards furtifs que lui lançait fréquemment l'enfant, mais ce ne fut qu'après qu'ils se furent installés dans un Taco Joe avec de la nourriture pour quatre, que l'enfant se résolut à dire :

— Tu es différent, tu sais ?

— En bien ou en mal ?

— En bien. Un peu dans le genre de Sam. Quand on commençait à s'ennuyer, c'était toujours lui qui trouvait une bonne idée. Comme, par exemple, jouer au ballon avec moi. Mais je ne veux plus qu'il soit mon entraîneur.

— Pourquoi ? J'ai entendu dire qu'il jouait très bien.

— Ouais. Avec ma mère...

— D'après ce que je sais, ni l'un ni l'autre n'a éprouvé de plaisir à jouer à ce jeu-là. Je parie qu'il serait à nouveau très heureux de jouer avec toi.

— Mais moi, je ne veux plus.

— Est-ce que tu as l'intention de lui en vouloir toute ta vie ? On m'a bien pardonné, à moi…

— Pas du tout. Tu m'as dit toi-même que tu dois encore te battre pour te défendre.

— Et je n'en suis pas fier. Pas plus que Sam ne doit être fier de ce qui s'est passé avec ta mère. Il en éprouve de terribles remords et cela prendra beaucoup de temps avant qu'il fasse la paix avec lui-même. Ce serait chic de ta part si tu lui redonnais sa chance. Je suis reconnaissant envers les gens qui m'ont donné la mienne.

— J'ai une idée : c'est toi qui vas m'entraîner. Je parie que tu as déjà joué.

— Jamais.

— Jamais ?

— Quand aurais-tu voulu que je joue ?

— Sam a joué au collège.

— Je n'ai jamais fréquenté le collège. En fait, je ne suis jamais allé à l'école plus de cinq jours consécutifs. Et je n'ai jamais eu le temps de jouer au basket-ball. J'étais bien trop occupé à aider mon père, sur les quais.

— Mais tu n'as plus l'air si occupé, maintenant. Qu'est-ce que tu fais quand tu ne répares pas la remise de Mme Hart ?

Ses yeux s'illuminèrent soudain, comme si une lumière venait d'éclairer un coin de son esprit.

— Je me souviens : tu construis des canoës, c'est toi qui me l'as dit. Est-ce que c'est vrai ?

Grady hocha la tête.

— Comment ?

Grady se mit à rire doucement. Cet enfant avait le cynisme d'un homme de quarante ans, les pleurnicheries d'un gamin de trois ans et l'impertinence d'un garçon de dix-huit. Mais c'était l'adolescent de treize ans aux yeux innocents et curieux qui lui plaisait le plus.

— Eh bien, tu mets quelques morceaux de bois dans une forme, tu donnes quelques coups de marteau par-ci par-là, tu ponces un peu, tu les sors de la forme et tu les recouvres de toile. Ensuite, tu ponces beaucoup et tu donnes quelques coups de pinceau. A la fin, tu mets le truc à l'eau et tu pagaies en direction de nulle part.

— Nulle part ?

— Les grands espaces. Les terres inconnues où il n'y a que la forêt, le ciel et l'eau. Là où la nature règne et où l'homme n'est qu'un invité de passage.

— Est-ce que ça fait peur ? demanda Michael en retenant un peu son souffle.

— Pas vraiment. Il existe une vie dans ce grand nulle part que la plupart des gens ne voient pas parce qu'ils effraient les habitants des lieux avec leur bruit. Mais si tu y vas sans voir ces habitants, à quoi bon y aller ?

Michael battit des paupières.

— Des Indiens ?

— Des oiseaux, des rats musqués, des castors, des orignaux...

— Des orignaux ? répéta l'enfant, les yeux écarquillés.

— Des orignaux.

— Terrible !

Ce devait être le compliment suprême et Grady se demanda si sa fille utilisait les mêmes expressions.

— Est-ce que tu m'emmèneras avec toi ?

— Aussitôt que tu pourras marcher.

— Mais si je dois rester assis dans le fond du canoë et pagayer...

— Assis ? Tu plaisantes ! Il te faudra pagayer, bien sûr, mais aussi faire du portage, ramasser du bois, faire du feu. Il faut que tu sois capable de coucher à la belle étoile et de te faufiler dans les sous-bois. Il faudra aussi nettoyer l'endroit où tu auras campé, en ne laissant derrière toi que l'empreinte de tes pas. Tout ça n'a rien à voir avec un pique-nique.

— Pourquoi est-ce que tu fais ce genre de chose ?

L'esprit de Grady s'envola vers sa rivière préférée,

là-bas, dans le nord du Maine, et il éprouva une sensation de bien-être.

— Parce que je m'y sens libre et en paix, et que les barrières sociales n'existent pas.

Un long silence s'établit entre eux et ils en profitèrent pour engloutir leur repas. Au bout d'un moment, Michael annonça :

— C'est un peu comme quand je suis à Sutter's Island. Je n'ai pas à être le meilleur, parce que aucun de mes amis ne se trouve là.

— Qui te dit que tu dois être le meilleur ?

— Mon père… Est-ce que c'est parce que tu es allé en prison que tu ne te sens pas l'égal de tout le monde ?

— Oh, je crois que je vaux n'importe qui. Ce sont les autres qui sont la cause du problème.

— Parce que tu es un ex-condamné ?

— Et un menuisier, aussi. Ça ne confère pas le même statut social que le métier de ton père.

— Mais ce qui compte, c'est que tu fasses bien ton métier, c'est ce que maman m'a toujours dit. Elle n'est pas tellement sensible au métier de papa. Elle dit que je peux faire ce que je veux, à condition de le faire avec passion. Est-ce que tu fais ton métier avec passion ?

En imaginant Teke, Grady ne put s'empêcher de sourire.

— Tout dépend de ce que tu entends par « passion ».

— Est-ce que tu fais bien ton métier ?

— Je crois. Mais je ne peux pas en juger. Peut-être le pourrais-tu. Est-ce que ça t'intéresse ?

— Maintenant ?

— Dès que nous aurons fini notre repas.

Quelques minutes après, ils arrivaient à la remise.

— Terrible ! s'exclama aussitôt Michael en regardant à travers le pare-brise. On dirait que c'est tout neuf !

Grady lui-même n'était pas mécontent de son travail. La grande porte avait fait place à des fenêtres et à une porte à deux vantaux, le tout surmonté par un grand châssis cintré. Il avait peint les planches de parement horizontales en gris taupe, mettant ainsi en relief le blanc éclatant des menuiseries.

L'intérieur n'était cependant pas encore achevé, mais les colombages de bois des cloisons permettaient d'avoir une vague idée de l'aménagement intérieur.

— Qu'est-ce qu'il va y avoir là ?

— La cuisine. Et ça, c'est une chambre à coucher. La pièce où nous sommes sera le salon.

— Et là-haut, qu'est-ce qu'il y aura ?

— La partie privée. Chambre ou bureau, peu importe.

— Est-ce que tu vas faire un escalier tournant ?

— Tu as deviné.

— Magnifique ! Quel bel endroit ! murmura le garçon en caressant de la main les planches de bois prêtes à être rabotées.

— Fais attention où tu mets les pieds, prévint Grady alors que s'élevait au loin un hululement de sirènes. Il ne faudrait pas que tu te blesses contre mes machines.

Le son des sirènes s'amplifia et Grady imagina qu'une personne âgée des environs avait eu une attaque ; quand elles furent tout près, il pensa soudain à Cornelia Hart.

— Attends une minute, dit-il à Michael, je vais aller voir si Mme Hart va bien.

Mais le hululement retentissait à présent tout près de la porte de la remise. Grady l'ouvrit et des lumières tricolores l'éblouirent brutalement. Il n'était pas question d'ambulance, mais de trois voitures de police, manifestement déployées pour l'empêcher de s'échapper.

— Que se passe-t-il ?

Les portières des voitures s'ouvrirent brusquement,

laissant apparaître une demi-douzaine de policiers qui pointaient leurs armes dans sa direction.

— Plus un geste, Piper ! cria l'un d'eux. Mets les mains sur la tête. Doucement, lentement. C'est ça.

A la vue des armes, Grady sentit sa gorge se nouer. Malgré tout, de vieilles réminiscences l'incitèrent à garder son calme.

— Est-ce qu'il y a un problème, monsieur l'officier ?

Bien que la présence de la police de Constance commençât à lui être pour le moins familière, c'était la première fois qu'on braquait une arme sur lui.

— Avance de cinq pas.

— Ai-je fait quelque chose de mal ? demanda-t-il en obtempérant.

— Où est l'enfant ?

— A l'intérieur.

Les policiers se déployèrent aussitôt en éventail tout en gardant leurs armes pointées sur Grady, au bord de la panique. Il avait une sainte horreur des armes à feu.

— Que se passe-t-il ? demanda-t-il en s'adressant à Dodd.

La présence des armes lui laissant entendre qu'il s'agissait d'un événement bien plus grave qu'un simple vol, il espérait qu'on allait lui donner les raisons de cette intrusion. L'idée que quelqu'un pût avoir été trouvé assassiné quelque part fit courir un frisson de terreur le long de sa moelle épinière.

— Allez chercher l'enfant, ordonna un des hommes.

— Je l'ai trouvé, dit un autre.

— Qu'est-ce qu'ils veulent, Grady ? demanda Michael qui apparaissait devant la porte, la mine effrayée.

— Est-ce que ça va, mon garçon ? demanda le policier qui était près de lui.

— Ça va. Mais pourquoi est-ce que vous êtes ici ? Qu'est-ce que vous faites ?

Les policiers entourèrent l'enfant pendant que Connors, content de lui, faisait signe à Grady de s'approcher de la voiture.

— Pose tes mains sur le toit, Piper, et pas un geste.

Grady connaissait la musique. Il savait pertinemment qu'au moindre faux mouvement, cet abruti de policier lui viderait son arme dans les reins. Après que, d'un coup de pied, ses jambes eurent été brutalement écartées, il sentit la main de l'homme qui le palpait rapidement.

— Mais qu'est-ce que vous faites ? cria Michael. Il n'a rien fait de mal. De quoi est-ce que vous l'accusez ?

— De kidnapping, annonça Connors en refermant ses menottes sur les poignets de Grady, stupéfait.

— Kidnapping ?

— Qui est-ce qu'il a kidnappé ? cria encore l'enfant.

Mais Grady avait compris. Une sourde colère monta soudain en lui.

— Dodd ! mugit-il à l'homme qui se trouvait à quelques pas de lui. Nous avons à parler, Dodd !

— Au poste, mon vieux ! clama Connors en ouvrant la portière arrière de la voiture.

Michael s'avança en claudiquant péniblement sur ses béquilles.

— Vous n'avez pas le droit de l'emmener ! Ce n'est pas un criminel ! Il n'a rien fait de mal !

Dodd vint rejoindre Grady. Contenant à grand-peine sa colère, ce dernier baissa le ton, de manière que Michael ne l'entendît pas.

— Vous savez très bien de quoi il retourne, n'est-ce pas ? Vous savez très bien que c'est Maxwell. J'ai laissé un mot sur la table de la cuisine en disant que j'emmenais le gamin dîner avec moi. Il se peut qu'il ne l'ait pas vu, mais vous savez qu'il me déteste et que je n'ai pas kidnappé cet enfant. Je suis son ami et l'ami de sa mère. Appelez-la et elle vous dira que c'est elle-même qui m'a demandé de le garder. Elle doit être revenue, à l'heure qu'il est. Si vous m'arrêtez pour kidnapping, vous allez vous couvrir de ridicule.

Dodd eut soudain l'air complètement déprimé.

— On nous a appelés et nous devons donner suite à cet appel.

— Et perturber l'enfant ? demanda Grady, tandis que Michael venait à ses côtés.

— Ils n'ont pas le droit de te faire ça, Grady ! Dis-le-leur ! Tu n'as kidnappé personne ! Fais respecter tes droits !

Après un coup d'œil embarrassé lancé autour de lui, d'un signe, Dodd ordonna à tous les policiers de regagner leurs véhicules.

— Que dirais-tu de faire un tour avec Grady et moi ? On irait régler tout ça au poste, et après je te reconduirais chez toi.

— Son professeur arrive à trois heures, intervint Grady.

— Je viens avec vous, décida malgré tout Michael. Quand il n'y a pas de victime, il n'y a pas de crime, si ces abrutis ne le savent pas, je le leur ferai comprendre.

— Doucement, Michael, avertit Grady. Ces « abrutis » sont ici pour te protéger.

— Me protéger ? Jusqu'à présent, personne ne m'a protégé mieux que toi. Vous commettez une faute très grave, ajouta-t-il à l'intention de Dodd. Grady ne m'a jamais kidnappé. Est-ce que j'ai l'air d'avoir été maltraité ? Est-ce que j'ai l'air de souffrir ? Non ! Je suis ici de ma propre volonté et vous auriez pu vous en rendre compte si vous aviez un brin de cervelle sous vos grands chapeaux.

— Ôte-lui ses menottes, ordonna Dodd à Connors.

— Si je fais ça, je…

— Ôte-lui ces putains de menottes !

Dodd posa sa main sur l'avant-bras de Grady en signe d'avertissement.

— Reconduisez l'enfant chez lui, nous vous escorterons jusque là-bas. S'il y a le moindre doute dans les affirmations que vous nous avez faites, nous vous embarquons, compris ?

Grady avait compris. Il lui paraissait à présent très clair que J.D. Maxwell ne le laisserait pas en paix tant qu'il n'aurait pas quitté la ville. Il ne s'en irait que lorsque Teke le lui demanderait, et pas avant. Il fallait bien qu'ils finissent par le comprendre, tous, autant qu'ils étaient.

En voyant l'escouade de voitures de police garées devant sa porte, Teke imagina le pire. Le temps de garer son véhicule et de se précipiter à l'intérieur de la maison, elle avait vieilli de dix ans. Une fois qu'elle eut appris ce qui s'était passé, elle sentit monter en elle une flambée de rage. Après la débâcle de la journée du Thanksgiving, après la discussion plutôt âpre qu'elle venait d'avoir avec le conseiller pédagogique de Leigh, la lubie de J.D. était la goutte d'eau qui faisait déborder le vase. Elle trouva la patience d'attendre que Grady et la police fussent partis et que Michael eût rejoint son précepteur pour donner libre cours à sa colère.

— Quelle saloperie as-tu encore fait là, J.D. ! Comment as-tu pu faire une chose aussi stupide et cruelle ? Tu savais bien que Michael était en compagnie de Grady ! Tu as bien lu le mot qu'il avait laissé sur la table ! Pourquoi avoir fait une chose pareille alors que tu savais très bien qu'il ne s'agissait pas d'un enlèvement ?

J.D. affichait une mine parfaitement détachée, ce qui ne fit qu'accroître la fureur de Teke. N'éprouvant pas la nécessité de plaider sa cause, il préféra lâcher, en haussant les épaules :

— Je n'aime pas beaucoup ce Grady Piper. Et je n'apprécie pas qu'il passe son temps en compagnie de mon fils.

— Il faut bien que quelqu'un le fasse à ta place, mais la question n'est pas là. De quel droit traites-tu

Grady de cette façon ? Tu cherches à lui créer des ennuis depuis le jour de son arrivée. Puis-je savoir ce qu'il t'a fait ?

— Il a fait du mal à mon fils.

— Ce n'était pas sa faute ! s'écria-t-elle avec le sentiment de le faire pour la millième fois. Il ne t'a rien fait excepté de m'avoir connue alors que je n'étais qu'une gamine. C'est bien cela, n'est-ce pas ? Tu es jaloux. Tu ne veux plus de moi, mais tu es néanmoins jaloux.

— Je ne suis pas jaloux.

Peut-être aurait-elle dû en être flattée, cependant sa colère ne laissait guère de place à ce genre de sentiment.

— Il est déjà venu une fois et il m'a aidée à déblayer l'allée. Cette fois-ci, il s'est occupé de Michael pendant que j'étais allée voir le conseiller pédagogique de ta fille. Il fait ce qu'il peut pour me faciliter la tâche et cela te met dans tous tes états.

— Non. Pas du tout. Je ne vis plus ici et ce genre de choses ne me concernent plus.

— Elles ne t'ont jamais concerné ! Tu as toujours donné la priorité à ton travail et à tes besoins personnels ! Tu ne m'as aidée que lorsque ça faisait ton affaire ! Si tu veux savoir la vérité, vivre ici sans toi est un soulagement, pour moi ! Je m'occupe de choses dont je n'avais pas le temps de m'occuper, auparavant. Et s'il faut vraiment *tout* te dire, je t'avouerai que je ne me suis jamais sentie aussi heureuse de te voir partir que le jour du Thanksgiving. J'avais pourtant l'impression que ta venue allait me faire plaisir, mais pas du tout. Tu t'es montré si désagréable et tu as apporté avec toi une atmosphère de conflit telle, qu'après ton départ, figure-toi qu'elle s'est dissipée comme par miracle. En conclusion, J.D., si tu veux *vraiment* me faire plaisir, reste loin de moi !

Teke n'avait jamais été aussi furieuse de sa vie. Sans s'en rendre compte, en plein milieu de sa tirade, elle s'était mise à trembler. Tout en gardant les yeux fixés sur J.D., elle essayait à présent de contenir son tressaillement.

— Je peux en effet t'accorder cette faveur, dit J.D., le menton levé dans le plus pur style Maxwell. Je peux t'en accorder d'autres, aussi. Mais il faudra te donner la peine de les demander. J'entends par là, l'argent, la maison, la voiture, les vêtements... A moins que tu ne te sentes capable de subvenir à tes besoins ? conclut-il en se dirigeant vers la porte.

— Je ne veux pas de ton argent !

— Quel étrange revirement, tu ne trouves pas ? Toi qui voulais à tout prix sauver notre ménage, grâce à Grady Piper, voilà que tu es prête à le détruire complètement. Et tu te demandes encore pourquoi je n'aime pas cet individu...

J.D. sortit mais Teke n'en avait pas fini avec lui. Elle courut à sa poursuite et lui lança :

— Grady n'a rien à y voir ! Ça se passe entre toi et moi, J.D. ! Inutile de chercher à rejeter la faute sur lui et de t'en servir comme bouc émissaire ! Si notre mariage est mort, c'est notre faute et la nôtre seule. Alors, inutile de blâmer Sam, ou ton père ou...

Mais J.D. était parti, la laissant crier seule dans l'air froid, pendant que la voiture prenait de la vitesse. Elle entoura frileusement sa poitrine de ses bras et rentra dans la maison, bien que sa colère et sa peur fussent toujours aussi présentes.

Ainsi, ce soir-là, profitant de la visite de Jon et Zoe venus faire leur travail de classe en compagnie de ses enfants, et après s'être assurée que Michael était confortablement installé devant la télévision, elle décida de laisser sa vaisselle en plan et, traversant le petit bois, elle alla frapper à la porte arrière des Pope. Bien qu'ignorant l'accueil qu'on lui réserverait, elle se sentait suffisamment désespérée pour prendre le risque de se faire rabrouer.

— Est-ce que tu as une minute ? demanda-t-elle nerveusement à Annie qui était venue ouvrir.

— Bien sûr. Nous prenions justement un café. Est-ce que tu en veux un ?

Elle acquiesça et, le cœur battant, entra dans la cuisine.

— Est-ce que tout va bien ? demanda Sam.

— J'ai... heu... besoin de parler à des amis et je ne connais personne d'autre que vous.

Les mains enfoncées dans les poches de son manteau, elle s'adossa au mur et commença à parler, tout en essayant de contrôler les battements précipités de son cœur.

— Rien ne va plus entre J.D. et moi. C'est fini. Mort.

Annie et Sam échangèrent un regard alarmé.

— Complètement ? demanda Annie. En es-tu sûre ?

— Je l'ai compris au repas du Thanksgiving. Ce fut un véritable désastre. Je n'avais qu'une hâte : qu'il parte. La vie est bien plus simple sans sa présence. Même si, dans le passé, nous nous sommes rarement disputés, il aimait que les choses soient faites à sa façon et je me sentais des tas d'obligations. Quand les enfants étaient petits, il fallait que je fasse le tour de la maison pour ramasser leurs jouets avant qu'il arrive. Il voulait que la maison soit toujours impeccablement tenue. Ces derniers temps, il n'est plus question de jouets mais de vêtements et d'affaires de classe. Depuis quelques semaines, je n'ai plus à m'en inquiéter. C'est la même chose pour les heures de dîner...

— Mais tu es quand même restée mariée avec lui pendant dix-neuf ans ! Il devait bien y avoir quelque chose qui te plaisait en lui...

— J.D. était stable, prévisible. Sécurisant, financièrement parlant. Il me traitait avec respect, du moins jusqu'à présent. Il avait ses moments de gentillesse, aussi. Mais tout cela est bien fini. Il est si furieux contre moi que j'ai l'impression que nous ne pouvons plus rien l'un pour l'autre. J'ai encore eu une affreuse dispute avec lui aujourd'hui. Alors, dites-moi que faire. Croyez-vous qu'il existe quelque chose qui mérite d'être sauvé dans mon mariage ?

— Oui. Tu as été une très bonne épouse pour lui.

— Non, répliqua Teke avec conviction. Je l'ai trop dorloté. S'il avait été davantage contraint de se comporter en mari et en père, il en serait sorti plus fort et aurait pu tenir tête à son père.

— Sans ta présence, ç'aurait été bien pire, argua Sam.

— Sans moi, il aurait pu se trouver...

— La seule personne qu'il aurait trouvée, c'est son père.

— Il faudrait donc que je reste auprès de J.D. pour le protéger de son père ? demanda Teke qui sentait un nouveau flux de colère monter en elle. Et moi, alors ? A quel moment mes besoins seront-ils pris en considération ? J'ai toujours recherché une famille et la sécurité matérielle et c'est ce que j'ai obtenu, en dix-neuf ans. Mais à quel prix ? Le jeu en valait-il vraiment la chandelle ? Ce n'est plus assez, maintenant.

— Est-ce à cause de Grady ? voulut savoir Annie.

Teke déglutit péniblement.

— D'une certaine façon. Mais je n'en suis pas sûre.

— Est-ce que tu l'aimes ?

— Je l'adore. Je l'ai adoré toute ma vie. Mais je crois que si j'avais pu sauver mon ménage, j'aurais très bien pu vivre sans lui. Vraiment. Pour le moment, mon principal souci, c'est les enfants...

— Ce sont tes dernières conclusions ?

— Oui. Et je me suis efforcée de rester rationnelle. J.D. n'était pas le seul à avoir besoin d'aide. Je me suis beaucoup appuyée sur toi, Annie. Peut-être un peu trop. Sam et toi avez été notre ciment. Sans vous, mon mariage s'écroule. Inéluctablement.

— J'en suis très peinée.

— Ne le sois pas.

— Je me rappelle encore la soirée où nous vous

avons présentés l'un à l'autre. Tu t'en souviens Sam ? Nous étions persuadés que vous étiez parfaitement assortis. Deux amis qui rencontrent deux amies. Comme je regrette...

— Oh non, Annie ! s'empressa de dire Teke. J.D. et moi avons passé dix-neuf années ensemble et si je ne l'avais pas épousé, nous n'aurions pas eu les enfants que nous avons. Peut-être aurions-nous passé dix-neuf autres années ensemble si les choses n'avaient pas si brutalement changé. Mais ce qui est fait est fait et je dois penser à l'avenir. J'ai quatre problèmes immédiats à régler. Le premier, c'est de savoir comment m'y prendre avec les enfants. Est-ce que je dois leur annoncer la nouvelle tout de suite ou vaut-il mieux que j'attende un peu ? Faut-il parler tout de suite de divorce ?

— Parles-en avec J.D., d'abord, et assure-toi que c'est bien ce qu'il veut, lui aussi.

— Et puis après ? cria Teke que l'émotion semblait submerger. Peut-être serait-il temps que je pense à ce qui me convient le mieux à moi ! Savez-vous que je ne sais même pas tenir un compte en banque à jour ou lire un contrat d'assurance automobile ? Je n'ai jamais reçu un bulletin de paie de ma vie ! Je ne dispose d'aucune marge de crédit personnelle. Pouvez-vous imaginer à quel point je me sens démunie ? Mais je m'en sortirai. Je crois qu'avant d'annoncer quoi que ce soit aux enfants, il faut que je mette de l'ordre dans ma tête.

— A moins que tes enfants n'aient la possibilité de te faire changer d'idée, objecta Annie.

— Il est trop tard. Je crois que J.D. ne souhaite pas de réconciliation, et moi non plus. N'est-ce pas ? demanda-t-elle en se tournant vers Sam.

— En effet, dit posément ce dernier.

D'une certaine manière, la douleur ressentie ces dernières semaines l'avait immunisée contre cette inéluctable conclusion.

— Ce qui me mène à la seconde question. Noël

peut se révéler un autre fiasco, et je ne le veux absolument pas.

— Je pense que nous devrions tous aller faire du ski, dit Annie.

— Tous ? Mais vous ne voulez pas de moi...

— Si, au contraire. Seulement, Michael risque de se sentir malheureux de ne pas pouvoir skier...

— Vraiment ? Vous voulez de moi ? s'exclama Teke qui semblait tomber des nues.

— Oui, dit encore Annie d'un ton légèrement sentencieux. Je veux que vous veniez, toi et tes enfants.

— Mais pourquoi ?

— Parce que la vie continue, tout simplement.

C'était effectivement comme ça que Teke l'entendait, mais elle n'osait encore y croire.

— Tous ensemble ? Après ce qui s'est passé ?

— Nous étions trop proches, répondit Annie d'un air pensif. Nous nous reposions un peu trop les uns sur les autres. Dorénavant, il faudra que nous apprenions à nous débrouiller tout seuls. Mais est-il nécessaire que les moments que nous avons passés ensemble soient sacrifiés, eux aussi ? Les enfants ne demandent pas mieux que de se retrouver et, puisque J.D. ne sera pas avec nous, ça te donnera peut-être l'occasion de te détendre un peu.

— Mais toi ? demanda Teke en jetant un rapide coup d'œil en direction de Sam.

— Je m'y emploierai, conclut Annie après un instant de réflexion.

Si, depuis l'accident, Teke avait affreusement souffert de l'absence d'Annie, c'est cependant à cet instant précis qu'elle réalisa combien elle l'aimait. En d'autres circonstances, elle l'aurait serrée dans ses bras. Au lieu de cela, elle se contenta d'essuyer la larme qui perlait au coin de ses yeux.

— Eh bien, au moins, même si Michael et moi sommes contraints de rester ici, je suis soulagée de savoir que les filles seront avec vous. Les autres sujets sont d'ordre technique. Il faut que je prenne certaines dispositions pour nous protéger, mes enfants et moi, et pour cela, j'ai besoin d'un avocat. Est-ce que tu pourrais m'en recommander un, Sam ?

— Mon Dieu, Teke, tu m'embarrasses terriblement...

— C'est nécessaire, Sam, crois-moi. Je suis arrivée à la conclusion que mon mariage est définitivement brisé. C'est un état de fait que je dois accepter. La nuit, quand je pleure, ce n'est pas sur moi ou sur J.D., mais sur mes enfants. Ils sont très malheureux et un divorce à l'amiable pourrait limiter les dégâts. Si je savais à qui m'adresser, crois bien que je t'éviterais cette corvée. Mais tout ce que je te demande, c'est un nom. Juste un nom.

Dix minutes plus tard, Teke retournait chez elle avec les coordonnées de l'avocat que Sam venait de lui recommander.

16

Annie n'apprécia pas du tout la fête annuelle que l'on donna au pavillon de littérature anglaise pour Noël. D'abord parce qu'elle eut lieu trop tôt, en plein milieu de la deuxième semaine de décembre, alors qu'elle avait encore dans la bouche le goût de la dinde du Thanksgiving ; ensuite, parce que cette fête arrivait à un moment critique de fin de trimestre. C'était peut-être idéal pour les membres de la faculté qui n'avaient pas de famille mais, pour elle, cela signifiait une autre soirée à passer dehors, à une période où elle ne comptait plus ses heures supplémentaires. Enfin, cette soirée se déroulait dans une salle sinistre, aux murs lambrissés de bois sombre. Pour couronner le tout, aucun conjoint n'avait été invité, ce qui avait rendu la soirée plus ennuyeuse encore.

Elle arriva en retard. Un verre de vin à la main, elle promena son regard sur l'assistance et se dit aussitôt que l'absence de Sam était somme toute une bonne chose: Susan Duffy était époustouflante et Nathalie Holstrom très en beauté.

Se mêlant à un groupe de personnes de sa connaissance, elle bavarda un peu, puis se joignit à un autre groupe. Ces gens-là, elle les voyait tous les jours, et si leurs conjoints avaient été présents, au moins auraient-ils apporté quelques idées nouvelles sur des sujets mille fois ressassés. Pour tout dire, elle aurait pu, du même coup, présenter Sam à ceux qui ne le connaissaient pas.

— Fatiguée ? demanda Jason surgi de nulle part.

— Cette soirée est mortelle. Etes-vous sûr de vouloir vous joindre à notre grande confrérie ?

— Sûr. Je n'ai plus le choix, d'ailleurs. L'alternative est: continuer, ou me retrouver laveur de carreaux.

— Avez-vous reçu des nouvelles de votre demande de bourse ?

— Pas encore. J'ai rempli les formulaires, à eux maintenant de décider si je fais partie des nécessiteux et des sans-abri.

Annie commençait à comprendre ce que devait signifier pour le jeune homme le revers de fortune de sa famille. Aussi jugea-t-elle sa désinvolture pardonnable. Jason était quelqu'un qu'elle aimait bien et dont elle admirait l'intelligence et la vivacité d'esprit. Repenser à la manière dont elle l'avait laissé approcher lui mit à nouveau le feu aux joues.

Cependant, à présent que le contact physique avec Sam avait été rétabli, cela n'avait plus guère d'importance et, quoiqu'elle fût tentée de lui avouer ce qui s'était passé avec Jason, elle s'était tue, dans la crainte de faire échouer ce nouvel embarquement pour Cythère qui s'annonçait sous les meilleurs auspices.

Du moins, jusqu'à ce que son regard se posât sur Susan Duffy, qu'elle s'efforça d'éviter avec soin.

— Comment va votre famille ? demanda-t-elle à Jason.

— Eh bien, tout semble pour le mieux dans le meilleur des mondes, dans la mesure où je n'aborde pas de sujet scabreux. Dès qu'il est question d'argent, mon père me rappelle sèchement que ses revenus sont limités, bien qu'apparemment son style de vie n'ait guère changé. J'ai le désagréable sentiment d'être le seul luxe dont il soit disposé à se passer.

— Jason ! le tança-t-elle. Comment vous portez-vous ?

— Très bien.

— Avez-vous vu mon médecin ?

— Oui. Il est très bien.

— A-t-il découvert quelque chose ?

Jason sourit et salua de la main une personne à l'autre bout de la salle. Pour autant qu'elle pût le constater, Annie le trouvait en pleine forme. Aussi sursauta-t-elle un peu quand il annonça d'un air détaché :

— Il pense que je suis diabétique.

— Diabétique ?

— Chut ! Cela doit rester entre nous.

— Mais vous en parlez comme d'un rhume ! Le diabète est une maladie sérieuse !

— C'est de famille et la nouvelle ne m'a pas surpris outre mesure. Simplement, je pensais que cela ne m'arriverait pas, pas à moi.

— Il ne vous manquait plus que ça...

— Ne soyez pas si navrée, tout ira bien. Je vous demanderais seulement de garder le secret. J'ai assez de problèmes comme ça avec Honnemann et s'il apprenait la nouvelle, il ne m'embaucherait jamais. Vous éviterez de lui en parler, n'est-ce pas ?

— Bien sûr, le rassura spontanément Annie. Tout ce que je souhaite, c'est que cela ne vous perturbe pas trop pour l'obtention de votre diplôme en juin prochain.

— Je n'ai pas le choix : il faut que je travaille dès l'an prochain.

— Avez-vous consulté un spécialiste ?

— Oui, Duncan Hobbs. Est-ce que vous le connaissez ?

— Non, mais je prendrai des renseignements sur lui.

— Merci, m'man.

Saisissant la balle au bond, Annie ne tira aucune offense de ce nouveau titre, bien au contraire :

— Cela me semble en effet plus approprié, ne trouvez-vous pas ?

Il se mit à reluquer ses seins.

— Je n'en sais rien. Vous semblez avoir un sacré tempérament.

Le feu aux joues, Annie soupira :

— Faisons un marché, Jason. Vous m'épargnez ce genre de commentaires et je ne parle à personne de vos pilules, d'accord ?

Jason sourit et se mit à regarder par-dessus l'épaule d'Annie.

— Ah ! Je vois mes admiratrices qui s'impatientent. Voulez-vous m'excuser, madame ?

Pendant qu'il la contournait, Annie lui lança un petit coup de coude amical alors que, du coin de l'œil, elle remarqua que Charles Honnemann était tout seul dans son coin. Elle alla donc le rejoindre.

— Le pavillon de littérature s'agrandit, remarqua-t-elle en guise d'introduction. L'an passé, nous étions moins nombreux.

— La faiblesse actuelle de notre économie joue en notre faveur : nos cours coûtent moins cher que d'autres, expliqua Honnemann. Le service des admissions me signale que les demandes sont en augmentation. Mais que cela nécessite un accroissement de nos effectifs reste encore à démontrer.

— De toute manière, vous aurez au moins un poste à combler. Pensez-vous que Jason ait sa chance ?

— Sans doute, concéda Honnemann. Mais je ne connais pas sa valeur, il n'est même pas diplômé.

— Il va l'être. Je suis sa directrice de thèse. Elle porte sur James Joyce et je crois qu'elle sera brillante.

Charles observa Jason qui, à l'autre extrémité de la salle, s'entretenait avec un groupe de professeurs-assistants comme lui.

— Vous aimez bien ce garçon.

— En effet.

— Je lui trouve, quant à moi, un comportement quelque peu irrévérencieux.

— Est-ce que « irrévérencieux » serait pire que « bizarre » ? demanda-t-elle en promenant un regard circulaire sur l'assistance. Car il y a un bon nombre de gens plutôt bizarres parmi nous. Pour moi, c'est un garçon qui travaille très dur et qui, jusqu'à ce jour, ne m'a jamais laissée tomber.

— Est-ce qu'elles s'approfondissent de jour en jour ?

— Quoi donc ?

— Vos relations avec Faust.

— Je vous demande pardon ? demanda Annie, soudain désarçonnée.

— Il vous plaît et, manifestement, vous lui plaisez aussi.

Jason n'avait rien dit, Annie en aurait mis sa main au feu, néanmoins, cela ne l'empêcha pas de ressentir un désagréable picotement dans la nuque.

— Je suis mariée, Charles.

— Lady Chatterley l'était aussi, soupira-t-il. Non pas que la nature de vos relations me concerne. Cela ne regarde que vous et, comme vous l'avez si bien remarqué, nous avons parmi nous des gens qui ont, sans aucun doute, des comportements autrement plus compromettants que la recherche de relations extraconjugales. Mais si vous décidez de défendre Jason, je tiens à prendre la mesure de votre impartialité.

— Jason a une connaissance remarquable de la littérature et un sens tout particulier de la poésie. Il sait écrire, il sait communiquer et, à franchement parler, il nous change agréablement de certains membres de notre faculté dont l'esprit n'a d'avant-gardiste que le nom. Je pense qu'il est en mesure de beaucoup apporter à notre département.

— J'y songerai, approuva Honnemann.

— J'y compte bien, dit Annie en posant son verre sur un plateau.

Elle circula encore quelques minutes avant de quitter la fête en prétextant des obligations familiales.

Teke frappa à la porte qui donnait accès au sous-sol de Cornelia Hart, puis attendit durant un temps qui lui sembla durer une éternité que Grady vînt lui ouvrir. Il portait une chemise de flanelle et un jean. Il semblait contrarié.

— Est-ce que je peux entrer ?

— Tu ne devrais peut-être pas. Je ne suis pas de très bonne humeur, Teke.

— Je t'en prie.

Elle-même ne tenait pas une grande forme, ces derniers jours ayant été occupés par des décisions qui l'avaient mise sens dessus dessous.

— Voilà une heure que je roule. J'ai d'abord voulu aller au cinéma. Puis je me suis dit qu'un verre me ferait du bien. Et me voilà.

La main sur la nuque, Grady avait l'air pour le moins embarrassé. Depuis l'histoire du prétendu kidnapping, ils ne s'étaient plus revus et Teke jugea bon d'insister :

— S'il te plaît, Grady. Il faut que je te parle.

— C'est le bordel, là-dedans.

— Et tu crois que ça me dérange ? demanda-t-elle en le contournant. Tu m'as déjà empêchée de te rendre visite en prison, mais cette fois, tu vas devoir te résigner.

Jetant un rapide coup d'œil sur les lieux, elle remarqua le béton brut des murs et l'odeur de renfermé et de poussière qui y régnait. Dans un coin obscur, se trouvait un amoncellement d'objets qui semblaient être, pour la plupart, de vieux meubles. Près de l'unique endroit éclairé, tout près de la chaudière, on pouvait voir un vieux lit à baldaquin, une commode d'acajou et un grand fauteuil dans lequel elle se laissa tomber. Les seuls bruits perceptibles à ses oreilles étaient le ronronnement de la chaudière et les palpitations de son cœur.

— Je suis désolée pour le comportement de J.D., l'autre jour. C'était tout simplement odieux de sa part. Etant donné qu'il ne peut s'en prendre à personne pour ce qui est arrivé à Michael, il passe sa mauvaise humeur sur toi. Quoiqu'il ne nous ait pas épargnés nous non plus, Sam et moi.

Derrière son dos, Grady lança :

— Pourquoi moi ?

— Peut-être parce que, en tant qu'ancien condamné, tu es le bouc émissaire idéal. Mais plus probablement parce que tu es mon ancien amant. Même en sachant qu'il n'était pas le premier, tu restais une personne sans visage ; d'une certaine manière, tu n'existais pas. Maintenant, il sait.

— Qu'est-ce que ça peut bien lui faire, les personnes que tu as connues. C'est lui qui t'a eue, non ?

— Non, justement. Il ne m'a jamais eue entièrement à lui et il en est parfaitement conscient. Alors que toi, c'est le contraire. Se sentir floué par quelqu'un qu'il considère comme un être inférieur lui est absolument insupportable. Il ne fait aucun doute que tu as suscité chez lui le pire ressentiment.

— Eh bien, c'est réciproque, annonça Grady avec tellement de force qu'elle chercha son regard des yeux. Je te jure que si les policiers n'avaient pas été présents lorsque j'ai reconduit Michael, je l'aurais étranglé sur place. Depuis ma dispute avec Homer, je n'avais jamais été aussi furieux de ma vie. Je me croyais capable de dominer ma colère, mais crois-moi, il s'en est fallu de peu que je perde le contrôle de mes réactions. Rien que d'y penser, j'en tremble encore.

Teke quitta son siège et vint vers lui, consciente que, ce faisant, elle allait perdre, elle aussi, le contrôle de ses réactions. Elle espéra une seconde qu'il allait boutonner sa chemise, tant son torse l'émouvait, mais elle renonça.

— Viens t'asseoir, le pria-t-elle, et parlons.

Elle resta là, plantée devant lui, jusqu'à ce qu'il sortît de sa pénombre et qu'il allât s'asseoir sur un coin du lit, hors de portée.

— Je venais te présenter des excuses pour ce qui s'était passé mais aussi te remercier. Michael a fait de sérieux progrès depuis sa sortie avec toi.

— Je l'aurais parié.

Le soupçonnant de sarcasme, elle crut bon d'insister :

— C'est vrai. Il a aussi beaucoup aimé cette promenade.

— Je le crois volontiers. Pas de problème avec cet enfant. Tu aurais dû l'entendre parler aux flics.

— Il est à bonne école, avec J.D. et Jana. Bien que je n'approuve pas toujours ce genre d'attitude, je suis heureuse de constater qu'il ne s'en laisse pas facilement conter.

— Il devrait sortir plus souvent.

— C'est ce qu'il m'a dit aussi et j'en ai parlé à son rééducateur. Dorénavant, il fera tous ses exercices au club de sport. La piscine et les appareils lui font beaucoup de bien. De cette manière, il pourra quitter la maison tous les matins, comme les autres enfants, et, si ça peut l'aider, je le conduirai chez son professeur. On m'a encore expliqué que sa guérison ne dépend que de lui et que nous devons l'encourager.

Cette dernière réflexion lui parut si évidente qu'elle se sentit soudain stupide. Comment ne s'en était-elle pas rendu compte plus tôt ?

— J'aurais dû m'apercevoir bien plus tôt de son

état dépressif et faire quelque chose dans ce sens. Je m'imaginais que ma seule présence à la maison suffisait, poursuivit-elle. Michael ne sait pas encore ce dont il est capable ou pas. Tout comme moi. Je procède par tâtonnements.

Teke quitta à nouveau le fauteuil sur lequel elle s'était assise et alla jusqu'à la commode d'acajou. Il y avait là une brosse à cheveux, un peigne, un rasoir, un tube de crème à raser et le portefeuille racorni que Grady portait toujours dans la poche arrière de son blue-jean. Elle l'effleura lentement du bout des doigts avant de demander :

— Où fais-tu ta toilette ?

— A l'étage.

— Et où manges-tu ? demanda-t-elle encore, ne voyant aucune trace de nourriture.

— A l'étage aussi.

— Et ça ne dérange pas Cornelia ?

— Au contraire. Elle adore ce que je prépare. Elle prétend ne rien avoir mangé d'aussi bon depuis des années.

— Elle est adorable, dit Teke. Son fils aussi, d'ailleurs. Leigh doit le voir début janvier pour qu'il lui prescrive un moyen de contraception. Elle m'en avait parlé le jour du Thanksgiving mais j'ai complètement oublié de lui téléphoner... Non, pour tout te dire, je renâcle : l'idée de la laisser coucher avec Jon m'ennuie. La nouvelle m'a déjà suffisamment perturbée comme ça.

— Et c'est sans doute la raison pour laquelle son travail scolaire laisse à désirer ?

Teke émit un petit rire nerveux.

— C'est peut-être une des raisons, en effet, mais il y en a d'autres. Durant ces trois derniers mois, la situation familiale n'a fait que se dégrader. Mes rapports avec J.D. se détériorent chaque jour un peu plus et gâchent la vie de mes enfants.

— Pourquoi es-tu venue justement ce soir ? demanda-t-il en levant la tête.

— Pour te remercier pour Michael et m'excuser pour J.D.

— Et c'est tout ?

Tout en conduisant, elle s'était dit et répété qu'elle devait voir Grady. Puisqu'elle avait décidé de divorcer, elle se retrouvait aussi libre qu'elle l'avait été quelque vingt ans plus tôt.

— J'aime te voir, avoua-t-elle franchement. Ta présence me fait du bien.

— Tu ne devrais pas rendre visite à des gens qui vivent dans des caves.

— Je ne vois rien de mal à vivre dans une cave.

— Tu penserais autrement si tu devais y vivre en permanence.

— C'est faux, Grady. Je viens de bien pire que cela et tu le sais bien.

— Mais tu as connu bien mieux depuis. Quel intérêt de revenir en arrière ?

— Ce n'est pas un retour en arrière.

— Allons, Teke...

— C'est vrai, on voit bien que tu n'as pas assisté à la dispute de l'autre soir, ni à celle du Thanksgiving, d'ailleurs. J'échangerais sans hésiter la maison et le reste contre toi et ton sous-sol.

— Tu ne sais pas ce que tu dis, fit-il, le regard fuyant.

— C'est ce que je ressens, en tout cas.

— Et est-ce que tu sais ce que je ressens, moi ? demanda-t-il en lui adressant un regard aigu. J'ai envie de t'empoigner et de te jeter sur ce lit.

Ce qui n'était pas pour déplaire à Teke. Elle évoqua le moment où il l'avait embrassée, dans le petit bois, et il ne s'était passé pas un seul instant, depuis, sans qu'elle n'éprouvât le besoin de recommencer.

— Mais je me suis promis de ne pas le faire, ajouta-t-il, l'air chagrin. Si nous couchions ensemble, cela rendrait les choses encore plus difficiles. Alors, pourquoi me tenter, Teke ? Tu as été mon démon tentateur depuis l'âge de quinze ans. J'aurais dû résister, à ce moment-là mais je n'ai pas pu et je t'avais tellement dans la peau que lorsque j'ai vu Homer en train de te battre, ça m'a rendu fou… Aide-moi, Teke, tu me tues…

Il se massa longuement la nuque et, avant qu'il n'eût le temps de reposer sa main, elle l'avait prise dans la sienne.

— Non, rien de tel n'arrivera jamais, je ne le permettrai pas.

Il eut un rire triste.

— Comme tu n'as pas permis qu'on me jette en prison ? Comme tu peux empêcher Michael de se sentir traumatisé ? Mon Dieu, Teke, tu sembles si naïve, à certains moments ! Est-ce que tu t'imagines vraiment que l'amour règle tous les problèmes ?

Tenant toujours la main de Grady entre les deux siennes, elle se mit à la contempler. Les doigts étaient longs, minces, forts. Elle en palpa les callosités qu'elle lui connaissait depuis toujours, mais il y avait aussi de nouvelles cicatrices, un coup de marteau par-ci, un coup de scie par-là. Elle les embrassa une à une puis posa la grande main sur son cou.

— S'il est vrai que l'amour ne règle rien, il aide au moins à rendre les choses supportables. Peut-être avons-nous fait une erreur autrefois.

— Je ne vois pas ce que tu veux dire, bougonna-t-il.

— Que tu as eu tort de me renvoyer et de me dire de t'oublier, Grady. Que tu as eu tort de me renvoyer mes lettres et de refuser mes visites. Notre amour valait bien le sacrifice d'une attente.

— A quoi bon en parler ? Ce qui est fait est fait.

— Est-ce une raison pour commettre deux fois la même erreur ?

Il la regarda comme s'il s'adressait à une demeurée.

— Teke, tu es quelqu'un et je ne suis rien. Nos vies sont totalement différentes.

— Je sais.

— Tu as trois enfants qui ont besoin de toi. Tu ne dois penser qu'à eux.

— Je sais.

Son regard tomba sur la poitrine de Grady qui apparaissait, comme une invite, dans l'échancrure de sa chemise.

— Tu es mariée.

« Plus pour longtemps », pensa-t-elle sans pouvoir le dire car le besoin de le toucher venait soudain de la submerger. Glissant une main sous la chemise, elle la pressa contre le torse de Grady. C'était de cela qu'elle avait besoin et c'était pour cela qu'elle était venue.

— Teke, la prévint-il.

— Juste une minute, murmura-t-elle en posant son bras libre sur l'épaule de Grady.

Sa main glissa d'un côté à l'autre, à travers sa toison légère jusqu'à ses pectoraux durs et larges. La chaleur de son corps l'attirait irrésistiblement. Comme chaque fois qu'elle s'était trouvée près de lui, elle se sentait en même temps bouleversée et protégée. Penchant la tête vers lui, elle murmura à son oreille :

— Au moindre problème, J.D. avait l'habitude de me laisser. Toi, au contraire, tu es toujours prêt à te battre pour me défendre, exactement comme tu l'as fait avec mon père.

A présent, la chaleur de l'homme avait gagné sa main, son bras, sa poitrine. Grady noua les mains autour de sa taille.

— Je n'allais quand même pas le laisser te violer !

Teke frissonna. Pendant des années, elle s'était efforcée d'oublier les mauvais traitements que lui avait infligés son père. Mais le fait de se retrouver là, dans les bras protecteurs de Grady, apportait un nouvel éclairage sur les événements de cette nuit-là.

Homer était soûl comme il ne l'avait jamais été. Il lui avait reproché de voir un peu trop souvent Grady en lui rappelant qu'elle était sa fille et qu'elle lui appartenait. Il l'avait empoignée et avait déchiré sa robe. Elle s'était alors sentie complètement terrorisée.

— Tu aurais pu au moins me laisser témoigner! cria-t-elle, subitement animée par son ancienne terreur.

— On t'aurait demandé des détails. On aurait voulu t'examiner et on aurait dit que c'était toi qui l'avais provoqué. Il m'était impossible de laisser faire une chose pareille.

Elle se souvint des mains rudes de son père, de son regard lubrique et de son haleine fétide... mais tout cela n'était rien comparé à l'angoisse engendrée par le silence que lui avait imposé Grady. Un silence qui l'avait tourmentée pendant des années. A présent toute tremblante, elle avança :

— Mais cela t'aurait permis de te tirer d'affaire.

Grady laissa glisser ses mains derrière les genoux de Teke, puis les laissa lentement remonter le long de ses cuisses.

— Il n'y avait aucune preuve qu'il ait voulu te violer.

— C'est la raison pour laquelle tu l'as frappé et qu'il est tombé.

— On m'aurait accusé de toute façon.

— Mais, au moins, j'aurais eu la sensation d'avoir fait tout ce qui était en mon pouvoir pour te tirer d'affaire. Je ne me serais pas sentie aussi coupable, pendant toutes ces années. Ce n'était pas convenable, Grady. Je voulais t'aider. Si ce n'est au cours du procès, du moins après. Mais tu ne m'as pas laissée faire. Ce n'était vraiment pas convenable.

Les mains de Grady la caressèrent lentement, douces et apaisantes, jusqu'à ce que le tremblement de Teke cessât. Mais très vite, avec l'apaisement ressurgit le désir. Aussi ne s'étonna-t-elle pas quand, d'une voix épaisse, il demanda :

— Alors, qu'est-ce qu'on fait? Est-ce qu'on se déshabille ou est-ce que tu t'en vas? Décide-toi vite, sinon je vais le faire à ta place.

Teke pouvait sentir la tension de son corps contre

sa hanche. Leurs corps vibraient à l'unisson. Elle le voulait. Désespérément.

— Je veux ôter mes vêtements...

— ... mais tu ne le feras pas parce que les enfants t'attendent à la maison.

Le rappel était brutal. Reculant de quelques pas, elle regarda ses yeux ; ils étaient sombres et brillants.

— Est-ce que tu viendras me voir, demain matin, pendant que Michael sera à la piscine ?

Il secoua négativement la tête.

— Pourquoi ?

— Parce que j'ai du travail. Et aussi parce que tu devrais penser à ce que tu viens de me dire. Il y a quelque temps, tu m'as demandé de t'empêcher de faire des folies, eh bien voilà.

— Je te veux, Grady, dit-elle.

Son mariage était mort, elle était libre et elle se dit que c'était probablement la seule chose concrète qu'elle ait proférée de la soirée.

— Oui. Et une fois que nous aurons commencé, quand nous arrêterons-nous ? Il faut que tu y penses, et moi aussi. A Gullen, nous appartenions au même monde. Ce n'est plus le cas, maintenant.

— Si, insista-t-elle. Si.

— Si je te demandais de revenir avec moi à Gullen, est-ce que tu accepterais ?

— C'est impossible.

— A cause des enfants, bien sûr. Tu vois bien que nous n'appartenons plus au même monde, et ça, sans qu'il soit encore question d'argent.

— Si tu es attaché à l'argent, moi pas.

— Facile à dire quand on en a, répliqua-t-il en l'entraînant vers la porte.

— C'est J.D. qui a de l'argent, pas moi.

Ce qui ne voulait pas dire pour autant qu'elle n'aurait pas aimé garder la maison. Après tout, n'avait-elle pas été la femme de ménage, la cuisinière et la maîtresse de maison de J.D. pendant dix-neuf ans ? Cela valait bien une maison, non ?

— Et serait-ce si terrible de venir habiter dans une maison qui m'appartient ?

— Tout à fait. On a sa fierté.

— Nom d'un chien ! La fierté ! se cabra-t-elle en s'écartant de lui. Vous, les hommes, vous êtes tous les mêmes ! Quand comprendrez-vous qu'il existe des choses bien plus importantes que la fierté ?

— Comme quoi, par exemple ?

— Comme l'amour, dit-elle en ouvrant la porte. Ce n'est pas mon infidélité qui a détruit mon mariage. Pas de manière décisive, en tout cas. C'est la fierté de J.D. qui s'en est chargée. Et je dirais la même chose pour toi. Si tu m'avais vraiment aimée, il y a vingt-deux ans, tu m'aurais laissée témoigner, lors de ton procès. Parce que n'importe quoi aurait mieux valu que te voir partir. Et même une fois parti, tu aurais dû me demander de t'attendre, de venir te voir, de t'écrire, mais tu ne l'as pas voulu. Et voilà qu'à présent tu me dis qu'il n'y a pas d'avenir pour nous parce que tu es trop fier pour habiter une maison qui appartiendrait à ta femme. Eh bien, laisse-moi te dire que ton argument ne vaut pas un clou.

Incapable d'accepter les raisons de son refus, elle claqua la porte derrière elle et grimpa quatre à quatre dans le noir les marches de l'escalier.

La semaine qui précéda les vacances de Noël, Annie passa son temps, jusqu'aux petites heures du matin, à corriger des copies d'examen et à calculer les moyennes trimestrielles. C'est au moment où elle monta dans la voiture avec Sam et les enfants pour se rendre au chalet qu'elle se rendit compte qu'elle était exténuée.

Teke avait finalement décidé de ne pas les accompagner, prétextant que voir les autres skier sans pouvoir le faire lui-même serait néfaste pour le moral de Michael. Annie admit très bien la chose, quoiqu'elle soupçonnât que la présence du couple heureux qu'elle formait à présent avec Sam ainsi que celle de toutes les autres familles qu'elle avait l'habitude de rencontrer pendant les vacances de Noël auraient eu un effet tout aussi désastreux sur le moral de Teke.

Les filles Maxwell avaient vécu un dilemme, tiraillées entre le remords d'abandonner leur frère et leur envie d'aller skier avec Jon et Zoe. C'est J.D. qui régla le problème en leur proposant de l'accompagner en Arizona. Ce que fit Jana, pendant que Leigh choisissait de skier avec Jon. Ainsi, Annie se retrouva avec cinq personnes à charge au chalet. Elle crut ne jamais s'en sortir, mais tout se déroula le mieux du monde grâce à Sam.

— Allons à l'Onion Patch, proposa-t-il le soir de leur arrivée. (Puis, le soir du réveillon de Noël :) J'ai entendu dire que ce serait formidable au Stoney, cette année. Puis, quand Annie annonça qu'elle allait préparer un rosbif pour le jour de Noël : Laisse tomber, j'ai réservé au Inn.

— Sam ? protesta Annie. Je n'ai pas préparé un seul repas, depuis notre arrivée.

— Et alors ?

Alors, manger dehors tous les jours coûtait très cher, à la longue. Compte tenu de la précarité de la situation professionnelle de Sam, il valait mieux faire attention.

— C'est toujours Teke qui cuisinait, je peux en faire autant.

— Teke ne venait pas de passer une semaine à corriger des épreuves d'examen. Je tiens à ce que tu prennes de vraies vacances, Annie. Qui plus est, si tu te mets à cuisiner, je vais devoir t'aider et, pour parler franchement, moi aussi j'ai besoin de me reposer.

Elle n'ergota pas davantage.

Les attentions de Sam la comblaient. Bien que meilleur skieur qu'elle, il s'efforçait de rester auprès d'elle et ce n'est qu'à la fin de la journée, lorsque, à demi gelée, elle avait battu en retraite vers un bon feu de bois et un chocolat chaud, qu'il s'octroyait l'ineffable plaisir de quelques descentes à fond de train.

C'est au cours d'une de ces fins d'après-midi qu'elle eut la surprise de voir Zoe, le nez collé contre la vitre, rêvassant, mélancolique et solitaire, dans le tumulte de la station. Elle prit le temps de se défaire de ses skis puis, se frayant un chemin parmi la foule des skieurs, elle rejoignit sa fille.

— Alors, ma chérie, dit-elle en entourant les épaules de Zoe, est-ce que ça fait longtemps que tu es ici ?

— Une heure à peu près, répondit celle-ci avec un haussement d'épaules désabusé.

— Je croyais que tu skiais avec Leigh et Jon ?

— Non. Ils préfèrent rester seuls.

— C'est ce qu'ils t'ont dit ? demanda Annie, fermement décidée à en toucher deux mots à son fils, le cas échéant.

— Non, mais je le sais. Je suis un boulet, pour eux.

— Pas du tout. Tu es aussi bonne skieuse que Leigh.

Pour toute réponse, Zoe se contenta de hausser de nouveau les épaules, le regard perdu dans le vague.

— J'ai aperçu Susie VanDorn sur les pistes, tout à l'heure. J'ai appris qu'elle était arrivée à midi. Tu pourrais peut-être skier avec elle, demain.

— Mmm...

— Est-ce que tu veux un chocolat ?

— N... non.

— Est-ce que tu aimerais dîner dans un endroit particulier, ce soir ?

— Ce que les autres décideront me conviendra très bien.

Annie vint s'accouder près d'elle, sur le rebord de la fenêtre. Zoe avait toujours été une enfant facile à vivre et pourtant, voilà qu'elle affichait à présent une indifférence qui ne lui était pas coutumière.

— Qu'est-ce qui ne va pas, ma chérie ?

— Rien.

— Tu ne sembles pas beaucoup t'amuser.

— Je suis fatiguée.
— Est-ce que tu te sens bien ?
— Je suis simplement fatiguée, m'man.
« Très bien, pensa Annie. Admettons »
— Es-tu toujours fâchée contre ton père ?
Durant le voyage, une trêve tacitement décidée s'était instaurée entre Sam et les enfants. Annie craignait cependant qu'elle ne fût que provisoire.
— Je suis fatiguée, répéta Zoe, d'un air las. Pourquoi ne pas en rester là, m'man ? Pourquoi faut-il que tu trouves un sens caché à tout ce que je dis ? Je rentre. On se retrouve au chalet.
Annie se fit violence pour ne pas la retenir. S'il n'avait tenu qu'à elle, elle l'aurait attirée dans ses bras et, à force de cajoleries, elle aurait extirpé un à un tous les petits soucis qui tourmentaient sa fille chérie. Pauvre Zoe, elle avait passé des moments difficiles avec ses amis, récemment. Mais elle avait presque seize ans. Il était préférable de ne pas la forcer à des confidences auxquelles elle-même s'était soustraite.
Annie rongea son frein, persuadée que le lendemain, tout serait oublié. En effet, le matin suivant elle aperçut sa fille sur les pistes de ski, affichant un large sourire. Les nuages noirs semblaient s'être dissipés et il en fut ainsi durant le restant de la semaine. Jusqu'au trente et un décembre.
Il était en effet prévu, aujourd'hui, que tout le monde se reposerait quelques heures au chalet, avant d'aller réveillonner dans une auberge des environs. Ce soir-là donc, quand Sam et Annie rentrèrent au chalet, vers quatre heures et demie, ils trouvèrent comme prévu Jon et Leigh, mais pas Zoe.
— Est-ce qu'elle ne devait pas skier avec vous ? interrogea Annie. Elle m'a même dit que vous deviez passer la journée sur la face nord.
Leigh lança un regard inquiet en direction de Jon.
— C'est vrai, mais vers le milieu de la matinée,

elle s'est sentie fatiguée et nous a annoncé qu'elle allait redescendre par la face sud.

— Nous avons supposé qu'elle vous avait rejoints, ajouta Jon.

— Elle est peut-être retenue avec ses amis. Laissons-lui quelques minutes, elle ne va pas tarder.

Les quelques minutes passèrent, mais point de Zoe. Sam, qui guettait par la fenêtre, jeta un coup d'œil à sa montre.

— Les pistes sont fermées depuis bientôt une heure.

Bien décidée à ne pas s'inquiéter prématurément, Annie vint le rejoindre.

— Elle a dû s'arrêter quelque part sur le chemin du retour.

— Mais où ?

Annie n'en savait rien. Dehors, il faisait presque nuit et la température avait sensiblement baissé. Les familles devaient s'être rassemblées pour se préparer à réveillonner. Annie se répétait que ce genre de retard n'était pas du tout dans les habitudes de Zoe.

Plus intriguée qu'inquiète, Annie commença à téléphoner à toutes les amies avec qui Zoe aurait pu passer la journée. Toutes étaient rentrées et ignoraient où se trouvait Zoe. Certaines l'avaient bien entraperçue à l'heure du déjeuner, mais pas depuis.

Après chaque coup de téléphone, le malaise d'Annie s'intensifiait. Lorsqu'elle eut passé son dernier et tout aussi infructueux appel, Sam alla vers elle, le regard interrogateur. Il était cinq heures et demie. Elle leva vers lui un regard effrayé et murmura :

— Il s'est passé quelque chose. Je le sais, je le sens.

Sam s'empara du combiné et appela la direction de la station pour apprendre que le chalet était désert et, de toute façon, fermé, mais qu'une paire de skis avait été retrouvée, abandonnée sur un support, et la description paraissait correspondre aux skis de Zoe.

Il appela la police.

Annie se rendit dans la chambre de Zoe pour constater qu'elle se trouvait dans le même état de désordre dans lequel Zoe l'avait laissée le matin. Pour autant qu'elle pût en juger, il ne manquait rien, et aucun signe ne lui permit de déceler la présence de sa fille au chalet au cours de la journée.

— Où peut-elle bien être ? demanda Leigh, angoissée.

En raccrochant le combiné, Sam avait l'air complètement désorienté.

— On me dit qu'on va jeter un coup d'œil dans les environs, mais qu'on n'entreprendra pas de recherches, pour le moment. Il semble que ce genre de chose se produit tous les jours mais qu'il ne s'agit chaque fois que de brèves fugues.

— Zoe ne nous occasionnerait pas autant de soucis, dit Leigh.

Annie n'en était pas si sûre. S'il était vrai que Zoe n'avait pas en elle une once de malice, il était aussi vrai qu'elle avait été perturbée, très récemment.

— Peut-être a-t-elle voulu faire le tour du village ?

— Comment y serait-elle allée ? La navette ne se rend pas jusque-là.

— Un ami l'aura accompagnée...

— Quel ami ? demanda Sam. Tu les as tous appelés... Est-ce qu'elle n'aurait pas laissé un mot, quelque part ?

— Pas dans sa chambre, dit Annie en se mettant aussitôt à inspecter les autres pièces.

Mais en vain. Quand ils se retrouvèrent dans la salle de séjour, il était déjà six heures passées et Annie se sentit gagnée par la panique. Malgré elle, son imagination lui faisait envisager des hypothèses qu'elle refusait de concevoir.

— Où peut-elle bien être, Sam ?

Sam était tout pâle et pas du tout rassurant. Néanmoins, elle le laissa passer son bras sur ses épaules.

— Je ne sais pas.

— Est-ce qu'on va rester ici à attendre sans rien faire ? Je ne le pourrai pas.

Sam ferma les yeux si fort qu'un sillon se creusa entre ses sourcils. Quand il les rouvrit, on pouvait y lire un sentiment proche de l'épouvante.

— Est-ce que durant la semaine elle aurait dit qu'elle aimerait mieux être quelque part ailleurs ? En Arizona avec Jana, peut-être ?

— Elle aurait bien aimé que Jana soit avec nous, fit Annie. Mais il n'a jamais été question d'aller la rejoindre là-bas.

Alors que Sam les interrogeait du regard, Jon et Leigh confirmèrent les dires d'Annie d'un hochement de tête.

— Est-ce qu'elle n'aurait pas fait allusion à un endroit où elle aurait aimé aller ? Ou de quelqu'un qu'elle aurait rencontré ? demanda encore Sam aux deux jeunes gens.

— Non, mais elle avait un drôle de comportement, ces derniers temps, répondit Jon. Elle ne s'exprimait plus du tout de la même façon.

Annie s'efforça de refouler son angoisse, bien que chacun de ces mots lui taraudât le cœur.

— Elle n'avait pas très bon moral, en effet. Et si un groupe de garçons l'avaient attirée chez eux ? A moins qu'un homme ne l'ait fait monter dans sa voiture, sous prétexte de l'emmener au village ?

— Jana aurait dû venir avec nous, cria Leigh. Elle et Zoe ne se quittaient jamais.

— Jana n'a pas voulu venir, intervint Jon, parce qu'elle ne voulait pas passer ses vacances avec mon père.

— Nous n'allons pas encore aborder ce sujet, coupa Sam.

— C'est la vérité.

— J'ai dit que nous n'allions pas recommencer, répéta Sam durement.

— Je ne peux pas rester ici à attendre, fit Annie.

Elle est peut-être en route pour le chalet. Je pars à sa rencontre.

— Vous deux, vous ne bougez pas d'ici, au cas où elle téléphonerait, ordonna Sam à Jon et Leigh. Nous vous appellerons toutes les dix minutes pour savoir si vous avez eu de ses nouvelles.

Il faisait nuit noire, maintenant. Et beaucoup plus froid qu'ils ne le croyaient. Au volant de leur voiture, Sam et Annie croisaient des fêtards qui allaient retrouver leurs parents et amis dans une de ces maisons illuminées qui défilaient de chaque côté de la route.

Mais, entre chaque maison il y avait des bosquets obscurs et peu rassurants, et Annie imagina Zoe dans l'un d'eux, couchée dans la neige, les vêtements déchirés, violée, ensanglantée...

— Ô mon Dieu! murmura-t-elle en fouillant la pénombre des yeux. Nous aurions dû la garder avec nous. Mais elle ne voulait plus être chaperonnée. Chaque fois que je m'approchais trop d'elle, elle se révoltait.

— Nous allons la trouver, dit Sam d'un air sombre.

A sept heures, ils étaient de retour au chalet et Zoe n'avait toujours pas donné signe de vie. Après avoir décidé d'élargir leur champ de recherches, ils décidèrent de repartir. Ils avaient vainement patrouillé les rues du village, quand ils décidèrent d'appeler Jon, mais ce dernier n'avait toujours pas de nouvelles de sa sœur.

Agrippée au tableau de bord, Annie scrutait toujours les environs, terriblement consciente du fait que plus l'heure avançait, plus la situation risquait de prendre une tournure dramatique. Il était à présent sept heures trente et Annie ne comprenait toujours pas les raisons pour lesquelles Zoe n'était pas rentrée, et encore moins celles pour lesquelles elle n'avait pas téléphoné. Elle était terrorisée.

Aux environs de huit heures, la neige se mit à tomber et, à bout de ressources, ils regagnèrent le chalet.

— Je vais rappeler la police, dit Sam en quittant la voiture. Si la police locale ne réagit pas, j'appellerai la police de l'Etat.

Jon et Leigh, qui les attendaient devant la porte, eurent la mine complètement défaite en voyant que Zoe n'était pas avec eux. Le téléphone sonna et Annie se précipita pour entendre que c'était une des amies de Zoe qu'elle avait appelées plus tôt.

— Pas encore, répondit-elle, le souffle court.

Elle tremblait si fort qu'elle dut s'y reprendre à deux fois pour reposer le combiné sur son socle. Mais à peine l'avait-elle lâché que le téléphone sonnait de nouveau.

— Oui ? lança-t-elle en décrochant brusquement.

Il y eut un moment d'attente. Cinq secondes qui lui semblèrent une éternité et durant lesquelles elle eut la certitude que c'était un kidnappeur qui allait lui demander une rançon. Puis, lui parvint un « Annie ? » hésitant.

— P'pa ? C'est moi, dit-elle d'une voix chevrotante. P'pa, Zoe a disparu. Nous ne savons pas où elle est.

— Elle est avec moi, annonça Pete de sa voix douce et traînante.

— Avec toi ? cria Annie, sentant son cœur tressauter dans sa poitrine.

Le reste de la famille se rassembla aussitôt autour d'elle et Sam vint coller son oreille près de l'écouteur.

— Elle est arrivée juste à l'heure du dîner. Elle va très bien ; elle a seulement eu un peu froid.

Soulagée, Annie s'abandonna contre Sam.

— Elle m'a affirmé que vous étiez au courant qu'elle venait me rejoindre ; mais je me suis dit que si c'était le cas, vous m'auriez certainement prévenu. Et puis, elle n'avait pas le petit sac qu'elle a toujours avec elle.

— Elle est saine et sauve, souffla Annie. Grâce à Dieu, elle est saine et sauve.

— Ce n'est qu'après dîner, quand je l'ai interrogée sur vos projets de la soirée, qu'elle a commencé à éprouver des remords.

— Comment est-elle arrivée jusque chez toi ?

— Elle s'est fait conduire par un garçon qu'elle connaît, un ami de Jon.

Ce qui ne rassura pas Annie pour autant. Jon avait des fréquentations — particulièrement dans l'équipe de football — qu'Annie imaginait facilement en train de chercher à profiter de la situation.

— Est-ce qu'elle va bien ?

— Elle est un peu abattue.

— Est-ce qu'on lui a fait du mal ?

— Oh, non, pas du tout. Elle est abattue pour d'autres raisons.

— Laisse-moi lui parler.

— Plus tard, peut-être.

Sam jugea bon d'intervenir et prit le téléphone des mains d'Annie.

— Je viens la chercher, p'pa.

Annie sentit que son père suggérait de n'en rien faire, mais Sam insistait.

— Il faut que je lui parle. Ne lui dites rien de ma venue, elle pourrait de nouveau s'enfuir. Je pars tout de suite, je serai chez vous vers onze heures.

Sam rendit l'appareil à Annie qui comprit qu'il était parfaitement déterminé et qu'il était inutile de tenter de le faire changer d'avis.

— Sam a raison, dit-elle à son père. Retiens-la jusqu'à ce qu'il arrive, d'accord ?

Pendant les trois heures que dura le parcours, Sam pensa à tout ce qu'il allait dire à Zoe. Cependant, une fois arrivé à la maison de Peter, tous ces mots s'avérèrent inutiles. Recroquevillée au pied du lit de son grand-père, Zoe semblait dormir d'un profond sommeil. S'asseyant sur le matelas, Sam prit sa fille dans ses bras et la berça doucement, comme il le faisait quand elle était petite et comme il aimait encore le faire tout récemment, tant elle était gentille et caressante.

Il lui avait manqué. A peine cette pensée s'imposait-elle à son esprit que Zoe commença à remuer. Elle frotta son visage contre le gilet de son père et se blottit un peu plus contre lui.

— Papa ? murmura-t-elle.

— C'est moi, ma chérie.

Elle n'ajouta rien d'autre et Sam posa un baiser sur son front. Elle se mit à pleurer et, profondément bouleversé, il la serra très fort contre lui.

— Ça ira, ma fille, ça ira. Nous t'aimons tellement, maman et moi...

Mais les pleurs de Zoe redoublèrent et Sam lança un regard désemparé en direction de Pete qui, assis sur sa caisse à oranges, se demandait, impuissant, pourquoi les hommes étaient toujours aussi désarmés dans de pareilles circonstances. Sam faisait ce qu'il pouvait mais cela ne suffisait pas. Cette enfant souffrait et lui aussi. Il fallait faire quelque chose.

— Tu n'aurais pas dû venir, finit par dire Zoe.

— Bien sûr que si, au contraire. Tu es ma fille et je n'aurais jamais pu fêter le nouvel an sans toi.

— Tu devrais être avec maman.

— Maman va très bien. Tu es malheureuse et, puisque c'est à cause de moi, c'est à moi de te réconforter.

Elle se remit à pleurer et il se demanda ce qu'il avait encore dit qu'il ne fallait pas dire. La voix de Pete lui parvint de l'autre bout de la pièce, râpeuse comme du papier de verre qui adoucirait les arêtes vives de sa frayeur.

— Tu as touché un point sensible, Sam. Elle est un peu comme une écorchée vive.

Sam ébouriffa les cheveux de sa fille et lui frictionna affectueusement le dos et les bras. Quinze ans, déjà... Difficile à croire. Et cependant, il sentait ce jeune corps, pourtant si fragile, qui s'épanouissait doucement. Il glissa sa main délicate dans la sienne, se rappelant l'enfant qui venait subrepticement mettre ses petits doigts dans le creux de sa main.

« Nous t'avons cherchée partout, disaient les yeux de Sam. Partout, dans la station et dans le village. Nous avons téléphoné à des tas de gens et pendant tout ce temps, je me disais que s'il t'était arrivé quelque chose, ç'aurait été de ma faute. Tout est de ma faute, depuis ces derniers mois. »

— Je veux que tout redevienne comme avant, dit Zoe d'une petite voix. Je veux que nous skiions tous ensemble, comme avant, et pas seulement avec Leigh.

— Il se peut que ça n'arrive pas. Lorsque Michael sera rétabli, Teke se joindra à nous et Jana aussi, probablement. Mais je ne pense pas que J.D. viendra. Il s'est détaché de nous.

— A cause de ce qui s'est passé entre Teke et toi ?

— Non. Cet incident n'aura été qu'un catalyseur. Je crois qu'il attend autre chose de la vie, à présent.

— S'il aimait sa famille, il ne serait pas parti.

— Il aime beaucoup ses enfants. C'est la raison pour laquelle il a demandé à Leigh et à Jana de l'accompagner en Arizona.

— Leigh a préféré aller avec Jon, mais Jana n'a pas voulu rester avec moi.

— Elle a choisi d'accompagner son père et peut-être a-t-elle eu raison, penses-y, Zoe. Elle ne voit pas son père tous les jours, comme toi. Tu passes bien tes vacances avec ta famille, pourquoi J.D. ne passerait-il pas les siennes avec sa fille ?

— Mais je voudrais qu'elle revienne. J'aime bien être avec maman, mais c'est quand même elle, ma meilleure amie, même si, quelquefois, elle se conduit comme une vraie chipie.

— Et elle restera toujours ta meilleure amie. Ce qui ne veut pas dire pour autant que tu ne puisses pas vivre sans elle. Regarde maman : elle a bien réussi à préparer le Thanksgiving sans Teke. Elle ne pensait jamais pouvoir s'en sortir, et pourtant elle a réussi.

— Mais j'aimais bien les choses comme elles étaient avant.

— Moi aussi. Mais je m'efforce de les apprécier telles qu'elles sont actuellement.

Ce disant, Sam pensait à sa situation professionnelle, si stable et confortable autrefois, si aléatoire et contraignante aujourd'hui.

— Comme quoi ?

— Comme aider maman, par exemple. Ça m'apporte beaucoup de joies. Mais la présence de Teke m'a toujours empêché de découvrir ce plaisir.

— Et quoi d'autre ?

— J'aime bien aussi être plus présent à la maison. Toute ma vie, j'ai pensé qu'il fallait travailler. Je me disais toujours que le temps, c'est de l'argent. Mais à quoi sert l'argent si on ne peut pas en profiter avec ceux que l'on aime ? Et il y a autre chose encore.

— Quoi ?

— J'aime bien que nous soyons ensemble, tous les quatre. Quitte à te paraître égoïste, je dirais que cela ne nous est pas arrivé souvent et que je le regrette. Et ce qui serait encore mieux, c'est que Jon et toi, vous me redonniez ma chance. J'ai commis une faute, c'est vrai. Mais vous ne pouvez pas m'en garder rancune jusqu'à la fin de mes jours…

Il leva le menton de sa fille et essuya lentement ses larmes.

— Je t'aime beaucoup, Zoe. Tu es la personne qui m'a le plus manqué, ces derniers temps. J'aimerais bien que nous recommencions à parler et à refaire tout ce que nous faisions ensemble.

Zoe resta coite un long moment, triturant un bouton du gilet de son père.

— A quoi penses-tu ?

— Je pense que j'ai complètement gâché notre réveillon du jour de l'an.

— Pas du tout. Tout est bien qui finit bien. La soirée ne fait que commencer.

Zoe envoya un léger coup d'épaule contre le torse de son père.

— Maman est au chalet et toi tu es ici. Tu trouves ça drôle, toi ?

— Alors pourquoi ne pas y retourner en emmenant papa Pete avec nous ?

— Tout de suite ? s'étonna Zoe dont les yeux encore mouillés jetaient soudain des étincelles.

— Pourquoi pas ? Mais auparavant, il faut avertir maman que tout va bien. Ensuite nous pourrons prendre la route. Nous fêterons ça d'une manière tout à fait spéciale. Voyons... Du champagne ? C'est trop banal. Des confettis, des serpentins ? Bof...

Pete abandonna sa caisse à oranges et alla dans la cuisine pour en revenir, quelques instants plus tard, porteur de quelque chose de long et de sinueux comme un serpent, aux formes et aux couleurs élaborées.

— Un modèle que m'a prêté mon ami Bin Liu. C'est un dragon. Ça te plaît Zoe ?

— Oh, oui ! s'écria Zoe, enthousiaste.

Malgré sa hâte, elle préféra rester encore un moment dans les bras de son père. Histoire de rattraper le temps perdu, supposa ce dernier — tellement immobile qu'il se demanda si elle ne s'était pas rendormie. Mais, baissant les yeux, il rencontra le regard apaisé de Zoe.

— Je suis contente que tu sois venu, murmura-t-elle.

— Je serai toujours près de toi, Zoe, répondit Sam en la serrant un peu plus fort.

Malgré les douze coups de minuit qui ne tarderaient pas à sonner alors qu'il se trouvait loin d'Annie, malgré les incertitudes de sa situation professionnelle, le cœur ruisselant d'amour, Sam se promit qu'il en serait toujours ainsi.

17

Peu à peu, Michael recouvrait l'usage de ses muscles. Ses mouvements restaient maladroits mais il n'avait plus besoin de béquilles. Cependant, chaque progrès était immanquablement suivi d'une régression.

Teke faisait l'expérience du même genre de situations. Elle rencontra l'avocat que lui avait recommandé Sam, elle obtint une carte de crédit à son nom et fit un chèque sans provision au supermarché. Elle se mit à faire elle-même le plein d'essence de sa voiture, accepta de siéger à un comité pour l'organisation d'une marche au bénéfice des défenseurs de la nature et eut une violente dispute avec Jana.

Dispute qui l'indisposa infiniment plus que le chèque sans provision, car tout ce qui touchait à ses enfants éveillait aussitôt en elle les pires sentiments de culpabilité. Bien qu'elle s'efforçât de faire ce qui lui semblait juste, ses décisions étaient loin de faire l'unanimité et la plongeaient souvent dans d'inextricables dilemmes.

Ce fut le cas quand Jana prit l'habitude d'annoncer sans préavis qu'elle partait pour aller dîner avec son père. Cela faisait une demi-heure qu'elles en parlaient, sans que la situation eût évolué d'un pouce.

— Mais il est seul, expliquait Jana qui voulait justifier ses fréquentes absences. Je trouve ça injuste.

— C'est une situation qu'il a choisie, répéta Teke avec l'impression de seriner toujours la même chose.

Loin de vouloir dire le moindre mal de J.D., cette réponse lui semblait cependant des plus appropriées. Jana eût été dans tous ses états si elle avait appris, comme il le prétendait lorsqu'il téléphonait à Teke, qu'il souffrait terriblement de l'absence de ses enfants.

— Il lui arrive très souvent de dîner au restaurant en quittant son bureau. Et toi, tu débarques chez lui sans prévenir... De plus, tu ne tiens pas du tout compte des horaires de la maison. Il m'arrive de me demander où tu es, jusqu'à ce que ton père m'appelle pour me dire que tu dînes avec lui. Je trouve que tout cela n'est pas convenable, Jana. Ta place est ici, parmi nous et j'entends que tu te plies aux règles de la maison. Qui plus est, tu as ton travail de classe à faire.

— Je le fais chez papa.

— Et ensuite, il est obligé de te reconduire jusqu'ici, du moins je le suppose. Jana, il faut que tu comprennes que ton père est parti. Il a pris la décision d'aller vivre à Boston. Tu peux essayer de l'attirer ici tant que tu voudras, cela ne changera rien : il ne veut plus vivre avec moi.

— Je ne l'en blâme pas, lança l'adolescente d'un air de défi.

« Elle est perturbée, se répéta Teke encore une fois. Elle a du mal à s'habituer à son nouveau mode de vie. Mais elle t'aime, même si elle n'en est pas tout à fait consciente. »

— Tu n'as pas besoin de moi, poursuivait Jana, tu as Michael et Leigh. Et Grady. Qu'est-ce que tu fricotes avec lui ?

Le cœur de Teke se mit à battre de façon syncopée. C'était comme ça chaque fois qu'on faisait allusion à Grady.

— C'est un ami.

— J'ai le sentiment qu'il est bien plus que ça, fit Jana avec une moue dédaigneuse.

Bien sûr. Mais elle s'était toujours efforcée de n'en rien laisser paraître. Lorsqu'ils étaient seuls, elle pouvait se jeter à son cou mais elle était un modèle de retenue en présence de ses enfants.

— Que veux-tu dire, exactement ?

— Est-ce que tu as déjà couché avec lui ?

— Ça ne te regarde pas ! cria Teke avant de se

reprendre. Mais puisque tu penses que c'est le cas, la réponse est non, ajouta-t-elle précipitamment.

Elle devait en remercier Grady et sa sacro-sainte fierté. S'il n'en avait tenu qu'à elle, voilà des semaines qu'elle se serait abandonnée à sa chaleur et à son réconfort.

— Ce n'est qu'une question de temps, dit Jana. Et ça m'embarrasse beaucoup.

Voilà une réflexion dont elle se serait volontiers passée. Ayant depuis toujours placé le bien-être de ses enfants bien au-dessus de ses désirs personnels, elle trouvait la déclaration de Jana pour le moins humiliante.

— Et pourquoi, grands dieux ?

— Parce que tu es incapable de coucher seule dans un lit. Papa était absent, alors tu n'as rien trouvé de mieux que de coucher avec Sam...

— Pas dans un lit !

— ... et maintenant, c'est au tour de Grady. Jusqu'où t'abaisseras-tu ?

— Je serais heureuse de finir dans les bras de Grady, se rebiffa Teke. C'est un homme attentionné et généreux. C'est quelqu'un qui s'assume entièrement, qui a connu des coups durs et qui s'efforce de réintégrer la société.

— Ce n'est qu'un menuisier, ricana Jana.

Teke brandit son index dans la direction de la maison de Cornelia Hart.

— J'aimerais bien que tu voies ce qu'il est capable de faire, tout menuisier qu'il est ! Cette remise, il est en train d'en faire quelque chose de magnifique ! Et dis-toi bien qu'elle sera encore debout alors que toi tu seras morte et enterrée depuis longtemps !

— Mais moi aussi je suis capable de faire des choses !

— Eh bien, vas-y !

Teke regarda sa fille quitter la pièce en coup de vent, se disant que décidément, rien n'allait plus entre elles. Après tout, il lui restait Michael qui se remettait doucement, et Leigh, aussi. Somme toute, deux sur trois, ce n'était pas si mal...

Arriva enfin le jour où elle conduisit Leigh au cabinet de Charlie Hart.

— Je pensais à la pilule, lui avait-elle dit au téléphone.

Pendant la consultation, Teke s'installa dans la salle d'attente et feuilleta les magazines qui traînaient sur une table basse. Une demi-heure plus tard, alors qu'elle commençait à se demander ce que le médecin avait bien pu découvrir pour garder sa fille aussi longtemps, Charlie Hart apparut sur le seuil et lui fit signe d'entrer. Pâle comme une morte, Leigh était assise, immobile et tendue, sur le bord de sa chaise. Saisie d'un mauvais pressentiment, Teke demanda, effrayée :

— Que se passe-t-il ?

Charlie prit le temps de regagner son siège, puis il croisa les mains sur son bureau et annonça en soupirant :

— En ce qui concerne nos moyens de contraception, je crains fort qu'il ne soit trop tard. Leigh est d'ores et déjà enceinte.

Enceinte ! La mâchoire de Teke descendit de deux crans.

— D'après ce que j'ai pu constater, cela remonte à environ sept semaines.

Enceinte ? C'était inconcevable. Elle ne savait pas pourquoi, mais c'était inconcevable. Mais elle dut admettre que sa fille était en âge de pouvoir porter un bébé. Elle avait dix-sept ans, presque dix-huit. Dix-huit ans et enceinte ! Mon Dieu !

— Je t'avais prévenue le jour du Thanksgiving, commença Leigh sur la défensive. Je t'avais dit qu'il fallait que je prenne un moyen de contraception.

— Ç'aurait déjà été trop tard, de toute façon, fit aimablement remarquer le médecin. Il est probable que tu es tombée enceinte lors de ta première ou seconde relation avec Jon. Tu m'as bien dit que cela s'était passé vers la mi-novembre...

Leigh enceinte! Teke ne parvenait pas à s'y résoudre.

— Jon et moi, nous nous sommes retenus aussi longtemps que nous l'avons pu. Mais nous nous sommes dit qu'après tout, si chacun faisait ce qu'il voulait, il n'y avait pas de raison que ce soit différent pour nous, dit la jeune fille en regardant sa mère droit dans les yeux.

Voilà que ce moment d'égarement avec Sam revenait encore sur le tapis... Teke prit sur elle pour ne pas piquer une crise de nerfs devant le médecin.

— Nous y voilà. Cette histoire ne finira donc jamais?

— Excuse-moi, m'man. Je ne l'ai pas fait exprès.

— Et l'idée de prendre certaines précautions n'a jamais effleuré l'esprit de Jon, je suppose?

— Il disait que le SIDA ne nous concernait pas.

— Mais le reste?

— Il m'a dit qu'il ferait attention, et il l'a fait. Enfin, presque...

Teke lança un coup d'œil vers le plafond et n'y vit aucune réponse à ses problèmes.

— Enceinte... répéta-t-elle une nouvelle fois, effondrée.

— Peut-être que j'ai seulement l'air d'être enceinte, dit Leigh au médecin. Je n'ai pas du tout l'impression de l'être.

— Tu l'es. Il existe plusieurs possibilités, dit-il à Teke, et Leigh et moi en avons déjà discuté. Elle peut avoir l'enfant et l'élever, ou bien l'avoir et le mettre en adoption. La dernière solution serait d'interrompre la grossesse. Il est encore temps pour cette dernière possibilité.

Teke repoussa une mèche de cheveux de son visage. Comment décider d'une chose aussi grave quand on a le cœur qui bat la chamade et le tocsin qui résonne dans la tête? Comment penser à tout ça alors qu'elle ne parvenait même pas à admettre cette aberrante évidence ? Abasourdie, elle se tourna vers sa fille :

— Est-ce que tu as décidé quelque chose ?

— Comment veux-tu que je décide maintenant alors que je ne ressens rien, ni malaise, ni quoi que ce soit ? Je ne m'attendais pas à ça, moi non plus !

Déroutée, Teke tenta de trouver un brin de réconfort chez Charlie Hart.

— Est-ce que j'aurais dû m'en rendre compte par moi-même ? Y a-t-il une chose qui m'a échappé ?

— Non. Impossible de voir quoi que ce soit.

Durant un instant, elle fut tentée de s'apitoyer sur sa fille, se disant que Leigh devait se trouver dans le désarroi le plus total. Mais non, pas du tout. Leigh n'avait même pas la moindre notion de ce que signifiait la maternité. Elle était complètement ignorante des responsabilités, des inquiétudes, des investissements de temps et d'argent que cela impliquait. A mille lieux de se douter que l'issue de son aventure pouvait être lourde de conséquences, elle s'imaginait que le fait de coucher avec Jon lui conférait son accession au monde libre des adultes.

Un enfant ! L'enfant de Leigh et de Jon et le petit-enfant de Teke, de Sam et d'Annie. Ah, Annie... Que déciderait Annie ?

— Nous allons réfléchir, dit-elle à Charlie Hart.

En apprenant la nouvelle, Jon prit la main de Leigh et la serra très fort, tandis qu'une pâleur cadavérique envahissait son visage.

— Nous aurions dû attendre, murmura Leigh.

— J'aurais dû prendre mes précautions, lui murmura-t-il en retour, mais je pensais que tout irait bien.

— Je suis toujours persuadée que le docteur se trompe. Je ne ressens aucune différence dans mon corps.

— Leigh, soupira Teke. Tu viens à l'instant de faire un test de grossesse et il a viré au bleu. Ça te fait une preuve supplémentaire, que veux-tu de plus ?

Leigh leva les yeux vers Jon et, d'une voix qui ne trahissait aucun dilemme, demanda :

— Qu'est-ce que tu veux faire ?

Jon se passa la main dans les cheveux. Le regard perdu dans le vide, ses yeux s'élargissaient peu à peu, laissant à Teke tout le loisir d'y lire ses pensées et la vision qu'il avait de l'avenir.

— Je ne sais pas, finit-il par dire en fixant le ventre de Leigh.

Apparemment, la perspective de cette paternité prématurée ne suscitait pas en lui un enthousiasme délirant. Il se tourna vers Teke.

— Maman saura me conseiller. Je vais aller lui en parler.

Annie, qui n'avait pas eu l'ombre d'un soupçon sur l'évolution des ébats amoureux des jeunes gens, resta sans voix. Elle se contenta de promener son regard sur le petit groupe qui attendait impatiemment que sagesse et vérité sortissent d'entre ses lèvres.

— Enceinte...

Le fait qu'Annie soit aussi au courant procura aussitôt un réel soulagement à Teke, à qui le fardeau semblait à présent moins lourd.

— De sept semaines, selon Hart. Ce qui signifie que, si elle mène sa grossesse à terme, l'enfant naîtra à la mi-août.

Le regard d'Annie voleta à nouveau d'un visage à l'autre avant de se poser sur celui de son fils.

— Tu m'avais pourtant promis !

— C'est arrivé...

— Toi aussi, Leigh, tu avais promis !

Mais Leigh avait l'air pitoyable et Teke eut pitié d'elle.

— Ce qui est fait est fait. Nous avons un bébé sur les bras et il faut que nous prenions une décision.

— Il faut que j'en parle à Sam, dit Annie, le souffle court.

Leigh glissa sa main dans celle de sa mère.

— Mais n'en parle pas à papa, surtout.

Teke voyait mal comment elle pourrait lui cacher un événement aussi important.

— Il le faut.

— Il va être furieux !

— Après moi, oui, précisa Teke, certaine que ce serait effectivement la première réaction de son mari.

Et elle n'avait pas tort.

— Nom de Dieu, Teke ! Tu étais censée être la première à être au courant de ce genre de chose ! Pourquoi ne pas lui avoir fait prendre la pilule tout de suite ?

— Parce que, le temps que je sois au courant, le mal était déjà fait, rétorqua Teke, bien décidée à lui tenir tête.

— Et toi, tu ne pouvais pas faire attention ? demanda J.D., à Jon, cette fois. Tout ce que tu avais à faire c'était d'aller à la pharmacie et d'acheter un paquet de préservatifs sans rien dire à personne.

— Je ne pensais pas...

— En effet ! Tu ne pensais pas !

— C'est arrivé, c'est tout, fit Sam.

— C'est bien ça ! répliqua J.D. en le fusillant du regard. Encore un coup tordu dont les Maxwell doivent payer les pots cassés. On peut dire que tu auras donné le bon exemple.

— Allons donc, J.D. C'est un miracle que ce ne soit pas arrivé plus tôt. Nous savions les risques que nous courions. Nom de Dieu, c'était comme s'ils étaient déjà mariés.

— Mais ils ne le sont pas et ma fille est enceinte. Qu'est-ce que tu proposes ?

Ils s'étaient rassemblés dans la cuisine des Pope, laissant à Jana et Zoe le soin de s'occuper de Michael. Teke pensait que les filles étaient parfaitement au fait de la situation et que, dans le cas contraire, elles devraient être mises au courant. Mais, en l'occurrence, c'était mieux ainsi. Affronter J.D. et Jana en même temps eût été présomptueux, voire suicidaire.

— Personnellement, je ne peux rien faire, dit Sam, manifestement ébranlé. Ce n'est pas à moi seul de prendre cette décision, mais à nous tous. Je dirais même que c'est à Leigh qu'appartient la décision finale.

Il se tourna vers la jeune fille et, de cette voix apaisante qui le rendait si particulier aux yeux de Teke, il demanda :

— Qu'est-ce que tu as décidé, ma chérie ? Est-ce que tu y as pensé ?

— Je n'arrête pas d'y penser, sanglota Leigh.

Elle n'était pas la seule. Teke ne cessait de tourner et de retourner le problème dans sa tête, pesant et soupesant toutes les possibilités jusqu'à en être lassée, pour recommencer quelques minutes plus tard. Annie entoura de son bras les épaules de Leigh et lui souffla :

— C'est angoissant (Leigh hocha la tête) mais tellement exaltant.

Opinion pleinement partagée par Teke, mais pas par J.D., qui posa un regard de glace sur Sam.

— Je pense qu'elle devrait se faire avorter, je ne vois pas d'autre solution.

— Pourtant, il en existe, fit Sam.

Mais, par un mouvement de tête presque imperceptible, J.D. manifesta sa détermination inébranlable :

— Elle n'a que dix-sept ans et n'a même pas terminé ses études secondaires. Bien sûr, elle pourrait mettre l'enfant en adoption, mais cela l'obligerait à assister à ses cours dans un état de grossesse de plus en plus visible ou à tout laisser tomber. Quelle que soit l'option, elle lui sera préjudiciable.

— Je ne veux pas abandonner mon bébé ! s'exclama Leigh.

Teke acquiesça et Annie dit :

— Je suis tout à fait d'accord.

— Dans l'état actuel des choses, une interruption de grossesse est ce qu'il y a de plus simple, expliqua J.D. à sa fille. C'est une intervention très rapide, Leigh, et que tu oublieras très vite. Ta vie se poursuivra comme elle aurait dû le faire si Jon avait fait preuve d'un peu plus de jugement.

— Ce n'est pas sa faute ! s'emporta Leigh.

— Peut-être ne veut-elle pas avorter ? suggéra Sam.

— Est-ce qu'elle veut vraiment cet enfant ? rétorqua J.D. Elle n'a pas dix-huit ans et ne sait même pas ce qu'elle veut faire de son avenir.

— Je veux épouser Jon et avoir des enfants, annonça Leigh.

J.D. braqua son regard meurtrier en direction de Teke.

— Encore un bon exemple que tu lui auras donné...

La pertinence d'une repartie ne lui paraissant pas évidente, Teke ne jugea pas nécessaire de relever ce nouveau trait de perfidie. Elle se rangeait à l'opinion de Sam quand il affirmait que les deux familles auraient dû depuis longtemps s'attendre à cet événement et que la décision finale appartenait à Leigh. Même s'ils pouvaient faire leur possible pour lui éviter de commettre une erreur, ils devaient avant tout prendre son désir en considération.

— Il n'y a aucun mal à vouloir se marier et avoir des enfants, dit Teke à sa fille, d'une voix posée.

— De nos jours, une femme travaille à l'extérieur, aboya J.D. Tu n'as qu'à regarder Annie...

— Ne regarde pas Annie, intervint cette dernière. Encore tout récemment, Annie se posait bien des questions sur le sujet en se demandant si elle avait fait le bon choix. C'est Teke qui a raison : il n'y a rien de mal à vouloir se marier et avoir des enfants. C'est une question d'opportunité, c'est tout.

— En effet. Puisqu'il est question d'opportunité,

ils ne pouvaient pas choisir pire moment, rétorqua J.D. acide.

— Pas tout à fait, expliqua Teke. Leigh peut finir ses études secondaires en juin, avoir son bébé en août et intégrer le collège en septembre, si elle le désire.

— Qu'est-ce que tu voudrais ? demanda à nouveau Sam, toujours serein.

— Je ne veux pas que Leigh se fasse avorter, intervint Jon. Elle a beau avoir le dernier mot, cet enfant, c'est aussi le mien.

— Ton enfant ? ricana J.D. Mais tu es toi-même un enfant !

— Si c'était un enfant, rétorqua Sam, ta fille ne serait pas enceinte. Continue, Jon.

— Je veux garder le bébé. Je suis d'accord pour dire que le moment est mal choisi mais, entre Leigh et moi, il est question de mariage depuis que nous sommes petits. Je sais que Leigh veut avoir des enfants. Je dirais même que c'est à cette condition qu'elle accepte de m'épouser. C'est moi qui subviendrai aux besoins de la famille et elle qui s'occupera de la maison.

— Subvenir ? Et comment ? Tu n'as même pas ton diplôme de fin d'études.

— Je l'obtiendrai en juin. Ensuite, j'irai à la fac et je pourrai travailler pendant mes heures libres.

Teke se disait qu'il n'existait pas un seul garçon de dix-huit ans au monde qui pût assumer un tel fardeau, quand Sam déclara :

— Nous ne sommes pas pauvres. Tu finiras tes études et nous vous aiderons, Leigh, toi *et* le bébé, si c'est ce que tu veux.

Pour la première fois de la soirée, le doute ébranla J.D. Il se tourna vers sa fille, l'air grave et pontifiant.

— C'est ce que tu veux ? Tu en es sûre ?

— Je veux avoir ce bébé et épouser Jon. Je pourrais prendre des cours à mi-temps et confier le bébé à une gar…

— Il n'en est pas question, dit Teke, soudain lassée de tous ces piétinements. C'est moi qui m'occuperai du bébé. J'aime ça... C'est en fait la chose que j'aime le plus au monde. Dès que Michael sera sur pied, comment pourrais-je mieux employer mon temps qu'en m'occupant de mon petit-enfant ?

Annie, qui avait la larme facile, y alla d'un grand coup d'émotion.

— Tu ferais ça ?

— Tout de suite, fit Teke dans un sourire. Quand je pense à toutes les plaisanteries que nous avons faites au sujet de Jon et de Leigh et des futurs Popewell... C'est incroyable ! Voilà que ce moment est arrivé ! Ils auront les plus beaux enfants du monde, ne crois-tu pas ?

Elles s'étreignirent très fort et très longtemps. Après Annie, ce fut le tour de Leigh, puis de Jon. Quand arriva celui de Sam, tout le monde affichait un grand sourire heureux, sauf J.D. Mais alors que résonnaient les premiers éclats de rire et que l'atmosphère semblait définitivement tourner au beau fixe, Teke se glissa discrètement près de lui.

— Montre-leur que tu es content pour eux, J.D. C'est ce dont ils ont le plus besoin.

— Ils ne savent pas dans quoi ils s'embarquent.

— Crois-tu qu'ils en savent moins que nous quand nous nous sommes mariés ? De plus, ils peuvent compter sur leurs parents, ce qui est un atout dont nous n'avons pas profité. Il suffit qu'on les aide un peu et tout ira bien. Ils s'aiment vraiment et, d'une certaine façon, je les envie un peu.

Ces dernières paroles lui causèrent un pincement au cœur. Elle avait aimé J.D. Peut-être mal, ou pas assez, mais elle l'avait aimé. En le regardant, à présent, elle se sentait comme rassérénée.

— Ce n'est pas comme ça que j'imaginais les choses, fit-il en bougonnant. J'avais espéré mieux pour nos enfants.

— Qui te dit que ce n'est pas bien ? Même si les

événements ne se déroulent pas exactement comme nous l'avions espéré, l'essentiel, c'est que les enfants soient heureux, tu ne crois pas ?

Il étudia l'expression du visage de Teke d'un air intrigué.

— Tu es étonnamment calme. J'aurais cru que tu allais te cramponner désespérément à Annie.

C'est vraisemblablement ce qu'elle aurait fait quelques mois plus tôt, mais, depuis un certain après-midi où elle avait ouvert ses bras à Sam, c'était un luxe qu'elle ne pouvait plus s'offrir.

— C'est une chose que je ne peux plus faire, expliqua-t-elle. J'espère et je crois que nous sommes de nouveau amies, mais il m'est impossible de lui demander de m'aider comme je le faisais auparavant. A présent, je suis livrée à moi-même, et peut-être est-ce mieux ainsi.

— En effet, fit J.D.

— Pour toi aussi ?

— Peut-être, dit-il avant d'embrasser sa fille pour lui dire au revoir.

Affalé dans le sofa du petit salon, Sam se laissait emporter par un flot de pensées, quand Jon apparut dans l'encadrement de la porte.

— Où est m'man ?

— Là-haut.

Le jeune homme entra d'un pas hésitant dans la pièce, un peu perdu, et si jeune, que Sam en fut bouleversé. Difficile de croire que son fils allait être père. Son Jon. Son petit Jon et son mètre quatre-vingt-cinq.

— Merci de m'avoir soutenu, tout à l'heure. Tu n'y étais pas obligé. Surtout après la façon dont je me suis comporté avec toi.

Le problème que Sam était en train de ruminer dans sa tête, à savoir s'il devait ou non quitter la société et, dans l'affirmative, où aller pour obtenir des revenus qui lui permettraient de nourrir deux bouches supplémentaires tout en conservant le même train de vie, se trouva immédiatement relégué au second plan. Ce soudain regain d'intérêt de la part de son fils prit le pas sur les contingences matérielles. Jon lui adressa un coup d'œil gêné.

— Je crois que je me suis planté encore plus que toi.

— Sans user des mêmes mots, je dirais malgré tout que je partage ton point de vue. Est-ce que tu l'as fait pour me rendre la monnaie de ma pièce?

A priori, ça en avait tout l'air.

— Oui. Non. Peut-être. Je crois. Mais ça faisait quand même un bon moment que j'en avais envie.

Sam se souvint de l'époque où il avait connu Annie et un élan de sympathie le poussa vers son fils.

— Tu aurais tout de même pu mettre un préservatif, si ce n'est pour toi, au moins pour Leigh. Mais nous commettons tous des erreurs et, pour l'heure, je ne suis pas certain que la tienne soit pire que la mienne. Après tout, tu vas être père de famille, ni plus ni moins.

Le grand Jon ressemblait maintenant à un gamin désemparé.

— Merde! Je ne sais absolument pas m'occuper d'un bébé.

— Tu auras tout le temps d'apprendre.

— Qu'est-ce qui se passe quand un bébé pleure trop fort et que tu ne peux pas travailler?

— Tu vas dans la pièce à côté et tu fermes la porte.

— Et s'il tombe malade?

— Tu appelles un médecin.

— Et si je suis en pleine période d'examens et que je ne peux pas m'en occuper?

— Tu pourras. Ou alors Leigh ou Teke. A moins que ce ne soit ta mère ou moi.

— Rien que d'y penser, j'en ai des frissons.

— Imagine donc ce que doit ressentir Leigh. Les prochains mois vont être une épreuve difficile pour elle et il t'incombe de lui apporter le soutien dont elle aura besoin.

— Comment faire alors que je suis mort de peur ?

Soudain effleuré par le doute, Sam se demanda s'ils n'allaient pas, tous autant qu'ils étaient, et lui avec, commettre une grossière erreur. Jon n'était-il pas un peu trop jeune pour assumer des responsabilités de père ?

— Tu peux encore changer d'avis...

— Non. Je veux ce bébé. Mais j'ai peur, c'est tout.

Sam se déplia lentement et vint mettre son bras sur l'épaule de son fils.

— Tu t'en tireras très bien. Tu aimes Leigh, tu aimeras aussi le bébé et peu à peu, tu vas prendre conscience de ton rôle de père. Sans oublier que tu n'es pas seul. Nous serons toujours là pour t'aider.

— Seigneur, la connerie que j'ai faite...

— Des conneries, comme tu dis, nous en faisons tous. L'essentiel est de réagir adéquatement.

Le regard fuyant, Jon demanda, hésitant :

— Est-ce que c'est pour cette raison que tu ne quittes plus maman d'une semelle ?

— Je ne la quitte plus d'une semelle parce que je l'aime et que je veux qu'elle le sache.

— Est-ce que tout va bien entre vous, maintenant ?

Sam s'accorda le temps d'y penser. Annie se montrait à nouveau enthousiaste et expansive, et ils partageaient tout, ou de moins, *presque* tout. Il y avait des moments où elle manifestait certaines réticences, comme cette façon qu'elle avait de sortir précipitamment du lit après qu'ils avaient fait l'amour... Néanmoins, ils étaient indéniablement sur la bonne voie.

— Nous y arrivons. Bien qu'il me reste pas mal de chemin à parcourir. Tu pourrais lui toucher un mot en ma faveur.

— Certainement, assura Jon, troublé.

— Vas-y, dis-moi ce que tu as sur le cœur.

— C'est stupide...

— Rien n'est stupide quand on est inquiet.
— C'est quelque chose de tout nouveau pour moi.
— Vas-y...
— Est-ce que je peux... pendant la grossesse de Leigh ?

Pauvre Jon ! Tout cela était en effet si nouveau pour lui que Sam en fut tout bêtement ému.

— Compte tenu de tes dix-sept ans, je devrais te répondre non. Cependant, d'un point de vue purement physique, je ne vois pas de raisons pour que vous fassiez preuve d'abstinence, du moins aussi longtemps que cela n'incommode pas Leigh. D'autres questions ?
— Quand allons-nous nous marier ? Où allons-nous vivre ? Est-ce que je dois assister à l'accouchement ? Qu'est-ce que je dois...

D'une affectueuse bourrade, Sam mit un terme aux débordements d'inquiétude de son fils.

— Nous discuterons de tous ces sujets au fur et à mesure que cela s'avérera nécessaire, d'accord ?

Il ne se passa pas moins de trois jours avant que John Stewart apprît la nouvelle. Une heure après, il convoquait Sam, toutes affaires cessantes, dans son bureau. Ce dernier avait à peine franchi le seuil, que John Stewart l'apostrophait sans ménagement :

— Cette fois, vous avez dépassé les bornes ! D'abord Theodora, et maintenant Leigh. Nom de Dieu, Sam, quelle déplorable mentalité règne dans votre famille !

Naturellement, Sam s'attendait à ce genre de réaction mais elle ne le mettait pas à l'aise pour autant. John Stewart semblait particulièrement irrité, bien que le fait de tancer vertement à la fois Sam et son fils lui procurât à coup sûr une consolation jubilatoire.

— Il n'y a là rien de déplorable. Jon et Leigh s'aiment depuis des années.
— Mais qu'enseignez-vous donc à votre fils ? Ne

savait-il pas que Leigh risquait de tomber enceinte ?

— Il ne l'ignorait pas. Mais, comme tous les enfants de son âge, il a cru pouvoir faire exception.

— Eh bien, il s'est trompé ! tempêta J.S. Et maintenant, nous voilà avec, sur les bras, une affaire bien plus grave que vos frasques avec Theodora.

— Personnellement, je dirais que cette situation ne me pose pas les mêmes problèmes qu'à vous, riposta Sam. Au contraire. J'en éprouve même une certaine fierté.

— Vous êtes totalement inconscient des implications que cela entraîne.

— Quelles implications ? Ils vont se marier et avoir un enfant. Je serai grand-père et vous, arrière-grand-père.

— Ils ne seront pas mariés avant mai et, à ce moment-là, Leigh ressemblera à une baudruche. Quel désastre, Seigneur !

— Leigh a toujours rêvé de faire un grand mariage. Et un grand mariage, ça ne s'improvise pas.

— Elle aura l'air tout à fait ridicule.

— Pas du tout. Personne ne soupçonnera qu'elle est enceinte. Les couturières ont une grande expérience de ce genre de situation. Leigh veut un grand mariage et elle l'aura.

— Et c'est mon fils qui en assumera le coût, bien sûr.

— J.D. a donné son accord. L'auriez-vous convoqué dans votre bureau pour lui faire part de vos doléances, à lui aussi ?

— Il a eu le culot de me dire de me mêler de mes affaires.

— Peut-être le devriez-vous.

— Mes amis seront présents à la noce. J'entends d'ici les murmures et les ragots, car soyez certain qu'ils sauront la vérité, de toute façon.

— Laissez-les donc murmurer. Ce ne sont que des hypocrites.

John Stewart se détacha de la fenêtre, un éclat métallique au fond des yeux.

— Ces hypocrites sont des amis et des clients aux yeux desquels vous m'avez ridiculisé. A présent, c'est assez. Si vous refusez de remettre votre démission, c'est moi qui me retire.

— Vous retirer? répéta Sam à qui cette perspective ne déplaisait pas.

— Vous vous en êtes toujours tiré grâce au manque de courage de J.D. qui refuse de voter, du moins jusqu'à ce jour.

— Il refuse de s'immiscer dans le conflit qui nous oppose, c'est tout.

— Et pourtant, c'est dans mon sens qu'il devrait abonder. N'avez-vous pas ruiné son mariage?

— Pas du tout. Je n'ai rien fait de tel.

Le faciès aussi raide que le col empesé de sa chemise, John Stewart se plia de toute sa hauteur.

— Retirez-vous, ou c'est moi qui me retirerai. Et dans ce cas, j'emmènerai tous mes clients avec moi et cette société n'aura plus de raison d'être.

— Permettez-moi d'en douter, répondit Sam, cependant ébranlé. Vous n'êtes pas le seul sur qui cette affaire repose. Nous avons nos clients, nous aussi.

— Will et vous, peut-être. Mais en ce qui concerne Martin et J.D., à quelques exceptions près, tous leurs clients sont à l'origine les miens. Ils me suivront si je le leur demande.

Que Sam ne partageât pas entièrement ce point de vue n'enlevait rien au fait qu'une telle décision porterait sérieusement atteinte à la société. A long terme, la menace de J.S. s'avérerait lourde de conséquences.

— Oseriez-vous couper l'herbe sous le pied de votre propre fils, J.S. ?

— Sans la moindre hésitation, si cela me permet de me débarrasser de vous. Cela dit, rien ne l'empêcherait de s'associer à moi, tout comme Martin, d'ailleurs. Il ne vous resterait plus, à Will et à vous, qu'à assumer les charges de cette firme.

Sam réfléchissait à toute allure. Si la société se démantelait, elle ne pourrait plus faire face aux énormes frais nécessaires à son fonctionnement. En dépit de son succès retentissant dans l'affaire Dunn-Hanover, son expérience lui permettrait-elle de faire cavalier seul avec Will ? De toute évidence, il ne serait pas question de récupérer pour eux seuls les fameux six millions de dollars d'honoraires qui, au demeurant, se faisaient toujours attendre.

Par ailleurs, il pourrait, bien sûr, quitter Maxwell, Roper and Dine et ouvrir son propre cabinet. Mais cela impliquerait un énorme investissement de temps, de réflexion et aussi d'argent dont Annie et les enfants seraient les premiers à pâtir.

— Si j'étais à votre place, j'irais voir ailleurs. Il existe des cabinets qui ont une moralité assez souple pour pouvoir vous accueillir. Dans le cas contraire, si vous décidiez malgré tout de vous incruster après mon départ, il ne vous resterait plus qu'à ramasser les miettes et colmater les brèches.

— Je me demande comment j'ai pu m'associer avec le salaud que vous êtes, cracha Sam en tournant les talons.

— Faites-moi quand même part de votre décision ! lança J.S., ravi.

Sam sortit sans refermer la porte derrière lui. Il se rendit à son bureau et examina le formulaire de candidature que lui avait envoyé Joe Amarino. De toutes les possibilités qui s'offraient à lui, c'était la plus intéressante. Le fait de s'être répété un nombre incalculable de fois qu'il n'était pas encore prêt pour la magistrature n'avait cependant pas entamé son enthousiasme, surtout après le dernier ultimatum de John Stewart.

Quoi de plus séduisant qu'un fauteuil de juge ? A condition d'y accéder, bien sûr ; ce qui n'arriverait jamais s'il ne se décidait pas à poser sa candidature.

Au fil de ses réflexions, il conclut néanmoins que s'il envoyait sa demande, personne ne devrait être au courant, pas même Annie. Ainsi, s'il échouait à l'épreuve de présélection, il en resterait là et tout serait dit. Mais si, par chance, il parvenait à obtenir ce poste, que pourrait-il espérer de mieux ? Il aurait alors tout ce qu'un homme de loi est en droit d'espérer : des horaires agréables, un bon salaire, la sécurité de l'emploi, le respect d'autrui... Sans compter qu'en s'y prenant bien, il pourrait faire partie de la haute société bostonienne.

Bien calé dans son fauteuil, il ôta le capuchon de son stylo et commença à remplir le formulaire.

Par cette matinée de samedi, alors qu'il lisait son journal, confortablement installé dans son lit, J.D. entendit le téléphone sonner. C'était le concierge qui lui annonçait la visite de Mme Virginia Clinger. Sa première réaction fut un réflexe de méfiance. Il n'avait aucune idée de ce qu'elle pouvait bien lui vouloir et il était furieux qu'on vînt le déranger un jour où il pouvait se reposer.

Mais, sa curiosité l'emportant malgré tout, il se leva et enfila une robe de chambre. A peine avait-il ouvert sa porte que Virginia émergeait de l'ascenseur, emmitouflée dans un magnifique manteau de fourrure, son sourire le plus enjôleur sur ses lèvres peintes couleur cerise.

— J'étais sûre de te trouver chez toi, minauda-t-elle. Est-ce que tu t'es couché tard ?

— En effet.

De fait, il s'était couché à quatre heures du matin, ayant regardé les trois premiers *Star Trek* qu'il rêvait de voir depuis des lustres.

Elle lui tendait une boîte de pâtisseries impeccablement ficelée.

— Eh bien, tout est parfait, alors. Je t'ai apporté quelques douceurs, histoire de réchauffer l'atmosphère. Puis-je entrer ?

Il lui céda le passage et elle entra dans un bruissement soyeux. Virginia se dépouilla de sa fourrure, laissant apparaître un magnifique ensemble de sport d'hiver blanc. Elle s'enquit, le regard innocent :

— Dois-je préparer le petit déjeuner ?

— Qu'est-ce que tu faisais dans le bureau de mon père, l'autre jour ? demanda J.D. que la question ne cessait de tarauder depuis l'arrivée de sa jolie voisine.

— Quel jour ?

— Le lendemain du Thanksgiving.

— Je voulais avoir des nouvelles de mon père, répondit-elle avec un sourire câlin. Comme il ne me dit jamais rien au téléphone, et que je savais que ton père l'avait vu en Floride, j'ai profité d'un passage à Boston pour prendre de ses nouvelles.

— Et tu entres dans le bureau de mon père sans frapper ?

— C'est Mary qui m'a dit d'entrer directement.

Virginia étant pour ainsi dire une amie de la famille, il était en effet concevable que Mary McGonigle pût prendre une telle initiative. Même si, avec elle, il fallait toujours s'attendre au pire, son histoire semblait plausible et J.D. décida de lui accorder le bénéfice du doute.

— Très bel appartement, dit-elle avec un regard appréciateur. Est-ce que tu t'y plais ?

— Oui, oui.

Et de plus en plus, par-dessus le marché. Plus besoin de demander à qui que ce fût où se trouvaient ses affaires, à présent ; les appareils électroménagers en général, et la machine à laver la vaisselle en particulier, n'avaient plus de secret pour lui. Qui plus est, il avait enfin déniché la femme de ménage qui lui convenait, le teinturier qui prenait soin de ses costumes, et tout un tas de petits restaurants qui préparaient de délicieux repas français, italiens ou américains qu'il pouvait même emporter chez lui. Sans parler de la fréquentation de sympathiques bistrots qui, bien que ces endroits fussent ignorés par l'intelligentsia bostonienne, lui rappelaient sa vie d'étudiant.

Virginia, qui avait trouvé la boîte de café, s'affairait près du percolateur en lui lançant, de temps à autre, un regard en coin.

— Avoue que tu ne t'attendais pas que je sache préparer un café. Allons, ne nie pas... Sais-tu que je peux faire des tas de choses très utiles ?

— Je n'ai jamais prétendu le contraire.

— Oui, mais tout le monde le pense. Les blondes ont la réputation d'être des femmes écervelées dont il n'y a rien à attendre, fit-elle en commençant à dénouer la ficelle de sa boîte de gâteaux.

— Tu as l'air en pleine forme, Gin, lança J.D. accoté, les bras croisés, contre la cloison.

— Toi aussi.

Elle prit une assiette dans le placard et y disposa les croissants, puis elle marqua une pause pour détailler J.D. sans vergogne.

— Tu sembles vraiment au mieux de ta forme. Moi qui te croyais complètement déprimé, je découvre un homme calme et détendu. Je ne me souviens pas de t'avoir déjà vu avec les cheveux tout ébouriffés. Ça te donne un charme que je ne te connaissais pas. En fait, je te croyais complètement démoralisé à cause de Leigh et j'étais venue te consoler.

Cette dernière réflexion provoqua en J.D. un sentiment vaguement nauséeux.

— Quoi, Leigh ?

— Est-ce qu'elle n'est pas enceinte ?

— Qui t'a raconté ça ? demanda-t-il, étonné, puisque personne n'était censé être au courant.

— Mes enfants. Leigh en a parlé à sa meilleure amie sans se douter qu'une élève les entendait. La nouvelle s'est répandue comme une traînée de poudre.

— Magnifique ! grommela J.D.

— Ça se serait su, tôt ou tard.

— J'aurais préféré tard. Je ne veux pas que ma fille soit montrée du doigt.

— Avec Jon, personne n'osera, le rassura Virginia. C'est un meneur ; il est respecté, et même craint, par les autres élèves. Et puis, tout le monde est au courant qu'ils s'aiment depuis toujours. Tu n'as aucune raison de t'inquiéter, J.D.

Si, d'un côté, il éprouvait à nouveau l'envie de s'en prendre à Teke, à Jon ou même à Leigh, quelque chose en lui lui soufflait de n'en rien faire, l'assurait que cela ne servirait pas à grand-chose. A l'instar de John Stewart, il aurait pu, bien sûr, monter sur ses grands chevaux et admonester la terre entière. Mais il préféra temporiser. Il avait découvert que la perfection ne faisait plus partie de ses objectifs fondamentaux, faute de quoi, il y aurait beaucoup à redire sur son propre comportement.

— Hé ho ! chantonna Virginia. Il y a quelqu'un ?

— Tout change, soupira J.D. Il suffit de s'y habituer.

— Tu as l'air vraiment en forme, répéta Virginia qui, comme ne l'ignorait pas J.D., avait de la suite dans les idées. Je te trouve très attirant.

— Plus que le moniteur de ta salle de gym ?

— Absolument. Tu sais que j'ai toujours le béguin pour toi, n'est-ce pas ? fit-elle, en glissant ses bras autour du cou de J.D.

— Est-ce que c'est pour me dire ça que tu es venue me voir ? souffla-t-il tout en se demandant si elle portait des culottes en dentelle.

— Je te jure que non. A moins que ce ne soit inconscient. J'y ai pensé seulement en arrivant devant ton immeuble, susurra-t-elle en lui déposant un baiser sur le coin de la bouche.

— Virginia...

Elle l'embrassa de nouveau, sur les lèvres cette fois, sans toutefois se coller contre lui et, enveloppé du capiteux parfum de Virginia, J.D. sentit — ô surprise — un vague renflement au niveau de l'aine.

— Tu sens bon.

— C'est « Obsession », murmura-t-elle. Qu'est-ce que tu portes, là-dessous ?

— Un caleçon.

Il n'aurait certainement pas cédé, n'eussent été le parfum et la douceur des lèvres de Virginia. Cependant, l'être imparfait qu'il était à présent devait admettre qu'aussi fort que puisse être l'esprit, la chair n'en restait pas moins faible. Aussi ne l'arrêta-t-il pas quand, abandonnant son cou, les mains de Virginia se hasardèrent habilement sous les pans de sa robe de chambre. Elle repoussa le vêtement et se mit à contempler son torse, ses jambes, faisant ainsi redoubler l'état d'excitation avancée de J.D. Il s'accorda une capitulation provisoire.

— Que dirais-tu si j'ôtais mes vêtements ? fit-elle dans un autre murmure. Est-ce que tu m'insulterais ? Est-ce que tu me dirais de me rhabiller en me menaçant de tout raconter à mon père ?

C'était en effet une éventualité mais J.D. ne la retint pas. Il n'était pas de bois et, par chance, il avait un goût marqué pour les femmes entreprenantes. C'est la langue lourde et la bouche pâteuse qu'il articula :

— Tout ce que tu voudras. Tu peux faire ce que tu voudras.

Virginia descendit de ses talons aiguilles, libéra lentement ses longues jambes de son pantalon et, en un rien de temps, se débarrassa de ses sous-vêtements, qui étaient effectivement en dentelle. Avant même qu'il eût le temps de lui demander comment ça se passait avec son moniteur, elle se dressait, nue, et, les bras et les seins levés, relâchait sur ses épaules la masse ondulante de ses cheveux blonds.

Le regard empreint d'une froide appréciation, J.D. détaillait les formes épanouies qui, chirurgie esthétique ou pas, étaient on ne peut plus aimables. Sa respiration se fit un peu plus courte et quand, le dos appuyé au mur, il l'attira contre lui, elle n'esquissa aucun mouvement de résistance. Bien au contraire, après lui avoir rendu son baiser avec une voluptueuse ferveur, elle entreprit de parcourir la poitrine et le ventre de J.D. d'une bouche experte. Elle s'agenouillait à présent devant lui, qui, prenant la chevelure à pleines mains, mouvait ses hanches au rythme de la bouche de Virginia. Subitement, les événements se précipitèrent. Il la culbuta brusquement à même le sol et jouit en elle. En un instant, tout fut consommé, son grognement de plaisir n'ayant succédé que de quelques secondes au cri de surprise de Virginia. Un peu plus tard, une fois Virginia rhabillée, ils s'installèrent devant le café et les croissants. Ce ne fut qu'après avoir bu son deuxième café que J.D. se rendit compte que sa visiteuse si attentionnée n'avait rien mangé.

— Tout cela ne signifie pas grand-chose, pour toi, n'est-ce pas ? demanda-t-elle d'un ton détaché.

— Au contraire. Les croissants sont merveilleux. C'est gentil d'avoir toutes ces délicatesses pour une pauvre âme solitaire comme moi.

— Je fais allusion à ce qui vient de se passer entre nous, mon cher.

Le regard et le ton venaient subitement de se durcir, mais cela n'empêcha pas J.D. de mordre à belles dents dans un autre croissant. Toutefois, le jeu de l'indifférence ayant ses limites, il jugea prudent de reposer le croissant dans son assiette, se disant, fataliste, qu'il aurait dû s'attendre à ce genre de question.

— C'était formidable, Gin, fit-il en s'adossant à sa chaise. Mais si tu tiens à savoir si je souhaite que tu couches ici ce soir, la réponse est non.

— Je pourrais encore te faire plaisir…

— J'en suis convaincu.

— Alors, pourquoi refuses-tu ?

— Parce que je ne veux pas que tu restes ici.

— Je pourrais revenir plus tard.

— En effet, admit-il avec une patiente indifférence. Mais si tu espères t'installer dans cette situation, le plus grand service que tu puisses te rendre, c'est de ne plus revenir.

— Pourquoi ? Parce que tu es toujours marié ? Pour l'amour du ciel, J.D., ouvre donc les yeux ! Teke n'est pas une petite sainte ! N'oublie pas qu'elle s'est envoyée en l'air avec ton meilleur ami et que maintenant, c'est au tour de ce Grady Piper.

J.D. sentit que sa toute nouvelle nonchalance était encore fragile.

— Quoi ? Qu'est-ce qu'elle fait avec ce type ?

— Devine.

Il n'avait pas envie de deviner.

— Tu as des preuves ?

— Sous prétexte d'aider Michael, il est tout le temps fourré chez toi. Mais écoute : je me moque de ce que fait Teke, et tu devrais en faire autant. Tu as quitté la maison, J.D., et toi seul m'intéresses. Je suis prête à vivre avec toi, marié ou pas.

— Ne dis pas de bêtises, Gin.

— Pourquoi des bêtises ? Je ne fais que chercher à avoir ce que je veux : toi.

— Pour ma fortune ?

— Pour tout, admit-elle après un instant de désarroi.

— Le tout n'est pas disponible.

— Eh bien alors, je me contenterai de ce qui l'est.

— Et ta fierté, alors ?

— Elle s'est envolée avec mon deuxième mari, rétorqua-t-elle, le menton levé. Quand je m'intéresse à quelqu'un, je n'y vais plus par quatre chemins. J'ai toujours été follement amoureuse de toi. Je te veux pour moi.

— Ça me crève le cœur de te dire ça, Gin, mais je suis très bien comme je suis, c'est-à-dire seul.

— Mais toi qui as l'habitude de voir tant de monde, argua-t-elle, troublée, est-ce que tu ne te sens pas abandonné ?

— J'en vois encore trop pour ça.

— Et les femmes, ça ne te manque pas ?

— J'en ai. Autant que j'en veux, mais aussi *quand* j'en veux.

— Tu n'es qu'un sale égoïste, lâcha Virginia, méprisante.

N'eût été sa préoccupation toute nouvelle de la découverte de sa véritable personnalité, J.D. eût davantage pris en considération la déception de Virginia.

— Pendant toute mon enfance, et même mon adolescence, il y a toujours eu quelqu'un pour me couver. Ensuite, pendant dix-neuf ans, c'est Teke qui a pris la relève. Mais maintenant c'est fini. Je n'ai besoin de personne pour s'occuper de moi. Je me sens capable de me débrouiller tout seul et de faire les choses quand et comme je veux. Peut-être, d'ici un mois ou deux, en serai-je lassé mais je dois avouer que, pour le moment, cette situation me convient parfaitement.

— Je vois, dit Virginia en quittant son siège. C'est dommage. Assortis comme nous le sommes, nous aurions pu nous entraider.

Mais J.D. repensait à la séance sur le tapis et se disait que, si Virginia faisait une maîtresse convenable, elle était cependant loin d'égaler Teke, cette même Teke dont il ne voulait plus. D'aussi loin qu'il s'en souvînt, sa vie avait toujours été soigneusement programmée. Son emploi du temps avait été perpétuellement basé sur la rentabilité, l'ordre et la responsabilité. A présent, ce qu'il voulait c'était se laisser porter par ses propres errances, goûter à tout ce dont il s'était privé et même, pourquoi pas, enfreindre quelques règles, juste pour voir. Soudain, il réalisait qu'il ne recherchait rien d'autre que sa véritable identité et qu'il en avait assez d'être le fils de J.S. ou l'ami de Sam. Il ne voulait être que lui-même : John David Maxwell. Un John David Maxwell fort, indépendant et sûr de lui.

Ce déménagement était le premier pas. Apprendre à se débrouiller seul serait le deuxième, avec un certain nombre d'objectifs de plus grande envergure en perspective.

L'affaire n'était pas encore dans le sac mais il faisait des progrès.

18

En février, Annie entama le deuxième trimestre scolaire. Comme pour le précédent, on lui octroya trois cours, le premier portant sur la littérature anglaise, avec, pour audience, un très grand nombre de nouveaux inscrits, les deux autres — une étude du *Paradis perdu* de Milton et une analyse critique de l'œuvre de T.S. Eliot — s'adressant à des étudiants de dernière année ou à des diplômés. Tristement, *Le Paradis perdu* lui sembla tout à fait de circonstance.

Pour défier son père, Jon avait couché avec Leigh et allait être père à son tour. Bien qu'il fît de gros efforts pour afficher une certaine sérénité, Annie était consciente de la frayeur de son fils et partageait sa souffrance. Il était son aîné, l'enfant en qui elle avait mis toutes ses espérances et qui lui avait apporté bien des joies. Elle eût aimé qu'il connût un peu plus longtemps l'insouciance, et toutes les responsabilités qui allaient fondre sur lui si prématurément le rendaient pathétique à ses yeux. L'amour qu'il portait à Leigh constituait-il une consolation au fait qu'il allait être père à dix-huit ans ?

Si Teke avait réglé la question avec un enthousiasme qu'Annie ne partageait pas tout à fait, il n'en demeurait pas moins vrai que sa décision était remplie de bon sens et que sa résolution d'élever son petit-enfant contribuerait d'une certaine façon à sa propre rédemption. Ainsi se sentirait-elle définitivement absoute de la faute qu'elle avait commise avec Sam.

Sam ? Puisqu'il était question de faute, la sienne, justement, l'avait complètement transfiguré, lui conférant une sensibilité et une délicatesse qu'elle ne lui connaissait pas. Annie sentait que son amour pour lui allait grandissant... ce qui suscitait en elle encore plus d'inquiétudes : s'il la trompait de nouveau, elle ne s'en remettrait pas.

Quand il lui disait qu'il l'aimait et qu'il n'était attiré que par elle, elle le croyait. Il ne ratait pas une occasion de le lui dire ou de le lui prouver, mais la douleur si intensément ressentie était toujours présente, diffuse mais présente. C'est seulement quand elle-même avait failli tomber dans les rets de Jason que l'erreur de Sam lui était apparue dans toute son humanité et qu'elle lui avait pardonné. Mais c'était précisément l'aspect humain de la faute qui la hantait le plus : une récidive était toujours à craindre et, dans ses moments de doute, les attentions qu'il avait pour elle lui semblaient n'avoir d'autre but que de sauver son mariage.

Sam aussi avait ses moments d'effroi, quand il prenait conscience que sa vie avait perdu sa stabilité de naguère. Il avait perdu J.D. Il avait perdu Michael. Il avait perdu — puis regagné — Jon et Zoe. Et aussi Annie, il en était sûr. Mais encore aujourd'hui, en dépit du fait qu'il faisait tout ce qui était en son pouvoir pour lui prouver son amour, cela ne semblait pas encore suffisant. Selon les critères de bien des gens, leur relation pouvait sembler merveilleuse. Mais Sam et Annie n'évoluaient pas selon les critères communs. Leurs rapports s'étaient toujours situés un cran au-dessus de ceux des autres, et c'est justement ce cran-là qu'ils ne parvenaient pas à atteindre. Un je-ne-sais-quoi en elle lui était encore étranger. Il fut un temps où rien au monde ne semblait à Annie plus important que la présence de Sam à ses côtés. Ce temps-là semblait à présent définitivement révolu.

Pleinement conscient de la désillusion qu'il lui avait infligée, Sam n'avait cependant jamais prétendu ni aspiré à la perfection. Mais plus il déployait d'efforts pour redresser la barre, et plus les événements semblaient le ramener dans l'ornière. Sans parler de sa position au sein de Maxwell, Roper and Dine qui devenait chaque jour un peu plus intenable.

Et pourtant, un coup de téléphone inattendu, porteur d'une lueur d'espoir, le fit rentrer un beau soir un peu plus tôt que prévu et attendre impatiemment le retour d'Annie, une bouteille de champagne au frais. Elle n'avait pas mis le pied dans la maison que, déjà, il faisait sauter le bouchon.

Elle prit le verre qu'il lui tendait, une lueur intriguée au fond des yeux...

— Y a-t-il une raison particulière à cette débauche de champagne ?

— Peut-être, fit-il en essayant de refréner son excitation. Avant les fêtes du Thanksgiving, un juge de la Cour supérieure est décédé. Ce poste vacant m'a laissé indifférent jusqu'au jour où Joe Amarino m'a téléphoné. Tu te souviens de Joe Amarino ?

— Bien sûr, fit-elle, intéressée.

— Il est actuellement conseiller attitré auprès du bureau du gouverneur et il m'a suggéré de poser ma candidature.

Annie en avait les yeux ronds comme des billes.

— Je ne me suis pas précipité, poursuivit Sam. Et puis, la situation avec J.S. s'est aggravée et je me suis dit : « Après tout, tu n'as rien à perdre. » J'ai donc envoyé le formulaire et j'ai été convoqué par le comité de sélection. Je ne t'en ai pas parlé parce que je n'en attendais vraiment rien et que je ne voulais pas te donner de faux espoirs. Et même quand ma candidature a été proposée au gouverneur, je n'y croyais toujours pas. Eh bien figure-toi que j'ai été choisi, Annie ! J'ai été choisi !

— Pas possible !

Sam hochait vigoureusement la tête. Ne sachant trop quelle allait être la réaction d'Annie, il s'empressa d'ajouter :

— C'est un poste à long terme. Je suis le plus jeune...

— Mais nous en avions déjà parlé...

— Rêvé, plutôt. Nous disions qu'un poste de magistrat serait idéal, mais seulement lorsque j'aurais cinquante ans et que je serais prêt à raccrocher. Je n'ai que quarante et un ans, je suis en pleine forme et le problème, c'est que je crains de ne pas pouvoir accepter ce poste. Avec les frais de scolarité des enfants et le bébé qui va arriver, cela risquerait de nous poser de sérieux problèmes pécuniaires. Mais, bon Dieu, quel formidable défi ce serait pour moi !

— C'est incroyable ! Quel honneur extraordinaire !

Elle avait l'air heureuse et il en fut soulagé.

— En effet, dit-il en souriant. Mais j'ai reçu des propositions tout aussi honorables, je t'en ai parlé. Je peux me faire embaucher à peu près n'importe où pour un salaire beaucoup plus élevé, mais cela implique aussi beaucoup plus de travail. (Il se mit à réfléchir à haute voix.) Je pourrais aussi me faire engager dans une firme plus petite mais je n'en vois aucune qui soit assez solide pour que je prenne le risque de m'y associer. Il est également possible que je m'installe à mon compte, ce qui me laisserait toute liberté de manœuvre. Je pourrais travailler aux heures qui me conviennent, réduire mes frais au minimum et prendre un plus gros pourcentage sur les bénéfices que je ne le fais actuellement. Cependant, cela exigerait un investissement énorme, à la fois en argent et en temps, et toutes nos économies y passeraient. Non, ce serait trop lourd. J'aime bien être auprès de toi, Annie. C'est une habitude que j'ai prise et dont je ne saurais me passer dorénavant. (Il se tut un moment, regardant Annie qui triturait son verre, l'air aussi songeuse que lui.) Alors ? Qu'est-ce que tu en penses ?

Elle se jeta à son cou.

— J'en pense que c'est une occasion unique ! s'exclama-t-elle, vibrante d'excitation. C'est à la fois un grand honneur et la solution à tous nos problèmes ! En outre, tu quitterais le cabinet pour une fonction plus valorisante.

— Certainement pas sur le plan monétaire. Mes revenus s'en trouveraient sensiblement amoindris, ce qui n'est pas du tout souhaitable pour nous.

— Nous avons des économies ! argua-t-elle, plus enthousiaste que jamais.

— Et les enfants ? Tu sais mieux que moi combien nous coûtent leurs études.

— Je sais aussi qu'il existe des bourses et que nos enfants peuvent suivre gratuitement leurs cours dans l'établissement où j'enseigne. Nous nous en sortirons, Sam. Très facilement.

Il n'en était pas aussi sûr qu'elle, mais son assurance lui fit le plus grand bien. Il la serra contre lui.

— Tu crois ?

— Absolument ! Je suis si fière de toi, Sam ! Quelles merveilleuses perspectives pour toi ! Tu es un très bon avocat et tu fais preuve de suffisamment de compétence et de compassion à la fois pour devenir un excellent magistrat. Est-ce que ta nomination est définitivement décidée ?

— Non. Ma candidature doit d'abord être soumise au conseil du gouverneur, qui rendra sa décision au cours d'une séance plénière.

— Jusqu'à quel point sont-ils susceptibles d'enquêter sur ta vie privée ? demanda-t-elle posément.

— Assez loin pour savoir si j'ai été arrêté en état d'ébriété, mais pas assez pour apprendre que j'ai commis une faute avec la femme de mon meilleur ami. Ça ne devrait pas se savoir, Annie. Quoique je n'en sois pas absolument certain.

Il avait longuement médité la question. Il était évident qu'il pouvait toujours se trouver quelqu'un pour lui mettre des bâtons dans les roues en rapportant sa mésaventure avec Teke. Comme le craignait si justement Annie, le conseil pourrait alors juger sa candidature irrecevable.

— Si cela t'effraie, je peux me retirer sur-le-champ et sans le moindre regret, proposa-t-il.

— Mais c'est une chance unique!

— Ce qui ne veut pas nécessairement dire que ce soit la meilleure chose qui puisse nous arriver. Le risque que des rumeurs refassent surface existera toujours. Je pourrais alors tenter de les endiguer mais ma carrière en serait quand même entachée, ce qui n'est pas le but recherché. Ce que je souhaite, c'est améliorer notre sort, pas l'empirer.

— Il faut quelquefois savoir prendre des risques...

Elle allait ajouter quelque chose quand Zoe fit son apparition. En un éclair, le doute s'effaça du visage d'Annie, faisant place à un sourire radieux.

— Devine! Papa va devenir juge! Est-ce que tu ne trouves pas ça merveilleux?

John Stewart, quant à lui, ne trouva pas la chose merveilleuse. Pas du tout. Il en parlait justement avec J.D., en des termes des plus acerbes.

— Cet homme n'a pas assez de moralité pour être juge. Il ne sera jamais confirmé à ce poste.

— Je n'en suis pas si sûr, lâcha J.D. qui se sentait étonnamment calme en présence de son père.

Mieux encore, il se sentait étonnamment heureux pour Sam. Nonobstant leur différend, il devait admettre que ce dernier avait travaillé dur pour prouver ses qualités d'avocat et J.D. était sincèrement heureux que les talents de Sam fussent reconnus.

— Il fera un bien meilleur juge que la bande de ronds-de-cuir qui siègent en ce moment.

— Franchement, John David, pourquoi fais-tu toujours des commentaires qui ne font que démontrer ton ignorance? Ces ronds-de-cuir, comme tu les appelles, servent notre communauté depuis des années et avec la plus grande compétence.

— Dans quarante ans Sam fera aussi bien qu'eux, ricana J.D.

— C'est cela : après ma mort, peut-être. Mais je puis t'assurer que, moi vivant, il n'accédera pas à un poste qu'il est loin de mériter. Je m'y emploierai auprès des membres du conseil du gouverneur. J'ai de l'influence dans cette ville, ne l'oublie pas.

J.D. ne ricanait plus. En réalité, le goût de bile qu'il avait dans la bouche lui donnait carrément envie de vomir.

— Et pour quelle raison ? Tu lui as déjà rendu la vie impossible, ici. Est-ce que son départ ne te suffit pas ? Réalises-tu qu'il va être le grand-père de tes arrière-petits-enfants ? Est-ce que ce ne serait pas convenable pour l'enfant qui va naître d'avoir un grand-père juge ?

— Tout à fait. A condition cependant que ce ne soit pas Sam Pope. Ce serait même un service à lui rendre que Sam Pope tombe dans l'oubli total.

Bien que J.D. fût tout à fait capable de comprendre les griefs de son père, les raisons pour lesquelles il cherchait à briser la carrière de Sam dépassaient son entendement.

— Pourquoi le détestes-tu à ce point ?

— Parce qu'il ne possède aucun sens moral.

Perplexe, J.D. secoua la tête.

— Il y a autre chose.

— Il a sur toi un ascendant que je déplore. Sans lui, tu aurais épousé quelqu'un d'infiniment plus convenable. Mais il t'a présenté Theodora et tu l'as acceptée. Regarde-toi, à présent : tu n'aurais jamais osé me tenir tête comme tu le fais depuis quelque temps.

J.D. ne trouva rien à répondre, il poursuivit, néanmoins :

— Il y a autre chose. L'envie de le briser tourne à l'obsession, chez toi. Auriez-vous eu, tous les deux, une dispute dont je n'aurais jamais eu connaissance ? T'aurait-il insulté ? Est-ce qu'il se serait mal conduit envers un de tes clients ou est-ce qu'il aurait compromis une importante transaction ?

Durant un bref instant, John Stewart eut l'air totalement absent. Puis, ouvrant un tiroir, il en tira une photo encadrée qu'il posa sur son bureau. Cette photo, J.D. avait déjà vu la même chez son père. Elle était vieille et floue et représentait John Stewart enfant, portant quelque chose qui ressemblait à une jupe et tenant la main d'un autre enfant plus âgé que lui.

— J'adorais mon frère, commença J.S. Je croyais qu'il était le centre du monde, tant je l'aimais. Et je l'ai cru encore, même quand il s'est mis à commettre des larcins au magasin général du quartier. Il avait de l'esprit, il était brillant et courageux. T'ai-je dit comment il était mort ?

— Il est tombé d'un arbre.

— C'est cela. Un de ses camarades l'avait défié de grimper au sommet d'un arbre et de sauter sur un autre. Mon frère n'avait aucune chance. Mais il avait un public et cela a suffi pour qu'il prenne le risque.

Suffoqué, J.D. comprit en un instant : son père faisait porter à Sam le fardeau de son amertume.

— La première fois que j'ai rencontré Sam Pope, poursuivit J.S., la première fois que je l'ai regardé droit dans les yeux, il m'a aussitôt rappelé Henry. Il possède la même irrévérence. C'était au palais de justice : c'était l'avocat de l'accusation et il présentait son réquisitoire en prenant des risques énormes, tout comme l'aurait fait Henry. Son intelligence et son courage m'ont fait peur.

— Et pourtant, tu l'as laissé entrer dans ton cabinet comme associé.

— Je l'admirais pour son audace, exactement comme j'avais admiré Henry. Bien canalisé, ce trait de caractère peut s'avérer un puissant atout. J'étais alors trop jeune pour aider Henry mais je croyais pouvoir aider Sam. Je pensais pouvoir le contrôler et le garder sur la bonne voie. Je me suis lourdement trompé.

J.D. était consterné.

— Et tu punis Sam parce qu'il ressemble à Henry.

— Pas du tout, rectifia John Stewart. Je l'ai *récompensé* parce qu'il ressemble à Henry. Maintenant que je me rends compte de mon erreur, je tente d'y remédier, un point c'est tout.

— Mais qu'est-ce qu'il a donc fait de si terrible ? Il n'a détruit la vie de personne, que je sache !

— Il a détruit ton ménage.

— Teke et moi, nous nous en sommes chargés sans son aide. En vérité, Sam te sert de bouc émissaire.

— Tes arguments n'y changeront rien, John David. J'avais donné à Sam la possibilité de se tailler une réputation. Il en a usé et, en ce qui me concerne, abusé. Je ne le laisserai pas devenir juge.

Cet argument, J.D. se souvenait en avoir lui-même usé peu de temps auparavant. Mais il lui semblait aujourd'hui totalement erroné.

— Sam n'a eu besoin de personne pour bâtir sa réputation. C'est son talent et sa ténacité qui ont fait de lui ce qu'il est.

— Peu importe. Il ne sera pas juge, je peux te l'assurer.

— Très bien, fit J.D. en se levant nonchalamment. Je peux t'assurer une chose, moi aussi : si tu te sers de tes relations pour saboter la carrière de Sam, je raconterai tout à mère à propos de Mary.

— Quoi, Mary ? s'insurgea John Stewart, blafard.

— Tu sais très bien ce que je veux dire, conclut J.D. en tournant les talons.

Le silence qui le suivit jusqu'à la porte lui confirma la portée de sa menace. Après quarante et un ans, il pouvait enfin se féliciter d'avoir trouvé le talon d'Achille de son père.

A demi cachée dans la pénombre, Teke était assise sur un tabouret dans le petit cabanon qui servait de remise de jardin à Cornelia Hart. Quand Grady lui avait demandé la permission de le lui emprunter, celle-ci s'était fait une joie d'accéder à sa demande et il avait prestement transformé le cabanon en atelier pour y construire un canoë. Son apprenti n'était autre que Michael, coiffé de la vieille casquette de base-ball que Grady lui avait offerte.

Aucune autre forme de rééducation ne l'intéressait davantage que celle-ci. De son coin, Teke pouvait voir la concentration de son fils et constater ses progrès lorsqu'il s'emparait d'une planche de cèdre étuvée, l'accrochait à un plat-bord puis l'étirait par-dessus la forme où Grady attendait. L'adolescent avait appris à se servir du marteau, du papier de verre et même de la scie électrique pour la fabrication des varangues. Il usait de ses mains, de ses bras, de son torse, mais aussi de ses jambes, avec ses béquilles d'abord, puis sans béquilles. Habitué à la présence de sa mère et de Grady, il avait complètement oublié l'humiliante maladresse de ses membres. Teke se demandait s'il était conscient des progrès formidables qu'il faisait chaque jour.

En voyant l'infinie patience que Grady avait pour son fils, les encouragements incessants qu'il lui prodiguait ainsi que la foule d'erreurs dont il le consolait, Teke ne pouvait s'empêcher de penser qu'ils auraient dû être père et fils. Grady avait tant à donner, et Michael tant à recevoir...

Plus que n'importe qui, Grady avait aidé l'enfant à cesser de s'apitoyer sur lui-même et cette idée de construire un canoë avec, en perspective, un départ pour l'inconnu, l'avait aidé bien davantage que ses exercices de rééducation. Grady faisait partie de ceux qui ne renoncent pas. N'avait-il pas lui-même un très lourd handicap à surmonter? Ils s'en sortiraient. Tous les deux.

Tapie dans l'ombre complice et plus amoureuse

que jamais, Teke se délectait du spectacle des deux hommes mêlant leurs efforts. Cela lui faisait chaud au cœur et c'est pourquoi elle éprouva un vif sentiment de contrariété, quand J.D. apparut. Son intrusion ne pouvait que perturber le coin de paradis qu'elle avait déniché au fond de ce bosquet.

Bien que J.D. semblât tout à fait calme, la contrariété de Teke tourna très vite à l'inquiétude. Comment avait-il pu les trouver? Michael, qui à grand-peine, était en train de clouer une latte de bois, leva des yeux surpris.

— P'pa! Qu'est-ce que tu fais ici?

— Je te cherchais. C'est Cornelia qui m'a dit où te trouver.

Impeccable dans son costume de flanelle grise et son manteau de cashmere bleu nuit, il se dirigea calmement vers son fils. Teke voulut lui dire de prendre garde à la sciure mais elle se ravisa.

— Qu'est-ce que tu fabriques? demanda J.D.

— Nous faisons un canoë. Ça, c'est du frêne, ça c'est du cèdre et ça, du cèdre rouge. Quand toute la structure de bois sera finie, nous la recouvrirons de toile. Tu ne trouves pas ça beau?

— Pas mal. — Puis, se tournant vers Teke qui s'était approchée de lui: — Est-ce que c'est sa nouvelle école?

— Non, c'est une séance de rééducation. Un complément aux exercices qu'il fait au centre.

— Est-ce qu'il a définitivement renoncé à terminer sa huitième année?

— Après ça, j'ai mes cours avec mon professeur, fit Michael d'un ton qui voulait enrayer toute critique de la part de son père.

— Je croyais qu'il était question que tu retournes à l'école...

— Je ne peux pas encore monter les escaliers.

A vrai dire, il le pouvait. Ce qu'il ne pouvait pas, c'était supporter les quolibets de ses camarades de classe, et c'était pour cette seule raison que son retour avait été différé.

— Tu t'es donc mis à fabriquer des canoës, fit J.D.

Teke saisit immédiatement toute l'ironie de ces paroles et Michael aussi, à en juger par la rapidité de sa réponse :

— Rien qu'un. Quand il sera terminé, Grady et moi, nous irons le mettre à l'eau.

Il s'arrêta soudain avec l'impression d'avoir prononcé le mot tabou. Il lança à Grady un regard navré.

Ce dernier se trouvait à l'autre extrémité du canoë, le poing crispé sur son outil. J.D. le regarda, mais c'est à Michael qu'il s'adressa :

— Je constate que Grady et toi, vous êtes devenus bons amis. Cela me surprend beaucoup, étant donné que c'est lui qui t'a renversé.

— C'est moi qui me suis jeté sous ses roues, corrigea Michael. De plus, il m'aide beaucoup. Davantage que mon rééducateur, avec les factures en moins.

— Il le fait seulement parce qu'il se sent coupable, expliqua J.D.

Grady commença à s'agiter.

— Faux. Je le fais parce que j'aime bien Michael.

— Tu sais qu'il a tué un homme, n'est-ce pas? poursuivit J.D., s'adressant à Michael mais regardant Grady.

— Je sais.

— Et sais-tu qui était cet homme ?

Teke tenta d'intervenir.

— J.D…

— Il s'appelait Homer Peasley, annonça-t-il à Michael dont les yeux étaient écarquillés de surprise. C'était le père de ta mère. S'il avait vécu, ç'aurait été ton grand-père. Mais ton ami Grady l'a frappé à la tête et lui a donné des coups de pied jusqu'à ce qu'il en meure.

— Faux ! assura Grady, mais en vain.

— Il a assassiné ton grand-père, Michael. Ensuite,

il est venu chez nous pour voir ta mère — la femme d'un autre homme — et il en était tellement excité qu'il ne t'a même pas vu traverser la rue. C'est un assassin à double titre. Voilà le genre d'homme qu'est Grady Piper.

— Homer Peasley ? fit écho Michael en regardant sa mère. Pourquoi ne m'en as-tu pas parlé ?

— Ce n'était pas important.

— Pas important ? aboya J.D. en direction de Teke. C'était ton père !

— C'était une ordure.

— Mais c'était aussi un être humain qui avait le droit de vivre, comme tout le monde !

— C'était un accident, intervint Grady. Le jury l'a reconnu.

— Mais il vous a quand même condamné parce qu'il a jugé que vous étiez un individu dangereux pour la société, et moi, je pense que vous l'êtes toujours ! Regardez ce que vous avez fait ! D'abord, vous commencez par envoyer mon fils à l'hôpital, ensuite, vous me volez ma femme sous mon nez. C'était votre intention depuis le début, n'est-ce pas ? Y a-t-il une autre raison qui vous a poussé à quitter votre trou perdu dans le Maine ?

Etait-ce la déchéance de Grady qu'elle lisait dans les yeux de Michael ou les insultes que proférait J.D. qui la contrariaient le plus ? Teke n'aurait su le dire.

— Tu te trompes lourdement, intervint-elle. Grady est venu me voir pour s'assurer que j'allais bien. C'est tout.

— Et c'est sans doute la raison pour laquelle il s'incruste autant ? Ne me prends pas pour un idiot, Teke. Je sais qu'il est amoureux de toi. Je parie qu'il va te sauter dessus la seconde qui suivra notre divorce.

Le pauvre Michael ne savait plus sur quel pied danser. Appuyé contre le canoë, son regard allait de l'un à l'autre, incertain.

— Ton père se trompe, assura Teke en se tournant vers son fils. Grady était venu en visite. Il n'est resté qu'à cause de ton accident. Tout ce qu'il espère, c'est que tu sois complètement rétabli.

— Et aussi vivre avec toi, n'est-ce pas ? Est-ce que papa et toi vous allez divorcer ?

Teke posa une main sur l'épaule de son fils.

— C'est possible, mais rien n'est encore fait.

— Elle a déjà vu un avocat, annonça J.D. Mais elle n'a pas le courage de l'avouer. Je l'ai appris par des commérages.

— Quels commérages ? voulut savoir Teke pendant que son fils s'écartait d'elle.

Avant que J.D. n'eût le temps de répondre, Michael criait à sa mère :

— Tu ne m'avais pas parlé de ça, ni du nom de la personne que Grady a tuée ! Qu'est-ce que tu me caches, encore ?

— Oh, bien des choses ! fit J.D.

— Non… commença Teke.

Mais, jetant sa vieille casquette sur le sol, Michael se dirigea vers la porte en boitant plus fort encore que d'habitude.

— Où vas-tu ? lui cria Grady en se dirigeant à son tour vers la porte.

— Michael ! appela Teke.

— Il vous quitte, claironna J.D. en leur barrant le passage. J'aurais dû me douter qu'il ne fallait pas confier sa rééducation à ma femme. Après ce qu'elle a fait avec mon meilleur ami, j'aurais dû savoir qu'on ne pouvait pas lui faire confiance. Quand elle veut un homme, elle prend le premier qui lui tombe sous la main. Et voilà que, maintenant, elle laisse mon fils passer son temps avec un repris de justice !

Terrifiée à l'idée que Michael pût glisser sur une plaque de verglas, Teke supplia :

— Je t'en prie, J.D.

Grady fut nettement moins nuancé :

— Ôtez-vous de mon chemin, commanda-t-il d'une voix vibrante de colère.

Le désarroi de Teke vira à la terreur.

— Ça va, Grady, laisse-moi m'en occuper. Il prend plaisir à faire du mal aux gens mais ce sont des mots vides de sens.

— Je pense pourtant chacun d'eux, rétorqua J.D. avec un regard méprisant pour Grady. Je pense que vous êtes la lie de la société. Je l'ai pensé dès le début.

— Tu éprouves toujours le besoin de t'en prendre à quelqu'un... commença Teke.

— La lie de l'humanité.

— Ôtez-vous de mon chemin, répéta Grady, de plus en plus menaçant.

— Ignore-le, Grady, fit Teke en essayant de s'interposer entre les deux hommes. (Puis, s'adressant à J.D. :) Tout cela est absurde. Pourquoi tout simplement ne pas admettre que tu n'aimes pas cet homme ?

— Je *hais* cet homme, corrigea J.D. sans quitter Grady des yeux. Je veux qu'il quitte la ville. Il a une mauvaise influence sur mon fils...

— C'est mon fils, aussi.

— ... sur ma femme...

— Mais tu m'as quittée.

— C'est un voyou de la pire espèce. M'avez-vous compris, Piper ?

Piper n'était pas loin d'exploser.

— Ôtez-vous de mon chemin, répéta-t-il pour la troisième fois.

J.D. se dressa de toute sa hauteur.

— Pourquoi ne pas essayer de m'en écarter vous-même ?

— Dégagez, fit Grady.

— Il veut que tu le frappes pour pouvoir porter plainte contre toi ! cria Teke voyant que Grady n'avait pas lâché son marteau. Tu ne comprends donc pas ? Il est désespéré ! Il ne peut rien contre toi ! Il joue sa dernière carte !

Dans la cabane, l'air sembla se figer pendant un long moment. Grady prit une profonde inspiration, posa le marteau qu'il avait à la main et, baissant les yeux sur Teke, lui fit clairement entendre qu'il avait compris et qu'il ne ferait jamais quelque chose d'aussi stupide. Ses yeux disaient aussi qu'il l'aimait et qu'il aurait sans hésiter tué J.D. s'il s'était avisé de l'injurier. Lentement, contrôlant parfaitement ses gestes, il se tourna vers J.D. et dit d'une voix grave :

— Michael est dehors, dans le froid. Il est peut-être dans la remise ou dans la voiture. Mais il peut être aussi dans les bois. Il pourrait tomber ou attraper mal. Si vous n'avez pas assez de bon sens pour aller le chercher, laissez-moi passer, il faut que j'y aille.

Teke n'aima jamais Grady autant qu'à ce moment-là. J.D. se contenta de le fixer puis, au bout de quelques secondes, l'expression froide de son regard tourna à la confusion. Après encore un instant d'hésitation, il se retourna et ouvrit la porte.

Michael ne se trouvait pas dans la remise, pas plus qu'il n'était dans la voiture de sa mère ou dans celle de son père. Les trois adultes coururent vers le bois, exhalant des nuages de buée.

— Il peut être n'importe où, marmonna J.D.

— Je sais où il se trouve, fit Grady.

S'emparant de la veste de Michael, il les conduisit le long d'un étroit sentier sinueux, à travers les pins aux branches chargées de neige et les bouleaux dénudés, jusqu'à un petit ruisseau, à peine visible sous l'épaisse couverture de neige. Michael était là, assis sur une vieille souche.

Tout le monde s'arrêta. Franchissant les derniers pas qui le séparaient de l'enfant, Grady alla couvrir ses épaules et vint s'asseoir à ses côtés. Dans la froide sérénité des bois, ses mots parvinrent jusqu'à Teke, limpides comme du cristal :

— Si je ne t'ai pas dit le nom de la personne que j'ai tuée, c'est uniquement parce que je ne voulais pas que tu en souffres. Je pensais que, comme beaucoup de gens, tu ne comprendrais pas. Le meurtre est un crime abominable, je suis le premier à le reconnaître, et je suis également le premier à te dire que je n'aurais jamais touché un cheveu de cet homme si je n'avais pas pensé que ta maman était en danger. Quand c'est arrivé, Homer était en train de la battre et menaçait de faire pire encore. Comme il refusait de la lâcher, je l'ai frappé. Il est tombé par terre et s'est fracturé le crâne. Il est mort comme ça, c'est le médecin légiste qui l'a dit.

Le bruit qu'avait fait la tête de son père en frappant le sol, Teke s'en souvenait encore très bien. On aurait dit une pastèque qui éclatait. Le poing pressé contre la bouche, elle entendit son fils demander d'une petite voix :

— Est-ce que tu lui as donné des coups de pied ?

— Oui. J'étais fou de rage et je voulais qu'il se lève pour qu'on se batte. Je l'avais prévenu tellement de fois de ne jamais porter la main sur elle, que j'étais tout à coup déchaîné. Je lui criais de se lever, mais il ne se levait pas. C'est ensuite que je me suis rendu compte qu'il était mort.

Michael s'emmitoufla dans sa veste comme pour mieux écouter Grady lui exposer les faits.

— Je me suis beaucoup inquiété pour ta maman pendant que j'étais en prison. Je me disais qu'il ne fallait pas que je la revoie, parce que je n'avais aucun droit sur elle, je voulais simplement qu'elle soit heureuse. Plus tard, j'ai appris qu'elle s'était mariée et qu'elle avait eu des enfants.

— Comment ?

— Par des gens... qui connaissaient d'autres gens... Il y avait toujours quelqu'un pour me parler d'elle. En octobre dernier, je suis venu la voir, juste pour prendre de ses nouvelles, je n'avais rien d'autre en tête. Je te l'ai déjà dit : si j'avais pu freiner plus tôt, je l'aurais fait. La dernière chose au monde que je souhaite c'est faire du mal aux enfants de Teke.

Celle-ci tentait vainement de refouler ses larmes.

— Pourquoi restes-tu ici ? demanda Michael. Par culpabilité ?

— Si cela avait été le cas, je serais parti dès que tu es sorti du coma. Dieu sait que personne ne me considère comme le bienvenu, ici ! Mais ta maman était dans un état moral épouvantable, et toi aussi, d'ailleurs. Ensuite, j'ai commencé à t'aimer ; j'avais le sentiment de servir à quelque chose. Et puis, il y avait aussi...

— Quoi ?

— Ton père a raison. J'aime ta maman. Je l'aime depuis l'âge de douze ans et je l'aimerai jusqu'à ma mort. Mais je n'ai jamais eu l'intention de lui demander de quitter ton père. A moins qu'ils ne se séparent de leur plein gré. Vois-tu, même si je n'ai pas grand-chose à lui offrir, je m'efforcerai de la protéger et de l'aimer toute ma vie.

Teke courut dans la neige et entoura de ses bras le cou des deux hommes de sa vie. Elle pleura longuement contre la joue de Grady et dans les cheveux de son fils. Quand elle put enfin parler, elle murmura :

— Vous m'êtes si chers, tous les deux ! Je pourrais passer le reste de ma vie à vous regarder travailler ensemble. J'ai besoin de l'amour de Grady, Michael. Malgré mes défauts — et il les connaît tous —, j'ai besoin qu'il m'aime, comme j'ai besoin que tu m'aimes, toi aussi, tu comprends ?

Retenant son souffle, elle attendit. Finalement, de cette voix qui était devenue plus grave et belle aussi dans sa manière faussement désabusée, Michael dit :

— Pas exactement pareil, m'man. Ce serait drôlement déplacé, tu ne penses pas ?

Elle se mit à rire et le serra plus fort, tourna la tête et embrassa la joue de Grady. Puis, jetant un coup d'œil par-dessus son épaule, elle se rendit compte que J.D. était parti.

Complètement perdu, J.D. erra sans but au volant de sa voiture. D'abord dans les rues de Constance, puis dans celles de Boston. Même sa belle arrogance l'avait abandonné. Il se demandait comment un individu aussi insignifiant que Grady Piper avait pu éveiller en lui une humilité qu'il ne se connaissait pas. Il était clair que cet homme qui prenait soin de Michael était amoureux de Teke. Etat de fait dont il était non seulement exclu mais aussi dans lequel il ne pouvait qu'admettre son impuissance, ce qui l'agaçait au plus haut point.

Eprouvant un insolite besoin d'introspection, il se dirigea vers son bureau. Teke ne voulait peut-être plus de lui, mais ce n'était pas une raison pour négliger ses clients. Qu'il eût perdu la considération de son fils ne le privait pas pour autant de celle de ses clients qui, en l'occurrence, le payaient bien. Après tout, que demander de plus ?

A peine avait-il quitté l'ascenseur et poussé les portes vitrées des bureaux que, sans raison apparente, l'image de Virginia Clinger s'imposa à son esprit jusqu'à ce qu'il eût rejoint son bureau, et c'est alors qu'il comprit. Ce parfum. Il renifla l'air. Ce parfum lourd, reconnaissable entre mille. Elle devait se trouver dans ces murs, à moins qu'une autre femme portât le même parfum. Par association, J.D. se prit à évoquer l'apparition de Virginia dans le bureau de son père, les petites gâteries du samedi matin, les quatre maris dont elle avait divorcé, son caractère dépensier, son irrépressible goût pour les ragots et sa vocation innée d'intrigante.

Mais il repensa aussi à l'entrevue de Sam pour son poste de juge et à la menace de John Stewart.

Sans attendre, il quitta son bureau et fila tout droit vers celui de son père. Il ouvrit la porte sans ménagement et découvrit John Stewart, adossé à son fauteuil, les mains croisées sur la poitrine dans une attitude d'homme comblé, faisant face à Virginia à qui sa posture — une fesse négligemment posée sur un coin du bureau — permettait d'exhiber ses longues jambes. Cette intrusion soudaine propulsa John Stewart en avant et Virginia sur ses pieds.

— Eh bien! lança J.D. Qu'est-ce que je vois là? Une amie de la famille qui nous rend une visite de bon voisinage? A moins que cela ne cache quelque chose de plus croustillant?

— Ne te serait-il pas venu à l'idée de frapper avant d'entrer? aboya John Stewart.

— Et elle, alors? répliqua J.D. en désignant Virginia du menton.

— Salut, J.D., fit cette dernière, sur ses gardes. Comment ça va?

— Puisque tu me le demandes, commença J.D., incapable de résister à la tentation, je te dirai que, depuis notre petit intermède chez moi, je ne suis plus le même. Sais-tu que ce n'était pas mal, pas mal du tout, même? Tu es une personne aux talents insoupçonnés. (Puis, s'adressant à son père:) T'aurait-elle donné un avant-goût de la chose, ou bien se contente-t-elle d'étaler la marchandise en espérant que tu te contentes de reluquer?

— Ta question est insultante, laissa tomber John Stewart. Tu cherches quelque chose?

— Oui, déclara J.D. en glissant un bras autour de la taille de Virginia. Elle. Qu'est-ce qui se trame ici, Gin? demanda-t-il de sa voix la plus chaleureuse.

Virginia l'observa un moment, puis cambra la taille sous la pression de J.D.

— Pas grand-chose, murmura-t-elle, les yeux fixés sur la bouche de J.D.

— Tu n'es pas revenue me voir, lui souffla-t-il à l'oreille, assez fort pour que son père l'entende.

— Je ne pensais pas que tu espérais ma visite.

— Depuis l'instant où je suis sorti de l'ascenseur,

je sens ton parfum. Ça me rappelle des tas de choses agréables. Tu m'as beaucoup manqué, sais-tu ?

— C'est vrai ? ronronna-t-elle, les yeux pétillant de malice.

John Stewart, qui se sentait soudain de trop dans son propre bureau, crut nécessaire de se racler la gorge.

— Pourrions-nous remettre ce rendez-vous, Virginia ?

Virginia leva un sourcil interrogateur en direction de J.D. qui poursuivit sur le même ton intime :

— Je pourrais aller t'attendre dans mon bureau. Etait-ce important ?

— Nous ne faisions que parler de Sam.

L'urgence de la situation conduisit John Stewart à quitter son fauteuil.

— Allons, il n'y a rien qui presse. Nous en parlerons une autre fois.

— C'est à propos de sa nomination? demanda encore J.D., faisant fi de l'intervention de son père.

Elle fit oui de la tête.

— Nous nous demandions si le conseil du gouverneur était au courant de ce qui s'était passé avec ta femme, et J.S. me disait que...

— Nous en discuterons une autre fois, insista ce dernier.

Mais, les yeux énamourés, son visage frôlant presque celui de J.D., Virginia n'écoutait déjà plus.

— J.S. pense que je pourrais peut-être leur téléphoner. Il prétend qu'en tant que témoin, je pourrais leur apporter des renseignements utiles.

— Je croyais que nous avions passé un accord à ce sujet, fit J.D. en levant les yeux sur son père.

— Ce n'est pas moi qui vais téléphoner, répliqua ce dernier en tapotant négligemment les revers de son gilet.

— Bien sûr que non. Tu préfères que ce soit Virginia qui se charge de faire ce sale travail.

— Elle ne ferait jamais quelque chose contre sa volonté.

— Je doute fort que Virginia accepte de donner ce coup de téléphone quand je lui aurai parlé, déclara J.D. en posant un baiser sur le bout du nez parfaitement dessiné de Virginia.

Et, si cela s'avérait nécessaire, il était prêt à poser des baisers sur tout ce corps si parfait. Tant et aussi longtemps que Sam ne serait pas confirmé dans ses nouvelles fonctions, s'il n'y avait que ça pour la faire tenir tranquille.

— On va dans mon bureau? invita-t-il en laissant son regard errer sur Virginia.

Il n'aurait pas grand mérite. Physiquement, il ne pouvait espérer mieux. Il était complètement disponible, et il faut dire que, depuis quelque temps, il se découvrait des ardeurs dont, aussi loin qu'il remontât, il n'avait aucun souvenir. Qu'il soit damné s'il permettait à nouveau à son père de jouer les pisse-vinaigre.

— C'est ma nouvelle petite amie, fit J.D. avec son sourire le plus enjôleur.

Après avoir adressé à J.S. un clin d'œil complice, il entraîna sa conquête vers de nouvelles découvertes.

19

L'audition de Sam était prévue pour quatre heures. Annie avait pris ses dispositions pour y assister en demandant à Jason de la remplacer. Mais ce n'est qu'après avoir pris tardivement son déjeuner à la cafétéria qu'elle réalisa qu'elle n'avait pas vu l'étudiant de la journée. De retour à son bureau, elle appela son appartement mais n'obtint pour toute réponse que le message enregistré de son répondeur. Cependant, convaincue de la conscience professionnelle de son assistant, elle n'en éprouva aucune inquiétude.

Alors qu'elle s'apprêtait à partir rejoindre Sam, elle reçut un appel du directeur de la section de littérature.

— Nous avons un problème. Voudriez-vous passer à mon bureau, je vous prie ?

Un coup d'œil à sa montre lui apprit qu'elle ne disposait que de dix minutes. Rassemblant précipitamment ses affaires, elle grimpa quatre à quatre l'escalier qui conduisait au bureau de Charles Honnemann. La pièce, aux dimensions respectables et dont les murs s'ornaient de vieilles peintures craquelées, était jonchée de tapis orientaux aux couleurs délavées. La mine triste, Honnemann était assis à son bureau, devant lequel se trouvait Georgia Nichols.

Trépignant d'impatience, Annie préféra rester debout. Il n'était pas question qu'elle s'éternise, il aurait même fallu qu'elle soit déjà partie.

Pourtant, malgré l'importance de l'événement et son état de nervosité extrême, la nouvelle que lui apprit son supérieur lui fit oublier en un instant toutes ses préoccupations.

— Jason Faust a été hospitalisé, annonça celui-ci. Georgia l'a trouvé inconscient dans son appartement ce matin. Il est dans le coma.

Annie était abasourdie.

— Dans le coma ? Mais comment est-ce arrivé ?

— Une overdose.

— Ô mon Dieu !

— Il est au Deaconness. Les médecins tentent de stabiliser son état. Croyez-vous qu'il était si malheureux ?

Elle avala péniblement sa salive. Une overdose ! Sans doute la conséquence de ses problèmes pécuniaires, mais qu'il fût déprimé à ce point ne l'avait jamais frappée.

— Je sais qu'il avait des problèmes familiaux, dit-elle, hésitant à rapporter les confidences de Jason.

— Pas familiaux, corrigea Charles. A la faculté.

La dureté du ton la troubla.

— Il travaillait beaucoup pour finir son cours en juin, proposa-t-elle. Il espérait obtenir un poste permanent ici même à l'automne prochain.

Elle adressa un regard à Georgia qui remuait nerveusement sur son siège.

— Y a-t-il quelque chose que j'ignore ?

— Je pense que vous le savez et que vous ne voulez pas le dire, soupira Honnemann.

— Je ne vous suis pas.

— Il semblerait, poursuivit-il gravement, que Jason ait tenté de se suicider parce qu'il était épris de vous et que son amour était sans retour. Etiez-vous au courant de ses sentiments à votre égard ?

Annie était consternée. A toute allure, son esprit tentait de se remémorer les détails de cette fameuse soirée dans son bureau. Néanmoins, elle refusait d'admettre que cette tentative de suicide eût une quelconque relation avec ce lamentable incident qu'elle voulait oublier.

— Je savais qu'il éprouvait quelque chose pour moi. Mais il en parlait avec une telle désinvolture...

— Lui avez-vous laissé entendre que c'était réciproque ?

— Je l'aimais bien, naturellement ; je le respectais aussi. Nous étions amis. — S'adressant à Georgia : — Avez-vous pu vous entretenir avec un médecin ?

— Celui des admissions, seulement, répondit celle-ci d'un ton aussi gêné que son attitude. Il n'a pas pu me dire grand-chose...

— Etiez-vous au courant qu'il prenait de la drogue ? demanda encore Annie.

— Non.

— Et vous ? intervint Honnemann.

— Jamais.

Un jour, il lui avait offert un joint, comme ça, en passant, mais elle jugea préférable de n'en rien dire.

— Georgia me dit qu'il se serait vanté d'avoir eu une aventure avec vous.

— Non. Jamais, fit-elle avec conviction qu'elle trouvait parfaitement justifiée.

— Dans ce cas, pourquoi aurait-il prétendu une chose pareille ?

— Parce que c'est une chose fréquente chez les jeunes gens. Je ne comprends pas très bien ce que vous attendez de moi, Charles.

La présence de Georgia l'indisposait. Si son supérieur direct avait quelque chose à lui dire, elle estimait que sa position au sein de la faculté lui conférait le droit d'avoir une entrevue en privé.

— C'est que Georgia, ici présente, vous accuse, reprit Honnemann, et que je considère cette confrontation comme indispensable.

— Son accusation est sans fondement. (Annie jeta un coup d'œil à sa montre.) Si cela ne vous dérange pas, je voudrais regagner mon bureau, appeler l'hôpital pour prendre des nouvelles de Jason et ensuite me rendre à Boston, où m'attend une affaire très importante.

Charles hocha la tête.

— Voudriez-vous nous laisser ? commanda-t-il à Georgia. Je souhaiterais m'entretenir avec le docteur Pope.

Visiblement soulagée, Georgia fila sans demander son reste.

— Charles… avertit Annie.

— Je ne suis pas très satisfait, déclara-t-il en la regardant sous la barre drue de ses sourcils. Je vous avais déjà posé la question concernant une aventure entre Jason et vous, et vous m'aviez répondu négativement.

— En effet.

— Cependant, les apparences sont contre vous. Nul ici n'ignore que vous êtes très proches. On vous a vus déjeuner en tête à tête dans le restaurant, à la cafétéria, et même dans votre classe. Tout le pavillon de littérature vous a vus ensemble à la soirée des fêtes de Noël. J'y ai même fait allusion, à ce moment-là.

— Nous ne faisions que bavarder, parce que je l'aime bien et que c'est un ami. Je suis mariée, et heureuse de l'être, avec un homme qui va m'attendre sur les marches du palais de justice, si je ne pars pas d'ici cinq minutes. Je crois qu'il serait plus avisé de s'inquiéter de Jason plutôt que d'échafauder je ne sais trop quelle théorie sur une hypothétique liaison entre lui et moi. Je vous le répète, tout cela est absolument sans fondement.

— Peut-être avez-vous inconsciemment entretenu chez lui quelque faux espoir…

— Pourquoi cherchez-vous à voir du mal là où il n'y en a pas ? se rebiffa Annie.

— Parce que je n'aime pas les suicides non élucidés.

— Dois-je vous rappeler qu'il n'est pas encore mort ?

Annie soupira avec impatience. Il fallait absolument qu'elle appelle l'hôpital et qu'elle rejoigne Sam.

— Il faut que je parte, fit-elle brusquement.

Apparemment perplexe, Charles se grattait le sommet du crâne.

— Je pense que vous devriez considérer l'éventualité d'un congé sans solde.

— Quoi ? s'écria Annie dont le cœur tressauta dans sa poitrine.

— Un congé sans solde.

— Mais c'est absurde ! fit-elle encore, incrédule, avec l'impression que le sol se dérobait sous ses pieds.

— Je ne veux pas de scandale dans cette faculté. Dieu sait que nous avons déjà assez de mal à obtenir des subsides, sans qu'une liaison suivie d'une tentative de suicide vienne compromettre notre réputation. Je crois qu'en acceptant de vous retirer quelque temps, les choses pourront se calmer.

— Que vous arrive-t-il ? cria-t-elle. Je croyais que vous appréciiez mon travail.

— J'apprécie bien plus encore la réputation de cette faculté.

Ulcérée, Annie se levait pour partir quand elle réalisa que c'était impossible. Justifié ou non, un scandale pouvait ruiner sa carrière et, pire encore, celle de Sam. Elle devait faire entendre raison à Honnemann et prier le ciel que Jason s'en sorte pour démentir formellement toutes ces allégations. Il fallait impérativement étouffer ce scandale dans l'œuf.

— Puis-je me servir de votre téléphone ? demanda-t-elle d'une voix vibrante de colère.

A l'invite de Honnemann, elle décrocha l'appareil et appela le bureau de Sam.

— J'ai un problème, ici, à la fac. Je crois que tu devras aller à ton audition sans moi.

Malgré ses efforts pour garder son calme, elle savait que Sam allait immédiatement réagir. Le ton de sa voix le lui confirma.

— Que se passe-t-il ?

— Un problème grave.

— Raconte.

Dans les circonstances, c'était la dernière chose au monde à faire. Cependant, sa frayeur et son désespoir étaient tels, qu'elle ne put s'empêcher de tout relater.

— Jason Faust a été découvert inconscient chez lui, ce matin. Il est dans le coma. On parle d'une overdose.

— J'en suis sincèrement désolé, Annie.

— Le problème, ajouta-t-elle précipitamment, c'est que Charles Honnemann, dans le bureau duquel je me trouve en ce moment, m'a laissé entendre que je pouvais être la cause d'une tentative de suicide de Jason, en l'ayant laissé entretenir de faux espoirs à mon sujet.

— C'est absurde ! dit Sam.

— De plus, il me demande de prendre un congé sans solde en attendant que les choses se tassent.

— C'est parfaitement ridicule !

L'indignation véhémente de Sam l'amena soudain à se demander comment elle avait pu douter de sa loyauté.

— C'est ce que je lui ai dit, mais il n'est pas d'accord. Je dois rester ici pour en discuter. Ma carrière est en jeu.

— Mais il n'a aucune preuve ! Ce ne sont que des spéculations et elles resteront spéculations tant que ce garçon n'aura pas lui-même dit la vérité !

— Je le sais.

— Ne bouge pas, commanda-t-il, j'arrive !

— C'est impossible, hoqueta-t-elle, ton audition a lieu dans moins d'une heure ! Tu pourrais t'y rendre et venir me rejoindre après.

— Je vais demander un report.

— C'est impossible ! C'est beaucoup trop important, Sam !

— Ton affaire est plus importante encore.

— Non, non, fit-elle encore en regardant Honnemann dans les yeux. Ce ne sont que des rumeurs qu'une bande de détraqués se plaisent à répandre. Tu ne peux pas rater cette audition.

— Est-ce qu'Honnemann est près de toi ?

— Oui.

— Passe-le-moi.

— Sam...

— Passe-le-moi.

Annie s'exécuta. Durant le court instant où dura la conversation, le directeur eut l'air assommé. Une fois le téléphone raccroché, il annonça :

— Votre mari insiste pour venir. Il nous demande de ne pas bouger de cette pièce en attendant son arrivée. Il affirme que mes accusations sont diffamatoires et que, dans le cas où votre carrière serait injustement compromise, il n'aurait aucun scrupule à me poursuivre, ainsi que la faculté.

« Mais son audition... », pensait Annie en
geant vers le coin le plus éloigné du bureau, o
se laissa tomber dans un fauteuil. Elle aurait pré
que Sam s'abstînt de venir. Ce poste de juge, il l
voulait, et elle souhaitait qu'il l'obtienne. Différer cette audition pourrait lui être néfaste. Les risques qu'il prenait pour elle rendaient à présent dérisoires les doutes qu'elle avait entretenus à son égard.

Effondrée, elle resta assise dans un silence plein d'humilité. Puis elle eut soudainement l'air de revenir à la vie. Traversant la pièce, elle s'empara du téléphone et appela l'hôpital. La réception ne lui apprit rien et, lorsqu'elle demanda à parler à un médecin, on la mit en attente pendant dix minutes au bout desquelles, de guerre lasse, elle raccrocha.

— Je n'ai pas remarqué le moindre signe de dépression chez lui, annonça-t-elle à haute voix en conclusion des cogitations qui agitaient son esprit depuis quelques minutes.

Si Jason avait été dépressif ces derniers temps, elle l'aurait remarqué.

— Rien dans ses écrits ne laissait prévoir une telle décision, enchaîna-t-elle. Habituellement, c'est un état d'esprit qui transparaît toujours quelque part. Il m'a montré quelques-uns de ses travaux — de courtes nouvelles et des poèmes — et je n'y ai rien découvert de macabre ou de dépressif. Certes, ils faisaient état de toute une gamme d'émotions, mais rien qui ressemblât, de près ou de loin, à un appel au secours.

Retournant à son siège, elle se mit à songer à Sam, au sacrifice qu'il s'imposait et à l'amour qu'il lui témoignait. Sa version des faits sur son aventure avec Teke paraissait soudain tout à fait plausible. Convaincue à présent de s'être conduite de manière stupide, elle se reprocha de ne pas l'avoir cru dès le début et de ne pas avoir su lui garder sa confiance.

Il entra dans la pièce en coup de vent, s'approcha

…rra contre lui sans mot dire, puis se …Honnemann :

… vez accusé ma femme de manquement … envers un étudiant. Je suis ici pour en… uves étayant votre accusation.

… ves existent, rétorqua sèchement le … tre femme et Jason Faust ont passé ensemble un temps exagérément long.

— Pas du tout exagéré, intervint Annie que la présence de Sam avait regonflée à bloc. Jason est mon maître assistant principal. En outre, je suis sa directrice de thèse, ce qui implique de fréquentes entrevues.

— Des gens ont fait des commentaires.

— Quels gens ? demanda Sam.

— Des membres éminents de la faculté m'en ont parlé personnellement, exposa Honnemann, le sourcil levé. Je n'y ai accordé aucun crédit car le docteur Pope jouit d'une grande popularité parmi nos étudiants. Ses cours étant les plus fréquentés, tout porte à croire qu'elle a pu susciter quelque jalousie.

Annie n'aurait jamais imaginé pareille chose. Elle avait l'habitude d'accorder aux gens le bénéfice du doute, particulièrement quand son point de vue ne correspondait pas au leur, ce qui était fréquemment le cas à la faculté. Que l'on ne fît pas preuve en retour de la même courtoisie à son égard l'affligeait sincèrement.

— Les rapports de ces éminents membres de la faculté sont-ils basés sur des faits spécifiques dûment constatés ?

— On ne m'a jamais rapporté de faits, seulement de fortes présomptions.

— Des présomptions ne font pas foi devant une cour, annonça Sam dont le ton aurait pu laisser croire qu'ils se trouvaient déjà au prétoire.

« Décidément, ce poste de juge, il le mérite mille fois, et il faut qu'il l'obtienne », songeait Annie.

— Une présomption n'est pas une preuve. On ne permettrait même pas de l'exposer à un jury.

— Personne ne parle de procès, s'insurgea Honnemann en balayant l'air de la main.

— Si, moi. Vous venez d'émettre de sérieuses accusations contre ma femme. Et elle a des droits. Entre autres, celui d'être présumée innocente jusqu'à ce que sa culpabilité soit démontrée.

— Mais personne ne prétend qu'elle est coupable.

— Vous venez de lui suggérer de prendre un congé sans solde. Ne serait-ce pas pour elle une façon d'admettre sa culpabilité ?

— Non, grimaça Honnemann mal à l'aise. Cela permettrait aux choses de se calmer, tout simplement.

— Mais qu'est-ce qui doit se calmer ? Jusqu'ici, nous n'avons que des ragots colportés par des personnes envieuses. Et qui est la jeune fille qui se trouvait ici, un peu plus tôt ?

— Georgia Nichols, précisa Annie. Je te l'ai présentée le jour où nous avons déjeuné ici ensemble. C'est une étudiante diplômée, une amie de Jason, je crois.

— Est-elle amoureuse de Jason ? demanda Sam en s'adressant à Honnemann.

— Je l'ignore. Mais c'est elle qui l'a découvert inanimé dans son appartement.

— Vit-elle avec lui ?

— Pas que je sache.

— Et pourtant, elle a une clé de son appartement, ce qui signifie que sa relation avec ce garçon se situe au-delà de la simple camaraderie. Ne serait-il donc pas possible que Jason éprouve pour ma femme une affection quelque peu excessive, au point que Georgia en soit jalouse ?

— C'est possible, admit le directeur avec une réticence manifeste.

— N'est-il pas également possible que toutes ses allégations soient erronées ?

— Elle prétend que Jason a *affirmé* être amoureux de votre femme.

— Ne l'aurait-il pas dit sur un ton de plaisanterie ?

— Je l'ignore, je n'y étais pas.

— Eh bien voyez-vous, docteur Honnemann, aucun de nous n'y était. Aussi vous suggérerais-je de mettre un bémol à toutes ces rumeurs, et ce, aussi longtemps que nous n'aurons pas entendu Jason de vive voix.

— Cela peut se révéler impossible, fit Honnemann dont le ton était à présent beaucoup moins assuré. Il est dans le coma.

— Je suggérerais donc, poursuivit Sam qui ne laissait rien passer, de nous rendre à l'hôpital afin de parler à l'un des médecins. En attendant, je vous prie de bien prendre note que ma menace de plainte en diffamation tient toujours.

Glissant son bras sous celui d'Annie, Sam l'entraîna hors de la pièce.

— Oh, Sam ! s'exclama-t-elle une fois qu'ils furent sortis. Je suis tellement navrée. Je ne pensais pas que la situation évoluerait jusque-là. Que s'est-il passé au sujet de ton audition ?

Il lui fit un sourire rassurant.

— Demain. Même heure, même endroit.

— On ne t'a pas fait d'ennuis ? demanda-t-elle, un peu soulagée.

— J'ai expliqué qu'il s'agissait d'un problème familial urgent. Comment aurait-on pu me faire des ennuis ?

— On pourrait croire que tu vis une situation familiale instable et qui pourrait te perturber dans tes nouvelles fonctions.

— Ma réputation est celle d'un bourreau de travail. Quand je dis que c'est urgent, c'est que c'est urgent.

Il lui passa le bras autour de la taille et, tout en marchant, la serra contre lui.

— Il n'y a pas de problème, Annie. Vraiment. Tu

as travaillé bien trop dur pour laisser Honnemann t'accuser ainsi. Quel culot, de te demander de prendre un congé sans solde à partir de simples ragots !

Annie s'arrêta de marcher. Les mains posées sur le bras de Sam, elle déclara précipitamment :

— J'ai quelque chose à te dire, Sam. Je voulais te le dire depuis des mois, mais j'avais peur. Il n'y a rien entre Jason et moi, absolument rien. Mais quelques semaines après ce qui t'est arrivé avec Teke, je me sentais totalement déprimée. J'avais eu une journée de cauchemar qui s'était terminée par une réunion des professeurs à laquelle, d'ailleurs, je suis arrivée en retard. Je me sentais inutile et laide comme jamais auparavant. Jason m'a suivie jusqu'à mon bureau et nous avons bavardé et, tu sais ce que c'est, une chose en a entraîné une autre... Mais il ne s'est rien passé ! s'exclama-t-elle en voyant la pâleur subite de Sam. Rien du tout ! J'avais envie de me sentir belle et attirante, mais auprès de toi, et de toi seulement ! C'est toi que je voulais, et il n'était pas question qu'il se passât quoi que ce soit avec Jason !

Après une minute de silence durant laquelle elle endura mille morts, Sam s'enquit, le plus calmement du monde :

— Jusqu'où êtes vous allés ?

— Quelques vêtements froissés, c'est tout. Il était très troublé.

Sam semblait plus triste qu'ennuyé.

— Est-il amoureux de toi ?

— Je ne le pense pas. Nous en avons reparlé, après coup. Il sait que je t'aime et que je ne pourrai jamais l'aimer ou entamer quoi que ce soit avec lui. Nous sommes restés bons amis, rien de plus, et il n'a jamais plus rien tenté depuis. Je peux même dire que nous avons des relations de travail idéales et il est impossible qu'il ait pu tenter de se suicider à cause de moi. Néanmoins, il existe bien d'autres choses qui auraient pu le perturber. Le fait que son père connaisse de sérieux problèmes d'argent, au point de lui couper pratiquement les vivres, ou la récente découverte de son diabète. Pour tout dire, les sujets de préoccupation ne lui manquent pas. Mais crois-tu que ce soit suffisant pour le pousser au suicide ?

— Et pourquoi un suicide ? Pourquoi pas un coma diabétique ? Je me souviens de t'avoir entendu lui dire que tu lui trouvais mauvaise mine.

— C'était avant que le médecin n'établisse son diagnostic. Il a toujours eu l'air fatigué, depuis. Peut-être lui a-t-on prescrit un mauvais médicament ? Peut-être est-ce à cause de cela qu'il est tombé dans le coma ?

Après s'être si longtemps inquiétée de la réaction de Sam, elle refusait que l'état de santé du jeune homme la contraignît à se retirer, ne fût-ce que momentanément, de la vie professionnelle.

— Je suis navrée de tout ceci, Sam. Est-ce que je t'ai fait du mal ?

— Comment aurais-tu pu me faire du mal alors que tu n'as jamais cessé de penser à moi ? dit-il tristement. Tu as su t'arrêter à temps, toi. Tu es bien plus forte que moi.

— J'aurais dû comprendre.

— Nous le devrions tous, à certains moments. Mais ce n'est pas toujours le cas. Alors que faire ? Devons-nous nous aimer et nous accepter tels que nous sommes, ou devons-nous gâcher nos vies à chercher le compagnon idéal ? Quant à moi, je t'aime telle que tu es, ma chérie, conclut-il en lui adressant son irrésistible sourire.

Une onde d'apaisement l'envahit, puis une autre, de bonheur, celle-là. Sans se soucier des gens qui étaient là, elle passa ses bras autour du cou de son mari et se serra contre lui :

— Je t'aime aussi, Sam. Tu es ce qui m'est arrivé de mieux dans ma vie. Cette histoire m'a causé bien du tourment. Je craignais que tu ne sois bouleversé, ou fâché. Je craignais que tu ne veuilles plus jamais me voir. Je me sens si coupable, si honteuse…

— La honte n'est pas productive pour deux sous. Allons, viens, fit-il en posant un baiser sur son front. Allons voir ces médecins et essayons d'éclaircir un peu les problèmes de ce garçon.

Malgré son bonheur, paradoxalement, Annie sentait naître un nouveau sentiment de culpabilité.

— Mon assistant est dans le coma, fit-elle, songeuse. D'abord Michael, maintenant lui...

— Involontairement, Michael a concrétisé le début de nos problèmes, j'espère que Jason en ponctuera la fin. Il faut bien que ces absurdités cessent un jour, ne crois-tu pas ?

Ils arrivèrent à l'hôpital, envahis par la crainte d'assister à une scène aussi pénible que celle qu'ils avaient vécue avec Michael. Si les parents de Jason étaient présents, il n'y avait tout de même pas de quoi jouer les Cassandre car, bien qu'il n'eût pas l'air fin prêt à courir le marathon, Jason était parfaitement éveillé.

— Nous nous attendions à vous trouver agonisant, plaisanta Annie après avoir été présentée aux parents. Honnemann m'a dit que vous étiez dans le coma. Est-ce que Georgia sait que vous allez bien ?

— Elle vient juste d'appeler, fit-il, apparemment épuisé.

— Que s'est-il passé ? l'interrogea calmement Annie.

— Mon médicament.

— Il ne nous avait pas dit que son médecin avait diagnostiqué un diabète, sinon, nous l'aurions fait examiner par un spécialiste, intervint Mme Faust.

— Chère mère, mon médecin traitant est un spécialiste, lui aussi.

— N'empêche qu'il t'a prescrit un traitement qui a failli te tuer.

— Du calme, Addie, intervint le père.

C'était un grand bonhomme dont Annie perçut immédiatement l'état d'abattement. Elle se déplaça de manière à sentir le contact de Sam dans son dos.

— On a parlé d'overdose. Honnemann était dans

tous ses états en pensant qu'un de ses étudiants avait tenté de se suicider.

Jason ricana, puis ferma les yeux.

— Ce vieux croûton s'est sans doute imaginé que je me mourais d'amour pour vous, Annie.

— En effet, confirma Sam.

Annie était en train de se dire que cette conversation ferait mieux d'être reportée aux calendes grecques, quand Jason ouvrit les yeux.

— Vraiment ?

— Je le crains.

— Mon Dieu, Annie, je suis vraiment désolé. Si j'avais su, j'aurais laissé un petit mot. Et qu'a-t-il dit d'autre ?

En quelques mots, elle lui rapporta les faits.

A présent qu'il était éveillé, à présent que Sam savait tout et que l'audition avait été différée sans que cela prêtât à conséquence, Annie trouvait la situation plutôt amusante. Elle conclut :

— J'imagine le vieux croûton de retour à son bureau, terrifié à l'idée d'être impliqué dans un procès en diffamation.

Sentant la main de Sam sur son épaule, elle leva les yeux vers lui.

— Nous devrions laisser Jason se reposer, souffla ce dernier.

— Reposez-vous bien, dit Annie, je viendrai vous rendre visite demain.

Après les « merci » et les « au revoir », Sam entraîna Annie hors de l'hôpital. Une fois dans la circulation, Annie l'apostropha gentiment :

— Tu prends la mauvaise direction. Il faut que nous retournions au campus, j'y ai laissé ma voiture.

— Nous irons plus tard. Il y a d'abord une chose que je tiens à faire.

Le regard de Sam se passait de commentaire. Il était chaleureux, suggestif. Des yeux d'Annie, il descendit sur la bouche, s'attarda sur sa poitrine et serait descendu plus bas encore si la voiture n'avait manqué percuter un véhicule qui débouchait à droite.

Sans dire un mot, Annie prit sa main, la baisa et la posa sur son cou, là où battait doucement la veine jugulaire. Elle pouvait presque sentir le lien qui les unissait se renouer, avec tant de force qu'elle doutait qu'il pût un jour être à nouveau brisé. Elle n'en souffla mot à Sam. Pas même après qu'il eut abandonné la voiture au portier du Ritz Carlton, qu'il eut loué une chambre au dernier étage avec vue imprenable sur le parc et qu'il lui eut prouvé son amour avec toute l'ardeur dont il était capable.

J.D. avait prévu d'emmener les enfants dîner au restaurant. Il souhaitait sincèrement leur parler. Il faut dire qu'il n'avait jamais su non plus se prendre en charge comme aujourd'hui, et cette métamorphose devait, lui semblait-il, lui faciliter grandement la tâche.

Après être passé les chercher à Constance, il bifurqua vers l'ouest pour prendre la route qui conduisait à une petite auberge de campagne, où il était déjà allé quelques années auparavant. Comme le sujet qu'il souhaitait aborder impliquait bon nombre de bouleversements, il pensait que ce cadre conviendrait au sérieux de son propos. Etant frais émoulu dans le domaine de la psychologie paternelle, de sérieux doutes l'assaillaient.

Leigh avait l'air en forme, pas du tout enceinte. Pour Jana, qui adorait son père, c'était un moment de gloire. Michael suivait sur ses béquilles : il semblait se remettre d'une jambe cassée.

Ils commencèrent par des palourdes que J.D. laissa ses enfants déguster en paix, de crainte que le reste du repas ne fût gâché par ce qu'il voulait leur annoncer. La même logique s'appliqua pour la salade et même pour le deuxième panier de petits pains de maïs chauds. Quand arrivèrent les plats principaux, la petite famille baignait dans une atmosphère de fête telle qu'il n'eut pas le cœur de commencer à parler.

Leigh évoqua ce à quoi ressemblait son bébé à cet instant précis, Jana raconta avec force détails sanguinolents le film d'horreur qu'elle avait vu la veille et Michael parla de son canoë.

Conscient que l'allusion à ce fameux canoë n'était qu'un prétexte pour sonder ses réactions, et outre le fait que ce sujet de conversation l'ennuyait profondément, J.D. écouta sans broncher. Il avait longuement réfléchi depuis cet après-midi mouvementé dans la cabane de Grady et en avait conclu que la haine qu'il vouait à ce dernier, bien que passablement justifiée, était totalement irrationnelle. Or, J.D. se targuait d'être rationnel avant tout. Et l'homme rationnel lui soufflait que Grady avait largement contribué au rétablissement de Michael et que — bien qu'il ne l'eût jamais admis devant Teke ou Sam — il était loin d'être l'homme dangereux qu'on croyait.

Au moment du dessert, il ne lui manquait plus que son entrée en matière. C'est Jana qui coupa court à toute tergiversation en demandant :

— Alors, qu'est-ce que vous avez décidé, maman et toi ? C'est bien de ça que tu voulais nous parler, n'est-ce pas ?

— Très futée, fit-il en sautant sur l'occasion. Et toi, qu'est-ce que tu en penses ?

— Je crois que vous allez divorcer.

— Et comment réagirais-tu si cela arrivait ?

— C'est tout ce qu'elle mérite.

— Je ne trouve pas ça bien, fit Leigh.

— Pour une histoire, il y a toujours deux versions, dit Michael.

— Qui t'a dit ça ? voulut savoir Jana.

Le regard embarrassé de l'enfant avouait clairement que Grady en était la source. Déjà, J.D. s'apprêtait à lancer quelque allusion désobligeante, quand il refréna son impulsion.

— Nous n'avons pas encore discuté des détails,

leur dit-il. Mais je crois en effet qu'il est question de divorce.

Comme les enfants restaient silencieux, il les dévisagea l'un après l'autre, puis lança :

— Eh bien ?

— Ça n'a pas l'air de t'attrister, dit Leigh.

— Intellectuellement, cela m'attriste. La rupture d'un mariage est toujours pénible. Néanmoins, je me sens sentimentalement soulagé.

— Soulagé de te débarrasser de nous ? attaqua Michael.

— Seigneur, non ! S'il y a une chose qui m'inquiète, c'est bien votre sort. Voilà seulement un an, je n'aurais jamais été capable de vous sortir sans votre mère. Et aujourd'hui...

En réponse à son expression satisfaite, ils affichaient tous une mine superbement indifférente.

— Vous trouvez ça mal ?

— Plutôt bizarre, fit Leigh.

— Je crois que c'est très bien comme ça, lança Jana avec un haussement d'épaules. M'man est pénible, quelquefois.

— Est-ce que vous êtes encore fâchés à cause de ce qu'elle a fait ?

— Pas toi ? C'est une chose affreuse !

— Ouais. En tout cas, c'est une chose que je vous déconseille de faire avec vos maris. Mais je crois que tout se passera bien.

— Est-ce que tu fréquentes quelqu'un ? voulut savoir Leigh, un peu nerveuse.

— Non.

Michael avait un air pour le moins dubitatif.

— Will Clinger raconte que sa mère est venue te voir chez toi et qu'elle n'arrête pas de te téléphoner.

— Will Clinger est aussi bavard que sa mère. C'est vrai, elle est venue chez moi pour m'apporter des croissants, peu de temps après mon installation. Voilà très longtemps que nous nous connaissons, Ginny et moi. Nous sommes de très bons amis.

Inutile de leur donner d'autres détails.

— Est-ce que tu vas devenir le mari numéro cinq ?

— Il n'est pas question de me remarier pour le moment.

— Et quels sont tes projets ? demanda Jana.

— Pour tout vous dire, je vais m'installer à Palm Beach.

— En Floride ?

— Pour toujours ?

— Tu n'es pas sérieux !

Jana décida de prendre la direction de l'interrogatoire.

— Est-ce que tu as l'intention d'ouvrir un deuxième bureau, comme en parle si souvent grand-père ?

— Non. Je vais m'associer à un autre cabinet d'avocats.

C'était ce dont ne cessait de le menacer son père depuis quelque temps et le fait de l'avoir pris de vitesse lui procurait une joie ineffable.

— Alors, c'est une société concurrente ? fit Michael.

C'était lui qui semblait le plus effrayé, ce qui était compréhensible puisqu'il était aussi le plus jeune. J.D. en fut flatté, car l'idée qu'il pût manquer à ses enfants le réconfortait.

— En effet, dit-il.

— Pourquoi à Palm Beach ?

— C'est tellement loin !

— Est-ce que grand-père s'est fâché quand il l'a su ?

— Il n'en sait rien encore. Je voulais vous apprendre la nouvelle à vous d'abord. Personne n'est au courant, pas même mes futurs associés. Si vous me dites que c'est d'accord, je les contacterai dès demain.

Comme personne ne soufflait mot, J.D. eut un mouvement d'agacement. Autrefois, il leur aurait simplement fait part de sa décision. Mais aujourd'hui, il avait envie d'être un de ces pères modernes, à l'esprit ouvert qui essaient de prendre en considération les sentiments de ses enfants en acceptant qu'ils aient leur mot à dire dans des décisions qui, auparavant, n'auraient concerné qu'eux seuls. Il tentait de se comporter comme l'aurait fait Sam dans une situation semblable et la moindre des choses à laquelle il était en droit de s'attendre, c'était, pensait-il, que ses enfants s'efforcent de lui être agréables.

— Eh bien ? interrogea-t-il.

— Qu'est-ce que tu dirais si on te répondait non ? rétorqua Jana.

« Je partirais quand même », pensa-t-il.

Sa décision était prise. Il fallait qu'il s'éloigne de Boston, de Teke, de Grady et aussi de John Stewart.

— Si vous n'étiez pas d'accord, j'essaierais de vous convaincre que ce changement est très important pour moi. J'ai travaillé sous la houlette de votre grand-père pendant trop longtemps. Désormais, je peux me débrouiller tout seul. Sans compter que j'ai des tas d'amis à Palm Beach. Ce sont des personnes que j'aime bien et qui m'aiment bien aussi. Suffisamment pour me confier la gestion de leurs biens, ce qui va rendre fou de rage votre grand-père. Je vais acheter une grande maison avec des tas de chambres à coucher et une piscine pour que vous puissiez venir me voir. Pensez un peu aux vacances que vous allez avoir !

— Et Sutter's Island, alors ? demanda Michael.

— Ah, Michael ! fit J.D. tristement. Pour moi, ce genre de vacances fait partie du passé, maintenant. Mais vous, vous pourrez continuer à y aller, ainsi qu'au chalet. Il est très possible que je vienne vous y rejoindre, un jour. Mais pour l'instant, j'ai des tas d'autres choses à faire.

— Et tu ne seras pas là pour la naissance de mon bébé ? demanda Leigh, un peu inquiète.

— Je sauterai dans le premier avion dès que j'aurai appris la nouvelle.

— Mais, le temps que tu arrives, il sera déjà né...

— Je viendrai, Leigh, je n'ai pas l'intention de t'abandonner, crois-moi.

— Ça y ressemble drôlement, en tout cas, bougonna Jana.

— Non. Vous pourrez me téléphoner aussi souvent que vous voudrez.

— Tu te plains toujours que les factures de téléphone sont trop élevées.

— Je te promets que ça n'arrivera plus. D'autre part, réfléchis à ceci, Jana : dans deux ans, tu seras à l'université et tu ne m'aurais pas vu davantage si j'avais continué d'habiter Boston.

— Tu nous laisses tout seuls avec maman.

— Est-ce si terrible ? Est-ce qu'elle te bat ?

— Non.

— Est-ce qu'elle te prive de nourriture ?

— Seigneur, non ! Au contraire, elle nous gave.

— Tu n'as pas l'air de quelqu'un qui souffre.

— Elle est toujours après moi.

— A quel propos ? Tes études ? Parce que tu passes des heures au téléphone ? Tu ferais mieux de consacrer un peu plus de temps à Zoe. C'est vrai, Jana. Elle a vécu des moments difficiles, elle aussi.

— Je sais, admit la cadette. Mais elle est *trop* gentille.

— Qu'est-ce qu'il y a de mal à ça ?

— Elle est trop bien, pas drôle du tout. Elle refuse de venir boire derrière la décharge publique.

— Avec qui ? voulut savoir J.D. Qui va boire derrière la décharge ?

La grimace que fit Jana était on ne peut plus éloquente.

— Tu me fais marcher. En tout cas, ne fais jamais une chose pareille, Jana. Je n'aime pas les gens qui boivent, et encore moins ceux qui fréquentent les décharges publiques.

— Est-ce que tu as déjà acheté ta maison en Floride ? demanda Michael.

— Non. J'ai préféré attendre la décision finale. Alors, qu'en pensez-vous ? C'est d'accord ?

— Grand-père va sauter au plafond, avertit Jana. Je me demande ce que tu dirais si je faisais la même chose.

« Dieu me préserve des femmes à la langue bien pendue ! » pensa J.D.

— Je sauterais au plafond, moi aussi. Mais peut-être serait-ce différent s'il s'agissait de nous deux. Même si grand-père et moi avons été associés, il est quand même resté mon patron. Je n'agirais pas de la même manière avec toi, car je pense que ce n'est pas juste. Tu peux être certaine que si tu venais travailler avec moi, je ne viendrais pas fourrer mon nez dans tes affaires, moi.

« Ou, du moins, j'essaierais », se dit-il en pensant de nouveau à Sam.

— Est-ce que je pourrai venir travailler avec toi ?

— En supposant que tu fasses ton droit, je ne vois aucune raison de m'y opposer.

— Malgré tous tes associés ?

— A ce moment-là, j'aurai mon mot à dire. S'ils refusent, toi et moi nous monterons notre propre affaire.

— C'est vrai ? s'exclama Jana qui ne rêvait que de cela.

— Bien sûr, fit-il. Même chose pour vous deux. Je n'ai rien contre les entreprises familiales.

— Ne compte pas sur moi, objecta Leigh. J'ai l'intention d'avoir six enfants.

— Et moi, je veux partir à l'aventure, dit Michael avec une conviction qu'il ne lui avait plus entendue depuis le week-end de la fête du Travail, à Sutter's Island. Je trouve très bien que tu ne travailles plus avec grand-père, ça m'enlève mes remords de ne pas vouloir être avocat. Ce que je veux, c'est construire des bateaux et naviguer à travers le monde. Je pourrais commencer par les Everglades, ajouta-t-il, le visage soudain illuminé. Ce n'est pas loin de chez toi.

— En canoë ? fit Jana, à la fois sceptique et ironique.

— Pas en canoë, répliqua Michael le plus sérieusement du monde. En hydroglisseur. Je voudrais faire un documentaire sur l'effet du réchauffement de la planète sur les alligators. Je t'en apporterai un petit, comme ça, tu pourras t'en occuper.

— Essaie un peu, fit Jana avec une moue narquoise, et tu risques de le retrouver dans ton lit !

— C'est dégoûtant, grimaça Leigh.

— Ce qui me ferait vraiment plaisir, annonça Michael, c'est un petit chien.

— Papa déteste les animaux, rappela Jana.

— Mais il part s'installer en Floride ! protesta Michael. Ce serait bien s'il nous offrait un chien comme cadeau de départ.

— Ce n'est pas nous qui partons, intervint Leigh, c'est lui.

— Alors un cadeau pour ceux qui restent…

J.D. avait trois paires d'yeux interrogateurs braqués sur lui.

— Pourquoi est-ce que j'ai le sentiment d'être manipulé ? demanda-t-il.

Personne ne répondit mais cela n'avait pas d'importance. Il avait de bons enfants et, puisqu'ils voulaient un chien, ils auraient un chien, il n'y voyait aucune objection. Aussi longtemps qu'ils le confieraient à Teke ou à n'importe qui d'autre quand ils lui rendraient visite.

Teke avait revêtu la robe de chambre de soie que lui avait offerte J.D. pour Noël, deux ans auparavant. Le vêtement était affreusement conventionnel et, si elle avait osé, elle y aurait cousu des pierres multicolores ou épinglé quelque chose de clinquant sur le revers. Cependant, elle s'y sentait bien : plus elle la portait et plus elle la trouvait confortable. Elle évoquait certains brunches dominicaux dans la cuisine, ou quelques soirées tardives en compagnie des enfants. C'était aussi cette même robe de chambre qu'elle avait ouverte à Sam et qu'elle portait quand elle avait couru après Michael.

En fait, elle lui rappelait des souvenirs de toute sorte, bons et mauvais, et qu'elle ne reniait pas. Elle ne pouvait prétendre faire abstraction d'événements qui l'avait façonnée.

A cet instant précis, c'est surtout à l'avenir qu'elle pensait. La maison était silencieuse, et les enfants avec J.D. D'ordinaire, elle aurait été dans sa cuisine, en train de préparer des tartes ou des biscuits. Mais ce soir, elle s'était interdit de cuisiner. Des petits gâteaux, il en restait des tas, et puis, il n'était pas nécessaire qu'elle soit *toujours* occupée. Elle avait même trouvé le temps de se prélasser dans son bain. Détendue, elle pensait aux enfants qui grandissaient, à son petit-enfant dont elle allait s'occuper, à Grady et à la place qu'il allait tenir dans sa vie désormais.

On sonna à la porte et, par quelque flux magnétique, à moins que ce ne fût par le léger tressautement de son cœur ou le feu qui lui montait aux joues, elle sut que c'était lui. L'intensité du regard de Grady ne fit qu'accroître son trouble.

— Es-tu seule ? demanda-t-il à voix basse.

— Les enfants sont avec J.D., acquiesça-t-elle. Je ne les attends pas avant dix heures.

Il n'était que huit heures et elle ne pouvait lui rendre les choses plus faciles. Récemment, elle avait clairement exprimé ce qu'elle voulait et n'avait pas l'intention de le supplier. Après avoir doucement refermé la porte derrière lui, il lui prit les mains et, durant quelques instants, contempla celle qui ne portait plus d'alliance. Puis, alors qu'elle sentit les battements de son cœur s'accélérer, il la poussa vers l'escalier. Sans l'ombre d'une hésitation, il l'entraîna dans la chambre à coucher et se dirigea résolument vers le lit, écartant couvertures et draps.

Puis, se tournant vers elle, il glissa ses doigts dans son épaisse chevelure et l'attira vers lui en un baiser passionné auquel elle n'opposa aucune résistance. Elle reconnaissait bien là l'homme farouche et résolu qu'elle avait toujours connu. Cela faisait des mois qu'elle le désirait, des années qu'elle l'attendait, malgré les efforts qu'elle avait déployés pour ne pas y penser. Grady faisait partie intégrante d'elle-même et le fait de l'avoir retrouvé représentait une victoire vers l'épanouissement de son être.

Incapable de se détacher d'elle, de son visage, de ses lèvres, de son cou, il entreprit de se défaire de ses vêtements, qu'il lança aux quatre coins de la pièce, comme pour marquer la possession d'un territoire que Teke ne lui contestait pas. Que J.D. eût partagé cette chambre pendant dix-neuf ans ne lui importait guère : son temps était définitivement révolu.

Teke laissa tomber sa robe de chambre à ses pieds et colla son corps contre celui de l'homme, les bras passés autour de son cou, cambrée contre lui dans une communion totale de leur chair. Un cri de plaisir et de soulagement s'échappa de sa gorge. Il était sa demeure, son havre, son paradis.

Son paradis, surtout, quand, parmi les mille sensations diffuses qui parcouraient son corps, elle sentit contre son dos le contact frais des draps contrastant avec la chaleur torride du torse de Grady. Un cri de plaisir désespéré s'échappa de sa gorge, sans qu'elle cherchât à le retenir. Elle adorait Grady et lui vouait un amour sans bornes depuis l'âge de dix ans. Rien n'était changé.

Grady en elle était une expérience à nulle autre pareille. Il la faisait mourir puis ressusciter, la tourmentait en de brûlantes caresses, la portait vers un orgasme déferlant en vagues déchaînées dont les embruns éclataient en un feu d'artifice multicolore. C'est volontiers qu'elle serait morte ainsi, avec lui en elle pour l'éternité.

Il se laissa enfin retomber sur elle, reprenant pesamment son souffle avant de glisser lentement sur le côté. La main tremblante, il repoussa doucement les mèches moites qui cachaient le visage de sa bien-aimée.

— Ma Teke, souffla-t-il.

Elle sourit et prit sa main, qu'elle pressa longuement contre ses lèvres.

— Je t'ai dans la peau, fit-il en murmurant. Et c'est comme ça depuis le jour où je t'ai vue tout effrayée, avec ton bandage autour du mollet. Je dois prendre soin de toi, c'est un besoin qui est en moi. Je crois que je suis né pour ça.

Après avoir elle-même si longtemps pris soin des autres, cette révélation lui mit du baume au cœur. Elle roula sur le côté et promena son index sur la ligne de son nez, de sa bouche, de sa pomme d'Adam. Le corps de cet homme la ravissait, car il était fort et digne, exactement comme au temps de leur jeunesse.

— Je te veux, Teke.

— Mais tu m'as, sourit-elle.

— Je veux t'épouser.

Si, dans son for intérieur, pareille demande lui rappela ses récents désagréments, elle ne se départit cependant pas de son sourire.

— Et où comptes-tu habiter ?

— Ici.

— Mais c'est ma maison, objecta-t-elle, faisant allusion à sa fierté masculine.

— Je viens de la faire mienne aussi, répliqua-t-il avec une arrogance qui n'était pas sans lui rappeler J.D., en plus sympathique, toutefois.

— Et les enfants ?

— J'en veux de toi.

— J'en veux de toi, aussi.

— Fais-tu allusion à Shelley ?

— Je fais allusion à ceux que nous allons avoir ensemble.

Il retint son souffle un instant puis demanda :

— Crois-tu que ce soit possible ?

— Seigneur, j'y compte bien !

— Ça ne te pose pas de problèmes ?

— Je suis faite pour ça.

Elle vint à nouveau contre lui et sentit qu'il la désirait encore. Concevoir un enfant, même à son âge, ne lui poserait aucun problème, convaincue qu'elle était qu'une partie d'elle-même avait toujours gardé une place pour l'enfant de Grady. L'enfant qu'ils s'étaient promis de faire quand ils avaient quinze ans, quand la vie pouvait encore tenir toutes ses promesses.

Elle se sentait bénie de Dieu.

20

Sam connut les résultats de son audition les premiers jours de mars. Après avoir téléphoné la nouvelle à Annie, il traversa les couloirs des bureaux du même pas léger qu'il avait eu cinq mois auparavant pour aller annoncer l'événement à celui avec qui il partageait une amitié vieille de vingt-deux ans et qu'un moment d'égarement n'aurait su effacer. Au moment où ils allaient se séparer, ils se sentaient proches comme ils l'avaient rarement été.

— Tu le méritais vraiment, dit J.D. en serrant chaleureusement la main de Sam. Toutes mes félicitations.

— Sans toi, rien ne se serait fait.

— Peut-être bien, fit J.D. avec un sourire un peu suffisant. J'espère seulement que tu ne t'ennuieras pas trop.

Sam l'espérait aussi. A présent que tout était dit, il ne lui restait plus qu'à espérer avoir fait le bon choix.

— En principe, mon choix est définitif mais rien ne m'y oblige. Si je sens que je m'encroûte, je démissionne.

— Ta nomination ne va sûrement pas plaire à John Stewart, fit J.D.

Le sourire machiavélique de ce dernier rappela à Sam la fois où, quelque vingt-deux ans plus tôt, il l'avait convaincu de manquer une semaine de cours pour aller passer le mardi gras à La Nouvelle-Orléans.

— Je ne pense pas, en effet, répondit Sam en lui rendant son sourire. Merci pour avoir réussi à le museler.

Bien qu'il ignorât tout de la manière dont s'y était pris J.D. et qu'il n'eût aucunement l'intention de s'étendre sur le sujet, Sam restait persuadé qu'il était largement redevable à ce dernier de l'obtention de ce poste de juge. Depuis le début, il savait que John Stewart userait de tout son pouvoir pour lui mettre des bâtons dans les roues et, grâce à un moyen qu'il ignorait, son ami avait réussi à contrecarrer ses plans. Il ne lui en était pas seulement reconnaissant, il en était fier, aussi.

— Si je peux faire quelque chose pour Michael...

— Michael a des projets bien à lui.

— Est-ce qu'il te parle de moi ?

J.D. secoua la tête et Sam soupira :

— Peut-être que le fait que je sois juge l'incitera à enterrer la hache de guerre. Il me manque beaucoup. J'aimerais continuer à m'occuper de lui quand tu seras parti. Pour quand est-ce prévu ?

— Le quinze avril. J'ai acheté une grande maison avec un jardin et une piscine. Je crois que les enfants s'y plairont.

— J'en suis sûr.

Zoe lui en avait déjà parlé en lui expliquant que Jana voulait qu'elle l'accompagne chaque fois qu'elle irait voir son père. Elle était toutefois convaincue que Jana ne l'invitait que parce qu'elle n'oserait pas imposer ses autres amis à J.D., ce en quoi Sam pensait qu'elle n'avait peut-être pas tort.

— Mon investiture a lieu dans deux semaines, fit ce dernier, est-ce que tu viendras ?

— Si c'est possible. Tu me confirmeras la date exacte.

Les deux hommes se quittèrent après une dernière poignée de main et Sam rentra chez lui pour célébrer l'événement avec Annie et les enfants. L'après-midi suivant, portant dans ses bras un énorme paquet, il traversa le bosquet et emprunta le sentier qui menait chez les Maxwell. Quand il arriva, Michael faisait ses devoirs dans le jardin d'hiver.

— Sur quoi travailles-tu ? demanda-t-il en regardant par-dessus l'épaule de l'enfant.

Il fut un temps où Michael aurait immédiatement abandonné son travail, à l'arrivée de Sam.

— Des maths, répondit Michael sans lever le nez de son cahier.

Sam remarqua que son écriture s'était améliorée.

— Comment te sens-tu ?

— Très bien.

— Quand penses-tu retourner à l'école ?

— Je n'en sais rien.

— Cette idée doit t'effrayer un peu.

— Un peu.

— C'est toujours un peu effrayant quand on doit recommencer à faire des choses dont on a perdu l'habitude. On appréhende ça pendant des jours, et quand ça arrive, on se rend compte que ce n'était pas aussi terrible que c'en avait l'air.

Pour toute réponse, Michael lui adressa un regard glacial.

— Désolé, je ne voulais pas te faire de sermon. Mais si tu veux recommencer à jouer au base-ball, tu dois retourner à l'école.

Cette idée semblait horrifier Michael.

— Je ne peux pas jouer.

— Bien sûr que tu peux ! Ton coup d'œil et tes réflexes n'ont pas changé et ce sont les deux qualités les plus importantes, dans ce sport.

— Je ne peux pas courir.

— D'après ce que je sais, tu en es très capable

quand tu veux. De plus, tu peux très bien frapper et te faire remplacer pour courir à la base, jusqu'à ce que tu sois complètement rétabli. C'est ce qui se passe en ligue majeure quand un joueur est blessé.

— Qui te dit que je peux encore frapper ?

— Tu peux avoir en effet perdu un peu la main, mais ça reviendra très vite. Je suis même prêt à parier qu'avec tous les exercices que tu fais en ce moment, tu vas être meilleur qu'avant. N'oublie pas que pendant que les autres faisaient des circuits, toi, tu soulevais des poids.

— C'est seulement de la rééducation.

— C'est aussi se faire des muscles d'acier. Je constate que, depuis la saison dernière, tu as beaucoup grandi et que tu as même élargi des épaules. Tous les deux, on reprend l'entraînement quand tu veux, conclut Sam en retenant un peu son souffle.

— Non, merci.

— Si tu n'essaies pas, tu ne retrouveras pas ta forme.

— Je préfère attendre.

Sam poussa un soupir silencieux. Il ne savait vraiment pas comment s'y prendre avec Michael, et ce n'était pas faute d'essayer. D'un geste résolu, il posa le gros paquet sur la table de Michael qui, surpris, eut un geste de recul.

— Qu'est-ce que c'est ?

— Ouvre, et tu le sauras.

Après une légère hésitation, Michael se décida à déchirer l'enveloppe de papier brun. Il n'avait pas encore ouvert la boîte que son visage s'illuminait d'une excitation telle que Sam se sentit soudain récompensé de tous ses efforts. Son déballage terminé, l'enfant avait sous les yeux le moniteur vidéo et la console dont il rêvait depuis déjà quelque temps.

— C'est gentil, fit Michael sans lever les yeux. Est-ce que c'est pour m'acheter ?

— Oui, fit Sam sans broncher. Et je voudrais que

tu enregistres en vidéo la cérémonie de mon investiture et la réception qui suivra. Qu'est-ce que tu en penses ?

Michael promenait amoureusement ses mains sur les côtés de la précieuse boîte.

— Je ne peux pas me servir d'une caméra vidéo avec mes béquilles.

— Tu n'auras qu'à les laisser à la maison.

— J'en ai besoin.

— Vraiment ? s'enquit Sam, sachant très bien que c'était faux. Je peux te donner un coup de main, si tu veux. Mes parents aimeraient bien avoir une cassette en souvenir, et le père d'Annie aussi. Alors, qu'est-ce que tu en penses ? Est-ce que tu vas venir ?

— Je ne crois pas.

— Ça me ferait vraiment plaisir.

Passant un bras autour des épaules de Michael, il le bouscula affectueusement.

— Allons, Michael, tu ne peux pas m'en vouloir toute ta vie. Je regrette le temps que nous passions ensemble. Ton père part pour la Floride et Jon va se marier. Qui va pouvoir jouer au base-ball avec moi ?

— Tu trouveras bien quelqu'un.

— Mais c'est toi que je veux.

Comme Michael ne répondait pas, Sam se redressa.

— Très bien, je vais te laisser encore un peu de temps, mais seulement jusqu'à mon assermentation. Je veux que tu sois là, Michael. C'est un grand jour pour moi, et je souhaite que tous ceux que j'aime soient présents.

— M'man sera là.

Sam préféra ignorer l'allusion à l'objet de leur divergence.

— Précisément : ta mère, tes sœurs, mes enfants, ma femme, mes parents, papa Pete et tous nos amis. Et je veux que tu sois là, toi aussi, d'accord ?

Après lui avoir donné une dernière petite bourrade, Sam repartit, le laissant seul avec ses pensées.

Teke fit tout ce qui était en son pouvoir pour convaincre Michael d'assister à cette cérémonie qui semblait symboliser la fin d'une crise profonde et inaugurer un nouveau départ dans la vie de chacun. Dans vingt ans, Michael ne se souviendrait probablement pas si son retour à l'école avait eu lieu en mars ou en avril. Mais il se souviendrait parfaitement de ne pas avoir assisté à cet événement particulier, et à ce moment-là il risquait fort de le regretter. Pourtant, Teke fut incapable de le ramener à la raison. Elle poussa même Grady à intervenir, lequel semblait avoir définitivement supplanté Sam. Et Teke comprit enfin que c'était justement là que résidait le problème. En ce qui concernait Michael, il pouvait très bien se passer de Sam puisque, à présent, il avait Grady. A bout de ressources, elle fit appel à J.D.

— Il t'écoutera, toi. Parle-lui, J.D. Il ne veut rien savoir de moi.

— Parler aux enfants n'est vraiment pas mon fort.

— Mais tu es le seul à pouvoir le comprendre vraiment. Tu as souffert autant que lui de ce qui est arrivé.

— Je m'en suis sorti, fit J.D. avec un haussement d'épaules.

Teke savait que l'orgueil de J.D. ne lui ferait jamais admettre qu'il avait souffert. Mais elle avait besoin de son aide.

— Sam t'a trompé comme il a trompé Michael. Je crois que tes arguments auront plus de poids que les miens.

J.D. se donna le temps de considérer la plaidoirie de Teke. Il affichait même une sérénité qu'elle ne lui connaissait pas. Sans Teke pour le materner, Sam pour le calmer et Annie pour jouer les entremetteuses, il semblait à présent se prendre en charge, et c'était une bonne chose, se dit-elle. L'aspect de sa personnalité qui voulait préserver l'amitié de J.D. s'en trouvait réconforté.

J.D. accepta de parler à Michael, moins pour le convaincre d'assister à la cérémonie que pour se prouver à lui-même qu'il était capable de sentiments bien plus nobles que son père. J.D. avait conclu que la vengeance conduisait à des prises de position extrêmes et dangereuses et, abstraction faite de ce pénible accident, Sam avait toujours été un ami fidèle et loyal. Il avait toujours fait preuve de qualités admirables, et l'affection qu'il vouait à Michael n'était pas des moindres.

J.D. trouva Michael à l'étage. Il avait récupéré sa chambre, maintenant qu'il pouvait monter presque normalement l'escalier. « Bravo, Teke ! » pensa J.D. en découvrant le désordre indescriptible de la pièce. Enjambant une serviette humide abandonnée sur le plancher, il vint se placer entre son fils et l'écran de télévision.

— Nous avons à parler.

— Maintenant ? demanda Michael, affichant une mine excessivement ennuyée. C'est mon émission préférée !

— Maintenant. Baisse un peu le son. Je ne resterai pas très longtemps. Ta mère m'a annoncé ton refus d'assister à la cérémonie de Sam. Je crois, moi, que tu devrais y aller.

— Pourquoi ?

— Parce que Sam était un ami de la famille bien avant que tu sois né. Il nous a aidés à t'élever. Il t'a tout appris sur le base-ball et le basket-ball. C'est quelqu'un qui t'aime beaucoup.

— C'est à cause de lui que maman et toi divorcez.

— Non. Ça serait arrivé de toute façon.

Ce qui n'était pas nécessairement vrai. Si cet « accident » avec Sam n'était pas arrivé, Teke et lui seraient restés ensemble *ad vitam æternam*. A moins qu'un quelconque incident ne fût advenu quelques années plus tard, comme par exemple la découverte de ses aventures extraconjugales. A ce moment-là, c'est lui qui aurait été dans un drôle de pétrin. Tout compte fait, il s'en sortait bien.

— Et pourquoi ? interrogea Michael.

— Parce que nous n'étions pas heureux, ensemble.

— Tu semblais très heureux, pourtant.

— Tu ne sais rien de ce qui se passait entre nous.

— Et qu'est-ce que c'était ?

Même si J.D. s'était lui-même posé mille fois la question, qu'aurait-il pu répondre ? « Ta mère ne m'excitait plus » ? « J'aime bien me retrouver de temps en temps en compagnie d'autres femmes » ? « Ma vie était organisée en fonction de mon père et ça me déprimait » ? Comme il n'était pas question que de tels propos viennent ternir son image, il préféra répondre :

— Nous avions l'impression qu'il manquait quelque chose dans notre vie.

— Est-ce que c'est la raison pour laquelle maman est allée avec Sam ?

— Non. Je crois qu'elle est allée avec Sam parce qu'il est arrivé à un moment où elle éprouvait un terrible cafard.

— Elle aurait pu dire non... Ou lui...

— Il avait d'autres préoccupations en tête. Il ne pensait pas aussi clairement que toi ou moi en ce moment. C'est là que se trouve la solution, Michael : toujours se montrer rationnel. Nous devons toujours prendre en considération les conséquences de nos actes. En ce qui concerne Sam, ce n'est pas du tout ce que tu fais en ce moment.

— Grand-père l'a renvoyé de la société.

— Ce qui a permis à Sam de se lancer dans une carrière beaucoup plus intéressante. Ne va surtout pas imiter ton grand-père. Sa colère détruit tout ce qu'il y a de bon en lui. Il a eu beau vouloir à tout prix se séparer définitivement de Sam, sois certain que, des deux, c'est lui qui en souffrira le plus. Sais-tu que c'est toi que tu punis, en ce moment ?

— Ce n'est pas vrai.

— Ça en a tout l'air, pourtant. Sam pourrait t'apporter beaucoup.

— A toi aussi, mais ça ne t'empêche pas de partir pour la Floride.

— C'est justement parce que Sam m'a aidé pendant trop longtemps que, maintenant, je dois apprendre à me débrouiller tout seul. Je me suis tout le temps reposé sur lui. Il est grand temps que cela cesse.

— C'est la même chose pour moi.

— C'est faux. Tu as treize ans, et encore bien des choses à apprendre, de Sam et d'autres. Nous avons, toi et moi, une chance inouïe d'avoir un ami tel que lui.

— Mais alors, pourquoi tu t'en vas ? cria Michael.

J.D. vint s'asseoir sur le lit, tout près de son fils.

— Parce que j'ai la possibilité d'entreprendre quelque chose de nouveau. Vous, les enfants, vous aurez la possibilité de venir me voir pendant les vacances et je suis certain que Sam et Annie viendront, eux aussi. Même si Sam a commis une erreur, il reste quand même un type formidable et je ne le rejetterai pas comme l'a fait ton grand-père. Je ne suis pas stupide à ce point.

— Tu penses que je suis stupide ? demanda Michael en triturant la télécommande.

— Je pense que tu manques de clairvoyance.

L'enfant resta un moment silencieux avant de demander, hésitant :

— Tu penses que si je n'y allais pas, je le regretterais, plus tard ?

— Oui, je le pense sincèrement.

— Mais ma façon de marcher va faire rire tout le monde...

— Pour l'amour du ciel, Michael ! s'exclama J.D., impatient. Tu marches maintenant un peu différemment, mais ça n'a rien de comique. J'ai déjà vu des gens avec une démarche ridicule mais ce n'est pas ton cas. Cet accident t'a changé de bien des façons ; il faut que tu te serves de ces changements pour aller de l'avant. C'est ce que j'essaie de faire, quant à moi.

— Vraiment ?

J.D. hocha la tête.

— Est-ce que tu comptes aller à la cérémonie ?

— Je ne la raterais pour rien au monde. Sam en sera la vedette et je tiens à ce que l'on sache que je l'ai beaucoup aidé dans cette affaire. Alors, est-ce que tu es décidé ?

— Je ne sais pas.

— Ne tarde pas, conclut J.D. en se levant. A la vitesse à laquelle tu grandis, il va sûrement falloir t'acheter un nouveau costume. Je vais en parler à ta mère. Je tiens à être fier de mon fils.

Annie s'occupa de la réception. Elle devait avoir lieu au Quatre-Saisons, tout près du bureau du gouverneur où Sam devrait prêter serment. La solennité de cet événement devait s'accorder à la qualité des invités. Annie voulait aussi un pianiste, des arrangements floraux et des invitations sur bristol blanc.

C'était, se disait-elle, ce qu'aurait décidé Teke si elle lui avait demandé de s'occuper de cette réception. Mais c'était un défi qu'elle voulait relever. Elle voulait prouver ses capacités, aux autres comme à elle-même, et voyait en cet événement le symbole d'un renouveau de sa condition d'épouse.

Elle s'offrit donc une robe de soirée décolletée et accentua nettement son maquillage. Tout devait être parfait et, au fur et à mesure qu'approchait le jour fatidique, elle avait la nette conviction qu'il en serait ainsi. Cent cinquante amis et relations devaient se joindre à la cérémonie, parmi lesquels des collègues de travail, dont Charles Honnemann — invité par pure courtoisie — et Jason Faust, qui, en dépit des distances qu'elle avait mises entre eux, avait accepté l'invitation.

Au demeurant, restait à savoir si Michael allait accepter de s'y rendre. Dans l'esprit de Sam, la présence de Michael symbolisait la fin de son épreuve mais l'adolescent, que rien ni personne ne semblait pouvoir fléchir, paraissait vouloir prolonger l'incertitude jusqu'au dernier instant.

La cérémonie était prévue pour cinq heures. Après avoir installé ses parents dans une suite au Quatre-Saisons, Sam revint à Constance pour se changer. Comme il sortait de la douche, Annie, qui l'attendait, s'approcha de lui et, se dressant sur la pointe des pieds, passa ses bras autour de son cou. Il fleurait bon le savon.

— Comment te sens-tu ? demanda-t-elle.

— Nerveux. Pourquoi avoir invité autant de gens ?

— Ce sont nos amis et nous voulons qu'ils partagent notre bonheur. Je veux aussi montrer que je suis fière de toi. Je veux que tout le monde sache que tu es mon mari et que tu as accompli un exploit, dit-elle en posant un baiser sur ses lèvres.

Prenant le visage de sa femme entre ses mains, il parcourut des yeux les détails de son visage et la tendresse de son regard émut profondément Annie.

— Tu es belle, murmura-t-il.

— Attends un peu que je sois maquillée et habillée...

— C'est comme ça que je t'aime. Tu me rappelles la gamine que j'ai rencontrée quand j'avais dix-neuf ans et dont je suis immédiatement tombé amoureux. Tu n'as pas changé, ma chérie.

— Bien sûr que si, je suis pleine de cellulite.

— Où ça ?

Comme elle se palpait les fesses, il la contourna et alla poser un baiser sonore sur le corps du délit.

— Elles sont aussi douces que celles d'un bébé, fit-il en la reprenant dans ses bras. Merci d'avoir organisé tout ça pour moi. Ça va être formidable.

— Je l'espère. Crois-tu que Michael va venir ?

— Je l'ignore.

— Sam, s'il refuse de venir, c'est parce qu'il est encore très jeune. On ne peut pas demander à un enfant de treize ans de raisonner comme un adulte.

— Je te l'accorde. Néanmoins, il est parfaitement conscient de ce que représente sa présence pour moi. J'ai peut-être fait une erreur en allant lui parler.

— J'aimerais bien aller moi-même le secouer un peu. Mais je crains d'empirer les choses.

— De toute façon, on ne peut pas le forcer, conclut Sam. S'il vient, au moins, ce sera de son plein gré.

En entrant à son tour sous la douche, Annie priait le ciel qu'il en fût ainsi. Après tous les efforts déployés par les uns et les autres pour convaincre Michael, il ne restait plus qu'à espérer. D'un enfant à l'autre, elle se mit à penser à Zoe, à qui elle avait acheté une robe dont le choix s'était avéré extrêmement laborieux.

Mère et fille furent prêtes en même temps. En les voyant, Sam ne put s'empêcher de pousser un sifflement admiratif. Le feu aux joues, rayonnantes de bonheur dans leurs robes du soir, les deux femmes descendirent l'escalier d'un pas mesuré.

C'est à ce même instant que Jon arriva de chez les Maxwell, où il était allé prodiguer ses encouragements à Leigh, bouleversée parce que sa robe était trop étroite pour son tour de taille. Bien qu'il fût encore trop tôt pour que sa grossesse fût visible, elle avait épaissi de manière sensible, ce qui ne manqua pas de rappeler quelques vieux souvenirs à Annie.

— Et Michael ? voulut-elle savoir.

— Il est là-bas.

— Est-ce qu'il vient ?

— Je ne sais pas. Il ne s'est pas encore habillé.

Annie posa une main rassurante sur le bras de Sam.

— Donne-lui encore un peu de temps, il va se décider.

— Il n'en reste pas beaucoup, laissa tomber Sam, déçu, avant de se rendre au garage.

Fort heureusement, durant tout le trajet et au grand soulagement d'Annie, Sam semblait avoir oublié sa déconvenue. Les enfants étaient en grande partie responsables de cette accalmie car les futures fonctions de leur père soulevèrent subitement une foule de questions :

— Comment mes amies devront-elles t'appeler dorénavant ? demanda Zoe.

— Le père de Zoe.

— Sois sérieux, p'pa. L'Honorable juge de la Cour supérieure de l'État du Massachusetts Samuel F. Pope ?

— Le juge Pope suffira.

— Crois-tu que ça va les impressionner ?

— Non, intervint Jon. Les miens sont plutôt emballés. Ils s'attendent déjà que tu leur fasses sauter leurs contraventions pour excès de vitesse.

— Pas question, trancha Sam.

— C'est ce que je leur ai dit.

— Comment appelle-t-on maman ? demanda encore Zoe.

— Docteur Pope, dit encore Sam.

— Le juge et le docteur Pope ?

— Sommes-nous en train de parler de la manière dont nous devons être présentés ? demanda Sam en adressant un sourire à Annie. Ça pourrait être : « L'Honorable et Madame Samuel F. Pope » ou alors « L'Honorable et le docteur Samuel F. Pope ». Non, c'est faux : « L'Honorable Samuel F. Pope et le docteur Ann H. Pope ».

— « L'Honorable et Madame » suffira, trancha Annie.

— Combien auras-tu de robes ? demanda encore Zoe.

— Trois. Une au nettoyage, une sur le dos et une en réserve.

— Est-ce que Joy regrette que tu quittes le cabinet ?

— Non. Elle aura moins de travail et gagnera beaucoup plus d'argent.

— Est-ce que la cour siège pendant l'été ?

— Oui.

— Quand pourras-tu prendre tes vacances, alors ?

— Quand je voudrai. Je n'aurai qu'à le faire savoir aux personnes intéressées.

— Est-ce que tu condamneras des gens pour outrage au tribunal ?

— Cela arrivera fatalement, tôt ou tard.

— Comme on voit à la télé ?

Et cela se poursuivit tout au long du parcours. Ravie, Annie eût aimé fixer ces instants. Cette parfaite harmonie familiale lui procurait un sentiment d'exaltation et d'espoir qui ne fit que croître jusqu'au moment où ils atteignirent Boston. Avant même qu'Annie eût le temps de les rappeler au calme, ils entraient en chuchotant dans le palais de justice et montaient jusqu'au premier étage, où les attendaient les officiels et les photographes. La salle commença à se remplir, sans qu'on vît l'ombre de Michael.

Quelques mots d'introduction furent ensuite sobrement formulés par le gouverneur, avant la cérémonie, qui dura en tout et pour tout soixante secondes. Annie eut un moment d'émotion intense quand, la gorge serrée, elle entendit appeler Sam « Votre Honneur ».

Comme les officiels quittaient la grande salle, Annie et ses enfants se contentèrent de suivre, pendant que Sam bavardait avec les autres juges qui l'escortaient. Annie le vit fouiller la foule du regard. Puis leurs yeux se croisèrent et, le cœur un peu triste, elle lui adressa discrètement un signe d'impuissance. Elle n'avait vu ni J.D. ni Michael.

Par chance, au moment où ils arrivèrent, la salle où se tenait la réception était déjà pleine de monde et une ambiance de fête y régnait déjà. Une musique légère s'échappait du grand piano à queue.

Teke se tenait auprès des parents de Sam, qui connaissaient aussi peu de monde que Grady. Cela rassura ce dernier qui, malgré son sourire aimable, eût manifestement préféré se trouver à mille lieues en compagnie de Teke, constata Annie. Dans son costume tout neuf, Grady avait bien plus d'allure que bon nombre d'hommes qui se trouvaient là, et Annie en fut ravie pour son amie.

Sam et Annie naviguèrent à travers la salle, serrant des mains et donnant des accolades. De temps à autre, Annie jetait un coup d'œil en direction de l'endroit où s'étaient rassemblés les jeunes, espérant chaque fois y découvrir Michael.

Puis arriva J.D. Il était seul et, quand Sam accrocha son regard, il y lut du regret. Mais, tandis qu'il venait à sa rencontre, son visage s'éclaira. Caché derrière son père, apparut enfin Michael, étonnamment élégant dans son nouveau costume et terriblement grandi, aussi.

Folle de joie, Annie entendit son mari s'excuser, puis traverser la salle pour aller vers ses amis. A quelques mètres de Michael, il s'arrêta et attendit. Annie, qui l'avait suivi, s'arrêta aussi, le cœur battant.

Michael ne quittait pas Sam des yeux et, dans un éclair, Annie revit le petit garçon craintif qui chevauchait sa première bicyclette pendant que Sam lui criait : « Vas-y, Mike ! Pousse un bon coup et pédale ! C'est ça ! Très bien, mon garçon ! Continue ! C'est bien, tu vas y arriver ! » La caméra à la main et les yeux empreints d'une détermination soudaine, Michael fit un pas en avant.

C'était tout ce qu'attendait Sam qui, s'avançant vers lui, le serra dans ses bras.

— Je commençais à perdre espoir.

Annie arriva à temps pour entendre Michael répondre :

— Au moment où je me suis décidé, je n'ai pas trouvé de ceinture à ma taille. M'man était déjà partie et comme p'pa n'a pas la clé de chez toi, nous avons dû nous arrêter dans un magasin pour en acheter une.

Sam souriait jusqu'aux oreilles.

— Mieux vaut tard que jamais. Maintenant, la fête peut *vraiment* commencer.

Michael l'arrêta. D'une voix qui ressemblait plus à celle d'un adulte qu'à celle d'un enfant il déclara, l'air faussement sévère :

— Ne fais pas ça, Sam.

— Quoi donc ?

— Annoncer que je suis ici et que tu souhaites porter un toast à mon rétablissement. Ne fais pas ça, Sam, j'en mourrais de honte.

Comme c'était bien évidemment son intention, Sam se mit à rire.

— Très bien, Michael. Je ne le ferai pas. Allez, vas-y, commence à filmer.

Michael fit un pas en arrière et, l'œil collé sur le viseur commença :

— Treize mars mil neuf cent quatre-vingt-treize. Hôtel Quatre-Saisons, Boston, Massachusetts. Nous voici réunis pour la réception donnée à l'occasion de la nomination de Sam Pope au titre de juge de la Cour supérieure du Massachusetts. Nous avons à sa gauche son meilleur ami, J.D. Maxwell, et à sa droite, son épouse, Annie Pope. Et voici le reste de la famille qui s'approche. Zoe, Jon et Leigh, Jana, Teke et Grady, ainsi que papa Pete et M. et Mme Pope, venus spécialement de l'Oregon, et presque tout Constance... Mais qu'est-ce que je vois ? Quelle est cette femme à l'allure ex-tra-or-di-nai-re, avec ses magnifiques cheveux roux et ses jambes qui n'en finissent plus, une femme que je me dépêcherais de suivre si elle était un peu plus jeune... Elle est vraiment formidable! Mais qu'est-ce que c'est encore? Voilà que je viens de voir passer un plateau plein de chocolats à la fraise. N'est-ce pas magnifique, messieurs-dames...

ÉPILOGUE

Michael filmait toujours. Il avait déjà utilisé deux cassettes et entamait la troisième. Ça devenait un peu monotone mais il filmait toujours. C'était ça ou s'asseoir dans un coin et s'endormir. Et il refusait de s'endormir… Il se moquait royalement qu'il fût quatre heures du matin car il n'était pas question de rater l'accouchement de Leigh. Ce qui aurait été sympa, ç'aurait été de lui permettre de filmer dans la salle d'accouchement. Des tas de cameramen avaient fait ça des tas de fois. D'accord, il avait un rhume. Mais les masques de chirurgiens n'étaient pas faits pour les chiens, non ?

Relégué dans la salle d'attente, il s'appuya contre le mur et fit un panoramique sur l'assistance : un montage habile ferait une séquence désopilante de tous ces gens endormis sur leurs chaises.

Complètement à gauche, se trouvaient Sam, Annie, Zoe et Jana. J.D., fraîchement débarqué de son avion, était assis près de Jana. Papa Pete, lui, s'était assoupi sur une chaise et, sur un petit sofa, tout à fait à droite, se tenaient Teke et Grady.

— Pourquoi est-ce que ça prend autant de temps ? se plaignit Jana d'une voix ensommeillée.

Zoe était à peine plus éveillée qu'elle.

— Crois-tu qu'il y ait un problème ?

— Un premier accouchement est toujours un peu plus long, expliqua Annie en serrant la main de sa fille. Tout ira bien, ne t'inquiète pas.

Elle échangea un sourire avec Sam, qui jugea bon de remettre un peu d'ambiance.

— Alors, où en sont les paris ? Est-ce que c'est une fille ou un garçon ?

Michael souhaitait furieusement un garçon. Il en avait assez que les garçons soient en minorité dans la famille.

Tout le monde émit avec plus ou moins de conviction son point de vue sur la question, ce qui eut pour effet de tirer papa Pete de son sommeil. Michael s'empressa de le filmer, ainsi que les regards anxieux que sa mère adressait à Grady.

Abstraction faite des premières minutes où il avait appris que Grady était un meurtrier, Michael l'avait immédiatement aimé. Il n'était pas très loquace mais c'était le genre d'individu qui savait se faire entendre quand il avait quelque chose à dire. Il traitait Michael comme un adulte et manifestait la plus grande gentillesse à Teke. Même s'il lui arrivait de regretter le départ de son père, Michael avait acquis la maturité qui lui permettait de voir que sa mère était heureuse comme elle ne l'avait jamais été auparavant. Non pas qu'elle lui ait alors semblé malheureuse, simplement, elle allait *mieux*.

Il fit lentement pivoter son objectif en direction de son père. La Floride lui plaisait beaucoup et Michael savait très bien pourquoi. La maison qu'avait acquise J.D. était magnifique. Il avait déjà eu l'occasion de s'y rendre par deux fois et il était bien décidé à y retourner à la première occasion. Et puis, son père avait l'air heureux, lui aussi. Il s'était fait des tas d'amis avec qui il s'adonnait à sa nouvelle passion : le golf. Si, comme Michael s'en doutait, J.D. fréquentait quelqu'un, il ne lui en avait cependant pas soufflé mot et Michael s'était bien gardé de poser la moindre question. C'était déjà difficile de s'habituer à ce que sa mère partageât son lit avec un autre homme, sans qu'il fût nécessaire de voir une autre femme faire irruption dans celui de son père. A la longue, il s'y ferait certainement. Que Virginia ait disparu de sa vie était déjà merveilleux. Dans le cas contraire, c'eût été une véritable catastrophe.

Papa Pete dodelina un peu de la tête avant de se rendormir. Pas pour longtemps puisque, quelques secondes plus tard, Jon faisait son apparition avec la tête de quelqu'un qui vient de courir le marathon, mais le sourire en plus.

— C'est une fille ! s'écria-t-il en piétinant gauchement sur place, ne sachant trop vers qui aller.

En une seconde, toute la famille fut autour de lui, le congratulant avec de grands éclats de rire et l'assaillant de questions.

Une fille. « J'aurais dû m'en douter », pensa Michael.

— Combien pèse-t-elle ?

— A qui ressemble-t-elle ?

— Comment va Leigh ?

— Quand pourrons-nous la voir ?

Le bavardage continua jusqu'à ce que Jon fût autorisé à sortir sa fille dans le corridor attenant à la salle d'accouchement, où les Popewell attendaient, tout excités.

— Non, mais regardez comme elle est belle !

— Elle a ta bouche, Jon !

— Mais elle a le nez de Leigh.

Michael, lui, se tenait en retrait et filmait. Mais une minute plus tard, il laissait retomber sa caméra au bout de son bras, soudain envahi par le sentiment qu'il y avait là quelque chose que son objectif ne pouvait saisir. Les Popewell étaient à nouveau réunis et — si l'on comptait aussi Grady qui, à en juger par ses réactions et celles des autres, semblait à présent faire partie de la famille —, le groupe s'était maintenant enrichi de deux personnes.

Un miracle.

Michael se mit à penser à tout ce qui s'était passé l'année précédente et aux jours sombres où il avait cru que sa vie, définitivement gâchée, ne serait plus jamais la même. Sur ce dernier point, il avait raison :

sa vie ne serait plus jamais la même. Bien des choses avaient changé mais rien d'horrible n'était survenu, bien au contraire. Tout était pour le mieux dans le meilleur des mondes.

— Viens par ici ! l'interpella Sam. Viens voir ta nièce !

Michael se joignit au groupe, la démarche un peu traînante, mais pas à cause de son accident. De ce côté-là, tout allait bien et, cette année, il allait se remettre sérieusement au base-ball. Non, c'était plutôt cette espèce d'angoisse que l'on ressent quand on est témoin d'un événement extraordinaire. Sans se soucier de sa caméra, il regardait le bébé, se disant qu'il n'avait jamais vu quelque chose d'aussi petit de sa vie.

— N'est-elle pas formidable ? fit J.D. en passant son bras autour des épaules de Jon.

Le bébé ouvrit un œil, puis les deux. Michael aurait juré que la minuscule petite fille le regardait et il sut immédiatement pourquoi. Il était le plus jeune, le plus près d'elle, celui aux pas duquel elle allait s'attacher dès qu'elle pourrait marcher et qui aurait pour tâche de la protéger.

Peut-être qu'une fille ce n'était pas si mal, après tout.

Avec un grand sourire, il leva les yeux vers les regards qui convergeaient vers lui.

Et ce qu'il vit était un miracle.

Aventures et Passions

Quand les passions se déchaînent, quand elles entraînent des êtres prêts à tout pour les vivre dans un tourbillon d'aventures tumultueuses, elles sont dans la collection Aventures et Passions.

De l'Angleterre moyenâgeuse à la Louisiane déchirée par la guerre de Sécession, des îles Caraïbes aux rivages de l'Inde, Johanna Lindsey, Julie Garwood, Jennifer Blake, Kathleen Woodiwiss et tous les meilleurs auteurs du genre dressent pour vous des décors historiques somptueux. Suivez les aventures de leurs héroïnes rebelles que seul l'amour parvient à dompter.

BLAKE Jennifer

Sérénade en Louisiane
3169/5
Les chaînes de l'amour
3240/5
Dans la luxuriance d'une plantation de Louisiane, l'impétueuse Anya s'éprend d'un séduisant aristocrate français. Mais c'est lui qui a assassiné le frère de la jeune femme ...
Un éden sauvage
3347/6
Le vengeur créole
3415/5

BRANDEWYNE Rebecca

La lande sauvage
3018/5
Duel sur la lande
3055/4
Pour l'amour d'un comanchero
3159/7
La passion du conquistador
3285/5
Pour échapper aux intrigues perverses de Don Rodolfo, Aurora est prête à s'enfuir au bout du monde !
Les amants hors la loi
3397/6
Un mari en héritage
3543/5

BUSBEE Shirley

Le quiproquo de minuit
2930/5
Ayant malencontreusement compromis Melissa, Dominic est contraint de l'épouser. Mais au cours de ce bel été, la Louisiane se mobilise contre les Anglais. Et entre la trop belle Melissa et son turbulent époux , c'est aussi bientôt la guerre car aucun ne veut être dupe de l'autre.
Au-delà du pardon
2957/5
L'appel de la passion
3056/8
Sous le sceau de l'amour
3287/7

CAMDEN Patricia

Sous la coupe du Sultan
3704/6 (Juin 94)

COPELAND Lori

Hannah l'indomptable
3260/2
Les traîtrises de l'amour
3414/5

DAILEY Janet

Le solitaire
1580/4

DEVERAUX Jude

La saga des Montgomery
- Les yeux de velours
2927/5
- Un teint de velours
3003/5
- Une mélodie de velours
3049/4
- Un ange de velours
3127/4

Les dames de Virginie
- Kidnappée par erreur
3180/5
- La fiancée délaissée
3181/4
- Mariage forcé
3182/5
- Le pays enchanté
3372/5

Duel de femmes
3447/4
L'homme au masque
3523/4
Les entraves de l'amour
3643/5 (Février 94)
La duchesse infidèle
3683/6 (Mai 94)

FEATHER Jane

La favorite du sérail
3448/6
A Grenade, à la fin du XVe siècle, la belle Sarita succombe au charme d'Abdul, le seigneur maure qui règne sur l'Andalousie. Cependant dans le sérail de l'Alhambra, de sombres complots se trament contre la favorite.
La nuit de Saint-Petersbourg
3560/6
La favorite afghane
3664/7 (Avril 94)
Muté par ses supérieurs en Afghanistan, le capitaine Kit Ralston de l'armée britannique ne s'attendait certes pas au charmant spectacle d'une ravissante jeune femme indigène, se baignant nue dans une rivière ! Mais la belle Ayesha est la favorite du cruel Akbar Khan...

Aventures et Passions

GARLOCK Dorothy
Le métis apache
3594/5

GARWOOD Julie
Sur ordre du roi
3019/5
Un ange diabolique
3092/5
Un cadeau empoisonné
3219/5
Fiancée à quatre ans, embarquée de force dans des aventures rocambolesques, Sara est une héroïne d'une drôlerie irrésistible.
Désir rebelle
3286/5
La fiancée offerte
3346/5
Les troupes de Guillaume le Conquérant déferlent sur l'Angleterre : Nicholaa est faite captive. Mais elle saura faire payer à Royce son audace et les caresses qu'il l'a contrainte de subir...
Le secret de Judith
3467/5
Un mari féroce
3662/7 (Avril 94)

HAGAN Patricia
Violences et passions
3201/6
A la fin de la guerre de Sécession, Kitty et Travis font tournoyer les feux de l'amour et ouvrent la saga des Coltrane.
Folies et passions
3272/5
Gloires et passions
3326/6
Fureurs et passions
3398/5
Splendeurs et passions
3541/5
Rêves et passions
3682/6 (Mai 94)

HAZARD Barbara
L'aventurier des Bermudes
3703/7 (Juin 94)

HENLEY Virginia
La colombe et le faucon
3259/5
La fleur et le faucon
3416/6
Les amants secrets
3641/7 (Mars 94)
La rose et le corbeau
3522/5

JOHNSON Susan
Proposition malhonnête
3542/5
Le séducteur sauvage
3642/6 (Mars 94)
Les enchères de la passion
3705/7 (Juin 94)

JOYCE Brenda
Des feux sombres
3371/5
Le fier conquérant
3222/5
Candice la rebelle
3684/7 (Mai 94)

LANDIS Jill Marie
L'héritage de Jade
3449/6

LINDSEY Johanna
Samantha
2533/3
Esclave et châtelaine
2925/4
La révoltée du harem
2956/6
Capturée par des corsaires sur la côte barbaresque, Chantelle se retrouve prisonnière du dey de Barikah, qui la retient dans son sérail. Situation intolérable pour une jeune rebelle !
La fiancée captive
3035/4
Les feux du désir
3091/5
La Viking insoumise
3115/5
Un si doux orage
3200/4
Un cœur si sauvage
3258/4
En recherchant son père disparu au Kansas, Jessica va découvrir la passion dans les bras de son guide, Chandos. Mais quels liens unissent cet homme mystérieux aux Comanches ?
Epouse ou maîtresse
3304/3
Captifs du désir
3430/4
Une fiancée pour enjeu
3593/5

McKINNEY Meagan
L'enchanteresse perverse
3239/5
L'ange de la vengeance
3373/5
Le corsaire des Caraïbes
3490/5

McNAUGHT Judith
Les machinations du destin
3399/7
Compromise
3521/6

MATTHEWS Patricia
La maîtresse de Malvern
1056/4
La promesse sauvage
2987/5
Les trois amours de Rachel
3160/6
Le déchaînement des passions
3348/5

MICHAELS Fern
Passions captives
3492/7
Dans la tourmente du désir
3575/8

Aventures et Passions

MILLER Linda Lael
Pendue ou mariée
3614/4
Sauvée par un inconnu, Julie est-elle condamnée au mariage ? Si ce Daniel n'est pas sans charme, les "amis" de Julie ont décidé de la reprendre.

NERI Penelope
Séductrice en guenilles
3562/8
La captive du désert
3644/7 (Mars 94)

O'BANYON Constance
L'amante masquée
3428/6

O'GREEN Jennifer
Prisonnière du roi
2981/5

POTTER Patricia
Le flambeur du Mississippi
3468/6
Sans foi ni loi
3561/5

QUICK Amanda
La séductrice inattendue
3491/5
La dame voilée
3612/5 (Février 94)

REDD Joanne
La fiancée du désert
2926/4
Le rêve chimère
2980/5
L'aventurière de Fort Alamo
3328/5
Chargée de convoyer des armes au Texas pour venir en aide aux rebelles de Fort Alamo, Rebecca s'éprend de l'homme qui lui sert de guide. Mais Chase n'est pas prêt de se laisser enchaîner : il est de sang comanche !
Danse avec le feu
3429/4
La fiancée apache
3663/6 (Avril 94)

ROBARDS Karen
Désirs fous
2928/5
La lune voilée
2979/5
Mississippi belle
3070/4
Le brigand aux yeux d'or
3142/5
Promise au bûcher
3221/5
Esclave de personne
3327/5
Quelle impulsion ridicule pousse donc Susannah à acheter un esclave, parmi les condamnés aux travaux forcés qu'un navire vient d'amener en Caroline ? Elle regrette aussitôt son geste, surtout lorqu'elle constate que l'homme aux yeux gris est bien séduisant...
Les sortilèges de Ceylan
3466/5

ROGERS Rosemary
Le grand amour de Virginia
1457/4
Le métis
2392/5
Esclave du désir
2463/5
Le désir et la haine
2577/7

RYAN Nan
Esclave de soie
2929/5
Le prince aztèque
3071/5
Fille d'un riche rancher texan, Meagan s'éprend de Tonatiuh, son ami d'enfance, et découvre entre ses bras la fièvre d'une passion torride. Mais Tonatiuh a du sang aztèque et tout les sépare. Tout, sauf l'amour !
La légende de l'amour
3247/5
Le ravisseur indien
3574/6

SMALL Béatrice
La captive d'Istanbul
3613/6 (Février 94)

SUTCLIFFE Katherine
Un défi amoureux
3592/4

TRENT Lynda
Coup de patte
3509/6

WEYRICH Becky Lee
Le vent brûlant de Bombay
3036/5
Le chardon et la rose
3110/6
La proie du pirate
3158/5
Lune gitane
3202/5
Le bal masqué de Géorgie
3303/5

WOODIWISS Kathleen
Quand l'ouragan s'apaise
772/4
Le loup et la colombe
820/4
L'inconnue du Mississippi
2509/3
également en coffret 3 vol. FJ 6736
Cendres dans le vent
2421/7
Qui es-tu, belle captive ?
2998/6
Certes, Maxim Seymour est marquis, séduisant, valeureux. Ce n'en est pas moins, aux yeux d'Elise, un traître et un assassin. Elle fera donc tout pour l'empêcher d'épouser sa cousine Arabella. Furieux, Maxim décide d'enlever celle dont il est épris. Mais lorsqu'il tend les bras à sa chère captive, c'est une redoutable furie qu'il découvre : Elise !

Amour et Destin

Les romans de la collection Amour et Destin présentent des femmes exceptionnelles, qui découvrent dans l'amour le sens de leur vie. Elles iront jusqu'au bout de leur quête, quel qu'en soit le prix.

Héroïnes modernes, elles ont décidé de prendre en main leur destin et de l'assumer, dans un monde trop souvent hostile.

Dans la collection Amour et Destin, des femmes courageuses et intransigeantes affrontent la réalité, tout en sachant que l'amour, seul, pourra leur apporter l'épanouissement dont elles rêvent.

BENNETT ELIZABETH
Le balancier du cœur
3598/6
Jolie, douée mais obèse et malheureuse, Janie quitte un jour la Nouvelle-Angleterre pour devenir directrice artistique dans une agence de publicité new-yorkaise. Elle y gagnera son indépendance, perdra les kilos qui la gênaient et surtout découvrira, après quelques errances, le véritable amour.

BENZONI JULIETTE
Le Gerfaut
– Le Gerfaut
2206/6
– Un collier pour le diable
2207/6
– Le trésor
2208/5

BINGHAM CHARLOTTE
Ombre et lumière
3493/7 Inédit

BLAKE JENNIFER
Les secrets du passé
3323/6
Dans le décor luxuriant de La Nouvelle-Orléans, les passions se déchaînent autour de Riva, prisonnière d'un mystérieux passé.

Délices et fureurs
3525/6

BRISKIN JACQUELINE
C'est écrit dans le ciel
3139/7
Au sommet de sa gloire, Alyssia del Mar, star secrète et fascinante, convoque les Cordiner. Elle a fait autrefois partie de cette famille de magnats du cinéma. Ils l'ont humilée et elle a décidé de se venger...

Cœurs trahis
3431/7

BROWN SANDRA
Texas !
– Le destin de Lucky
3282/3
Il s'appelle Lucky, mais sa chance l'a peut-être abandonné le soir où il a croisé cette inconnue. Au moment où il rencontre enfin l'amour, il a le sentiment que son destin lui échappe !

– Le destin de Rocky
3432/3
– Le destin de Sally
3563/3
French Silk
3472/7
Des secrets bien gardés
3617/6 (Février 94)
La vengeance de Jade
3666/6 (Avril 94)

CLARKE BRENDA
Au-delà du monde
3618/5 (Février 94)
Deux mois après la disparition de son mari au Liban, Christiane Saxelby apprend que Rowland était déjà marié lorsqu'il l'a épousée. Anéantie par cette découverte, elle se replonge dans leur passé. Qui était cet homme auprès de qui elle a vécu durant vingt-cinq ans ? Rowland l'a-t-il vraiment aimée ?

COOKSON CATHERINE
Le bonheur secret d'Emma
3343/5
Dès son plus jeune âge, Emma a compris qu'un seul homme compterait pour elle : le pasteur Henri Grainger. C'est pourtant un autre qu'elle se résoud à épouser. Mais le véritable amour peut-il s'oublier ?

Les tourments d'Annabella
3487/7

DAILEY JANET
Le mal-aimé
1900/4
Prisonniers du bonheur
2101/4
Le triomphe de l'amour
2430/5

DEJONG LINDA RENÉE
Illusions brisées
3395/6
La voiture fait une embardée et c'est l'accident. Lorsqu'elle se réveille à l'hôpital, elle a tout oublié : amnésie. Elle ne reconnaît pas cette famille ni l'image qu'ils semblent avoir d'elle. Qui était vraiment Amanda ?

Amour et Destin

DELINSKY Barbara
Une femme trahie
3396/7
Lorsque Jeff, son mari, disparaît brusquement, Laura se trouve confrontée à une situation financière catastrophique. Avec horreur, elle comprend alors qu'elle vivait auprès d'un inconnu.
La quête de Chelsea Kane
3450/6
Empreintes
3576/6

DEVERAUX Jude
Entre ses mains
3544/6 Inédit

FIELDING Joy
Les amours déchirées
3545/5

GOLDREICH Gloria
Rencontre
3471/5

HOAG Tami
L'homme des marais
3706/5 (Juin 94)

JAGGER Brenda
L'amour revient toujours
3390/5
En 1840, dans une Angleterre en plein essor industriel, deux femmes, éprises du même homme, s'affrontent et luttent pour sauvegarder leur amour.

KRENTZ Jayne Ann
Le petit-fils prodigue
3707/5 (Juin 94)

LAROSA Linda
Princesse Alexandra
3358/7
Par un beau matin d'été de 1868, une jeune femme s'enfuit du domicile conjugal, en Autriche, et se réfugie à Paris, sous une fausse identité. C'est Alexandra, cousine de l'empereur François-Joseph...

MANSELL Jill
Malentendu
3685/6 (Mai 94)

MAREZ Marnie de
L'épouse indésirable
3686/5 (Mai 94)

McNAUGHT Judith
L'homme qui haïssait les femmes
3665/4 (Avril 94)

PEARSON Michael
Une femme d'argent
3359/5
De New York à Londres, en ce début de siècle, l'irrésistible ascension de Victoria dans le monde implacable de la haute finance.

PLAIN Belva
Les trésors de la vie
3524/7

RENICK Jeanne
Fais-moi confiance
3597/6

SELINKO Annemarie
Désirée
3374/5 & 3375/5

SIMPSON Pamela
Revers de fortune
3451/7

SMITH Deborah
L'amour par Miracle
3564/7 Inédit
Le saule bleu
3645/7 (Mars 94)

TAYLOR Lucy
Les années de feu
3646/6 (Mars 94)
Trois sœurs. Trois personnalités. Trois destins. A l'ère de l'amour libre et du féminisme, Anna, Luisa et Tina, partent, chacune à sa manière, à la recherche du bonheur.

THOMAS Rosie
Célébration
3357/5
Œnologue réputée, Bell est fermement décidée à faire carrière dans un monde habituellement fermé aux femmes. L'amour va, toutefois, orienter différemment son destin.
La belle conquérante
3510/9

3728

Composition Interligne B-Liège
Achevé d'imprimer en Europe (France)
par Brodard et Taupin à La Flèche (Sarthe)
le 22 juin 1994. 6277 J-5
Dépôt légal juin 1994. ISBN 2-277-23728-0
Éditions J'ai lu
27, rue Cassette, 75006 Paris
Diffusion France et étranger : Flammarion